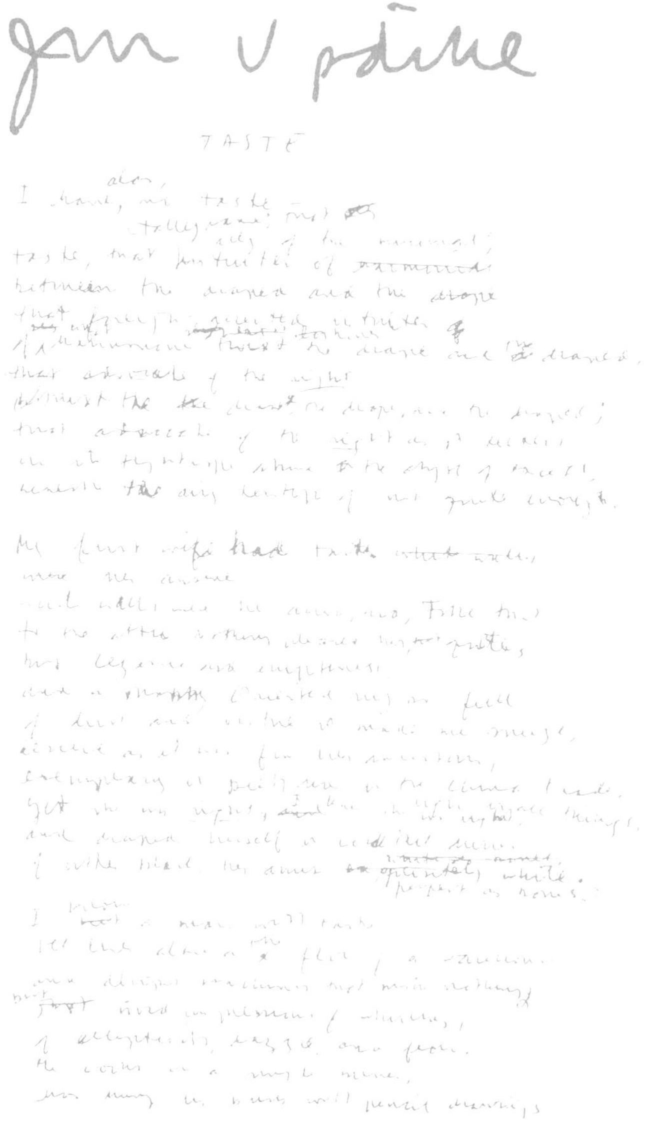
TASTE

厄普代克作品

兔子归来

John Updike

Rabbit Redux

〔美〕约翰·厄普代克 著 罗长斌 译

上海译文出版社

图书在版编目(CIP)数据

兔子归来 / (美) 厄普代克(John Updike)著;罗长斌译.
—上海:上海译文出版社,2017.8
(厄普代克作品)
书名原文:Rabbit Redux
ISBN 978-7-5327-7520-0

Ⅰ.①兔… Ⅱ.①厄… ②罗… Ⅲ.①长篇小说—美
国—现代 Ⅳ.①I712.45

中国版本图书馆 CIP 数据核字(2017)第 104031 号

RABBIT REDUX

兔子归来

[美] 约翰·厄普代克 / 著 罗长斌 / 译
策划 / 冯涛 责任编辑 / 宋玲 装帧设计 / 张志全工作室

上海世纪出版股份有限公司
译文出版社出版
网址:www.yiwen.com.cn
上海世纪出版股份有限公司发行中心发行
200001 上海福建中路193号 www.ewen.co
浙江新华数码印务有限公司印刷

开本 890×1240 1/32 印张 15.25 插页 6 字数 294,000
2017 年 8 月第 1 版 2017 年 8 月第 1 次印刷
印数:0,001—6,000 册

ISBN 978-7-5327-7520-0/I·4592
定价:67.00 元

现实与虚构　混乱与惨败

——评厄普代克的《兔子归来》

一、继承与创新

西方的文学创作随着亨利·詹姆斯的崛起宣告了一个新时代的开始。他1843年出生于美国，后来定居在英国。他第一个把小说作为一门艺术进行了探索和创作试验；第一个作为大西洋两岸文化的解释者描写了两岸人民的关系和矛盾；第一个把对人物外部的刻画转移到描写内心，以揭示生活中真正的经验和感悟。于是，文学作品就显露出来它本来就应具有的心理学和哲学上的意义；而对于纤细感受和情绪进行的惟妙惟肖的描写就开创了一代新风。从此以后，许多作家都围绕着资本主义社会的危机、荒诞以及个人精神上的异化进行了多方面的探索试验。他们把拥有变化不定、庞大复杂心理结构的主人公呈现在读者面前，让读者直接进入作品世界，随主人公而感受、体验。由此，在诗歌中产生了未来主义、印象主义，在小说中产生了意识流，在戏剧中产生了表现主义，以及随后产生的存在主义文学、女性主义文学、荒诞派戏剧、新小说派、黑色幽默和达达主义等。他们把人们所感受到的压抑、空虚、恐惧、失望、绝望等用不同的奇特手法表现出来，借以表达作家对人类生活的看法和解释。读者通过那些没有英雄气概、没有远大理想而只有错乱神经、猥琐气息的凡夫俗子去认识世界、认识自我，并在和艺术家的沟通中感受到一点难得的谅解和安慰。然而，这些反英雄并非真的是荒谬怪诞、神经错乱的疯子，而是些有感受、有思想的生灵。只是面对荒诞错乱的世界，他们因不愿仿效而又无所适从。反之，作品中的“正常人”则往往是被物质化社会所毒化的帮凶。这样，作者对社会的嘲弄、讽刺和批判就通过这种形式表达了出来。当然，这是作家的看法。

现代主义的各种技巧被一些文学大师如约瑟夫·康拉德、詹姆斯·乔伊斯、弗吉尼娅·伍尔夫、尤金·奥尼尔、阿瑟·米勒、威廉·福克纳、贝克特、冯尼哥特、约瑟夫·海勒、帕特里特·怀特、弗朗茨·卡夫卡等表现到了登峰造极的地步。

到了20世纪中期，任何作家都受到严重的挑战。首先必须树立新的风格就成为新一代作家的最大难题。作为哈佛大学英国文学专业的优秀毕业生，厄普代克就深知责任之重大。他基本抛弃了那些红极一时并能因此而荣获诺贝尔文学奖的现代技巧，转而采用现实主义作为创作的基本方向。他1957年正式开始文学创作时，其学者因素看来大于创作家的因素。为他赢得声誉的《兔子，跑吧》是部严格按照哲学观念进行构思规划而创作出来的作品，明显带有思考讨论的成分。不过那艺术的笔触把它包装得非常好，反而能使读者乐于深入到那个年代，去和主人公一块儿探索、一块儿失落。追求过程中的主人公始终被阴影所笼罩，就像那网状的公路交通一样，他怎样奔跑追求都挣脱不了网的束缚。然而，主人公的探索之所以具有价值，是因为人人都有个从无知到有知的探索过程；并且只有通过这个过程，主人公的个性特点和命运方能得到展现。

厄普代克不仅通过在扉页上引用哲学家帕斯卡尔（1623—1662）《思想录》中的语录，来暗示该书所具有的哲学思辨过程和结果，更通过主人公与两位教士的讨论，以及多个富于寓言的人名地名来揭示该书所具有的哲学深度。帕斯卡尔说道："神恩的运动，内心的顽固；外界的环境。"这三个表示帕斯卡尔直觉主义精神实质的短语，便是理解主人公精神活动的钥匙。它暗示出主人公只能在单个维度或联系中进行思维，一时只能处理一种关系，也搞不清活动是可逆的。这样一来，方方面面就得不到平衡，灾难就不可避免，他却无法解释灾难产生的根源。于是，他认为要避免灾难的唯一办法就是返回到原出发点，静止不动。

厄普代克最认真的哲学思辨更表现在1963年出版的《马人》之中，不过侧重点有所不同。但这都反映出作者在创作之初对哲学、神学、神话等知识在小说中进行运用的重视，且都获得了一定的成功。作者在该作品中暗示了57个神话人物，如喀戎、普罗米修斯、维纳斯、阿波罗、阿喀琉斯、赫拉、赫尔墨斯、潘多拉、宙斯等；若非有深厚的古希腊罗马神话知识，要真正理解这部小说就实非易事。作者以其当中学数学教师的父亲为原型塑造了另一个中学教师考德威尔，以他本人为原型塑造了儿子彼得。彼得不理会人生的悲哀，立志继承父亲的精神以求不朽。这样，厄普代克也就在此时顺便向世人暗示了他未来的雄心壮志。

这是他初次创作时的表现，到了兔子四部曲中，他就有了自己的独创风格。《兔子，跑吧》和《马人》的创作显然为后三部"兔子"小说打下了必要的埋伏；不过作者可能是为了强调象征着末日的数字9的重要，而把与9没关系的《马人》置于一边，另作独篇。但是，在以原始文化和象征的引入运用以增加作品的深度方面，这两部作品都具有共同的特征，从而标志着作者独特的创作风格正处在形成阶段,并且已显露出成功的端倪。在后三部“兔子”小说中,这种风格就被更娴熟地运用和发展起来了。

二、构思与阐释

如果说厄普代克在《兔子,跑吧》中主要探讨基督教哲学对人性的影响,在《马人》中探讨神话对人类精神的呼唤,他在此后七年间发表的作品中就主要探讨了性爱和人生的关系及影响。在《兔子归来》中,他还着重探讨了不断加剧的国内外政治局势对人生的制约和捉弄。这样,在前两部兔子小说中的一跑一归就构成主人公生命的第一阶段:处于精神和物质都非常贫困的迷惘之中,时时摆脱不了死亡的威胁,但不乏善良的本性和追求的勇气。当主人公通过继承岳父的财产而进入中产阶级之后,主人公就进入了他生活的第二阶段(后两部“兔子”小说),此时他享受着物质上的富裕,而精神上却更加空虚、无为,任凭儿子挥霍家产,从而预示着大灾难的到来。

“兔子四部曲”的创作历时30年之久,但作者罕见的记忆力和独特的创作技巧把四部书紧紧连接在一起,而每部书又可独立成篇。它不同于传统的家世小说;作者把焦点集中在美国社会的一个下层家庭中一个本来是有点前途的小伙子及其家人身上。通过这个青年人的一生,作者审视了一个人的生活、思想、追求、失落、危机、孤独、恐惧,并使之成为一个被遗弃、被孤立、被操纵、被玩弄的没有归宿、孤立无依的生灵;唯一伴随着他的是那与日俱增的失望、绝望和恐惧,以及一连串的磨难和不幸。贯串始终的其他人物及小城环境,便成为美国社会的一个缩影。

主人公哈罗德·安斯特朗(Harold Angstrom),昵称哈利(Harry),因其青年时在篮球场上的突出成绩和追逐女性而被队友称为“兔子”。当作者在《兔子，跑吧》中描写托瑟罗的妻子看起来“痛苦[harried]而庄重”，以及鲁丝穿着“皱巴巴[harried]的棉布裙子”时，他就似乎在提醒读者注意“哈利”的含义：“掠夺，蹂躏；苦恼，折磨。”这样，主人公实际上是位“饱受折磨的哈利”(harried Harry)。

哈罗德(？—1040)系英格兰国王(1019—1035)克努特(995？—1035)的私生子，父王死时他趁机自立为王(1035—1040)。这位强有力的国王和卓越的将军，却因挪威国王和诺曼底公爵威廉的同时进攻而死于威廉之手，英格兰从此为威廉所得。安斯特朗来源于瑞典光谱学家A. J.安斯特朗(A. J. Ångström)。这个物理学家发明了一个10^{-10}米的长度单位来测量无限小的物体和波长。根据他的贡献，这个单位就用他的姓氏命名，并略作Å。用这个单词作为主人翁的姓氏，一则暗示了他作为蓝领工人在社会上所处的被人忽视的地位；其次，Angstrom中的前五个字母Angst意为对“(时世的)忧虑，疑惧”，而这个丹麦词在克尔凯郭尔的存在主义哲学中占据着重要的地位；其三，在德文中，Angstrom意指“忧伤，困境”。可见，在一个以强欺弱的社会结构中，作者选取此词是想从各个方面来暗示哈利地位之卑微，以及不可避免的灾难和忧伤。

诨号“兔子”至少也有三方面的含义：其一，作为一个善良的动物，它具有快速奔跑的特点，暗指哈利有善于逃避生活的特点；其二，在实验室里兔子是非常合适的实验动物，意味着哈利在社会上是被作为牺牲品的角色；其三，作为美国俚语中的贬义词，它指那些不知疲倦追逐女性的男人，而哈利在四部曲中共有七八个情人，如鲁丝、吉尔、佩吉、塞尔玛等；如此以来，二战后美国人的颓废精神状态和生活结局就尽在其中了。

岳父斯普林格(Springer)是四个车行的老板，经营旧车翻新再售。这个姓氏来自动词 spring，意为“跳跃，涌现，反弹”，springer 就意为“跳跃者”，用作此人的姓氏就喻指他属于新发家的一批新贵和暴发户。为了显示与众不同的阔人气派，他总是把胡子修理得干干净净，打着领带，穿着干净衬衣，在家庭里布置着杂乱的豪华家具。妻子詹妮丝(Janice)就出生在这样的家庭里，受到了物质主义的浓厚影响。她大脑空空、呆头呆脑、没有理想、没有抱负、也不善理家。在克劳尔商场工作时，模仿别人和同事哈利在女友的公寓里同居，导致未婚先孕；于是在毫无思想准备的情况下和哈利结了婚。而她在能力和性格上的诸多缺陷，也就成为哈利对生活强烈不满的原因之一。

父亲厄尔(Earl)是个典型的碌碌无为、缺乏勇气、胆小怕事、温克尔(Rip Van Winkle)式的怕老婆者，一辈子只满足于做个平凡的排字工，但也有点思想。其名“Earl”意为“伯爵”，而其容貌和性格绝无伯爵那高贵的气质，实实在在是一个“迷惘的父亲”(lost father)形象。于是，高贵的名字和渺小的姓氏形成了反差和不可调和的矛盾。

母亲玛丽(Mary)主宰着哈利的命运。她像耶稣的母亲一样，对儿子充满希望，期望他能建立“新宗教”，以“造福”于人。可哈利除能继承母亲那一点善良本性之外就无能为力了。于是，她就把希望寄托到女儿米姆身上，想把她作为一件“秘密武器”去实现那渴望已久的目标。为了使这个计划呈现出神圣的色彩，作者使用了与神学有关的词汇：加利利、耶稣、基督教、教堂、牧师、祈祷等，并描写了许多宗教式活动。

米丽亚姆(Miriam)是基督教《圣经》中希伯来女先知之名，为摩西和亚伦的姐姐。它作为哈利妹妹的名字时，颇有回味无穷的意味。她似乎像名字所暗示的那样有未卜先知的本领。她洞察世事，特别能理解男人的苦衷，在精神沙漠般的西海岸抚慰着惊魂不定的男人。现代社会给男人带来了巨大的压力和创伤，她就通过献身于此以缓解男人紧张的情绪，而不是谋利。米姆和男人的关系就从侧面反映了社会给男人带来的不幸和恐惧，而哈利的精神状态正是这群无所适从的男人的一个代表人物。

在“兔子系列”中，“医治”哈利创伤的药方有两个：其一是鲁丝、吉尔和米姆主动和男人温存抚慰所代表的温和方式，它以沟通为其核心内容；其二是富人的女儿詹妮丝对哈利的责骂和遗弃，以及另一些富人对他的恐吓和纵火所代表的激烈方式，它以毁灭为其核心内容。既然社会站在后者的立场之上，哈利和米姆的惨败就成为不可避免的结局。然而，在男权主宰的社会里，一切的不公平、压力等都是由一些强势男人主宰安排的，首先就由他们来承受。米姆又有何理由去帮他们化解不安呢？实则是愚蠢的做法。正确的做法是，每个人以道德为基础先解决好自己的问题，再去做一点帮助别人的事情；否则就是本末倒置了。

如果哈利对父亲的生活还有发展的话，纳尔逊就在拉其父的倒车。纳尔逊（Nelson），昵称纳利（Nelly），意指“懦夫，傻瓜，同性恋者，女性化的同性恋者”；用作形容词时指“同性恋的；女子气的”，为20世纪40年代同性恋用语。这些解释很符合纳尔逊的个性特点。在《兔子，跑吧》中，纳尔逊年满3岁，刚好具备了感知外部灾难的年龄基础。家庭的不和与妹妹的死亡给他的童年留下了深刻的烙印，并给他以后的生活以深刻的影响。在《兔子归来》中，他年满13岁，渴望母爱，渴望和异性交往，这是他和吉尔能融洽相处的感情基础。而在与男性伙伴相处中，他明显是处于男同性恋关系中的女方。虽然他通过翻阅剪报上关于父亲在中学的比赛成绩的报道，来表达他对成功的羡慕和渴望，但是结果却使他更加自愧不如、自暴自弃、自甘落后。父亲往日的成功反而削弱了他奋斗的勇气。还有那表现他性格软弱的外在形象：矮个儿和小手。这种软弱在今后不断发展下去，不仅使他没有念完大学的勇气，也使他成为葬送哈利家业的掘墓人。

哈利的成就直接来源于篮球教练马尔蒂·托瑟罗(Marty Tothero)的发现、精心培养和鼓励，因此他就不难成为哈利的一个重要支持者、指导者和精神领袖。Marty 为 Martin 的异体，都近似于 martyr(殉道者)；从而使人联想到与之有关的人物，如马丁·路德·金(Martin Luther King)，又一个殉道者。马尔蒂精心塑造了一个明星，却也无法在毕业后的哈利身上再创造一个成功，而他本人也在痛苦中离开了人间。

哈利的逃跑代表着战后青年那迷惘的追求，这远不是埃克尔斯和鲁丝所能解决的。Eccles 是 Ecclesiastic 的缩写形式，其意为"传教士，牧师"。可见，这个从形式到内容都基督教化的牧师却代表着软弱落后的基督教精神。美丽的鲁丝(Ruth)因其观念比较"落后"，致使她无法理解哈利。她原以为和哈利结婚就可以达到这个目的，然而她的请求吓跑了哈利。在哈利的感觉中，结婚就意味着义务，义务就意味着死亡。于是，他在花园里的三个月工作经历，和他从大自然中感悟到的东西，都成了他走向十年禁欲的思想基础。

查利·斯塔夫洛斯(Charlie Stavros)代表着政府观念的对立面。在20世纪60年代的越战中，"查利"指"越共士兵"，或称为"VC"，读作 Victor Charlie，来源于"越共"(Vietcong)。在希腊语中，Stavros 意为"十字"(cross)，暗示哈利创立"新宗教"的愿望在查利身上找到了共鸣，从而使他成为哈利的灵魂伴侣(soul mate)。已故花园主人贺拉斯(Horace)则代表着古罗马文化，在《兔子归来》中他就被希腊人查利所取代。这样，哈利对古代文化的向往或潜意识的钟爱，反映出他那模糊的、与众不同的精神追求和内涵。查利热情助人，心地善良，尤其懂得关心异性的生活，犹如米姆之于男人;二人都在进行着异曲同工的"解救"工作。最后,当米姆和查利成为朋友而有私情之时,私情就成了沟通二人感情的媒介,并使他俩成为志同道合的同志;同时通过"逼"詹妮丝回归和哈利团聚的方式宣告了"新宗教"的建立和功效。原来,哈利经过十年而探索的"性爱新宗教"在查利和米姆的活动中得到了确认:即一种只有性爱而无家庭义务的关系。当然,在现实中,这是有违道德的,它最后必然以失败而告终。

厄普代克也赋予环境深刻的寓意。取名为布鲁厄(Brewer)的小城标志着恶劣的大环境。意为"啤酒酿造厂"的小城代表着典型的美国城镇,该城居民就代表着典型的美国人。用此词命名暗指该城如同酿造厂,不断散发着难闻的气味。控制着全城舆论的报纸称作《布鲁厄缸报》(The Brewer Vat),喻指报纸如同发酵缸一样,也在不断散发着难闻的气味。取名为"佳济山"(Mt. Judge)的山峰俯瞰着居民生活,暗指在末日审判(The Judgment Day)来临之时审判有罪之人;然而那山间公路犹如锁链束缚着它,使其无法行使权力,末日审判就不过是一种毫无希望的寄托。但在哈利的潜意识里,那是他最喜欢的地方。于是,我们可以看到,哈利的善良之处就在于:他想做个好人,并希望好人受到指引和鼓励,坏人受到惩罚。

两个核心人物吉尔和斯基特占据着《兔子归来》二分之一强的篇幅,能否理解这二人便成为理解该书的关键。白人姑娘吉尔(Jill)是 Juliana 的昵称,后者曾是荷兰女王(1948—1980)的名字;Jill 意指"姑娘,情人,妻"。这个融高贵和普通于一身的单词犹如吉尔的生活境况,耐人寻味。她出生于中产阶级家庭,物质生活富裕,却生活得非常艰难。她貌不惊人,素质比较良好。她给哈利家带来一种在彼此失落的文化,为哈利及其儿子所急需。

从越战中退役回国的黑人斯基特(Skeeter),代表着长期受压迫而仇恨白人社会的那类人物。在美国口语中,skeeter 意指“蚊子”,形体之小、力量之小、地位之小却不断嗡嗡乱叫骚扰别人,由此便尽在意中。如果吉尔带来了和平、安宁、温暖,斯基特便带来了让人感到火烧火燎的“真理”和战斗气概;这二者均是哈利所缺少的气质。倘若这三人融为一体,就会组成一个“圆”形的人物形象,吉尔和斯基特便分别代表哈利的女性自我(feminine self)和男性自我(masculine self)。这样,这三个人的活动就成为一个人心理活动的外化再现。为了使小说人物的活动更贴近现实,厄普代克把他们描写得非常隐晦(吸毒、打闹、读书、讨论等)。作者试图通过他俩悲惨的结局,来揭示出世人的冷酷无情以及环境的不仁不义;从而展示出人生悲哀的根源。

三、伪装与理论

作家的地位主要是建立在他那富有个性的创作风格之上的。厄普代克不愧是个文体大师,他创造性地吸收了前辈们的风格特点,从而使他的作品在可读性和艺术性两方面都有惊人的收获。为了更直接把个人的不幸和社会生活的干预紧密联系起来,他速记下来电台和电视广播并把广播内容引入小说人物的活动之中;必要时他还去电台查对广播内容,以期用真实去增添身临其境之感。这便是厄普代克创作风格中非常突出的特点之一。在李奇(Leech)所著《小说的风格》一书中,李奇就举例分析了现实事件在作品中的功用。这是一则引自 1978 年 8 月 31 日英国《卫报》上的报道:

一位法国军团的逃兵在科西嘉北部枪杀一名西德游客并打

伤了死者的妻子。然后绑架了游客的女儿和另一位姑娘。当警察围住他时，姑娘们安然获释，逃兵却自杀身亡。

若该报道出现在文学作品之中，就应对它做不同的解释。李奇分析说，西德人和逃兵都在追求自由，却只能带来灾难性的冲突；结果是逃兵由于负罪和压迫通过暴力和犯罪获得了自由；但是通向自由的道路上充满了危险和死亡的威胁，女儿却获得了讲和的好处。他接着推断说，这正是一般人类冲突的戏剧化表现，人物、地点、事件都成了代表人类经验的一种类型或范畴。当然，这则报道若是出现在不同的文体中，对它的解释也可能有所不同。

因此，作为虚构（一旦进入小说之中便一切都成为虚构）的人物，逃兵并不存在生与死的问题，有的只是这个事件所表达出来的寓意。对于“兔子系列”中的人物、事件而言，道理也在于此。在《兔子归来》中，横贯全书的太空登月活动是非常重要的背景，它主宰着全书的情绪，象征着探险活动加剧后奇异世界的必然出现。它以火箭发射象征着詹妮丝和吉尔的出走，以太空舱的对接象征着詹妮丝和查利以及哈利和吉尔的私通。此时，查利始终是位神秘人物形象，代表着异质文化、原始文化、宽容精神、奇异世界，代表着能让人得到安慰、安全、满足、温情的地方。詹妮丝以出走来探索自我存在的意义，并在和查利的性生活（象征着勾通）中获得了某种自信。哈利对她的探险，与其说是放任不管，不如说是在怂恿着她。他喜欢查利，感谢他为詹妮丝提供了一次“锻炼”的机会，二人因此成为“兄弟”。

当太空奇景不断输送到地球之时，詹妮丝和查利的探险就转到哈利家中，以哈利、吉尔、斯基特三人的活动为其主要内容陪衬着登月活动，这是一次“更有价值”的探险。其区别在于，詹妮丝是利己式的探险；吉尔是利己利他同时兼备的探险，其主要特征是献身性的。二人结局的如此不同则反映在利己主义、物质主义的世界里，利他主义、献身精神必然会遇到灾难性的后果。作为吉尔死亡的陪衬，是哈利因其收容吉尔和斯基特的善举而面临家园被烧毁、被践踏、被嘲弄的悲惨局面。据上所述，全书的探险结构可用以下图形表示：

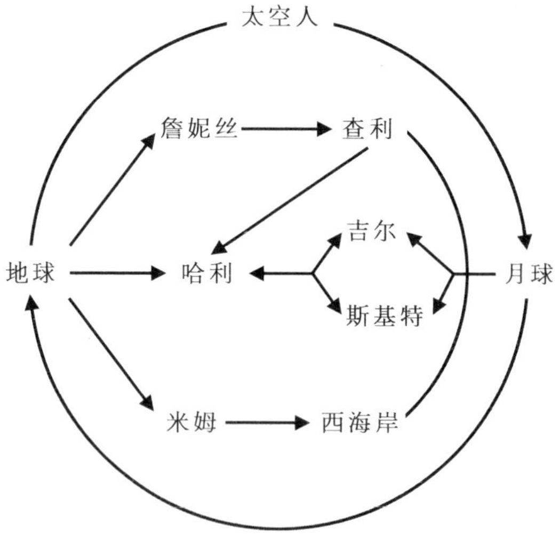

由此可见，所有那些活动就分成了三个层面，而哈利以及被称为“月儿”(moon children)的吉尔和斯基特就成了整个事件的中心人物。于是，最辉煌的故事存在于第一层面(地球—太空人—月球)。发生在地下的故事较为安全，存在于第二层面(詹妮丝—查利，米姆—西海岸)。最公开的且又突破社会偏见(种族歧视)的故事是最悲惨的，存在于第三层面；它既是故事的中心，也是现实社会的基本状态。

月儿是指出生在被月亮统治的巨蟹宫时段的人。他俩又被称为“花孩儿”(flower children)，这是指佩戴着花朵以象征爱情、和平与美好的佩花嬉皮士。喜欢穿着白衣裙(象征着纯洁)的吉尔和留着非洲式蓬发的斯基特，都具有丰富的象征意义；他们那战斗姿态和献身精神的源泉便是那不入俗套的大麻烟。大麻不仅给金博娱乐厅里的黑人以生存的勇气和战斗的力量，也给哈利以力量，更给吉尔和斯基特以力量，并和斯基特的书籍相呼应。因此，书读得越多相伴以大麻吸得越多，同时以吉尔和哈利被斯基特所控制象征着教育的成功。最后，作为重要伪装措施的登月及返航便成为总揽全书的框架，并和书中另外两条探索线遥相呼应。这是作者的构想。由此可见，作者重视现实事件，却采用了反现实的方法处理大麻的功效。读者也应该体会到，大麻只是小说中的虚构道具而已，作者决不是在宣传大麻的作用。

厄普代克创作风格的形式和内容多姿多彩。他在修辞上特别下功夫。他用词确切、别致、新颖、冷僻、变化多端，叙述笔调流畅、妩媚，叙事能力和描绘能力十分高超。他成功地借用了许多现实事件和现实人物，从而暗示了人物本身的生活、活动及灾难与身外力量的控制和影响之间存在着有机联系；这便是出色的伪装所产生的特殊艺术效果。

有人会认为，文学中的语言信息（或称伪装）本身不过是一种代码（code），一种象征性结构。不管怎么说，一部作品若能流传很久，其代码和结构应符合以下三种原则：情节寓意的普遍性，人物命运的悲剧性和艺术价值的超时性。厄普代克的兔子四部曲就具备这些艺术品质，符合这些艺术原则，从而在美国文学史上占有重要的地位。

罗长斌

修改于 2006 年 8 月

章　目

弗拉基米尔·阿·沙塔罗夫中校：

“我正向对接口移动。”

“联盟”五号指挥官鲍里斯·弗·沃利诺夫：

“慢点来，别太猛。”

沙塔罗夫中校：

“花了我好一会儿才找到你，现在已经套上了。”

一、爸爸/妈妈/月亮

四点整，男人们从小小的印刷厂里走出来，脸色苍白，活像鬼魂，眨巴着眼，等着室外的光线把依附在面部上的室内灯光的阴魂驱散。若在冬季，此时的松树街该黑下来了，黑暗早早地就会从山顶上压将过来，悬挂在萧条的布鲁厄城上空；现在是夏季，因里面的云母而闪闪发光的街边的花岗岩石条、由斑驳的陋巷划分开来的一排排住房、带有犬牙交错的托架的小小门廊、灰色的奶瓶箱、乌黑的银杏树以及灼热的停靠在路边的小车，这一切都宛如要爆发的感情却又被凝固起来一样，在阳光的照耀下畏缩蔫败了。为了振兴濒临死亡的商业中心区，该城已推倒数个地段的建筑物以修建露天停车场，这使得长满杂草、瓦砾遍地的荒芜开阔地取代了昔日拥挤的街道，往日从远处看不见的教堂正面，如今已暴露无遗，教堂后面入口通道和半截子巷道形成了新的景点，因地面宽度增大使太阳更加火辣残酷。宾夕法尼亚的夏季，天空无云无色，盘旋着使人面色苍白的湿气，除了让苍白的东西更加苍白以外，一无是处。男人们也不用晒日光浴，蒙上一层汗水，皮肤自然就晒黄了。

厄尔·安斯特朗和哈利父子俩就走在这群刚下班的排字工人中间。父亲年近退休，身材瘦削，因冤苦悲叹而面容憔悴，松动的假牙滑向唇外又使得面庞凹陷了几分。儿子身材要高出他五英寸，也要胖点；壮年的他软塌塌的，不知怎的，面色黯然无神，脾性乖戾。曾使他胜任“兔子”这个绰号的小小鼻梁和微微翘起的嘴唇，与因十年排字生涯孕育而生的粗胖腰部和他的日渐佝偻一起，成了使他濒于声名尽损的怯懦无能的标志。不过，由于他的身高、块头和残留的机敏，他一路上的摇头晃脑依旧使他十分显眼，数年来已经没人叫他“兔子”了。

“哈利，去喝一杯怎么样?”父亲问。在韦泽街和小街相汇之处有一个车站和一家名叫凤凰的酒吧，门外有一位用霓虹灯做成的仅穿牛仔长靴的裸体姑娘，室内微暗的墙上画有仙人掌。他们要乘的巴士行驶的方向正好相反：老人乘坐 16A 路车绕过山开往佳济山镇，他一辈子都住在那儿；哈利则乘 12 路往相反的方向开往宾州①别墅区，那是城南新开发区，那儿每户人家都有带车库的平房和用推土机推出来的四分之一英亩的草坪，枫树苗被拴在土里，似乎不这样树苗就会飞走似的。三年前他和詹妮丝、纳尔逊搬到了那里。父亲一直觉得他们是被逐出了佳济山，因此多数时候他们都要在一起喝点儿酒以减轻下午分别时的愧疚之情。在一块儿干了十年活儿，他们之间产生了哈利孩童时期就可能会有的爱，当时母亲巨大的阴影把他俩拆开了。

“来杯施利茨②，”厄尔对酒吧男侍说。

“代克利，”哈利说。空调器开得太大，他把衬衣袖口抹下并系上扣子。他上班前后总是穿着白衬衣，以遮掩身上的油墨。出于礼貌，他先问

---

① 原文 Penn，为宾夕法尼亚州的缩写。

② 施利茨(Schilitz)，一种啤酒名。

母亲身体如何。

但父亲却不给一个礼貌性回答。往常他总是回答说:“还过得去。”今天他则侧身向柜台边移近了些,悄声说:“不怎么样,哈利。”

母亲患帕金森氏综合征已经有好几年了。哈利的心思偷偷地溜了号,不去想她的模样及其病况:一双骨节外突的手持续性颤抖,笨拙的双脚拖地而行,一双眼睛带着茫然的惊讶注视着他,嘴巴随意张开却忘了合拢,以至唾液流出口外,医生却说她的头脑和以前一样正常。“你是说在晚上?”就这个问题还想把她藏在黑暗之中。

老人又一次不让兔子的愿望得逞。“不,现在晚上好多了。他们给她一种新药而她说现在睡得好多了。更多的麻烦是头脑里的。”

“什么事儿,爸?”

“我们没有谈过,哈利,这不合她的天性,这不是她和我曾经谈论过的那种事儿。你母亲和我对有些事从来都是闭口不谈的,我们受的家教就是这样,如果没受这种家教或许会好些,这我没法儿知道。我是指他们塞进她脑子里的那些事儿。”

“他们是谁?”哈利对着鸡尾酒的泡沫叹了口气,心里想,他也在变,他们俩都在变。说的话都让人摸不着头脑。父亲向他靠得更近些,准备做些解释,他发现父亲也成了城市内外数以百计的那种瘦骨嶙峋、牢骚满腹的怪僻老头儿。这些人吮吸这同一枚砖质奶头[1]达六十年之久,已经随奶头一块儿干瘪枯萎了。

“嗨,还不是来看她的娘儿们,她如今在床上一躺就是半天。一个是迈米·凯劳格,另一个是朱丽娅·阿恩特。我真不愿用这种事儿来伤你

① 原文 brick tit,指布鲁厄城。

的脑筋，哈利，然而她说的话越来越古怪荒唐。米姆现在在西海岸，只有你能帮我理顺思绪了。我不愿惹你不高兴，然而她越说越荒唐了，她甚至想给詹妮丝打电话。”

“詹妮丝！为什么要给詹妮丝打电话？”

“这个嘛。”干完了一杯施利茨，他用枯瘦的手背抹了抹湿漉漉的上嘴唇，像老人抓东西那样蜷曲着五指。因牙齿松动而形成的苦相正要败坏哈利的胃口。“这个嘛，疯话涉及到了詹妮丝。”

“我的詹妮丝？”

“好了，哈利，别生气。别责怪传送坏消息的人。我在尽量把她们说的话讲给你听，并非说我也信。”

“我只是奇怪竟会有流言。我儿乎见不着她，现在她整天呆在斯普林格车行。”

“对了，问题就出在这儿。可能是你错了，哈利。从那次①以后你对她一直就不管不问。”那次他弃家出走。那次婴儿淹死了。那次她把他拽了回来。“十年前那次。”父亲又说了一句多余的话。在这家冷冰冰的酒吧，塑料花盆放在镜子下方的搁架上，里面种的是仙人掌，小小鸡尾酒搅拌器不停地抛射出七彩光线，哈利开始感到整个世界都在旋转。一阵凉意正在他体内肆意滋长，凉到手腕，系上扣子的袖口也抵挡不了这寒意。并非全由这消息所致，这变了味儿的平静需要一种新的组合把它打破。

“哈利，在我看来，人们的恶念超过了人类的理解力，可怜的灵魂是没法防御的，她躺在那儿没法不听。要是在十年前，她难道不会把她们撵出

① 指婴儿被淹死。见《兔子，跑吧》。

去？她那舌头难道会饶了人？她们说詹妮丝在到处瞎跑。是和某个男人，哈利。没人说她跟几个人有那种关系。”

寒气从兔子的胳膊扩散到了肩膀，再沿着静脉直抵腹部。“她们讲了名字吗？”

“据我所知没有，哈利。十有八九没这码事儿，她们又怎能知道呢？”

“可是，她们若能编造出事儿来，就能编造出一个人来。”

酒吧里的电视机正开着，声音却关掉了。这是那天第二十次火箭升空①，数字倒读的速度快得眼睛都跟不上，很快就到了零：然后高高的水壶下面冒出白色烟雾，升空的速度太慢了，似乎要倒下来，迅速缩小变成一个向后撤退的小点、一颗摇摇晃晃的小星。酒吧阴暗处的男人们在窃窃私语。他们没被升空，留在了这儿。哈利的父亲嘟嘟哝哝，窥探似的问：“她近来有什么异常没有，哈利？听我说，我明白那多半是屁话，然而——她近来，你要知道，有什么异常没有？”

听父亲骂娘，兔子心里难受；他怏怏抬起头假装看电视，现在节目播的是一群人正在猜测幕后藏的是什么奖品，当证实是台八英尺食物冷藏柜时，人们蹦跳尖叫，互相接吻。他敢发誓，在一刹那间这位年轻的主妇张开大嘴和司仪接了一个深度适中的吻，让他尝到了她那个舌头的味道，也有可能是他看错了。不管怎么说，她一刻不停地吻别人。司仪的双眼鼓得圆圆的，滚向摄像机寻求怜悯，屏幕上就转换成一则商业广告。在无声的意大利实心面条的画面背后，某个歌剧演员一晃而过。“我不知道，”兔子说，“她有时酒喝得烂醉，而当时我也在喝。”

“你不会的，”老人告诉他，“你从不酗酒，哈利。我一生中见过的酒

① 指阿波罗 11 号载人进入太空，该飞船于 1969 年 7 月 20 日下午 4 时 17 分登上月球。因此故事发生这天是 7 月 16 日，星期三。此处指电视重复播放了第二十次火箭升空。

鬼，都和那边版画中的布尼①一个样，有一个酒鬼，连老命都搭上了，而且他明明知道会这样，即使警告他明天会喝死，他也要喝。你晚上可能会喝上一两杯威士忌。你再也不是毛头小伙子了，你不是酒鬼。”他把松松垮垮的嘴藏进啤酒里，哈利敲了敲柜台，又要了一杯鸡尾酒。老人又凑近了些。“好了，哈利，你不想谈这等事儿，就原谅我多嘴吧，不过你床上的事迹不赖吧？过得不错，是吧？”

“不好，”他慢吞吞地回答说。对此诘问他颇不以为然。“说不上很好。谈一谈妈妈的情况吧。她的呼吸惊厥症最近又犯了没有？”

“再也没有那种能把我惊醒的发作了。吃了那些新的绿色药片后她像个婴儿一样酣睡不醒。我得承认这种新药真神了，未来十多年间想死的唯一办法就是用毒气了，希特勒的主意真不赖。你知道，现在已经没有疯疯癫癫的人了：只需早晚给他们服一片药，他们就会像爱因斯坦一样通情达理。你没有明确地说过不好，还将就吧，你说的是不是这个意思？”

“喔，坦率地讲，爸，我们从来没有那般愉快过。妈还跌跤吗？”

“她白天可能会摔一两跤，从来没说过。我告诉她，我告诉她去躺到床上看电视吧。她有自己的一套理论：只要能下床做事儿就不想老是躺在床上。我想她真该照顾好自己，把自己冷冻起来，过一两年他们或许会发明一种药，治这个病像治普通感冒一样简单。你知道已经有了些可的松；然而医生说他们不知道是否会有更坏的副作用。你也知道吓人的癌症啦。我的想法是，好歹试试看；总之，他们也是打算治好癌症的，用移植手术他们不久就会把整个内脏给你换了。”老人感到自己说得太多了，就低头盯住空啤酒杯，泡沫溜到杯底；他禁不住又加了一句，像作总结似的：

① 原文 Boonie，广告人物。

“很可怕。”见哈利没有回应，又说：“天啊，她就是闲不住。”

酒性开始发作。兔子不再感觉到冷了，脑袋开始飘飘然。这儿的空气似乎稀薄了些，眼睛也习惯了黑暗。他问：“大脑还够用吧？你总不至于说该给她吃药治疗精神病吧。”

“说实在话，不会向你撒谎的，哈利，当舌头找到了词语，她说出来的话像钟声一样响亮。她最近因詹妮丝的事儿闷闷不乐。上帝保佑，我真不愿打扰你，但这是实情，如果你和詹妮丝能抽出时间晚上过来一趟，对她一定大有益处。经常不见你，她的想象力就自由游荡了。我明白你已答应星期天她过生日时来，但不妨想一想：如果你身卧病床只能和白痴、电视机还有许多存心不良的长舌妇为伍，那真是度日如年啊。你若能在周末前的某个晚上去一趟，带上詹妮丝一块儿来，玛丽就可以看上她一眼——”

“我会的，爸，你知道我会去的。”

“我懂，主啊，我懂，我懂的比你想象的要多。到了你现在的年纪，你该明白你老爸不是你过去瞧不上眼的笨蛋了。”

“詹妮丝在车行办公室总是干到十点、十一点才回来，我又不忍心把孩子一人留在家里，这就麻烦了。我得马上回家去了，以防万一。”以防房子烧了。以防某个疯子闯进去住下了。报纸一直在报道这类事儿。模糊中他看到父亲的嘴角深陷了进去，被岁月剥蚀的双眼噙着一层薄薄的泪水，老人证实了他的疑虑。兔子生着闷气。在揭人短。詹妮丝：谁愿要你那种笨小狗？她出于对父亲的爱，呆在那儿舍不得离开了。自从去车行干活以来，她就快活得像女童子军，夏天有一半时间都是晚饭吃过才回来；他吃盒装便餐，独自照料纳尔逊睡觉，然后等着她像风一般吹进来，面颊红润，侃侃而谈；他从未见过她如此志得意满，从某个方面讲，这使他也感觉良好。他很生气父亲在不断地用詹妮丝来伤他，于是就捡起最方便的武器——妈妈，进行还击。“你们请的那位大夫是否建议送她去私人疗养所？”

开关已经扭到妻子这一边，老人的大脑却还未转过弯儿来。哈利有一个想法，这想法就像是火车车轮在道岔口磨擦而起的火花。妈妈以前这样对待过爸爸吗？给他戴绿帽子。一个劲儿在床上性事上找茬儿不就暗示曾经有过的经历嘛。真难想象，不光有和谁的问题，而且有在何时何地的问题；在他的记忆里，她总是闭门不出的呀，除了油漆工和耶和华见证人①以外没人来过呀，像爸爸的流言使他心寒一样，这个想法却使他兴奋而且开辟了一些可能性。爸爸还在讲：“……开始的时候。我们打算在她卧床不起之前至少可以拖延几天。如果在我退休并能整天守在家里之前，她就已经到了不能自理的地步了，我们就只能被迫做出那样的选择。话虽这样说，我还是不愿意看到那一天，天啊，真不愿意看到那一天。”

“嘿，爸——”

“给，四十美分。外加十美分小费。”老人给钱时把银币攥得紧紧的方式表现出对他而言那是真正的银币而不是只能在柜台上无精打采旋转儿圈的被阉割了的冒牌铜板。价值观早过时了。大萧条时钱真值钱啊！而今再也不受器重了，甚至一角银币都不再是银质的了。肯尼迪的头像把半元硬币毁掉了②，使之离开了流通领域再也收不回来。把银子都弄到月球上去了。结账这麻烦小事儿耽误了他询问妈妈的情况，等到走出门

---

① 原文 Jehovah's Witness 指 19 世纪后期 Charles T. Russell(1852—1916)在美国创立的一个基督教派，认为“世界末日”在即，主张个人与上帝感应交流。此处应指上门做祷告的该教派牧师。

② 美国总统肯尼迪于 1963 年遇刺身亡后，财政部发行了五千万枚半美元印有肯尼迪头像的硬币，因被公众收藏而无法流通。

外才发现不能再问了，他并不很了解父亲。屋外，站在炽热的阳光下父亲就完全失去了靠拢相伴时的亲近感，只显得苍老——眼睛下方两个赤褐色斑块，鼻梁两侧布满似将爆裂的血管，头发像纸板一样无色。“你刚才想问我什么？”

“我忘了。”哈利说罢，就打了个响亮的喷嚏。从空调屋一走进酷热中就释放出了这般爆裂声，弄得半条街的人头都转过来看。鼻涕也流了出来。“不，我记得。私人疗养所。我们怎能负担得起？一天差不多要五十块。肯定会把我们榨干的。”

父亲哈哈大笑，却又戛然而止以防滑动的假牙掉下来，又踉踉跄跄地走了几个舞步，正好来到灼热的人行道上，站在了红底白字的巴士站站牌下，有人画了几笔，用口红涂成滴脓①。“哈利，上帝以他的方式给予你妈和我的待遇一直是不赖的。信不信由你，在这么个时代活了这么久竟会得到些好处。这个星期天她就满六十五岁，可以享受国家医疗照顾了。从1966年开始我就一直在交医疗保险费，就像是一吨重的忧愁从胸中卸掉了。再也不会被医疗费用压垮。他们在书中把约翰逊小子②骂得狗血喷头，但是相信我，他为小人物做了不少好事。他栽了跟头是因为他的理想太高了。瞧现在天上的小子们，尼克松准备沽名钓誉，但那是民主党人立的功劳，从我记事起，从威尔逊③开始，情况一直如此——共和党人从未给小人物办过事儿。”

“言之有理。”哈利漠然答道。他的车正开过来。“告诉她我们星期天去。”他挤到车身后部没人的地方，用手抓住扶手，眼睛转向车外，他看见

---

① “BUS-STOP”（巴士站）改成了“PUS-DROP”（滴脓）。

② 原文LBJ，指美国第三十六任总统（1963—1969）林登·约翰逊（Lyndon B. Johnson，1908—1973）。

③ 指美国第二十八任总统（1913—1921）威尔逊（Thomas Woodrow Wilson，1856—1924）。

父亲正是其中的一个“小人物”。伟大的美利坚对他瞪目凝视，政府赐予美味祝福时对他乜斜偷觑；一天的活路已干完，一杯啤酒已下肚，阿姆斯特朗在天外，合众国披挂上了人类历史的桂冠和陶醉之情，这些都使他快乐兴奋，紧张不安，闲不住的双脚笨拙地挪来挪去；可是在瞪目乜斜之下爸爸显得是那样瘦弱渺小。就像发射台下的一颗砂粒，他已尽了自己的那份义务。而且他的身体还很健康；谁能想到妈妈反而先垮了？当巴士猛地一下颤抖着开走时，哈利的脑际慢慢浮现出他看作是可怕的圣物的妈妈：黑发变成了白发、对生活表现出过分精明的男人般的大嘴、他孩提时就总觉得里面有某种炎症的菱形鼻孔、眼睛的颜色从来都是不敢看的；时下患病之际眼睑浮肿几近闭目，长长的面孔似因汗水微沁而微微发光，枕头之上的大脑木然。他很少去看望老母的秘密正在于他不忍看到这般模样，而非詹妮丝之故。当她搜索着词汇欢迎他的到来时，他却只能瞪着眼瞧着她，觉得这是在浪费生命之源。病人特有的清淡气味和黄褐色氛围不仅驻足在她的卧室里，而且飘到了楼下，在前厅以周身包裹的方式表示迎接，再飘到爸爸热饭的厨房。这气味就像是煤气泄漏了出来，当他和米姆年纪还小的时候，她就经常为此而担忧。他低下头敷衍地祈祷，宽恕我，宽恕我们，让她好过点儿吧。阿门。他从来只在巴士上祈祷。现在这辆车也染上了那种气味。

车上的黑鬼太多。兔子注意到他们越上越多。他们始终都存在，他记得小时候在布鲁厄大街上屏着呼吸走过去，他们只是站着看，从不伤害人；但现在他们更加嘈杂喧闹了。他们不是光着头而是留着长发。那也没什么，更接近大自然了，大自然是我们正在消耗殆尽的东西。车间就有两个男人是黑人，法恩斯沃斯和布坎南，相处一段时间你就不会再留意了;至少他们还没忘记怎样哈哈笑。事情真麻烦,做了黑人,总是低工资,他们的眼睛和我们的不一样,充满血丝、褐色、眼圈内水汪汪的,好像眼球将要抖落似的。在某本书中读过,某个人类学家认为,黑人不比我们更原始,而是进化得比我们晚了些,是最新的人类。在某些方面要强健些,在某些方面要脆弱些。肯定要迟钝些,他们的聪明伶俐也没什么了不起,造不出原子弹和铝制啤酒易拉罐。当然你就不能说比尔·科斯比①是傻瓜。

然而这些颇有教养的宽容想法依然消除不了心中的恐惧;他不懂他们为何如此喧闹,坐在他前面的四个黑人,戳戳碰碰,不时发出清脆响亮的吵闹声;他们很清楚,这是在骚扰那些拎着购物袋回家的白种胖女人。其实,任何肤色的小子都如此:但是总有点怪怪的。他们是一个不可思议的种族。不仅指皮肤而且指拼拢在一块儿的形体,吊儿郎当像狮头,头形也奇特,似乎他们的思想也呈现着不同的形状,哪怕它们并无恶意时蹦跶出来后也走了样。巴士上所有这些美洲黑人的埃弗罗②发型、金耳环、唬唬叫般的喧闹声,似乎就像小鸟偷偷带进来的热带植物种子撒遍了整个花园。他的花园。兔子明白这是他的花园,即使詹妮丝指责他庸俗不堪,是法西斯,他仍坚持在鹰牌小车后窗上贴一面国旗图案。报纸上有报道说康涅狄格州有些人家,父母离家去了巴哈马,小子们闯了进来闹腾一通把家具砸得稀巴烂。这个国家有越来越多的地方像这个样子了。国家似乎是自然长成的而不是牺牲了许多生命建立起来的。

巴士离开韦泽街,跨过跑马河,开始把乘客抛下而不是载上。城里有

① 科斯比(Bill Cosby,1937—)电影及电视演员,录音节目艺术家,属第一批黑人电视剧演员之一。他天资聪颖,一生坎坷,于 1972 年和 1976 年分别获得教育学硕士和教育学博士学位。

② 原文 Afro,一种类似非洲黑人自然发式的呈圆形的蓬松鬈发。

一些破旧的廉价品商店(曾经是他的购物胜地,柜台齐鼻高,小开本《圣经》散发出圣诞味)、克劳尔百货公司(他曾在家具部仓库专干撬开木制包装箱的活儿)、布满花盆的环形交通交叉口(有轨电车轨道经常在交叉口发出铿锵声和火花)、因郊区商业街的兴旺而冷落了的市区商店的橱窗里空空如也布满灰尘,那些令人忧伤的狭窄区域现在改作摇摆舞厅和妇女时装用品小商店,殡仪馆门面镶上了人造花岗石,剩余农产品①批发商店,兼营炒花生的鞋庄,在费城②印刷的黑人报纸沉痛悼念姆博亚③遇刺身亡,一家兼卖赌博性彩票和安全套的花店,一家杂货店隔壁是管架衣物零售店,再隔壁是一家名叫金博友谊娱乐厅的低级酒馆,位于街道拐角处,这些都像是香烟头一样散落在桥头附近,随处可闻可见——经过他青年时代积满煤渣的闪闪发光的开阔水面,(一个男人从桥上跳下去想自杀却卡住臀部直到警察把他拖了出来),如今河道已被疏浚,反衬着斑斑点点的游船,城市让位给了西布鲁厄,该区不过是对该城拙劣的模仿,全是相同的涂成红色的砖房,像多米诺骨牌一样单薄,但是到处都能看到停车场、加油站的油泵和画着徽章的天棚,像湖一样深的超级商场停车场填满了闪闪发光的鱼翅。这巴士,高速急驶哼哧哼哧,越来越轻,黑鬼们消失了,它驶向广阔之梦,越过周围稀疏点缀着草坪绿地和在新加固的护坡上长着刚被剪枝的八仙花的堡垒似住宅,博物馆一晃而过,那里的花园总是开满鲜花,天鹅们吃着学童们抛去的面包屑,接着县立精神病院耸立的新盖侧楼的窗户一闪而过,窗户中了暑,在夕阳的映照下发射出橘红色光芒,

---

① 指政府为维持价格而贮存的农产品。

② 原文 Philly,费城的俗称。也译作费里。

③ 姆博亚(Tom Mboya,1930—1969)肯尼亚主要政治领袖,是民族主义运动的主要领导人。1960 年参与组建肯尼亚非洲民族联盟党。在该国独立后的 1964 年—1969 年任经济计划和发展部长。1969 年遇刺身亡。

像是在燃烧。眼皮底下是西布鲁厄干洗店、一个自称为娱乐天堂的玩具店、安装有树桩形门罩的丽都街①电影院：上映《2001年太空漫游》②。韦泽街转个弯，接上公路，一头扎进绿绿的郊外，那里有二十年代工业小巨头修建的半露木头的梦幻屋，灰浆石子上等红砖，馅饼渣似的薄片状灰墁，像是老太婆用糖果和做饼干用的硬邦邦面团捏成的带有双车车库以及弯弯曲曲私人车道的房屋。在布鲁厄县，除了有几处用铁栅栏围成的用绵延数英里草坪护卫的豪华庄园外，就没有什么地方能超过这些房屋了，最成功的牙科医生可以去买一栋，还有最卖力的保险推销员和最殷勤的眼科医生也可以。这个区域甚至有另一个名字：宾园③，目的是要和西布鲁厄划清界限。宾州别墅区充满希望地模仿这个名字，尽管它没有合并进这个自治村镇而只是坐落在熔炉区边缘，只配遥望的份儿。这个区曾经用木炭炉火为革命的滑膛枪熔化钢铁，现在几乎仍是农田。该区拥有的几台雪犁和唯一的行政司法长官几乎无法对付这个农庄上泥泞的草地、凸凹不平的碎石路面和被开发者们建了一半却突然扔下不管的排水管道。

兔子在宾园的一个站下了车，途经一条模仿都铎王朝④风尚的恩伯利大街来到两区交界处，路名变成了宾州别墅区的恩伯利环形车路。他住在新月街，倒数第三家。这里也许有过美景风光，由红色谷仓和粗石砌成的房屋形成了坡度徐缓的峡谷，然而在增加了更多的宾州别墅以后，现在从任何一扇窗户望去看到的都是一面支离破碎的镜子，而电话线和电视天线正是裂纹之所在。他的房屋正面装有苹果绿铝制隔板，门牌26

① 原文 Rialto，纽约市百老汇的剧院区。
② 著名导演库布里克执导的科幻片，1968年在美公映。
③ 原文 Penn Park。宾州别墅区英文是 Penn Villas。
④ 原文 Tudor，英国的一个王朝名(1485—1603)。

号。兔子踏在自己的石板门廊上打开家门，门上开有三个小窗口，排列得像三步台阶一样，依次回响着门铃声的三响节奏。

“嘿，爸。”儿子在起居室里边喊道，这间屋在他的右手，就像过去的客厅那样大，里面有个火炉但从未用过。“他们已经离开了地球轨道，离我们有四万三千英里了。”

“他们真棒，”他说，“妈妈在吗？”

“不在。在学校时他们让我们所有人都集中在礼堂看发射。”

“她打电话没有？”

“我回来后还没接到过。我刚回来一会儿。”纳尔逊，十三岁，比正常个头要矮，皮肤像母亲的一样黑，某种标致的东西和小心谨慎的神态倒是从安斯特朗家遗传下来的。长睫毛不知来自何处，披肩的长发则是他的自作主张。不管怎样，兔子感到要是他再高一点留长发倒还不错。照现在的样子，他实在太像个女孩了。

“你整天干啥？”

电视上还是那个节目，人们猜谜打闹，哇哇乱叫亲吻司仪，一切仍在进行。

“没干多少事儿。”

“去操场了？”

“去了一会儿。”

“然后去哪儿？”

“噢，西布鲁厄那边，只在比利家玩了一会儿。嘿？”

“什么事儿？”

“他父亲为他的生日买了一辆童式自行车。棒极了。车身很长，得把手伸很长才能抓住车把。”

“你骑过了?”

“只让我骑了一次。整部车亮闪闪的,上面没有一点漆,全是金属,香蕉式车座是白的。”

“他比你大,对不?”

“大不到两个月。仅此而已。只有两个月,爸。”

“他在哪儿骑呢? 在街上骑是不允许的,是不是?”

“他们的房子有个大停车场,他在那儿到处骑着玩。没人说什么。只花了一百八十美元,爸。”

“说下去,我去拿啤酒。”

房子够小的了,孩子说话父亲在厨房都能听见,他的声音和电视里欢快贪婪阵发性感情迸发和冰箱门开关时厚重的吸气声混合在一起。“嘿,爸,有些事我真不懂。”

“讲吧。”

“我原以为福斯纳希特夫妇离婚了呢。”

“是分居。”

“那为什么他父亲经常给他买些漂亮的玩意儿? 你该去看看那台高保真收录机,全是他的,在他屋里不让人用。四个喇叭,爸,还有耳机。耳机真大,戴上后就像是钻进了小蒂姆①的肚子里了。”

“那真是个好地方,”兔子说着就走进了卧室。“要不要点儿?”

孩子从罐里喝了一口,上唇毛茸茸的地方就沾上了钥匙眼大小的泡沫。他做了个鬼脸。

哈利解释说:“人们离婚并非是当父亲的不喜欢孩子了,而是他无法

---

① Tiny Tim,一首圣诞颂歌中的角色。

和他们再住在一块儿。福斯纳希特不停地为比利买这些花钱的玩意儿大概是因为离开他而内疚。”

“他们为什么要分居,爸,你知道吗?”

“这可把我难住了。更大的谜应该是:他们为什么要结婚?”当佩吉·福斯纳希特还是佩吉·格林的时候兔子就认识她,那时她的屁股宽大性感,眼睛大而闪亮,坐在中排老爱把手挥来舞去,因为她以为她什么都懂。对福斯纳希特他知之甚少:瘦弱的矮子老爱耸肩,在舞会乐队中常吹萨克斯管,现在是韦泽街北区一家乐器店的合伙人,以前叫弦乐唱片店,现易名为保真音响世界。福斯纳希特购买时打了个折扣,比利的那套音响就形同白送。就像他们不停地把奖品塞给尖声叫喊爱出风头的年轻人一样。深吻司仪的小姐消失了,一对黑人夫妇在猜谜。脸色苍白,但肯定是黑人。好吧,让他们去猜,去赢,去和其他人一块儿尖叫吧。总比从屋顶上朝你开枪强些。他仍然纳闷,不知那黑人新娘是何等模样。大嘴唇,把那玩意儿吸得让你神魂颠倒,黑鬼的阳具和耶稣的一样疲软,像鞭子一样长,费很大劲才扬起来,一进去就不出来,难怪白种女人需要他们,白种男人太快了,他们急着干正事,好使美国强大。兔子喜欢大家乐①节目,此时特雷萨在表演摇摆舞,她喜欢他们在她皮肤上涂的白字。每次看到白字时詹妮丝和纳尔逊总是问那是些什么字;他干的是排版这一行,当然能认出来,哪怕是闪电式的、倒写的或镜子里头的:他眼很尖,托瑟罗过去常赞扬他,说他简直能够通过他的耳朵眼看到篮球。托瑟罗,一位了不起的不可思议的巧妙的捧场者。而今已不在人世了。游戏方式变了,全都是跳起投篮,呈大弧形抛球,雄心勃勃的黑人在那儿运球弹跳,像你前臂一

---

① 原文 Laugh-In,是美国 20 世纪 60 年代播放的一套滑稽电视节目。

样大小的通红的手掌把球投了出去。他问纳尔逊："你为啥不在球场上玩儿？我像你这么大时整天在球场上闹腾或玩二十一点①。"

"是啊，你能行，你个子高嘛。"纳尔逊曾经对体育也着了迷。入过校竞赛联合会。但最近他放弃了。兔子把责任推在母亲保存的剪贴本上，那上面记录着四十年代后期他打篮球的那些岁月，那时他创下了几个县记录：去年冬天每次去佳济山时纳尔逊总要把它拿出来趴在地板上看那些陈旧干黄的比赛记录。胶水都干了，以致翻阅时发出阵阵"噼啪"声。佳济山中学队大败黄鹂中学队，安斯特朗独得 37 分。都是二十年前的事儿了，对孩子而言犹如一道星光。

"我个儿高，"兔子告诉他，"但像你这个年龄时比你现在高不了多少。"撒谎，不过也差不离。只高几英寸。这个世道几英寸就要命了。打高尔夫球。操蛋。宇航轨道。摆好拳击架势出击那个洞。他对纳尔逊的个头感到难过。他自己的身高从未给他带来好处，如果能去掉五英寸给纳尔逊他也愿意。只要双方都能得益。

"不过嘛，爸，体育现在不吃香了。没人愿搞。"

"唔，现在什么吃香？吸毒和逃兵役。以及让你的头发长到眼睛里去。你妈究竟在哪儿？我要给她打电话，把他妈的声音关小点好不好。"

大卫·弗洛斯特已取代了配对游戏，于是纳尔逊干脆关掉。孩子脸上朦胧闪现的被吓倒了的神色使兔子感到后悔：就像他在街上打喷嚏时父亲脸上的神色一样。天哪，他们甚至对打喷嚏都感到恐慌。儿子和父亲都一样脆弱，这让他感到可怜。要照顾别人，麻烦准会有，你开始感到爱护太过分了。然后你会开始感到真是多事。

---

① 原文 Twenty-one，一种作庄牌戏，玩者力争以二牌相加得 21 点总牌点，或比发牌人更接近 21 点，但不得超过。

电话在一组透明架子的下方，这架子在名义上把卧室隔开形成一个叫做早餐角的凹形餐室。上面放着几本烹调书，然而在他的记忆里詹妮丝从未浏览过，只是端出老一套炸鸡、索然无味的牛排豌豆和法国式土豆丝。哈利拨了一个熟悉的号码，于是一个熟悉的声音传了过来。“斯普林格车行。我是斯塔夫洛斯先生。”

“你好，查利。嗨，詹妮丝在吗?”

“当然在，哈利。混得怎样?”斯塔夫洛斯是个推销员，总能找到话说。

“麻烦事儿多，”兔子回答。

“别挂断，老朋友，尊夫人来了。”离开话筒，他的声音喊道:“接电话，老公打来的。”

另一个听筒被人拿了起来。在暂时沉默的间隙兔子似乎看见了办公室的模样:货品陈列室地板上微微发光的小车，斯普林格老头的毛玻璃门关闭着，绿色台面的柜台后面是三张钢桌:一张归斯塔夫洛斯，一张归詹妮丝，斯普林格用了三十年的那张桌放在中间，由记账员米尔里德·克劳斯特占用，只是由于她在这后半辈里冒出了某些女性难题而常感心烦意乱，所以她的办公桌上面除了铁网篮、纺锤、吸墨纸以外空空如也。兔子还能看见去年的小狗日历仍挂在墙上，而一个从纸板上剪下来的丰田客货两用车放在用旧的咖啡色保险箱上，前面是圣诞树。他上次到斯普林格车行是参加圣诞晚会。在经营了数年旧车生意后能荣获经营丰田车的权力斯普林格颇感得意，他曾对哈利说他感到“像一个每天都在过圣诞节的孩子”。“亲爱的哈利，”詹妮丝说，他从声音中听出有点异常，少许匆忙中喘出来的是一首轻快的歌，这歌声被他打断了。“要责备我了，是吗?”

“哪里的话，我和孩子只是在纳闷，再这样下去我们他妈的什么时候才能吃上在家里做的饭。”

“噢，我明白了，”她喊道，“我也讨厌这个样子，只是由于米尔里德经常外出，我们不得不翻阅她的账本，她的记账次序真是一塌糊涂。”一塌糊涂：他听出了她的话中还夹有另外一个声音。“老实说，”她继续喊道，“若是发现她骗走了爹爹数百万我们也不会惊讶的。”

“那好吧。你瞧，詹妮丝。听起来你在那边挺好玩儿的。”

“好玩儿？我在工作，亲爱的。”

“当然。那么他妈的究竟发生了什么事儿？”

“你这是什么意思，发生？除了你的老婆在设法为家里多带回一小块面包以外什么事儿也没发生。”面包？“‘发生’——的确。你也许认为坐在黑暗的地方摇动着机器一小时挣七美元左右是了不起的收入，哈利，事实是一百美元什么也买不到，哗的一下就没了。”

“老天爷，我干吗要听你讲通胀？我想知道的全部内容只是我的老婆干吗不回家给我和那小杂种做他妈的晚饭。”

“哈利，谁在你面前说我的坏话了？”

“说坏话？他们怎么会呢？詹妮丝。只是告诉我，我把两份快餐饭放在炉子上还是怎么的？”

通话停了，这时他脑海中展示出一幅图景：看见她双翅在盘旋，歌声停止了：想象他自己在翱翔，没有根底，自由自在。年代已久的一个预感，很模糊。詹妮丝说着话，字字斟酌，所以他感到像是在儿时注视着妈妈把一勺一勺的糖放进一碗奶油面糊中去。“你能不能，亲爱的，就今天晚上？我们这儿正遇上件小小的麻烦事儿，真的。很难解释清楚，但是我们必须把几个数字落实一下，否则明天就不能发工资了。”

“这个我们是谁？你爸在那儿吗？”

“噢，当然在。”

“我能不能和他说几句话?”

“什么事儿? 他在车行外面。”

“我想问问他是否买好了看棒球比赛的票。小家伙缠着要去。”

“唔,其实这会儿我没看见他,我想他已经回家吃晚饭去了。”

“这样就剩下你和查利了。”

“别的人出出进进的。我们正拼命设法把米尔里德搞成的一团乱麻清理好。这是最后一晚上,哈利,我保证。我在八九点钟回家,然后明晚我们都去看电影。西布鲁厄仍在放那个什么太空漫游,今早开车经过时看到的。”

突然之间兔子对谈话对一切都感到厌倦。使他不知所措的旺盛精力包围着他。一个男人的欲望会减弱,但世界的欲望从来不会减弱。“好吧,干完后回家。但是我们得谈谈。”

“我很乐意谈,哈利。”他真的只想谈谈而已,可从她的口气中听出她以为“谈谈”就是指床第之欢。她挂断电话,伴随着一阵满意而不耐烦的声音。

他又开了一罐啤酒。扣环断了,他只好去刀具抽屉的杂物下面找了一把又锈又旧的三角开刀。他热了两盒汉堡牛排快餐;一边等炉子的温度预热到华氏400度,一边看包装盒上列举的配料:水、牛肉、豌豆、脱水洋芋片、面包屑、香菇、面粉、黄油、植物黄油、盐、麦芽糊精、番茄酱、玉米粉、辣酱油、水解菜蛋白、味精、脱脂奶粉、脱水洋葱、佐料、糖、焦糖染料、香料、半胱氨酸、硫胺、盐酸盐、阿拉伯树胶。锡纸上的图片没有任何线索显示这些东西是怎样掺合在一起的。他过去总是以为阿拉伯树胶是用来擦掉痕迹的。都三十六岁了,他懂得的东西比幼年时还少。由于这个差异他现在也明白了他将来也同样是知之甚少。他永远不懂怎么说汉语或者操一个非洲公主会是什么滋味儿。六点钟新闻全是讲太空，全是讲虚空：一个秃顶男人在用小玩具演示飞船对接和分离的方法，然后播出小组人员谈论这次飞行对今后五百年的意义。他们老是提到哥伦布，但是据兔子所知，情况却完全相反：哥伦布盲目漂流，然后就有所得，这些家伙们非常明白，不管去哪儿，所得都不过是虚幻之境。汉堡牛排带有防腐剂的味道，纳尔逊只吃了几口。兔子想逗他多吃一点："不看电视无法吃电视快餐。"他们不断地换频道，尽量找点有意思的看，然而什么也没有，节目一个个放了过去，直到在九频道看到卡罗尔·伯内特和戈默·帕尔在就《孤独的骑警》①编排非常精彩的滑稽短剧。这使兔子想到过去，那时在杰克逊路他常坐在扶手椅上听收音机，一边吃着花生酱夹心饼干，经常弄得扶手沾满了奶油渍。妈妈经常为此发脾气。每个星期一、星期三和星期五晚上七点半，这个节目就开始了，若是在夏天，你踢完球回来，后院的邻居都静悄悄的，然后在八点，各家的门又打开，游戏又开始了，多么慷慨的夏夜，夜深沉正好安眠就寝，大洋那边在打仗，因此他正好可以在如此幸福的岁月里在如此安静的成长中消磨时光。吃着烙饼，有杰克·阿姆斯特朗②相伴，还有吉露牌果冻，它会带给你杰克·本尼。③

---

① 《孤独的骑警》(the Lone Ranger)是广播电视节目、书籍、电影和连环漫画中虚构的人物，系乔治·特伦德尔和弗朗·斯特赖克在《孤独的骑警》广播节目中塑造的人物，1933 年 1 月 30 日由底特律 WXYZ 电台第一次播出。20 世纪 30 年代末，该节目已有 400 多家美国电台转播。电台使"威廉·特尔序曲"成为儿童节目中人人熟悉的曲子，还使"嗨—嗬，西尔弗(马名)，走吧！"成为熟知的游乐场中的吆喝声。第一部电影系列片于 1938 年上演；电视剧系列于 1949 年上映，由辛迪加发行 4 年，后由哥伦比亚广播公司收买播放直至 1958 年，此后继续由辛迪加播放。该骑警生于 1850 年，某年遇难后被印第安人汤托救活。他戴黑色面具、骑雄马西尔弗，在西部漫游，除恶济贫、主持正义。在每一代人眼里，他像是这个复杂多难的世界上代表着秩序的理想人物。

② Jack Armstrong，美国第一档著名少年历险电台广播剧，1933 年开播。

③ Jack Benny (1894—1974)，20 世纪美国著名喜剧演员、播音员、杂耍艺人。

在这个短剧里，孤独的骑警有个妻子。她在小屋里踏着脚步走来走去，说她恨死了家务活儿，恨死了寂寞的生活。“你从不回家，”她说，“你总是吆喝着‘嗨嗬，西尔弗’，在一阵灰尘中消失”。看不见的观众笑了，兔子笑了。纳尔逊没有看出有什么可笑的。兔子告诉他：“那是他们过去引荐节目的方式。”

孩子别扭地说：“我知道，爸。”兔子稍稍地放松了一下，就有个笑话没听见，笑声正在消逝。

此刻，骑警的妻子正在抱怨说，丹尼尔·布恩①给妻子带回来漂亮的毛皮，但是“我从你那儿得到什么呢？一张战时公债券②。她打开一扇门，大量的债券哗哗流出来满地板都是。在短剧的最后，卡罗尔·伯内特和戈默·帕尔以及扮演汤托的演员（不是小萨米·戴维斯而是另一个黑人演员）不停地在公债券上偶然摔倒，从而把债券压得嘎嘎响。兔子想到了观看电视的数百万观众、捐助人偿付的数百万美元，却没人有时间去想这种事儿会发生：地板上满是乱七八糟的债券。

汤托对孤独的骑警说：“最好下次吧，先把银弹装进枪膛。”

妻子转而埋怨汤托：“他。我们为什么非得请他进餐？他从未回请过我们。”

汤托告诉她，若是到他的圆锥形帐篷来，她会给七八个勇士绑架走的。她不但不害怕，反而很感兴趣。她转动着那双伯内特式的大眼睛说：“那就走吧，que más sabe③。”

纳尔逊问：“爸，que más sabe 是啥意思？”

---

① Daniel Boone(约 1734—1820)，美国边民，传奇式英雄。他受教育很少，一生大部分时间从事游猎和捕兽，智勇兼备。

② 原文 silver bullet，也可译作“银弹”。

③ 这是西班牙语，其意为“那样会味道更足。”

兔子一怔，只得回答说："我不清楚。我想是'好朋友'或'老板'一类的意思吧。"实际上进一步一想，他对汤托仍一无所知。孤独的骑警是个白人，因此牧场上的法律和秩序对他有利，然而汤托又当怎样？自己种族的犹大，一个更无私更孤独更英勇的有德行者。何时领过薪水？为何对蒙面陌生人如此忠心耿耿？战争时期无人敢问。汤托就属于"正确的一边"。那么这就是一个恰当的梦，红白同路，红色热爱白色就像国旗上的红白条一样自然无疑。"正确的一边"现正置于何处？在竭力回答纳尔逊时他已经错过了好几个笑话。短剧正走向高潮。妻子正对孤独的骑警讲："你必须在我和他之间进行选择。"双手抱在胸前，恶狠狠地站在那儿。

骑警很快就做出了决定。"汤托，上马，"他说。他把《威廉·特尔序曲》唱片放在唱机上面两人就离去了。妻子踮着脚尖走过去，债券在脚底下嘎嘎作响，她把唱片换成《印第安人之爱在召唤》。汤托从屏幕的另一侧走上来。他和她亲吻拥抱。"我一直就想，"卡罗尔·伯内特向观众吐露内心秘密，她的脸也越来越大，"和印第安人风流风流"。

从看不见的观众中爆发出一阵笑声，甚至坐在家中安乐椅上的兔子也笑了，但是在笑声的掩盖下这最后的逗乐就平淡地结束了，大概人人都以为汤托是不会上钩的，尤其是，会像耶稣和阿姆斯特朗①一样不近女色。"该睡了，哼？"兔子说。他关掉机子，此时屏幕正在展示那一串串的演职员名单。小小星光突然一闪，然后消失了。

---

① 原文 Armstrong，为 1969 年 7 月 20 日登上月球的美国宇航员。同时参加这次阿波罗 11 号首次载人登月飞行的宇航员还有艾尔德林（Aldrin）和科林斯（Collins），他们俩负责绕月飞行。

纳尔逊说:“学校同学都说福斯纳希特先生有了外遇,所以才离婚的。”

“或者是由于不知道妻子的哪一只眼[1]在盯着他而使他厌烦了。”

“爸,什么叫外遇?”

“噢,就是说两人各自结了婚却又搞到了一块儿。”

“你和妈妈有没有这种事儿?”

“当然没有。我度过一次假,但时间不长。那时你大约三岁。你记不得了。”

“我当然记得。我记得妈妈老是哭,在妹妹的墓地大家都在追你,我记得在威尔勃街的那间屋里,你就站在我旁边,透过纱窗一块儿俯看小城,妈妈正在住院。”

“是啊,那时真不幸。如果斯普林格外公买好了他许诺的票,我们周末要去看棒球赛。”

“我知道,”孩子冷冰冰地说,不由自主地向楼梯口走去。每天总有一两次在他的眼角里总是感觉到看见屋内有另一个女人,她不是詹妮丝,不过是留长发的儿子,这使他颇为不快。

又来了一罐啤酒。他把纳尔逊吃剩下的晚饭刮进垃圾粉碎机,由于宾州别墅区的下水道安装马虎,水流不畅,粉碎机有时就发出甜丝丝的怪味儿。他走下楼梯,把玻璃器皿放进洗碗机里;詹妮丝的绝招之一就是到处乱钻,随手就把污浊不净的杯子和用作烟灰缸的托盘放在一起,把满是苦艾酒[2]味儿的酒杯随意放在手边的某个壁架上面——电视机上、窗台上。她又如何能帮忙理清米尔里德的那团乱麻?或许走出了家门她就是股效率高的旋风。会喊“嗨嗬西尔弗”。会和印第安人厮混。可怜的爸爸

---

① 福斯纳希特太太有斜眼病。

② 原文 vermouth,又译“味美思酒”。

和他的流言。可怜的妈妈躺在那里遭受恶意的嚼舌和噩梦的折磨。他们俩,大脑像老鼠哧溜一下就能钻过去的干草堆一样枯竭了。他不愿再想下去。他望了望窗外,看见阴暗处一道道电视天线的轮廓,看见一个铝制晒衣架和远处停车场上的一个篮球圈。他怎么才能使小家伙对体育感兴趣呢?他若是个儿矮不能打篮球,那就打棒球。任何一样都行,只要把某些东西投放到那里头,比如一些狂喜吧,那么以后就会有所回味的依仗。他若是现在就因无所依托而空虚无聊,他必定难保长寿,因为我们是越来越空虚无聊了。兔子从窗户旁转过身来,看见屋内的一切东西都有一种变化不定自由随意的光泽。反射的微光来自卧室沙发和椅子上面的合成纤维,来自詹妮丝买的台灯上的人造艺术形象,那灯座由一块缠着金属线的浮木做成以增加重量,来自看起来很不自然的用天然木料做成的搁架,除了几个带着集市纪念品光彩的烟灰缸外,上面空空如也,来自钢制洗涤槽、厨房油地毡上面发狂般的螺纹、水中的油脂。物物不相容。洗涤槽上方的窗户晦暗而无光泽,就像漆在疯人院窗户上面的橙色油漆。在窗玻璃上他看到了自己的那双湿手。双手浸在水里。他压扁了他早已漫不经心喝干了啤酒的铝制啤酒罐。罐中液体在他体内感觉像是金属:腐蚀着他,使他发福。物物不相容。他一定是疲倦了才不能集中精力思考问题并从中得出结论。兔子勉强爬上楼梯、像水中运动般地逼迫着自己脱衣刷牙,下沉到被窝里也懒得关掉楼下和浴室的灯。他听到收音机里传来一阵哀怨的让人憋气的喧闹声,纳尔逊还醒着呢。他想,该起来去道声晚安,给孩子一声祝福,但是身子很沉而灯光也射进他的卧室,伴随着轻柔的撞击声,这孩子一会儿开门,一会儿关门,好像正在找什么事儿做。从襁褓时兔子就能在别人醒着时睡得很沉,那些人站在那里,像撑起整个世界的钉子,像路灯柱、街道牌、蒲公英茎、蜘蛛网……

某个大东西溜上了床。是詹妮丝。梳妆台上发荧光的针盘正指着十点五十五分,两个指针叠在了一块儿。有她入寝,热度顿增。皮肤比棉花暖和。他正梦着一个抛物线,正试图驾驭,然而他正努力驾驭的东西不听使唤,像一个破裂的雪橇。

“乱麻解开了?”他问她。

“快了。很抱歉。爹爹回来了不让我们走。”

“总算找到了漏洞,”他咕噜咕噜地说。

“你和纳尔逊今晚是怎么过的?”

“没怎么过。”

“有没有人打电话来?”

“没有。”

尽管夜已深了,他感觉到她依然精神抖擞,生气勃勃,想说话,道歉,想握手言好。她一上床事情就变了味:从一个他正设法驾驭的不听使唤的木筏变成了一道曲线,又成为一只鸟巢,一个填得满满的山谷,它本身早被压弯了。她的一只手伸过去摸他,凭着运动员原有的本能,他把她拨开以护住那个部位。她转过身背对着他。他接受了这种抵制。他贴靠着她。在她没有骨头的腰部,肉与肉紧贴在一起,像只鸟在向下俯冲。他一直担心她结婚后会和她母亲一样长胖,但是随着她的年岁越来越大,父亲式的矮小清瘦精干进取在她身上呈现了出来。他的手离开腰部在她的腹部前面四处游荡,由于生过两个孩子,她的腹部略显松软,温柔可爱,像小狗的脖子。他当初该不该让她再生一个以代替那个死去的婴儿?或许是他的过错。当时一切看起来都像是个陷阱,子宫和坟墓,性事和死亡,他把阴部看成是老虎嘴而逃遁了。他的手指搜索到更低处,摸到了卷须,再低一点,发现那个地方早已湿了。他想到固定排版机上的字钉,想到明天的活儿，他的心已飞到了厂里。

维里蒂[1]印刷厂主要承印订单、基金筹措舞票、秋季政治鼓动单、春季的中学年鉴、看过就扔的超级市场传单、广告邮件。在轮转印刷机上该厂还印刷一种周报，名叫《布鲁厄缸报》[2]。自从两家日报及时报道所有本地消息和报业辛迪加提供的国内新闻以来，该报就以报道城市丑闻见长。该报也曾经出版过一本德语期刊《精神理疗椅》[3]，1830年创办。在兔子时代他们已经停刊，因为发行量锐减到只有该县及周围数县在偏僻角落居住的几千名农夫阅读的地步。兔子记得这事儿，因为这意味着老克特·希拉克离开工厂，他是那种脸色阴暗愁容满布的德国人，络腮胡子像是文身刺进皮肤里的而非从中长出来让人刮掉的。当他阴沉地坐在属于他的角落里时，他的头发呈铁灰色，腮帮呈铅灰色；他是被雇用来校对宾夕法尼亚德文版的，然后用黑体字型手排，别人是不许碰的。边饰和内页用的大号装饰性字母是用木头雕刻而成，经过一个世纪的墨手操作已变得乌黑。希拉克干活时精力非常集中，只在午餐时才抬起头用德语和波兰裔工头帕亚塞克说几句，或者和车间里两个黑鬼中的一个说几句，或者和安斯特朗父子之一说几句。希拉克一直讨人喜欢，因为他一丝不苟做成的事情是别人无法取代的。然后某个星期一他被辞退了，他的角落很快就被围墙隔开而变成了雕版工的工作间。

---

① 原文 Verity，其意为“真实，真理”。

② 原文 Brewer Vat。vat 有几个意思，或指酿造制革等用的“大桶，大缸”，或看作 Vatican 的缩写，其意为梵蒂冈，或看作 Value-Added Tax 的缩写，其意为“增值税”。因 brewer 意为“啤酒厂”，该报名意指“啤酒厂大桶”。酿酒发酵时桶内常发出特别的气味，此处自然喻指该报的德性。

③ 原文为德语 Der Schockelschtuhl。

《精神理疗椅》完蛋了，而《缸报》不断威胁说要拿到费城一家大型胶印厂去印刷。你只需把广告、照片、文字拼贴起来送走就行了。未来威胁着维里蒂，它只属于更妙的照相制版法、照相胶印法，此外还属于照相排版和计算机排版，它能在一秒钟内把几千个字母输送到胶片上而无需和金属亲热，靠编了程序的计算机输送甚至可以自加连词符或根据需要推迟运作；一台胶印机需三万多美元，而印刷票据和海报用平面活版印刷仍然是最方便的。《缸报》在任何一周都有可能倒闭。这份报纸显然是多余的。

布鲁厄工厂制造的部件飞向月球，这是本周头版新闻。兔子排着字，用双栏宽度，苍白的手指摆弄着，用过的字模像雨水落在铁皮屋顶上似的掉回到头部上方的铁槽中。

当布鲁厄人下星期天抬头凝望明月之时，月
亮看起来就可能有点异样了。
这是为何？
在布鲁厄生产的一小点重要产品将被送往

不行。成了单字行。他尽量把它拿回来然而这一行太紧，没法再挤进去，他只好排成单字行。

月宫。
之字电子器件公司，位于本市第七街和
洋槐街相交处，

嗬。

洋槐街相交处,《缸报》记者于本周向外透露
飞船上制导导杭计算机上面一个关键电子开
飞船上制导导航计算机上面一个关键电子开
关系统是由他们在这儿制造的,就在那幢外表
平常的砖制建筑里面,曾经是薄纱针织公司的
平常的砖制建筑里面,曾经是薄纱针织公司的
厂房,而成千上万的布鲁厄市民天天从旁经过
却一无所知。

用于开关的印花式电路板——大小只有半
张邮票重量不及一颗葵花子——一旦丧失作用,
阿姆斯特朗、艾尔德林和科林三位宇航员就会
飘离月球消失在称之为“深太空”的无限真空
之中。

但不会有丝毫危险的,之字电器公司总经
理勒洛伊·“旋转”·伦吉尔在极其现代化的浅绿

跳过二十行。改为单栏宽度排行。

色办公室对本报记者做了
这番保证。

“这不过是我们的又一
项工作而已。”他说,“我

们每周要制造一百个这样的电路板。

“很自然，之字公司的每个员工都极感自豪，”伦吉尔补充说，“我们正在伦吉尔补充说，“我们正在新的大海上航行。”①

机器高高地耸立着使他感到温暖，它像母亲一样护卫着他，并发出咕哝咕哝的声音，它性情暴躁、有上千个部件，是机器生产的黄金时代的幸存者。右边放着铅字盘；左边放着星形空铅条、字模盘和大嵌条盘；眼睛的水平处挂着一个带绿色灯罩的灯泡。在这个太阳的上方，机器像雷雨云团一样使劲向黑暗处推挤，字模来来往往，推杆呈螺旋形空转着，所有这些沙沙抖动的呜咽哀鸣的杂乱一堆正等着他智慧的轻巧一触。熔铸的铅在字模盘后面等待着；机器有时被轧住了，那炽热的铅就喷射了出来：哈利曾被烫伤过。但是机器是婴儿；它的要求，尽管十分坚决，可也不多，而且这些要求一旦得到了满足，顺从就会自动降临。它的忠诚是没有问题的。你服务于它，它就服务于你。哈利喜欢这儿的灯光。光线柔和悦目，均匀的蓝色光线不会形成阴影，如此安详柔美，以至对于微微发光的倒置字母看一眼你就能认出来。这和家里的光线形成对照：站在厨房洗涤槽旁，他便投射出阴影，看起来像是碟子上面的脏物；当他坐在卧室里时，詹妮丝借以阅读杂志的落地灯照得他不得不眯起眼，楼梯台的灯泡老

① 此处误排单词有 nabifiation、Collin 和 sailinggeatoin，没有这些词；另有重排三处，故作此译。这都反映哈利心烦意乱，这种情况下文还有。

是烧坏,孩子老是抱怨电视屏幕上有反光,当然,屋里全黑的时候除外。在维里蒂印刷厂的大房间里面,天花板上装着日光灯管,男人们像鬼魂一样走来走去,没有一点影子。

十点三十分喝咖啡休息,爸爸走过来问道:“能不能今天晚上过来一趟?”

“很难说。詹妮丝昨晚说要带孩子去看电影。妈还好吧?”

“还好。”

“她又在说詹妮丝了?”

“昨晚没有,哈利。最多不过是顺便提一下。”

老人侧身靠得更近了一些,像是手里握着珠宝一样紧紧地抓着纸咖啡杯。“你和詹妮丝谈了吗?”他问,“套出点儿什么没有?”

“套她的话,她是谁,审她呀? 我很难见着她。她昨天在斯普林格车行很晚才回来。”兔子畏缩了,在完美的灯光下他看见父亲的嘴唇缩了进去,怀疑的双眼偷偷转向一旁,哈利解释说:“斯普林格老头儿催着她在十一点之前把账本理顺,自从开始销售日本车以来他就成了个残酷的老板。”

爸爸的瞳孔稍微放大了一头发丝儿,眉毛抬高了新 4 号铅字①那么宽。“我还以为他和太太去了波科诺斯②。”

“斯普林格一家? 谁告诉你的?”

“我想是你妈,我忘了是谁讲给她的,也许是朱丽娅・阿恩特。大概是在上周。他们说斯普林格太太的腿怕热,肿了。不知该怎样描述上了

---

① 原文 pica,译作“十二点活字”,其长度为六分之一英寸,约等于中国的新 4 号铅字,为方便阅读故作此译。

② 波科诺斯(Poconos)是美国东部阿巴拉契亚山脉中的旅游胜地,在宾夕法尼亚州,以茂密的森林和溪流闻名。

年纪后的感受，并非一切都值得夸耀。”

“波科诺斯。”

“他们说的一定是上周。你今晚若不能来，你妈会失望的，我该怎样给她说?”

铃响了，该上班了。布坎南没精打采地走过来。在嘴唇上擦了擦早晨的这杯威士忌留下的痕迹，而且眨巴着眼。“老爹懂得多，”他开玩笑地喊了一声。一头圆滑的黑海豹。

哈利说：“给她讲晚饭后我们争取去，但是已经答应孩子去看电影，或许我们去不了。星期五可能行。”父亲的脸色，失望却没责备的意思，这使他愤怒，于是喊道：“真要命，爸，我有自己的家要管！我没法儿都照顾到。”他回到机器旁边才松了口气。机器和他很合拍，大脑一旦轻轻接触一个词(“波科诺斯”)，就发出“咕噜咕噜”的声音，一按键就发出很大的雨声，很高兴他又回来了。

他下班回来时詹妮丝已经回到了家。鹰牌车停在车库里。小房屋笼罩着香烟味儿；半杯苦艾酒放在电视机上面，而另一杯则放在卧室和早餐角之间的一个搁架上面。兔子喊道：“詹妮丝！”房子尽管小，却有回声，也能听见电视机旋钮的咔哒声、开瓶塞的噗噗声、纳尔逊弹簧床垫的吱嘎声，就是没人回应。他听见有连续玩水的声音，就爬上楼梯。楼上浴室充满了水蒸气。真让人惊讶，女人们竟能忍受这么热的水。

“哈利，你把好多冷空气都带了进来。”

她正在浴缸里刮腿上的茸毛，有几处小刀划破的口子正往外流鲜红的血。詹妮丝从来都不是一个最吸引人的女人，脸色看起来阴沉沉的，好像未充分发育似的绷得紧紧的。在婴儿溺死之前的那十年间，好莱坞正不断推出大个儿肥胖女明星，而她却个儿矮，但是她的腿却十分漂亮，现在亦如此。兔子一直都欣赏那双膝盖骨突出、肌肉结实、充满自信的双腿；他喜欢看人身上的骨头。妻子正把一条沾满肥皂沫的腿抬起来，像是在展览。透过蒸汽他看见灰白色浓稠肥皂水在她弯腰去刮脚后跟时流进流出，在阴门腹部屁股周围"咂咂"作响。结婚十四年来他已听到看到过她无数次的沐浴而此刻他正处在欣赏她沐浴的最佳时刻。他可以毫无错漏地数清这些岁月，因为结婚的时间比孩子的年龄大六个月。他问："纳尔逊在哪儿？"

"和比利·福斯纳希特到布鲁厄看童式自行车去了。"

"我不同意让他去看童式自行车。会出车祸的。"他的女儿是他们的另一个孩子，已经淹死了。这世界是流沙。要找条可靠的路一直走下去。

"噢，哈利，看一下并无害处。比利有一辆一直骑着呢。"

"我买不起。"

"他答应自己去挣一半。你若是挑剔，我们的那一半用我的钱支付。"她的钱：她父亲几年前就送给她股票了。而且她如今在挣钱。她还需要他吗？她问："你肯定把门关上了？怎么突然有一股冷风。这屋子没有多少隐私了，对吧？"

"天啊，你认为我应该为你的隐私付多少钱？"

"那么，你就不必站在那里盯着看，你以前看过我洗澡的。"

"可是，我一直没看见过你脱掉衣服的样子啊，不过我不记得上一次是什么时候了。你很不错嘛。"

"我不过是个贱货，哈利，我们现在有好几百万呢。"

几年前她从不说"贱货"，这使他激动，像是在他的阳物上吹去了一阵香气使他发情。她正勾着身刮毛的脚后跟开始流血了，突然，红成一片，让人吃惊。“天啊，”他告诉她，“你真笨。”

“你站在那儿看叫我紧张嘛。”

“那你为什么现在洗澡？”

“我们原打算出去吃晚饭，还记得吗？如果我们要在八点看电影我们就得六点起身。你该洗掉那些油墨味儿。想不想用我的水？”

“满是血和毛。”

“哈利，真是的。刚有点儿岁数就这样挑剔。”

又用了一次“挑剔”。不是她的声音了，另一个声音，她体内的另一个声音。

詹妮丝接着说：“水箱没有时间重新烧热一浴盆水的。”

“好吧，就用你的。”

妻子跨出浴盆，水溅到了防滑垫上，她的双脚和臀部被热水蒸成了玫瑰色。当她从后颈拢起头发时双乳耸动着。“想不想给我把背擦干？”

他不记得上次要他擦背是什么时候。给她擦背时，她那娇小的身材就和裸体女人拥有的绝对身材优势合二为一了。纤纤细腰和肋腹部增多的脂肪形成弯弯的曲线。兔子蹲下来擦干满是红红鸡皮疙瘩的屁股。大腿后部，散乱的黑色阴毛，两股间润湿的泥淖。“好了，”她说，然后就走到一旁。他站起来把她头发下面的地方轻轻擦干：大自然处处有鸟巢。她问：“你想在哪里下馆子？”

“噢，随便。孩子喜欢西韦泽街那边的汉堡天堂。”

“我在想，桥那边有家新开张的希腊餐馆，我想去尝一尝味儿。查利·斯塔夫洛斯几天前谈到过。”

“对了。说到几天前——”

“他说，他们有极好的葡萄叶片之类的东西和烤羊肉串，纳尔逊会喜欢的。如果我们不逼他尝点新，他这辈子就只能吃汉堡了。”

“电影七点半开始，你是知道的。”

“我知道，”她说，“所以我才现在洗澡的嘛。”看哪，一个崭新的詹妮丝，仍然背对着他站着，用屁股贴靠着他裤子的拉链，踮起脚尖弓起背巧妙地使它产生了双倍的潮湿接触面。他的心软了下来；他那玩意儿坚挺起来。“而且，”詹妮丝继续说下去，踮着脚像个孩子似的上下运动着，合着“班伯里十字架”①的调子唱道，“看电影不只是为了纳尔逊，而且还为了我，为了一周如此辛劳的工作。”

有个问题他正要问，然而她的抚弄把他的问题抹掉了。她挺直身子，说：“快点，哈利。水就要凉了。”在他那棕黄色的制服前面遗留下两块湿漉漉的斑痕。闷热潮湿的浴室已使他昏昏沉沉；当她打开通向卧室的门时，冷空气的袭入把他冻成了硬块；他打了个喷嚏。他脱衣时门仍然开着，于是他可以看到她在穿衣服。她的动作麻利、快捷；她把黑色连裤袜拉上脚时，其速度之快犹如蛇在沙滩上耸动前行。她跑向壁橱取裙子，跑向衣柜取衬衫，镶褶边的银灰色的那件，他以为是专为舞会保留的。用一只脚试了一下水温（太热），他想起来了。

“喂，詹妮丝。今天有人说你父母在波科诺斯。昨天晚上你却说你爸在车行。”

她在卧室中央停住不动了，双眼盯着浴室里头。黑黑的双眼更黑了；她看见他那硕大的白皙身体、他那平展松弛的腹部、他那未受割礼的器官软绵绵地悬吊着，就像金色的鸡腿倒挂起来后那悬吊着的雄鸡鸡冠一样。

① Banbury Cross 是英国一首著名的童谣，内容描述伊丽莎白女王去班伯里参观一新树立的巨大石质十字架的情形。

她看见那快步如飞的运动员被击倒在地，戴着绿帽子。她看见一位身材高大的白人像切猪油一样被一把小刀切成薄片。他抛弃她时那天使般的冷酷无情、他回来时兴趣的突降和对家庭紧紧的守候：这种混合中的某些东西是她无法饶恕的，这为她自己的行为找到了理由。她的双眼一定在他身上燃烧，因为他转过背开始跨进她的水中：他的臀部和她情夫的融合在一起，她想，为何所有男人看起来都单纯无辜易受伤害，回复到了他们的孩提时代。她坚决地回答说："他们去了波科诺斯，但是早早地就回来了。妈妈一直认为在那些旅游胜地她只落了个受冷落的份儿，"也不等他对撒谎作出反应，她就跑到了楼下。

浸泡在用她的毛发和血液调和的水池里，兔子听到纳尔逊进了屋。被闷住的声音提得很高，透过天花板传了进来。"那个劣等童式车，"孩子宣布，"已经散了架。"

詹妮丝说："那么你难道不高兴幸亏不是你的？"

"当然了，但是有一种更贵的，真正叫绝，一辆蒙娜·丽莎，外公可以按优惠价为我们买回来，所以不会比那辆便宜的花钱多。"

"你爸和我都认为，花两百美元买个玩具不合算。"

"它不是玩具，妈，它是可以让我真正学到发动机知识的东西。你可以弄个执照，爸将来开车上班就不用老是乘巴士了。"

"爸爸喜欢乘坐巴士。"

"我讨厌！"兔子大喊一声，"满车都是黑鬼味儿。"下面厨房一片寂静，没人听到他在说什么。

整个晚上他都有种没人听他说话的感觉，有种他的精神在果肉状绝缘物里被窒息了的感觉，于是他就说得声音更大更固执了。开着车（即使有他的一个国旗图案，鹰牌车感觉起来也更像是詹妮丝的而不是他的，她开的次数要多得多)，经过恩伯利大街到韦泽街，越过电影院，跨过大桥，他说："去他妈的，我就不明白我们为什么要回到布鲁厄就餐，我他妈的整天都是在布鲁厄过的。"

"纳尔逊同意我的建议，"詹妮丝说，"尝试一下也有趣嘛。我已向他保证过那儿有大量食物，并不甜腻，这跟中国食品不一样。"

"我敢肯定，我们看电影会迟到的。"

"佩吉·福斯纳希特说——"詹妮丝开始说道。

"那号笨人，"兔子说。

"佩吉·福斯纳希特说开头最腻味了。许多星星，还有交响乐。不管怎么说，一定会有一些音乐片断或至少是这类的东西好让你出去在门厅多买些糖果。"

纳尔逊说："我听说开头真叫绝呢。有许多穴居人真的吃生肉，一个小子说他差点儿呕吐了，然后你看见其中一个人真的被一根骨头弄死了。他们把骨头又抛向空中，它就变成了一艘宇宙飞船。"

"谢谢你了，'败兴'先生，"詹妮丝说，"我感觉我现在已经看过了。你俩去看电影吧，我回家睡觉。"

"真见鬼，"兔子说，"正好跟我们一块去受一次洋罪吧。"

詹妮丝以退让的口气说："女人们才不钻研科学呢。"

哈利喜欢这种吓唬她之后的感觉，喜欢这种主动直率地面对这个面目不清的未知者之后的感觉，他在生活中已经感觉到了它，在他们中间它就像是家庭的第四个成员。死去的婴儿？尽管詹妮丝最初比他更悲伤，尽管她在忧伤的重压之下像根芦苇弯下腰来，他甚至担心会折断的，但是从那以后的长年累月里，他已经成为这份忧伤的唯一继承人。自从他拒绝让她再次怀孕以来,谋杀和犯罪感就全都归他所有了。开头他试图去解释这是怎么回事儿,解释说和她做爱已变得太暗淡、太严肃、太类似死亡了,因此对可能因此而出现的一切充满疑虑。然后就不再解释,她似乎忘记了:像只猫在角落处嗅来嗅去,开头一两天还咪咪叫着寻找淹死的小猫咪,然后就回来舐牛奶,再躺在洗衣篓里打呼噜了。女人和大自然一样健忘。既然她们是科学图谋了解的对象,她们就没有必要去研究科学。一想起那婴孩,一回忆到在杂货店付钱打电话听到她的死讯时的情景,他胸中就形成一个纽结,隐隐之中他把这个结和上帝联系在一起。他记得,回家时在巴士上祈祷过。

在詹妮丝的引领下他从右边开过位于金博友谊娱乐厅旁边的大桥,又过了几个街区后他把车停在榅桲街。随后他锁上了车。“这就是贫民区,”他对詹妮丝抱怨说,“最近这一带发生了许多强奸案。”

“噢,”她说,“《缸报》就只登强奸案。你知不知道强奸是怎么回事儿?那是女人事后改变了主意。”

“瞧你在孩子面前都说了些什么。”

“他知道的东西比你愿意让他知道的还要多。这和私事无关,哈利,这是事实。现在的人比你小的时候世故多了。”

“和你小时候相比又怎么样呢?”

“我承认,那时我很笨,头脑很简单。”

“但是?”

“但是什么事儿也没有。”

“我还以为你要说你现在有多聪明呢。”

“我并不聪明,但至少我在努力解放大脑。”

纳尔逊走在他们的前面,他们说的话他大都听到了。越过石板屋顶和另一个停车场工地的碎石，他们可以看到韦泽广场上的葵花啤酒大钟。纳尔逊指着那口大钟说：“已经六点二十了。”由于不能确定他的话是否必要，他又补充说：“在汉堡天堂他们会立刻端上来，那很好，他们把食物放在大炉里保暖，炉火冒着蓝色火焰。”

“你不能去汉堡天堂了，小子，”哈利说。“尝一下比萨天堂吧。”

“别稀里糊涂了，”詹妮丝说，“比萨饼是纯粹意大利式的。”她对着纳尔逊说：“我们有很多时间，这么早那儿不会有人去的。”

“在哪儿？”他问。

“就在这儿，”她说。她一点没错地带他们来了。

这地方是一排砖房，按照布鲁厄的式样红砖涂成牛血红。一个不带霓虹灯的小招牌上写着：餐馆[①]。他们沿着砂岩台阶走到门口，一位慈祥的、嘴上有胡须的女人接待了他们，领他们走进以前是前厅的地方，现在把墙打通后和里间联在一块儿，再后面是装着旋转门的厨房。中间只有几张餐桌。沿着两边墙是隔开的小间。光秃秃的白墙上只有一幅画，画上是一个椭圆脸的黄种女人和手握闪着亮光的蜡烛的婴儿。詹妮丝不知不觉走到一个隔间的一侧，纳尔逊走到另一侧，哈利不得不走进去坐在纳尔逊身旁，帮助他点菜。他想找到特别像汉堡的食物。桌布是一块红方格布料，蓝色玻璃花盆里的雏菊是真花，软软的，哈利注意到了，他摸了摸。詹妮丝选对了。地方不错。唯一的音乐来自厨房里正开着的收音机。其余的顾客只不过是一对情人，他们非常热切地说着话，并不时地互相摸摸手，沉浸在某种连眼睛也不予信任的生存环境之中。男人似乎是憋红了脸，女人则因害怕而脸色发白。他们属于宾园一带的人，米黄色和

① 原文 Taverna，指希腊餐馆。

铅灰色衣服显得凉爽,这样的穿着打扮非常合适,正像七月袭进这块潮湿闷热的河边低地后任何着装都合适一样。他们的面孔显现出分明有钱的样子:前部清晰的眉毛是踉跄走步的肮脏穷人永远无法复制的。尽管哈利从未想成为他们中的一员,但他仍喜欢看见他们在这儿。在这家餐馆里他们的存在是如此高雅别致。也许布鲁厄还没有它看起来那样完全死掉。

菜单是用胶版印刷印制而成的。纳尔逊的脸绷得紧紧的,仔细地看着。"里边没有三明治,"他说。

"纳尔逊,"詹妮丝说,"你如果在这儿挑三拣四,我就再也不带你出来了。要像个大人的样子。"

"尽是些乱七八糟的东西。"

她解释说:"每样东西都多少有点羊肉。羊肉串①是在架子上烤出来的。茄片夹肉②是和茄子和着做的。"

"我不喜欢茄子。"

兔子问她:"你是怎么知道这些的?"

"大家都知道这些。哈利,你太土气了。你们俩,坐在一块儿,铁了心要受折磨。真是丑陋的美国人。"

"你自己看起来也不像中国人呀,"哈利说,"甚至你穿上方特勒罗伊爵爷③的衬衫也不像。"他低头瞧了一眼指头尖,看见摸过雏菊后留在那儿的黄褐色花粉。

---

① 原文 Kebab。

② 原文 Moussaka,为希腊的一道菜名,盖以白酱汁和干酪然后烤熟。

③ 原文 Lord Fauntleroy,取自美国女作家弗兰西斯·贝内特(1849—1924)的著名小说《方特勒罗伊小爵爷》。主人公为一男孩,常穿着剪裁很短的上衣、长至膝部的裤子、饰边颇多的衬衫、宽大的圆角衣领、或大而松的蝴蝶结。这种装束后称为方特勒罗伊式。

纳尔逊问:“卡拉莫瑞亚①是什么?”

“我不知道,”詹妮丝说。

“那我要。”

“你不知道你要什么。要苏伏拉克亚②吧,最简单了。是烤架上的几块肉,烤得很好,中间夹辣椒和洋葱。”

“我不喜欢辣椒。”

兔子告诉他:“不是使你打喷嚏的那种,而是像掏空的西红柿一样的绿色菜。”

“我懂,”纳尔逊说,“我不喜欢。我知道辣椒是什么东西,爸。我的天。”

“别那样说话。你什么时候吃过?”

“在辣椒汉堡③里。”

“或许你该把他带到汉堡天堂,让我在这儿得了,”詹妮丝说。

兔子问:“既然你他妈的那么精明,你想要什么菜呢?”

“爸说脏话了。”

“嘘,”詹妮丝说,“你们俩。有一种很不错的鸡肉馅儿饼,然而名字却忘了。”

“以前你来过这地方,”兔子告诉她。

“我要梅乐佩特④,”纳尔逊说。

兔子看见孩子粗短的手指(妈妈老是指出,他的小手像斯普林格家的)停在菜单上,于是告诉他:“真笨啊,那是甜点心。”

门口传来一阵高声迎候的声音,一大家人走进门来,全是黑发和微

---

① 原文 kalamaria,其含义见对话所示。

② 原文 souvlakia,等于 shish kebab,指(牛肉或羊肉的)烤肉串。

③ 原文 Pepperburger,为纳尔逊模拟汉堡包(hamburger)而编造的词。

④ 原文 melopeta。

笑，侍者像徒儿一般殷勤接待，把一张桌推进一个隔间，好给他们全体腾出空间。他们唠唠叨叨地说着话，他们"哧哧"地笑，他们咕咕地交谈，他们因到达的欢乐而趾高气扬。他们的椅子"吱吱"直响，他们的孩子拘谨地瞪着眼睛盯着什么，在大人吵闹的遮盖下面作惊讶状。兔子在自己破旧的小家庭中间感到衣服被剥得精光。宾园那对人，在骚扰中，非常缓慢地转过身来，犹如在水下，然后又恢复原状——她此时红着脸，他脸色苍白——在桌布上面保持接触，拉拉手，越过高酒杯的脚向前摸索。这群希腊人安静了下来，但有一个人没有。他一定是和他们一同进来的，只是在门口犹豫了一会儿。兔子认识他。詹妮丝不愿转过头，她一直盯着菜单，双眼一动也不动，所以并非真的在看。兔子小声对她说："查利·斯塔夫洛斯在那儿。"

"啊，是吗？"她说，然而仍不愿转头。

但是纳尔逊转过头大声叫起来："你好，查利！"每到夏天，这孩子都要在车行玩儿很久。

斯塔夫洛斯的视力很差，但依然敏锐。他的眼镜片呈淡紫色，他定睛瞧着。他的脸部突然绽起一笔买卖快做成时才会有的笑容，一个嘴角暗中向里一收形成一个酒窝。他明显地属于界限分明的人物。斯塔夫洛斯比哈利矮几英寸，年轻几岁，然而由于天性中贮存有浓厚的庄重与严肃，这使他的风度和姿容显现出更老成持重的样子。他的头发轮廓正在缩小。他的眉毛一字儿排开。他慎重而又迟缓地移动着脚步，似乎怀里藏着容易碎裂的东西。他穿着马德拉斯①式窄条方格衬衫，戴着矩形角质边厚镜片眼镜，留着一副浓密的方形短连鬓胡子。他就带着这种愿做如是选择的神态在世人中移动着脚步。他已三十多岁还未成家，足见其审慎行事的品质。

① 马德拉斯(Madras)为印度海港城市，盛产的一种窄条衬衫布也作此名。

兔子见到他时,总会比他预期的要更喜欢他。他使兔子想起那些伙伴,情投意合,性情温和,从不喋喋而言,真正的玩球手。斯塔夫洛斯一边提心吊胆,一边绕过片刻间的犹豫不决形成的障碍向他们的隔间走来,还是哈利先开了口:“到这边儿来吧。”而詹妮丝,脸虽朝下,却已让开了座位。

查利对詹妮丝说:“都来了。不错嘛。”

她说:“这两个真可恶。”

兔子说:“我们看不懂菜单。”

纳尔逊说:“查利,什么是卡拉莫瑞亚?我想要。”

“不,你不能要。很小,就像,在乌贼鱼黑液里烧成的章鱼。”

“真扫兴,”纳尔逊说。

“纳尔逊,”詹妮丝严厉地说。

兔子说:“坐吧,查利。”

“我不想搅和在一块儿。”

“就算是赏光吧。见鬼。”

“爸一直脾气粗暴,”纳尔逊揭了短。

詹妮丝不耐烦地拍打她身旁的座位;查利坐下来问她:“孩子到底喜欢什么?”

“汉堡包,”詹妮丝做戏似的呻吟道。转瞬之间她这会儿已变成了一个演员,每一种姿势和腔调都被迫传达出不言而喻的距离。

查利那个有点方形的脑袋弯下来专心致志地看着菜单。

“咱们给他点凯夫特底丝①。好不好,纳尔逊?肉丸子。”

“上面不能有番茄酱。”

---

① 原文 keftedes。

“没有酱，只有肉。一点薄荷。救生糖里就有薄荷，好不好?”

“好吧。”

“你会喜欢的。”

但是兔子感觉到一辆破车卖给了纳尔逊。他还感觉到，由于詹妮丝身旁斯塔夫洛斯那宽阔的肩膀以及那人两个手指上闪着金光的粗大金戒指，这张餐桌便转了一个弯开往一条兔子不能选择的道路。他和纳尔逊都坐在后排座位上。

詹妮丝对斯塔夫洛斯说:“查利，你为何不给我们所有人都点菜? 我们一窍不通。”

兔子说:“我知道我要点什么。我自己点菜。我要这个”——他随便从菜单上选了一种——“这个佩达克亚[①]。”

“佩达克亚，”斯塔夫洛斯说，“我认为不行。那是腌泡羊羔肉，你得提前一天预定，至少要六个人吃。”

纳尔逊说:“爸，再过四十分钟电影就要开始了。”

詹妮丝解释说:“我们正打算去看那部无聊的太空片。”

斯塔夫洛斯点点头，似乎他已经知道了，有一种滑稽的回声使兔子的耳朵竖了起来。詹妮丝和斯塔夫洛斯两人说的话听起来呆板，是复制出来的。当然他们整天在一块儿工作。斯塔夫洛斯告诉他们:“电影很糟。”

“为什么很糟?”纳尔逊急切地问。他双唇翘起，双眼微微吸进眼窝，婴儿时期每当奶瓶快吸干时所呈现的这副面孔至今还没有改变。

斯塔夫洛斯变温和了些。“纳利[②]，对你而言是棒极了。到处是玩具。对我而言，一点都不刺激。就连拍摄手法也不刺激。”

---

① 原文 païdakia。

② 原文 Nellie，纳尔逊的爱称。

“难道每件东西都必须够刺激吗?”詹妮丝问。

“并非如此,但应朝这方面努力,”斯塔夫洛斯告诉她。面对兔子,他说:“来点苏伏拉克亚吧,你会喜欢的,而且很快就上来了。”在一个令人羡慕的强有力的小小手势里,他移动了一下手,掌心向外似乎手指头被折断了,发出“劈啪”响声,连眉头也没有抬起来,那位慈祥的女人就跑了过来。

“雅苏①。”

“卡乐斯贝拉②,”她回答。

当斯塔夫洛斯用希腊语点菜时,哈利审视着詹妮丝和她那奇特的红光。岁月对她一直很温顺。似乎也对她感到歉意。她少女时代嘴唇周围显现出的某种吝啬和平庸的神色,已经随着脸上其他小小皱纹的出现而得到缓和;她的头发,曾因其稀疏而惹恼了他,也被视作他贫困的标记,如今她从中间分开,柔滑润泽,一泻而下,盖住了双耳。她没有涂口红,而在灯光下她的脸却拥有吉卜赛人的简朴干练和在报纸照片上见到的女游击战士的威风尊严。吉卜赛人的面孔她得自于她的母亲,威风尊严她得自于六十年代,这些都使她不显得柔软无力。相貌平常包含着足够的美丽。而如今她正处在幸福的漩涡里,身子在不停地扭动着,同时在烛光下一双白手快速而又夸张地画着圆弧。她告诉斯塔夫洛斯:“你要是不来,我们恐怕要饿死了。”

“不会的,”他说,真是个让人安心尊重事实的男子汉。“他们会照顾好你的。这些人很厚道。”

“这两个人,”她说,“太美国味儿了。真拿他们没办法。”

“是啊,”斯塔夫洛斯对兔子说,“我看见了你贴在旧鹰牌车上的图

---

① 原文 Yasou,希腊语,意为“希腊食物和菜谱”。

② 原文 Kale spera,希腊语,实际上应拼写为 Kali spera,其意为“晚上好”。

案。”

“我告诉查利了，”詹妮丝告诉兔子，“我当然是不会贴上去的。”

“那有什么不好？”他问他们俩。“我们的国旗嘛，对吧？”

“那是大人物的国旗，”斯塔夫洛斯说，他不喜欢这种观点，在有眼镜保护的近视眼睛下方轻轻地弹了一下手指头。

“但不是你的，嗯？”

“哈利对此着了迷，”詹妮丝警告说。

“我并非着了迷，我只是对一些人感到有点儿悲哀，他们来到这儿挣些来路不明的钱——”

“我生在这儿，”斯塔夫洛斯很快说道，“我父亲也是。”

“——然后呢，把他妈的国旗打翻在地，”兔子继续说，“就像是扔一张卫生纸。”

“国旗就是国旗。不过是一块布嘛。”

“对我而言它不仅仅是一块布。”

“那是什么？”

“它是——”

“伟大的密西西比河。”

“它是一直不曾打断我说话的人。”

“也不过插了一会儿嘴。”

“那也比中国式的一直会打断你说话的做法要好得多。”

“你瞧。密西西比河很宽阔。落基山脉转动不已。我就是不大明白警察棒打嬉皮士的脑袋，还有五角大楼在全球各地玩牛仔打印第安人的把戏。这就是我对你那个小玩意儿的认识。它意味着玩弄了黑人并把中央情报局派往希腊。”

“我们若不把人派到另一边去，我他妈的敢肯定，希腊人没法儿自己管理好。”

“哈利，别闹笑话了，他们创造了文明，”詹妮丝说。面对着斯塔夫洛斯，她说：“你看看，一谈起政治，他的嘴一点都不让人。”

“我才不谈政治呢，”兔子说，“那是他妈的美国公民宝贵的权利之一，不去谈政治。我只是不明白为什么我们就该反绑着双手在大街上走着而被任何一个暴徒所棒打，说是开始革命了。一听到飞黄腾达的破车推销员头发锃亮，双手撑在肥胖的屁股上面破口大骂一个自他们出生以来就一直在往他们嘴里塞糖吃的国家，我真的很生气。”

查利开始站起来。“我还是走吧。越来越好笑了。”

“别走，”詹妮丝央求说，“他不知道在说些什么。一谈这事儿他就失态。”

“是啊，别走，查利，就留在这儿迁就一下这个狂人。”

查利再次坐下并谨慎小心地陈述说：“我想追随你的思路。告诉我塞给越南的糖果吧。”

“很好。如果他们愿意，我们可以把它变成第二个日本。那就是我们想做的，制造一个到处是公路加油站的快乐富有的国家。可怜的老约翰逊，天哪，在电视上满眼泪汪汪，你一定听他讲过话，如果他们停止扔炸弹，他差不多是乐意把北越变成该死的联邦的他妈的第五十一个州。我们在央求他们安排一些选举，任何选举都行，而他们宁愿扔炸弹。我们还能做些什么？我们正试图牺牲我们自己，这就是我们全部的对外政策，正试图牺牲我们自己好让黄种小子们幸福快乐。而像你这样的家伙却懒洋洋地坐在餐馆里呻吟：‘天啊，我们腐败了。’”

“我还以为是我们而不是他们在扔炸弹呢。”

“我们已经停止了；你们这些自由主义者都游行要求停止我们就停止

了，可是我们又得到了什么？”他朝前靠了靠，清晰地宣布答案。“他妈的什么也没得到。”

那边窃窃私语的那一对儿吃惊地望着这边；两隔间以外的那家人已经安静下来侧耳倾听，纳尔逊满脸通红，深陷在眼窝里的双眼赤红而伤心万状。“他妈的什么也没得到，”哈利更为轻声地重复说。他俯身压着桌布，旁边的雏菊随之战栗。“现在我猜你要说‘凝固汽油弹’了。那是他妈的咒语。二十年来他们一直在活埋村长、往医院打迫击炮，由于汽油弹，他们反而成为艾伯特·施威策①和平奖的候选人了。臭，狗，屎。”他的嗓门又大了起来；这使他的态度坚定严厉，那些背信弃义、忘恩负义的想法污辱了国旗，也污辱了他。

“哈利，你要让别人撵我们出去呀，”詹妮丝说。但是他注意到她仍然快活，她的一切正在旋转，像热灶上的甜点心②。

“我就要懂他的意思了，”斯塔夫洛斯告诉她。“照我的理解，”他对兔子说，“我们是大肚妈，正试图迫使这个任性的孩子吃一些对他有好处的药。”

“正是这样。你听懂了。我们是大肚妈。而且他们多数人想吃这药，渴望极了，几个穿黑睡衣的疯子③却宁愿把他们活埋了。你怎么看？你以为我们是为了大米？本叔叔④的理论。”兔子哈哈大笑又补充说，“又老又坏的本叔叔。”

---

① 艾伯特·施威策(Albert Schweitzer，1875—1965)，德国神学家、哲学家、风琴家、赤道非洲的传教医师。由于他为达到“四海一家”所做的努力而获得1952年诺贝尔和平奖。

② 原文 a cookie in the oven，此处为双关语，cookie 在美国俚语中指“女性生殖器”。此处为作者众多性意象描写之一。

③ 指在夜幕下行动的越共特工队员。

④ Uncle Ben 是一种易煮熟的改良大米及相关食品的品牌。此处为双关语，下一句“本叔叔”指美国政治家、科学家本杰明·富兰克林(1706—1790)，Ben 为 Benjamin(本杰明)的昵称。

“不，”斯塔夫洛斯说，把双手平放在花格桌布上面，平直的双眉直盯着兔子喉咙最底边——哈利注意到，他小心谨慎，为什么？——“我认为这是一次错误的武力赌博。这不是我们想要大米，而是我们不想让他们得到大米。还有镁。还有海岸线。我们和俄国人下棋下得太久却不知我们已经输了。白种人在黄种人国家再也吃不开了。肯尼迪的顾问们以为在主任办公室里按一下电钮就可以控制整个世界，结果什么也没有发生。然后奥斯瓦德[1]选出了约翰逊这个笨蛋，他以为要做的一切就是用更大的拇指按在电钮上就行了。于是机器过热了，通货膨胀了，一头是市场萧条，另一头是大学生骚乱，中间是美国母亲们的四万个儿子[2]被沾上大粪的竹尖戳死。人们再也不愿让年轻人在丛林里被杀死了。或许他们从来都不喜欢这样做，只是以前常常以为牺牲是必要的。”

“那么现在不必要了？”

斯塔夫洛斯眨了眨眼睛。“我明白了。你是说战争是避免不了的。”

“当然，在那里打总比在这里打要好。小战争总比大战争要好。”

斯塔夫洛斯说着，双手放在桌沿上，准备往下劈。“但是你喜欢战争。”双手劈了下来。“照你所说，把黄种婴儿烧死了也是对的了，朋友。”“朋友”一词语气很弱。

兔子问他：“你以前是怎样服役的？”

斯塔夫洛斯耸耸肩，再抬平双肩。“我是身体不合格。心脏有杂音。听说朝鲜战争时，你呆在得克萨斯。”

---

① 奥斯瓦德(Lee Harvey Oswald，1939—1963)，被控为刺杀美国总统J·F·肯尼迪的凶手。本人于事发两天后在达拉斯县监狱被夜总会老板J·鲁比(1911—1967)击毙。肯尼迪去世后，副总统约翰逊趁机宣誓就任总统。

② 越南战争(1955—1975)进行到1969年6月时，在越美军已超过50万人。至战争结束时，战死的美军人数已超过5.6万。

“他们叫我到哪儿，我就到哪儿。他们现在叫我上那儿，我也会上那儿的。”

“好极了。你能使美国伟大。一个真正的拿着枪的狗腿子。”

“他属于沉默的大多数，”詹妮丝说，“不过他老是不甘寂寞，”看看斯塔夫洛斯，满心希望她的挖苦话能够得到回应。天啊，即使她的屁股在中年已经定了型，但她还是那么笨。

“他是一个标准产品。”斯塔夫洛斯说，“他是一个典型的好心肠的帝国主义种族主义分子。”从那种周到而又平稳的语气，以及那一点卖掉车后按捺不住的微笑中，兔子能够看出这是在向他讨好，向他请求——是他朦胧的感情——做同盟者。但是兔子被锁进他的直觉里面，从而把美国的每次行动都看作是“武力赌博”，这就会不得要领了。美国若不使用武力，它的行动就会如同在梦中，如同上帝的一张脸。哪里有美国，哪里就有自由；哪里没有美国，伴随着疯狂而来的铁链就会统治一切，黑暗就会吞噬数百万之众。在勤快的轰炸机下面，天堂才成为可能。他反驳说：“我不懂你这番种族主义的责骂。你一打开电视就有黑人面孔对你吐唾沫。从尼克松往下每个人都在熬夜苦想，试图想出如何让他们所有人都发迹起来而不至于陷入做工的麻烦之中。”他的舌头一点也不饶人；但是他在护卫着某种无限脆弱的东西，那颗与生俱来的星星。“他们大谈种族灭绝，而此时他们正是谋划灭绝之人，他们这些人，黑鬼们以及富家子弟，都想把这一切毁掉；一旦某个穷酸警察滑稽地瞟他们一眼，他们就会嚎叫着跑去找律师。在我看来，越南战争——有没有人想听听我的看法？——”

“哈利，”詹妮丝说，“你在折磨纳尔逊呢。”

“我的看法是，你该不时地打打仗，然后再表示你的意愿，无所谓在哪儿打。麻烦的不是战争，而是这个国家。我们现在不会去朝鲜打仗了。

天哪，也不会和希特勒打了。这个国家已被自己的麻醉药麻翻，在自己的油脂油膏、胡言乱语和污秽里陷得如此之深，正需要向从底特律到亚特兰大的每座城市扔氢弹好把我们惊醒，而甚至在此时此刻，我们还会以为是谁在亲吻我们呢。”

“哈利，”詹妮丝问，“你想让纳尔逊死在越南吗？继续讲下去，告诉他你会的。”

哈利转向孩子说：“小家伙，我不想让你死在任何地方。你妈妈正是那位热衷于死亡的姑娘。”

甚至他也知道说这话太残忍了；他感激她没有因此崩溃，而是暴怒起来。“噢，”她说，“噢。告诉他为什么没有弟弟妹妹，哈利。告诉他是谁拒绝要第二个孩子。”

“越说越有意思了，”斯塔夫洛斯说。

“很高兴你看出来了，”詹妮丝讲给他听。她的双眼深陷；纳尔逊也仿效她的样子。

谢天谢地，食物端上来了。纳尔逊停着没动，因为发现肉丸子泡在肉汁里。他看见兔子要的整整齐齐串起来的羔羊肉就说：“我要那个。”

“那我们就换换。闭上嘴吃你的，”兔子说。他看到对面詹妮丝和斯塔夫洛斯正在吃同样的东西，一种白色馅儿饼。以排字工的眼光看，他俩坐得太靠近了，两边都留出了不相称的空间。为促使他们调整一下他说道：“我认为这个国家真不赖。”

詹妮丝接过话头，斯塔夫洛斯仍在一声不吭地嚼着。“哈利，你从未去过别的国家吧。”

他对着斯塔夫洛斯说：“从来都没有这种愿望。我在电视上看见这些国家的模样，他们全都在拼命争取向我们学，又因为他们没法快点儿赶上而烧我们的大使馆。你都去过哪些国家?"

斯塔夫洛斯不情愿地中断吃饭回答说:"牙买加。"

"哎唷,"兔子说,"一位真正的探险家啊。三个小时就飞到某个希尔顿饭店的休息厅里了。"

"那边的人非常恨我们。"

"你是说他们恨你。他们从未见过我,我也不会去的。他们为什么恨我们?"

"理由都一样。剥削。我们在偷取他们的铝土矿。"

"那就让他们拿到俄国换土豆吧。换土豆和火箭发射场。"①

"我们在土耳其有火箭发射场,"斯塔夫洛斯说,他已心不在焉了。

詹妮丝想帮一把。"我们扔了两个原子弹,俄国人却没有。"

"他们那时没有否则也会扔的。日本人正准备切腹自杀,而我们拯救他们免于一死。现在瞧瞧他们那样儿,幸福快乐之极双倍地奋勇向前,左右操控我们。我们为了他们而同他们打仗,而你们这些反战分子却在出售他们的小汽车。"

斯塔夫洛斯用折成方形的餐巾擦擦嘴又恢复了争论的胃口。"她的看法是,如果越南是个白人国家,我们就不会陷入困境。我们也不会卷进去的。我们原以为只需'呸呸'几声,亮几件爵士乐般的杀伤性武器。我们原以为这不过是又一次柴罗基②部落起义。麻烦的是,柴罗基人这次在数量上超过了我们。"

"哦,那些该死的可怜的印第安人,"哈利说,"我们该怎么办,让他们

---

① 暗指发生在 1962 年 7 月—11 月的古巴导弹危机。当时苏联领导人赫鲁晓夫批准在古巴布置进攻型中近程和中远程地对地导弹以威胁美国,后因美国对古巴的封锁而中止。

② 原文 Cherokee,为北美一支印第安部族。下一句"柴罗基人"指北越人。

把整个大陆变成野营地?"对不起了,汤托。

"我们若是这样做了,这块地的模样也会比现在好得多。"

"而我们却无处安身了。他们挡着道。"

"言之有理,"斯塔夫洛斯说。"现在你挡着道。"他补充说,"白脸佬①。"

"让他们来吧,"兔子说,此刻他俨然成了一座堡垒。眼中温柔的蓝色火焰已经变成无情的大火。他低头盯着他们。他盯着詹妮丝,她脸色阴沉全身紧张:一个印第安人。宰掉这个印第安女人。

然后儿子说话了,他的声音是透过抑制住的眼泪拼命挤出来的:"爸,我们看电影要迟到了。"

兔子看了看表,发现只剩四分钟。小家伙说得对。

斯塔夫洛斯想帮上一把,像没做过父亲的男人那样父亲般地进行安慰,他以为关键时刻还是可以把孩子们哄过去的。"开场部分最无聊了。纳利,你不会错过太空部分的。尝点儿巴克拉佛②吧。"

"穴居人会错过的,"纳尔逊说,几乎是完全哽咽住了。眼泪几乎就要冒出来。

"我想该走了,"兔子告诉另外两个大人。

"这对查利不太礼貌,"詹妮丝说。"的确不礼貌。不管怎么说不喝咖啡看这种冗长电影我无法保持清醒。"她转向纳尔逊:"巴克拉佛挺好吃的。层层的面粉薄片夹着蜂蜜,就是你爱吃的那种又干又脆的东西。尽量体谅一下别人,纳尔逊,你爸妈难得在餐馆吃饭的。"

---

① 原文 paleface,其一是指"(黑人同性恋者称呼的)搞同性恋的白人"。其二是指"马戏团小丑"。此处指"小丑"。

② 原文 baklava,希腊、土耳其的一种甜点心,译作:果仁蜜馅点心。

兔子不耐烦了，就建议说：“或者你尝点正餐中要的东西，甜饼或别的什么。”

眼泪终于出来了；孩子绷紧的脸一下子变了。“你们答应了的。”他呜呜地哭了，把脸靠在光秃秃的白墙上面，伤心得已经无法说出话来。

“纳尔逊，我对你感到失望，”詹妮丝告诉他。

斯塔夫洛斯把那支铅笔又藏在耳朵后面，对兔子说：“如果你们现在要走，她可以留下来喝咖啡，十分钟后我顺便送她到电影院。”

“那倒是个办法，”詹妮丝慢慢地说，她的脸色小心谨慎地舒展开来，宛若一朵感觉迟钝的花儿。

兔子告诉斯塔夫洛斯：“行，好极了。谢谢。你送她真是太好了。你迁就我们真是太好了，如果我说过什么过分的话就请你谅解。我只是不能容忍别人说打倒美国的话，相信这是心理上的原因。詹妮丝，你带钱了吗？查利，你告诉她我们该付多少。”

斯塔夫洛斯又老练地重复了那个掌心向外的小小手势：“不用了。算在我账上。”不容争辩的。他站起来，急急忙忙要去看穴居人（生肉？一根骨头变成了一艘宇宙飞船？），兔子发现，在他们中间，餐馆里的那对宾园情侣正在付账仿佛正在把婴儿放下来休息，沐浴在渴望的家庭幸福之中：这也刺激着他想对詹妮丝说句话，好让纳尔逊更高兴些：“明天提醒我给你爸打个电话，问一下棒球比赛的门票。”

此刻大家都想取悦别人，因此还不等詹妮丝答话，斯塔夫洛斯就说话了：“他还在波科诺斯。”

詹妮丝原以为当查利称哈利为“白脸佬”时一切都完了，从哈利抬眼看她的神态，从他眼中那吓人的蓝光，到查利脱口说出爸爸不在家，她明白这下完了;但是无论如何却没有完。或许是电影使他们的感觉都麻木了。电影太长,后来一段梦幻般的情景让她感到头痛,里面是太空人正登上行星,然后变成一个戴白色假发的小老头儿,然而她开车回家就决定把一切都和盘托出,坦白承认并挑衅他采取行动。他大不了仍是出走,这也能减轻她的心理压力;她在厨房喝了一杯苦艾酒壮胆,但是楼上纳尔逊正在关自己的房门,而哈利仍在浴室。当她满嘴牙膏味儿酒味儿从浴室出来时,哈利正躺在被窝里只露出个头顶。詹妮丝钻进去躺在旁边听了听。他的呼吸属睡熟时的一起一落。于是她就睁着双眼躺在那里,宛如一轮明月。

在他们十分钟实际上已变成了二十分钟的喝咖啡时间里她告诉查利说当他知道她要带他们到这家餐馆时他还要过来这太不谨慎了而他,以他常有的保持尊严的方式,双唇伸出似乎成了一个菱形有点像恶棍似的耸了耸肩他说他以为那正是她想要的,那正是她告诉他她准备说服他们上这儿来的原因。此时她在静静地想心事儿,他不理解恋爱中的女人,他以为只要去下馆子,吃东西,就算对她表达了足够多的爱心,他没有必要露面而使这一切处于危险之中。这甚至是把平滑的表面弄得粗糙了。因为一旦他的躯体出现在那里她的一切防备就会被摧毁,假如他不是要和她喝咖啡而是要她去他的家里她也会去的她甚至正在大脑中编造一个借口以告诉哈利说她的身体突然感到不适。而幸好他没有要求她,他喝完咖啡付清全部账单按照诺言把她送到了树桩式大帷幕下面。男人们在这方面总是要求严格的,互相之间信守着诺言,女人们则次之,本性嘛。做爱时查利就向她推销她自己,喃喃不休地说出她身体的各个部位,给它们起上哈利仅在愤怒时才用的名字,她起初反对但是看见对查利而言它们属于爱的语言她就舒畅多了,那是他维护自己体力的方式,把属于她自己的东西再兜售给她。和哈利一块干的时候，她从不感到惊慌，她知道他不能坚持很长时间，查利永远能抑制住，那是一个粗大可爱的玩具她想怎么玩就可以怎么玩，她的玩具熊。刚开始时，他肩膀背后的软毛使她感到震惊，那是某种畸形反常的东西然而不是的，许多男人都那个样儿。穴居人。穴居熊。黑暗中她绽起了笑容。

小车驶过大桥，沿着韦泽街行驶在黑暗中。他问她哈利是否猜着什么了。她说她看不会的。只是最近几天什么事一直惹他烦恼，大概是她在办公室里呆得太晚了。

“或许我们应该稍稍降点儿温。”

“哦，让他自作自受吧。他过去总以为我没用，我有了工作他起初很高兴。现在他认为我忽视了纳尔逊。我对他说：‘给这孩子一点自由吧，他十三岁了，你依赖他比你母亲依赖你还厉害。’他甚至不让他买童式自行车，大概是因为太危险了。”

查利说：“他肯定对我怀有敌意。”

“不一定。一谈越南他对谁都那样。他真的是那样想的。”

“他怎么尽想着那些破烂玩意儿？我们——他们，美国第一。早过时了。”

她试图想象一下感受怎样。有个情人的好处之一就是，它使你重新思考一切。你的余生便成为某种电影，单调无聊而又滑稽可笑。她终于回答说：“他对某件事情是认了真的，我不知道是什么事儿。”她费劲地接着说，因为只要她努力去思考，她的舌头、她的头脑就是一片模糊不清，说话踌躇吞吐，而且查利·斯塔夫洛斯有许多极好的特点其中之一就是无论如何都能让她前言不搭后语地把心里话抛将出来。他不仅把她的身体而且把她的声音还给了她。“或许他回到我身边，回到纳尔逊和我身边，是出自传统的原因。他想过传统式的生活，但是没人再那样过，他感觉到了。他让自己的生活去适应他也感觉到在不断消失的法则。我是说，我明白他认为他正在失去一些东西，他老是读报看电视新闻。”

查利哈哈大笑。大桥上的蓝色灯光在他平放在方向盘上的手背上忽隐忽现。“我懂了。你算是他的海外债务。”

她也哈哈大笑。但是他似乎有点儿刻薄，竟然拿这样一个婚姻开玩笑，毕竟，这也是她的一部分。有时查利并非真的在听。她父亲就这样：天性都是匆匆忙忙，一切都是耳边风。走在人前头，你就会错过迟缓者所能看见的东西。

斯塔夫洛斯感觉有点儿过头就想设法弥补。到了电影院时他拍了一下她的大腿。“太空冒险，”他说，“我的太空冒险计划就是带上你的屁股和睾丸①钻进被窝里呆上一个星期。”此时此刻，灯光从帷幕下方斜射进车内而少量迟到的观众颤抖不安地在买票，他把爪子迅速伸进衣内越过双乳翘起拇指塞进凹地。他这一摸使她激动发躁，她怀着负疚和迟到的心情，冲进了电影院——院内有酱紫色的地毯、不自然的冷气、摆放糖果的盒子——她发现纳尔逊和哈利坐在前排，由于她的缘故他们不得不坐在那儿，她使他们迟到了这样她就可以吃上情人的饭，巨大的正在爆炸的银幕就在他们的头顶，头发在燃烧，耳朵映得通红。脑袋的后部，一样地天真单纯，从而在她体内犹如春情勃发般地涌出一阵爱意，一阵怜悯，她跨过陌生人参差不齐的膝盖挤到丈夫和儿子留给她的座位。

---

① 屁股 ass 和睾丸 ball 在俚语中都有性交之意。

一辆小车在外面弯曲的道路上行驶。一片片灯光猛地投射到天花板上面。下面的电冰箱在喃喃自语，把自己的冰块儿滴进自己的盘里。她感到身体像竖琴般绷得紧紧的，渴望被人拨弄。她就拨弄着自己：年轻时她几乎从未干过，嫁给哈利以后这样干当然是不对的，婚姻应该使之永远成为不可能，只要转向那个人他就给你把问题解决了。如今和哈利同床该是何等悲伤，他们的房门都对对方关闭着，都能听到对方哭泣但就是进不去，不仅仅是婴儿的原因，尽管那也是可怕的，最可怕的事件，而连这事儿也已淡漠了、磨平了，乃至于在那屋里的似乎不是她而是她的影子，而且她不是独自一人，屋里一定有某个男子和她在一起，他现在和她在一起了，不是查利而是包含着查利，你干的一切都是在这个人面前干的让他把肉喂进来该有多好。她就在大脑中想象着它，就像你已经吞进去的东西。一味地大啊，大。慢慢地，慢慢地像糖在溶化。除了这一次她已经和他干过许多次了她能够很快达到高潮，有时要他接连不断地炮击以使她震惊起来，亢奋起来，她自己弄她的玩具，真奇怪玩儿还需要学才会，他们，每个人，体操教师、圣公会牧师、妈妈甚至在一次可怕的令人为难的时刻，都常常告诉她不要把你的身体当成一件玩物它就应该是它本来的模样，她在纳闷是否纳尔逊的弹簧床垫在吱嘎响，他那小玩意儿在等着长毛，他会怎么想，他该怎么想，生活如此孤单，她回家时他独自一人坐在电视机旁，他的童式车，她丧失了它。尽管她弄得越来越快了，她还是丧失了它，她的激情。真傻。这一切都真傻。我们生下来他们尽力喂养我们为我们换尿布爱我们我们长了乳房来了月经使男孩子迷恋最后有一两个走上前来抚摸我们等不及结婚我们就怀了孩子然后把孩子打掉这次使男人迷恋自己甚至还不知晓直到你陷得太深了随着我们年龄的增长肉欲变得越来越重要后来那个阶段终于越过了我们就开着车到处跑头戴插花的帽子到图森①呆一会儿或在新罕布什尔州看树叶变颜色去逗一逗小孙儿然后像可怜的安斯特朗太太一样躺在床上，哈利老是找她去看望她但她不明白她为什么应该去她从来不说她一句好话那时她身体健康当她的嘴一边唾沫四溅一边就在摸索着单词时她的眼珠挣扎着要从脑袋里突现出来争取听见她自己说出来的坏话，然后就有了养老院或是医院，可怜衰老的灵魂就像他们常常看到的她父亲年迈的姐姐那样，电视机在大厅里摆得到处都是圣诞装饰树上的针叶掉在亚麻地毡上面，然后我们死去了如果我们没有劳神费力地生出来也不会有丝毫关系的。总是有战争骚乱历史产生但是如果你不感兴趣它也就不会像报纸上说的那般重要。对此而言哈利似乎是对的越南或朝鲜或菲律宾没人会关心的，然而总会有人为之而死的，就那回事儿了，靠着那些乳臭未干的男孩们去死，另一边的孩子们像纳尔逊那般年龄。真奇怪查利如此关心，如此生气，似乎他是少数民族，他当然是的，她父亲经常讲他上学时打群架，我们打他们，斯普林格是英国名字，爸爸对此很自豪，那么，在校时她经常扪心自问，她为何又是那样黑，不是晒了太阳，皮肤却是橄榄色，头发一直是拳曲着的从未自然蓬松地摆平展过，直到最近才明白让它在前面长长了再用饰针向后夹住，尽管查利卧室有一幅圣像但他还称她是他在操的马利亚真是亵渎神灵，上学时她没有充分发育，然而看到她日渐丰满壮实，她原谅了那些岁月，所有那些年，都冲查利而来。他的贱货，他的富婆娘，尽管他们从不曾富有只是受尊敬而已，爸爸给了她一点股票好混过那段日子那时哈利正不负责任地在外瞎混，股息支票正源源流进，开着窗户的信封，她不想让哈利看见，那会使他的工作失去价值。一想到这些年来哈利工作得如此辛苦，詹妮丝就想哭。他母亲

① 原文 Tucson，亚利桑那州南部城市。

以前常常唠叨说他是如何卖力地练球、运球、投篮，反过来却心怀恶意地说纳尔逊没有这天分。真傻。这样想下去哪会有个头，还有个明天需要对付，应该和哈利讲个明白，她问该怎么办时查利只是耸耸肩，如果爸爸吃中饭时还未从波科诺斯回来他们就到查利家去，阳光过去常使她窘迫但是她现在最喜欢白天干了，你可以看见一切，男人如此无辜的屁股，甚至还有那个像收紧的皮囊一样的小孔，柔软黑黑的毛，他们都是坐着干的，对他们而言这世界都已充分开垦过了：真傻。确信已经完全满足了，詹妮丝收回手睁开眼睛看着哈利睡着时缩成一团的样子，他真蠢把她的性欲封闭了这些年，是他的错，都是他的错，那一切始终都在那儿，他有责任去把它唤醒，她为查利做了一切是因为查利求了她，那样感觉起来很神圣，她并不在乎，你总得活下去，他们把你带出来你总得活下去，你被制造出来仅为一件事，女人们现在极力否认烧掉胸罩[①]但是你被制造出来仅为一件事儿，这感觉起来像是在堕落，一次背叛，一只深处的眼睛睁开了，一次你对深处世界的探险，哈利对此一窍不通，他从不敢细想一下，拼命向前跑，他太爱挑剔了，其实是厌恶性欲，她一直就在那儿，就在那儿，唉：并不真正在那儿。她明白他明白，她睁开双眼，看见他滚到了床边，悬崖边，他俩都在这边儿上，即将堕落了，她闭上眼，她就要堕落了：落在那儿。噢。噢。床在抱怨了。

詹妮丝的身体在往下陷。她在哪儿读到过，他们说一些医生在你干的时候量血压，一些东西粘在头上以测量人们是如何专心倾力的，当你自个儿干时总是处于最佳状态。她使得床颤抖不已已经把哈利惊得半醒；他笨重地翻了个身用手臂抱住她的腰，一个柔弱的高个儿正在发福。她用刚干过的手指抚摩着他的手腕。是他的错。他是一个软弱的白种幽

---

① 美国妇女解放运动的一种口号，提倡不戴胸罩。

灵。竭力想为她制造一个匣子好把她装进去像可怜的小瑞贝卡[1]死后他们把她放进匣子里一样。她过去信奉的哭湿胸膛的习惯已经一去不复返了,她感觉到了这点,于是内心发出了巨大而骇世的呼喊似乎想挖出一个洞让生命重新返回来。她又想起了电影,巨大的轮子及时靠着黑色的天鹅绒旋转和着那壮丽辉煌的交响乐一起把她从所有的慌张狼狈中拔将出来走进了剧院。她就像一个芭蕾舞女主角一样轻飘飘地穿行在她的生活、爸爸、哈利、纳尔逊和查利这些稀疏的行星中间,她认为他不在时春情涌动是对情人的背叛,她偷偷地把指尖,上面还有来自潮湿地的美妙气味,伸向嘴唇,一边亲吻一边想着,你啊。

次日,星期五,报纸和电视全是约克镇[2]黑人骚乱的消息,狙击手误伤了无辜的消防队员,寻常百姓上了街,这世界将走向何方?宇航员正靠近月球的球心引力范围。傍晚,一场暴雨席卷了整个布鲁厄,连续降雨逼得顾客和下班回家的工人钻进了商店的入口处,哈利和父亲挤进凤凰酒吧之前白衬衣就已经湿透了。“昨晚你们没来,”厄尔·安斯特朗说。

“爸,我告诉你了我们没法儿去,我们带孩子外出吃饭然后去看了场电影。”

“也好,别对我发火。我以为你仍悬而未决呢,但是没关系,说说该不碍事吧。”

“我说过我们会去的,就这句话。她很失望吗?”

“她没有表现出来。你母亲的天性就是含而不露,这你知道。她知道你遇到麻烦了。”

---

① 哈利被淹死的女婴。见《兔子,跑吧》。

② 弗吉尼亚州东南部城镇。1781 年华盛顿在此地接受英军投降。

“什么麻烦?”

“电影怎样,哈利?”

“孩子喜欢看,我不懂,我看没什么意思,但是后来我感到像吃过的什么东西一样让我恶心。一回到家我很快就入睡了。”

“詹妮丝觉得怎样? 她玩得可好?”

“见鬼,我不知道。像她那种年龄,你想她会玩得好?”

“几天前我希望如此,我该不是管了不该管的闲事儿了吧。”

“妈还在唠叨这事儿?”

“有一点儿。得了,大娘,我告诉她,得了大娘,哈利早长大了,哈利是个懂道理的公民了。”

“是啊,”兔子承认,“也许这正是我的毛病。”说完打了个哆嗦。穿着湿漉漉的衬衣站在这儿真是冷极了。他打手势再要一杯代克利鸡尾酒。电视的声音关掉了,里面正播放约克镇的警察三三两两在街道搜寻的录像剪辑,然后插进在越南的巡逻队镜头,孩子们的形象因为恐惧和疲倦而受损,哈利没和他们同甘共苦,心里感到难过。接着节目转向那个渴望出风头的大个儿挪威人,他放弃了乘坐纸船横穿大西洋的尝试。即使电视音量开得大一点,他正说的话也会被酒吧内的噪音所淹没:雷雨的兴奋激昂加上星期五夜晚的降临。

“想想今晚你能不能过来?”父亲问。“不用呆很长时间,大概十五分钟就行了。这对她意味着有个世界还存在着,而米姆就像是死了,甚至连张明信片也不寄。”

“我跟她谈一下,”哈利说,指的是詹妮丝,可是他在想着在西海岸到处做妓的米姆,他以前常带她在杰克逊路上滑雪橇,她的头巾上落满了雪花。他想象着她在派对上的形象,毫无表情地等待着,或者刚涂上油躺在游泳池旁,在身旁的遮阳伞下面躺着某个大腹便便的恶棍,脸部中间塞着一支雪茄,活像是一个辅助阴茎,他把它从嘴里抽出来哈哈大笑。“但是别让她抱太大的希望,”他补充说,指的是母亲。“星期日我们肯定去。我得走了。”

暴雨已经过去。阳光透过撕开的天空倾泻而下,立刻晒干了人行道。地图般的湿块:一块打成浆状的舒洁纸巾保持成一座小岛,周围一片水渍。突然,拎包的人和瘦骨嶙峋的黑鬼闲人笑眯眯地从一个废弃鞋店门口的避雨处露出脸来。涂改过的站牌,包装纸从刷有保持布鲁厄清洁字样的垃圾桶涌出来,桶盖扬起来像只飞碟,凹陷的多车辙的柏油路面都因刚刚过去的倾盆大雨而自鸣得意,反射着光芒。浓黑的暴雨云团像散乱的手帕和条条马尾越过佳济山岭向东飘去,于是天空恢复了从宾夕法尼亚湿气中形成的雾霭朦胧、单调呆板的面孔。于是,正谋求浓缩成愤怒的紧张急躁,又在兔子心中郁结了起来。

他到家时詹妮丝还未到家。纳尔逊也未归来。走上人行道他看见,由于雨水的洗刷,他们的草坪因爬行草而平滑光洁、因车前草而尖头林立。小家伙恐怕是得了一元五的津贴才不停地剪草的,但从六月以来他就没剪过。那台属于斯普林格家的小型动力剪草机停放在车库里的一只油箱旁,油箱在一只车轮旁,内装汽油和润滑油比例为3∶1的油料,后来他们买了一台可以坐着开动的剪草机。他加上油,在汽油里搅了一下——箱内的润滑油是琥珀色,漏斗中的汽油是无色的——拉第四下时发动起来。剪草机刀片转动着吐出团团黏合着的大块湿草,一来一往穿行在构成屋前草场的两个方块形草坪。屋后还有一块更大的草坪,那儿竖有晒衣服的柱子,纳尔逊和他有时用磨损得能看到帆布线的垒球玩接球。那边的草也需要割了,但是他想让詹妮丝在前院看见他,好让她先有点儿内疚再开始和她谈。

然而在回家的那一时刻，她飞快地开过新月区，溅起没有涂上柏油的砂砾，以她惯有的令人生气的方式把鹰牌车塞进了车库，恰好关上的门顶住了保险杆，草叶片正把长长的背影和剪过的尖梢混合在一起。兔子就站在他们的一棵树旁，细长的枫树用绳子在地上拴着，手掌因为用大剪刀修剪了一小段草坪而弄痛了。

“哈利，”她说，“你竟然在户外！真令人好笑。”

这也不假，花园别墅区每家拥有四分之一英亩被吹得神乎其神的草坪和强制建造的烧烤烟囱，但这些并不能把居住者吸引到户外，甚至在夏天孩子们也不出门：在兔子童年时居住的舒适砖房区里，人们总是在户外活动着，在挖了洞的灌木丛中捉迷藏，在碎石小巷里打闹，在窗边玩耍，一切都很安全，至少有一个大人会从窗户里向外观望。这里呢，宽阔的草地上只有悲凉，荒芜的天空插满了纤细的电视天线。天空被无线电波所毒害。地下冒出凄凉的气息。

“你究竟到哪儿去了？”

“明摆的嘛，工作。爸过去常说雨后不要割草，草都倒伏着的。”

“‘明摆的嘛，工作。’明摆着的是什么？”

“哈利，你这个人真怪。爸今天从波科诺斯回来让我呆到六点以后处理米尔里德的糊涂账。”

“我还以为他几天前就回来了。你撒了谎，为什么？”

詹妮丝跨过割过的草坪站在了他的身边。他，她和树。这棵栽种下的细长的枫树无法长粗长高了，似乎在光天化日之下感到惊慌失措。不知是谁家星期五晚上烧烤的火油味飘了过来。宾园里的邻居都像陌生人和匆匆过客——会计师、推销员、督学员、核算员——对他们而言这些人的生活如同飞驰而过的汽车以及见不着面的孩子的喧闹声。詹妮丝的脸红了。她的身体表现出一种富有挑战意味的轻柔。“我忘了,那句谎话太无聊了,你当时在电话里很生气,我总得说点儿什么。似乎最容易说的话就是,爸在那儿;你知道我是个什么样的人。你知道我总是稀里糊涂的。”

“你给我撒了多少次谎?”

“没有了。现在我想不起来。也许在一些小事情上有,小事儿能值多少钱? 那类事儿女人们总不爱讲真话的。女人喜欢撒谎,哈利,那会使事情更有趣儿。”接着,挑逗似的,她把舌尖轻轻地在上唇弹了弹就停在那里,像捕兽机上的弹簧。这可不像她的行为。

她向小树走去摸了一下。他问她:“纳尔逊在哪儿?”

“我和佩吉安排了一下,让他和比利晚上一块儿玩。”

“又和那些笨蛋在一块儿。他们会教给他一些想法的。”

“到了他那个年龄他也该有些想法了。”

“我几乎答应爸今晚我们过去看看妈。”

“我看不出为什么得去看她。她从不喜欢我,她除了想破坏我们的婚姻以外什么也不会做。”

“还有个问题。”

“是吗?”

“你在操斯塔夫洛斯?”

“我原以为女人只是被操呢。”

詹妮丝转身走进了屋,跨上三级台阶,走进装饰有苹果绿的铝制隔板的屋子。兔子把剪草机放回车库,从侧门走进厨房。她在那儿做饭,把锅盘弄得叮当响。他问她:“出去吃饭换换口味儿好不好? 我知道榅桲街旁边有家漂亮的希腊餐馆。”

“他的到场不过是巧合。我承认是查利推荐去那儿的,那有什么错?

而你对他太无礼了。你真是不可思议。”

“我不是粗鲁，我们在讨论政治。我喜欢查利。这小伙子不错，一个油嘴滑舌的左翼南欧佬。”

“你最近真的挺奇怪的，哈利。我想你妈的病传染给你了。”

“在餐馆，你似乎对菜单挺在行的。你肯定他没带你去那儿吃午餐？或者在加夜班的晚上去？有许多个晚上你都在干活，似乎并未做多少事儿嘛。”

“你并不知道要做些什么。”

“我就知道你老爸和米尔里德·克劳斯特从前自己干时并没有加班加点。”

“拥有丰田车销售权后整个规模都变了。永无止境的提货单、进口税、报关表。”詹妮丝又想到了更具防御性的词汇；就像小时候，在水槽里用白雪筑堤坝。“不管怎么说，查利有许多姑娘，他可以随时把姑娘召来，单身女郎比我还年轻。她们甚至不用请求就和人上床，每个人都在吃避孕药，她们只不过玩儿一下而已。”说了一句多余的话。

“你是怎么知道的？”

“他告诉我的。”

“那你俩也真够亲热的了。”

“那倒不一定。只是有时他很空虚或者需要一点母爱什么的。”

“说得好，或许他被那些火辣辣的年轻娘儿们吓怕了，或许他喜欢大一点儿的女人，妈妈咪呀①啦什么的。这些圆滑的地中海式的人物渴望大量的母爱。”

看见他兜进圈内，她感到神魂颠倒；她在反抗体内不断增长的作为妻

---

① 原文 mamma mia，为意大利语，相当于英语中的 Dear me，意为我的妈呀，哎呀等等。

子应进行合作的愿望，以帮助他发现盘踞在她心中如此巨大的事实真相，而她几乎不能选择出足够的词汇来表达。

“无论如何，”他继续往下说，“那些娘儿们不是老板的女儿。”

不错，他会那样想的，这正是她想到的那些个第一次，当她被她一窍不通的数字之网所纠缠之时那些个第一次的抚摸，当爸爸到其他车行去公干时他们经常准备的那些个第一次的三明治午餐，在街那边的阿特拉斯酒吧那些个第一次的五点钟威士忌酸味酒，在小车里的那些初吻，总是换车，它们都是从车行借来的，散发出新车的气息，像上了釉料的皮肤，他们的触摸就在里面燃烧。直到他说服她相信是她本人，滑稽老成笨拙的她，娘家姓斯普林格的詹妮丝·安斯特朗，又变成了含苞待放的斯普林格；她的肌肤像冰淇淋被舐吃过，她的时间常常被偷去浓缩成宝石，她的神经在纤细的发条式循环中被享乐紧紧把握住，享乐在不断收紧的快速旋转圈中振荡，最后表现为一种处于狂喜状态的睡眠，一种如此激烈的催眠以致躺在床上却无法入眠，就好像那天下午已经睡过午觉一样。如果你开车走偏僻小道，途经旧式农贸市场，你会发现他的家只需十二分钟就到了。市场现今只剩下一排空荡荡的白铁屋顶式小棚屋。

“作为老板的女儿对他有什么好处？”

“这可以使他感觉到在向上爬。所有这些希腊人或波兰人或此类人物都野心勃勃。”

“我从来没意识到，哈利，你满脑瓜竟装着种族偏见。”

“你和斯塔夫洛斯到底有没有瓜葛？”

“没有，”然而她感觉是在撒谎，像是孩提时观看雪坝在融化，真实必将冲垮它，真实太强大、太坚韧了：尽管她吓坏了想要哭，这却是某种她应该学到的东西，她坦白起来像个小孩。她感到非常自豪。

“你这个蠢货。”他打了她一下，不是在脸上而是在肩上，像一个男人试图敲开插了闩的门。

她笨拙地回击了一下，打在他脖子的一侧她能够打着的地方。哈利感到一阵快意：犹如在隧道里看到了日光。他打了她三下、四下、五下，没法停止下来，向着那日光开辟道路。他打得并不重，却已疼得她呜呜哭泣；她弯下身子以至他最后的几下殴打就像槌子一样打在了她的脖子和背部，他站在一种从未那样看过她的角度——粉笔白的头发分缝处、蜡烛白的后颈、乳罩背带透过衬衫后背的衣料显露出来。她压抑着的哭泣声越来越大，她在屈辱中表现出的美丽使他惊讶，通过向这个懦夫屈膝的有失脸面的姿势为她脸面增加的光彩使他惊讶，他停了下来。詹妮丝意识到他再也不会打她了。她不再蜷成一团，“扑通”一声倒在地上，任凭她自己放声大哭——高调门儿地哭，并且将因受了惊吓而喘息的长久折腾变成了一种让人吃惊的噪音。她脸色通红，皱巴巴的，像初生儿；他好奇地跪下来研究她。那双黑眼珠对他闪了一下，抬起头对着他的脸吐去，却没吐准；唾沫掉在了自己的脸上。对他而言这不过是浪花最轻微的亲吻。脸上溅满了自己的唾液的她大声叫道：“我干过，我就是跟查利睡过觉！”

“哈，可恶，”兔子平静地说，“你当然干过。”他低着头钻进她的怀里，以防她抓他。他一面轻拍她的胁部，一面又试图把她抱起来。

“我爱他，哈利你混蛋。我们一直都在做爱。”

“好哇。”他叹了口气，悲叹那逝去的日光，悲叹那逝去的因揍她和撬开了她的尊口而产生的狂喜。如今她将成为另一个他必须护理的瘫子。“你干的好事儿。”

“都有几个月了，”她坚持说，由于对他的反应感到狂怒，她扭动着身子试图再吐他一口。他把她可能抓他的双手夹在两侧紧紧按住她。她盯住他的脸。她的脸色狂乱、寂然、凝固不动。她在搜寻最能伤害他的词汇。“我为他做了一切,”她说,“我就是不为你做。”

“你当然会做的,”他咕哝了一句,想抽出一只手抚摸她的前额,以便重新把她圈住。他看见了额头上的光泽以及厨房油地毡上的光泽。她的头发往外扭动着形成如大理石花纹的油地毡图案上那往外涌流蠕动的纹路,洗涤槽边她常站的地方图案已经磨掉。从身旁停滞的阴沟溢散出微微甜丝丝的味道。她索性嚎啕大哭,全身松软以哭解愁,而他则毫不费事地就把她架了起来抱进起居室里放在了沙发上。他拥有了蟒神[①]之力:小腿颤抖,因手握剪刀把而弄疼的手掌上出现了一道僵僵的月牙形状。

她沉陷在宽大的沙发里。

他提醒她说:“他床上功夫比我强。”好让她的坦白继续流出口,就像大夫在往伤口涂药水。

她咬咬舌头,尽量去想一下,用一种收拾残局的眼光通盘考虑了自己的堕落。不道德的欲望——为免受皮肉之苦,态度平和一点,描述精确一点——玷污了她最初的惧怕和愤怒。“他和你不同,”她说,“他比你更让我感到激动。我相信主要是由于我们没有结婚。”

“你们在哪儿干的?”

一幕幕往事旋转而过,障住了她的双眼——小车座上、地毯上、透过挡风玻璃就可看见的大树下、由三张绿色铁桌保险箱和丰田车剪纸画构成的狭窄空间内的米灰色地毯上、装饰有硬纸镶板、床单散乱的汽车旅馆房间里、他那阴暗的单身寓所里,那里塞满了笨重家具和装在银框里的变了色的亲戚照片。

---

① 原文 zombie,为西非人所崇拜,或西印度群岛等地伏都教崇拜的蛇神。

“在不同的地点。”

“想嫁给他吗?”

“不。不。”她为什么要这样回答?肯定的回答就会导向一个深渊。她不会不知道。她一向认为通向乐园的大门也会通向虚无。她打算向哈利的近处移动,把他拉到她的身旁;她躺在沙发上,一只鞋掉了,伤痕开始疼起来。而他,把她抱到这儿后,就跪在地毯上。她拉他时他依然浑身僵直。他完了,她把他害死了。

他问:“我以前就那样糟?”

“噢,亲爱的,不是的。你对我很好。你回来了。你在那样脏的地方干活儿。我不知道喝了什么迷魂汤,哈利,我真的不知道。”

“不管是什么汤,”他告诉她,“一定是有原因的。”他说这话时,看起来就像是纳尔逊,一副迷茫不满、受了伤害的表情,对于撬开嘴套出来的东西感到左右为难。她看出该和他做爱了。矛盾的波涛在体内移动,渴望这个白皙没汗毛的陌生人。憎恶这个渴望,迷恋可能被指称为背叛的行为。

他退缩了,生怕不能满足她;他离开沙发坐在地板上情愿说话,要打个平手。“还记得鲁丝吧?”

“你跑了之后一块同居的婊子。”

“其实她不是婊子。”

“不管她是什么人,她怎么啦?”

“几年前,我又看见她了。”

“和她睡了吗?”

“噢,上帝,没有。她已经很规矩了。我们是在韦泽街相遇的,她在买东西。她胖多了,我都没认出来,我想是她先认出了我,从这个女人打量我的方式上可以看出来;然后我想起来了。是鲁丝。依然是浓密的头发。那时她已经走过去了，我在后面跟了一会儿，然后她钻进克劳尔商店。我准备碰碰运气，就等在侧门口，心想她若从那儿出来就向她问声好，她若从另一个门出来那就算了。我等了五分钟。我真的不怎么感兴趣。”但是说完这些话，他的心跳更快了，就像他当时的心跳一样快。“正当我要走开时她拎着两只购物袋出来了，看了我一眼后说的第一句话就是：‘别缠着我。’”

“她爱着你，”詹妮丝解释说。

“也爱也不爱，”他说，这样的自鸣得意失去了她的同情。“我提出为她买点饮料，但她只让我陪她走到停车场，那辆旧式爱克米①就停在那儿。她告诉我，她住在郊外去加利利②的路上。她的丈夫是个农场主，也经营儿部校车，我得到的印象是那家伙比她大，以前曾建立过一个家庭。她告诉我他们有三个孩子，一个女孩，两个男孩。她把钱夹里的照片拿出来让我看。我问她多久进一次城，她说：‘承蒙您关照，再也不来了。’”

“可怜的哈利，”詹妮丝说，“她说话太刻薄了。”

“喔，她过去就这脾气，现在也没变。我刚说过，她胖多了。她有点像变了一个人似的加入进你在城里常见到的那些拎着购物袋的胖女人行列里去了，但同时，那个人依然是她自己。”

“行啊，你还爱着她。”詹妮丝说。

“不，那时我不爱她，现在也不。你还没听说她那时干的更糟的事儿呢。”

“我真不相信你回到我身边后从未设法和她取得联系。至少打听一下她是怎样处理她……怀孕那桩事儿吧。”

“我觉得不该那样做。”但是在妻子黝黑周到的眼睛里，他现在看出来

---

① 原文 Acme，小车商标，意为“顶点”。

② 原文 Galilee，这个词使人想到耶稣，那是耶稣活动频繁的地方。

存在着更为复杂的规则,其中一些是他应该懂得的。在经常发挥作用的表面规则的背后有一些规则。她当初把他拽回来时本应该解释清楚的。

她问:“那更糟的事情是什么?”

“我不知道是否该讲给你听。”

“讲吧。我们都把它讲出来,然后就把衣服脱光。”她的声音里带有倦意。吐露出一切而产生的冲击力一定在消退。他说的话分散了她的注意力,犹如玩扑克时我们开输家的玩笑。

“你刚才说过。那婴儿。我想到了这点就问她那女孩有几岁了,也就是那个最大的孩子。她没讲。我要求再看看钱夹里的照片,你知道是想看看有没有长得相像的地方。她不让我看。她笑话我。她真讨厌。她说了一些奇怪的话。”

“什么话?”

“记不清了。她看了我一眼,说我长胖了。这话竟从她口中讲出来。然后她说:‘跑吧,兔子。你在莴苣园里曾经玩得很开心嘛。’或者诸如此类的话。没人再叫我兔子了,我就感到有点怪。这是两年前的事儿了。大概在秋天。此后再也没有见过她。”

“现在讲实话吧。这十年来,你和别的女人有过来往吗?”

他让大脑在往昔的日子里搜寻,碰到了几处黑暗的地方,维里蒂正在一家波兰-美国俱乐部的一个房间里举行一年一度的游艺会,一个瘦削的胸部平平的姑娘因为感冒,仍然戴着奶罩,穿着毛衣;然后在泽西海滩还有让人悚然的一幕,詹妮丝和纳尔逊到游乐园去了,他穿着游泳裤从沙滩上回到小屋。门口传来了敲门声,进来的是一个矮胖的黑人姑娘,两个瘦削男孩护送着她。她要求付给她五至七美元,这要看他要她干什么。他很难听懂她的口音,就让她重复——她不敢抬头,和她一块儿的男孩哧哧直笑——“拧进去”,“口交”。他感到害怕,迅速关上了那扇没用的门,上了锁,以避免遭到强奸的威胁,再对着墙壁手淫;墙壁飘来一股潮湿的咸味儿。“你是知道的,自贝姬①发生了那事以后,我的性欲一直不那么强烈。性欲来了,要发泄,然后某种东西就把它浇灭了。”

“我要起来。”

詹妮丝站在电视机前,屏幕像绿色的灰烬,一堆死火。她很利索地脱掉衣服。当她脱掉连裤袜时奶头黝黑的双乳呈管状下垂摇摆。喉咙以下肤色依旧。夏季他们经常在星期日去西布鲁厄游泳池,但是那孩子现在长大了,不能和父母一起去,所以再也没人去那儿了。自斯普林格发现了波科诺斯以来他们一直就未去过海滩。古怪的棕色小湖被囚禁在深绿色树丛中:兔子不喜欢那儿,从未去过,从未去过任何地方,只在房子周围度假。他以前常做白日梦,梦到了南方、佛罗里达或亚拉巴马,去看棉花地和短鼻鳄鱼,但那不过是男孩子的梦幻,已和婴儿一块消逝了。他曾经看见过得克萨斯,这也该够了吧。舌头塞在她的双唇中间,赤身裸体的詹妮丝解开他的衬衣,双手到处乱摸。他木然地接过手,完成了这工作。裤子,最后是鞋子。袜子。空气认识他,白天的空气缠绵不去,夏天的空气刺痛了他那不认识日光的皮肤。他和詹妮丝有好些年没在白天做爱了。她让他站在中间。“你不喜欢看?过去我总是感到很不好意思。”

黄昏时分他们依然赤身裸体。他们的晚饭是她做的意大利式蒜味咸腊肠三明治,喝的是威士忌。室内光线暗淡,周围的邻居都开了灯,灯光反射进来。邻居的灯光,以及从新月街经过的小车,都把飘忽不定软弱无力的目击者抛进屋内:敞开的搁架像并行的利剑刺向前方,浮木灯座的台

① 哈利溺亡的女儿小瑞贝卡的昵称。

灯抛撒出一道犀牛般的身影，纳尔逊在学校的照片装在壁炉架上的纸板框架里面。照片上的纳尔逊在彩色涂料那经过防腐处理的色泽下面咧嘴微笑。黑暗降临。为使他们自己能看得见，詹妮丝打开电视机，关掉音量，接着飞船部件舱模型哑巴式飞行表演闪烁着浅蓝色光点，防暴部队站在被捣毁的超级商场前，在佛罗里达登陆的小划艇横渡了大西洋，系列幽默剧和西方传奇剧，偌大灰色的脸庞转瞬即逝，像水银一样动摇不定。在这一切的陪衬下他们再次欢爱了一番。她的躯体像一片连绵的细沙，那张嘴像结构松散的黑洞，眼窝里放射着光芒；他自己的躯体像是被连续炮击照亮了的荒芜的原野，悄悄激发起来的形象并不比詹妮丝玩游戏式的朦胧的抚摸更加柔和，这些形象穿肠而过对他颇有益处。她翻过身来把数月来学到的知识都倾泻在他的身上；她的欲望使他大吃一惊，心里明白他是无法填满那沟壑的，只有任何超过大地对死亡的渴望程度方能与之匹敌。她的负罪感变成了爱；她的爱变成了疯狂。第一次太快了，但第二次甜丝丝的，里面湿漉漉的，心儿在激荡，第三次痛快得要死，灵魂几乎被净化，第四次，因为没有第四次了，就感到悲哀；骑在他的大腿上，她的那个部位就暴露在电视亮光忽隐忽现的触摸下，并且在不均衡地颤动着。她弯下头，头发撩拨着他的肚皮，并把追逐明星阳物的那无情的眼泪滴在了那一直未能满足她的松软皮肤上。

“天哪，”他说，“我都忘了。今晚该去妈妈家的。”

他梦见和查利·斯塔夫洛斯一块儿把一辆小型血红色丰田车开往北方。变速挡很细，纯粹是支铅笔，因此他担心换挡时会折断。还有，他穿着高尔夫球鞋，这使得踩踏板时怪别扭的。斯塔夫洛斯在司机位上就座的同时，以呆头呆脑嘟嘟囔囔的方式，用一双戴着宽大戒指的手优雅地打着手势,讨论着他的问题:林登·约翰逊请他去当副总统。他们需要一位希腊人。他乐意接受,但不想离开布鲁厄。所以他们正在谈判至少把夏令白宫搬迁到布鲁厄。查利解释说,他们有许多空地可以建宫殿。兔子在想,或许这也是他离开印刷厂获得一份白领工作的机会。服务行业和软件系统正是未来之所依。他充满信心地告诉斯塔夫洛斯:"我能舔邮票。"他伸出舌头让他看。他们正行驶在一条往北的高速公路上,进入了被废弃的煤区,再往北,就是宾夕法尼亚的北部荒野了。然而就在这儿,在这个森林湖泊地区,一座奇特的白色城市展现在公路一旁;一排排小山似的高大房屋白得像床单,簇拥着伸向天外,一座庞大的城市,很奇怪好像还未取名。他们在郊外一个杂货店旁分手,斯塔夫洛斯递给他一张地图;兔子费力地找到了它的方位。这个大都会,标上了一个牛眼大的记号,简单地命名为:崛起。

崛起,崛起……这梦正让人不愉快时他醒来了,伴随一阵头痛和阳具的勃起。阳具感到呆滞细小并因和詹妮丝欢爱过而生疼。床的另一边空着。他想起来他们是两点后睡的觉,那时电视屏幕上只剩下嗡嗡叫的测试信号。他听到楼下吸尘器的声音。她起床了。

他穿上周末的服装,斑斑点点的丝光卡其布男衬裤和杏黄色开领短袖式马球衬衫,然后下楼。詹妮丝在起居室做清洁,把银色吸尘管拖来拖去。她瞅了他一眼,脸相老了。性欲催人老。牧师们就娃娃相,处女们过了五十岁头发还是黑的。我们这些人呢,魔鬼使我们枯萎。她说:"餐桌上有橘子汁,锅里有一个鸡蛋。我先把这房间打扫完。"

他坐在早餐桌旁打量着他的房屋。厨房在一边,起居室在另一边,都可以看得见。作为自己生活背景的家具在晨光中闪着亮光:一把套着合成纤维织品的扶手椅在一缕银色光线的照耀下生机勃勃,一张泡沫橡皮蒙面的沙发，一张模仿古式补鞋匠长凳而整修过的低矮桌子，一块浮木，那是台灯，没有哪样家具是根据它自身的功用而设计制作的，设计的小玩意儿都无需再次修理，一切都不是出自人工制作，他居住于其间而并不了解的家具，是由他不知其名的材料制成的，就像百货商店橱窗里的陈列品一样，还来不及享用一次它就已经衰老陈旧了。橘子汁味儿酸；它不是冰冻的真橘子汁，而是染成橘子色的某种化学配剂。

他把鸡蛋打到平底锅里，把火焰压低，内疚地想着母亲。詹妮丝关掉吸尘器，走了过来。他在吃鸡蛋。她为自己倒了些咖啡，坐在他的对面。她的双眼下有紫色痕迹。他问她："你准备跟他说吗？"

"我想应该说说。"

"为什么？你不想跟他走？"

"你在说什么呀，哈利？"

"如果他能使你快乐，就跟他走吧。看来我做不到，所以继续干吧，你至少可以得到满足。"

"假如永远得不到呢？"

"我想你该嫁给他。"

"查利不会跟任何人结婚。"

"谁说的？"

"他说过一次。我问他为什么不，他没有回答。或许和他的心脏杂音有关。我们只谈过一次。"

"除了商量下一次该怎么干以外，你和他还讨论了些什么问题？"

面对这种奚落嘲弄，她本该站起身来，但是她没有。今天早晨她无精打采，朴实坦然，简慢冷淡，这真叫他高兴。一个比他所了解到的还要朴实的女人在暴露她内心的秘密。我们拥有别人一定会拨动的琴弦。"我们说的并不多。我们讲一些滑稽的小故事，一些从他窗外看到的事儿，一些我们在童年时干过的事儿。他喜欢听我讲，小时候他住在布鲁厄最差劲儿的地方，一个像佳济山那样的小镇对他却意义非凡。他称我为有钱的婊子。”

“老板的女儿嘛。”

“别这样，哈利。你昨晚说过一次了。你不懂。我们谈过的那些事儿，听起来可能很无聊。他有一种天资，查利有的，能把每样东西说得天花乱坠——品尝食物的方式，天空呈现出的景观，光临的顾客。一旦你摆脱掉那种好斗姿态——那是无赖的做法，你会发现在他所了解的范围内，他还是非常聪明伶俐的，而且，很重情义。昨晚你走后，他心里很不是滋味，因为他逼你说了你并不打算说的话。他讨厌和人争论。他热爱生活。他是真的热爱，哈利。他热爱生活。”

“我们都热爱。”

“并非如此。我认为我们这一代人，由于那种教育我们的方式，我们很难去热爱生活。查利做到了。生活就像是——白天。想不想知道一些事儿？”

他赞同说：“当然想。”虽然明知道这会伤他的心。

“白天做爱——是最妙的。”

“好吧。放宽心。我说过，别离开那个杂种。”

“我不信你的话。”

“只有一件事。尽量别让孩子知道。我母亲已经知道了，去看她的人告诉她的。满城风雨，都在谈论白天。”

“随它去，”詹妮丝说。她站了起来。“让你妈妈见鬼去吧，哈利。她为我们做的唯一的事就是努力毒害我们的婚姻。现在她在自己生命的毒液中快要淹死了。她快死了，我很高兴。”

“天哪，别说这些了。”

“为什么不说？如果我快死了，她也会说的。她要你和谁结婚的？告诉我，谁会对你更合适？谁？”

“我妹妹，”他暗示说。

“我给你讲点别的。最初我和查利干时，总感到内疚，所以很紧张，我就去想你母亲，想她是如何对待我和纳尔逊——她自己的孙子的。于是我就对自己说，好啦，小伙子，使点儿劲儿吧，我就飘飘欲仙起来。”

“行了，行了。别讲那些细节了。”

“我讨厌，真的讨厌给你讲这些事儿，有许多天”——这使她难过得说不下去了，因局促不安而滑落下来的肌肉就像一张网罩在了脸上，因用力拉动使她的面容愈显丑陋——“对你那次回来感到惋惜。你过去是个漂亮但没头脑的人，而我眼睁睁地看着这样一个人一天天颓废下去。”

“昨晚还不错，对吧？”

“是不错。正因为不错我才生气。我都不知道怎么办才好。”

“你从一生下来就不知该怎么办才好，小子。”他又加上一句，“我导致的死亡，都是你帮着干出来的。”同时，他又想操她，看看她能否把里边的东西都掏出来，昨晚她把舌头转动了好长时间，他俩的嘴胶粘在一起就像在胚胎期第一次细胞分裂还没有发生。

电话铃响了。詹妮丝从厨房墙壁的托架上取出话筒说：“你好，爸。波科诺斯怎么样？不，我知道你几天前就回来了，只是感到难以理解。他当然在家。他就来。”她递给兔子，“你的。”

老头斯普林格的声音细长、油腔滑调、恭顺谦让。“哈利，过得怎么样？”

“还不错。”

“你还在赌球赛吗？詹妮丝说起过你问她要今天棒球比赛的门票。票就在我手中，三张，正好在第一垒后面。经理是我二十年的老顾客。”

“好，好极了。小家伙在福斯纳希特家过的夜，我得把他接回来。是不是在体育馆见面？”

“我接你去吧，哈利。开车接你我感到高兴。那样我们就可以把你们的车留给詹妮丝用。”声音中有一种从未有过的调子，轻柔温顺，软弱无力，充满诱人的蜜语：宛如在看护一位病人。他心里也明白。全世界都明白。下周就会登在《缸报》上。排字工的妻子和本地推销员厮混。希腊人强烈反对越战。

“告诉我，哈利，”斯普林格继续安慰下去，“你母亲的身体怎么样了？瑞贝卡和我很自然是非常关心的。非常关心。”

“我父亲说还是老样子。你知道，发病过程缓慢。他们有一种药使过程更慢了。这一周一直打算去佳济山看看她，只是我们还没有作出最后决定。”

“哈利，去的时候，代问她好。代问她好。”

每句话都要说两遍：或许他经营丰田车是因为小日本在他讲第二遍时能听懂他的话。

“好吧，一定转告。要詹妮丝来听电话吗？”

“不了，哈利，把她留给你吧。”玩笑话。“我在十二点二十或十二点三十之前赶到。”

他挂了电话。詹妮丝已离开了厨房。他发现她在起居室痛哭。他走过去跪在沙发旁用手臂抱住她。但是这些动作感觉起来就像笨拙木然、完全程式化的舞台动作。她衬衫上有颗纽扣掉了，一只乳房灰黄色的曲线隐入奶罩，与她那热气腾腾的呼吸混合在一起，飘荡在他的耳际。她说：“你不懂，他有多好。不是性刺激或者滑稽逗乐或者别的什么，只是好。”

“我当然懂。我认识一些好人。他们让你感到舒畅。”

“他们让你感觉到你所做的一切和你的存在都很好。他从来不说我有多笨，不像你每时每刻都要说我，而他比你能够想象到的还要聪明很多。他若不是个希腊人，早该去上大学了。”

“噢。他们现在不是让希腊人上了嘛？黑鬼的比例太大了吗？”

“你就爱说这些恶心事儿，哈利。”

“因为没人说过我有多好，”他说着就站了起来。在他身下她的颈背显得脆弱。空手道拳师一劈就会劈断。

外面车道上响起“噼噼啪啪”的声音；斯普林格还不至于来得这样早。他走到窗前。是辆蓝色野马牌汽车。车门打开，纳尔逊下了车。在另一边出现了佩吉·格林，戴着太阳镜，穿着超短裙，短裙使她肥胖的大腿一闪一闪，就像玩牌人的大拇指。不幸——被抛弃了——使她轻快活泼，一副职业妇女派头。她和兔子没打招呼，她的太阳镜藏住眼睛，打上学时他就知道那是堵墙。两个女人走进厨房。从詹妮丝抽鼻子的声音他猜测她正吐露着心事。他走到屋外去干完昨晚就开始干的院内活儿。他的周围布满了一切，在新月街的后院，直到布满烧烤烟囱和铝制晒衣杆的宾州别墅的地平线上，有另一些男人呆在院内；剪草机的声音一家家地回应着，他弯腰向前推动的动作被带到很远的地方，似乎是被倒挂在炽热空濛的天空中的镜子碎片反射的结果。这些都是他的邻居，他们用货车带着家具来又随着货车去。他们凑到一块儿只是在毫无用处的请愿书上签个名，要求下水道修得好一点，消防速度更快一点，除此之外就断无联系。

纳尔逊走出来问他:“妈咪怎么了?”

他关掉割草机:“她在干什么?”

“她和福斯纳希特太太坐在餐桌旁快把眼睛都哭肿了。”

“还在哭? 我不明白,孩子;她心绪烦乱。有件事你得知道,女人身上的化学成分和咱们的不一样,她们说哭就哭。”

“妈咪几乎从未哭过。”

“所以这样一来对她也许有好处,昨晚睡够了没有?”

“没有。我们看了部老片子,讲的是鱼雷艇。”

“想看棒球比赛吗?”

“当然想。”

“但并不太想,哈?”

“我并不像你那样喜欢运动,爸。竞争得太厉害了。”

“那就是生活。狗咬狗嘛。”

“你这样看? 为什么不能让人愉快一点? 有足够的东西让人均分的嘛。”

“你认为有吗? 为什么你不来和我均分剪草的活儿? 你来推一会儿吧。”

“你还欠我报酬呢。”兔子递给他一美元纸币和两个二角五分硬币时,孩子说道,“我在攒钱买童式车。”

“祝你好运。”

“还有,爸——?”

“什么事?”

“我想我干一小时活儿该拿一块二毛五。就这也低于联邦最低工资标准。”

“明白了吧?”兔子告诉他,“狗咬狗。”

他在室内洗手,从袖口上把草叶碎渣摘下来又在大拇指头上缠上急救绷带(柔嫩的地方;上高中时他们常说根据拇指头的大小你就可以判断姑娘有多性感)。这时詹妮丝走进浴室,关上门,说:“我决定告诉他。在你看球赛时我去告诉他。”她的面孔绷得紧紧的,没有一点儿眼泪;鼻子两侧有几处湿痕在闪光。瓷砖墙壁扩大了她的抽鼻声。佩吉·格林的野马在外面吼叫着离开了。

“告诉谁什么?”

“告诉查利。说一切都结束了。说你已经知道了。”

“我说过,去跟他过。至少今天什么也别干。冷静下来,喝杯水。看场电影。那部太空片你再看一遍,上次看到精彩处你在打瞌睡。”

“这是胆怯。不。他和我从来都是坦诚相待,我应该给他讲明真相。”

“我看你在找借口,趁我龟缩在球场里又去找他。”

“你会这样看的。”

“假如他要你跟他睡觉?”

“他不会的。”

“假如他要求了,作为一次毕业赠礼?”

她大胆地盯着他:黑乎乎的凝视在背叛的熔炉里得到锻炼。他明白了:成长就意味着背叛。没有别的途径可走。不离开一个地方就不会到达另一个地方。“我会答应他的,”她说。

“你要上哪儿找他?”

“车行。夏季周末他总要呆到六点才走。”

“为了中止关系,你打算提出什么理由?”

“唔,就说你知道了。”

“假如他问你为什么要讲出来?”

“原因是明摆的嘛。我讲出来是因为我是你的妻子。”

眼泪突然从她的眼睑间涌出,脸上的紧张一下子绽开了,就像纳尔逊在一次隐忧,如一次不及格或一件小东西被盗或一次头痛,供认出来之后脸上的紧张一下子就消失了一样。哈利克制着要抱住她的冲动;他不想再去体验木然的感觉。她踉踉跄跄,一边哭泣一边努力保持平衡,接着坐在浴缸沿上,塑料淋浴帷帘就在她肩上窸窣作响。

“你不打算制止我?”她终于说出了一句话。

“制止你干什么?”

“去见他。”

她的忧愁被当做厚礼奉送了出来,他就有资格说狠心话了。他冷冷地说道:“不,你想见就去见吧。只要我不必去见那个杂种就行。”而且,为避免看到她那张脸,他在浴室镜子里打量着自己,一个白里透红的大个儿男人下巴以下都不成形状了,一对小嘴唇扭成想笑的模样。

车道上的碎石又响起“噼噼啪啪”的声音。他从浴室窗口望去,看见了斯普林格那辆崭新的丰田面包车的暗褐色盒状车顶。他朝纳尔逊喊道:“外公来了。咱们走——吧。”他对詹妮丝小声说道:“坐稳了,小子。什么事儿也别干。”他滑进车坐在岳父身旁,隔着意大利面条般的尼龙安全带,对岳父哼唱了起来:“给我买点花生和上好的……”

体育馆在布鲁厄的南部,穿过一座大型立交桥,经过两家旧式针织厂废弃的砖房,沿着一条三车道公路向前开就到了。近年来几家路边餐馆都开始自称是宾夕法尼亚德式风味,那里竖立着硕大的阿门人石膏像和幻影式广告霓虹灯招牌。正宗“德式”烹调。宾州德式瑞典自助餐馆。竭力兜售往日谁也不会要的食物。它们全靠猪油炸的食品和面团制品来吸引顾客，那些东西连猪吃了都会起疙瘩。他们途经城郊集市广场，那里，每年九月同样破烂的商业货摊会重新回到此地，农场主们运来臭烘烘的牲畜，埃及妖妇塞拉芬娜会为那些多给了一美元的乡下佬脱光衣服。他看见的第一个裸体女人就是塞拉芬娜或者是她母亲。她始终穿着高跟鞋戴着黑面罩向后倒仰；她伸展开双腿，在呈半圆形转动时还象征性地保持着西迷舞①的某种节奏，因此每个向上拉长的头颅（幸运的是他那时个儿高）都能够看见那个三角区的踪影，一道让人激动又让人作呕的皱痕被一团在他看来像是贴上去的毛发罩住了。已经磨光了？他不知道。他也无法想象。

斯普林格正在为约克镇的骚乱摇头。“狙击手列队射击了四个晚上，哈利。世界将向何处去呢？依我看，我们太没有防卫能力了，我们太没有防卫几个暴徒的能力了。我们的制度是建立在信任的基础上的。”

纳尔逊开始说话了。“这是他们唯一能够得到正义的方式，外公。法律保护的是财产不是人。”

“他们是在砸自己的脚，纳利。许多像我这样善良的白人正转而反对黑人了。慢慢地但是肯定地白人就会反对他们。这不是越南打败了汉弗莱②，这是街道上的法律和秩序。这是老百姓投票关注的问题。我说得对不对，哈利？我太守旧了，连我自己都不再相信我的观点了。”

哈利正在回忆，一个古怪老头，站在小舞台的一侧，从后面伸出手放在她的阴门上，喊道：“啊哈！”她停止了跳舞，在黑色面罩里面瞪着眼看

---

① 原文 shimmy，一种流行于 20 世纪 20 年代的舞蹈，特点是身体快速的摆动。

② 汉弗莱（Hubert Humphrey，1911—1978）美国第 38 任副总统（1965—1969），参议院自由派领袖（1949—1965，1971—1978）。任副总统后趋于保守，为美国参加越南战争辩护。1968 年为民主党总统候选人，但被共和党尼克松击败。“越南打败了汉弗莱”意指其支持越战的观点导致他在总统竞选中败北。

着。帐篷里都静了下来;令人惊讶的是,那怪老头的体内竟还有足够多的血涨红了脸。啊哈。哈利永远也忘不了那胜利的喊叫,就好像他已捕捉住了一只珍贵的小动物。啊哈。他耷拉着脑袋回答斯普林格说:"事情变糟了。食品变坏了,人变坏了,或许整个国家都变坏了。现在黑人拥有比以前更多的东西,然而感觉起来也许更少。我们被抚养成人,要什么就有什么。世界现在也许还没有达到你要什么就给什么的地步。我不知道。我什么也不知道。"

斯普林格老头放声大笑;他狂笑着,咆哮着,弄得他那上嘴唇的灰白小胡须和鼻毛都融合在一起了。"你今早听说过特迪·肯尼迪①的事儿吗?"

"没有。他怎么了?"

"捂住耳朵,纳利。我忘了你在车上,要不我是不会说的。"

"什么事儿,外公?他干了什么事?有人杀了他?"

"很明显,哈利"——斯普林格用嘴角说着话,似乎是为了避开纳尔逊,然而声音再清楚不过了,孩子完全听得见——"他把某个宾夕法尼亚女孩丢弃在马萨诸塞的一条河里。明摆着是谋杀。"斯普林格的脸,从侧面看去,变成了粉红色骨头的雕刻品,在面颊骨施加最多压力的地方泛起几处玫瑰红斑点,鼻梁根部有一个红色肿块。由于长期对着顾客赔笑脸,一张瘦削的面孔像印第安人一样布满了皱纹。排版至少有一样好处,在

① 特迪·肯尼迪(Teddy Kennedy),Teddy为Edward的昵称,此人全名为Edward Moore Kennedy(1932—)。从1963年起就为美国参议员,20世纪美国政治兼金融家族成员。1956年哈佛大学毕业,后就读于海牙国际法学院,于1959年获弗吉尼亚大学法律学位。1960年约翰·肯尼迪称其为"本家族中天生的最杰出的政治家"。1969年7月18日他驾驶汽车从马撒葡萄园岛附近的查帕奎迪克岛一座桥上摔下去,其28岁的女友玛丽·科贝琴被淹死,因而被认为犯有离开现场罪。1970年再次被选入参议院,并被迫宣布不再谋求总统职位。在整个70—80年代他一直是肯尼迪家族的各项政策的卓越发言人。

你该舔多少次屁股方面还是有个界线的。

"他们逮着他了吗？他坐牢了吗，外公？"

"嗳，纳尔逊，姓肯尼迪的人是从不会进监狱的。手掌会抹上油。证据会隐瞒住。我称之为奇耻大辱。"

兔子问："丢弃某个女孩，这是什么意思？"

"他们在某座桥边的水面上发现她在他的车里，车底朝天，名字我忘了，那儿有一个属于他们的小岛。是昨晚发生的事，等他们要逮他了他才去自首。他们把这叫做民主，哈利，真是民主的讽刺。"

"你管它叫什么？"

"我管它叫做肯尼迪家族统治的警察国家，我就这样称呼它。自从波士顿那边的名门贵族责骂老乔①以来那家人就在四处出动购买这个国家。他②出任罗斯福③派驻伦敦代表时就和希特勒勾结在一起。现在他们又让那个年轻寡妇④嫁给了一个希腊富翁以防止缺少美国钞票用。报纸都说她是个伪善的橡皮软糖，其实那两个正好配对儿。你怎么看，哈利？我是不是扯得太远了？我真是个老古董了，连我自己都不相信自己说的话了。"啊哈。

"我看，"哈利说，"你算说对了。你真该和小子们一块儿自个儿买个炸弹扔过去。"

---

①② 指肯尼迪家族族长约瑟夫·肯尼迪(Joseph Kennedy，1888—1969)。该家族是除了亚当斯和罗斯福两大家族以外影响最大的家族。他1912年毕业于哈佛大学，25岁任银行经理，30岁时已成为百万富翁。20年代从事投机而成为巨富。1937年出任驻英大使。有四子五女，长子在1944年战死，肯尼迪总统为次子，三子任肯尼迪政府的司法部长，1968年6月参加竞选总统时被刺身亡。特迪为四子。

③ 原文FDR，为罗斯福总统全名(Franklin D. Roosevelt)的缩写。他是民主党人(1882—1945)，任美国第32任总统。

④ 指肯尼迪总统(John F. Kennedy，1917—1963)遇刺后，其寡妻杰奎琳自愿改嫁给一位年迈的面容丑陋的希腊商船大亨奥纳西斯(1975年去世)之事。

斯普林格转过头把目光瞥向一侧(一家麦当劳餐厅的黄色抛物线一闪而过;一辆流动电台车上用花里胡哨的顶罩把正午的太阳分割成了小碎片),想看看他的话是否当真。的确,人们要看别人的眼色来生活该是多么提心吊胆啊。厄尔·安斯特朗至少在那点上是对的:宁愿和东西打交道。斯普林格模棱两可地笑了笑,在灰乎乎的模糊不清的东西下面露出精美的牙齿。他说道:"不过,我还得为肯尼迪家族说句好话,他们不像罗斯福那样让我生气。哈利,曾经有一个人发疯到因想入非非而送命的地步。肯尼迪家族倒做了一件好事,他们并不想为了穷人们的利益而把经济翻个个儿,他们倒愿意把接到手中的制度继续支配下去。"

纳尔逊说:"比利·福斯纳希特说我们长大以后要把这个制度推翻。"

斯普林格没听见,正沉浸在对行政当局的疯狂和腐败的回味之中。"为了黑人和南部贫穷白人的利益他试图把它翻个个儿,等到干了八年还没有成效时他就准备引诱小日本偷袭珍珠港以便利用战争把他从大萧条中解脱出来。所以你才会看到这些战争,信不信由你,打仗可以把民主党人从疯狂的经济中解脱出来。现在的约翰逊①,一把四年任期弄到手,就插手并不欢迎我们的越南,他只是想把黑人拖进经济生活中去。约翰逊,是罗斯福式的人。杜鲁门②,在朝鲜干的是同样的勾当。历史每次都为我作了证,你若愿意也可叫我为老古板:你对此怎么看,纳尔逊?"

---

① 原文 LBJ,指约翰逊(Lyndon Baines Johnson,1908—1973),民主党人,是美国第三十六届总统(1963—1969),1960 年当选副总统,肯尼迪总统于 1963 年 11 月 22 日被刺身亡后立刻宣誓继任总统,因其实施人权纲领等政策,于 1964 年 11 月以空前多数票当选总统,但他使越南战争升级的政策很不得人心。退职后写有回忆录《高瞻远瞩》(1971)。

② 杜鲁门(Harry S. Truman,1884—1972),民主党人,为美国第 33 任总统(1945—1953)。1945 年 1 月就任副总统,在罗斯福于 1945 年 4 月 12 日去世后继任总统。1950 年 6 月北朝鲜军队越过三八线,他派麦克阿瑟率美国第八集团军赴朝作战。

“昨晚在电视上，”孩子说，“我们看了部老片子，是在太平洋上和小日本打仗，小艇被击沉，舰长什么的背部负伤，还拖着另一个人游了几英里。”

“那就是肯尼迪[①]，”斯普林格说，“纯粹是宣传。他们拍那种电影是因为老乔有许多制片厂。当所有使这个国家出名的规矩商人倾家荡产之时他却把钱扔去拍电影。我听说，他和那边那些犹太共产党人搞得挺热乎的。”

兔子告诉纳尔逊：“米姆姑姑就在那儿，跟那些共产党在一块儿。”

“她真漂亮，”纳尔逊告诉外公，“你见过米姆姑姑吗？”

“真可惜，见的次数不多，纳利。她的确很迷人，我知道你说得对。你该为她感到自豪。哈利，你沉默不语让我不安。你沉默不语让我不安。大概我说错了，大错特错了。说说看，你觉得国家的现状怎么样。到处是这种骚乱。这个可怜的波兰姑娘，从威廉斯波特附近来到这儿，被糟蹋了，淹死了，而未来的总统[②]却在自个儿取乐。怀孕，不会让我吃惊的。纳利，你真不该听到这些事儿。”

哈利没睡够觉，伸了伸手脚，却被车身限制住了。他们到了体育馆附近，一个有色人种的小男孩挥手指挥他们开进停车场。“我想，”他说，“美国嘛，仍然是个独一无二的地方。”

但是一定是出了乱子。球赛真没劲儿。穿白衣的运动员那麻木不仁的跳跃姿势一点儿都不招人喜欢，从远距离观看到的那些断断续续的爆发冲刺运动无法让人懂得其意。尽管篮球是他的强项，但是兔子依然记得棒球草地上的壮观场面，当球在你面前高高飞起时就会产生激动而惊

---

① 指肯尼迪总统。

② 指特迪·肯尼迪，详见 87 页注①。

险的情感，你会盯着不断延伸的小点朝它的落地点奔跑，"啪"的一声抓住球，低着头小跑到队员席，从而产生公式化的漫不经心神态，而来自击球员投手座位那礼仪式的轻轻拍手耸肩和殷勤周到则让人不安。这种美要比打篮球时那猛烈的碰撞美有价值得多，这是从乡村牧场提炼的美，一种孤独的游戏，等待的游戏，等待着那投球手去完成死盯着的第一垒再闪电般地扔出去，一种连唾沫、灰尘、草地、汗水、皮球、太阳全都美国味儿的游戏。兔子坐在第一垒后面，两边是儿子和岳父。太阳像块木板一样搁在他的大腿上，节目单像警棍一样卷起来拿在手中，兔子在等待着这种美能通过一个个回合的欢呼声和有节奏的变化、传统的民族魔力和对青春时光的品味升腾而起；但是事情很不对劲儿。观众稀稀拉拉，内场后面的人不断减少，只有为数不多的几个男孩零零星星地坐在由外场倾斜向上的绿色座位上。他们在高声呼叫，令人难以忍受。只有醉鬼们、赌注经纪人、瘸子、老头儿们和少年犯才在周末的下午出来看球赛。他们喝倒彩的嘘声粗俗下流，不怀好意。"飞毛腿用球打击他的喉咙！""宰了那黑杂种！"兔子真希望能保住球赛不受干扰；开阔的场地和不慌不忙的动作所表现出的诗情画意好到了极致，而对他们而言则过于缓慢以致他们难以忍受。而球员们自己，似乎都是无精打采的高手，人人都怀着自己的成功梦，成功地进入高一级竞赛联合会去挣大钱——要拥有自个儿的保龄球球场就得有钱；他们个个都像是专家，不像是男人们在赛球，因为所有男人都只是孩童，岁月一直在努力哄骗人。义气豪侠的虚饰做作已遭抛弃，一种微妙的平衡正在被打破。只有在球衣上手写体爆炸队的下方显眼的爆炸式橘红色，能够唤起旧世界那种家族式的地域忠诚。布鲁厄对黑泽顿，谁关心这个？不会是斯普林格：他看球赛时，嘴唇漫不经心地蠕动着似乎在整理旧账本。不会是纳尔逊：现实的场面对孩子而言是过于庞大了,他正在思念电视上的实况转播和厚颜无耻的商业广告节目。兔子的失望出于礼貌而未表现出来,但却困扰着他,使得比赛的情趣无法在心中升腾而起,无法填补因詹妮丝的坦白承认在他内心留下的可怕的空虚。孩提时代的八队联合会已经随着四十八颗星的国旗一块消失了①。棒球游击手们再也不嚼烟叶了。比赛拖延下去,使不尽的乏味的战术、不断的换人和故意的自由上垒使比赛严重超时。黑泽顿以 7:3 获胜。斯普林格老头叹了口气,站起身来像是从在不自然姿势的午睡中醒了过来。他从胡须上擦掉一点啤酒。"纳利,恐怕我们的小伙子们没有为你争口气,"他说。

"没关系,外公。打得还好。"

他需要找点东西卖弄,于是就对哈利说:"不过那个年轻的特雷克斯勒是个后起之秀。"

因为在太阳底下喝了两罐啤酒,哈利感到头晕眼花脾气暴躁。他没有邀请斯普林格进他家门,只是对他万般感谢。家里静悄悄的,就像是外层空间。厨房餐桌上有一封封了口的信,是写给"哈利"的。里边的信,是詹妮丝并不成熟的笔迹,带着反复无常的倾斜姿势和小里小气的潦草难认,上面写道:

哈利亲爱的——

我必须离家几天好好想一想。一定请你不要找我或跟踪我,拜托了。我们作为人都要互相尊重互相信任,这是很重要的事。你要我养个情夫的想法让我感到震惊,而我认为这样就太不诚实了,这使我不禁要问我对你究竟意味着什么。告诉纳尔

---

① 1867 年美国用 720 万美元从俄国购得阿拉斯加。1912 年设地区,1959 年 1 月 3 日设州,为美国面积最大的一个州,当年 7 月 4 日正式启用新国旗,上面有 49 颗星。

逊说我和外婆一块儿去波科诺斯了。他上运动场时别忘了给他午饭钱。

爱你的

詹

“詹”——她在克劳尔商店打工时这个名字用了好几年，那时她身穿在口袋上方缝有手写的詹的罩衫在卖盐津干果。在那段时间里他们常常在下午去第八大街她朋友的住所。当太阳落到巨大的灰色煤气罐后面时，来自地平线上的玫瑰色光线就投射进屋内。当她让他悄悄脱光衣服时真是妙不可言。那时的内衣质地更佳：长袜“噼啪”一声脱下来，皮肤上就留下橡皮带的印痕。詹这个名字十五年来一直就没用过；她在家里给他留的便条上从来就只是一个简单的签名“J”。

“妈妈在哪儿？”纳尔逊问。

“到波科诺斯去了，”兔子一边说，一边把便条收回到胸前，以防孩子想看。“和外婆一块儿去的，天气一热她的腿病就愈发严重了。我知道这说起来很奇怪，但是有时候事情就是如此。你和我今晚只能去汉堡天堂了。”

孩子脸上的雀斑被盖住耳朵的长发框了起来，鼓鼓的双唇紧紧闭着，同时双眼因怕说错话而深陷眼窝——他的脸色一副全神贯注的样子，似乎在注意听，就像他三岁时离家出走和死亡擦肩而过时一个模样。或许是那时的阅历规范了他现在要说的话。他坚定地告诉父亲：“她会回来的。”

星期天拂晓，天气闷热。七点钟新闻报道说，昨晚在约克镇和本州西部再次发生零星枪击事件。预计埃德加镇警察局长多米尼克·J·阿瑞纳今天会正式以离开事故现场罪指控肯尼迪参议员。阿波罗十一号进入月球轨道，鹰号舱正在为历史性的降落做准备。兔子昨晚睡得很不舒服，他关掉电视机，赤着脚在草坪上走来走去，想把头疼病从脑壳里赶走。宾州别墅的居屋一片寂静，只有古怪的天主教徒开着小车呼啸而过去做弥撒。纳尔逊九点左右才下楼。哈利给他做好早点之后就端着一杯咖啡、拿着布鲁厄《旗报》星期日版又回到床上。在这份滑稽报纸的头版上面，小狗史努比正躺在狗舍做它的美梦。看着看着，哈利很快就睡着了。小家伙看起来是吓坏了。孩子在吼叫，接着出现了一个无声的气球。醒来时，电子钟上显示是十一点零五分。秒针转了一圈又一圈；真奇怪小齿轮没有磨成粉末。兔子穿上衣服——出自于对星期日的敬意，他穿上一件干净的白衬衣——第二次走下楼梯，仍赤着脚，脚底踏在毛茸茸的地毯上面。他有一种孤零零的感觉。他觉得这房屋很大，都归他所有了。他拿起电话号码簿找出

斯塔夫洛斯，查斯　1204 艾森威尔街①

他没去拨号，只是盯着名字和号码，似乎是看见了妻子，她变得比铅笔尖还要小，在字母中间爬来爬去。他拨了一个记得很熟的号码。

父亲接的电话。“哦？”声音谨慎，时刻准备着对疯子或推销员挂断电话的样子。

“你好，爸；嘿，希望那天晚上你没久等什么的，我们没法去，连电话也没打成。”

稍停了一会儿，并不太长，只是长到让他知道他们的确很失望。“没

---

① 查斯(Chas)和艾森威尔(Eisenhwer)应分别指 Charlie 和 Eisenhower，字母看错和漏掉暗指他正处于精神恍惚的状态。

什么，我们估计是发生了什么事儿就按往常的时间睡了。你妈不会把时间浪费在埋怨上的，这你知道。”

“是的。好吧，你瞧，大概今天吧。”

他的声音沙哑起来，低声说道：“哈利，你今天必须过来一趟。若不来就伤了她的心。”

“一定，一定，不过——”

老头儿的嘴顶着话筒，沙哑地强调说：“你明白，这可能是她最后的，生日。”

“我们就来，爸。我是说，只去一部分人。詹妮丝非得离开家不可。”

“怎么回事儿?”

“有点麻烦，是有关她妈妈的腿和波科诺斯的事儿，昨晚她决定了要去，我也不明白。没什么可担心的。都挺好的，就她不在。不过这小家伙在呢。”为了证实一下，他喊道：“纳尔逊！”

没人应声。

“他一定是骑车出去了，爸。整个早上他还一直好好的呢。我们啥时候去?”

“这由你来决定，哈利。后半晌吧。尽早来。我们准备了烤牛肉。你妈想烤个蛋糕，但是大夫认为她可能吃不消。我就在半块面包店买了一个上好的。黄油硬糖霜，你过去不是很喜欢吃吗?”

“是她的生日，不是我的。我该买点儿什么礼物?”

“只要你到场，哈利，就是她需要的全部礼物了。”

“那好。我想点别的吧。给她解释一下说詹妮丝不能来。”

“正如我父亲——愿上帝保佑他——过去常说的，这码事儿只可以遗憾，别无办法。”

爸爸一旦打开了郑重客套的话匣子，就想滔滔不绝地讲下去。兔子挂断了电话。小家伙的自行车不在车库——那是辆生了锈的施温牌车，防护板上都有擦痕。他一直打算给他买辆新的。鹰牌车也不在。只有润滑油桶、汽油桶、剪草机、杂乱堆放着的浇灌花草用的胶皮管（上一次肯定是詹妮丝用的），缺了齿的刮草耙子以及鹰牌车雪天用的轮胎。兔子茫然地在屋子里游荡了一小时左右。不知该给谁打电话，没有小车，也不想走进放着电视机的房间。他拔掉花圃边上的杂草。在搬进新房的第一个激动人心的夏季，詹妮丝就在那儿种上了几种球根花种，栽上了植物和灌木丛。从那时起他们就任其自然，眼看着杜鹃花枯死，听任水仙和蝴蝶花繁殖生长；年复一年，夏复一夏，任凭福禄考和杂草互争高低，万物就在大自然中自然消长。他除掉杂草乃至于也开始把自己看成了杂草，一只手的指甲里面沾满秽物，形成很大的月牙形，其状丑陋不堪，宛若上帝之手在挑选，在杀戮，然后走进屋在冰箱里找了找，吃了一根生胡萝卜。他翻了翻电话号码簿，找到了福斯纳希特。姓福斯纳希特的人有很多，他花了一点时间才推测出 M 就是他要找的。M 指的是玛格丽特，只用首字母可以避开淫猥电话的骚扰，不过，如果他迷恋此道的话，他很快就可以推测出用词首缩写字母的都是些独身女人。"佩吉，你好，我是哈利·安斯特朗。"他略带几分自豪，自报了大名；他们一同上的中学，她仍记得他那时是球星。"想问一下，纳尔逊是不是和比利在一块儿玩？他骑车出去好一会儿了，我不知道他到哪儿去了。"

佩吉说："他不在这儿，哈利。抱歉。"她的声音冷若冰霜。她什么都知道了，詹妮丝昨天给她灌满了一耳朵。接着她稍带几分热情地问道："过得怎么样？"他听出话中有话：奥利离开了我，詹妮丝离开了你。喂。

他急匆匆地说："还不错。嗨，纳尔逊去的话告诉他说我找他。我们要去他奶奶家。”

说再见的时候她的声音又冷了下来，融进了知情人的那张巨大的寒光闪闪的冰冷面孔之中。纳尔逊似乎是县里唯一不知内情的人：这使得他更显珍贵。然而，孩子回来时，由于踩车太卖力，满脸通红，头发湿漉漉的。他告诉父亲说：“我去了福斯纳希特家。”

兔子眨了眨眼说道：“好吧。从现在起，咱们得保持密切联系。现在我既是你妈又是你爸。”他们吃的午饭是黎巴嫩香肠外加黑色陈面包。他们走过恩伯利大街来到韦泽街，再乘12路车向东去布鲁厄。星期天车少，在无云无色的天空下面他们只得等二十分钟。在医院站上来一群探视病人者，他们完成了自己的职责，神态茫然迷乱，手里拿着枯萎的花和读过的书。一只只小船，像白色箭头犁翻了皱纹满布的尾波，在桥下黑色河面上发出嘁嘁喳喳的声音。兔子正要下车时，一个黑人小子把脚伸到过道；他跨了过去。“大脚，”那孩子对同伴评论说。

“厚嘴唇，”跟在后面的纳尔逊，对着那黑人男孩说道。

他们想找一家开着门的商店。给他母亲买礼物总是很难的。别的孩子总是给他们的母亲买些看着舒服的便宜货：一角商店里的珠宝，一瓶瓶的花露水、一盒盒的糖果、围巾。对妈妈而言那些东西要么太过分，要么不够分量。米姆总是把她自己制作的东西送给她：编织的布壶套、亲手描绘的日历。兔子做东西不在行，于是就把他的奖品、报道他的大幅标题送给她。兔子的到来本身就是一件礼物。妈妈似乎很满意：如今过着超脱的生活，不受俗事所烦扰。但是现在送什么？垂死之人渴望什么？当纳尔逊和他在布鲁厄那五光十色的星期天空荡寂静的商业区里边走边找的时候，那些稀奇古怪的修复术器械——胳膊、腿、电池启动的心脏——就在兔子的大脑里乱窜。在第九街和韦泽街相交处附近，他们找到一家开着门的杂货店。暖水瓶、太阳镜、修面润肤液、柯达胶卷、柔软的婴儿裤：没有东西可送给母亲。他需要某种大一点、亮一点、能讨她欢心的东西。淑女液体化妆品，超级复合维生素，不粘油清洁器。裸脚防晒油。一层货架上摆满了各种洗发香波，包封上的微笑娘儿们各不相同：布隆德白雪皇后、丹妮丝·威特、基拉妮·罗素特、帕里斯昂·斯伯丝、斯班妮丝·布莱克·韦恩[①]。纳尔逊扯着他的白衬衣袖口把他领到包装浮华的"日光推子大王"和"旋转光泽磁化电动皮鞋擦光器"紧挨着的地方。"她不再穿皮鞋了，只穿拖鞋，"他说，"据我所知也从不理发。过去头发一直拖到腰部。"然而他注意到了一个 12.95 美元的增湿器。盒上的示意图，看起来像是一只肥大的飞碟。即使她动不了身，这东西仍有用。虽然在布鲁厄这一带，夏天的湿度已经大到不能再大的地步了，但是在冬天，暖气管烘干了整座房子，墙纸起卷剥落，皮肤干燥皲裂；它可能会派上用场。它可以白天黑夜地守候在那儿，而他却不行。他走过去看了看康特黎克水瓶和 2.5 英寸放大镜，又放下了。他感到五脏六腑都开始在翻滚作呕。世人的痛苦真是个火山口，所有这些糖浆药片的一千倍也无法把它填满。他来到装有鲸头骨梳子的"快捷安适电动按摩器"跟前。包装盒上有几个裸女的侧身像，优雅地触摸着她们的肩膀，抚摩着脖子的背部，像在搞同性恋一样，其余部分盖着通上电的电线，看起来像是毛刷的东西，任凭你去想象了。11.95 美元。褥疮。这可能有用。它可以让她开怀大笑、把她逗乐、哼哼唧唧：这就是生活。生活就是按摩器。比增湿器要便宜一美元。时间在滴滴答答地走着。纳尔逊用劲拖着他的袖口要他买一杯淡棕

---

① 以上女人姓名又可根据其意思译为"金发碧眼白雪皇后(Snow Queen Blond)、丹麦小麦(Danish Wheat)、黄褐色基拉妮(Killarney Russet)、巴黎香料(Parisian Spice)、西班牙黑色果酒(Spanish Black Wine)。

色核桃冰淇淋苏打。小家伙在吃的时候，他买了张生日卡配上按摩器。卡上一只雄鸡在啼鸣，血红色的太阳在升起，封面上绿色的字母在高喊早起妙极……而在内页……祝你生日快乐，妈！妈。是。[①] 上帝，这世上竟有这么多独创巧妙的废话。不过他还是买了，因为雄鸡的橙色是明快欢畅喜气洋洋的色调，能够取悦于她。她的眼睛不大可能昏花，不过她的舌头说话时打转，双眼也有昏花的可能。保险点儿为上策。

外面的世界阳光灿烂，空空荡荡。他们俩，父与子，感觉到异常的孤独，兔子紧紧抱着偌大的包装盒。大家都到哪儿去了？地球上还有无生命？被人抛弃的软绵绵的街道上，三个街区以外的地方就是"葵花啤酒"的巨形广告牌，其中心部位安装着一只钟，指示快到四点了。他们在老地方等车，就在凤凰酒吧的对面，哈利的父亲习惯等车的那个角落。他们乘上 16A 路车去佳济山。就他们两个乘客，司机神秘地告诉他们："他们快降落了。"开上坡他们穿过城市公园，途经第二次世界大战时的坦克、巨大凹状贝壳形音乐台和网球场，绕过此山的肩部。在一个山肩，是加油站和绿色的断崖；在另一个山肩，是悬崖，更远处，是一座高架桥。小家伙盯着窗外，望着另一座山，兔子问他："今早去哪儿了？说实话。"

孩子终于回答说："艾森豪威尔大街。"

"去看妈妈的车是不是在那儿？"

"我想是。"

"在不在？"

"在。"

---

① 原文是 MA! Ma. Am.，早晨是 A. M.，妈妈是 Ma，而 Am 既表示"是"，又和 A. M. 类似。此处属于为商业经营而玩的文字游戏。

“你进屋没有？”

“没有，只是朝窗口望了一会儿。”

“还记不记得看到的房号？”

“1204。”

“对。说得对。”

他们在中央大街下了车，就在花岗石贴面的浸礼会教堂旁边。他们跨上杰克逊街向父母家走去。街道一直没变样。房屋相距太近，没有空地停车，又太坚实了没法儿拆掉，淡红色砖块里面刻有紫色伤痕，孩提时的兔子以为那种纹路是冻皲裂了，像他冬天时的嘴唇。枫树和七叶树罩暗了插满树桩的前门草坪，围护着的缠着铁丝的小栅栏是由伏牛花和黄杨木构成的。屋屋相连拥挤稠密，屋顶盖着石板瓦，门廊砌着砖墙，在每扇斜装着玻璃的橡木门上方有一扇眨巴着眼的扇形气窗，其暗淡色彩正符合教会的规章。小时候兔子把那气窗想象成是路德教圣坛上方的诸窗之子，进而想象成是上帝之子，一名可见的身着淡紫色和金黄色相间服装的卫士就守卫在爸爸、妈妈、米姆和他每天走出走进十几次的地方。现在他要和儿子一块儿走进屋去，敲起门来仍觉得自己像个儿子，他感到父母的居处令人窒息。尽管起居室内餐具柜上的钟指着四点二十分，黑暗却已经降临了：黑暗的地毯、拉得严实的窗帘、没有光泽的墙纸、窗外盆栽的植物蜂拥而起挡住了玻璃。妈妈过去经常抱怨他们那一半住房处于拐角里侧；但当老邻居布尔格夫妇作古之后他们那一半要出售掉之时，他们连价钱都没去询问一下，来自斯克兰顿的一对年轻夫妇就买了下来，年轻的妻子怀着孕赤着脚，年轻的丈夫在外头 422 号公路的某家新电子学工厂里还算是个人物，于是安斯特朗依旧住在阴暗的一半。他们乐意。阳光褪了色。空间封死了。他们把他，哈利，送到外面的世界上去发光，而自己却在这儿拥抱阴影。两条水泥人行道的中间夹着绿草带，在另一头的邻居住屋里住着一位年迈的卫理公会教徒，妈妈过去经常就谁该剪那溜草和他争吵，出售招牌在那里已经挂了有一年之久。人们现在需要更多的空气和土地，这是那些依山而建的拥挤居民区无法满足的。在屋里兔子闻着有防腐剂的味道：一股味儿夹杂着另一股味儿、岁月沧桑之味儿、石蜡、烟雾剂和死亡之味儿；一股安全之味儿。

一个轮廓、一个影子，从厨房里走出来。他猜想是父亲，然而却是母亲，穿着浴衣曳足而行，终究是站着在走动。她板着脸靠向前去接受他的亲吻。她那皱巴巴的脸颊依然暖融融的，镇定地放在他手腕上的那只手干瘦冰凉。

“妈，生日快乐。”他怀抱着按摩器。还没到拿出礼物的时候。她盯着包装盒，似乎它就是挡在他们之间的盾牌。

“都六十五岁了，”她一边搜寻着词汇，一边说着话，因而句子说到一半就打住了。“当我二十岁时。我对男朋友说我想挨枪子儿。当我三十岁时。”她的双唇以奇怪颤抖的方式想把自己的想法说清楚，而同时双眼紧紧地盯着他。由于某种不息的流动，她又抬起双眼，一眨不眨，目光茫然地凝望着太空，给人一种完全失明的感觉，一种黑板上的东西都将被擦掉的感觉，这使兔子大吃一惊。

“你把这话告诉给爸了？”

“不是你爸。另一个人。后来才认识你爸的。这另一个人，我很高兴。他没来这儿看到我这副样子。”

“我看你脸色很好，”兔子告诉她，“我原以为你起不了床呢。”

“纳尔逊。我的气色怎样。你说说？”这就算是和孩子打了招呼。她总是在出题考他，使他处于防守的姿态。他不能成为另一个哈利，他身上有太多詹妮丝的影子,这使她永远无法原谅。那双斯普林格家的小手。而今她自己的一双手在浴衣带前抓住哈利的手忘了拿开,因痉挛而在不停地颤抖着。

“还不错,”纳尔逊说。他很小心谨慎。他已经学会把简洁快速的回答当做最好的防御手段。

为了把注意力从小家伙身上移开,兔子问她:“你该不该起来?”

她笑了,却发不出一点声音,真让人吃惊;头向后倒仰,大鼻子因鼻尖和内侧的凸线而微微发光,手也停止颤抖。“我知道,和厄尔说的一模一样。根据现在的状况你会以为他要我躺在床上。我已经是快要入土的人了。大夫。要我起来。我得烤个蛋糕。厄尔要。从‘半块面包店’买那种无滋无味的玩艺儿。詹妮丝在哪儿?”

“对了,关于这事儿,她非常抱歉,她不能来。她得离开家和她妈一块儿去波科诺斯,这让我们都感到惊讶。”

“事情都是。让人感到惊讶的。”

厄尔·安斯特朗那细弱的声音急切地从楼梯上传了下来,带着行骗者剽窃来的喜气洋洋:“他们降落了!鹰舱已经着陆了!孩子们,我们登上月球了。山姆大叔登上月球了!”

“那地方,对他正合适,”妈妈说着话,一个粗暴的动作把一只扭歪的手向后扫向耳际,以抚平从搓成团的圆髻上掉下来荡来荡去的一根头发。真好笑,头发变灰白了,也变得更难以梳理了。他们说甚至在坟墓里,它还要长。打开女人的棺材就发现里面塞满了头发,就像是塞满了一个床垫。阴毛也如此吗?真好笑,它从来不需要剪掉。塞拉芬娜的看起来是磨旧了,脏兮兮的。当他搀着母亲的胳膊上楼梯去看月亮时,手肘往上的肌肉让人感到不安——松垮垮地盖在骨头上,像是一只煮熟的小鸡身上的鸡皮。

电视机放在屋子前部妈妈的卧室里。气味就和他们先前养的那两只猫住的地下室的气味一样。他试着去想猫的名字。潘西。威利。威利是雄猫，经常打架，肚子开始咕咕直叫时就得把他送到动物急救中心去。电视上没有月亮的图像，只有模型纸板随着"噼噼啪啪"的声音模拟着正在发生的事态，在人的"噼啪"声中打出的电子控制的字母拼出了说话人的姓名。

"……该地区差不多有数千个一两英尺高的小型环形山，"一个男人正在以一种他过去在汤姆·米克斯[①]主演的电视剧间插播向观众推销麦片[②]的声音进行解说。"我们看见在前方几百英尺远的地方有一些有棱有角的岩石，大概有两英尺见方。大约就在行进路线的前方看到一座小山。很难估计，但是可能会绵延半英里到一英里。"

证明是来自休斯敦[③]的声音说："明白，宁静海[④]。我们在记录。请回复。"那声音具有得克萨斯的权威。似乎语言是他们发明的，说起话来可爱极了。兔子1953年在拉尔森要塞驻扎时，得克萨斯在他看来就像是月亮，棕色土地像把刀从膝下向远处延伸而去，直到犬牙交错的紫色地平线，天空比他能够相信的要巨大得多，空旷得多，他是第一次，也是最后一次，离开这座潮湿翠绿的小山区。每个人的声音听起来都悦耳、大胆、可爱，甚至妓院里姑娘的声音也是如此。宝贝，你可没付两次的价钱。

一个叫做哥伦比亚的声音说："看来比昨天好得多。太阳照射角度很

---

① Tom Mix(1880—1940)，美国著名演员。

② 原文 Shredded Ralston，一种麦片品牌。

③ 休斯敦(Houston)为得克萨斯州内地港口城市。商业区东南35公里的克利尔湖附近建有约翰逊航天中心(1961)。

④ 1969年7月20日东部夏令时间4时18分阿姆斯特朗手控操纵飞鹰号登月舱在靠近"宁静海"西南边缘的平地上接地。同日下午10时56分，他跨出登月舱，踏上积满灰尘的月球表面。"宁静海"(Sea of Tranquility)为月球着陆地点代号。

低。看起来像小煤块一样粗糙不平。”像一块什么？电子字母详细说明道：迈克·柯林斯[①]在环绕月球飞行的指令舱里讲话。

宁静海说：“预定着陆点周围，迈克，的确凹凸不平。非常的凹凸不平，到处是环形山，大量的岩石中有很多很有可能还超过五到十英尺见方。”妈妈房间里的花边窗帘因年久而发黄，用雏菊形别针向后别着，这在婴儿眼中显得不可思议。在暖气安全阀冒气的地方往上的墙壁上印有玫瑰花和刺花图案的墙纸松散地卷了起来。一种长毛绒安乐椅吸够了尘埃。小时候这张椅子放在楼下，他经常摇着它好把一柱柱的摇摇摆摆的尘埃释放进午后箭杆般的斜阳中去；这些摇摆腾升的尘埃就像是他的世界，每柱代表一个地球，他生活在其中的一个上面，渺小得让人难以想象，让人难以忍受。傍晚一些日光经常会透过枫树，钻进屋内。现在，这些枫树长得密密麻麻，严严实实地挡住了阳光，使得房屋像地下室般黑暗。床头柜上放着一小堆药瓶和一本《圣经》。墙壁上挂着他和米姆上中学时照的着色照片，他还记得是一个劲头十足、矮小肥胖、青色下巴的江湖骗子拍照的。那人自称有一家照相馆，每年春天都鬼头鬼脑地钻进教学楼，让他们在大礼堂排好队，弄湿头发后再梳理一下，这样一来，家长们在两周后就不得不让他们把钱拿进教室，换取一张 8×10 英寸的着色照片和一张钱包大小的丑八怪照片；现在，时间一个筋斗翻了过去，骗子就变成了施主，否则一切就会永远失去了：在金黄色头发半透明地飘动之中，兔子瘦削的脑袋呈粉红色，双耳向外伸出有一英寸，双眼像弹子一样蓝得不真

---

① 柯林斯(Michael Collins，1930—　)是美国宇航员，1966 年 7 月 18 日发射双子座 10 号的副驾驶员，1969 年 7 月 16 日和 N·A·阿姆斯特朗、E·奥尔德林参加阿波罗 11 号飞行，7 月 20 日当另两位登月时他驾驶指令舱在 97 公里—121 公里的高度绕月飞行。21 日登月舱和指令舱重新连接，次日离开月球轨道，24 日溅落在太平洋上。这是他最后的一次飞行。

实，甚至下眼睑也显出年轻人特有的肉感；米丽亚姆那两束闪耀着香波光彩的齐肩发辫是按丽塔·海华丝[1]的发式卷扎起来的，位于其间的脸庞圆鼓丰满，血红色的口红颜料像勋章一样固定在拘泥古板的白脸上面。两个孩子都对着太空微笑，通过那骗子带有污点的镜头，那微笑就从充满汗味和“格格”笑声的体育馆飞向日后卧床不起的母亲身边。

哥伦比亚开玩笑：“拿不准的话，慢点着陆。”

宁静海说：“唔，已经着陆了。”

休斯敦插话了：“宁静海，我是休斯敦。有 P22 号最新校正数据发给你，做好记录准备。请回复。”

哥伦比亚又开玩笑：“愿为您效劳，先生。”

休斯敦无动于衷，一城的计算机正夜以继日地工作着，它回答说：“好，迈克。P110430218；P21043728，是南面四英里处。这是根据预定着陆点确定的。请回复。”

哥伦比亚把数字又重复了一遍。

宁静海说：“我们的飞行任务定时仪指着 9043447，固定不动。”

“明白，记录。你们的飞行任务定时仪固定在——再念一遍时间。”

“9043447。”

“明白，请回复，宁静海。调准的重力看来合适。我们看见你在重复旋转。”

“唔，不好。我刚才想把时间 1665 弄出来，然而不等我按 BRP32 进入键，它便继续向前就到了 6202。我想在这儿存入一个时间，然后看你

---

① Rita Hayworth（1918—1987），美国 20 世纪 40—50 年代电影红星，被称为“伟大的美国爱神”。

是要我继续校正角度，还是在校正前返回一次再按进入键。请回复。”

“明白，有呼叫。等待收听。”

纳尔逊和外公入迷地听着这些过程，玛丽·安斯特朗不耐烦地转过身——或者是因为运动起来很困难所以就使所有姿势看起来显得不耐烦？——而且也使得她曳足走上楼梯平台，又下了楼梯。兔子随着下了楼，心脏在空谷之中颤抖着。她下楼时不需要人搀扶。在耀眼明亮的厨房里她问道：“你说詹妮丝。到哪儿去了？”

“和她母亲在波科诺斯。”

“我干吗要相信呢？”

“你干吗不相信呢？”

她摇摇晃晃地向前弯着腰，打开火炉往里面看。她那乱蓬蓬的金属般头发构成网状亮光。她站起身来，咕咕哝哝道：“詹妮丝。这些天。总躲着我。”

兔子就这样处在了一种被威慑住的、神情恍惚的状态之中，他似乎就只能提出问题了：“她为什么要躲着你呢？”

他母亲凝望着，凝望着，只是张开的嘴唇中间的舌头在动，显露出她想说点什么。“她呀，”她终于说了出来，“我太了解了。”

兔子说：“你了解到的不过是那一帮可怜巴巴的老长舌妇们讲给你听的东西。别再拿这话来折磨爸了，他一上班就来折磨我。”既然她没有还嘴，他便趁机往下讲，“米姆在拉斯维加斯①一天要玩出十个花样儿来，我想你应对她而不是对可怜的詹妮丝的私生活多操点心。”

---

① Las Vegas，美国内华达州东南部城市，邻近加利福尼亚与亚利桑那州分界线，以夜总会和赌场著称。

“她从前就被，”他母亲说了话，“惯坏了。”

“是的，我想纳尔逊也被惯坏了。你该怎么样来数说我呢？就在昨天我坐在那儿看棒球赛时，我就一直在想我过去棒球打得特糟。还是面对现实吧。作为一个人我还不及格。作为一个丈夫我只能得零分。维里蒂厂一完蛋我就跟着完了，只好靠救济金过日子。人总得活吧。谢谢了，妈。”

“嘘，”她不动声色地说，“你能行的。蛋糕掉下来了。”她像一把大折刀，又迫使自己向前弯下腰往煤气烤箱里盯着看。

“对不起，妈妈，皇天在上，我最近腻味死了。”

“到了我这个年纪。你会感到好些的。”

聚会很成功。他们围坐在厨房餐桌旁，桌子表面的瓷漆在逝去的无数岁月中已被磨掉。聚会和过去一样，只是妈穿着浴衣，米姆成了纳尔逊。爸切开烤牛肉，然后把妈的那一块切碎；她的右手可以握住叉子，但用不了刀子。她的牙齿滑落下来，他端起纽约州葡萄酒，建议为“我的玛丽，一位历经万般辛苦的天使”干杯；兔子想知道是何种辛苦。没准儿就是这个。她打开几种礼物，对着按摩器大笑起来。“是这个。让我不停地跳？”她问，就让丈夫插上电源，放在纳尔逊的头上，不停地颤动。他需要感受一下快乐欢喜的场面。哈利总感觉到詹妮丝的缺席让他特别难受。切了蛋糕，小家伙只吃了半块，于是兔子就吃了双份，免得母亲伤心。暮色正浓：远处，西布鲁厄疗养院的窗户放射出橘红色光芒，在山的这一边，阴影像夜间盗贼偷偷溜进这座房屋和待售房屋之间狭窄有形的空间。摇滚乐队那沉闷的低音打击乐声，从那对年轻的赤脚夫妇的家里，透过贴有墙纸的墙壁，渗透进来，把妈妈搁架上摞在一起的空铁盒子（里面曾装着饼干、糖、面粉、咖啡）弄得颤抖起来。起居室红木餐具柜的玻璃门也在颤抖。纳尔逊的眼睛开始下沉,当他的脑袋垂下来挨着了冷冰冰的瓷漆桌面时,紧闭着的弓形嘴唇咧开一笑以示歉意,长辈们正谈论着邻里的往事,三十和四十年代的人们,过去在世之时你和他们天天见面甚至从未想到要拍张照片。年迈的卫理公会教徒拒绝剪除属于他那一半的草带。在他的前面住着西姆一家和他们那个漂亮的女儿,母亲每次吃早点和晚餐时都要尖声叫喊。街那头那个男人在一家椒盐卷饼厂上夜班,有天清早开枪自杀,除了送奶马车的马以外谁也没听到枪声。那时他们有送奶马车。满街是柔软的灰尘。纳尔逊的眼皮在打架。兔子问他:"想回家吗?"

"非也,爸。"他咧开嘴对自己的打趣话露出疲倦的笑容。

兔子把玩笑话继续下去:"时间是二十一点。我们最好去和飞船会合。"

但是飞船空空如也:宾州别墅里一个长长的空荡荡的盒子,在真空中慢慢旋转,花圃边的杂草只剪除了一半。小家伙害怕回家。兔子也怕。他们坐在妈妈的床上,在黑暗中看着电视。他们得知坐在月亮上的那只巨大金属蜘蛛里的宇航员不能睡觉,所以月球漫步已经提前了几个小时。摄影室里,由于消磨时间而不耐烦和疲倦的人们,在用和实物一样大小的模型演示着预计要发生的事情;在几个频道里,身着宇航服的人正四处走动,锡箔碟子摆放着,像是搞野炊。终于发生了。真正的事件。或者是不是呢?登月舱上的一只脚上出现了一个电视摄像机:屏幕上出现了让人茫然的图像。广播员解释说屏幕上方的黑色是月球之夜,左下方角落处的黑色是飞船和梯子的影子,白色是月球表面。纳尔逊睡着了,头枕在父亲的大腿上。真奇怪,小孩子睡着了头颅怎么会发潮。像地下室里的灯泡。妈妈的双腿上盖着毛毯;她在身后的枕头上撑住身体。爸爸躺在椅子上安眠,他的呼吸宛若远方忧郁的大海,撞击一下海岸再远远退去,撞击一下海岸再远远退去，一台陈旧的抽水机还在不停地运转；灯光透过窗口遮阳篷上的一个裂缝偷偷溜进屋射向他的头顶，稀疏的头发就被弄乱变成了瘦长的羽毛。在明亮的电视机上正发生着什么事情。一个蛇样的轮廓从左上角偷偷溜了下来；是一条人腿。又变成另外一条腿，盖过了明亮的斑点，那是月球的表面。仅呈现出笨拙轮廓的一个男人①钻进这些抽象的阴影和强烈的光照之中。他说了句什么"跨步"②，但是，一阵"噼啪"声使兔子没听懂全句到底是什么。从旁边移动而出的电子字母拼出人类登上了月球。"噼噼啪啪"的声音，告诉休斯敦说表面很好，呈粉末状，他用脚趾头掘起一点，它就像粉状煤灰粘在了长统靴上，脚趾只陷下去一英寸的若干分之一，比在地球上模拟行走时还要容易得多。兔子母亲的一只手吃力地从背后伸出来，摸到了他的后脑勺，停留在那儿，笨拙地试图给他按摩头皮，她明白，他遇到了麻烦，就想把它从大脑中抹去。"我不知道，妈。"他突然又承认说，"我知道这事儿已经发生，但却一点儿也没感觉到。"

---

①② 指此时登上月球的阿姆斯特朗。他跨出一步后说："对人而言这是一小步，对人类而言这是一大步。"

二、吉　尔

“这儿完全不同，但很诱人。”

——尼尔·阿姆斯特朗，1969年7月20日

白昼，黑夜之间苍白的夹片，它们混在一块儿，一点儿都不相同，形成了淡色的透明体，以致把所有的昼夜堆集在一起才会暗淡下来投下致命的阴影。八月的某个星期六，布坎南在工间休息时走近兔子。他们都是上半天班，大概正因为如此才有这份儿亲密。这黑鬼在外面装卸台的太阳底下享受了早晨的威士忌，此时他从嘴唇上抹掉残留的酒滴，问道：“他们待你如何，哈利?”

“他们?”哈利认识这个人的相貌和名字已有几年了，但是和一个黑人谈话，仍然感到局促不安，似乎总是要讲些他并不十分明白的玩笑话。

“整个世界，伙计。”

“还不坏。”

布坎南站在那儿眨巴着眼，审视着，那身体挺逗人地轻轻摇来晃去。

很难说出他们[1]的年龄。他可能有三十五岁，也可能有六十岁。他的上嘴唇留着最少量的可能是黑色的胡须，比排版刷还要小。他的肤色灰白，没有一点光彩，而车间里另一个黑鬼，法恩斯沃斯，看起来像是擦了鞋油，在印刷机器中间，在静静的无影灯下，灼灼生辉。“但也不好，哈？”

“我睡不好觉。”兔子老实坦白说。这些天来，他有一种要坦白、要发泄的渴望，他太孤独了。

“你家婆娘还在外面和人鬼混？”

大家都知道了。黑鬼们、苦力们、游民们、白痴们。囚犯们、书记员们、巴士售票员们、美容院老板们、整个砖城布鲁厄。维里蒂雇员被确定为本周乌龟王八。安斯特朗接受市长授予的官方犄角[2]。“我一个人住，”哈利承认，又补充一句，“还有孩子。”

“那事儿怎么办？”布坎南轻轻摇晃着身子，说道，“那事儿怎么办？”

兔子无力地说道：“等弄清楚了再说。”

“有没有相好的？”

哈利一定是吃了一惊，因为布坎南急忙进行解释：“男人总该有个女朋友。你老爸最近到哪儿去了？”这句问话立刻从那句主张里涌流出来，看起来并无联系。

兔子感到为难气恼，但由于布坎南是个黑人，他不知道该怎样去回避他，于是说道：“他请了两周假，这样就能开车把我妈送到医院去做些检查。”

“那样好。”布坎南在深思熟虑，嘴上两片向外突出的如垫子似的嘴唇似乎在通过哼哼声进行谈心；然后，一个新的想法就通过它们冲了出来，使得小胡须也在微微颤动。“你老爸真是你的好朋友，那可真不错。真真

---

① 指黑人。

② 相传其妇与人通奸，丈夫头上会长角(horn)，等于“绿帽子”之意。

不错呵，我从来没有过那样一个老爸，我知道那人是谁，他就在城市附近，但是按你老爸的样子他就从不配当我爸。他从不会那样做我的朋友。”

哈利犹豫不决，不知他是该同情还是该大笑。“这个，”他打定主意照实说，“他就算是个朋友，可也让人心烦。”

布坎南尽管想说些辛辣的话表示反对，可还是喜欢听这句话。“噢，别这样说嘛。有老爸关心你该感激才是。你有所不知，伙计，你有多运气。婆娘在外面到处卖屁股并不意味着整个世界就到了末日。你该找个女朋友，就这么回事儿。你这家伙还有点名气嘛。”

厌恶和激动在哈利心中一争高下；在布坎南身边他感到高大白净，又太柔顺，成为一个集可笑、脆弱和贪婪于一身的让人感到刺痛的目标。和黑鬼说话让他的眼球后部感到痒痒的，大概是因为他们的眼睛看起来水灵灵的，眼白中显出忧郁和哀伤。他们的整个存在似乎都浸泡在痛苦之中。“试试看吧，”他不情愿地说，心里正想着佩吉·福斯纳希特。

收工铃声响了。布坎南猛地把肩膀一耸，隆成一个弓形，像是因此要宣布一个判决。“怎么样，哈利，今晚和几个小伙子出去走走，”他说，“大约九点、十点到金博娱乐厅来，瞧瞧会生出个什么玩意儿来。也许有，也许没有。照你现在这个样子，你会越来越老的。年老肥胖挑剔，大个子好人是不能这样走下去的。”他发觉兔子会本能地拒绝，便很快举起手掌亮出银色亮光说道，“想想吧。伙计，我喜欢你。你若不来，就不来好了。没关系。”

整个星期六，那份儿邀请一直在耳朵里嗡嗡直响，布坎南话中有话。他正躺在地上等死，已经躺了好几年了。他的身体已经说明了这一点。一到下午他的双眼就看字模糊，甚至走在绵延诱人的弯弯人行道上回家，也没有要跑上几步的冲动，晚饭前就在尽力赶跑瞌睡，天一黑就无法控制了,甚至一觉醒来也无法振作一下以放松自己的情绪。每天早晨天一亮就醒来,新的一天磨蹭着他的眼皮。他一生中没去过多少地方,不晓得什么缘故他已阅尽了人间沧桑。树木、天气、前门四周正在霉烂的装饰物使晒裂开的口子越来越大。每天外出他都能看到用湿木料建成的房子。死后没有信念,没有希望,相同的东西经历得太多了,好像他已经活了两辈子。从返回到詹妮丝身边时起他就开始过第二辈子的生活了;可怜的孩子正在过第一辈子呢。保佑那个笨蛋吧。她至少还有要逃出来的动力。女人们,三角区里一团火,永远不会熄灭,通过击退阳物而开始,再通过疯狂地追逐一个依然坚挺的阳物而告终结。

上一周他曾打电话给车行,想弄明白斯塔夫洛斯和她是在汇报工作还是在夜以继日地云雨交欢,米尔里德·克劳斯特回答说,她转给詹妮丝,詹妮丝悄悄说:"哈利,爸不知道我们的事儿,不要打来电话,我给你打回去。"那天后半晌她把电话打到家里,纳尔逊在另一间屋看《吉利甘的小岛》[①],讲得再冷静不过了,他几乎都没听清是她的声音:"哈利,不管这给你带来什么样的痛苦我都很抱歉,真的很抱歉,但是我们一生中的此时此刻都不要被负疚的感情所驱使,这是很重要的。我正在努力想老老实实研究一下我,想弄明白我是谁,我该往何处去。哈利,我需要我们俩来做出一个双方都能接受的决定。已经是1969年了,两个成熟的人没有任何理由仅只是由于惰性而把对方闷死。我正在寻找一个健全的本体,我建议你也来寻找一个。"说完更多的此类话语之后,她挂了电话。她的词汇量大大扩充了,或许她老在看精神病学对话节目。有罪之人将得到辩

① Gilligan's Island,原由美国联合艺术家电台(United Artists Television)出品的系列情景喜剧,从1964年9月26日至1967年9月4日在哥伦比亚广播公司电视网播出三季。此时应是重播。

护。操她。亲爱的主,操她。在巴士上他这样想。

他想,操她,到了家后他喝了杯啤酒,洗了个澡,穿上了宜人的夏装,质地是浅灰色的雪克斯金细呢,他把纳尔逊的睡衣从烘干机里取出来,把他的牙刷从浴室里拿出来。小家伙和比利已为他在外过夜做好了安排。哈利给佩吉打电话证实了一下。"噢,完全正确,"她说,"我没打算去别处,为何不过来吃晚饭?"

"不行,我想不行。"

"怎么不行?有别的事儿要干?"

"有点儿。"他和小家伙六点前后乘一辆空荡荡的巴士到她家。每到这时韦泽街就已经呈现出周末不断加快的节奏,小汽车急匆匆地开回家又开出来,一位长着满头橘红色头发的大胖子站在凉篷下玩味着雪茄烟味,似乎天使马上就会降临,关了门的商店铺面发出期待光临的微微闪光,姑娘们扬起像玫瑰丛一样大的脑袋迈着咔哒咔哒的脚步向前走,鬈发都包裹在头巾里。好一个星期六之夜。佩吉站在门口迎接他,请他进去喝点儿东西,她和比利住在西布鲁厄新建八层居民楼中的一个套间,在此可以俯瞰这条河,这地方原来是挽车赛马①跑道。从起居室向外瞭望,整个布鲁厄尽收眼底,市政府的摩天大楼上面的混凝土雄鹰在鹰牌椒盐卷饼广告牌背面高高展开了双翅。在像花盆般发红②的城市那头,佳济山披着一身翠绿的服装,山的一边被碎石采石场深深切开一个口子,像一块烤肉正在被人切开。河水黑如煤灰。

"就一杯吧。我得到别处去。"

---

① 指小跑步马或溜蹄马拉单人双轮轻便马车的跑马赛。也许因此,旁边的河流才取名为跑马河。

② 因此处建筑多用红砖砌成。

“你说过了。要什么饮料?”她穿着微微发白的贴身紫色纹花呢超短裙,裸露出粗壮的大腿。詹妮丝那双漂亮的大腿,总是值得骄傲的。佩吉膝盖以上白晃晃的肉看起来松软无力。

“有没有调好的鸡尾酒?”

“我不知道,奥利以前总是有的,我们搬家的时候我想那东西都留给他了。”她和奥利·福斯纳希特过去住在几条街区以外的石棉瓦盖顶的半边房内,离该县精神病院不远。奥利此时就住在城里,在他开的乐器店附近,她和孩子就住这套房。奥利就在眼皮底下,要找也容易。她在一些空书架下面的一个低柜里翻腾了老半天。“我什么也找不到,买来时都装在袋子里的。杜松子酒加别的怎样?”

“有没有苦味柠檬?”

又找了一通。“没有,只有一些汤力水。”

“那也够好的了,要我来调吗?”

“可以。”她站起来,双腿沉重,浑身汗渍渍的,松了一口气。早知道他会来,佩吉就打定主意不戴太阳镜,以此表示信任。一双硕大闪亮的眼睛裸露在他面前,那脸色却起了相反的作用,当双眼似乎被天花板的角落吸引去了的时候整个脸却正对着他。他知道她有一只眼有问题,但他从未弄清是哪一只。眼睛四周那网状的白色皱纹总是被太阳镜掩盖着。

他问她:“你来点什么?”

“噢,什么都行。跟你一样吧。我什么都喝。”

他在窄小的厨房里敲打制冰盒时,两个孩子就偷偷溜出了比利的卧室。兔子在想他们是不是看到了色情照片。这类照片过去孩子们得给李树街那个老跛子一美元才能弄到一张,而现在你在商业区只需花七十五美分就可以买到一本全是色情照片的杂志。高等法院,那些老朽们却任凭屋顶坍塌下来。比利比纳尔逊高出一头,晒得黑黑的,而纳尔逊则像他母亲那样皮肤棕黄,两人的头发都盖住了耳朵,福斯纳希特家的孩子要更黄更鬈一些。“妈,我们想到楼下去,在停车场骑自行车。”

“一小时后回来,”佩吉告诉他们,“我给你们做晚饭。”

“我们离家前纳尔逊吃过一块花生黄油三明治,”兔子解释道。

“典型的男人食谱,”佩吉说,“你今晚要去哪儿,穿得这样整齐?”

“也不到什么地方去,我告诉一个家伙说要见他。”他没说是个黑鬼。他该邀请她出去玩儿,这个突然的感觉使他感到惶恐。她是为外出而打扮的,但是并未浓妆艳抹,只是显得她今晚无意呆在家里而已。他递给她汤力水杜松子酒。最好的防御就是采取进攻的姿态。“你没有薄荷或酸橙或别的什么吧。”

她那拔掉毛的眉毛扬了扬。“没有,冰箱里只有柠檬了。我这就到杂货店去给你买。”完全是诚心实意的样子:利用他的抱怨编织默契的情感。

兔子笑着收回了声明:“算了,我在酒吧呆惯了,那里什么都有。我在家里也只喝啤酒。”

她笑了笑作为回答。她感觉到像老师初次上讲台一样紧张。为了缓和一下气氛,他扑哧一下坐在松软的皮椅上。“嘿,还不错嘛。”他宣布说,指的是窗外景色,但是说得太早了点,因为坐在低矮的椅子上看不到什么景色,只能看见天空。但见薄薄的白云犹如咸肉中的肥膘。

“你该听听奥利在怎样抱怨房租。”佩吉坐了下来,不是坐在另一张椅子上,而是坐在平展的格子窗台上,窗下安装着暖气管。她正对着他。因为她坐得比他高,所以他能看见她的大半截大腿,闪闪发亮的皮肤鼓鼓囊囊到不成形的地步。她仍然在卖弄她的所有,正上方就是内裤的三角形状,这就是活到 1969 年所能得到的又一恩泽。超短裙和那些杂志:唉,见鬼去吧，谁人不知女人有三角区，为何不让它合法化？车间有一个家伙带来一本杂志，老实说，里面全是裸体女人。蹩脚的四色印刷模糊不清，但是那些裸女，倒立着的、背向着的，姑娘相互依恋着在嘴里转动着舌头，用双手拍打着肚皮，还竭力掩饰着自己的蠢样儿。裸身女，的的确确，家常便饭了。要是没有高等法院，这事儿也许永远也扯不清。

“嘿，老奥利怎样了？”

佩吉耸耸肩。“常打电话来，通常都是说不能和比利一块儿过星期天。你知道他从来不是你那种爱管家务的人。”

“他在怎样混日子呢？”

“噢，”佩吉说着话，又笨拙地转了转身，兔子借着窗口的光线看见喝下去的汤力水泡沫已使她有了刺痛感，真让人惊讶，她快喝醉了，“他和一帮小爬虫在布鲁厄四周瞎游荡。大抵是些，音乐家。他们常去费城，和纽约。去年冬天，他在阿斯彭①滑雪就把一切都说给我听了，包括姑娘。他回来时脸都晒黑了，我哭了好多天。我们住富兰克林大街那地方时，我根本就无法把他拽出门去。你是怎样过日子的？”

“我干活儿。和孩子在屋里闷闷不乐地过日子。看电视，在后院捉迷藏。”

“你因她而闷闷不乐吧，哈利？”屁股笨拙地一扭，这女人就从暖气管那歇栖之处挪了下来，一对蓝眼睛在他头顶上疯狂地盯着什么，他以为她要向他扑过来，就把身子一缩。她眼睛周围的网状皱纹似乎要向他的头上罩去。然而她从他身旁漂了过去，哐啷一阵，又倒满了一杯酒。“再来

① 阿斯彭(Aspen)是美国科罗拉多州中西部城市皮特基县县城，附近一些落基山脉山峰高度均超过 4270 米。冬季有滑雪场等，夏季有音乐节。

一杯?”

“不要了,谢谢,我这杯还没喝完。过一会儿我就要走了。”

“这么快,”她不被人注意地轻轻说道,似乎是在小厨房里想起了一首歌的开头。在窗下很远的地方传来孩子们坐在童式车上发出的逗趣声、咳嗽声。吵闹声像一只粗暴的美国秃鹰,猛地扑下来又飞上去盘旋缠绕。再远处,河流那边隐隐传来布鲁厄来往车辆的嘟哝声,像大海一样连绵不断;偶尔有车子鸣笛声,鬼火也眨巴眨巴眼。似乎她已在炉子上烤熟了思想,就在厨房里喊道:“她不配。”然后她的身体移到他的背后,声音就在头顶上。“过去我不知道,”她说,“你这样爱她。我看詹妮丝也不知道。”

“唔,你已习惯了某个人。不管怎么说,那也是个污辱。和那样一个南欧佬干。你该听听他诽谤美国政府的话。”

“哈利,我怎么想你是知道的。我相信你是知道的。”

他不知道。他一无所知。她似乎以为他一直在阅读她内裤上印的思想呢。

“我看她对你的态度太可恶了。上次我们一块儿吃午饭时,我就这样说她。我说:‘詹妮丝,你试图为你辩护感动不了我。你抛弃了一个当你需要他就会回到你身边的男人,而且你还在孩子成长的节骨眼儿上把孩子给抛弃了,他这时最最需要的就是要有一个稳定的家庭环境。’我当着她面说的这番话。”

“实际上小家伙经常去车行看她。她和斯塔夫洛斯带他出去吃饭。从某种意义上讲他像是赢得了一位叔叔。”

“你也太仁慈了,哈利!奥利会把我勒死的,他仍然妒忌得要死,总是问我男朋友都是谁。”

他不信她会有,就喝了一小口。尽管在这个县大屁股女人还不至于去乞食。德国佬喜欢大块头。他说:“不过,我还不知道我跟詹妮丝究竟过得好不好。她也得活呀。”

“唷,哈利,你若是这样推理的话,那我们都得活呀。”照她站在他面前的姿势来看,他若是坐直了,鼻尖就会正好碰上她那个地方。想起使人痒酥酥的阴毛,他说不定会打喷嚏。他又喝了一口酒,感到那没味儿的液体在体内空间不断扩展。她若不是有所提防,他可以随时把身子坐直。从她的头发推测那里或许是一簇浓密湿润的蓬乱发丛,话虽如此,但你也说不准,杂志上的一些裸体妞儿在肚皮根部仍只有一小束,很难说能配得上那讨厌地方的真正价值。花瓶而已。她走到一旁说:“如果人人都得活下去,那谁来维持家?生活就是一种妥协,是在做你想干的事儿和做别人让你干的事儿之间的妥协。”

“那可怜的上帝老人要你干事儿该怎么办?”

这个不请自来的名词刺激了她的神经,使她从已经采取的挑逗姿态中退缩。她将脸转向窗外,背对着他。狗的姿势。把她从椅子上拽翻过来让她用手指头撩拨到湿润而他就从后面干。詹妮丝特喜欢这样干,更像是动物交配,她不会被他脸上的表情分散注意力的,湿漉漉的亲吻往往是连续进行的,当他们首次开始同时运作之时她抱怨说无法呼吸了,他问她是不是患腺样增殖症。说正经的。没有两个是一样的,世上有十亿娘儿们,雪花呀,你一摸就融化。我们最保护的是最想受到侵扰的地方。佩吉把酒杯像放颗硕大宝石一样放在窗台上,转过身来,脸形都大大扭曲了。既然那个词已冲着她跳了出来,她就问道:“你难道不认为上帝也是人?”

“对,我以为上帝是一切但不是人。我觉得我是这样看的。我的看法我觉得也并不很明白。”气恼之中,他站了起来。

一个庞然大物靠着窗户，一个热血沸腾的影子，太阳光从血红色城市消退之时在她身躯四周映射出淡紫色的光圈，一座模糊不清的大山。佩吉解释说："噢，你是用"——为了协助她那笨拙的思想，她用双手在空中画出他的体型，按这种手势再向两边松开双手——"整个身心在思考呀。"

她显示出无望和含糊的表情，看来哈利除了走进她画的那个体型圈内吻她以外就无事可做了。她那背着光的脸庞，感觉起来是又大又凉。她的双唇就在他的双唇上笨拙地拱来拱去，松软而有弹性的蜡状橡皮软糖，依旧起着麻醉作用。并非完全无滋无味：小时候兔子就喜爱像多兹牌那种甜味柔和些的糖果；坐在电影院里他经常能吃完三镍盒糖果，用舌头和牙齿玩着，玩着，玩着，再用牙咬，便产生了销魂感受。他的那一节东西上下移动，她不断碰撞着他，竭尽全力来适应他的身高，以便抚摩他。她身上那块陌生的地方什么也没有，而更高些的陌生地则有些玩意儿。她的臀部因用力踮起脚尖而形成硬块。她用力推进，推进。他感觉到她的心逐渐冰凉了；她已经把他们两人的心包裹在一个粗糙硕大的黑暗球体之中了。

什么东西在圆球上刮擦了一下。一把钥匙插进了锁里。按着房门敲了一下。哈利和佩吉相互推开了，佩吉把散乱在左顾右盼的双眼周围的头发拢到脑后，迈着沉重的脚步走向房门，把孩子们放进了屋。他俩涨红着脸，怒气冲冲。"妈，他妈的那东西又坏了，"比利告诉母亲。纳尔逊抬眼看着哈利。这孩子眼泪汪汪。詹妮丝离家后，他总是沉默寡言，感情脆弱：一只装满泪水的蛋壳。

"这不怪我，"他干哑着嗓子叫道，冤枉成了他喉咙中的一把筛子。"爸，他说全都怪我。"

"小乖乖，我没那样说。"

“你说了。他说了，爸，不怪我。”

“我只是说他踩得太快。他总是踩得太快。他骑到一个石子儿上摔倒了，现在车灯撞歪了，车也骑不动了。”

“就是因为太便宜了所以才老是撞坏的。”

“不是便宜货，差不多是最好的，怎么说你也买不起嘛——”

“你送给我我也不要。”

“那你还要跟他说话。”

“嘿，行了，行了，”哈利说，“我们把它修好。我付钱。”

“别付钱，爸。谁也不能怪。就怪他太娇生惯养了。”

“你这个小东西，”比利说着，打了他一拳，和哈利三周前打詹妮丝时一模一样，用了劲儿，但是选的是一处能承受得起的地方。哈利分开他俩，捏紧比利的胳膊，小家伙闭上了嘴。这小家伙总有一天会很倔强的。他的膀子已经有劲儿了。

佩吉这才把注意力集中起来，其五脏六腑也才从那一吻中回过神来。“比利，如果你坚持玩危险车，这种事儿总归要发生的。”她对哈利说：“该死的奥利给他买这玩意儿，他这是存心跟我作对。他明知我讨厌机器。”

哈利觉得该和比利说句话。“嘿，比利。是把纳尔逊带回家，还是想要他在这儿过夜？”

两个孩子都哀求着要纳尔逊留下过夜。“爸你根本用不着来接我，明早第一件事就是骑车回家，我昨天把车留在这儿了。”

于是哈利松开比利的胳膊，在纳尔逊的耳朵周围吻了一下，并试图找到佩吉那只正在注视着他的眼睛。“那好吧。我就走了。”

她说：“非走不可？呆一会儿。给你做不做晚饭呢？再喝一杯？还早呢。”

“那家伙在等我。”兔子撒谎，绕过家具来到了门口。

她的身体紧随着他，那双出神发呆的眼睛在绵纸一般的眼窝里闪着光芒，双唇呈现出被吻过的嘴唇常有的松弛模样；他抑制着要再买一盒多兹糖的贪婪冲动。“哈利，”她开了口，由于绊了一下，身子似乎要向他倒去，只是二人并未碰着。

“什么事儿？”

“我通常都在家。如果——你知道。”

“我明白。谢谢汤力水杜松子酒。你们窗外的景色很棒。”然后他伸出手拍了一下，并未拍在她的屁股上，而是拍在她的屁股侧面，那地方太宽大，太结实，掌心感到颤悠悠的，关上她的门之后，他感到纳闷，他干吗要坐电梯下楼，出门呢。

去见布坎南为时还太早。他途经西布鲁厄的小巷道往回向韦泽街走去，穿过呆滞阴暗的夏日余光，不断听到的是远方球赛的喧闹声、碗碟在厨房洗涤槽里咔嗒作响的声音、电视被布蒙住后发出的沉闷的窃窃私语声并搀和着呆板的欢笑声和鼓掌声、预备好了避孕套开始换挡的少男少女们开车而过的呼啸声。孩童和老人坐在铅灰色牛奶瓶箱旁边的门廊台阶上面。一些人行道路面铺着砖块；这些西布鲁厄最年长的邻居，紧靠着河流居住，如今形如坐禁闭，性格温顺，生活无聊。他们从中国和巴西引进了一些树种，这些城中之树从未见识过美国森林；在几棵树之间，坚定严肃地繁殖着给水栓、停车计时器和标志牌，有一些是有效的绿底白字广告牌，指引着司机开往高速公路而在联邦盾形徽上面或州界石牌上面都昭示着公路编号；从这些朦胧暧昧的西布鲁厄小路、人行道和压皱成舒服的如同陈旧衣服一般的沥青街道上，人们可以箭一般地开往费城、巴尔的摩、首都华盛顿、商业和时尚的总部纽约。或向另一个方向可以抵达匹兹堡、芝加哥、雪山、阳光海岸线。然而在这些代表广袤与运动的令人敬畏的金属标识下面，身着汗衫的肥胖男人在闲逛，年迈女人迈着乡间捡鸡蛋者那趔趔趄趄的步子奔走于饶舌者们之间，狗儿们靠着凉爽的路边条石在蜷睡着，孩子们拿着曲棍球棒和把手上缠着布带的网球拍胆怯地对着塑料空心球和皮球挥着球棒和球拍，一点一点地在把自己塑造成下一代运动员和宇航员。在黄昏之中，在他的本质升腾而起形成的烟雾之中，他感到眼睛里刺痛刺痛的。如此多的爱，太过分的爱，这正是我们的疯狂之所在，它正在使我们堕落，使我们像蒲公英的绒球一样爆裂开来。他停步在一家拐角杂货店，买了方块糖，是噢亨利牌子，然后来到韦泽街的汉堡天堂店买了一块“登月特制”（是圆面包上插着美国国旗的双层牛肉饼加乳酪）和一杯香草味牛奶和冰淇淋混合饮料，那味道就像是从化学残渣底部发出的。韦泽街旁那湖泊般辽阔的停车空间让人眼花缭乱。

汉堡天堂店里灯火辉煌，就连他那巨大淡紫色月形的指甲都被映照得微微发光，而付款时放在台上的硬币似乎是大型金属车轮。这片灯光的尽头，便是布满敌意的黑暗。他大胆地走过一家暗淡模糊的路边银行①，穿过了大桥。在巨型花茎上高高挂起的条形弧光灯把光线洒到地上，匆匆来往的车辆在光线中都变成了紫色。桥上除了他没有别的行人。从桥的中部放眼望去，布鲁厄宛如一张网，沾满了光彩夺目的水滴。夜里的佳济山依然故我。极顶酒店顶上那灿烂的污点像颗星星高悬在那里。

水边衍生的蚊虫轻轻擦过兔子的脸庞；詹妮丝的出走从内心困扰着他，成了他的一块心病。啤酒咖啡借以解愁。人生在世，得照顾好自己。

---

① 原文 drive-in bank，指顾客不用下车就可办事的银行。

一人独眠，他惧怕那张床，直到深夜他还在看电视，卡森、格里芬，都是些除了厚脸皮以外没什么可卖的趾高气扬的家伙。就靠十足的厚颜能挣几百万。好一个美国梦。小时候他一听到这个字眼儿就想象上帝在躺着睡觉，像被子颜色一样的美国地图像一片白云从他的大脑里飞将出来。佩吉的拥抱拖住了他的手脚。外衣感觉黏糊糊的。金博友谊娱乐厅就在布鲁厄这边的桥头，从李树街走过半个街区就到。里面，都是黑人。

对他而言，黑人只是个政治术语，但是这些人的的确确是黑人，他一走进去，黑得发亮的脸就转了过来，看着这位穿着件黏糊糊灰色外衣的庞大温和的白人。恐惧感传遍了全身，然而那台硕大的闪着绿色和紫色光亮的"月意"牌投币自动电唱机却依然在播放着音乐，清脆的欢笑声和令人快慰的咕哝声又恢复了流动；他的到场不过是个意外的妨碍而已。他像个气球一样悬挂在那里等待着疾飞；接着有人撞了撞他的手肘，布坎南站在了他身旁。

"嘿，伙计，你来了。"这黑鬼从烟雾中走了出来。他那过分修剪过的胡须在这儿看起来像凶神恶煞。

"你以为我不会来？"

"拿不准，"布坎南说，"很拿不准。"

"你约我来的。"

"是呀。哈利，说得对。我不是跟你争论。我是高兴呢。咱们先找个座。你要喝一杯，对吧？"

"我不知道，胃里倒是有点感觉。"

"那你需要喝两杯。告诉我喜欢什么酒。"

"也许是鸡尾酒吧。"

"根本不行。那是妇人吃色拉午餐时喝的。鲁夫，你这老混蛋。"

“来了，来了，”从卖酒柜台传来了应声。

“给这伙计搞杯薄荷鸡尾酒。”

“来——了。”

鲁夫的秃头就像布鲁厄博物馆里的一个短柄小石斧，只不过磨得更光亮些罢了。他弓身钻进酒吧柜台的海底红光之中，布坎南把兔子领到后面的一个隔间。那地方很幽深，比外面的看起来更复杂。隔间像深色木料做成的海角，都退缩其后隐匿起来了。顺着一面墙望去，看到的是鲁夫和光线很低的柜台；在柜台的后面和上方，蓝带、百威和米勒啤酒的小招贴不仅照常上下飘动微微闪光，而两个经过剥制的小鹿头，依然张大着那明亮褐色的眼睛永远也不眨一下。瞪羚，他们会是瞪羚吗？越过一片空地，往另一堵墙望去，有一架小型三角钢琴，用那种喷漆罐喷成了银白色，是呈圆形漩涡状银白色，钢琴后面仍有足够的空间安装一排隔间。在一间和大厅斜向相接的屋子里，有一张台球桌：那些黑仔的所有胳膊腿像蜘蛛般围着那质朴宜人的绿色毛毡。只要有人玩游戏，兔子就会安下心来。在有人玩游戏的地方就筑起了一道抵御愤怒的隔墙。“过来见一个人，”布坎南说。隔间里的两个影子是一男一女。男人戴着银白色圆眼镜，蓄着一小撮山羊胡。年纪不大。女人上了年纪，满脸皱纹，抽着一支黄色香烟，抽这种烟需要用劲儿吸，需要沉住气，闭上眼，需要发出类似叹息之声。她那褐色的眼睑已成灰白，又涂成蓝色。滴滴汗珠在她的喉咙根部的下方、在位于双乳之间的斜骨上面闪着亮光，她似乎有乳房，其实是没有的；尽管那像雄鸡鸡冠一样血红的上衣领口裁得很低，显示出有的迹象，其实没有。还没等介绍，她就向哈利打了声招呼，然而那双眯起的眼睛犹如滑进了一场梦魇，紧紧盯住他不放。

“这伙计，”布坎南宣布道，“是我的同事，和他老爸一块儿在维——

里——蒂印刷厂干活儿，活字——排版专家，”他用一种奇特的一板一眼的均等长度发出音节，是假装的还是某种信号？“但不仅如此。还是个著名运——动——员，头号篮球运动员，年轻时是布鲁厄的大明星呢。”

“棒极了，”另一个黑人说。圆圆的眼镜弄斜了，闪着微光。吸引了他们目光的那张脸的影子在黑暗中感觉着很瘦小。发出的声音清楚明白，干巴无味儿。

“许多年以前的事儿了，”兔子说道，为他的大块头、傲慢的白皮肤和逝去的名声表示歉意。他坐在隔间里躲了起来。

“他有那双手，”女人诉说道。她正瞧得出神。她又说：“伸一只给老蓓蓓看看，白小子。”他紧张地感到刺痛，真想对着甜丝丝的烟雾打喷嚏。兔子从膝盖上抬起右手放在光滑的桌子上。清白的肉。变形的爪。他回想起电视里配有解说和音乐的黑猩猩的表演，因误解了正确的意图，猩猩就露出了害怕的神色。

女人摸了摸。她的触摸像爬行动物一样冰凉。他抬起双眼，焦急地琢磨着。在闪闪发光的骨头上方的喉咙处吊着一串宝石，餐巾上用的莱茵水晶石没准儿就是真钻石；毕竟是凯迪拉克轿车、鳄鱼皮鞋，他们不像白人把钱用在真正的房产上，斯普林格那些经济实用的丰田车一点都不中他们的意。他的大脑随着脉搏一块儿怦怦直跳。在她的一只眼旁边贴着一个银色小亮片。口音难听但后来听起来就很舒服。她的假睫毛形成两枚巨大的新月。她如此着意地打扮自己使他不会怀疑她有伤害他的意图。他的脉搏慢了下来。她的手像蛇一样向前滑动，他感到很舒服。“把大拇指弯一弯，”她仰起头来建议道。她抚摸着大拇指弯曲的地方。那薄薄的皮肤暴出筋脉的圆顶。那苍白无色的月牙形指甲。“这种拇指意味着甜蜜和光明。在人马座和狮子座里这显示着快乐。”她温柔地捏了捏一个指关节。

那个并非布坎南(布坎南已经挤到柜台去查看薄荷鸡尾酒弄得怎么样)的黑鬼说:"不像任何一个锯掉小指头向你冲来的魔鬼,对不?"

蓓蓓还没有回过神来就回答说:"对,先生。这根拇指非常通情达理。只要路子对头,它绝对可以发挥作用。这儿有几个关节,就不那么好,从这些关节中奏不出音乐来。"说着她就用指头按了按关节上的一根琴弦,其用力之大和从容自信让人吃惊。"但是这个大拇指,"她又接着抚摸起来,"足以让人心碎。"

"所以这些小甜心都让人心碎,对不?只是因为他们不知道怎样抖动胖屁股,并不是说他们那勾当干得不精彩,他们干得真够平庸呢,对不?他们之所以这么平庸,是因为他们信那么多宗教,对不?那个高个儿白种上帝过去告诉他们说,操那个黑小妞去吧,而他们真的是没法逃脱了,因为上帝在打他们的胖屁股。倒着写的吹牛皮就变成了操蛋①,对不?"

兔子在纳闷那年轻黑鬼平常是否真的就这样说话,不知道有没有正经的时候,他坐着没动,甚至也没有把手从女人的审查中抽回来,她的触摸像牙齿一样让他心寒。他进了豹子窝②了。

布坎南那个老混蛋急忙跑了回来,在兔子面前放上高高的一杯白色琼浆就挤了进来,于是兔子就得挤过去坐在那人的对面。布坎南的双眼把几张脸打量了一番,就猜出是话不投机。他轻蔑地说:"这人的妻子,你

---

① "吹牛皮"(cracker)倒着写并不能变成"操蛋"(fucker),这是这个黑人(斯基特)喜欢胡言乱语的例证之一。

② 原文 panther,暗指这伙黑人和黑豹党的联系。黑豹党(Panther Party 即 Black Panther)是黑人在 20 世纪 60 年代成立的以暴力反对白人政府的组织。

知道什么？那女人，我从不喜欢见到她，不算维里蒂野餐聚会的时候，在那儿法恩斯沃斯，你们都认识法恩斯沃斯吧——？”

“像个父亲，”年轻人说，又补充道，“对不？”

“——用那个啤酒桶把我敲得头昏眼花，都记不住别人的名和姓了，我当时在哪儿？对了，那女人，突然在几周前一拍屁股把他给甩了，甩得很麻利，泡上了另外一位绅士，你不是说像是个西班牙人什么的，哈利？”

“希腊人。”

蓓蓓格格一笑。“宝贝儿，他遇到的事儿你就没遇到过？他的拇指一定和这张臭嘴里的舌头一样长。”她用肘轻轻碰了一下同伴，他把轮流抽的香烟从嘴唇上取下来，烟已经很短了但还得燃下去。他伸了伸舌头。那舌头之白让兔子吃惊；满嘴发光的肉。舌头又厚又白，看来并不长。兔子发现，这个男人不只是个孩子；那小块儿山羊胡子可能是他所能长出的一切。哈利不喜欢他。即使蓓蓓已经干瘦得很厉害，像盒底的梅干，他想，他还是喜欢她。他们在这儿都置身于盒底。这杯酒，和他的手，是此处最白的东西了。不去想另一个人的舌头了。他啜了一口。太甜，邪门了。马上就感到有点儿头疼。

布坎南在继续讲：“我看不对劲儿，身体挺棒的大个男人在孤零零过日子居然没人去安慰一下。”

山羊胡子动了一下。“一点儿都不关我的事儿。给这人时间去想想，对不？把有关那烂货的想法统统赶走，对不？机会就在于他能喜欢上什么，你知道的，比方干木工活儿。”他对蓓蓓解释说，“你知道，许多这样的穷白人都在地下室干着这份儿聪明事儿，跟集邮一样，对不？他们就这样发展壮大了。真够聪明的，对不？”他拍了拍头盖骨，狭窄的脑壳上也许铺垫着一英寸厚的浓密黑鬈发。其质地使兔子想起母亲用钩针织出来的东西，只是她并未使用细金属丝罢了。如今她的双手已经铁青，伸不直了。即使在这儿，家庭的不幸也要向他刺来，钻出疼痛的洞穴。

“我以前集过棒球卡，”他告诉他们说。他希望能在他们身上煽起足够的粗野无礼以便找借口离开。他还记得棒球卡上那口香糖味儿，以及粉末状的砂糖产生的光滑感。他啜了口薄荷鸡尾酒。

蓓蓓看着他做了个鬼脸。“你不必喝那马尿。”她又用肘撞了撞邻居，“咱们再抽支大麻烟吧。”

“姑奶奶，你一定以为我是用干草扎成的吧。”

“我知道你会变戏法，来一支吧。别那么小气，这个白佬需要振奋一下精神，到了这会儿我已经没谱了。”

“吸最后一口，”他说着，就把那一小截湿烟把儿递给她。

她在葵花啤酒烟灰缸里把烟头弄碎。“这截烟蒂特此完结。”接着高高抬起干瘦的手掌再要。

布坎南正格格发笑。“亲爱的大娘，别着急嘛，”他告诉蓓蓓。

另一个黑鬼正在点另一支烟；烟头的纸烧卷了，闪起火光，纸在向后退却。他边说边递给她：“浪费是罪过，对不？”

“别作声。这宝贝儿需要放松一下，我不喜欢看见他们忧伤的样子，我老是伤心，他们不像我们，他们的内脏排解不了。在那方面他们还只是婴儿，他们得把忧愁传递给别人。”她正把香烟递给兔子，湿润的那头朝向他。

他说：“不用了，谢谢你，十年前我就戒烟了。”

布坎南格格笑着，一边用拇指和食指把胡须抹得更尖。

男孩说：“他们想长生不老，对不？”

蓓蓓说：“不是那破玩意儿尼古丁。这种烟草态度很友好。”

蓓蓓正在劝他哄他,斜对面的布坎南和那个男孩讨论起他的长生不老问题。“老爹常说,在南方,你永远看不见有白人死掉,也看不见有骡子死。”

“上帝就站在他们那边,对不?上帝是白人,对不?他再也不想让白种甜心上他那儿去瓜分他的猎物,他一人独吞,这想法不错,棉花地里就只有他和所有那些黑人天使。”

“你那张嘴会坏你大事的,小子。那个人就决定了这儿的局势。”

“你在卖谁的黑屁股,她的还是你的?”

“你就去吻你的鞋后跟儿去吧。”

蓓蓓正在说:“你吸进去让它尽量往下走,然后尽可能长时间地憋住气。它需要跟你融合在一起。”

兔子试着这样做,但是因为咳嗽而把烟一口一口都咳了出来。同时他担心会上“钩”,担心突然会给他扎上一针[1],担心有些东西倒进酒里自己会慢慢产生幻觉。命令对友谊娱乐厅的死者进行解剖。验尸官注意到皮肤颜色异常。

男孩看见他咳嗽,就说:“他的确帅。我以前还不知道他们也是从困境中熬过来的。跟那帮穷白鬼一样,对不?”

这句话足够使兔子感到气愤反而憋住了一口烟。他的喉咙发烧,肠胃翻腾。他如释重负地吐出烟等着看会有什么结果。什么事儿也没有。他啜了口鸡尾酒,然而此时那酒味儿如同混合饮料残渣的化学药味儿。他不知如何能逃离此地。佩吉的邀请还算不算数?只要能在布鲁厄大街上去领受夏夜那潮气十足的接吻,他也会心满意足啊。别人在消闲快活

① 指注射毒品。

而自己却心乱如麻。

蓓蓓问布坎南:“你在打什么主意,布克[1]?”她正摆弄着那支烟,烟雾迷住了她的双眼。

这胖子一耸肩就撞着了兔子。“没什么庞大计划,”布坎南咕咕哝哝地说,“看看会有什么进展。姑奶奶,照你这个样儿,黑白键你也会分不清楚的。”

她把烟雾喷到他的脸上,说:“谁管谁呀?”

男孩插话了:“白脸佬不会住这儿的,他是嫖客,对不?”

布坎南平和的脸色一下变了,他批评说:“又是那张嘴。”

兔子对此感到厌倦,就大声问道:“还有别的话要说吗?”一边对蓓蓓捻弄着手指头要那支大麻烟。吸进去仍然烧喉咙,然而某种东西正开始紧密配合他的需要。他感到自己是个很帅、很气派的东西,比别人高超许多。

布坎南在询问另两个:“今晚吉尔在吗?”

蓓蓓说:“她留在厅后面了。”

男孩问:“迷迷糊糊了,对不?”

“你闭上嘴巴,听着,她可是清白的。她才没有迷迷糊糊呢,只不过由于要消除踪迹,由于精神恍惚而有点累罢了。”

“清白,”男孩说,“什么叫清白?白人就清白,对不?骚货就清白,对不?狗尿就清白,对不?法律保护的没一样不清白,对不?”

“错了,”蓓蓓说,“仇恨就不清白。像你这样满怀仇恨的小子,最需要洗净的。”

---

① 指布坎南。

“洗净是他们对耶稣说的话，对不？”

“吉尔是谁？”兔子问。

“洗净是彼拉多[1]说的话，他认为他该去洗别人，对不？别对我说清白二字，蓓蓓，他们用那个黑乎乎的袋子把我们蒙得太久了。”

布坎南仍在巧妙地向蓓蓓打听：“她会来吗？”

另一个插话了：“她会来的，那骚货是挡不住的。即使把门锁上，她也会从门缝里钻进来的。”

蓓蓓略为惊讶地转向他：“那么你爱上小吉尔了。”

“你可以爱上你不喜欢的人，对不？”

蓓蓓垂下头。“可怜的宝贝儿，”她低着头说，“是在作贱自己，而别人却在袖手旁观。”

布坎南按照自己的思路，慢慢说道：“想想看，他可能会乐意接待吉尔的。”

男孩坐直了身子。从柜台和大街反射过来的电荷，在他的眼镜框上旋转。“打算给他们配对儿，”他说，“你想把自己搅和进白人的风流韵事儿里去。你可以随时把这些魔鬼切得粉碎，对不？你可以让摩西[2]在山上受你指挥。”

他似乎想斗嘴，另二人却不理睬。布坎南仍然隔着桌子向蓓蓓刺探消息。“想想看，”他耸耸肩，“一箭双雕嘛。”

一滴眼泪从皱巴巴的脸上掉在桌面上。她的头发紧紧地梳向脑后，

---

① 彼拉多(Pontius Pilate，？—36？)，罗马皇帝提比略在位期间任犹太巡抚(26—36)，主持对耶稣的审判，他向犹太人宗教领袖屈服，下令把耶稣钉死在十字架上，事后悔悟，就向皇帝辞职。传说成了基督徒。

② 犹太人的早期领袖，率众离开埃及后在西奈山上接受上帝指示，是为“十戒”，以教导犹太人。

像个女学生的发型，后面扎着一条带子，头发分缝笔直，像头颅上的一把刀。一头鬈发，这样梳理一定很疼。“她的骄气一直受挫，命中注定，逃也逃不掉。”

“谁有可能相信你这一派胡言呢？”男孩问。“这儿的白佬有学问，用不着算命碰运气，对不？”

兔子问：“吉尔是白人？”

男孩愤怒地对另两个说：“别再哼哼唧唧了，她会来的，上帝呀，她能到别的什么地方去呢，对不？我们就是洗净她那恶习的血液，对不？清白。他妈的，真让我难受。那骚货什么脏物都吞①。脸上还笑嘻嘻的，对不？就因为她清白。”看来在愤怒的背后不仅颇有来头而且颇为神秘。兔子越看越明白，这两个人正在采取行动，要把他和这块不断靠近的云彩，这位吉尔，拴在一块儿，她一定像鸡尾酒一样苍白，一样有害。

他宣布说：“我得马上走。”

布坎南马上按住他的前臂。“走有什么用，兔子老弟？你还没达到目的呢，朋友。”

“我唯一的目的就是要你们客气点儿。”通过门缝钻进来：这个形象和体内的烟老是纠缠着，他觉得他能够从隔间里站起来，像个披肩从布坎南的肩上扫过去，走出门外。没有任何东西，妈妈，或者詹妮丝，能够阻拦他。以前托瑟罗经常夸奖他，他能运球闯过一大群人。

“这么仓促就走，”布坎南警告说。

“还没听蓓蓓弹琴呢，”另一个人说。

他顿住了。“蓓蓓弹琴？”

① 暗指吉尔是个妓女和吸毒者。

她坐立不安了,盯着那双干瘦的没戴戒指的手,瞎摆弄着,咕噜咕噜地说着话。“让他走吧。让那人跑吧。我不要他听我弹琴。”

男孩取笑她:“嗳呀蓓蓓,你看看现在这副熊样子吧!他想听你干那号事儿。那黑乎乎的东西,对不?你刚才干了那鬼头鬼脑的算命把戏,你现在可以弄弄班卓琴①,完了没准儿还可以牵线搭桥,只是现在看起来还不到时候,对不?”

“别耍贫嘴,黑鬼,”她说,脸仍然埋得很低,“哪天你才能正经点儿。”

兔子小心地问她:“你会弹钢琴?”

“他将了我的军难为我,”蓓蓓对这两个黑人承认说,“他的那些指关节不怎么好。有不祥之兆。”

布坎南伸出一只印刷工才有的宽手盖住她那干瘦的双手,一根指头上戴着乳液状蓝色翡翠戒指,另一根指头上是发亮的旧铜戒指,哈利对此颇感惊讶。他的另一只膀子沉沉地扰住哈利的双肩。“假如你是他,”他对蓓蓓说,“你会有何感觉?”

“难受,”她说,“无论如何会像我现在一样难受。”

“为我弹一曲吧,蓓蓓,”兔子置身于充满爱意的瓦罐里说道,她抬起双眼看着他,任凭双唇向后一拉露出长长的黄牙齿和像大黄根茎一样颜色的上下牙床。“爷儿们,”蓓蓓快活地拖长调门说,“当然他们连马粪都会宣扬的。”她挤出隔间,身着鸡冠一样红色的衣服蹒跚而行,穿过像鸡爪乱爬似的鼓掌声来到似乎是由儿童给涂成银白色漩涡图案的钢琴旁边。她给柜台发了个信号,要鲁夫打开蓝色聚光灯,然后僵硬地鞠了个躬,在黑暗之中也不愿露出一丝笑容,在一阵急奏以驱走烟雾之后,她开始弹奏了。

---

① 上部形似吉他,下部形似铃鼓,有四或五根弦,用手指或拨子弹奏。

蓓蓓都弹了些什么？都是些中听的老歌。音调和谐优美。《在懒人河上》、《你真呱呱叫》、《你真俊》、《夏日》，你都熟悉的。有数百、数千支曲子呢。是来自印第安纳的人在曼哈顿写出来的。这些曲子都非常自然地流到一起，在敲击了六七次的黑色和弦之桥下面流淌着，似乎蓓蓓在教钢琴记住一个它不会说的单词。或者是为驱走沉寂。或者是在诉说，我在这儿，来找我，来找我。她的双手，整个地是黄褐色骨头，静悄悄地悬挂在键盘上像放在桌上的手套；她透过蓝色的尘埃抬头凝视，集中注意力，任由双手去弹奏另一支曲子：《滑稽的情人》，《烟雾迷住了双眼》，《我无法动身》，此时，她开始随着乐曲哼唱了，歌词从某处遥远的烟雾里诞生，美国人在美国梦里已激动了数十年，嘲弄梦，躺在梦里挨饿，但又实现了梦，哼着梦，到处都唱，都成了国歌了。机灵鬼和乡巴佬、平顶大草帽和齐胸工装裤、暴发户、破碎心、空中小楼阁、火车道旁小棚屋、升降浮沉有几多、富裕和贫穷、有轨电车、最新无线新闻。待兔子降生人世之时这一切都已近尾声，整个世界像只苹果，萎缩了，变质了，而美国再也不是那座乘着小船就可以从欧洲随时抵达的最富有智慧的乡间小镇，百老汇也改弦易辙了，但是这儿一切依旧，存在于蓓蓓演奏的音乐之中，存在于她登过和跳过踢跶舞的小小台阶之中，这一切都在黑暗中闪闪发光，再也不会有别的音乐会如此，真的没有，尽管蓓蓓在演奏一些披头士歌曲如《昨天》和《嗨，裘德》时，演技低劣，但依然可见她自己的那种冰块在杯中咔嗒作响式的风格。演奏时蓓蓓摇头晃脑，身体后仰；在双臂的一端，曲目回复如初，扎根于切分乐曲①之中。兔子看见了马戏团帐篷、焰火、农夫的马车，一条空

① 原文 ragtime，指 1890 年到 1915 年间流行的切分乐曲，该曲大量采用黑人音乐，旋律采用切分法作成，以节奏迅速、拍子清楚为特色，可称为最早的爵士音乐。

寂的、遍布细沙的小河缓缓流动，河中唯一在动的是那鲇鱼正躺在金光闪闪的水面下安眠。

男孩倾身向前，小声对兔子说："找个娘儿们，对不？说定吧。给五十可以玩一夜，怎么干都行。她可在行了。"

兔子沉浸在音乐之中，显得不知所措。他摇摇头说道："她可太好了。"

"好啦，伙计。她得活呀，对不？这儿一个子儿也不给她。"

蓓蓓已经变成了铁路，丑八怪脑袋上下晃动，镶有宝石的餐巾闪着蓝光，音乐在怪诞的地方滚滚而过，一缕缕的不谐和音以及这同一个细弱单薄的音符向四周的延伸如同把滴滴鲜血洒向空中，一切悲哀的力量和幸福像鞋底一样磨穿。从四周黝黑的隔间里发出低沉的声音："继续蓓蓓"，"唱吧，唱吧"。隔壁房间那些蜘蛛似的男孩们爬在绿色毛毡上凝固不动了。她对着一个并不比棒糖大的麦克风，以一种既不是女人也不是男人的声音唱起来，那纯粹是人的声音，《旧约·传道书》中的语言。降生之时，即死亡之时。堆砌石头之时，即抛弃石头之时。说得对。主的忠告。没别的语言，真的没有。那歌喉一经打开，其势逐渐增大，尤以黑人歌声那巨大无穷的真理之库威慑着兔子，然而因他存在于此并享此耳福，又使他欣喜若狂；和这些黑人共度良宵，他浑身洋溢着快乐，他想对着那位蓄着山羊胡、戴着眼镜的兄弟透过溢满了蓓蓓歌声的夜空高声喊出心中之爱。他充满渴望但却没有倾泻出来。因为蓓蓓停住了。她似乎突然感到了疲倦或者受辱，蓓蓓的歌声戛然而止，耸耸肩退场了。

这就是蓓蓓的表演风格。

她佝偻着腰，颤抖着，紧张不安地回到桌旁，此时更显苍老。

“妙极了，蓓蓓，”兔子告诉她。

“的确是，”另一个声音说。一位白皙的小个子女孩一本正经地站在那里，身穿一件像烟雾般暗淡的白色便装。

“你好，吉尔，”布坎南说。

“你好，布克。斯基特，你好。”

这么说来他叫斯基特了。他瞪眼看着那支烟头已经小到不能称作烟蒂的香烟。

“吉莉[1]乖乖，”布坎南说着，站起身来，两条大腿把桌边挤得咯吱咯吱响，“容我介绍一下，这是哈利·兔子·安斯特朗，跟我，还有他爸，都在印刷厂干活儿。”

吉尔问：“他爸在哪儿？”仍然看着斯基特，而他却不愿看她。

“吉莉，你坐在我这儿，”布坎南说，“我到鲁夫那儿拿把椅子。”

“坐吧，宝贝儿，”斯基特说，“我要开小差了。”没人愿意留他。也许大家和兔子一样，见他要走了都觉得高兴。

布坎南哧哧一笑，双手搓了搓。两只眼和所有人都保持着联系，而蓓蓓似乎在打盹儿。他对吉尔说：“喝杯饮料吧？七喜？鲁夫还能调制柠檬水。”

“什么也不要，”吉尔说。茶会的做法。双手放在膝上。细瘦的双臂。雀斑。兔子闻到她身上有高档香水味儿。她真叫他激动。

“没准儿她要喝来劲儿的酒，”他说。有个白种女人在这儿他感到有了更多的责任。黑鬼，你不能责备，不能比他强。贩奴船、小屋、卖到河下

---

① 指吉尔的昵称。

游去[1]、三 K 党[2]、詹姆斯·厄尔·雷伊[3];四十四频道在不停地播放这类纪录片。

“我年龄不够,”吉尔有礼貌地告诉他。

兔子说:“谁在乎?”

她回答:“警察。”

“在他们管得不大紧的街上,这姑娘可以喝个半醉,”布坎南解释说,“但在这儿他们盯得可紧了。”

“警察在操闲心,”蓓蓓说着梦话,“警察是我们操闲心的朋友。警察操他妈的在大惊小怪。”

“别这样,蓓蓓,”吉尔央求说,“别装相了。”

“你真让你黑老妈醉眼蒙眬了,”蓓蓓说,“不是我最心疼你的吗?”

“这小家伙喝了酒,警察怎么会知道呢?”兔子愤愤不平地问。

布坎南用劲呵斥道:“哈利老弟,他们可以嗅出来嘛。”

“这儿有警察?”

“老弟,”——说着他就侧身靠得更近了,而哈利感觉到他又找到了一位父亲——“要不是警——察的耳目,可怜的金博每晚就不止只卖两杯啤酒。警——察的耳目绝对是本镇下层生活的脊梁。他们让许多工厂都开

---

① 密西西比河下游是蓄奴州。

② 三 K 党(Ku Klux Klan),美国两个不同的恐怖主义秘密组织,其一成立于南北战争后不久的 1866 年,由南方联盟退伍军人作为社交俱乐部组织起来的,逐级分设大龙、大头目和独眼龙,在夜间袭击中鞭笞和杀戮获得自由的黑奴及其白人支持者,身穿长袍、头戴留着三个孔眼的白色面罩,打着火把。鼎盛时期成员超过 50 万。19 世纪 70 年代消亡。另一个始于 1915 年,延续至今。除对黑人抱有偏见外,对天主教徒、犹太人、外国人和有组织的劳工都有偏见。

③ 雷伊(James Earl Ray,1928—1998)暗杀马丁·路得·金的凶手。1967 年 4 月越狱潜逃,翌年 4 月 4 日在田纳西州孟菲斯市,枪杀了金。6 月 8 日在伦敦被捕,押回孟菲斯后判刑 99 年。

了工，也不敢向骚乱者开枪，生怕打死了自己的人。”

“跟约克镇一样了。”

吉尔问兔子：“喂。你住在布鲁厄？”你看出她不喜欢这儿多了一个白人，于是就笑了笑没有回答。操你，小女孩子。

布坎南代他回答说：“小姐，他住在布鲁厄？他若是再住布鲁厄的话就会成为一则活广告。他会成为椒盐卷饼猫头鹰广告牌上的猫头鹰。我认为这家伙从未越过第十二街。去有没有，哈利？”

“有过几次。实际上我在得克萨斯服过役。”

“打没打过仗？”吉尔问。什么东西让人感到痒痒的，或许是只小猫吧，它就是靠这种方式进行沟通的。

“我准备好了去朝鲜，”他说，“但是他们从未派我去。”那时他还暗自庆幸，但却因此成了他的一块心病，成了他一生中的耻辱。他从未做过战士，但如今身上的死亡味儿足够浓烈，乃至想用某种方式把它去掉。

“那个斯基特，”布坎南正在说，“刚从越南回来。”

“所以他这样粗鲁，”蓓蓓提供了这个结论。

“我也说不上他是不是粗鲁，”兔子坦白说。

“不错，”布坎南说。

“他粗鲁，”蓓蓓说。

吉尔的柠檬汁送来了。她还真是个小姑娘，看到杯子放在面前就兴高采烈：茶会上还有蛋糕。她面露喜色。玻璃杯口上挂着一块月牙形酸橙；他取下来放进嘴里，酸得她做了个鬼脸。孩童般的丰满已经在她身上消失，而女人般的结实还没有形成。她是白嫩的皮肤里透着红色的那类人；头发毫无生气地垂吊着，没有光泽，几乎是肉色般的，或者是某种娇嫩树木的树皮颜色，如紫杉或雪松。小巧柔软的耳朵充满深情地缓缓显露出来，像白鸡蛋壳碎片；哈利怯生生地感觉到该保护她。那紧绷绷的娇小骨骼令他想到纳尔逊。他问她："你做什么工作，吉尔？"

"什么也不干，"她说，"到处流浪。"他这样问未免太直截了当了，让人感到难堪。坐在她周围的黑人宛如影子一般。

"吉莉这孩子真可怜，"蓓蓓主动介绍说，因体内酒力的作用而激动万分。"她误入歧途了。"接着她拍了拍兔子的手似乎在说，你难道没误入歧途吗？

"小吉尔，"布坎南说得更明白，"从康涅狄格家中逃了出来。"

兔子问她："那是为什么？"

"为何不跑？让自由之钟长鸣嘛。"

"是否可以知道你的年龄？"

"可以。"

"我正在问呢。"

蓓蓓还没放开兔子的那只手；她用食指指甲戏弄他手背上的汗毛。她还会干这个，弄得他牙根都凉了。"都小到你可以当她爸爸了，"蓓蓓说。

他开始看出点儿名堂来了。他们正在把这个问题向他兜售出来。他是个可咨询的白佬。这女孩自己也不情愿，但还是顺从地参加了这次商谈。她带有搪塞性地向他打听："你有多大？"

"三十六岁。"

"除以二。"

"十八了，哈？你离开父母，在外跑了多久了？"

"她爸死了，"布坎南轻声插了一句。

"够久的了，谢谢。"她脸色苍白，雀斑更显突出：血斑干了变成褐色。

干巴巴的小嘴唇绷得紧紧的;下巴向他移了过来。她正在挪走等级地位。他属于宾州别墅区。她属于宾园。富家子弟老爱惹麻烦。

“久到什么程度?”

“久到可以干些恶心人的事。”

“你觉得恶心?”

“治好了。”

布坎南插话说:“蓓蓓帮她解脱了。”

“蓓蓓真是个好人,”吉尔说,“蓓蓓收留我时我的确是糟透了。”

“吉莉是我的宝贝蛋儿,”蓓蓓突然说,就像演奏时由一个音调向另一个音调过渡时一样突然,“吉莉是我的小宝宝,我是她的大宝宝,”说完就把自己那双褐色的手从哈利手背上取走,圈住姑娘的腰搂抱着,让她紧贴在上衣那鸡冠般的红色上面;两人都是女的,一个是干梅子,而另一个是马利筋。吉尔高兴地噘着嘴。嘴唇移动时显得很可爱,哈利心想,那下唇似乎是冻裂的,显得很粗糙,但是现在是夏季湿度最大的时候,并不是冬天哪。

布坎南进一步解释说:“其实,这姑娘并没有固定的地方可去。几周前,她来到这里,我想她不知道这里主要是黑人集中的场所,像这样一位漂亮小姑娘和一些弟兄们呆在一块儿他们会把那可爱的四肢一个个撕下来”——自己禁不住格格直笑——“蓓蓓马上就把她保护起来。唯一的麻烦是”——胖子用劲把身子挪得更近了,隔间就显得更挤了些——“蓓蓓那地方不够大,不管从哪个角度看……”

这孩子突然怒气冲冲:“不管从哪个角度看我都不受欢迎。”她大睁着双眼,其颜色兔子以前从未见到过;眼睛模糊蒙眬,缓缓移动,似乎那粉红色眼皮太娇嫩了,或者似乎在拒受教导独创一条自己的云游世界之路以后,对于还要寻找些什么已经失去明确的主见。她的眼睛碧绿。是八月草地那干燥倦怠的绿色，而这正是他最喜欢的颜色之一。

“吉莉宝贝儿，”蓓蓓搂着她说：“你会成为最受欢迎的白人小不点儿。”

布坎南声音越来越轻地和兔子说话：“你知道，这种事儿发生在约克镇，也会发生在这儿，我们该怎样保护”——他的手稍稍指向姑娘的同时，优雅地把这句话悬在了空中；这令哈利想到斯塔夫洛斯的手势。布坎南最后格格笑着说：“我们正忙于防范，以免被人抓住把柄。只看你会在什么地方被逮住了，黑人嘛，哪里会有好运气！”

吉尔急忙说道：“我不会出事儿的。你们俩不要再说了。别打算把我卖给这个讨厌鬼。我不要他。他不要我。没人要我。没什么了不起。我谁也不要。”

“谁也离不开谁，”蓓蓓说，“我并不在意你住在这儿，说穿了，是一些先生们有意见。”

兔子说：“布坎南就有意见。”这个结论让他们大吃一惊；那两个黑人突然尖叫一声，然后摇了摇身子，哈哈大笑起来。又一杯薄荷鸡尾酒送到桌上放在兔子两手之间，酒色之白如同柠檬。

“小心肝儿，问题只在于太显眼了，”蓓蓓又发愁地加上一句，“你使我们都太显眼了。”

一阵沉默悄无声息地向四周扩展开来，此时一群成年人在等待一个小孩变得理智一些。吉尔绷着脸问兔子：“你是做什么的？”

“排字。”兔子告诉她，“看电视。到处转悠。”

“这个哈利，”布坎南解释说，“几天前遭受了沉重的打击。他妻子无缘无故一拍屁股离家出走了。”

“无缘无故？”吉尔问。她生气地噘起小嘴，一副挑战的姿态，然而还不等问完这句话，她那兴趣的火花就已经熄灭了。

兔子想了想："我想是让她腻味了。还有，我们政见不合。"

"在哪方面?"

"越战。我是双手赞成的。"

吉尔屏住了呼吸。

蓓蓓说："我就知道你那些指关节长得不美嘛。"

布坎南自愿来圆场了。"工厂里人人都赞成。我们的看法是，你不在那儿拖住他们，那些穿黑睡衣的家伙[①]就会跑到这边街上来。"

吉尔认真地对兔子说："你该和斯基特聊聊。他说那真是神话般的游历。他喜欢。"

"我并不知道内情。我也不是说去打仗或被逮住是件令人愉快的事儿。我只是讨厌那些小子们百般抨击。有人说越战是个错误所以我们要撤回来。如果你和错误永不沾边就什么教训都得不到。"

"阿门，"蓓蓓说，"生活本来就是胡说八道。"

兔子感到一时性起，就继续说道："我想，对那些大学里的学生娃或越共我都是不大相信的。我看他们也成不了气候。我看那些少数派正努力想把干了一半的事情都推翻掉。干了一半不等于干完，但总比没干要好嘛。"

布坎南火烧火燎地想缓和气氛。他的上嘴唇由于胡须裂缝处以下有汗水而发出噗噗的声音。"我百分之九十九地赞同。开明的私心正是我所喜欢的。依我看，开明的私心是我们在这儿有希望认真考虑问题应持的最好态度。不管谁在天上执刀切馅饼卖，我都是不会买的。像斯基特

---

① "他们"指参加越战的美国军人。"穿黑睡衣的家伙"指美国警察。

那样的年轻人，他们说一切权力归人民。你在四周找找那些人民，不过是他们几个。”

“因为有像你这样的汤姆们①，”吉尔说。

布坎南眨了眨眼。他伤了自尊心，声音就更低沉了。“我不是汤姆，姑娘。那种腔调无济于事。那种腔调只能说明你还太嫩。我这个人只求从A点移动到B点。从摇篮到坟墓我都不会去伤害别人的。像这个哈利一样，你可以问问他。也像你爸爸那样，愿上帝保佑他的灵魂。”

蓓蓓抱着这位倔强的柔弱女子说道：“我就喜欢吉莉的胆量，不像你这样又胖又老又臭的男人，只顾坐在那儿像舐旧烟把儿一样舐着自己，生命对她来说可以置之度外。”但是她一边讲一边盯着布坎南看，似乎在期待他的默许。母亲和父亲，到处都能找到。

布坎南用柔和平静的语调对吉尔解释说：“所以问题就在这儿。哈利这小子就住在西布鲁厄最豪华区域里一座豪华大宅里，就他一人住，从来都不曾有过女朋友。”

哈利反驳说：“我不是一人住。儿子也在家。”

“男人应该有一个，”布坎南继续说道。

“弹琴吧，蓓蓓。”从一个黑洞洞的隔间里传来忧郁的声音。鲁夫微微点了一下头，打开了蓝色灯光。蓓蓓叹了口气，把斯基特留下的烟蒂递给吉尔。吉尔走出隔间，摇了摇头示意蓓蓓出去。兔子以为这姑娘要走了。当她又在他对面坐下来时他发现自己的心情很愉快。再次听到蓓蓓弹琴时他呷了口鸡尾酒，而她则从柠檬汁里取出冰块来嚼。台球房里的小子

---

① 汤姆这一形象，源于斯托夫人的《汤姆叔叔的小屋》中的黑人汤姆，后指称逆来顺受的黑人。

们在轻轻地继续玩着球。咔嗒声、酒味、音乐混合在一起从而使他的心胸变得博大广阔，足以容纳下蓝色光线、黑色面孔、“忍冬属玫瑰”、比紫花苜蓿还要香甜的走味儿的烟以及对面这个幽灵。她的手腕手臂似乎是半透明的，属于另一种生灵；她还未成年，但女人味儿已初露端倪，这味儿就像他几乎能瞧见的小小齐伯林飞艇从她身上向四周飘散。接着他的内部空间扩展到足以包容得下金博夜总会以外的整个世界，那里有刀光剑影的战争和多姿多彩的不同种族、形状如同天花板上印痕的七块大陆、系着每颗星球的那一条条万有引力磁力线、在太空之中地球所呈现出的壮丽景观犹如一块蓝色大理石块上旋转着的朵朵云彩；一切都是那么温暖、湿润，新生命即将诞生，唯有他本人和家庭依旧是个陌生干涸之地，干涸冷清在宾州别墅区那块真空地带里徒劳地旋转着，如同一只被抛弃的太空密闭舱。他不愿回到那儿去，然而他必须去。他必须去。“我该走了，”他边说边站了起来。

“嘿，嘿，”布坎南抗议起来，“今晚还没有真正开始呢？”

“我得回家去以防我的孩子和陪他一块儿玩的那小家伙发生摩擦。要是他们在医院不再给我母亲做检查了，我就得在明天去看望父母。”

“你溜号出去，蓓蓓会伤心的。她相中你了。”

“或许她相中的另一个家伙会回来的。我猜蓓蓓肯定是个大情种。”

“难道让你恶心了？”

“不，岂有此理。我喜欢她。告诉她。她弹得很棒，这真让我大开了眼界。”他想站起来，然而桌边挤得他弯着腰。隔间斜向一边，他微微晃了晃，似乎已经回到了他正准备返回的缓慢旋转着的家里。吉尔条件反射般顺从地随他一同站了起来。

“总有一天，”布坎南在他们眼皮底下继续说着话，“也许你能更好地了解蓓蓓。她真是个好人。”

“这我承认。”他对吉尔说，“坐下吧。”

“你不是要带我走吗？他们都这样想。”

“哎呀，我可不希望如此。”

她坐了下来。

“哈利伙计，你伤了小姑娘的感情了。你这人真讨厌。”

吉尔说：“像他这样的讨厌鬼，我不会动情的。我敢肯定他在搞同性恋。”

“有可能，”布坎南说，“所以老婆才会走嘛。”

“跟我来吧，先让我走出来。我愿意带她——”

“那就随你的便，伙计。记在我的账上。”

蓓蓓正在弹《一次又一次》。我思忖着我正是如此。

哈利弯着腰，桌边挤疼了他的大腿。“好吧，小子，跟我来。”

“我不稀罕。”

“你真烦人。”他言不由衷地老老实实地加上了一句。

“你才是呢，”她告诉他。

“好了，吉尔，对这位先生要礼貌一点儿。”布坎南急忙退出隔间，以防出现连锁拥挤的情况。他让哈利溜出来，非常信赖地靠在他身上。一伙儿老家伙。他的嘴里灌进了毒品，呼出的气味儿难闻。“问题在于，”他解释说，这是他今晚做的最后一次解释，“她呆在这儿，年龄不够啦等，看起来都挺玄乎的。警察小儿，并非想完全敌视我们，但是迫于公众舆论的压力他们一直把我们盯得很紧。所以这儿并非对每一个人都合适。她这么个可怜的孩子需要爸爸的保护，这是个简单的道理。”

兔子问她。“他是怎么死的？”

吉尔说:“心脏病。是在纽约一家剧院的门厅倒在地上死的。他和母亲正在看《头发》[1]。”

“好吧,咱们走。”兔子对布坎南说,“酒钱是多少?哎唷,酒开始上头了。”

“我们付吧,”对方答道,同时挥了挥那银色闪亮的手掌。“由黑人弟兄们付吧。”他禁不住呼哧呼哧喘着气并格格地发笑。他吃力地想保持一本正经的姿态:“你真了不起,伙计。了不起的男子汉。”

“星期一上班时见。”

“吉莉宝贝儿,要当个好姑娘啊。我们要保持联系。”

“一定。”

一想到布坎南有工作,就让人感到不安。我们都在工作。不分昼夜。肚皮饥饿了,精神饥饿了。张开大嘴用力咀嚼,打开阴门尽力吞咽。穷凶极恶呀。灵魂。小时候他经常尝试着描绘它。肚内像绦虫一样的寄生虫。悬挂在身体上的一小枝槲寄生,靠空气生活。在肝肺间摇摇晃晃的水母。黑人的灵魂要多一些、大一些。像鳝鱼一样趾高气扬。夜间的喂食者。在巴士上从他们的下腹部发出的气味儿很动人。他们害怕哈利一定会去的那种清洁干燥的地方。他纳闷是否会感到恶心。鸡尾酒里有毒药。月牙形汉堡包的上面有毒药。

蓓蓓变了调,按下六个和音,就像是六个黑乎乎铅条抽出来轻轻搓着却啪的一声掉进字盘里一样,她弹起《有个小旅馆》。祝你走运。

后来,兔子带着吉尔来到街上。在右面,朝着山的那一边,韦泽街在

---

① Hair,20 世纪 60 年代美国一出表现嬉皮文化的音乐剧。

蓝蓝的街灯下向远处延伸着它的灰黄色尘雾。极顶酒店看来一片模糊而且支离破碎，葵花啤酒大钟的背后露出黄色霓虹灯花瓣；若非如此，那么整条大街就会模糊暗淡。他仍记得彼时的韦泽街有五家电影院，凸起的招牌上混杂的霓虹灯图案看起来像狂欢娱乐场一样浮华绚丽。过去人们经常拉着孩子的手在街上散步。如今郊外的购物中心把顾客都吸引走了，强奸犯也频频出没此地，这昔日的闹市区已呈现衰败景象。上周的《缸报》大字标题写道：本地流氓袭击老年人。标题原文本来写着黑人，而非本地人。

他俩向左拐，朝跑马河大桥走去。河水的潮气使他的眉头舒展开来。他断定不会再感到恶心了。再也不会的，自孩提时起，他一直都能胜酒力；有些家伙，比如罗尼·哈利森，喜欢喝酒，喝了几杯啤酒之后，或者在一场大赛之前就会恶心呕吐，牙缝里还要开威士忌酒的玩笑，但是兔子哪怕是因此而肚子疼，也要使劲忍住。他在金博娱乐厅坐着时感觉到整个世界就在他心中，此刻依然如此；他要把它藏匿在心中。该城夜间的气氛。沥青和混凝土因被整天烧烤而变成了姜黄色，公路交通就像实施管制时一样车流稀疏，车灯之间甚是空旷。偶尔有车灯扫过这个姑娘。当她站在路边镶边石上踌躇犹豫之时，车灯就会捕捉住她那双雪白的小腿和单薄的衣服。

她问："你的车在哪儿？"

"我没车。"

"那不可能。"

"我老婆离家时开走了。"

"你再也没了？"

"没了。"真是一个富家子弟。

“我有一部，”她说。

“在哪儿？”

“不知道。”

“你怎会不知道呢？”

“我经常把车停在离蓓蓓不远的李树街那头，我不知道那是别人车库的入口，有一天早上他们就给拖走了。”

“你没去找回来？”

“我没钱支付罚款。而且我也怕警察，他们可能会查出我的底细。州警察一定张贴有公报找我。”

“你返回康涅狄格难道不是最简单易行的解决办法吗？”

“咱们别讲大道理吧，”她说。

“这有什么不好？”

“全是由于自私。让人恶心的自私。”

“出走也包含有非常利己主义的内容。你母亲的日子一定很难过。”

姑娘未答话，她穿过大街，从金博娱乐厅走到了桥头。兔子只得跟上去。“你的车是什么牌子的？”

“白色保时捷。”

“哎唷。”

“我十六岁生日时父亲送给我的。”

“我岳父在城里经营丰田车。”

他们几次触及到这个话题，然而某种对应总使得他们的交流中断下来。穿过大桥后，他们就来到空旷人行道的一个小小低洼处，在汽车时代的今天，这里几乎没有人再会驻足。整座桥是三十年代浇铸成的——人行道上的方形图案、宽大的栏杆和路灯基座——都是泛着红色的粗糙的混凝土;在他们的头顶上矗立着一根样式新颖的路灯支柱,通身是铸有凹槽和花饰的铁杆,它显示出宏伟堂皇的样子,但却未能照亮桥头,此项任务就让位于那安置在通道中心的高大铅制灯杆上散射而出的紫罗兰式冷色光线。她的白衣服被这种光线一照就让人感到神秘可怕。在一枚胸章上刻有一个男人的名字,无法辨认。吉尔不耐烦地问道:“喂,该怎么办?”

他以为她指的是交通工具的事儿。他仍然感到摇摇晃晃,肚内装有太多的烟和酒,以至于无法考虑她的话。通向布鲁厄市中心的道路好像是被堵住了,出租车在那儿悄悄地徘徊打盹儿。在金博的霓虹灯光彩之外的朦胧幽暗之中,褐色的身影、本地流氓在门口一边盯着看一边格格地发笑。兔子说:“咱们走过桥看能不能搭上巴士。最末一班车十一点前后到,也许星期六要晚一点。要是真没车来,步行回我家也不远。我家孩子从来都是步行回家的。”

“我喜欢走路,”她说。她又令人感动地补充道,“我身体结实。别把我当小孩看。”

栏杆摹仿着栅栏的斜十字形状浇铸而成;这些斜十字在他的腿边慢悠悠地咔嗒而过。他不停触摸的砂砾般的栏杆只有微热的感觉。微粒状物似乎是掺和进去的岩盐。再也没人这样修栏杆了,再也没有这种微红的颜色了;她匆匆忙忙跟在后面,肉体发出温热,雪松切口般颜色的头发也随之起伏飘动。

“你急什么?”

“难道你没听见?”

小汽车飞驰而过,在他们面前滚动着一个个光球。一块铁砧掉进黑沉沉的河床:溅起白色水花,像小船轮廓。身后,是嗒嗒的跑步声,追得很急。兔子大着胆子停下脚步向后偷看了一眼。有两个褐色的身影正在追击他俩。当他们在一连串身着淡紫色衣服的天使们的脚下飞奔、不断在暗影之间进进出出之时，他们的影子一次次地变短、加倍、加长和重叠；有一个手中挥舞着白晃晃的东西。这东西在闪闪发光。哈利心情紧张；他真想撒尿。西布鲁厄的桥头永远走不到了。本地一男人为保护一无名女孩被歹徒刺伤。他捏住她的胳膊想拉着她跑。她的皮肤光滑细嫩，和栏杆一样微微发热。她气喘吁吁地说："放开手，"就一甩手摆脱掉了。他转过身来，竟意外地发现被他遗忘掉的东西，勇气，依然存在；他的身体适应了在正视一次威胁时所产生的死板式轻率盲目，躯体僵硬，只有眼睛还是一对柔软的小点，他本人就是一面够格的盾牌嘛。杀吧。

黑鬼在近处紫色的月亮下面停下脚步，又惶恐不安地向后退了一步。他们年纪轻轻，身体反应迅速。他比他们个头高大得多。有一个人的手里有一个闪着白光的东西，不是一把刀，而是一个镶着珍珠的钱包。手拿钱包的人蹒跚前行。他的白眼仁和珍珠在灯光下都变成了淡紫色。"这是你的吗，小姐？"

"噢，是的。"

"蓓蓓让我们赶来的。"

"噢，谢谢你。谢谢她。"

"我们吓着谁了吧？"

"我没有。吓着他了。"

"是啊。"

"这家伙也吓我们一跳。"

"很抱歉，"兔子主动说道，"这桥上有鬼。"

"不错。"

"好了吧，宝贝儿。"他们那淡紫色的眼球滴溜溜地转；当穿着补丁牛仔裤的四条腿在寻找离开的节拍时,那四只紫色的手轻轻上下舞动着。他们一齐哈哈大笑起来;就在此时此刻两辆巨大的带着拖车的卡车从桥上驶过,相向而行:两个长方形巨块在轰隆轰隆的声音中重叠起来,把它们之间的空气挤压得啪啪直响,又在各自的车道上疾驶着,因摩擦桥面而发出辘辘声。桥身在颤抖。两个小黑鬼消失了。兔子和吉尔继续向前走。

体内的大麻、白兰地和恐惧使得他异常熟悉的这条林荫道显得亲切美妙。没有巴士了。她的衣襟在他的眼角处飘动翻飞,他的皮肤舒展开来,各种感觉就像一团蚊虫搅混在一块儿,旋转在一块儿,他没话找话地说:"你的家在康涅狄格州。"

"那地方叫斯托宁顿。"

"在纽约附近?"

"近得很。爸爸经常星期一去那儿,星期五再回来。他喜欢航海。他说斯托宁顿是全州唯一临海的小镇,一切都建在海湾。"

"你刚才说,他已经去世了。我母亲——她患有帕金森氏综合征。"

"瞧,你就喜欢说这类话?走路得了。我以前从未来过西布鲁厄。还不错。"

"什么还不错?"

"这儿的一切。它不像别的城市,没有值得夸耀的历史。因此它就不会那么让人感到失望。瞧那边,汉堡天堂店。妙极了,里面有紫色火光,一切显得金碧辉煌,富有新意。"

"我今晚就是在那儿吃的饭。"

"味道怎么样?"

"很差劲儿。也许是吃得太多太杂了,我该再抽口烟。我的孩子喜欢那地方。”

“你说他有几岁?”

“十二岁。今年十月份满十三。不该那么矮。”

“他还只有十三岁呀。”

“当然。我尽量不去逼他。”

“你逼他去干什么?”

“噢。我过去所喜欢的他一点儿都不感兴趣。我想他玩得没趣味。他老是守在家里。”

“嗨。你叫什么名字?”

“哈利。”

“嗨,大个儿哈利。你给我弄点儿吃的行吗?”

“当然了,我是说行。在家里? 我不清楚冰盒子里还有些什么。我是指冰箱。”

“我的意思是去那边,卖汉堡的地方。”

“噢,当然行。对不起,我真该死。我以为你吃过了。”

“也许吃了,这类与身体有关的生活细节我老是忘记。但是我想还是没吃。肚子里感觉到的只有柠檬汁。”

她挑了个腰果汉堡,花了八十五美分,又要了一杯草莓奶昔。她在枯黄的光线下吞吃着汉堡,他又为她要了一份。她笑了笑,表示歉意。她的小牙齿向里斜着长,灰白颜色牙齿之间留有明显缝隙。真不错。“我一般对吃不在意。”

“为什么?”

“太讨厌了。你不认为,这是我们所做的让人更感厌恶的事情之一吗?”

“人不得不如此呀。”

“那是你的看法，对不？”即使在这个光照耀眼的地方，她的脸上也仍然有一种朦胧模糊无从捉摸的神态，某种早熟又尚未定形的神态。吃完后，她用餐巾纸把手指头挨个儿擦干净，果断地说道：“非常感谢。”他付账。她抓起钱包，里面都有些什么呀！信用卡？干革命的联络图？

他喝了点咖啡，好让自己保持清醒。整夜不睡觉来操这可怜的小不点儿。要保持古板中年人的尊严。种族不同。在服役时他们常说，在中国，女人们把刀片塞进阴道以防日本人图谋强奸；一想到这事儿兔子的阴囊就打颤。领略步行的妙处吧。他们迈步走进韦泽街。商店窗户一片黑暗，只有防盗灯还亮着；阿克米停车场空空如也，只有零散的几对情侣在拥抱调情。电影院大招牌上的《2001年》已改为《大地惊雷》①。片名很短，可以全部写在上面。他们在眨巴着眼的黄色灯光下穿过街道来到恩伯利大街，然后是恩伯利路，接着是新月街。新开发区很黑。“这儿真是阴森森的，”她说。

“我想是地势平坦之故，”他说，“我成长的那个镇，没有两座房子是建在同一水平面上的。”

“不知怎的总有股下水道味儿。”

“实际上，下水道一点都不好。”

他身边的这个模糊他视线的生灵把他的体重减轻了一半。他飘飘然走上台阶来到小门廊，双膝在不停地打颤。她那位于他肩旁的侧面像就像一角旧银币上那张脸一样俊秀沉着。那个有三扇阶梯式窗户的大门的钥匙差点儿从手中飞走，它摸起来像是有奇异魔力似的。他轻轻打开室

① 原文True Grit，1969年上映的西部片，由约翰·韦恩等主演。

内客厅的灯,发现原来的旧家具都变了样:仿造的补鞋匠式长凳,面对面置放着的沙发和银丝线座椅像两个疲倦得爬不上楼的大块头醉汉,漆成木纹的金属柜里放着的电视机屏幕上一片空白,一眼看透的搁架上空空如也。

“哎唷,”吉尔说,“真俗气。”

兔子辩解说:“我们从未认真选购过家具,碰到什么就买什么。詹妮丝买的窗帘也总是不一样。”

吉尔问:“她是个好妻子吗?”

他的回答游移不定。这问题又把詹妮丝拽到了屋内,厨房里静悄悄的,她蜷缩在楼梯口,仔细听着。他的回答简练有力:“不算太差劲儿。组织安排的能力一般,但自从和那小子搅和在一块儿后安排得却很周密,至少她是尽心竭力去干的。她以前喝酒总是过量,不过还能控制得住。大约十年前我们发生了一场悲剧,我想这使她清醒了些。也使我清醒了些。孩子死了。”

“怎么死的?”

“意外事故。”

“太不幸了。我们睡哪儿?”

“你干脆睡孩子的房间,我看他不会回来了。和他一块儿玩儿的那小家伙,是个被娇惯坏了的小傻瓜,我告诉纳尔逊说若是太让人讨厌就回家来得了。也许我早该回来接电话。几点了?喝杯啤酒吧?”

她身无分文,手上却戴着一块至少能值一百美元的小表。“十二点十分,”她说,“你不想和我睡?”

“哈?该不是头脑发热吧?和讨厌鬼睡一块儿?”

“你是个讨厌鬼,可是你刚才给了我吃的。”

“算了吧。算在白人社区账上吧。哈哈。”

“你还恋着这个甜蜜可笑的家。老是担心没人需要你了。”

“是啊,而且有时很难认识到。我若是去正视这个问题,没准儿真是没人需要呢。为回答你的问题,我当然乐意和你同床,我该不会因强奸幼女罪被拘捕吧。”

“你真的怕法律,对不?”

“我只是想尽量别招惹它而已。”

“我按着《圣经》向你保证——你有没有《圣经》?”

“以前有个地方放着一本,是纳尔逊上主日学校时用的。那一切后来都淡忘了。做个保证就行了。”

“我向你保证已满十八岁,法律上已成年。我不是黑帮的诱饵。没人偷拍你的照片来敲诈你。你可以操我。”

“怎么搞的,你差点儿都让我哭起来了。”

“你真的被我吓坏了。让我们一块儿洗个澡吧,然后看看感觉如何。”

他放声大笑:“我猜想那时我会同心协力去完成的。”

她脸色严肃,一个严肃的小脸动物想嗅出新的巢穴。“洗澡间在哪儿?”

“把衣服脱在这儿。”

这要求让她大吃一惊;她收紧了下巴,因为惊恐,双眼睁得大大的。没有理由说这儿只有他是被吓怕的人。富婆娘认为起居室俗气。吉尔就站在他和詹妮丝上次做爱的地毯上脱衣服。她踢掉便鞋,脱掉外衣。她没戴乳罩。她的一对小乳头向上翘着,再向后一撤,他就什么也看不见了。她穿着比基尼内裤,黑色饰边,那花样精美得叫不上名儿。不等停一会儿让他陶醉于其中,她就用两个指头把松紧带往下一拉,身子一扭,走了过来。詹妮丝在那儿有块湿润的三角区,侵入未刮毛的大腿的内侧。吉尔几乎连个影儿都没有,琥珀色绒毛向笔直娇美的鬃毛中心延伸,其颜色越来越黑。喇叭形骨盆就像是忍饥挨饿后的颊骨。她的腹部像幼童的一样,显然没有生过孩子。她的胸部在灯光下转动时看起来几乎就不存在。赤身裸体使她的脖子显得更长:在从头颅根部从容不迫地弯向小巧的背部的曲线中,在由两块肥肉团与臀部联结起来而且自上而下肌肉饱满的两条腿上,可见其真正的丰满成熟。她的脚脖子比詹妮丝的要瘦小一些。但是,嘿,她就裸着身站在这间屋内,站在他的屋内。这个确实陌生的生灵,太信赖人了。她弯腰捡起衣服。她轻轻地在他的地毯上踏着步,似乎在提防大头针。她站在离他有一胳膊长距离的地方,一本正经地噘着嘴,下嘴唇干巴巴的,皮肤上有一个雀斑。"你呢?"

"在楼上脱。"他在卧室脱了衣服,他总是在那儿脱的;在隔墙另一侧的洗澡间,水开始叫喊、开始唱歌、开始飞溅。他往下看了看,对那勃起的阴茎不予理睬。在洗澡间他看见她弯着腰在水龙头上调试水温。屁股中间有一小束绒毛。从后面看那似乎是男孩纤细的后背楔入了杂乱的缠绵情意而变成了女人那绸缎般光滑柔软的脊背。他真想去摸她,去摸那绸缎般的匀称美,于是就摸了一下。背部像玻璃碴一样刺痛了他的指头尖,然而我们知道那里并没有玻璃碴。吉尔并未因这下触摸而畏缩或转过身来,她仍在调试水温直到她满意为止。他的阳物变小了,但是已不再窘困了。

他们洗浴得十分轻柔、宁静、流畅和纯净。双方都很专注周到:他在她的乳房上涂上肥皂,再用清水冲洗干净,乳房完全的洁净似乎刺激着他必须洗得更加洁净;她用膝盖顶着他的背部进行揉搓按摩,似乎劳作一年的疲劳都存在于此。她用湿透的毛巾蒙住他的双眼;她查了查他胸膛上的灰白汗毛数(六根)。甚至当两人面对面站着揩干对方的身体而他像个海盗似的对她虎视眈眈之时,他感觉到他俩是抛射到云彩上的聚光灯光线的末梢,感觉到他俩的任务就是要像电视机上两个被漂白的生灵在一间空荡荡的屋里欢娱一样,在这个家中永久驻足。他因为对此产生的知足之情而导致的阳痿却怎么也摆脱不掉。

她扫视了一下他的腹股沟。“我不能使它勃起,是不是?”

“你行,你行。太行了。只是依然很生疏。我甚至连你姓什么都不知道。”

“彭德尔顿。”她跪在浴室地毯上,要把他的阴茎塞进嘴里。他退后一步生怕被咬着了。

“等一等。”

她别扭地抬头看着他,看着他那松弛的腹部上那道斜坡,就像一个快上完了学还没找到答案的小学生一样呈现出一副胡思乱想、疑惑不解的表情,嘴里因噙着禁食的糖果而口角流涎。他把她扶起来,就像是扶起一个小孩,可她比小孩的个儿要高得多,她的腋窝痒人且很深;他吻她的嘴。不是橡皮软糖,她的双唇僵硬。她扭开那张瘦脸,对着肩膀说:“我没法让别人勃起,真正勃起。乳房不丰满。我母亲的乳房很漂亮,或许那就是我的烦恼。”

“把你的烦恼告诉我。”他说着,就拉着她的手来到卧室。

“噢,天啊,又来了。给人排忧解难,哈?不过看起来你比我还惨,有人脱掉了衣服而你甚至没任何反应。”

“最初的几次是很难的,你首先需要吸引住某人的一点儿注意力。”他关掉灯,两人躺在床上。她想再次抱住他,尖牙齿、尖膝盖急切地想干成那事儿,但是他让她平躺着,按摩着那双乳。他把它们弄成垂直的样子,手在上面画着圈儿按摩。“这不该成为你的烦恼。”他低声安慰着说。“很可爱的一对儿。”他感到下面那地方很快硬了起来，充足了血；像冰箱里的奶油糕点。为逃亡者开设的野餐。父辈们夜晚将近之时忠于职守吧。

全身放松了下来之后，吉尔就显得清瘦结实；肌腱和怨恨都浮到表面。“你该去操我母亲，她对男人是真心的好，她认为他们是生活的全部内容和终极目的。我知道甚至在爸爸去世前，她就在乱搞男人。”

“所以你才离开她？”

“我真的说给你听你也不会相信的。”

“说吧。”

“和我一块儿出走的那小子试图让我大量吸毒。”

“这还不至于让人难以置信嘛。”

“是的，但他的理由很荒唐。瞧吧，你不想听这类废话。现在硬起来了，为什么还不对我来？”

“说说他的理由。”

“你明白，当我腾云驾雾之时，你知道，我会看见比如上帝吧。他从来不行。他只看见陈旧电影的片断，根本就是串不到一块儿的东西。”

“他给你吸的是哪种东西？大麻？”

“噢，不是，听着，吸大麻就像是喝杯可乐什么的。如果他能搞得到，就用迷幻药。那药片真神了。他抢大夫的车弄些样品出来，然后搅和在一块儿观察会有什么反应。他们给这些药片都起了名字：紫色心肝，布娃娃，我记不全了。之后他偷了注射器就开始打针，多半他连药名都不知道还要打，真是疯了。我从来不让他扎进我的皮肤。我考虑到，塞进嘴里的东西，我还可以吐出来，但是注射进血管里的东西，我是一点儿办法都没有了，那会要了我的命。他说那是快乐的组成部分。他真的是如醉如痴了，但是你知道，他用这个控制着我。我就跑了。”

“他没跟踪你？”一个瘾君子爬上楼梯。青绿的牙齿，有毒的针头。兔子只顾着听，那阴茎早已蔫了。

“没有，他不是那种人。我始终认为他根本就不知道我是男还是女，他思考的全部内容就是再打一针。吸毒成瘾的人就是那个样子。真让人讨厌。你以为他们在和你说话或者做爱什么的，其实他们从你肩膀上望过去却只是想着再打一针。你明白过来你什么也不是。他并不需要我去为他找回上帝，即使他就在街上遇见了上帝，他也会硬逼着他掏出够多的钱去买几袋毒品。”

“他长什么样儿？”

“噢，大约五英尺十英寸[①]高，褐色头发直披到肩，用刷子刷头时头发像微波一样起伏；他的体形匀称优美。甚至当海洛因攫走了所有血色后，他的身体依然很好。他的后背真正是绝妙透顶，宽阔的肩膀呈倾斜状，后背上都是隆起的有微波的小小肋骨肌肉包，你看，就在这儿。”她碰了碰他，但想的却是另一个人。“上初中时他一直是赛跑运动员。”

“我是说上帝。”

“噢，上帝。他会变的，他每次都不一样。但是你一直明白那就是他。我记得他有一次像是一朵大百合花的花心什么的，只是被放大了一千倍，一种光滑闪亮的漏斗一直向下，向下。我没法儿说了。”她翻过身狂热地吻着他的嘴唇。他无动于衷的样子好像使她激动不已；她爬起身来，弯着腰，像浣熊喝水一样低头亲吻着他的下巴、胸膛、肚脐，一直向下就停在那里。她的嘴一点一点地轻轻咬着，真让人惊讶，他抑制着不要笑出声；她

① 约合 1.77 米高。

的手指抚摩着他大腿上的毛，就像冰块威胁他的皮肤一样使他觉得痒痒的。她的头发在他的腹部搭成一个帐篷。他推她一下，但是她咬住不放：干脆就放松一下吧。天花板。车库灯光反射到屋顶照出一块变色的斑痕，那地方是烟囱防雨板漏雨弄湿的。该把车库灯关掉。不过这灯或许能够有效地防防盗贼。附近这些瘾君子见什么偷什么。他不知道纳尔逊今晚是怎么过的。睡着了，他是仰面睡觉的，张着嘴，让人感到害怕；就像在布痕瓦尔德①拍摄的照片一样，皮肤似乎是紧紧地绷在骨头上的。总想叫醒他，以证实一下他没事儿。错过了今晚十一点钟新闻。越战死亡人数，大概某处又发生了种族暴乱。布坎南，真滑稽。严格地说，并没有计划，他只不过是摸着石头过河，开始把他卖给蓓蓓，也许这就是生活的模样。床上的詹妮丝情急如火，似热锅上的蚂蚁，而这个小家伙一直很冷静，一个学龄前小孩在专心运用她知道的一切。真管用。

"很不错，"她一边说，一边抚摩着膨胀变长的阳物，由于唾液它正闪着微光。

"你真不错，"他告诉她说，"没有失去信心。"

"我喜欢它，"她告诉他说，"它使你伟大坚强。"

"干吗操这份儿心？"他问，"我是个讨厌鬼呀。"

"想不想插进去？"姑娘问。但是当她四脚八叉仰面躺着，当他正试图插进去时，她一点儿都不难为情的神态像她刚才畏缩的神态一样让他感到悲凉，感到泄气；于是他就萎缩变小了。她那模糊的面孔大睁着双眼提高了调门说道："你不喜欢我。"

---

① 布痕瓦尔德(Buchenwald)，纳粹德国建立的最早和最大的集中营之一，在魏玛西北七公里的山林中，1937年建立。二战期间关押约二万人。营内设有斑疹伤寒和病毒研究所，医生和技术人员利用犯人试验病毒的传染和疫苗的效果。

正当他摸索着要回答她时，她已睡着了。这就是他从未想到要问的问题的答案：她是否疲倦？当然疲倦了，就像她刚才的饥饿一样。一阵内疚和忧伤在他胸膛的肌肉里扩展延伸，压迫着眼底。他起了床，给她盖上被单。夜晚正在变得凉爽，八月在掩护太阳退却。冷冰冰的月亮。裂开的墙纸。闪光灯下的泡沫岩。脚印存在了十亿年，没有沾上一丝灰尘。双脚踩在厨房油地毡上感觉到冷。他关掉车库灯，再把花生酱涂在六块梳打饼干上面，做成三块三明治。詹妮丝走了以后，他和纳尔逊就买他们喜欢的东西，整个埋在了盐和淀粉当中。他坐在起居室吃着饼干，他没坐那把银丝线座椅，坐的是那把在结婚时就买的老式棕色座椅。他嘴里嚼着饼干，眼睛盯着像空玻璃鱼缸一样的电视屏幕。该砸了它，毒药，他在什么地方了解到，今天的小孩情绪之所以摇摆不定，乃是因为他们是被电视机带大的，这个看两分钟，那个看两分钟。饼干碎渣粘在他胸前的毛上。六根灰毛。该再多几根的。詹妮丝为斯塔夫洛斯都干了些什么不肯为他干的事儿？你干的也只有那么多。三个洞，两只手。她快活吗？他希望如此。可怜的傻瓜，不晓得什么缘故他竟然压抑着她的潜能。让事情自然发展吧。巨大百合花的花心。他不知道耶稣是否愿意等着妈妈，一个穿着睡衣的男人站在光滑的斜槽一端。他希望如此。他想起来明天该上班。又想起来不该上班，是星期天。星期天，那条老狗。该上教堂去但他没法儿说服自己去相信。鲁丝过去嘲笑过他和教堂，那时他能使自己去相信一切。鲁丝和她的养鸡场，他纳闷她能否吃得消。希望如此。他勉强从宽大的座椅上站起来，把胸毛上的碎渣掸掉。有一些往下掉，却粘在了下面的肚皮上。真纳闷为何生成毛茸茸的样子，有弹性，如果大家像修女和法官那样修面剃头，他们就可以拿头发去填充床垫。楼上，床上那块肉体像根银棒一样使他的心情十分沉重。他都忘了她粘在他的手上了。不祥的手指关节。可怜的小家伙,她搅和了一阵想重新做爱,她把毛茸茸的嘴凑上去深吻了一会儿,倒下去就又睡着了。一天的辛劳换来一天的安宁。清教徒的道德标准。他一边想着佩吉·福斯纳希特,一边自慰。纳尔逊会怎么想呢?

一大早了,吉尔还在睡。九点四十五分,兔子正在清洗盛过麦片粥的碗和咖啡杯,纳尔逊站在厨房的纱门旁。他刚给自行车打过气,脸上正红红的。"嗨,爸!"

"嘘。"

"怎么啦?"

"你吵得我头疼。"

"昨晚喝醉了?"

"什么话?我从来都没醉过。"

"你走后福斯纳希特太太哭了。"

"大概是你和比利调皮捣蛋了吧。"

"她说你要去布鲁厄见一个人。"

她不该把这种事儿讲给小孩听。这些离婚女人,把自己的儿子当成了小丈夫:哭叫、胡说,还当着他们的面换丹碧斯[①]。"和我在维里蒂一块儿上班的同事。我们听一个黑人妇女弹钢琴,然后我就回家了。"

"我们坐到十二点多,看了一部精彩的电影,演的是士兵乘坐可以打开船头的船在某个地方登陆,像是叫诺威——"

"诺曼底。"

---

① Tampax,亦作 Tompax,一种月经棉条。

“说得对。你那时在哪儿?”

“我没在哪儿,打仗那阵儿我和你一样大。”

“你可以看到机关枪子弹打在水面上溅起一排排水花,打得真热闹。”

“嗨,尽量把嗓门压低点儿。”

“为什么,爸?妈妈回来了,是不是?”

“没有。吃早点没有?”

“吃过了,她给我们吃咸肉和法式吐司片①。我学会了怎么做,很简单,你只需打几个鸡蛋,把面包拿来炸就行了,改天我给你做一些。”

“谢谢。安斯特朗奶奶以前常做。”

“我不喜欢她做的饭。都很腻人。难道你喜欢她做的饭,爸?”

“我喜欢。别的做法儿我都不懂。”

“比利·福斯纳希特说她快要死了,是吗?”

“她得病了。但是病势缓慢。你见过她那个样子。她会好的。他们总会有新药治疗的。”

“我希望她死了算了,爸。”

“不能这样想。不能这样说。”

“福斯纳希特太太告诉比利说,怎么感觉就怎么说。”

“她肯定讲了许多废话。”

“你为什么说那是废话?我看她很不错,你先得看得惯她的眼睛。你不喜欢她,爸?她觉得你不。”

“佩吉是不错。今天打算干什么?你上次去主日学校是什么时候?”

孩子随着他转圈儿好使自己不离开父亲的视线。“我跑回家是有

① French toast,指蘸牛奶、鸡蛋后轻炸的面包片。

原因的。福斯纳希特先生打算带比利去河上钓鱼，船是他认识的一个家伙自个儿的，比利问我能不能一块儿去，我说得问问你。行不行，爸？我总得回来取游泳衣和干净的裤子，他妈的那童式车把衣服都给弄脏了。”

兔子听着他周围的语言纷纷落下。他无力地说道：“我还不知道河里能钓到鱼。”

“他们弄干净了，奥利说的。至少在布鲁厄上游。他说他们在埃佛特岛周围放养了鲑鱼。”

奥利，是这回事儿吗？“离这儿有几小时路呢。你从未钓过鱼。记得我们带你去看球赛你都觉得没劲儿。”

“球赛没劲儿，爸。其他人在玩儿。这事儿要靠自己去干。哈，爸？行不？我去拿游泳衣，我说过骑车十点半之前返回去的。”孩子走到楼梯底下了：叫住他。

兔子叫道：“你走了，我一整天干什么呢？”

“你可以去看奶奶。她只想见到你一个人。”孩子认为已经得到了恩准，就“砰砰砰”跑上楼梯。他在楼梯平台上发出一声尖叫，把他父亲吓得怔住了。兔子挪动到楼梯底部，伸开双臂打算接住纳尔逊。但是孩子平安地到达从下面数第二级台阶时，就停住了脚步，一副吓坏了的模样。“爸，你床上有东西在动！”

“我床上？”

“我向里瞥了一眼看到的。”

兔子说：“可能是空调机扇片掀开了床单。”

“爸。”随着产生这种恐惧的某种缺陷开始渐露端倪之时，孩子脸上的苍白也开始消退。“那东西有长头发，我看见一只胳膊。你不去叫警察吗?”

“算了,咱们就让可怜的老警察休息去吧,今天是星期天,好了,纳尔逊,我知道是谁了。”

“你知道?”随着在大脑中收集有关床上长发生灵的信息,孩子自卫似的垂下两个眼皮。他正试图把这种不成熟的新设计和父亲朦胧出现的身影联系起来,穿着汗衫的莫名其妙的巨人,就在他面前,兔子主动说:“是个离家出走的女孩,昨天晚上不晓得怎么就和她搅和到了一块儿。”

“她打算住在这儿?”

“如果你不让我住我就不住了,”吉尔的声音从容地从楼梯上传了过来。她身上裹着被单走了下来。睡眠已经使她显得更加结实,现在她的眼睛就像湿漉漉的鲜嫩青草。她对孩子说:“我叫吉尔。你叫纳尔逊。你爸一直在念叨着你呢。”

她披着被单朝他走去,就像个罗马元老院的小议员,头发拢在背后藏在被单里面,前额闪闪发光。纳尔逊站着没动。兔子吃惊地发现他俩的身高几乎一样。“你好,”孩子说,“他念叨我?”

“噢,是啊,”吉尔一边炫耀着她那上等人家的神态,此刻无疑变成了自己的母亲,即在陌生人的家里滔滔不绝地讲客套话的那个女人,一边奉承着花瓶、窗帘,一边继续说道:“你在他心中的地位非常高。你真幸运,有个父亲护着你。”

孩子大张着嘴凝神望着。圣诞节早晨。他不知道那是个什么样儿的东西,但是在打开包封之前就先喜欢上它了。

吉尔把被单卷得更紧了一点儿,就引着他俩走进厨房,用声音之丝线拖着纳尔逊向前走。“你真幸运,要去划船。我喜欢小船。在家里我们有一只二十二英尺长的单桅小船。”

“单桅小船是什么船?”

“只有一个桅杆的帆船。”

“有些船有更多的桅杆?”

“当然了,如双桅纵帆船和二桅帆船。在双桅纵帆船上船的尾部有根大的桅杆,二桅帆船上的大桅杆在船头。我们曾有一只二桅帆船,但是太费劲了,你还真的需要一个男子汉帮忙。”

“你以前常驾船?”

“整个夏天都驾船玩儿,十月才结束。不仅如此。到了春天我们都来刮锈、堵缝、油漆。这几乎是我最喜欢干的,我们大家,我的父母,我,还有我弟弟都一块儿干。”

“你有几个弟弟?”

“三个。第二个弟弟的年龄和你差不多,十三岁?”

他点了点头。“快了。”

“我最喜欢他了。最喜欢了。”

外面一只鸟在一阵突然的骚乱中嘶哑地哀啼了一下。猫?电冰箱发出了咕噜咕噜的声音。

纳尔逊突然主动说:“我曾有个妹妹,但她死了。”

“她叫什么名字?”

他的父亲只得替他回答:“瑞贝卡。”

吉尔仍然没有看他,而是集中在孩子身上。“我可不可以吃早点,纳尔逊?”

“当然可以了。”

“我并不想吃掉你最喜欢的那一份儿早餐,麦片粥或别的什么。”

“你不会的。我来指给你看看是放在哪儿的。不要动早餐饼[1],都放了一千年了,味道就像地板上的绒毛。葡萄干麦片和字母饼[2]还不错,我们这个星期刚在阿克米买的。”

“谁去买东西,是你还是你爸?”

“噢,——我们一块儿去。有时他下班后我在停车场等他。”

“什么时候去看你妈妈?”

“看了好多次了。有时周末我就呆在查利·斯塔夫洛斯的住所里。在他办公桌的抽屉里有把真枪。很不错,他有执照。上个周末他们去了海滩,我就没过去玩。”

“海滩在哪儿?”

她真笨,纳尔逊高兴得嘴角泛起了笑容。“在新泽西。大家都只说是海滩。以前我们有时去原始森林,但是爸爸很讨厌坐车。”

“我很怀念,”吉尔说,“大海的气味。我长大的地方,是座半岛上的小镇,三面环海。”

“嗨,我给你做些油炸面包片好吗?我刚学会的。”

也许是忌妒让兔子对这一幕感到不耐烦:儿子尽管个头小,但却骨骼粗大,居于支配地位,机灵聪明,披着被单的吉尔看起来像一个卡通人,正义女神或自由女神或和平纪念女神。他走出门取回星期日版的《凯旋报》,坐在门廊台阶上的阳光之中看起连环漫画来了,直到眼睛都看花了,他才回到起居室,漫无目标地看埃及人、费城人、奥纳西斯[3]家族的故事。

---

① 原文 Rice Krispies,一种用米做成的松脆早餐食品,一般为小孩所喜爱。

② 原文 Alphabits,一种用燕麦或别的原料做成的早餐食品,上面写有字母,一般为小孩所喜爱,以在进食中学字母而得名。

③ 奥纳西斯(Aristotle Onassis,1906—1975),希腊海运业大王,国际贸易商人,于 20 世纪初白手起家建立基业。1946 年和船王利瓦诺斯的女儿结婚,1960 年离婚。1968 年与美国总统肯尼迪的遗孀杰奎琳结婚。死后,财产估计有五亿美元。

从厨房传来吱吱的响声、格格的笑声和耳语声。他正在看园艺栏（别瞧不起羞怯的黄花、酸模草和艾菊，在整个八月，它们在田野路边大量快活地繁殖生长；在小心晾干和整理之后，它们就可以做成迷人的花束放在墙角，使整个冬天勃然生辉），此时儿子胡须上沾着牛奶走进屋来，眼睛睁得大大的，带着一种新型的活力，急切地问道："嗨，爸，她可不可以一块儿去划船？我已给比利打过电话，他说他爸不介意，只是我们得赶快去。"

"或许我介意呢。"

"爸。别这样[①]"哈利从儿子紧张的脸色中看出其含义是：她会听见的。她一人太孤独。我们应该对她态度好些，我们应该对穷人、弱者、黑人态度好些。爱心就存在于此啊。

星期一，兔子正在排《缸报》头版。寡妇，六十七岁，遭强奸又遭抢劫。三名黑人青年被拘留。

警察当局透露，星期六他们在李树
街 42B－19 号拘留审问了两名未成年黑
人和温德尔·菲利普，三人涉嫌一宗粗
暴强奸一名身份不名的 sywsfyz kmlhs[②]
粗暴强奸一名身份不名的[③]年迈白人妇

---

① 原文"Dad. Don't."这是纳尔逊的口头禅，直到哈利二十年后临终时他仍这么说，企图像过去经常阻止他爸那样阻止他爸死亡。一个活脱脱的弱者形象。见《兔子安息》。

② 因兔子心中"有鬼"，排字时经常出错，这些字母无任何意义。

③ 此行重排也暗示兔子紧张的心情。此后排版时出错和重排的理由相同，并随着出错越来越多，暗示兔子的处境越来越危险，心理压力越来越大。

女，事件发生在星期四深夜。

这宗缺德罪案，是第三选区一连串
类似事件中最新的
一次，唤起附近居
民去组织一个自卫
委员会，该委员会
已于星期五市政会
议之前成立。

人 人 自 危

“大街上再没有安
“大街上再没有安
全感了，”委员会发
言人伯纳德·沃格
尔对《缸报》记者如
是说。

“甚至在自己的家
里也不感到安全。”

在咔嗒声中哈利的肩上感到有人拍了一下，他向四周看了看。帕亚塞克，面有难色的样子。“安斯特朗，电话。”

“活见鬼，是谁?”他感到该说上这么一句，作为对在维里蒂工作时间内被电话传唤表示的歉意。

“一个女的，”帕亚塞克不耐烦地回答说。

“谁呢?”吉尔(昨天晚上,当她成功地逗弄他玩儿的时候,她那因划船而弄湿的头发使他的肚皮痒痒的)碰到了麻烦。他们把她绑架走了,警察、黑人。或者是佩吉·福斯纳希特打电话又约他吃晚餐。或者是母亲突然病危,心脏在跳最后几下时拨了这个号吗。此刻她只想跟他而不是跟父亲说话,对此他一点也不感到惊讶,他从未怀疑过她最喜欢的是他。电话放在帕亚塞克的小办公室里,三面装着毛玻璃,桌上是零件目录(这些旧式默根特勒①机器老是出毛病)和打眼装订的积压原稿。“喂?”

“你好,亲爱的。猜猜是谁。”

“詹妮丝。海滩怎么样?”

“又挤又闷。这儿怎么样?”

“不错。”

“我听说了。我听说你出去划船了。”

“是呀,孩子的主意,他要我接受奥利的邀请。我们顺河而上开到埃佛特岛。并没有钓到多少鱼,州政府放养了一些鲑鱼,但是河里的煤渣仍然太多。鼻子都被晒疼了,碰都不敢碰。”

“我听说船上的人很多。”

“大概有九个。奥利和这群音乐人到处跑。我们在那个旧野营地搞了次烧烤,离斯托基的采石场不远,你知道,那巫婆②在那儿住了许多年。

---

① 默根特勒(Ottmar Mergenthaler,1854—1899)德裔美国发明家,原机械厂工人,致力于机器排字的研制,制造出莱诺铸排机(1886)。

② 可能指一位因怀念光荣的采石时代而拒不随着时代的变迁而迁移到城里居住的妇人,也许是因为她的丈夫死在了那里而愿终身陪伴着亡灵。外人就称之为巫婆。在丹佛城附近的铅矿就发生过类似的真实故事,此人名叫伊丽莎白·麦克考特,死于 1935 年 3 月中旬。哈利是另一类怀旧者。

奥利的朋友都带有吉他,他们在一块儿弹唱。感觉不错。"

"我听说你还带了位客人去了。"

"你听谁说的?"

"佩吉讲的。是比利告诉她的。他对此感到很激动,他说纳尔逊带去一位女朋友。"

"比对童式车还来劲,哈?"

"哈利,我不觉得有什么好笑的。你在哪儿找到这女孩的?"

"哈,她是这儿车间里跳摇摆舞的。吃午饭时跳。工会请来的。"

"从哪儿,哈利?"

她那令人厌倦、盛气凌人、要一问到底的口气真使他感到高兴。她就像学校里的小学生,正在悄悄地成长。他坦白说:"也可以说是在酒吧里捡的吧。"

"那么,她要住多久?"

"我还没问呢。这些小孩不像我们过去那样喜欢制定个计划,他们才不怕饿死呢。嗨,我该回到机器那儿去了,顺便说一句,帕亚塞克才不喜欢我们在这儿打电话呢。"

"我并不想经常打电话给你。上班时给你打是不想让纳尔逊偷听到。哈利,你在听我说吗?"

"当然,不听你说听谁说?"

"我要那女孩离开我家。我不想让纳尔逊招惹这类事儿。"

"哪类事儿?你是说你和斯塔夫洛斯那类事儿?"

"查利是个成熟的男子汉。他有许多侄儿侄女,因此他很能理解纳尔逊。这女孩听起来就像是被毒品熏昏了头的小动物。"

"比利是这样讲的?"

“佩吉和比利谈过后又打电话给奥利，要他进一步描述了一番。”

“那是他的描述。哎呀。他们那时相处得蛮好嘛。我告诉你，她比奥利带去的那两只老乌鸦要漂亮得多。”

“哈利，你真可恶。我看这是条死胡同。你怎么处理自己的性要求我想我是管不了的，但是我不想让我儿子受到毒害。”

“他没有被毒害，她让他帮忙洗碟子，这是我们都无法做到的。她就像是他的姐姐。”

“那么她是你的什么，哈利？”还不等他回答，她又重复问他，她的声音像她母亲的一样，让人感到被嘲弄，感到心疼，“哈利，她是你的什么？小老婆？”

他想了一下告诉她说：“你回到家里来，她肯定会走的。”

现在该詹妮丝考虑了。她终于说道：“假如我回到家里，也只能是把纳尔逊带走。”

“试试看吧，”他说着，就挂断了电话。

他在帕亚塞克的椅子上坐了一分钟以便等电话再响一次。真的响了。他拿起话筒。“怎么样？”

詹妮丝说着话，眼泪都快要流出来了：“哈利，我并不想把这话说给你听，但是如果你争点儿气我也就不会离开的。是你赶我走的。那时我不知道我想要的是什么，但现在我知道我得到了。所有那些责备我都拒绝接受，真的。”

“好吧。没人责备你的。保持联系吧。”

“我要那女孩离开我儿子。”

“他们玩得很好。请放宽心。”

“我要去告你。我要把你送上法庭。”

“很好。看了你那惊人的演技，法官至少会大笑一场的。”

“从法律上讲那房子是我的。至少有一半归我。”

“说吧，哪一半归我，我要把吉尔留在我那一半。”

詹妮丝挂了电话。或许说出吉尔的名字伤了她的心。这次他不再等下一次电话，离开了这毛玻璃围成的小屋。因恐惧和肿胀而不停地在颤抖的双手融会在了机器的咔嗒声中；正如体外的汗珠融会在油味和墨味之中一样。他在机器旁重新坐好，胡乱排了三行之后才把电话一事抛在了脑后。他以为斯塔夫洛斯能够给她提供法律上的建议。然而，这次他再也不认为斯塔夫洛斯是敌对阵营中的一员了，他指望他能控制好这个疯女人，他的妻子。通过她的肉体，他俩反成了兄弟。

一连几个晚上，吉尔都在调整兔子的身体以适应她。他无法克服把她作为女人来运用时所产生的顾虑——她的阴门会刺疼他，这是部分原因；一插进去他就想到那些剃刀片——但是她呢，打从划船回来度过了湿头发之夜开始，就手指、嘴唇并用，以便使他成功地勃起。接着，小块凝结的胶糊状精液就射在了她的皮肤上，尽管很容易就擦掉了，但是他的想象中却留下了一块如同在她肩上、喉咙上、小巧的后背上用酸物质灼伤般的伤痕；他的幻觉中看到她那苗条美丽、柔顺可人的躯体上最终会布满这些看不见的伤疤，如同报纸上登载的被凝固汽油弹烧伤的小孩一样。他也试图用手和嘴予以回报，但她却礼貌地劝阻了他。她把他推开，并向他保证说她降临此地，就是要服侍他，或者只是希望能有另一条大腿在她的双腿之间默默地产生一种压力，只要在几分钟之内他不再出现一阵阵的抽搐，那就万幸了。八月之夜潮湿闷热；仰面躺在床上，沉闷的空气犹如天花板悬挂在一英尺之遥的脸庞上方。一辆小车在松软的柏油和松散的碎石上面喧闹着滑过。一英里开外的河对岸隐隐约约传来一阵警笛的鸣叫声，一种新的声音，比刚才时起时伏的叫声还要疯狂。纳尔逊打开灯，撒了尿，冲洗了马桶，又关了灯，发出的咔嗒声如在耳边。他一直在偷听？他可曾偷看？吉尔的喉头在一起一伏。她睡着了。

他每次下班回来都看见她在坐着看书，或坐着缝补东西，或和纳尔逊坐着玩大富翁游戏①。她的书真不可思议：瑜珈、精神病学、禅宗，都是在阿克米的搁架上偷来的。除了买东西，她不愿走出门外，甚至晚上也如此。并非由于几个州的警察正在找她——他们也在寻找数以千计像她这样的人——更主要的是由于兔子生活之中奉为衣食的寻常日光、风景和街道似乎像有毒的和过于强大的东西一样冲击着她。当他们打开电视时，她就离开房间，他们也就很少看，只是有时她下厨房去了他才偷偷地看一回六点钟新闻。到了晚上，她和纳尔逊就讨论上帝、美貌和生命的意义。

"不管人们做些什么，"她说，"他们做的时候所感受到的一切都会随之而存在。假如制作出来是为了挣钱，它就会发出铜臭味儿。正因为如此这些房屋才这么丑陋难看，所有的偷工减料依然存在于房屋之中。一切都是为了省钱。穿着天鹅绒和貂皮服装的绅士和淑女把石子拖上了斜坡，正因为如此大教堂才如此漂亮可爱。想想画家。他拿着带彩的画笔站在画布面前。当他画上一笔时，不管他感受如何——假设他疲倦了，或厌烦了，或快乐了，或自豪了——这些感受都将存在于这一笔之中。颜色

---

① 大富翁游戏(Monopoly)，棋盘游戏的一种，1935 年由美国人卡利斯·达罗发明。这种游戏可以引导儿童懂得市场规律。在这种游戏中，参加游戏的人假装购买、租用和出卖房地产以争夺垄断权。一次游戏可持续几天才能结束。

虽一样，但是我们能感觉到差异。指纹同理。笔迹同理。人就是一种机械装置，能把物质变成精神，能把精神变成物质。”

“关键是什么？”

“关键是忘我的境界，”她说，“和干劲。任何美好的东西都产生于如此的境界。世界是上帝创造的，它就没有铜臭味儿，它从不知疲倦，从不过分富足，也不过分匮乏，它总是丰富得恰到好处。地震之后一秒钟，所有的石头都静止不动了。到处都有欢乐，甚至在雷鸣或雪崩时也不例外。乘坐我父亲的小艇出游时我常常抬头望星空，发现星星之间似乎有看不见的琴弦相联结，音量开得恰到好处，弹奏出数以千计的我几乎是听不见的音符。”

“我们为什么听不见星星？”纳尔逊问。

“因为我们的自我使我们变成了聋子。我们的自我使我们变成了瞎子。一旦我们只想到自己，就如同是在眼中吹进去了一粒灰尘。”

“《圣经》里是这样讲的吧。”

“他说的就是这个意思。我们若是消除了自我，宇宙将会绝对地干干净净的，所有的动物、岩石、蜘蛛、月亮石、星星、沙粒都可以大胆地只干自己的事儿。唯一有意识的只有上帝。想想吧，纳尔逊，就像这个样子：物质是精神的一面镜子。但是像一间巨大的房间，一间舞厅，是三维的。在里边是另外的一些小镜片以这样和那样的方式倾斜着，并把光线向岔路上反射。因为对于那张朝里面窥探的大脸而言，这些小镜片只不过是些黑暗的斑点，他在那里连他自己也看不清楚的。”

听到她如此讲下去，兔子竟神魂颠倒起来。她那通常就简洁和干巴的声音在她的语句中移来移去，宛若在把记忆正确的东西背诵出来，以低沉的声音讲述，犹如地下淙淙的流水声。她和纳尔逊坐在地板上，中间放着大富豪游戏棋盘，房屋旅馆金钱的游戏已经玩了好几天了。没人觉察到他已经走进屋里正俯瞰着他俩。兔子问："那么他为何不把这些斑点铲除掉？我认为这些斑点正是我们。"

吉尔抬起头来，此刻那张脸像一面镜子一样茫然。他想到昨晚的情形，他期望她的嘴唇周围都能被灼伤；就像是一根失去控制的水龙头在一个劲儿地向一只滑溜溜的小口水罐里灌水。她回答："我拿不准他是否注意到了我们的存在。宇宙如此广袤无垠，我们这部分又如此微乎其微。如此微乎其微，进化时日又如此之短。"

"也许我们自己可以把它擦掉，"兔子主动建议道。他想帮忙，想乐观地战斗下去。接受教育不分年龄大小嘛。跟詹妮丝和斯普林格老头儿在一起你是没法讨论这类事情的。

"是存在那种死亡愿望，"吉尔勉强承认说。

纳尔逊只想和她说话："你相不相信其他行星上面有生命？我不相信。"

"为什么，纳尔逊，你太小气了。为什么不信？"

"我不知道，说出来有点好笑——"

"说吧。"

"我一直在想，其他行星上若有生命的话，宇航员一走出宇宙飞船就会被杀死的。他们没死，所以没有。"

"别傻了，"兔子说，"月球就在我们的家门口。我们说的是银河系中几十亿光年以外的生命。"

"不，我看月球倒是个很好的检验，"吉尔说，"如果没有人愿意费神去保护它，那就证明上帝是多么不满意了。无数英里内全是灰尘。"

纳尔逊说："我在学校认识的一个家伙说月球上有人，但是比原子还要小，所以他们即使把所有的岩石都磨碎了也找不到。他说他们有完整的城市，有一切。我们通过鼻孔把他们吸进来，他们就会使我们认为看见了飞碟。那小子就是这么说的。”

“我自己呢，”兔子仍然在主动献策，引用他排过的《缸报》上那陈旧的特写文章，“对木星内部还抱有希望。你知道，我们看到的外表是气体。表层以下数千英里的地方可能存在着一种化学物质混合体，这种混合体能够维持一种生命，某种像鱼一样的生命。”

“你那种惧怕浪费的清教观念使你产生了那个想法，”吉尔告诉他，“你认为其他行星该用来干些什么，该种上庄稼。为什么呢？或许行星被安放在那儿只是为了教人类怎样从一数到七[①]。”

“为什么不让我们的每只脚都长七个趾头呢？”

“学校里有一个家伙，”纳尔逊禁不住说，“生来就多长一个指头。大夫把它割掉了，但是你还可以看得见。”

“还有，”吉尔说，“天文学。若没有这些星球，夜晚的天空将成为一个僵化不变的老顽固，我们也就永远猜不到会有第三维空间了。”

“上帝也真够细心的，”兔子说，“我们是否只是他那明镜上的一些小微粒。”

吉尔不在意地挥了挥手。“顺便说一句，”吉尔说，“他创造了一切。完全是出于自愿。”

她可能心情爽然愉快。有一次他说她该多到户外活动活动，她就穿着比基尼内裤走出房门，在周围十几家住房的窥视之下，躺在野餐烧烤架旁边的毛毯上晒太阳。一位邻居打电话发牢骚，吉尔就辩解说：“我的乳

---

① 或许暗指北斗七星。

头很小,我原以为他们会把我当成男孩的。”此后哈利开始每周给她三十美元采购东西,她就到警察局把她的保时捷车赎了回来。车库的停车费是最初罚金的四倍。她把地址写成新月街,并佯称是在和叔叔一块儿消夏的。“这东西真讨厌,”她告诉兔子,“但是纳尔逊这么大了该有辆车兜兜风,没车真丢人。在美国,除了你人人都有车。”于是保时捷就停放在路边。白色车面已是灰尘满布,乘客座那边的前挡泥板被擦伤,顶部车篷的揿钮坏了一个。纳尔逊爱车如命,每天早晨都要去瞧上一眼。他把车洗干净。他看了看说明书,转了转轮胎。开学前那水晶般珍贵的七天开始了,吉尔开着车把他带到乡村、农场和布鲁厄县的山区。她在教他开车。

有几天他们都是在兔子下班回家后一小时才返回家的。“爸,它就像一阵风。我们一路开上山,那儿有一个鹰保护区,下山时吉尔让我握住方向盘在弯弯曲曲的山路上开,一直开到公路上。你听说过挂挡滑行吗?”

“我一直都是那么做的。”

“只用挂低速挡,不用踩闸门。感觉很舒服。吉尔的保时捷有五挡,车的重心很低,你只要挂空挡让它嗡嗡响就行了。”

兔子问吉尔:“你敢肯定能把握好分寸吗?这小子会撞死人的。我不想被人起诉。”

“他很能干。而且有责任心。他一定是从你那儿学的。我总是坐在驾驶位上,只是让他握握方向盘而已,当然这样做比他自己控制车危险还要大。山上确实没人。”

“只有鹰,爸。多得数不清。它们都歇在那些松树上等那些家伙把整个死牛和别的东西运过来。脏兮兮的。”

“唔,”兔子说,“鹰也得活呀。”

“我就不停地这样跟他说，”吉尔说，“不仅羔羊身上有上帝，老虎身上也有。”

“说得对。上帝的确喜欢把自己嚼碎了。”

“你知不知道你成了什么样儿？”吉尔问道，双眼绿得像草地，头发像一团拉得细长的琥珀色乱麻融化在窗户的余光中；刚捕捉到的一个想法正在她的大脑中拍着翅膀一蹦一跳的。“你这人玩世不恭。”

“人到中年了。过去也爱瞎想一气。并非因为你的想法更高明，而是古老的观念让人厌倦了。过一会儿你会发现甚至美元和美分也是一种观念。最终最要紧的事只能是每天一次的往马桶里抛撒些粪块。无论如何，这才是真实的。有人向我走来说：‘我是上帝。’我会说：‘把标志牌给我看看。’”

吉尔带着白天留下的欢乐与淘气正处于极度兴奋之中，她跳着舞步走上前来，像蝴蝶式拥抱一样拥抱了他一下就又跳着舞步走开了。“我认为你这人很好。纳尔逊和我都这么看。我们经常说起你。”

“是吗？说起我，你整天想的就是这事儿？”他本想逗逗乐，让她继续快乐下去，然而她的脸沉了下来，犹豫了一秒钟；纳尔逊的脸色显示他说了不该说的话。在那辆小车里。他俩都干了些什么。唔，他们无需更多的空间，更多的接触：年轻的躯体。儿子那稀薄的胡须，黑黑的头发；她那琥珀色的长发，最有柔情的火焰。两个躯体还不会像他的那样发胀。正当青春年少，最为单纯的接触。姐弟般的羞怯，在洗碗槽里忽隐忽现的水渍玻璃制品中碰碰手。假如头天晚上她就主动给老成笨拙多毛的他放一次喷气式飞机，她有什么不该做呢？把小孩带着一块儿玩儿，人之常情。为何不能？多事之时提出了这个首要的问题。为何不能？

他不再去深究因她而突然产生的负疚感，当天晚上他成功地使她满意地接纳了他；尽管她用了嘴协助，她的阴门还是紧得麻木了，他用力插了进去。他持续的坚挺真让她害怕；他让她坐在他身上，并且非常容易地就把她那缎面般光滑的臀部分开，上下不断地运动，骨盆处饿得要命，急需进食，她剧烈地吸进空气又尖声地发出恰似欢快呼声般的痛苦和惊奇之声。“你把我装了进去！”他试图想象那装进去的样子。她体内某个地方有一块黑红黑红的地板，永远不会知道它在哪儿，在两块肾里，在大小肠里，在肝脏里。披着一头肉色头发、长着云雾状内脏的银白色美丽姑娘在他身上飘荡，刺激他，像块云雾吸取他的养分，落下来了，原谅他了。对她的爱恋，真让他吃惊，然而厌恶和惊慌包裹着他，于是他很快便入睡了，只有最初几个睡梦跌跌撞撞地挤了进来。此时她从床上爬了起来去冲洗身子、检查纳尔逊睡着没有、向上帝祈祷、吃一片药，不管她需要做别的什么，都是为了抚慰他那麻木的阳物撕裂所致的创伤。多令人伤心、多么奇怪。我们用空气制作伴侣后再伤害她们，于是她们就在完成创造的同时蔑视我们。

工间休息时哈利的父亲悄悄走到他身旁。“小日子过得怎么样，哈利？”

“还不错。”

“我真不愿意这样唠唠叨叨，你早已长大成人，自有一本难念的经，我明白这点，但是你有时晚上若能过来和你妈聊聊天我就感激不尽了。她现在听到不少中伤你和詹妮丝的闲言碎语，你若能给她解释清楚就会让她平静下来。我们不是道德家，哈利，这你是知道的；你妈和我尽量只借自己的光生活，再就是把上帝仁慈地赐给我们的两个孩子拉扯大，但我知道这该死的世道已经变了样儿，那么我们，我和玛丽，是不会做道德家的。”

“总的来看，她的身体怎么样？”

“唔，这是又一个难题呀，哈利。我们在继续治疗，在给她服用一种新型奇特药，他们起了个什么名我总也记不住，左旋多巴①，对，是左旋多巴，我看这药仍在试验阶段，但是毫无疑问在许多病例中它都有奇效。麻烦的是，它同时具有他们还知之不多的副作用，在你妈的病例中出现的有消沉、恶心和厌食；还有噩梦，哈利，噩梦把她惊醒，她再把我惊醒，于是我就听到她的心在跳动，像鼓声一样咚咚响。我以前从未听见过，哈利，另一个人的心跳在屋里听起来像脚步声，那就是左旋多巴带给她的梦。当然了，毫无疑问，她说起话来更便当了些，双手也不像以前那样颤抖得厉害了。很难辨明对与错了，哈利。有时你认为，就让大自然顺应自然规律吧，但接着你又纳闷，什么是大自然，什么又不是？又一个副作用”——他靠得更近了些，向四周望了望，然后低头瞧了瞧纸杯里的咖啡糊，自寻烦恼地说道——“我不该提这事儿，可又忍不住，你妈说她正吃的这种新麻醉剂，不管你怎么称呼它都行，却让她感到，我怎么说得出口呢？”——他又向四周望了望，然后就向儿子吐露秘密——“情意绵绵的样子。她如今，刚满六十五岁，在床上一躺就是半天，产生这些冲动很糟糕，她说她都快受不了了，她说不能看电视，商业广告使她感觉更糟。她说她得自我解嘲了。这是不是那种幻想②的东西？好端端的女人成了那个样儿。不好意思唠唠叨叨这么久，我想是自己一个人跟这些东西待得太久了，米姆到了国家的另一头不知怎么样。基督晓得她并不怎么样，仿佛你没有自己

---

① 左旋多巴(L-dopa)，一种在蚕豆里发现的处于左旋形态的氨基酸($C_qH_{11}ND_4$)，用以治疗帕金森氏综合征(Parkinson)。

② 厄尔不知“幻觉(hallucination)”一词，误发音为 helluva，故作此译。

的麻烦事似的。”

“我是没有麻烦事儿嘛，”兔子告诉他，“现在我正操心儿子什么时候该去上学。我看他的情绪很稳定。我知道，我不像以前那样经常去佳济山的原因之一，就是孩子小的时候妈对他很苛刻，孩子现在还怕她。另一方面我不愿让他一人呆在家里，整个县到处都是抢劫强奸，他们来到城郊摸到什么就偷什么。我正在排一则新闻，说珀利有个女人在上楼去卫生间的时候，他们就偷走了她的吸尘器和一百英尺长的浇花用水管。”

“都是这些该死的黑人干的，事实就是如此。”厄尔·安斯特朗放低了声音，所以听起来沙哑，其实布坎南和法恩斯沃斯总是和布尼以及其他酒鬼在厂外的小胡同里消闲。“我总是称他们为黑人，他们现在也叫自己为黑人，这正合我心意。他们干不了白人的活儿，有几种除外，譬如说布克，尽管他来这儿时间最长却从未排过版面标题；所以他们就得去抢去杀，都是些当不了皮条客和职业拳击家的人。他们干不成事儿而且从来就没干成过。这个国家本该听取不知是谁提出的建议，如果没记错的话就是乔治·华盛顿，开国元勋之一，用船把他们都送回非洲，那时我们还有机会。现在，非洲不会要他们的。饮酒、凯迪拉克以及白人骚娘儿们，但愿你原谅我这样说，把他们都惯坏了。他们是全世界的废料，哈利。美国黑鬼是下等人中最下贱的。”

“行了，行了。”兔子看到父亲对一切事情都动真格儿的，心里颇感不快。他换个话题谈论他们之间最为严肃的主题：“妈常提到我吗？”

老头儿在嘴唇上舔了舔唾沫，叹了口气，以十分信任哈利的样子把身子往下沉得更低了，眼睛往下瞧了瞧双手捧着的滤去浮渣的凉咖啡。“老是念叨你，哈利，每时每刻都在念叨。他们把你们的事儿讲给她听她就大骂斯普林格全家人；噢，瞧她骂得那样儿，那家的女人她骂得特别起劲。

显然是，妇人们只说你和一个十几岁的嬉皮士搅和在一起，所以詹妮丝就被首先赶出了家门。”

“不对，是詹妮丝先走的。我一直在请她回来。”

“唔，不管事情的真相是什么，我明白你一直在争取走正道。我不是道德家，哈利，我明白你们今天的年轻人比我们当年精神更加紧张，心理压力更大。要是我当初也忧虑原子弹和富人家的小革命者，我会毫不犹豫地拿把猎枪顶着我的脑袋，让这个世界没有我而自个儿转动去吧。”

“我会设法解决好的。我该和她谈谈，”兔子说。他抬头透过父亲的肩头看见那只黄脸挂钟已经跳到离工间休息结束的十一点十分还差一分的地方了。他知道在这个滚滚向前的世界上母亲是唯一理解他的人。他还记得我们登月的当天晚上那行将就木的躯体用肘轻轻把他一推，但是只有当他懂得内心正在发生着什么事儿并能加以保护之时，他才会向她吐露内心的秘密。她有她的麻烦事儿，死亡和左旋多巴，他有他的麻烦事儿，吉尔。姑娘和他们已经住了三周，正在学会操持家务和默默地嘲讽地看他一眼，暗示说我理解你，而他却主动要讨论共产主义或当今的青少年或任何一个让人痛心的地方，他感到那些地方正开始腐败堕落并正悄悄渗进邪恶和疯狂。那种可怜、嘲讽、妒忌的眼光自他伤害了她的心房触动了她的子宫的那天晚上就开始了。

父亲比他感觉到的还要亲近些，因为老头儿靠得越发近了并对他说道：“我心里头一直压着一句话一定要说出来，哈利，原谅我说了这么冒昧的话，我只是希望你能多加小心，要是把一个未成年女孩的肚子搞大了，法律只能持令人悲观的态度。还有，据说她脏得像黄鼠狼，到处传播淋病。”更为荒唐可笑的是，当挂钟走完了最后一分钟，复工铃声发出刺耳的叫声时，老头竟拍起手[1]来了。

他穿着下班后专用的粗质白衬衣，打开苹果绿房屋的前门，楼上传来了吉他乐曲声。吉他的琴弦在慢慢地拨动着，两个尖细的嗓音随着曲调移动。他被吸引上了楼，在纳尔逊的房间，两个人正坐在床上，吉尔以瑜珈姿势坐在床头枕头旁，露出了她那黑色花边内裤的三角部位。一把吉他以怀抱的方式放在大腿上。兔子从未见过这把吉他；看起来是新的。浅色的木质板像浴后擦了油的女人一样微微发着亮光。纳尔逊穿着运动短裤和T恤衫坐在吉尔身旁，伸长脖子去看放在她的脚踝边床单上的一张乐谱。孩子那悬吊在床沿上的双腿乍看起来健壮、修长，就要被詹妮丝那样的黑色绒毛覆盖住了，接着兔子注意到布鲁克斯·罗宾逊、奥兰多·塞佩达[2]、斯蒂夫·麦克奎恩[3]骑着摩托车的旧招贴画已经从墙上取掉。苏格兰胶带粘贴的地方油漆已经剥落。他俩正在唱"……男人必须走——下去"；尽管他们一定是听到了他上楼时带有警告性质的脚步声，但是他一走进屋，那脆弱的丝线还是被吓断了。儿子的内衣内裤穿得还可以：比黄鼠狼要干净多了，吉尔叫纳尔逊每天在爸爸回家之前洗一次澡，或许是由于她自己的父亲只是在星期五才回到斯托宁顿的家里，所以她一直把洗澡当成一种仪式来操办。

"嘿，爸，"纳尔逊说，"这歌儿好听。我们在唱和声。"

---

① "淋病"和"拍手"英语都是clap，前者用于俚语，名词，后者用作动词。此处用双关语暗示父亲在担心儿子而自己就先"染上了淋病"，并以此暗示父亲的身心不健康作为反衬。

② 两位均为美国棒球明星。

③ 美国电影明星，绰号"酷王"。

“从哪儿弄的吉他?”

“我们骗来的。”

吉尔用一只光脚推了推孩子,然而未来得及阻止他开口。

兔子问他:“你们怎么骗的?”

“我们站在布鲁厄大街的角落,多数时候是在韦泽街和第七街,然后我们来到卡梅伦,这时一辆警车慢慢开过来查问我们。不过是聊聊天儿,爸。吉尔总是叫住这些人说我是她弟弟,我们的母亲快要死于癌症而我们的父亲溜走了,家里还有一个吃奶的小弟弟。有时她说是一个小妹妹。一些人就说我们该去申请救济,但很多人都给我们一美元左右,所以最后我们就有了二十美元,奥利答应按这个价把四十四美元的吉他卖给我们。而且吉尔在里屋和奥利说了几句话后他就把乐谱也白给了。”

“奥利的心眼儿可真好啊?”

“哈利,确实如此。别门缝里瞧人。”

他对纳尔逊说:“我想知道他们都说了些什么话。”

“爸,这样做并不是不老实,我们叫住的这些人给钱后都感到舒心很多,因为我们不再成为他们良心上的负担了。不管怎么说,爸,在一个权力属于全体人民金钱不再存在的社会里,你才能要什么有什么。”

“唔,见鬼去,你现在的生活正是如此。”

“是呀,我什么都得向你讨,是不是?我一直连童式车都买不起。”

“纳尔逊,多穿点该死的衣服,就呆在你的房间里。我要和吉尔说几句话。”

“如果你伤她的心,我就和你没完。”

“如果你不闭嘴,我就把你送去跟妈妈和查利·斯塔夫洛斯一块儿住。”

在卧室里，兔子小心地关上房门，用微弱而颤抖的声音对吉尔说："你在把我儿子变成像你一样的乞丐和娼妓，"等了一会儿没见她反驳，他就一巴掌打在了她满是蔑视表情的瘦脸上，此时那一本正经的嘴唇和鲜活的双眼早已无所畏惧地阴沉下来，恰似树叶遮挡后的阴影，成为一个摇曳隐蔽的群体，一块他想轰坍的微型森林。这一巴掌感觉起来像是打在塑料板上；刺疼了手指，没起一点作用。他又打了一巴掌，一手揪住那干枯的肉色头发，牢牢地卡住她的脸，在她屈服之后试图溜之大吉之时，他感觉到那令他胆颤的愤怒，不过，他在她的脖子侧面打了一拳后，就把她扔到了床上。

吉尔仍然捂着脸，抬起头不断地嘘他，那奇怪的嘘声发自内翘的小牙齿，直到她开口说话为止。说出的话既冷静又傲慢。"你知道你为什么要这样干，你不过是想伤害我而已，这就是原因。你不过是想获得快感而已。你才不管我和纳尔逊骗人呢。谁乞讨谁不乞讨，谁偷谁不偷与你何干？"

她质问时，他茫然无以为对；而她就继续说道："那猪猡法律除了强迫你去干那油渍渍的脏活并把你变成一个连傻瓜老婆都守不住的胆小怕事的讨厌鬼以外对你还有什么用处？"

他抓住她的手腕。很脆弱。像粉笔。他想折断，想感受一下那噼啪声；他想绝对安静地把她在怀里抱几个月等着手腕痊愈。"听着。我的钱是他妈的一个子儿一个子儿挣来的，你在依赖它过日子，你若是想回去和你那些黑鬼朋友瞎混，去吧。滚出去。别来缠我和孩子。"

"你真恶心人，"她说，"你这个欺软怕硬的讨厌鬼。"

"换一副腔调吧，"他说，"你这让人恶心的贱女人。你们这些富家小子把生活当儿戏真让我恶心，你们向可怜巴巴的笨蛋警察扔石子来保护你爹爹的大笔赃款。你不过是在闹着玩儿而已,宝贝儿。你以为你在玩一个快乐娘儿们的大游戏咧,还是让我告诉你实情吧。我那可怜的呆笨老婆扭动起屁股来比你玩前面那东西还在行呢。"

"从后面搞很对,那是她受不了你那副熊脸。"

他一边更加使劲地捏她那粉笔似的手腕,一边告诉她说:"你都没汁没力了,宝贝儿。你才十八岁就被榨得干干净净,什么你都尝试过,什么你都不怕,你还纳闷为什么一切都死气沉沉的。你变着法儿都弄到了自己手中,乖乖,所以一切才死气沉沉的。他妈的基督,你以为你图谋改造世界然而是什么东西迫使人们逃跑你连他妈的一点线索都没找到。恐惧。才迫使我们这些穷光蛋逃跑的。你连什么是恐惧都不知道,是不是,可怜的宝贝儿? 所以你才死气沉沉的。"他使劲捏着她的手腕直到脑海里浮现出手腕里边互相连接的弯曲骨头像照 X 光那样模模糊糊要折断了才住手;她的眼睛睁大了一点儿,他从中只看到了一丝惊慌,那是他安放在那里的。

她挣脱手腕抚摸着,仍然直盯着他的双眼。"人们因恐惧而跑已经跑得太久了,"吉尔说,"还是换成爱试试吧。"

"那么你最好为你自己另找一个天地吧。月亮上面凉丝丝的。冰凉而又丑陋。你若是不要,共产分子要。他们不会是他妈的那么傲慢的。"

"什么声音在响?"

是纳尔逊在哭,在门外,不敢进来。他和詹妮丝干架时他也是这副模样:每当他们剑拔弩张之时,孩子就求他俩住手。或许他想象着贝姬就是在这样的争吵声中淹死的,而这次呢,就会要了他的命。兔子放他进来解释说:"我们在讨论政治。"

纳尔逊从啜泣的空隙中挤出一句话来:"爸,你为什么和大家都过不去?"

“因为我爱我的国家，不能容许别人对它挑三拣四。”

“你若是爱它你就该使它更好，”吉尔说。

“它要是更好了，我就得更好些待人了，”他一本正经地说，他们都乐了，他最后才笑。

就这样，通过僵硬痛心的笑声——她仍在抚摸着手腕，被他打的手开始疼起来——他们寻找重组家庭气氛的途径。吉尔为晚餐做了鲽鱼片，柠檬味，易消化，在阳光下文火煨熟，薄薄的鱼皮呈褐色；纳尔逊买了一个上面洒满了麦芽精的汉堡包，这使他想起碎果肉饼。麦芽精、夏南瓜、荸荠、香芹盐①、佛米丽亚②：都是吉尔采购进家里的部分异国情调的食品。她烹调的菜味儿他从未品尝过：烛光、海鱼、健康食尚，格调。吉尔家里有个女佣，所以过了好几个晚上她才明白那些弄脏的碟子是不会变戏法地自己去清洗干净，而是要人来端走洗净的。星期六上午，依然是兔子负责用吸尘器清扫房间。他把他的衬衣和床单胡乱卷起来拿到洗衣店，把纳尔逊的短袜和内衣分拣出来送到地下室的洗衣机里。他清楚地看到，灰尘在积厚，事态在恶化，混乱在渗入，时间在取胜，孩子们对此却视而不见。倘若她不做饭，他情愿做她的临时男佣。她做的饭菜已经更新了他对生活的品味。而今吃晚餐他们要喝葡萄酒，是半加仑瓶装加州白葡萄酒。总是吃色拉：布鲁厄县制作色拉时倾向于做成像泡白菜一样的东西，上面白花花一层油；然而吉尔的双手却把莴苣切成一个个透明的薄片，像健康一样看不见却感觉得到它的存在。詹妮丝经常从“半块面包店”买些面团似的甜食用作甜点，吉尔用水果调配成不同的花样。和詹妮丝常常

---

① celery salt，芹菜籽和盐磨制而成的调料。

② 原文 Familia，是西班牙语，意为家庭（family），此处应指一种能令人思家的食品商标名。

端上来的淡而无味的黑咖啡相比，她的咖啡就是黑色的甘露。满意知足使得哈利无话可说；他看着碟子从餐桌上轻轻收走，就趾高气扬地端坐在起居室。洗碗机里放满了东西在心甘情愿地嚓嘎嚓嘎响时，吉尔走进起居室，坐在俗气的地毯上，弹起吉他。她弹的是什么？《永别了，安吉莉娜，天空红彤彤的一片》，还有几首别的她只能弹出一段。她或许有六根弦。按在档子上的手指不时地扯住了一股股悬吊着的长发；头皮一定被扯疼了。她的嗓音像是一把很快就会唱哑的瘦小乐器。“对我的审—判，主啊，很快就结—束了，”她唱完了，停了下来，抬起头来期望别人鼓掌。

纳尔逊鼓掌了。是一双小手。

“好极了，”兔子醉意朦胧地告诉她说，又继续说下去，为他的一生表示歉意，“不是在开玩笑，我曾经有过轻松的内心体验，结果却让周围的人蒙受了伤害。革命，或别的叫法儿，不过是一种幌子，让人喊叫着混乱啊真好玩儿。这个，只要有别人给你提供生活用品，那一时刻，的确好玩儿。我的意思是说，混乱是一种享受。”

在他说话的语句之间，吉尔一直在为他弹拨着琴弦，部分是促使他继续说下去，部分是开他的玩笑。他转身看着她。“现在该你说了。把你的生活经历讲给我们听吧。”

“我没有生命，”她说着，弹着，“为女无父，为妻无夫。”

“讲个故事吧，”纳尔逊央求说。她在笑的时候，露出了稀松的灰牙齿，瘦弱的面颊出现了两个酒窝，他们明白她会答应的。

“这是吉尔和她生病的情人的故事，”她声称，然后拨动了一根弦。兔子一边审视着这把女人形体一样的吉他一边想，似乎这些音符早存在于此，期待着从鸽棚一样的圆洞里飞出来。“如今吉尔，”吉尔继续说道，“是个清秀的小姑娘，在中产阶级的怀抱中成长。她爸和她妈各有一辆小轿车，梅赛德斯的星徽在一辆车盖上标着①。我不知道继续押韵能押多久。”她滑稽地拨弄了一下。

“别勉强自己了，”兔子建议说。

“十足正统味儿的，”——强调念了一下“味儿”——“培养和教育——全是航海、舞蹈和法语。②”

“继续押韵，吉尔。”纳尔逊请求说。

“吉尔十四岁来月经，即使脱掉背带也难比皇后让人惊。对男孩的了解仅限于少年网球手，彼此的父母常常一块儿去吃饭。这些她都极赞赏，自从能观察到父母饮酒闲聊赚钱和消耗，她也不知不觉年龄增长身体增胖赶时尚。噢噢，这句太长。”

“别为了我而押韵喽，”兔子说，“我要取一罐啤酒，还有谁要？”

纳尔逊喊道：“我喝你的，爸。”

“取自己的吧。我自己去拿。”

吉尔弹拨了一下以重新引起他们的注意。“好吧，把烦人的故事往短里说，一年夏天”——她搜寻了一下韵脚，然后补充道，“她老爸魂突断。”

“噢噢，”兔子说着，就拿着两罐啤酒回来了。

“她遇见了个男孩从身心两头牵着她的鼻子转。”

兔子慢慢拉着扣环想尽量压住那扑哧声。

“他的名字叫弗雷迪——”

---

① 原文两句一押。为翻译方便，汉语韵脚都变了。

② 原文为法语单词 français。

他发现只能使劲拉，不然拉不开，他便狠劲儿一拉，啤酒泡沫透过小孔就冒了出来。

“对他而言最妙的事莫过于她已做好了准备。”弹一下，“褐色的双肩很好看，全因当过救生员，他的游泳衣裹住的家伙有时硬来有时软。他来自遥远的地方人难到，在纳拉干海湾对面传奇式的罗得岛。”

“嗨，”兔子喝彩①说。

“他唯一糟糕的事情是，在内心深处，那褐色漂亮的救生员形象已消除。内心只剩个干巴老头形象和可怕的欲望在啼鸣，只求大麻毒品、致幻剂、安非他明。”现在弹拨的节奏变了，在弱拍的中间突然弹了起来。

“他天生一个败者相，而牙齿雪白如琅玕，间间断断一整夜，他把温柔处女吉尔奸。她为他而失了身”——弹拨——“深陷窟宅入罗网；几乎每次恶少电话响，她都如痴如醉似癫狂。她此刻服用毒药片，彼时服用幻觉剂，然后”——她停了下来身子向前一倾紧紧盯着纳尔逊，那孩子轻轻喊道：“啊？”

“他亲切建议注射时用吗啡因。”

纳尔逊看起来像是要哭：双眼下沉而下巴鼓起一个包。兔子在想，他怎么看着像生气的女孩。除了那笔直的小鼻梁，他在儿子身上看不出有多少地方像他本人。

音乐声在继续。

“可怜的吉尔吓破了胆；校内的学生劝她别做自毁的笨伯。妈妈丧期未服满已成新欢的佳一丽，他是附近威斯特一里离异的税务律师。可恨弗雷迪坚持天堂超尘埃，而吉尔只要世俗爱。她需要感觉那阳物而非针

---

① 原文西班牙语 olés。

头和药片，弗雷迪却常常央求哀告甜言和哄骗。”

于是兔子开始想她以前是否这样唱过，那韵脚可真是巧妙灵活。这姑娘从前又有什么未曾干过呢？

“她惧怕辞世入黄泉”——弹拨，弹拨，浅橙色头发在使劲摇动——“他问为何又继续劝。他说世界腐败又错乱；她说没有理由去抱怨。他说举起双手来旁观，法西斯猖狂又惊骇；她说那种思想由它去，只有你这白人把我来危害。他说这第一针就打在你皮下；她说好吧，爱人，把毒品打进去吧。”弹拨弹拨弹拨。她仰起脸看着他俩，俨然成了一名报丧女妖，血浆全被榨干了。她说了下一句话。“真是糟透了。”

弹一拨一呀。“他不停地抓住她的头拍打她的屁股，不停地说着放松放松作媚术，说他原属救生族。他问是否看见上帝的脸，她说已看见；谢谢，但是她说不见得有什么好结算。她发现爱人那褐色皮肤雪白牙齿死巴巴；她怕他爱他每次呼吸都惧怕。于是小吉尔该怎么办？”

在弱拍上沉默了下来。

纳尔逊突然说：“怎么办？”

吉尔咧嘴一笑。“她跑到斯托宁顿储蓄所取走大笔款。她跳进保时捷一拍屁股开跑了，于是她就来到这儿和你们两个讨厌鬼住在一起了。”

父子俩鼓起掌来。吉尔狠狠地喝了一口啤酒作为对她本人的酬劳。到了卧室，她仍然处在这种艺术家的洋洋得意之中，要求得到奖赏。兔子对她说：“唱得真好。但是你知道有什么我不喜欢呢？”

“什么呢？”

“怀旧。你很怀念，和弗雷迪厮混的那段时光。”

“至少，”她说，“我不是在做戏给人看，你称之为什么，扮作一个快乐骚货?”

“很抱歉刚才是我脾气不好。”

“还要我滚吗?”

兔子感觉这事儿就要发生了,他把裤子、衬衣挂起来,把内衣裤放进有盖的提篮内。他把她扔在地板上的衣服捡起来挂在壁柜里她那一边的衣钩上,把她穿脏的裤子放进提篮里。“不。留下。”

“请求我留下。”

他转过身来,疲倦的大个儿男人,肌肉松弛,八小时后他又得起床排字了。“我请求你留下。”

“把那儿巴掌收回去?”

“怎么收回?”

“吻我的双脚。”

他跪下来答应她的要求。如此迅速的顺从包含着快感却也使她感到烦恼,她绷直双脚一踢,于是脚趾甲就戳在他的面颊上,很危险,差点儿伤着他的眼睛。他按住脚后跟继续亲吻。主妇的脚后跟,有点像面团。脚背上布满青色的血管。更衣室里的味道仍记得清楚。廉价的香子兰味儿。

“把舌头伸进趾头之间,”她说道,她羞怯地哑着嗓子发出这道命令。他再次顺从之时,她在床上斜着身子慢慢伸开双腿。“现在吻这儿。”她知道他喜欢这个,不过还是邀请一下,以便看看她能把他,这个陌生的男人,训练成什么样儿的人。他那蓄着生硬的旧式短发的头——敌人的装束、运动员和战士;耳朵上方的头骨上长的那些暗黑亚麻色细丝在头顶稀疏了——在她的双股之间感觉像块圆石那么庞大。由唱歌激发起来的热情正在消退,此刻由于舌头的不断舔食而将遥远的热情再次连接起来。火花点燃了，一根青色的无头小钉在她内心渴望的荒漠中不断延伸。“再高一点，”吉尔说，然后，那异常柔软和脆弱的声音说，“快一点。”

一天下班后，他和父亲正沿着松树街向凤凰酒吧走去，想在上车前喝点啤酒时，一个留着短连鬓胡子、戴着角质边眼镜的精干强壮男人拦住了他俩。“嗨。安斯特朗。”父子俩都停了下来，眨巴着眼。干完一天的工作之后，在阳光的包围之中，他们总有一种隔世之感。

哈利认出是斯塔夫洛斯。他穿着绿色线条相间的暗灰色小方格套装。他看来身体稍微有点瘦，态度更加冷淡，沉着的神情更像是装出来的。或许是他因这次偶然相见而感到紧张。哈利说：“爸，但愿你愿意见见我的朋友。查利・斯塔夫洛斯，厄尔・安斯特朗。”

“见到你很高兴，厄尔。”

老头儿不去理会伸过来的宽手掌而是对哈利说：“该不是诱奸我那儿媳的斯塔夫洛斯吧？”

斯塔夫洛斯企图快点脱身。“诱奸。话太严重了吧。我倒宁愿说是迁就。”他做作的微笑也没被理会。斯塔夫洛斯转身对哈利说：“我们能否谈一会儿？兴许就在角落喝一杯。很抱歉插了一杠子，安斯特朗先生。”

“哈利，你打算怎么办？你想自个儿和这杂痞呆一会儿，还是我们俩把他赶走？”

“来吧，爸，那又有什么用呢？”

“你们年轻人自有一套解决问题的方法，但是我老了，改不了了。我乘下班车。他的话你别信。这杂种看来很滑头。”

“代我问候妈。周末我争取去一趟。”

“能来的话，你会来的。她不停地梦见你和米姆。”

“好吧，什么时候你把米姆的地址给我？”

“她没有地址，只是由洛杉矶的某个机构转交，他们现在都这么干。你想给她写信？”

“也许是寄张明信片。明天见吧。”

“噩梦啊，”老头儿说着，就溜到井栏边等16A路车去了，啤酒被骗走了，那瘦小失望的后颈让哈利想到纳尔逊。

凤凰酒吧里面又黑又冷；兔子觉得两眼间痒痒的想打喷嚏。斯塔夫洛斯带路来到一个隔间，两手一抱放在佛米卡[①]桌面上。毛茸茸的双手抱着她的双乳。哈利问：“她怎么样？”

“她？噢，见鬼，身体棒着呢。”

兔子不知道这话是否当真。他的舌尖在下颌冻结住了，想不出一种巧妙的方式去刺探。他说：“他们下午没有服务员。我自己要杯鸡尾酒，你要什么？”

“苏打水就行了。多放冰块。”

“不要酒？”

“从不沾酒。”斯塔夫洛斯清了清喉咙，一只手伸直向后把短连鬓胡子上面的头发理顺，然而手在微微打颤。他解释说：“医生说我必须禁酒。”

兔子拿着饮料回来，问：“病了？”

斯塔夫洛斯说：“还是心脏上的老毛病。詹妮丝一定给你说过，我小时候就有心脏杂音。”

---

① 原文 Formica，一种做桌面等的抗热塑料薄板的商标名。

这家伙在想些什么？他和詹妮丝坐着没事儿干时经常谈论他，就好像他是他俩的宠儿。他的确记得詹妮丝哭着喊道他不能结婚，希望他，哈利，她的丈夫能予以同情。说也奇怪，他同情了。“她是提到过一些事儿。”

“风湿热。谢天谢地他们现在已经把那些东西都根治了，十二岁以前我什么病都得过。”斯塔夫洛斯耸耸肩，“他们告诉我若是能照顾好身体我能活上一百岁。你知道，”他说，“这些医生。好多事情他们还不懂呢。”

“我懂。他们此刻正在折磨我的母亲。”

“天啊，你该听听詹妮丝是怎样数说你母亲的。”

“不那么热情吧，哈？”

“一点都不。不过她也需要发发牢骚好证明自己一贯正确。这孩子让她绝望极了。”

“她把他留给我，他就跟我了。”

“你知道，在法庭上是不会判给你的。”

“咱们走着瞧。”

斯塔夫洛斯用手在装满了苏打水泡沫的玻璃杯周围剁了一下（可怜的佩吉·福斯纳希特；兔子该给她打电话）以表明谈话要换一个角度了。“真见鬼，”他说，“我无法接收他。我没房间住。就现在这样，一旦我的家人来了我就得把詹妮丝打发到电影院或她父母家里。你知道我不只有个母亲，还有个祖母。她九十三岁了，还老说要活一万年呢。”

兔子试着去想象斯塔夫洛斯房间的模样，詹妮丝描述说里面挂满了着色照片，但他想象出的却是詹妮丝赤身裸体、身染颜色的模样，本月游乐女伴，装模作样地坐在柔软的希腊沙发上面，有柔软感觉的深黄颜色，抱着双臂，肉体在臀部一扭恰好挡住了那一大块黑黑的毛丛。中间折页的折缝对直穿过肚脐中心而一只手吊着一朵玫瑰。这个幻象第一次使兔子充满敌意。他问斯塔夫洛斯:“你看这样会闹出什么结果来呢?”

“这正是我想问你的。”

兔子问:“她厌烦你了?”

“天啊,没有,正相反[1]。她把我玩儿得团团转。”

兔子啜了一口,咽了下去,问另外一个核心问题:“她想孩子了?”

“纳尔逊,最近常来车行,不过她在周末就能见着他,不知道她以前是否见的次数多些。不知道詹妮丝是否最适合做母亲。一想到乳臭未干的小儿子和这个嬉皮士同居,心里还是有点儿不自在。”

“她绝对不是嬉皮士;除非她那年龄的人都是她才是。那同居者是我。”

“她那功夫怎么样?”

“她把我玩儿得团团转,”兔子告诉他。他开始打量斯塔夫洛斯了。起初,在街上这样突然地遇见他,他觉得他就像是一个朋友,通过詹妮丝的肉体而相识。然后一走进凤凰酒吧,他便感到他是个病人,一个强打精神抱打不平的人。现在他把他看作是他从不喜欢的那类人,一个竞争者。那种人只会坐在长凳上大喊大叫,然后教练在执行新的打法时派他们上场或指示他们上场有意犯规。聪明机灵,盯人很紧的小个儿玩球手。好吧。兔子就再次较量一番吧。他该做的只是保持镇静,就让斯塔夫洛斯进攻吧。

斯塔夫洛斯微微耸了耸宽大的肩膀,喝了点苏打水,接着问:“你怎样

---

① 原文法语 au contraire。

来看待自己和这个嬉皮士泡在一起?”

“她有名字。吉尔。”

“吉尔的意图是什么,你知不知道?”

“不知道。她父亲死了,她母亲她又不喜欢,她若是交不上好运,我想她会回到康涅狄格去的。”

“恕我直言,你难道不是她的好运吗?”

“是啊,现在是她的部分好运。”

“她也是你的部分好运。你知道,你和这姑娘同居使得詹妮丝闹离婚成为显而易见的事实了。”

“你吓唬不了我的。”

“我是否可以这样来理解。你已向詹妮丝保证说只要她回去那姑娘就肯定走?”

兔子开始感觉到了,斯塔夫洛斯正在那儿迫切要求打开缺口。鼻子上方痒痒的感觉又开始出现了。“不,”他说着,又祈祷不要打喷嚏,“你不懂。”说完就打了个喷嚏。酒吧里有六张脸到处张望;那个小小的施利兹啤酒,旋转招牌似乎犹豫了一下。电视上他们在智利正在周末分发电冰箱和滑雪板。

“你现在不想让詹妮丝回来?”

“我不知道。”

“你要离婚,于是你就可以一直过上幸福的生活?或者,也许,甚至把姑娘娶过来?吉尔,她会把你的精力消耗殆尽的,美男子。”

“你想得太远了。我只不过是过一天算一天,试图忘掉忧愁而已。别忘了,是她甩了我的。某个油嘴滑舌、鬈发、反战分子类型的日本车推销员把她拐走了,我忘了那杂一种的名字。”

“事情不完全是这样。是她来敲我的门。”

“你放她进去了。”

斯塔夫洛斯吃了一惊。“还能怎么样呢？她把自己置于非常危险的境地。她能到哪儿去呢？我接纳她让大家的日子都好过得多嘛。”

“那么现在日子好过吗？”

斯塔夫洛斯瞎摆弄着指尖，好像里面藏着扑克牌；若是输了这张牌，其余的还会赢吗？“她继续和我住在一起会使她心存一些我们无法实现的希望。我不能结婚，真可惜。为大家感到可惜。”

“别装孙子了。原来你把她玩够了就想把她撵回来。詹这个老娘儿们真可怜。蠢得出奇。”

“我觉得她并不蠢。我觉得她——对自己缺乏自信。她所需要的是每个正常女子都需要的。做了一回特洛伊的海伦。我对她付出的已经有些时日了。我不能持续不断地付出啊，支持不住的。”他生起气来了；宽阔的眉头也阴沉了下来。“你需要什么？你坐在那儿吹胡子瞪眼睛看着我瞎折腾，那又能怎么样？假如我把她撵走，你会不会接收她？”

“撵出来瞧瞧看。她可以一直住在父母家。”

“她母亲会把她逼疯的。”

“当妈的都喜欢这么干。”兔子想着他妈那样儿。这条诡计的里面包藏着一定深度的痛苦，一定深度的让人伤心的现实，从而使他的初衷显得无聊，是比无聊更坏的一个词：邪恶。他的膀胱因为负疚而产生了一丝快意，小时候跑步上学迟到了，途经通往制冰厂的稀泥排水沟沿时就有这种感觉。他试图解释。“听着，斯塔夫洛斯。是你做错了事。是你霸占了别人的老婆。你若是想脱身出来，那就脱身好了。别妄想让我加入你那狗娘养的联合政府。”

“收回去吧，”斯塔夫洛斯说。

“说得对。是你介入了，你该收回，不是我。”

“我没有介入，我在救人呢。”

“你们鹰派[①]都是这么说的。”他急于和别人讨论越南问题，斯塔夫洛斯却坚持要谈一个让人扫兴的话题。

“她绝望了，伙计。岂有此理，你难道不是和她有十年没有同床了吗?”

“我只有憎恨。”

“那就继续憎恨吧。”

“她并不比一百万个妻子更差。”十亿个骚货，有多少个妻子? 五亿个? “我们有过性关系。在我看来也并不赖嘛。”

“我要说的全部意思是，这不是我炮制出来的，是自愿送上门来的。我无需说服她干什么，她一直在强烈地追求着什么。她恰好第一个选中了我。假如我是个独脚挤奶工，我早就主动干了。”

“你太谦虚了。”

斯塔夫洛斯摇摇头。“她真是只老虎。”

“住嘴，你在挑逗我的情欲。”

斯塔夫洛斯直勾勾打量了他一下。“你这个家伙真有点儿怪。”

“说说看你现在不喜欢她的是什么地方?”

他那种完全感兴趣的口气使斯塔夫洛斯的双肩放松了一英寸，这人在衣服翻领前面画出一只小笼子。“这太——限制人了。这副担子我不需要。我只想平稳地，保持一身轻松。我不会永远活下去的，这话可只有

---

① “鹰派”(hawks)，指支持越战的那一帮人，对立的一派叫“鸽派”(doves)。

你知道噢。”

“你刚才说还有可能的嘛。”

“可能性不大。”

“你知道，你不过是像我一样，在干我以前干的事。如今人人都在干我以前干的事。”

“整个夏天她已经享够清福了，让她回去吧。叫那嬉皮士离开吧，她就想听到这句话。”

兔子把第二杯鸡尾酒剩下的一点儿喝干了。让沉默延长、扩展其滋味，真是妙不可言：他不会答应把詹妮丝接回去的。这场游戏有获胜的把握。由于持续的沉默可能会成为难以忍受的粗鲁，他终于说道：“难说啊。很抱歉，难以决定。”

斯塔夫洛斯马上接住话头：“她服了什么药？”

“谁？”

“你那位慕男狂。”

“服什么药？”

“你知道呀。毒药片。致幻剂。她不至于傲慢无礼吧，要不然你那些家具就会荡然无存了。”

“吉尔？不会的，她已戒毒了。”

“你真的相信？！他们决不会戒的。这些花孩儿[1]，毒品就是他们的牛奶。”

“她对此是坚决反对的。她吸过毒，但迷途知返了。这也不关你的事。”游戏已经脱离了原来的轨道，这使他很不愉快；那儿有个窟窿他一直

---

① 原文 flower babies，嬉皮士的一种，常戴花表示爱。

想堵住，可是又不可能。

“纳尔逊过得怎样？有异常表现吗？”

“他在成长。”答话听起来闪烁其词。斯塔夫洛斯未予理睬。

“昏昏欲睡？紧张不安？午觉不定时？在你玩排字游戏时他们整天都在干些什么？他们一定会干点儿什么的，伙计。”

“她教他对杂痞要客气。伙计，我来替你那些废话付钱吧。”

“那么我该怎样回话呢？”

“希望什么也别说。”

但是斯塔夫洛斯已经偷偷溜过来要投篮了，游戏正进入加时阶段。兔子急着要回家，去看纳尔逊和吉尔，去闻他俩呼出来的气味，去检查他俩的瞳孔，或去干别的什么。他把羔羊留给了一条毒蛇，然而走出凤凰酒吧后，看到的是朦胧的日光正以九月的倾斜度散射在大地上，交通弄得一团混乱，巴士被沿途夹塞堵住了。正在拍一部电影。兔子想起来《缸报》上提到说(布鲁厄在美国中部吗？愚人村①制片人对此深信不疑)，某个新生独立组织已选中布鲁厄作为外景拍摄地；明星们的大名对他毫无意义，细节就被忘得一干二净。他们就在眼前了。装备有灯光的小车和卡车组成的弧形占了半条街，一直延伸到韦泽街，一群挽着袖口的本地居民，拎着包的老婆子，为非作歹的黑人黑压压地挤满这条街的其余空间，都想靠得更近一点儿。因此车辆都被挤到一条狭窄通道上爬行。本该解开乱麻的警察却围住演出场地，保护电影制作人。兔子个儿高，站在井栏上瞧了一会儿。老巴格达以前常放映米高梅的电影，如今改弦易辙放映裸体黄色影片(乌贼活报剧，在斯瓦普兰度蜜月)，它旁边用木板围住的商

① 原文 Gotham，纽约市的别名。

店之一的门面已经被重新装修，临时用作餐馆；一个留着奶油太妃糖色头发、脸色红润的高个儿男人和一位长着古铜色头发的漂亮小妞臂挽着臂从这家假餐馆里走出来，这时发生了一场事故，一位过路人卷了进去，这是另一位化了装的男演员，他从灰尘蒙蒙的真正围观人群中走出来，一次偶然相遇，接着那第一个男人和女人就哈哈大笑，再慢慢收敛目光，当电影完全剪辑完毕放映之时，这个目光很可能就预示着他俩准备云雨一番。他们演了好几遍。在每拍完一遍的间隙之中，人人都在等待着，说俏皮话，调整灯光和电线。从兔子站的距离，不可能把那小姐看得清楚：她的双眼闪着光，她的头发像头盔反射着强光。甚至她穿的服装也闪闪发光。当某个人，可能是导演，也可能是电工，站在她身旁时，他就黯然失色了。兔子看见聚光灯如何在异常明朗的白天从日光中切开口子，看见现实生活被拔高浓缩在阴森可怕虚弱无味的孤岛上，岛周围所有其余的人——电工、警察，令人窒息的被牢牢吸引住的观众的海洋，包括他自己——都属于半阴影色调中的鬼魂，被忽略的哀求者，他也因此感到黯然失色，既黯然失色又内疚惭愧。

本市开挖出土古迹

随着布鲁厄城在翻新重建，它也在不断地发现自己。

市中心正在进行的大规模的爆破和重建继续挖掘出大量“从前”的手工制品，从而给该城的历史增添了有趣的洞察力度。

一家保存有完整壁画的秘密酒馆

在莫瑞尔和格瑞里大街修建停车场的过程中得以重见天日。

前辈们还记得这家隐蔽所是“手套”诺格尔和禁酒时的其他人士常常光顾的地方，也是以吹长号闻名的“红头发”温里奇这类乐师的训练场所，他们的继续努力使之成为全国家喻户晓的人物。

旧式招牌也随处可见。都是完全按照奶牛、蜂房、长统靴、迫击炮、犁的形状制作出来的，他们为“绸缎呢绒和杂货”、皮制品、毒品和药品做广告，制作出了无数奇装异品。由于保存在地下，大多数仍然很容易就看清楚了那日期是十九世纪。

在陈旧的牧场界石基础之中，发现有金属工具和磨石。

还有不少箭头。

布鲁厄历史学会副会长克劳斯·舒勒博士和《缸报》记者曾度过了

工间休息时，布坎南大摇大摆地向兔子走过来。“小吉莉还合你的口味吧？”

“她总是那样。”

“她为你干得不错，是不是？”

“是个好姑娘。这几天就像小孩子一样手忙脚乱，但是孩子和我都已习惯了。”

布坎南微微一笑，他那精巧的小胡子像 M 一样排开。他向前摇摆了半步走得更近一点。“小吉尔继续在给你做伴？”

兔子一耸肩，感到浑身无力，紧张不安。他总喜欢听天由命的态度。“她没别处可去嘛。”

“说得对，伙计，她一定是把你侍候得满不错的。”他还没走开，没到外面平台去喝威士忌。他站着没动，仍然笑眯眯的，但是一丝忧愁体谅的神情慢慢浮在脸庞，他说道：“你知道，哈利朋友，劳动节[①]就要来了，小家伙又要上学，还有你看见的无处不有的通胀，货物紧缺。到了财政紧缩的时候了。”

“你有几个孩子？”兔子客气地问。和他一块儿干了这么多年，他从未想到布坎南已成了家。

这个灰溜溜的男人晃动着他的脚趾。“噢……就算五个吧，是数过的。他们都盼着爹爹过日子，而劳动节就使他有点为难。最近老莱斯特[②]玩牌手气一直不顺啊。”

“真遗憾，”兔子说，“兴许你不该去赌吧。”

“小吉莉拼命满足你的需要，我心里痒得要死，”布坎南说，“我一直在想，二十肯定可以帮我度过劳动节。”

“二十美元？”

“这就足够了。真是不可思议，哈利，我还是学会了超支应有个限度。

---

① 美国的劳动节(Labour Day)在 9 月 1 日。

② 指布坎南，他的全名为 Lester Buchanan。

朋友之间借二十美元这点小钱肯定就会使节日轻松愉快。如我刚才所说，看到吉尔如此卖命，你一定倍感兴奋。倍加慷慨。人常说，恋爱中的男人是大家的朋友。”

然而兔子已经掏出钱包找出了两张十元纸币。“只是借给你的噢，”他说着话，心里害怕，明知他是在撒谎，又因那种失落感而烦恼，上学迟到跑步去时膀胱里甜丝丝的感觉又来了。就要关门了，校长克莱斯特先生总是站在前门旁边，铁链哗啦啦直响，手推的门闩摩擦着向黄铜锁的锁眼推去，以捕捉迟到者然后啪的一声关进他那不透气的办公室，记下他们的名字。

“我的孩子向你祝福，”布坎南说着，卷起钞票走了，“可以买下全世界的铅笔了。”

“嗨，蓓蓓有没有出事?”兔子问。他的钱装进布坎南的口袋里，他就发现自己格外自在了些；他买到了咨询的权利。

布坎南完全没料到会有这一手。“她还是那么活跃。像小青年说的那样在干自己的事儿。”

“你知道，我只是担心你会和她失去联系。”

就由于他缺钱花。布坎南审视着兔子的脸，想弄清楚究竟是什么含义。拉皮条嘛。他发现弄清楚了，于是胡子也绽开了。“你想在善良的蓓蓓身上插一杠子，是不是这意思？吃腻了鸡脯白肉，想吃鸡腿[①]了？哈利，你爸会怎么说呢?”

“我只是问她过得怎么样，我喜欢听她弹琴。”

“我知道，她肯定看得中你的。有空上金博来啊，我们会安排好的。”

“她说我指关节长得不好。”收工铃刺耳地响了。兔子试图猜度安排

---

① 原文 drumsticks，喻指黑人妓女。

下次接触需要多久,这人在他心中占有多大的地位;布坎南看出他的心思了,于是就开玩笑似的喜气洋洋地拍了一下兔子伸出来的手掌,心里却在想着他的指关节。这一拍真过瘾。皮肤相触嘛。

布坎南说:"我喜欢你,伙计。"然后便走开了。一个葡萄干布丁般颜色的肥肉块在他的后脑勺处颤抖不已。饮食太差了,淀粉食品。猪小肠,玉米粥。

迷人的一小时,他私下里侃侃而谈论

及布鲁厄的最早历史时期是作为与跑

及布鲁厄的最早历史时期是充作和跑

马河沿岸的印第安部落进行交易的贸

易站。

他拿出一品脱①的被侵蚀原木木棚

屋

他拿出相片②照有被侵蚀原木木棚

屋给我们看当时给原始定居点起名为

格林威治,源于著名天文台之家,英国

的格林威治。

在克莱斯特博士的收藏品中还有许

多韦泽街的迷人的照片,当时街上只

有几家粗粗建好的商店和客栈。最著

名的客栈要数"鹅肉和羽毛店",乔

①② 照片(print)排少一个字母,就变成了品脱(pint)。

治·华盛顿和随员西征时逗留一晚，
他们是去平息1720年的威士忌叛乱。
他们是去平息 1799 年的威士忌叛
乱。[①]

本地区第一个铁矿是著名的“黄鹂
高炉矿”，在城南七英里处。克莱斯特
博士收藏有原样矿渣，他兴致勃勃地
讲起这些早期的炼钢工人生产出有足
够力度的粗铁所采取的生产办法

帕亚塞克走到他身后。“安斯特朗。电话。”帕亚塞克这人个儿矮，拖沓，秃顶，他那竖起的眉毛使头部四周平添了一种压力感，似乎是前额压迫到了眼睛上方，从而形成了长长的水平对折线。“打完后你该告诉对方你家里有电话。”

“对不起，埃德。可能是我那疯狂的妻子。”

“私人时间里你就不能让她发发疯？”

从他的机器来到毛玻璃墙壁里相对安静的空间，就像是穿越有浮力的水域升浮到意外的密闭空间。顷刻之间，他就开始抗争起来。“詹妮丝，看在基督的分上，我告诉你别往这儿打电话。打到家里。”

“我不想和你那位小接线生说话。只要一想起她的声音我就全身发冷。”

---

① 威士忌叛乱(Whiskey Rebellion)，1794 年宾夕法尼亚州西部农户拒纳酒税(1791 年国会通过)，进行武力反抗。是年 8 月，华盛顿总统发布公告，旋派联邦军 1.3 万人进入闹事区，抵抗运动不战自溃。此举在共和党和联邦党中有不同反应，前者反对，后者支持。原报道的失真是从侧面讽刺该报的例证之一。

“通常是纳尔逊接电话。她从不接的。”

“我不想听到她的声音，也不想看见她，或听别人说起她。哈利，一想到那人我内心产生的反感就难以形容。”

“你是不是又喝酒了？听起来你在说醉话。”

“我头脑很清楚。而且过得满意，谢谢你。我想知道，纳尔逊要上学了，你准备了些什么衣服？你知道他今年夏天长高了三英寸，衣服都不合身了。”

“是吗，那就太好了。也许他最终不会成为这样矮小的人。”

“他会长得和我爸一样高，我爸不是矮个儿。”

“真遗憾，我一直认为他是呢。”

“你是不是要我马上挂断电话？你希望如此？”

“不，我只是希望你把电话打到别处而不是厂里。”

她挂了电话。他坐在帕亚塞克的木质转椅上等着，看着挂历。九月已到，还未翻页，那八月挂历女郎正拿着两个圆锥形冰淇淋，凹进处恰好盖住可能是乳房的部位，一根是草莓，一根是巧克力，上面的说明文字是：太多了！此时电话铃又响了。

“刚才我们谈到哪儿了？”他问。

“我要把纳尔逊带到商店去买上学穿的衣服。”

“好吧，随便什么时候过来把他接走都行。定个日期吧。”

“哈利，只要那姑娘还在，我是不会走近那座房子的。我甚至也不会走近宾州别墅区。很抱歉，纯粹是生理上的反感。”

“你动不动就反胃，或许是怀孕了。你和查斯就没采取点儿预防措施？”

“哈利，我再也摸不透你了。我对查利说过，我很难相信竟能和那人生活了十二年,似乎什么事儿也没发生过。”

“十三年。纳尔逊十三岁了。”

她开始哭了。“你永远也不原谅我了,是吗?”

“我原谅,我原谅。别紧张。我会把纳尔逊送到你的爱巢去买衣服的。定个日子吧。”

“星期六早上把他送到车行。我不希望他到住所来,他一走就太让人难受了。”

“非得星期六不可?吉尔说过要开车带我们俩去熔炉谷,儿子和我都没见过。”

“你是不是在开我的玩笑?为什么你认为这一切都很好笑,哈利?这是生活呀。”

“现在没开,说真的,我们过去开过。”

“那就告诉她你去不成。你们俩把纳尔逊送过来然后就可以躺在床上。一定要带些钱来,我不明白为什么得我付钱买衣服。”

“在克劳尔商店想买什么就买什么,记账就可以了。”

“克劳尔已经日薄西山,这你是知道的。珀利附近新开一家小商店很不错,走过以前中国人开的海鲜酒楼就到了。”

“那就新开一个账户吧。告诉他你是斯普林格汽车行的,可以用一辆丰田车作保。”

“哈利,你不该有这么大的敌意啊。是你赶我出家门的。那天晚上你说的话,我是永远也忘不了的,它冲击了我的一生,‘你想见就去见吧,只要我不必去见那个杂种就行。’这是你的原话。”

“嗨,你倒提醒我了,前几天我还看到他了。”

“谁?”

“查斯。你那位黑泥鳅情人。”

“怎么见的?”

“他下班后截住了我。拿把匕首等在小巷。哎呀,我说,你逮住我了,你这个共产脱党分子。”

“他要干什么?”

“噢,谈你呀?”

“我怎么啦? 哈利,你在撒谎,我再也不说了。我怎么啦?”

“谈你过得是否快乐。”

她没再还嘴,于是他就继续说:“我们的结论是肯定的。”

“说得对。”詹妮丝说着就挂了电话。

此后才出现了贝西默①熔炉。

　韦泽街褪色的旧照片显示一条繁荣

大街正在形成它雅致大方砖房低矮

土质街面上马拉货车车轮的印痕 promi-

土质街面上马拉货车车轮的 traks prami-

土 质 街 面 上 马 拉 trolleyyyfff etaoin

etaoinshrdlu etaeinshrdlucmfwpvbgkqjet②

---

① 贝西默(Sir Henry Bessemer,1813—1898)于 1856 年首创酸性转炉炼钢法,晚年他得到了许多国内外的荣誉称号。而实际发明权应属于美国人 W. 凯利,他于 1846 年就已试验成功。

② 由以前重排行列,到这次三重排行列及单词拼错(把 tracks 和 promi－错拼成不存在的 traks 和 prami-),到排列一组无意义的字母群,这反映哈利内心矛盾冲突的加剧,从而思维混乱,手足无措。也反映出事态更加严重时他的无意识反应。tracks 意为“痕迹”,promi－是 promiscuous,意为“杂乱的”。

他问吉尔："你和孩子今天都干了些什么？"

"噢，没干多少事儿。上午在屋里荡来荡去的，下午开车出去了。"

"到哪儿去了？"

"佳济山。"

"城里？"

"山上。我们在极顶酒店喝了杯可乐，在公园里看了一会儿垒球赛。"

"跟我说实话，你是不是让孩子吸大麻了？"

"你怎么会想到这个？"

"他对你迷恋很深，我就推测要么是大麻，要么是性的原因。"

"要么是小汽车。要么是我把他当人看而不是当个失败的小运动员看的事实，就因为他长得不到六英尺六英寸[①]高。纳尔逊非常聪明、敏感，对他母亲出走感到非常不安。"

"我知道他聪明，谢谢，几年来我对他了如指掌。"

"哈利，你要我离开，是不是？如果是你的意思我一定会走的。要不是蓓蓓日子难熬我会回到她那儿去的。"

"什么样儿的日子难熬？"

"她因私藏毒品而被捕。前几天晚上警察光顾了金博，大约带走了十个，包括她和斯基特。她说他们只是想要一大笔好处费，而主人却溜了。顺便说一句，主人可是个白人。"

"这样说来你一直和那群人有联系？"

"你不要我这样做吗？"

---

① 折合 1.98 米，哈利身高为六英尺三英寸，折合 1.90 米。

“随你的便。自己的生命自己去折腾吧。”

“有人在找你的茬儿,是不是?”

“有几个人。”

“随你怎样待我都行,哈利。在你的实际生活中我无足轻重。”

在起居室里她就站在他面前,穿一条截去裤管的牛仔裤[①]和一件宽松罩衫,微微抬起的手张开着垂在身旁,像个用人等着接盘子。由于为他清洗碟子,她的手指都泡红了。他被这番话所感动,就殷勤地坦白说:“我需要你甜蜜的嘴唇和珍贵的屁股。”

“我想他们开始使你厌烦了。”

他理解那意思正相反:他使她厌烦了。以往总如此。他反击了:“那好,性方面又怎样,你和儿子?”

她把目光移开。她的鼻子和下巴都很长,一旦她望着别处,他就感到那干巴巴的飞蛾嘴巴一副泰然自若、漫不经心的轻蔑神情,超越于他之上,还想飞得更高些。夏季又给她增添了几颗雀斑,主要是分布在像奶罐一样鼓起的前额上。嬉皮士们把头发梳成许多小辫,因此她的头发有点儿拳曲,“他喜欢我,”她回答说,其实是答非所问。

他告诉她:“明天我们不能到熔炉谷旅游了。詹妮丝要带纳尔逊逛商店买上学穿的衣服,我该去看看我母亲。你若愿意可送我去,要不我就坐巴士。”

他认为待她还是蛮好的,她却冷漠地盯了他一眼说道:“你有时让我想起我妈。她以为我该由她管。”

---

① 原文 jeans,工装裤由三页细斜纹蓝布做成。

星期六上午，她走了。然而她的衣服仍然像破布片一样挂在衣柜里。楼下餐桌上留着一张纸条，上面用绿色魔笔①写道：全天外出。会把纳尔逊送到车行的。☮ ♡ × J②。于是他就坐巴士去了。佳济山的草坪，水泥人行道之间的块块草地，都被烤焦了；枫树上所有铺展开来的树叶都已变成金黄色。空气中已弥漫着那种气息，返回学校上课，又重新开始并再次确认那存在着的秩序。他希望能感觉轻松些，以前每当新年伊始，每次度假或假期结束，挂历上每翻新张，他总是感觉轻松；然而他的成年人生活却证明没有季节可言，只有天气的变化，而且年纪愈大，天气就愈不能使他产生兴趣。这个行星为何就不停地转啊转啊也不感到厌烦而把自个儿炸个稀烂算了？

老家隔壁依然挂着待出售招牌。他想从前门进，但门锁着；他按门铃，爸爸磨磨蹭蹭咯噔咯噔老半天才来开门。兔子问："门锁着干吗？"

"抱歉啦，哈利，最近城里夜贼很多……我们不知道你要来。"

"我不是说过要来吗？"

"你是说过的。不是你妈和我要埋怨你，我们清楚这几天你的日子难熬。"

"并不太难。从某方面讲反倒更轻松些。她在楼上？"

爸爸点点头。"她几乎不再下楼来了。"

"我原以为这新药能管用呢。"

"多少还管用，但她情绪很低落，缺少意志。十分之九的生命要靠意志，我父亲过去老说这句话，随着年纪越来越大我就越能理解他说得十分

① magic marker 是一种记号笔，墨水快干并不褪色。

② 这四个符号，其一指"禁止炸弹"，是反核子武器示威者的标志；其二指"心和爱"，是扑克牌中红桃符号；其三指"吻"；其四是字母 J，指"吉尔"。

在理儿。”

房内消过毒的气味依然让人感到压抑，但哈利上楼却一步跨两个台阶；吉尔的消失使他因气愤而力量倍增。他突然闯进病房说道：“妈，把梦讲给我听。”

她的病体已掂不出重量了。她瘦骨嶙峋，只剩下仅有的结缔组织；枯瘦凹陷的脸庞上的表情显示出对预见到的甜蜜的期待。比先前更强有力的声音就从这种外貌中脱颖而出，字里行间没有片刻犹豫。

“晚上把我折磨得够惨了，哈利。厄尔告诉你没有？”

“他提到做噩梦。”

“对，噩梦，不过还不至于恶到觉也睡不着的地步。这屋里每件东西，我都了如指掌。晚上甚至那个毫无恶意的旧梳妆台和那把——可怜巴巴已不成形状的座椅——它们。”

“它们怎么啦？”他坐在床上拿起她的手，生怕因他块头大而产生的晃动使她的骨头相互挤撞而折断。

她说：“它们要。闷死我。”

“哪些东西要？”

“所有东西——都要。它们都以最奇怪的方式，蜂拥而至，就这些和我生活了一辈子的。自然朴实的家具们。你爸睡在隔壁房间，我能听见他打呼噜。没有小车开过。只有我和街灯。就像是在——水下。我还有残存的力气数数。我估计我能数到四十，三十，然后就只能数到十。”

“真不知道呼吸也能受此影响。”

“不会的。都是我的大脑作怪。是我大脑中想到的东西。哈西，这使我想起他们疏通排水沟的情景。所有那些头发和泥污都与什么人许多年前扔掉的一把橡皮梳子搅混在一起。依我看是在六十年前。”

“你对此生该不会有如此看法吧，是不是？我觉得你的事儿做得不错。”

“什么事儿做得不错？可笑的是，我们连我们在做些什么都不知道呢。”

“有过几次欢笑，”他主动说，“拥有几个孩子。”

她就此打断他的话说道：“我经常梦见你和米姆。总是在一块儿。你一毕业你俩就算是分手了 。”

“米姆和我在这些梦里，在干些什么事儿？”

“你们抬头看着我。有时你要吃的而我又没有。我记得有一次我往冰箱里看。一个男人冻死在里面了。一个我从不认识的人，只有一个人。梦中有许多完全陌生的人。不然就是炉子点不着。或者是厄尔买东西回家我找不到他放食品的地方。我知道他。就放在某个地方。都是些稀里糊涂的事情。但是非常重要。正对厄尔尖叫时我就惊醒了。”

“米姆和我说些什么话没有？”

“没有，你们只是像孩子一样抬起头。稍微有点害怕，但肯定我会救你们。危急关头。你就是这样看着。甚至我还能看到你们死了。”

“死了？”

“对。都搽了粉陈列在棺材里。只是仍然站着，仍然等着我能给点儿什么。你们死了是因为我无法从餐桌上拿到食物。这些梦都有一点奇怪的东西，现在想起来了。尽管你像小孩那样仰脸望着我。但是望的样子和现在一样。米姆涂满了口红，穿着那种明光闪亮的超短裙和拉链到膝盖的长统靴。”

“她现在就是这个样子吗？”

“是的，她寄来了一张广告照片。”

“为什么做广告?”

“噢,你知道的。为她自己呀。你知道她们现在做事的方式。我自己也不懂。就在五斗柜上。”

照片有八英寸宽十英寸长,非常光滑,有一条被邮递员弄的对角折痕,米姆穿着一件袒肩露背的胸衣和白色紧身短衬裤,戴着一对手镯,头向后一甩,伸出一只长长的光脚丫——小时候她的脚就大,妈妈得让鞋店售货员翻遍仓库找——放在一只蒲团上。她的眼睛被他们重新改造过,看起来一点儿都不像米姆。只有鼻子上有些东西让人认出是米姆。那种鼻尖和鼻孔:小时候她一开始哭就朝里一收的方式就和现在向里收起的方式一样,这就使她看起来颇为性感。他从照片中感受到更多的是教她摆姿势的男人而不是米姆。下面是用圆珠笔写的发白的口信。她写道,怀念你们大家,希望能早点儿回到东部致意米姆。倾斜拘谨的手笔还没有随中学时代而消失。吉尔的口信是用私立学校训练出的花哨笔直的半印刷体写成,像写海报一样充满自信。这一点米姆永远不及她。

兔子问:“米姆现在有多大年龄?”

妈妈说:“你不想听我说梦了。”

“当然想听。”他开始计算了:他六岁时米姆出生,如今可能三十岁了:她甚至穿上伊斯兰女仆服,也总是呆在家里的。到了三十岁你还没有去做的事你是不可能去做了。你做过的事你会继续做下去。他对母亲说:“就说那最可怕的吧。”

“隔壁那座房子已经卖掉。卖给了那些想盖公寓楼的人。斯克兰顿家已经和他们合伙,然后。这两堵墙建起来后,这座房子就一点儿光也进不来了,而我就陷入了洞穴中,只能仰着脸看。灰尘、可乐罐和麦片盒就开始往我身上掉,然后。我醒了,发现憋住了气。”

他告诉她："佳济山没有盖高层楼房的规划。"

她没有笑。她的眼睛睁得大大的，盯着她生命的另一半，黑夜的那一半，噩梦迭起的那一半如今就像污水从失修的地窖往上冒，就要把她吞没了，事实证明这一直是她最真实的一半，而白昼不过是个幻觉，是个骗子。"不，"她说，"这不是最糟的梦。最糟的是厄尔和我去医院做检查。我们周围的桌子全是我们厨房餐桌那么大。不过不是用来进餐的，每张桌上面都有一个坑，红色坑里面填塞着皱巴巴的床单，所以它们的形状很相像。孩子们用沙垒的城堡那种形状。而且都用管子和有电视图像的机器联接起来。我渐渐明白这是一个个的人。厄尔得意得忘乎所以了，他不停地说：'政府会付款的。政府会付款的。'接着他让我看你和米姆签字的文件，迫使我成为——你知道，他们中的一员。就是那些坑。"

"那不是梦，"她儿子说，"本来就那样嘛。"

她就在枕头上坐得更直了些，身体僵硬，面露怒色。她的嘴唇向下沉着，显出不原谅人的神态，他从前就最怕这个了，甚于怕吸血鬼，甚于怕小儿麻痹症，甚于怕雷声或上帝或上学迟到。"我都为你害臊，"她说，"我从未想到我的儿子会说出这样刻薄的话。"

"开玩笑的，妈。"

"你该感激涕零才对，"她毫不留情地继续说。

"为什么？到底为什么？"

"为詹妮丝离开了你，就为这一件事。她一直是。一块湿抹布。"

"那纳尔逊怎么办，哈？他会出什么事儿呢？"她就错在这儿，她忘了时间会创造出的东西，她还是以为这世界只是原来那四个角，她、老爷子、他和米姆分坐在厨房餐桌的四边。她那霸道的母爱就能凝固整个世界。

妈妈说："纳尔逊不是我的孩子，你才是我的孩子。"

“不过,不管怎么说他已经存在了,我就得为他操心。你不能这样就把詹妮丝搁置不理。”

“是她把你搁置不理的。”

“不完全是。我上班时她老打电话。斯塔夫洛斯要她回来。”

“你别同意。她会。闷死你的,哈利。

“我能有别的选择吗?”

“跑吧。离开布鲁厄。我一直就没弄懂你为什么又要回来。自所有的针织厂都南迁以来,这儿空荡荡一片。大家都明白的。像米姆那样做人吧。”

“我没有米姆能卖的东西。无论如何她到处作妓,已伤透了爸的心。”

“他是自讨的,你爸总是在找。找些借口来把脸拉得长长的。唔,他现在还有我,我让他感到知足。让死者埋葬死者吧。不要否定生活①,哈西。抱怨无济于事。我宁愿收到一张明信片②看到你快乐的样子。不愿看到你像块木头一样坐在这里。”

总是这些要求和不可能实现的期望。这些粗制滥造的梦。“哈西,你有没有祈祷过?”

“一般是在车上。”

“为再生而祈祷。为你自己的再生而祈祷。”

---

① 20世纪初叶美国人对生活有两种截然相反的观点:肯定生活(“Yes”派)和否定生活(“No”派)。随着时间的流逝,越来越证明“Yes”派对生活乐观得没有道理。到了60年代,“Yes”派的观点早过时了,街头大量游行示威和谋杀就进一步证明生活的悲哀。玛丽此时说这句话除了进一步暗示她已成为老古董外,更重要的是暗示她年轻时作为“Yes”派,正是过着米姆这样的生活。她赞扬米姆是因为米姆继承了她的精神。

② 美国人的明信片习惯把自己或家人的照片印在上面,但哈利贫穷,是不可能这样做的。

他的脸在发烧;他低下了脑袋。他感觉她是在要他去干掉詹妮丝,去干掉纳尔逊。自由意味着谋杀。再生意味着死亡。一个石块,他在默默地抵制,而她的嘴角就塌陷得更厉害了,双眼向一边望去。她仍在争取把他从她的子宫里召唤出来,难道就没看出他已苍老迟缓?一个苍老的石块其唯一的作用就是呆在原地别动以防压在他身上的石块都滚下来。

爸爸走上楼来调好电视上费城佬的比赛。"要是没有阿伦,他们这一队可真叫绝呢,"他说,"他真是个臭蛋,哈利,我可没带偏见啊,任何肤色里都有臭蛋的。"

打了几局后兔子就要走。

"你不能看完这场再走吗,哈利?我相信冰箱里还有一罐啤酒,反正我就要下楼到厨房给你妈泡茶。"

"让他走,厄尔。"

为保护电线,杰克逊路沿途许多枫树已被弄得残缺不全,树冠的中央被锯断。这点兔子以前从未注意到,也未注意到新式人行道的方格图案,原先用来绊倒你那四轮旱冰鞋的小小地面明沟已被他们清除掉了。他从前一直在滑旱冰,那时肯尼·莱格特住在街对面,比他年长,后来成为五分钟跑完一英里的健将,一个县议会的奇才,但那是后来的事了。那年冬天,个头更大的莱格特用一块结满冰的雪球向兔子打来,若是打高一点儿非把他的眼球打出来不可,他站在杰克逊路对面冲着他喊将起来:"哈利,听收音机没有?总统逝世了。"他说的是"总统",而不说"罗斯福";对他们而言还不曾有别人当过总统①。这事儿再次发生时,总统就该有个名字

---

① 罗斯福 1932 年任总统,1945 年去世,任职 13 年。哈利出生于 1933 年,故此事发生之时哈利才 12 岁,肯尼约比他年长 1 岁。

了:就像一个星期五午饭后他正坐在高大的震耳欲聋的机器旁时,父亲从身后溜上来吐露了心事:“哈利,收音机刚才广播了,雕版也制好了。肯尼迪[1]被枪打死了。大家认为是打在头上的。”两个人[2]都死于剧烈的头疼。他们的笑容渐渐消失在一片茫茫星宿之中。我们就在恃强凌弱和精于算计者手中摸摸索索地活着。在车上,兔子按母亲教给他的进行祈祷:但愿左旋多巴成功有效,给予她愉快之梦,别让纳尔逊受到不良影响,千万别让斯塔夫洛斯苛待了詹妮丝,帮助吉尔找到回家之路。但愿爸爸身体健康。我也健康。阿门。

走过山边的一个车站之后,在加油站旁,那儿悬挂着日辉牌荧光漆的旋转广告牌,一个穿着粉红色衬衫的男人猛地在他的身边坐下,装腔作势地叹了一口气。此人历经世事的脸庞吸引了兔子的余光:片刻之后,他大胆地打量了一下。那人的脸颊和他的衬衫一样是粉红色,头发灰白但像男生一样光滑,忧愁的长眉毛往上一翘,呈现认出老友的神色。“的确请你谅解,”他强调着说道,又呼噜一下把强调的语气收了回去,“你是不是哈利——?”

“嗨,你是埃克里斯。埃克里斯牧师。”

“安斯特朗,是吗?哈利·安斯特朗。真是棒极了,真的。”于是埃克里斯伸出右手,那丰满潮湿的右手用力一握,让人感觉它似乎不想再松手了。在牧师的双眼中有些新的、冷漠而令人吃惊的东西,像他苍白的喉头一样暴露无遗,明显缺少神职人员的气质。兔子发现,那衬衫也

---

[1][2] 前文的“总统”指肯尼迪家族次子约翰·肯尼迪在总统任期内于1963年11月22日被暗杀,击中头部而死。而“两个人”中的另一个应指该家族三子罗伯特·肯尼迪,曾任司法部长,1968年6月5日午夜竞选总统时被一阿拉伯移民刺死;他生前是颇孚众望的人权领袖。二人都是头部中弹,死于极端主义者之手。

是花哨样式，镶着一块优质白色布条和透气半透明的夏令编织物：他想起来此人不穿黑衣只穿精致典雅的深蓝色。埃克里斯依旧握着他的右手。哈利拔手出来。“要告诉我，”埃克里斯又带着那个得意洋洋的强调神态说道，那神态哈利已经忘了十年了，“你的情况如何。你仍然和——？”

“和詹妮丝。”

“我现在可以坦率地说，她很配不上你。”

“这个嘛，或者是我配不上她。我们从未要第三胎。”在最初几个月的和解期间，那曾经是埃克里斯的建议，那时他和詹妮丝正重新开始，甚至一起去圣公会教堂。后来埃克里斯被召唤到费城附近的一个教堂服务。一两年之后他们听说，是詹妮丝的母亲说的，说他在新教区遇到了麻烦；然后就音信全无了。后来他又回到这里，更老练但不显老：要说有区别的话，就是更年轻，体重减轻了许多，处于自我感觉良好的状态，具有从某种程度上看是布鲁厄人难得少见的结实身体和棕黄色皮肤，那样的年轻真使他眼露惊讶之光。他留的长发，在衬衫后领处拳曲着。兔子问他，“你又怎样？”他在想埃克里斯在山边上车，可能到过哪里。那里只有加油站，一家路边小餐馆，高架桥景观，以及在一些铁栏杆的后面，有一些富豪们的别墅隐没在花旗松树林之中。

“还行[①]。还行。我已经入了土；然而还活着。我已经和教会分道扬镳了。”说罢他仍大张着嘴，似乎准备着要发出一阵狂笑，不过没有声音，被异常经历洗涤过的双眼保持着戒备神色。

“为何分手？”兔子问道。

---

① 原文是法语 Ça va。

埃克里斯的咯咯笑声过去总是包含着探究和好奇的意思，如果曾令人畏惧，现在却已变成放任和嘲弄。“有几个原因。我过去因某个原因受邀。我却是因另一原因赴任的。”

“你再也不信了？”

“按我的口味去信。我都怀疑当初是否真信。”

“是吗？”兔子感到震惊。

“我信的，”埃克里斯告诉他，声音却呈现出过分的调整，有一种自我安慰的音质，“相信人类具有某种相互关联性。现在也是这看法。如果人们认为发生在这种关联性内的事情能够拯救他们，我是不会反对的。但是这再也不是我选择使用的单词了。”

“你父亲对你离职怎么看？他当过主教，是吧？”

“我父亲——我做此决定时已经去世——愿他的灵魂安息，等等啦。”

“你夫人呢？她长得很漂亮，我忘了名字。”

“叫露西。可爱的露西。实际上是她离开了我。是的，我伤心了很多次。”说罢，这个白喉咙、长头发的男人大张着嘴，为可能的狂笑做准备，但却沉默下来，变成戒备神色。

“她离开了你？”

“因为我的几次轻率她就迅速逃离。然后再婚并住在威尔明顿[1]。丈夫是个令人不快的俗人，化学家的派头。从不轻举妄动。女儿们崇拜他。你记得我有两个女儿。”

“她俩长得伶俐可爱。特别是长女。话已说到这份儿上，詹妮丝也离开了我。”

① 美国特拉华州北部港市。

埃克里斯灰白活跃的眉毛往上一拱。“真的吗？是不是在最近？”

“登月发射的前一天。”

“她比离家出走者表现得更激进。哎，哈利，我们应该找个更加，啊，安静的地方聚一聚，好好谈一谈。”他靠得更近一点以示强调之时，巴士一晃动，他的膀子就碰到了哈利的膀子。他以前总是有种令人惊讶的强健，但埃克里斯已经长得更结实了，比他还强。他那头发蓬松的脑袋显得硕大了。

兔子问他，“嗯，现在干什么呢？”

又一次的狂笑准备，又一次的忍住嘴巴，又一次的戒备神色。“我基本上是住在费城。曾经和青年宗教联盟一起做过青年工作。有三个夏天我在佛蒙特州做过野营生活指导员。有几年冬天，我选择阅读和思考。我认为最令人激动的事情是发生在西方人的意识之中，想笑你就请便吧，我正在草拟一本书稿。本质上讲，我所思考的问题是，经过许多苦恼之后，我们正在从柏拉图的岩洞中走出来。书名就叫作‘逃离柏拉图的岩洞’，你觉得这个标题是否吸引人？”

“有点怪，不过别在意我的意见。是哪股风又把你吹回到这个肮脏陈旧的小城？”

“唔，真是很奇怪，哈利。不介意我叫你哈利吧？这一切看起来就像是发生在昨天。我们当初是多么好学上进！我们放任的幽灵却折磨我们。不管怎么说，你知道有个小镇叫黄鹂镇？在布鲁厄以南六英里。”

“我去过那儿。”十二年前，和高中篮球队去的。正上高三。他在那儿度过了不平凡的一夜。

“唔，他们有个夏令剧场，叫作黄鹂表演队。”

“是的。我们经营过他们的广告。”

“对了——你是个印刷工。我听说过。”

“实际上是排字工。”

“你干得好。唔，我有个朋友，是个滑稽可笑之人，非常自负，不过人很棒，是他们的副主任，说服我帮他们搞公关，就是公关活动。实际上就是募集基金。我就到了佳济山，刚去拜访了年迈的很难通融的马赫龙·杨格门寻求捐赠，当然啦，就是那家向日葵啤酒厂。他说过他会考虑的。其含义就是说他不会考虑。”

“听起来有点像你以前做过的事。”

埃克里斯迅速地瞥了他一眼；防守性的倦意笼罩了他的面部。“你是说，明珠暗投了。为基督徒推开绊脚石。是的，有一点像，但我每天只干八小时。以前却要干十六小时，我能够为自己活了。”

哈利不喜欢他以渴望的方式说出了自己二字，太不像他的为人了。他们颠簸摇晃着来到了韦泽街；埃克里斯越过哈利往窗外看，眨了眨眼睛。“我该在这里下车了。能否请你一块儿下车，容我请你喝一杯？拐角处有酒吧能将就一下。”

“天啊，谢谢，不用了。我还要赶路。我得回家。家中只有小孩一人。”

“是纳尔逊？”

“是。你记忆力真好。真是多谢了。你真不错。”

“为见到你再次表示欣慰，哈利。咱们今后再安排一个更好的机会吧。你住在哪儿？”

“宾州别墅区那边，你又回来时他们才建起来的。最近事情有点茫然无绪……”

“我理解，”埃克里斯说罢，巴士很快就嚓嚓地吱嘎一下停了下来。而他就及时地用手搭在哈利的肩膀，都靠近颈部了。他的声音质量改变了，恳求式地，又变成了牧师的腔调："我认为这就是我们生活的非凡时代，我的确愿意在你闲暇时候和你分享我的好消息。"

为了拉开二人的距离，哈利乘坐 16A 路车又往前多走了六个街区，再拐入格瑞里街，在那儿下车，步行到韦泽街的烤花生店才乘车往宾州别墅区的方向。猪猡警察的暴行激怒卡姆登市①，报栏上的大字标题就这样写着，是费里城外的一家激进的黑人报纸。哈利感到不安，沿着韦泽街往北瞭望，寻找尾随其后的粉红色衬衣。埃克里斯触摸过的裸露颈部感觉发痒：这些年后，两人的生活都掀个底儿朝天，那个家伙还有心套近乎，真让人感到惊讶。12 路车到了，把他拉过大桥。白昼对着窗户哀诉着，九月的阳光并未带来光明：草坪被剪平了，黑色河水索然无趣、臭气熏天。癖好天堂。布奇·卡西底和太阳舞小子②。他跨入恩伯利街向新月街走去，四周的喷水器一齐滴溜溜转着喷水，电视天线的下方在拼命从空中收集四点钟那同一种垃圾③。

脏兮兮的白色保时捷留在车道上，一半车身开进了车库，像詹妮丝常做的那样，真让人气恼。吉尔身着套裙，坐在褐色座椅上。她仰靠在椅子上的姿势使他能够看见她没穿内裤。她回答他的问话时摇摇晃晃、慢慢吞吞，似乎答话穿过了一包脏棉花，并通过今天存储起来的模糊不清的记忆库，才来到了嘴边。

---

① 卡姆登(Camden)，新泽西州西边一城市，靠近费城。

② 原文 HOBBY HEAVEN。BUTCH CSSDY & KID。前者指"不花钱就可以满足如集邮等癖好的地方"，后者应为 1969 年美国一部流行电影的名字 Butch Cassidy and the Sundance Kid 的省略写法。此二人为 19 世纪 80 年代西部拓荒年代的牛仔，专门抢劫火车。"太阳舞"指北美大平原印第安人在夏至(6 月 22 日)时举行的一种极为盛大和重要的宗教仪式。

③ 指刚才厄尔从电视上收看的比赛。

“今天一大早你到哪儿去了?”

“出去了。不想跟你这样的讨厌鬼在一块儿。”

“你把小家伙带去了?”

“当然了。”

“什么时候接回来的?”

“刚才。”

“你一整天都到哪儿玩去了?”

“也许,反正我是去了熔炉谷。”

“也许你没去。”

“我去了。”

“那儿怎么样?”

“漂亮极了。实际上,真是个伟人。他真是个英俊的东部人。”

“讲讲房间里的摆设。”

“你从一扇门走进去,可以看到一张四柱卧床,一只套有缨绥的小枕头,上面写着:‘乔治·华盛顿在此就寝。’床边的桌子上你还可以看见他吃的药片,是助他入眠的,那时红衣兵[①]正弄得他神经紧张。四壁墙上装饰有亚麻布料,所有椅子的扶手都缠上了绳子,你没法儿去坐。所以我就坐在这张上面。因为这张没拴绳子。行了吧?”

她的表情似乎复杂多变,每一种表情都使他捉摸不定。欢笑、愤怒、战斗、屈服。“行了。听起来还颇有趣儿。很抱歉我们没法儿去。”

“你上哪儿去了?”

---

① 原文 Redcoats,指英国军队,在美国独立战争时他们的军装是红色的,故有此绰号。

“干完家务活儿后去看了看我母亲。”

“她身体怎样?”

“谈吐好多了,只是看上去更加虚弱。”

“我很难过。她得了这病我很难过,我猜这辈子见不到你妈了,是不是?”

“你想见吗? 我爸你随时都可以见到,四点十五分就在凤凰酒吧。你会喜欢他的,他关心政治。他认为这制度是扯淡。”

“我也永远见不着你的妻子了。”

“你为什么想见她? 这是为何?”

“我不知道,只是感兴趣而已,也许我爱上你了。”

“天啊,可别这样。”

“你对自己一点儿也不在乎,是不是?”

“自从不打篮球以来,我就不在乎了。顺便说一句,我母亲教导我应该让詹妮丝自作自受,离开这个城市。”

“你怎么说?”

“我说我不能。”

“真是个讨厌鬼。”

她没穿内裤,他总感觉她今天已经被使用过了,感觉到这个独特的夏季,这个月亮的夏季,将永远流逝不再来,他不禁红着脸问道:“你不想做爱,是不是?”这是今天下午第二次脸红了。

“是操还是吸?”

“随便怎样都行。操。”因为他开始觉得她把她有牙齿的这一端给他,是为了把其余的部分留给另一人还没出现的男人,这男人对她来说比他本人更要真实。

“纳尔逊呢?”她问。

“他和詹妮丝走了,她可能留他吃晚饭。他不会出事儿的。或许你看了那么多乔治·华盛顿的故事,现在太疲倦了。”

吉尔站起来把套裙拉到肩部后停在那儿,皱巴巴的一个袋子裹住了她的头,青春的肉体全都隐在那下面,像根蜡烛一样苍白无力。硬邦邦的一对乳头像滴在身上的两滴油。“操我吧,”她一边把套裙向厨房扔去,一边冷静地说道。接着,当她在他身下抚摸扭动时,继续说道:“我要你把我身上的一切污泥浊水都操掉,把这个污秽惨淡世界的一切污泥浊水和惨淡凄凉都操掉,刺痛我吧,把我清扫干净,我要你成为我的五脏六腑,亲爱的,直至我的喉部,对,噢,对,大点儿,再大点儿,把一切都给我抛射出来,噢,真好,讨厌鬼。”她吃惊地大睁着双眼。这绿色物只是一道边缘线,环绕在把纯粹的黑色和他的身影搅混在一起的瞳孔周围。“你那东西变小了。”

这是真的:所有她说过的话,她对它的疯狂渴求,把他吓成了乌有。她太湿润了;某种东西把她扩充大了。她那年轻肉体柔软的殷实,她那精妙绝伦的臀部轮廓,使他恍如隔世:在他和她之间布满了妈妈干枯温暖的尸骨和詹妮丝暗淡的曲线,詹妮丝的肋骨在浸湿的腰际以上呈月牙状,他穿越了这段距离才抓住了她。他意识到风儿在拨弄她的神经末梢,感觉到她是在他以外的力量所驱使下而扭动的,他不过是这种东西的影子,一个白色的影子,他的胸膛是一个正在把她压碎的发光的盾牌。她挣脱了出来,双膝跪下,用舌头舔他的腹部。他们就在云里雾里互相耍弄着。家具在他们身边渐渐暗淡了。他们躺在扎人的地毯上,电视屏幕像一颗母行星一样位于他们的头顶之上,她的头发衔在他的口中。她的屁股成了他眼皮底下的两块肉包。她竭力想贴紧他的脸,然而他的舌头硬度不够。她就倒过身来用阴蒂磨擦他的下巴,直到把他弄痛为止。她一点一点轻轻地咬他身上别的地方。他感到五脏六腑都被掏空了，他迷迷糊糊，柔弱无力。最后，他要求她把乳房，那对硬邦邦的小乳头，从他的阳物上挪开，那东西正把他两腿的结合处当作摇篮躺着呢。他就这样激发着自己，并努力去满足她。而且他做到了，可是，到她浑身颤抖不止动情非凡之时，他们便在相反的方向，通过各自的背部，将内心的秘密倾吐。“我爱你，”他说着，而实际上他并没有实现。她骑在他身上，依然像个凶猛的机器在旋转，这机器在艰难地激发过一次以后还在不停地试验着下一次。

在他们发出的渐渐微弱的声音中他听到了他们混合在一起的液体，想象着在她腹内的空间有一台银白色机器，由分泌物的细丝编织而成的蜘蛛状物，正小心细致地吐丝作茧。这种东西把他俩连接在一起。他软弱无力地说：“噢，哭吧。哭吧。”他把她拉到他身边，脸贴着脸，这样他们的眼泪就可以混合在一起。

吉尔问他：“你为何哭了？”

“你又为何哭了？”

“这世界太昏庸无道而我又置身其中。”

“你认为会有更好的一个世界？”

“一定会有的。”

“唔，”他考虑了一下，“这话有道理。”

纳尔逊回家的时候，他们都洗过澡了，衣服都穿上了，灯也打开了。兔子正在看六点钟新闻（夏季骚乱的综合统计数，本周在越南的死伤人数，劳动节来临之际周末交通事故的预测），吉尔正在厨房做小扁豆汤。纳尔逊把跟詹妮丝度过一天后的未打包的战利品铺放在地板上和家具上：时新的紧身短裤、内衣、弹力袜、两条休闲裤、四件运动衫、一件灯芯绒上衣、宽领带，甚至有和淡紫色礼服衬衫相配套的袖扣，更不用说还有新式平底便鞋和打篮球时穿的胶底运动鞋。

吉尔赞叹不已:“妙,真妙,妙极了。纳尔逊,我真是同情那些八年级的女生,她们会被你完全迷住的。”

他急切地看着她。“你知道这太高档了。我不想要,妈妈强迫我要的。商店真令人讨厌,到处都想着赚大钱。”

“她去了哪家商店?”兔子问,“真是活见鬼,她竟然愿意花钱买这些破烂货?”

“她到处立户头赊账,爸。她也为自己买了一些衣服,的确漂亮,看起来像是睡袍,即使你是个女的,也只能在参加聚会时穿才合适。她还买了些别的那种档次的衣物。我买了件西装,带方格的,灰绿色,棒极了,我们一周后才能取,他们要给改小一点儿。当他们给你量尺寸时你难道不觉得好笑?”

“你记不记得户头上的名字是谁?是我还是斯普林格?”

吉尔开玩笑似的穿上他的一件新衬衫并用一条宽领带扎成辫子。为了炫耀,她旋转了起来。纳尔逊看得神魂颠倒,都快说不出话来了。被她迷住了。

“是她驾驶执照[1]上的名字,爸。这名字难道用得不对?”

“是这儿的地址?所有那些账单都会送到这儿?”

“不管什么都要按执照上的填写,爸。可别生我的气,我告诉她我只要蓝色牛仔裤。一件切·格瓦拉[2]圆领长袖运动衫,只是布鲁厄买不

---

① 美国人没有身份证,他们用驾驶执照进行登记。

② 切·格瓦拉(Ernesto(“Che”)Guevara,1928—1967),出生于阿根廷,是1956年—1959年古巴革命的杰出人物,参加过多国的独立运动,有浓厚的反美情绪,游击战术的理论家,切(Che)是其外号。法国哲学家萨特称他是“我们时代最完善的人”。此处所指衣服是他喜欢穿的样式,以他的名字命名,从而代表着一种精神。

到。”

吉尔哈哈大笑：“纳尔逊，你在西布鲁厄初中会成为穿得最帅的激进分子。哈利，这些领带都是丝织品！”

“这么说来得跟那婊子干一仗了。”

“爸，别这样。不是我的过错。”

“我知道。算了吧。你正在长个子，需要衣服。”

“妈妈穿上一些衣服后看起来挺漂亮的。”

他走到窗边，不再生孩子的气了。他看见他自己的小车，陈旧的鹰牌，慢慢在倒车。他突然看见詹妮丝头部的影子，她正弓着腰伏在方向盘上面，从她坐着的姿势你会想到，随着小车一块长大成人的她和车在一起会是多么舒畅从容。她一直在外等候，等什么呢？等他出门？或者她只是瞧瞧这房子，也许是瞅一眼吉尔？或者是想家了。半边脸上的肌肉一阵紧张的收缩使他意识到自己在笑，他看见那面国旗图案仍旧贴在车后玻璃上，她没让斯塔夫洛斯把它刮掉。

三、斯 基 特

“我们遭到破坏，我们遭到破坏！”

——联盟五号飞船上的干扰杂音

九月的一天，兔子下班回家后发现屋里另有一个男人。这人是个黑人。“真是活见鬼了，”兔子说着，就站在前厅三响门铃旁边。

“见鬼，伙计，革命了，对不？”年轻的黑人说着，并没有从毛绒绒的褐色座椅上站起身。他戴的眼镜闪着两道银色光圈；他蓄的山羊胡子在阴暗中只是一个小斑点。他放任头发尽情地长，一直长成一个大圆球，兔子起初就没认出他来。

吉尔从饰有银丝线的椅子上站起来，快得像烟雾升腾。“你还记得斯基特吗？”

“我怎么会忘了他呢？”他向前走了一步，右手抬起来准备握手，手掌因为恐惧而一阵刺痛，但是斯基特没有做出要站起来的姿势，他就把这只清白的手放了下来。

斯基特一边喷着烟一边打量着这只垂下来的白手。这是只真正的香烟,烟草做成的。“我喜欢它,”斯基特说,“我喜欢你的敌意,宝贝儿。就像我们在越南时常说的那样,这是我的嗜好。”

“斯基特和我正在聊天,”吉尔说。她的声音变了,变得更加忧愁,更加像成人腔。“我难道没有任何权利吗?”

兔子对斯基特说:“我原以为你在坐班房什么的。”

“他保释出狱了,”吉尔赶紧说道。

“让他自己说。”

斯基特厌烦地纠正她的话:“确切地讲,我是自谋保释的。我从那神圣的地方逃了出来。像他们说的那样,地方猪猡正渴望逮住我。我已经成为一个热门货,对不?”

“本来是判两年,”吉尔说,“无缘无故判两年,没伤害任何人,没偷任何东西,无缘无故的,哈利。”

“蓓蓓也在保释中逃跑了?”

“蓓蓓是贵夫人,”斯基特继续用这种讨厌的装腔作势的精确声调说,“她很容易就交上朋友了,对不?我没有朋友。我是远近闻名的缺乏同情心的人。”他的声音变了,变成了假声,一副卑躬屈膝的神态。“啊是个坏蛋黑鬼耶。”兔子记得他有许多种声音,没有一种是完全属于他的。

兔子告诉他:“他们迟早会逮住你的。保释中逃跑只能使事情更糟。或许你可以争取判缓期执行而脱身出来的。”

“已经判过一次了。官老爷们不耐烦再如此施舍了,对不?”

“你作为越战老兵又会怎样呢?”

“又会怎样?我同时又是个黑人、失业者、刺儿头,对不?他盘算清楚了,是我在图谋暗中破坏这个州,以及这个老牌家长式国家。”

兔子坐在旧椅子上细心观察这一组影子,试图谨慎从事。这座椅自结婚时起就和他们呆在一起,是从斯普林格家的楼顶取来的。"这场噩梦应该结束了。"他说,"你说得倒很冷静,然而我认为你十分恐慌,小子。"

"别用'小子'称呼我。"

兔子吃了一惊;他原意中毫无恶意,一个运动员称呼另一个嘛。他试图修好前嫌:"你只不过是在害自己嘛。回头是岸,出逃一天麻烦不大,还来得及。"

斯基特在椅子上非常舒服地伸了伸腰,打个哈欠,吸一口烟,吐一口烟。"我渐渐明白了,"他说,"你那白人绅士的观念和警察及其惩戒机构的观念如出一辙。没任何东西,我再重复一遍,没任何东西,能比把翅膀从愚笨穷困的黑人身上拔掉能给他们带来更大的快感。先拔掉指甲,再拔掉翅膀。事实上,把他们组织起来就是为了这个神圣的目的。把我从你的背上拽下来踩在你那臭烘烘的脚下,对不?"

"这不是南方,"兔子说。

"嘿一呀!宝贝儿朋友,你是不是已经考虑过要竞选一个政府职务,再也没哪个国家的公务员会相信你信奉的那些甜丝丝的东西。新闻报道说,到处是南方。我们这儿离梅森—狄克森线①五十英里,然而再向北的底特律②他们正在枪杀黑鬼男孩,就像宰杀桶里的鲇鱼。新闻报道说,棉织品开始流行。私刑③季节仍在继续。在这些愚昧的州里,大家都成了

① 梅森—狄克森线(Mason-Dixon Line),原为马里兰州和宾夕法尼亚州之间的分界线。在南北战争期间,它被看成是蓄奴州和自由州的分界线,长 233 英里,系英国人梅森和狄克森于 1765—1768 年间测定,位于北纬 39°43′。至今尤作为区分北部和南部的象征性政治和社会标志。

② 底特律(Detroit),世界闻名的汽车工业城市,位于密歇根州东南部,底特律河畔,与加拿大隔河相望。南北战争中曾为帮助逃亡奴隶去加拿大寻求自由的"地下铁路"上的重要一站。黑人占人口的 43.7%(1970)。

③ 私刑(lynching),指群众暴力的一种形式。暴民以执行法律为名,不经审判就把他们认为是罪犯的人处死,往往还进行拷打和肢解。1882—1951 年间,美国有 4730 人被私刑处死,其中 1293 名是白人,3437 名是黑人。

羔羊任人宰割。”一只褐色手掌优雅地在影子里打了个手势，然后放了下来。“原谅我吧，宝贝儿。我这样解释也太简单了。去看看报纸吧。”

“我看了。你真是疯了。”

吉尔插话说：“这个制度腐败透顶，哈利。纸上的法律是保护一小撮的。”

“就像斯托宁顿拥有船只的那类人，”他说。

“得一分，”斯基特喊道，“对不？”

吉尔眼睛一闪。“那又怎样，我离家出走了，我抛弃了家，我在它的脸上抹了屎，哈利，你仍钟爱着它，你在吃它，你在吃我的屎。我父亲的。大家的。难道你没看到你在怎样被人利用吗？”

“所以你现在想利用我。为了他。”

她目瞪口呆，脸刷地一下变白了。两片嘴唇薄到几乎不存在的地步。“是的。”

“你真是疯了。我也要冒坐牢的危险。”

“哈利，只几天工夫，他就会躲过风头的。在新奥尔良①他有家，会去那儿的。斯基特，对不？”

“说得对，心爱的人。噢说得太对了。”

“不仅仅是抽大麻被捕的，猪猡们认为他贩毒，他们说他在贩卖，他们会折磨他的。哈利。他们会的。”

斯基特轻轻地唱着《那古老粗糙的十字架》②的开头一句。

---

① 新奥尔良(New Orleans)，路易斯安那州最大的城市，全国第二大港口，扼密西西比—密苏里水系的入海口。黑人占人口的45%，种族关系不像其他城市那样紧张。黑人的文化传统尤为深厚，黑人音乐家使之成为爵士音乐的故乡。

② 原文That Old Rugged Cross，是三K党的圣歌。虽然在20世纪60年代三K党已受到广泛的谴责，斯基特唱此歌还是想提醒哈利注意三K党的阴魂不散。

“唔，是吗？贩毒。”

斯基特在庞大的头发球体下面露着牙齿笑开了。“我能为你搞点什么，宝贝儿？兴奋剂、快乐豆、红魔鬼、紫心肝[1]。眼下在费利他们有大量巴拿马红[2]，他们拿来喂奶牛。还是想吸一点海洛因来一点真正的快感？”他从椅子的阴暗处伸出两个弯成杯形的苍白手掌，似乎里面就装满了闪亮的毒品。

他真的邪恶。兔子小时候就常受好奇心的驱使而把指头伸进肚脐眼里再闻那臭味儿，又在同样的好奇心的驱使下常常从篮球架的篮筐下面，绕过车库的角落来到后院，揭开那污水坑上的格子饼图样的金属盖。如今这个黑人以同样的方式在他的眼皮底下揭开了：一个漂着恶臭难闻的浮渣、无法见底的陷阱。

哈利转过身问吉尔：“你为什么要把我扯进这事儿？”

她转过脸来，让他看见那长下巴的侧影像，只值一个小钱。“我真蠢，”她说，“认为你信任我，你本不该说你爱我嘛。”

斯基特哼着歌儿《真正的爱情》，这是老光棍克罗斯比—格雷斯·凯利唱的。

兔子又问：“为什么？”

斯基特从椅子上站起来。“耶稣派我来解放呕吐不止焦急紧张的白鬼情人。她一直在帮我的腔因为我把她玩了一个下午，对不？如果我走了，她就跟我走，嗨，吉尔宝贝儿，对不？”

她那薄薄的嘴唇又说道：“对。”

斯基特告诉她：“我不会拿你做赌注的，你这个嗜阳物如命的可怜娼

---

①② “兴奋剂”等五个名称是毒品的别名。

女。斯基特一人会开溜的。”他对兔子说道：“再会了，宝贝儿。该死的小酸黄瓜，不过看到你在瞎折腾真好玩。”斯基特站起来，似乎弱不禁风，穿着破烂的蓝色牛仔裤和褪色的拆掉了肩章的小号军用防风外衣。那一团头发大大缩小了他的面庞。

“再会，”兔子赞许道，内心一阵轻松。他转过背去。

斯基特并不想就这样轻易离开。他走上前来，浑身散发着香味。他说：“把我撵走。我要你碰碰我。”

“我不想碰。”

“碰我。”

“我不想和你打架。”

“我玩了你的臭婆娘。”

“是她的事儿。”

“她也是个毛茸茸的小贱货。像把老虎钳把你的阳物紧紧夹住过。”

“听听他说的什么话，吉尔？”

“嗨。兔子。他们从前就这样叫你，对不？你老妈做过野鸡，对不？为了五十美分她就在火车站背后骑在老巴巴的黑醉鬼身上，对不？他们要是没有这五十美分，就免费玩儿，因为她喜欢，对不？”

遥远的妈妈呀。她屋内被子的味道、药味、床上的温热。在她身体健康的那些岁月里他仅能记得她那硕大的身子骨弯着腰在四边都磨破了的餐桌上忙活着；她没有坐下来，她已经吃过饭，她正给他准备晚餐，他因为练球，很晚才回家，天已一片漆黑，屋内灯光照得窗户闪闪发光。

“你老爸搞同性恋，对不？你一定继承了。所有这些臭玩意儿。你老婆无法忍受和同性恋住在一起，因为这就像在和老鼠调情，对不？你就是那儿的一只老鼠，嗨，难道没说对？让我来感觉一下。”他伸出手来，兔子挥手打开。斯基特高兴得手舞足蹈。“什么感觉都没有，对不？嗨。兔子。吉尔说你信上帝。我给你带来一条新闻。你的上帝脂粉气十足搞同性恋。你的白人上帝比黑桃皇后还要女里女气一些。他舐圣灵的鸡巴让儿子在一旁观看。嗨。宝贝儿。还有一事。耶稣是不存在的。他是个搞同性恋的骗子①，对不？他们贿赂罗马人把他的死尸从坟墓里弄出来是因为那气味儿很臭，对不？”

“你的一切表演，”兔子说，“显示出你已疯狂到家了。”然而一阵悄悄蠕动的甜蜜、愤怒，正扎扎实实地涌进心中。主日学校里的画像、比百合花还要白的死人、淡紫色岩石那个用一吻出卖了他的地方②，正一幕幕地塞进他的大脑。

斯基特穿着皱巴巴的大号军用长统靴在继续手舞足蹈，他碰撞哈利的肩膀，用力拉扯他那白衬衣的袖口。“嗨。想不想知道我是用什么手段得到消息的？想不想知道？嗨。真正的耶稣是我。我就是那个黑人耶稣，对不？不会有别的了，没有的。我一放屁，天上就闪电，对不？天使们用铲子淘出千万克拉的黄金。对不？跪下来吧，宝贝儿。向我顶礼膜拜吧。我就是耶稣。吻我的睾丸，它们是太阳和月亮，对不，我的鸡巴是颗彗星，它的头部是满载荣誉的炽热的心，永不凋零！”说着，斯基特的头就像木偶的头一样摇摇晃晃，他拉开裤子的拉链准备展示这个奇观。

兔子的时机来到了。他的所有毛孔都帮他领悟到的愤怒和恐惧已经

①② 牛津大学出版社和剑桥大学出版社 1961 年出版的《圣经·新约》“马太福音”第 26 节第 48 到 50 行写道：“叛徒给他们这样的暗示：‘我吻的那个正是你们要找的人；抓住他’；然后立即走上前去，他说，‘万岁，拉比！’，就吻了他（耶稣）一下。”在现代社会里，两个男人在公共场合中有类似男女之间的亲近动作会被视作同性恋者。斯基特故有此言。

非常结实地扎根在他的脑海之中。他费力地蹚过那道坎后爽快地向那小子走去，然后感觉两只拳头已不在身边了，一只搁在腹部，另一只顶着喉咙。他就怕那颗头，那副眼镜可能会砸得粉碎再割开许多口子。斯基特蜷作一团倒在地板上，像只晒干的蝎子，当兔子双眼盯着他时，他依然紧紧地缩成一团，只留下一些凹凸不平的棱角，像台砂纸机在颤抖不已。兔子的双手开始痛了。他想把这个生灵撬开，因为那里有个柔软的部位可能会使他撕裂毙命；弓着的背过于坚韧，不过猛击在耳孔的指关节导致了独特的哀嚎声。

吉尔在拼命喊叫，并用全身的重量拖着他那衬衣的后摆，在一阵快意的消退中兔子发现双手和双臂不知何故被抓伤了。他的仇敌正龟缩在地毯上，那地毯要十一美元一码，人们认为它比詹妮丝想要的十五美元一码的更柔软些的圈状毯要更耐用一些（她老是说它使她想起他们用在小型高尔夫球场上的材料），他老练地蜷缩着，双膝藏在下巴下面，双手抱着头而头又尽其可能钻在沙发底下。他的牛仔裤向上翻起来，兔子吃惊地发现他的腿肚子和脚后跟瘦小得出奇，像闪闪发亮的黑色纺锤。真是用一种新型材料造就出的人。用得愈久，磨得愈平。吉尔还在哀告："哈利，别打了，别打了。"同时门铃在一遍又一遍地发出三音节乐音，一个音节传不到多远，压不住那高声的喧闹。

门砰的一声打开了。纳尔逊就站在那儿，穿着整洁时新的上学服装，鱼骨纹运动衫和嫩黄色休闲裤。比利·福斯纳希特就站在他的身后，高出的一个头盖满了头发。"嗨，"斯基特从地毯上发出声音说，"是小宝贝儿，对不？"

"他是不是个飞贼，爸？"

"我们听见家具被打翻和别的声音，"比利说，"我们不知该怎么办。"

纳尔逊说:“我们还以为如果不停地按门铃,一切就会停止呢。”

吉尔告诉他:“你父亲已完全失去了控制。”

兔子问:“干吗非得要我总是控制自己?”

斯基特仿佛是从灰堆里站起来的,小心翼翼依次把四肢抬起,他说:“不打不相识嘛,宝贝儿。下次我一定带上一支枪。”

兔子嘲弄道:“我原以为至少我会见识一下接受了基本训练的空手道技法呢。”

“恐怕用了之后,会把你一劈两半,对不?”

“爸,他是谁?”

“吉尔的朋友,叫斯基特。他要在这儿住上几天。”

“是吗?”

吉尔的声音问道。

兔子为此清理了一下自己的思绪。指关节上有几处小擦伤感到刺痛;过度的刺激即将抵消掉极度的厌恶;透过在他周身轻轻缭绕的朦胧他注意到,茶儿被打翻在地,浮木底座的台灯歪躺在地毯上,幸好未打碎。这些物品坚韧的忠诚态度使他不知所措。“当然了,”他说,“为什么不能呢?”

斯基特坐在沙发上弓着身小心抚摩着腹部挨揍的地方,他打量着哈利。“有负疚感了。哈利宝贝儿?装装门面好把罪恶洗刷掉,对不?”

“斯基特,他现在慷慨大方了。”吉尔责备说。

“有句话要说明白,宝贝儿。不会有感激之情的。你做的一切事,都是出自于私心。”

“说得对。把你揍得团团转我就得到了快感。”然而实际上容纳这个人依然使他感到恐慌。他得和这个人同睡在一栋房子里。夜色浓郁之时,斯基特会拿着把像月亮般明光闪亮的刀子偷偷溜到他身边。他会像他刚许下的诺言那样带上一支枪。逃犯持枪拘押全家。市长发誓，不作交易。他干吗要引狼入室？要詹妮丝来救他。这些想法都一闪而过。纳尔逊向那个黑人走近一步。他的眼睛严肃地沉陷在眼眶之中。等一等，等一等。他就是毒药，他就是谋杀，他就是黑人。

“你好，”纳尔逊说着，就伸出了手。

斯基特把瘦巴巴的手指，四支灰色蜡笔，指甲和指中一样粗细，放进孩子的手中说道：“你好，小宝贝儿。”他越过纳尔逊的肩膀朝比利·福斯纳希特点了点头。“你那位令人毛骨悚然的朋友是谁？”

于是大家，大家都哈哈大笑，甚至比利，甚至斯基特对这意想不到的调侃，也贡献出咯咯的笑声，比利长得令人毛骨悚然，他继承了他父亲那瘦削的脖颈和硕大耳朵以及母亲那奇形怪状的眼睛，面颊和下巴都点缀着青春期那青灰色的脓疹。他们的笑声形成了第二次波浪，这再次向他表明他们不是在笑他，显然在讪笑那上天赋予的真实，他们情同手足，为分享了这一时刻而快乐，而哧哧地笑，而咯咯地笑；这座房屋成了一只正在裂开的鸡蛋，因为他们正在共同孵化小鸡。

但是躺在床上，屋里一片漆黑。比利回了家，斯基特在楼下沙发上有气无力地呼吸着，兔子向吉尔重复了一下他的问题：“你为什么要把我扯进去？”

吉尔抽了下鼻子，转过身来。她比他轻得多，不可避免地就滚到他的身旁。他经常在早上醒来时发现自己几乎被这种不平衡推到了床下，她那瘦小的手肘戳了戳他的肌肉。“他太可怜了，”她解释说，“他说话嘴硬，其实没别的意思，他倒真的想当黑人耶稣呢。”

“所以你让他玩了一个下午？有没有这回事儿？”

“当然没有。”

“他说谎了?”

沉默。她向他那边又靠过去一英寸。“当你只是让别人来干我而没得到任何回报时我认为这不划算。”

“你没干。”

“不,只是表面上的玩意儿,还差十万八千里呢。”

“和我干又当如何? 是不是与此相同,你什么也没感觉到,相隔万里? 你是个真正的处女,是不是?”

“嘘。小声点。不,和你干我的确感到充实。”

“什么?”

她靠得更近了一些,用一只胳膊抱住他那粗大的腰部。“我感觉到你是我爸爸送给我的一只硕大有趣的玩具熊。他经常从纽约的施瓦兹带回这些奢侈的斯泰福玩具①。价值五百美元的六英尺高长颈鹿,你和它们什么也干不成,它们只是站在那儿占据空间而已。妈妈恨透了。”

“多谢了。”他懒洋洋地翻过身看着她。

“有时,当你趴在我身上时,我觉得你是个天使。正用一把剑刺向我。我感觉你将要宣布什么事儿,如世界末日啦,而你什么也没说,只是刺我。美妙极了。”

“爱上我了?”

“求你了,哈利。自从有和神交往的经历之后,我已无法以同样的热情对待任何人了。”

“斯基特对你也是若即若离的吧?”

“他太可怕了。他的确如此。他觉得一切都肮脏卑鄙,所以就讥讽挖

---

① 原文 Steiff toys,非常巨大而昂贵的一种玩具,大到小孩可以钻到里面玩耍。

苦人。”

“那么为什么在令人生畏的地狱里——?”

她亲吻他以阻止他说下去。“嘘。他会听见的。”声音无拘无束地穿越楼道而下,穿透房屋那薄薄的隔墙。房间就是一个沙沙作响的心脏的四个心室。“因为我必须如此,哈利。因为不管人们向我要什么,我都必须给予,我对将东西据为己有并不感兴趣。你明白,一切终会融合在一起的。”

“我不明白。”

“我认为你是明白的。否则你为何允许他留下来?你使他挨了揍。你几乎要了他的命。”

“是啊,蛮不错的嘛。我想那时比现在失态更多。”

“而如今他留在这儿了。”她把身体放平靠着他;它感觉起来晶莹透亮。他能够透过她看到那边洒满月光的蓝色窗户,它朝向车库盖顶,其木瓦屋顶结构形成了一条奇怪的阴影线,从而给人一种模糊不清的幻觉。她悄声坦白说:“他吓了我一跳。”其声音之低如同是他偷听到的心里话。

“我也是。”

“我一半的想法是要你把他踢出去,不止一半。”

“好吧,”他暗中微微一笑,“他若是下一个耶稣,我们就得站在他那一边。”她的身体舒展开来似乎是在咧嘴微笑。事情越来越明显了,白天的叛逆行动和刺激兴奋现在该消释在欢爱之中了。他双手抱着她的头,抚摸贝壳曲线式的耳朵后面像脊柱一样的隆起部位,再用手掌抚摸整个宽阔的曲线,这环状物内密封着一个灵魂。他看得清楚明白,正如我们在白雪消融时刻所见到的景象一样,她的爱意即将来临。他补充说:“还有,詹妮丝一直在干出格的事情,我也得干些出格的事。”

“要报复她一下。”

“要跟上她的步伐。”

这条消息排为窄行：

私藏毒品，被判徒刑

星期四八名本地男人和一名妇女因私藏大麻被判处六个月监禁。

站在法官弥尔顿·舒弗面前的被告是警察于八月二十九日清晨在韦泽街的金博娱乐厅抄查时拘押的。

其中的女性贝埃特里丝·格林小姐，艺名蓓蓓，系本地知名演艺者，她和其中的四名男人暂停判决，缓刑一年。两名未成年者押候少年法庭。

第十位被告，休伯特·赫·法恩斯沃斯，潜逃在外没有出席法庭从而失去了保释权。一战时[①]法庭从而失去了保释权。一搜查证

① 哈利本来要排“搜查证(warrant)”，却误排成“战时法庭(war court)”，因为这两个单词前面都是相同的 war(战时)。

已经签发定要把他逮捕归案。

证已经签发定要把他逮捕归案。

金博娱乐厅的业主，是家

住宾州园的蒂莫西·卡特尼，

他在

随着一阵电话铃响，兔子的耳朵便已感觉到帕亚塞克正在向他走来。他的脚步声中有某种令人生厌和威胁的成分，然后呢，他的呼吸就带来了一阵讥讽式的抚摸："安斯特朗，也许我们该把你的排版机搬进我的办公室。要不给你这儿装上一台分机。"

"我要给她一点厉害瞧瞧，埃德。这是最后一次。"

"我不喜欢一个人的私生活妨碍他的工作。"

"我也不喜欢。我向你保证，会警告她的。"

"就那么干吧，哈利。为了老维里蒂好，就那么干吧。我们这儿有一队人呢，正在进行高度竞争的比赛，我们还是乐观地战斗吧，你以为怎样?"

他在毛玻璃墙里面对着话筒说："詹妮丝，这是最后一次了。之后我再也不会来接电话了。"

"之后我也不会给你打电话了，哈利。之后我们的联络都将通过律师来进行。"

"怎么会呢?"

"怎么会呢？就这么来了!"

"就这么来了。那就来吧。给我透一点信息，好不好？我得回到机器身旁了。"

“好吧，原因之一，你让我在这儿坐着从来不曾给我回个电话，原因之二是你收容一个黑鬼，和那个嬉皮士住在一起，你这人真不可思议，哈利，我母亲老是说：‘他并无恶意，他只是比下流坯还缺点德而已。’真让她说中了。”

“他只住几天，情况有点紧急，也有点儿滑稽。”

“一定滑稽。一定热闹。你母亲知不知道？我敢对天发誓，我真想打电话告诉她呢。”

“不管怎么说，你是怎么知道的？他从未走出家门。”

他希望用理由充足的语气杀杀她的威风；她立刻打开了一个缺口。“佩吉·福斯纳希特说的。她说比利回家时非常惊讶。他说那人躺在卧室的地板上，嘴里说出的第一句话就是羞辱比利。”

“没有一点儿羞辱的意思，只是让大家愉快而已。”

“唔，但愿我能愉快一点儿。我非常希望。我已见过一个律师，我们正在起草一份文件，要求紧急监护纳尔逊，接着就离婚。你作为有罪的一方两年不能再婚。绝对不能，哈利，很遗憾。我原以为我们会更慎重处事的。我恨律师，但整个事情太让人感到别扭。”

“是啊，唔，法律是这样的。它只为一小撮统治者服务。让更多的权力属于人民。”

“我想你是头脑发热了。我真的是这样看的。”

“嗨，我让你坐在那儿，你说这话是什么意思？我还以为那正是你想要的呢。斯塔夫洛斯难道没和你坐在一块儿？”

“你至少该有点儿争夺的勇气。”她大叫起来，带着啜泣。“你太软弱，太没劲儿了。”她使劲儿说出这几句话，但随后就变成完完全全动物的声音，类似咕咕叫或呼哧呼哧的声音，似乎全身的气都在往外泄露，于是他说："我们随后再谈吧，往家里打电话。"说罢就挂上电话，塞住了漏洞。

《缸报》的电话采访中表示震惊并对使用毒品表示强烈反对。

实施搜捕之时卡特尼不在该幢建筑物内。

一时间有关把这家著名夜总会及集会场所卖给一个"黑人资本"财团的谣言广为流行。

工间休息时布坎南走了过来。兔子摸了摸钱包，不知道这一摸是否会付出更多。索款升级。外援。福利。假若如此他会拒绝的。他要的若是超过二十，就让他在街上暴乱去吧。但是布坎南拿出两张十元钞票，不是原来的两张，可同样是崭新的。"哈利朋友，"他说，"别让人再说黑人从不还债的话。我要一千零一次地感谢你，那两张十元钞票彻底扭转了牌局。你能相信三张同点和两张同点的两组牌自自然然排着队列吗？我本人是绝对不信的，没人会信的，那些笨蛋老等第二次，就像不会有明天似的。"他把钱卷成一团塞进兔子的手里，这只手慢慢合拢起来。

"谢谢了，哈，莱斯特。我真的没有——"

"想到要回来？"

"没想到会这么快。"

"好了，有时是这个人倒霉，有时是另一个。广种薄收，难道不是大人物教给我们的话?”

“我想他们教过。只是最近一直没和多少大人物交谈过。”

布坎南礼貌地咯咯一笑,又脚跟着地前后摇摆一下,掂量着,在嘴唇中间滚动着一根牙签,那胡须不过有牙签般粗细。“我听人说你那地方接纳了两个寄宿生,所以手头吃紧。”

“噢。那个嘛。只是暂时的,并非我情愿。”

“我信这话。”

“哈——但愿还无人知晓。”

“但愿如此。”

该想个办法换换话题。“现在蓓蓓怎么样了?又回来做事了吧?”

“你认为她在做哪种事?”

“你知道,唱歌嘛,我是说在搜捕和法庭判决之后。我刚好排这条新闻。”

“我懂你的意思。我非常清楚。到金博来吧,好好见识见识,不管哪个晚上都行。告诉你吧,蓓蓓对你的评价在直线上升。她并非一开始就喜欢你。”

“是呀,行了,好极了。改天我可能会去的。若能走得开的话。”重访金博的想法使他害怕,把纳尔逊、吉尔和斯基特单独留在家里的想法也使他害怕。他正沉没在从前经常仅从车上看到的下层社会里去。布坎南握紧他的胳膊。

“我们会作好安排的,”黑鬼许诺说,“噢,好了。”那只手握得更紧了,似乎想透过哈利那蓝色工作服这道隔层在他的身体上压上手印。“杰—罗姆要我转达特别的感激之情。”

杰罗姆?

黄脸大钟滴答作响，收工汽笛刺耳地响起来。法恩斯沃斯，一个黑得闪闪发亮的男人，穿过被灯光照得明晃晃的排版桌，最后一个返回到自己的机器身旁。他微微点了一下剃光的头，从嘴唇上擦掉威士忌，然后给哈利投去一个让他目眩的嬉笑。同父兄弟嘛。

他早早地就在桥的另一侧下了车，沿着河边穿过街坊四邻那背负着巨大的绿色公路路标的旧式砖房。佩吉·福斯纳希特的蜂音器里传回嗡嗡的声音，当他走出电梯时她胡乱地披着一件蓝色浴袍站在门口等候。“噢，是你，”她说，“我还以为比利又丢了钥匙。”

“你一人在家？”

“对，但是哈利，他随时都会放学回来的。”

“我只耽搁一会儿。”她一边领他进屋，一边把浴袍裹得更紧些。他尽量使自己显得礼貌一些。“最近怎么样？”

“还凑合吧。你怎么样？”

“凑合吧。好不容易。”

“喝杯酒好吗？”

“今天这么早？”

“我正喝呢。”

“不用了，佩吉，谢谢。我只呆一会儿。我得去看看农场背后在搞什么名堂？”

“我听说，有好多呢。”

“我正想谈谈这事儿。”

“请坐吧。我脖子上的肌肉老是跳。”佩吉从俯瞰布鲁厄的窗台上取出一杯闪着亮光、冒着气泡的液体，窗外一洼地的砖房沉陷在山脚下，一直向西沐浴在阳光之中。她啜了一口，双眼滑向一边。“见我喝酒你不高兴。我刚在浴缸中洗完澡。在和律师们共度早晨或者在街上闲逛找工作之后，下午通常就是这么打发掉的。大家都想要妙龄秘书。他们一定想知道我为何总戴着太阳镜。我回到家，脱光衣服，钻进浴缸，然后慢慢把酒灌进肚里，望着冰块在水汽中融化。”

“听起来还不错。我想说的是——”

她站在窗边，臀部翘向一边，浴袍的缚带松了，而且虽然她只是白花花明亮天空反衬的影子，他也能用眼睛，好像用舌头，感觉到那双乳间的谷地由于洗浴依然湿漉漉的。

她提醒说：“你想说的是——”

“求你帮个忙：比利看到的那个黑鬼和我们住在一块儿，你能不能保持一点儿沉默？詹妮丝今天给我打了电话，我猜想你已经告诉她了，你最好能就此打住，我不想闹得满城风雨。别告诉奥利，我是说如果你还没有的话。这是从法律的角度说的，否则我是不会来打搅的。”他无可奈何地抬起双手；这本不值得一提的，而今他还是提了。

佩吉向他走了几步，带着伤感，也许是喝了太多的酒，抑或试图使臀部翘起以便增添诱人的魅力，抑或仅只是她那看人的方式，每件东西都变成了两个，她告诉他：“把你扯进来为她干这事儿，她一定是个棒得出奇的性伙伴吧。”

“那姑娘？不，实际上，我和她并非总能和谐一致。”

她用近乎轻拂的动作把头发梳向后面，抬起了浴袍的翻领，露出了一只乳房。她喝醉了。“换个方法呗。”

“当然，我乐意换，但现在，事实是，我怕得要死，无法应付别的事儿，而且比利就要回家了。”

“他有时在汉堡天堂店周围一游荡就是几个小时。奥利认为他正在学坏。”

“是啊，老奥利如今怎样？你和他还有没有来往？”

她把手从头发上放下来；翻领又盖住了。“他有时过来和我搞一阵，但是看来再也无法挽回了。”

“或许能行，他只是未说穿而已。伤了你的心他感到太难为情了。”

“那是你的做人方式，但是奥利不会的。他的大脑从来就没有负疚感。他满脑子只有艺术，你知道他随便拿把乐器几乎都能弹。可他是个冷冰冰的小混蛋。”

“是啊，我也有点冷冰冰的。”他惊慌地站起身来，因为她又笨拙地迈了一步，这就离他更近了。

佩吉说：“把手给我。”她的双眼色迷迷地盯着他，盯着他的周身。她面不改色，伸手向下从他身旁拿起他的双手按到胸膛上面。“手是热的。”他心想，*心是冷的*。她把他的左手塞进浴袍压在一只乳房上。他料想就要翻肠倒胃了，料想奶牛的胃正在翻腾；她富有弹性地靠紧他的五指，乳头是个凝块，一个像皮软糖粘在手掌心。她闭上双眼——眼睑上布着血管，眼角处布着鱼尾纹——她在吟诵圣歌：“你并非冷冰冰的，你的心温暖多情，你是个热心人，哈利，好人。你受到了伤害，我要你得到治疗，我想帮助你痊愈，你想怎样弄我就怎样弄吧。”她快速地、轻柔地说着话，似乎是自言自语，但是她把他拉得非常近，他听得一清二楚；她吐出来的气扑打着他的喉咙根部。她的心跳扑打着他的手掌心。她那眉头上的皮肉显出着急的神态，浴袍暴露出的那段肉体满是疙瘩，奇形怪状，像公牛的眉头一样没有光彩，但是酒使她松弛，她已进入到把另一人的身体当成她自己的身体这种状态，我们塞满了镜子空间的那个秘而不宣的自我怜爱的躯体以及我们独自温暖的床铺报复了我们；他此刻就被她那爱意浓烈的躯体所包围，不再顾及任何思想和希望了，他的全身不自觉地膨胀起来，肚脐眼以下那个独眼巨人开始翘起头来了。

他辩解说："我并不好。"但语气和缓。他松开按着乳房的那只手，好让它能在里面漫游。

她坚持说："你很好，很可爱。"又随着他飞快移动着的手而笨手笨脚地乱摸起来；他用空着的那只手拉开浴袍的翻领，露出了另一只乳房，浴袍的带子解开后掉在了地上。

厅里电梯门嘶的一声关上了。脚步声越来越响地向他们的房门走来。他俩一下子跳了开来；佩吉又用浴袍把自己裹住。他的视网膜上面继续保留着一个像蕨类植物一样的三角形余像，比他的手掌要大，在比水晶还要白净的腹部下方，附有银白色的延伸标志。脚步声从旁经过而去。这对情人舒心地叹了口气，然而诱惑力已给破坏殆尽。佩吉转过身，重新系上带子。"你一直和詹妮丝保持着联系吧，"她说。

"实际上并没有。"

"那你是怎么知道黑人那事儿是我说的？"

真好笑，别人都毫不费事地念出了"黑人"这个词。或者厌恶战争。兔子的大脑一定有缺陷。脑白质切除术。负疚感在膀胱边上啃着，啃出一个坑。他应该快点回家。"她打电话说律师正开始进行离婚诉讼程序。"

"就这事儿让你心烦意乱？"

"我想。当然。有点儿。"

"我猜我真笨。我就是无法明白你为什么要容忍詹妮丝。她从来都配不上你，永远配不上。我喜欢詹妮丝，但是她大概是我迄今所知的最孩子气、感觉最迟钝的女人了。”

“你说起话来像我母亲。”

“那有什么不好的？”她旋转了一圈，头发都飘了起来。他从未发现佩吉竟然意想不到地柔和，女人味儿竟如此扑面而来。甚至她的眼睛他也能捕捉。戏耍之中，他无视悬挂在他后背上比利将要回家的精神压力，用手背按摩起她的乳头来了。尖顶和圆点。

“也许你说得对。我们该来试着沟通一下。”

佩吉脸色骤然变红，向后退了几步，看似毫无表情，似乎有一面意料不到的镜子不留情面地照出了她的缺陷。她把这件蓝色的毛边织物拉得紧紧的，双肩缩成一团。“哪天晚上你要是带我出去吃饭，”她说，“我奉陪。”又怒气冲冲地补充说，“但是你别过早乐观。”

快点，快点。巴士好不容易才来，恩伯利街的路老是走不完。而他的家，新月街的尽头倒数第三栋，低矮而样式新颖，四分之一英亩草坪上稀疏地分布着车前草，从而呈现出色彩阴郁的苹果绿，这一切均完好无损，四周一片空旷，大片延伸的相似房舍依然保持着复制重复的强度，连绵不断。他的屋里没有映衬出黑色斑点，这使他受到误导，竟然满心希望它已不复存在了。但是，一旦跨上三级门廊台阶透过三级窗户式房门，兔子就从沙发后背——沙发已经掉转身放着——看见在起居室的右边，在吉尔那圆锥形金色头发和纳尔逊那剪得方方正正的詹妮丝式黑发块之间有一个头发浓密的黑色圆球。他们在看电视。斯基特似乎修好了电视机。由于调得太亮，播音员像鬼一样苍白，又由于在太多的商业广告中间要插播太多的新闻，他的嘴动得像吸血鬼一样快，他宣布说：“……在共产主义的古巴、数个非洲国家和共产主义的中国度过了五年流放生活之后，于今日抵达底特律并立即被等候已久的联邦调查局特工拘捕。在种族冲突的其他地区，美国民权委员会强烈谴责尼克松政府有关在南方各州废除教育上的种族隔离问题上引号后退了一大步引号完。在密西西比河畔的费耶特市三名白人三K党徒因图谋爆炸由遇难民权领袖的弟弟、新当选的市长费耶特·查尔斯·埃佛斯开办的超级商场而被捕。在纽约城，黑人教派领袖詹姆斯·福曼就引号三个世纪的羞辱和剥削引号完向美国所有基督教堂索要五亿美元的引号赔偿引号完，圣公会发言人拒绝，就只同意赔偿二十万美元这个有争议的决定给予进一步辩护。在康涅狄格的哈特福德市和新泽西的卡姆登市的黑人社区，在上周出现骚乱之后而今出现了占压倒优势的令人不安的和平景象。现在，播送一条重要通告。”

“喂，喂，”兔子说，却无人理睬。

纳尔逊转过头说：“嗨，爸。罗伯特·威廉斯回国了。”

“罗伯特·威廉斯到底是谁呀？”

斯基特说：“小宝贝儿，他这人要让你坐电椅的。”

“另一个黑人耶稣。你们那儿有多少个？”

“据许多冒牌先知所言，”斯基特告诉他，“你会知道我的降临，对不？那就是《圣经》，对不？”

“书上说他来了又走了。”

“再回来呀，宝贝儿。尼克松政府和你，都去坐电椅吧。对不？”

“可怜的老尼克松，甚至他自己的委员会也反戈一击。他到底该怎么办？他总不能走进少数民族居住区自己安装管道吧。他总不能给每个被逮住的瘾君子一百万美元再发一张博士证书吧。尼克松，尼克松何许人也？他不过是典型的站稳脚跟的商会人物，靠着运气一路顺风钻进尴尬的处境，蠢极了他还以为是走运。别管那可怜的杂种吧，他在努力把我们都腻味死了，于是我们就用不着自尽了。”

“尼克松，臭狗屎，那个白佬是被南方穷白人的选票推到那儿去的，对不？冲锋队斯特罗姆①就是他的猎袋。他就是希律王②，伙计，我们黑人娃娃最好都相信这点。”

“黑人娃娃，黑人领袖，天啊，我对黑人这词儿感到恶心。如果我说白人这词儿的次数是你说黑人次数的八分之一的话，你就会尖叫得脸色都会变的。看在基督分上，忘掉你的皮肤吧。”

“你忘了，我才会忘，对不？”

“主啊，我想忘掉的不仅是你的皮肤，还有里面的一切。我记得三天前你说过要在三天内搬走。”

“爸，别这样。”孩子的脸紧张起来。妈妈说得对，他太脆弱，太胆小了。认为这世界将会伤害他，必定会如此的。世界的本能是消灭弱者。

吉尔站起来保护另两个。三对一：兔子反而高兴起来。他先做作一下避开锋芒，不等她开口就先说道：“告诉你这儿的那位黑皮肤朋友，我想他许过诺言，一搞到钱他就脱身出去。我这儿有二十块给他。这钱总使我想到别的事儿。”

斯基特插了进来，仰着脸发表看法：“我喜欢他变成的这个样子。他

---

① 斯特罗姆指支持尼克松竞选胜利的南卡罗来纳州参议员斯特罗姆·瑟蒙德(Strom Thurmond，1902—2003)。南卡罗来纳曾是蓄奴州。

② 原文Herod，希律王，这是指希律一世(大帝)(Herod I the Great，公元前73—前4)，罗马统治时期的犹太国王，希律王朝的创建人。耶稣出世后不久有几个占星学家向希律王通告了这则消息。他们有一男婴是未来的王。希律王担心自己的王位会被人夺走，于是他就主持把该地区两岁以下男婴全部杀掉。耶稣因神示而逃脱。希律王死后，耶稣得返回故乡。希律王因此事而以残暴著称于世。斯基特用此暗示他是耶稣的第二次圣临，正面临如同耶稣初生时的磨难。这当然是他的妄念。

就是人类。”

吉尔接着说出她的看法。“纳尔逊和我都拒绝接受争吵。今晚晚饭后我们想组织一次讨论。这个家迫切需要教育。”

“家，”兔子说，“我看是避难所。”他打定主意要了解他刚想到的事情。“嗨，斯基特。你有没有姓？”

“X，”斯基特告诉他，“42X[①]。”

“这么说就不是法恩斯沃斯？”

斯基特的身体脱去了外壳，悬在那儿装了一会儿熊，这才重新坚硬起来。“那个超级汤姆。”他明确无误地说，“并非和我没一丁点儿的关系。”

“《缸报》上说你的名字叫法恩斯沃斯。”

“《缸报》，”斯基特装模作样地宣布说，“是块法西斯抹布片。”

得了两分后，你就低着头沿着场地往回跑；但是心里有了那种得胜的感觉，就留下了无法抹掉的印迹。“只是好奇罢了。”兔子微微一笑。他伸展开两只胳膊仿佛是为了联接两堵墙。“除了我还有谁要喝啤酒？”

晚饭后，纳尔逊洗碟子，斯基特擦干。吉尔整理起居室以供讨论；兔子帮助她把沙发又转回原处。在起居室和早餐角之间的搁架上他和詹妮丝原来都没放东西，兔子现在注意到有一排破旧的平装本书，因翻阅次数多书脊被弄得凸凹不平破痕累累。《W·E·B·杜波依斯选集》[②]、《地

---

① 黑人领袖马尔科姆·艾克斯(Malcolm X，1925—1965)认为被贩卖到美国的黑人由白人起名，自己的姓氏已丧失。于是他用X作为自己的姓。斯基特也这样用：自己是第42位姓X者。然而马尔科姆40岁时被暗杀身亡，从而映衬着斯基特不祥的命运。

② 杜波依斯(W. E. B. Du Bois，1868—1963)，美国第一个黑人社会学家，20世纪上半叶最有影响的黑人领袖。名著有1903年出版的《黑人的灵魂》。1961年加入共产党并移居加纳，次年放弃美国国籍。

球上的可怜虫》、《冰上之魂》、《弗雷德里克·道格拉斯的生平与时代》[1]以及其他书，如历史、马克思、经济学，使兔子感到恶心的材料，就像他一想到外科医生的所作所为或想到街面以下所有自来水管道和煤气管道时就感到恶心一样。“斯基特的书，”吉尔解释说，“我今天去了金博取书和他的衣服，蓓蓓保管着。”

“嗨，宝贝儿，”斯基特从洗涤槽那边喊道，声音穿过了搁架，“知不知道我是从哪里搞到书的？越南那边，隆平[2]基地书店。你那个疯狂军队，喜欢我们去读书、杀人、找大麻、吸海洛因，正像人们常说的，这些东西是黑人最好的朋友。”他猛地一甩毛巾，啪！

兔子不理睬他，而是问吉尔：“你进去了？到处是警察，他们很容易就跟踪上你的。”

斯基特从厨房里高声喊道：“别担心，宝贝儿，那些可怜的猪猡还有比我更重要的黑鬼要对付呢。你知道那边约克镇发生的事，对不？布鲁厄已无可挽回地要变成妇女救助舞会了！”啪！

在旁边洗刷的纳尔逊问他：“他们会不会向所有白人开枪？”

“通常只对付高个儿年迈貌丑之人。你要躲开那个令人毛骨悚然的比利，紧紧跟着我，小宝贝儿，你就会没事儿的。”

兔子随意抽出一本书就读到，

政府的建立是为了促进人民的进步而不是为了保护贵族阶级的

---

① 道格拉斯(Frederick Douglass，1817—1895)，逃亡奴隶，是在美国政府中获取高位的第一位黑人，成为19世纪最著名的人权领袖之一。该书出版于1882年，成为美国文学中的经典著作。

② 原文 Longbinh，越南南部一地名。

享乐。工业发展的目的是为了改善工人们的福利而不是为了增加雇主的财富。文明进步的目的不仅仅是为了使一小撮知识分子在知识上取得进步，而是为了使广大工人群众在知识上取得进步。

这真使他害怕，就像从前博物馆使他害怕一样，那时作为教育的一部分要去那儿游览，参观在金棺里正在腐烂的木乃伊和用锉刀雕成一百个斜眼中国佬的象牙。无法想象那遥远的生命、存在的浑沌，比在海洋底部盲目爬行的动物还要糟糕。斯基特在书中画满了着重线。他读到，

醒来吧，醒来吧，鼓足力量，啊，神的选民！抛弃传教士般的软弱，他们教授的既非博爱又非兄弟友情，而首先是从你的土地和辛劳之中偷走的资本所形成的私有利益至上的美德。非洲，醒来吧！披上泛非社会主义的美丽衣袍吧。

兔子把书放回原处就感觉舒心多了。没有这样的衣袍。一切都是胡说八道。大家都围着补鞋匠长凳坐定时，他问："要讨论什么？"

吉尔红着脸拘谨地说："今天放学后斯基特、纳尔逊和我讨论过了，都同意说既然存在着一个让人痛苦的交流障碍——"

"是这样吗？"兔子问，"也许我们交流得过头了。"

"——进行一次有组织的讨论可能会有所帮助并富有教育意义。"

"我就是那个需要受教育的人，"兔子说。

"不一定。"吉尔说话时的谨慎态度使兔子感到同情；我们待她太苛刻了，他心里想到。"你比我们都年长，我们尊重你的经验。我想，我们都一

致认为你的问题是你从未找到机会把你的观点系统总结一下。由于美国生活中颇具竞争性的特点，你就得非常迅速地把一切思考付诸行动。你的生活里没有包含反思这一着；全是靠本能，一旦被本能所抛弃，你就什么也不相信了。如此你才变得玩世不恭。人们常说，玩世不恭是陈腐的实用主义。实用主义适合于某个时期，开拓边疆时期，它曾极具破坏性、非常无情地起过作用，然而那是过去。”

“我代表丹尼尔·布恩①，”兔子说，“谢谢你。”

“当你忘记美国人剥削的首先是他们自己反而说他们是剥削者时，”吉尔有礼貌地继续说道，“那你就错了。你，”她说着就仰起脸，那双眼睛以及雀斑和鼻孔犹如灿烂的星群，“除了技术、篮球和印刷以外，你从未给自己一个机会去思考一下，那些东西也是服务于自我剥削的目的。你携带着一位年迈的上帝，和怒气十足的陈旧的爱国主义信念，还有现在思想过时的妻子。”他倒吸了一口气想反驳，但是她打手势请求他让她把话说完，“你把这一切当作神圣的东西来接受，并非出于爱或信念，而是出于恐惧；你的思想处于凝固状态，因为你的本能一开始遭受挫折，你就急于下结论说万物皆为虚无、答案纯属乌有。我们美国就在如是思考：不是胜利就是失败，不是拥有就是虚无，不是杀人就是被杀，这是因为我们从未创造出闲暇时间去认真思考一下。但现在，你看，我们必须这样做，因为光有行动是永远不够的，没有思想的行动就是暴力。我们在越南所看到的正是如此。”

他终于能够开口说话了：“在我们听说越南这个地方之前就有暴

---

① 布恩(Daniel Boone，约 1734—1820)，美国边民，传奇式英雄。英国诗人拜伦在《唐璜》中有七节叙述他的英雄业绩。

力存在嘛。我坐在这儿洗耳恭听的样子你不是可以看出我基本上还算是个和平主义者嘛。”他指着斯基特说，“他才是喜欢暴力的小杂种。”

“你且听我说，”吉尔说道，听起来不乏哄骗责备之味道，颇带床笫交欢之时戏弄刺耳的哼哼之音韵，“斯基特惹你烦恼犯难让你担惊受怕是因为他说话含糊隐晦，你对他的历史一无所知，我并非只指他个人的历史，还有他的种族历史，他是怎么到这儿来的。像骚乱、福利这些恐吓你的事情不知从何处跳将出来刊登在为你们服务的报纸上。因此今晚我们认为该交谈一会儿，就美国黑人的历史进行某种讨论。”

“求你了，爸，”纳尔逊说。

“岂有此理。好吧。让你说中了。我们以前对奴隶残忍无道，那么为什么只有寥寥几个美国黑鬼愿意放弃凯迪拉克以及，请原谅这个单词，以及有色①电视而返回非洲呢？”

“爸，别这样。”

斯基特开口说：“还是忘掉奴隶制吧，宝贝儿。那永远属于过去，人人都在那样干，多少是国家的责任，对不？不过我必须指出，它发出的味道越是臭，你就把它抓得越是牢，对不？”

“那时我们土地辽阔。”

“别急，坐回去。不要争论，对不？你们有棉花要种，对不？在棉花湿地里干活累死的只是黑鬼，对不？无论如何，是你们发动的战争。在北方

① 哈利有意使用 colored（有色的）而非 color（颜色），以使听者联想到 colored people（有色人种）一词，从而达到羞辱的目的。哈利本应说“彩色电视”（colour television）。

你们有加里森[①]和布朗[②]这些疯子在鼓动人心，而在南方则有扬西[③]和瑞特[④]这群超级吹牛大王以为他们通过分裂就能够大捞一把，可笑的是”——他咯咯笑得直喘气，兔子想象着他剃光了头的样子，这才看到了法恩斯沃斯——“他们没有得逞，南部邦联用船把他们送走了，选举了稳健派当政！北方像萨姆纳[⑤]之流的花花公子与之殊途同归。来投票吧，大家害怕有这种思想的人，对不？你知不知道，估计你不知道，那个叫拉芬[⑥]的家伙，声名显赫的不得了，发明了现代农业或类似的东西，非常仇视扬基佬在萨姆特[⑦]拉响了第一炮然后南方沦陷后朝头上开了一枪？疯子。美极了，对不？所以不管怎样，林肯[⑧]打赢了，对不，并且是为一大把错误的理由开战的——联邦如此神圣的是什么，不过是为了权力托拉斯，对不？——又一个错误的理由是还自由于奴隶，这事儿也做了。愿上帝祝福美国，对不？所以我在这儿就要开始发疯了。”

---

① 加里森(William L. Garrison，1805—1879)，美国著名的废奴主义者，25 岁加入废奴运动，1831 年创办《解放者》报，从而成为美国最激进的反奴隶制鼓动家。1865 年底该报停刊。

② 布朗(John Brown，1800—1859)美国废奴主义领袖，以武力反抗奴隶制。1859 年 10 月率众占领南军军火库，被迫投降后被处以绞刑。人民用《约翰・布朗的尸体》一歌来歌颂他。

③ 扬西(William L. Yancy，1814—1863)，美国南北战争前和战争时期南方政界领袖。1848 年起草《亚拉巴马政纲》，试图从法律上维护奴隶制，后态度更为坚决，倡导南方独立。1861 年初去英格兰和法国寻找支持，目的未遂而返，不久去世。

④ 瑞特(Rhett)可能指《乱世佳人》中的瑞特・巴特勒。

⑤ 萨姆纳(Charles Sumner，1811—1874)，美国南北战争期间积极争取人类平等的政治家，废奴运动的战士，曾任政府高级官员职务。

⑥ 拉芬(Edmund Ruffin，1794—1865)，美国土壤化学之父，南方分离主义的主要人物。南北战争期间，北方的胜利使他绝望而自杀。

⑦ 原文 Sumter，萨姆特要塞，炮台都对准海上，在内战中没有战略意义，但有象征联邦权威的意义。1861 年 4 月 14 日被南军攻陷后加速了北方的团结。

⑧ 林肯(Abraham Lincoln，1809—1865)，美国第 16 届总统，美国历史最关键时刻最杰出的总统之一。连任后不久于 1865 年 4 月 14 日在华盛顿福特剧院被凶手布思谋杀，翌日晨逝世。

“发疯了，斯基特，”兔子说，“谁要啤酒？”

“我要，爸。”

“半罐。”

吉尔说：“我和他分一罐。”

斯基特说：“那玩意儿腐蚀心灵。介不介意我抽点优质红魔[1]？”

“那是违法的。”

“说得对。但是大家都在干。宾园那边所有那些帅哥儿们，你以为他们晚上回家来喝马提尼[2]？那是过去。他们现在吸大麻。老实说，比嚼口香糖都流行。在越南那边，它是大兵的糖果。”

“好吧。点上吧。我想就到此为止了。”

“还有话没说呢，”斯基特说着，就从他睡觉的沙发里面取出一个橡皮小袋和黄色薄纸，卷起大麻烟叶，用那厚厚的白舌头迅速一舔，就把两头一拧。他一点火，卷着的一头就燃起火焰。他贪婪地吸着。憋住气似乎要让它扎个很深的猛子，然后把那甜丝丝的用过的烟雾随着一声饱嗝释放出来。他把湿的那头递给兔子。“尝一口？”

兔子一边留意观察着纳尔逊，一边摇摇头。孩子圆睁着双眼，正注视着斯基特呢。詹妮丝也许说得对，他让儿子看到的太多了。何况，他并未撒手不管。生活就是生活，是上帝创造的，又不是他。然而他看着纳尔逊，担心让他呆在屋里会被理解为默许。他对斯基特说：“继续唱你的鸟语吧。林肯利用错误的理由打赢了仗。”

“接着他就挨了枪子儿，对不？”斯基特把大麻递给吉尔。她接住时那

① 原文 Red，一种巴比妥酸盐胶囊毒品。
② 原文 martini，一种艾酒、杜松子酒混合而成的鸡尾酒。

双眼却在问兔子，你就需要这个？她娴熟地拿着，不像拿香烟那样，倒像是弗雷德·阿斯泰尔[①]用来摆弄姿势的道具。她虔诚地把它当作食物，用尽可能多的手指抓着它，把湿的一头喂进嘴里像孩子吃奶般地吮吸着。那瘦削的脸庞变得温和起来，像进入了甜蜜的梦乡。斯基特还在说："结果呢你们就得到了四百万没有财产和工作的自由奴隶，经济不能独立却还以为哈利路亚[②]的日子已经降临。绿茵茵的牧场，对不？四十英亩和一匹骡子[③]，对不？该死的幼稚的荒唐话，宝贝儿，那事儿最为悲惨，那些可怜的黑鬼就在往火坑里跳。他们自学识字，他们为一丁点报酬而累断了腰，他们把优秀分子送到卑鄙可耻的美国参议院，他们建立起立法机关给南方办起来它从未有过的第一批公立学校，现在又当如何，事实是还需要你们来教育，对不？吉尔亲爱的，把那支烟递过来，你会把自己吸到月亮上去的，那是粗制红魔。看看这儿的一切，宝贝儿和小宝贝儿，那儿的穷白人在唾沫四溅地骂我们黑人英雄为狒狒。只要北方军队一天不撤走，别的事儿就没法做，对不？狒狒、猴子、类人猿：这些满怀希望的可爱的黑人竭力想把自己变成人，以为在美利坚的这些愚昧的州最终被称为了人。"斯基特脸上的肌肉一边在退掉藐视的外壳，一边在痛苦地扭动着似乎要哭出来了。他把眼镜取了下来。他一边伸手向吉尔要大麻烟卷，一边仍盯着兔子的脸。兔子僵住了，他的心在狂奔。纳尔逊。让他睡吧。看得太多了。他听斯基特说话时自己的脸就感到虚弱，不自然，在渐渐松弛下来。这麦芽啤酒味儿很糟。斯基特想大哭一场，想大喊大叫。

① 阿斯泰尔(Fred Astaire，1899—1987)，美国著名舞台和电影舞蹈家，由于和电影、舞蹈女演员 G·罗杰斯(1911—1995)合演音乐喜剧影片驰名于世，一生作品极多。

② 原文 halleluiah，犹太教和基督教的欢呼用语，意为"赞美神"。

③ 黑奴获得自由后，分给每个黑奴的财产，据认为是自给自足的必要基础财产。

他坐在沙发边上打出非常脆弱的手势，就好像那双臂有可能会折断似的。他真是疯狂了。“那么南方干了些什么呢？他们说是狒狒就搞私刑鞭打骗走黑人仅有的一文钱而感谢他们的白人耶稣因为他们无需再供养他了。北方干了些什么呢？它反悔失信。它逃避义务。它使出浑身的力气打完这一仗如今精神勃勃地钻进最大最快乐的粪堆里搞贪婪贪污剥削污染造贫民窟残杀印第安人这个贫穷古老的裱子养的行星一直就背负着这个粪堆，对不？别对着我打瞌睡宝贝儿，接着要讲最有趣的内容了。北方的蠢货和南方的蠢货团结起来说，咱们来做笔交易吧。民主又能怎样？咱们来搞美元统治[①]。我们为何还要在乎，自由人对奴隶？资本对劳力，这才是关键，对不？这个国家可怜的阴道就是与生俱来的最大的果酱罐，那么咱们去吃吧，朋友。你们去操那些黑人劳工我们去操那些白鬼移民和先天愚笨劳工以及嗬一嘿！哈利路亚，对不？于是自由民管理局[②]被捣毁军队司令员被骑着马的穷白人赶回老家他们非常热衷于把肚里怀着孩子的黑人姑娘一劈两半而蒂尔登[③]在一次真正舞弊选举中受骗而失去总统宝座在每一本白鬼历史书中你都可以找到供认不讳之词。查查去吧，对不？那就是 1876 年革命。就黑人而言，那是个痛苦的 1876，由此上溯到一百年以前的那次还不过是一帮英国绅士在逃税[④]。”斯基特又把眼镜戴上；眼镜圈在一层蓝色烟雾后面闪闪发光。他重新满足于讥讽的语调了。“那就让我们大家高唱美国的美丽吧，对不？北方和南方，强盗

---

① 斯基特取“民主”(democracy)中后五个字母编造了“美元统治”(dollar-cracy)。

② Freedman's Bureau(1865—1872)是美国南北战争结束后进入重建时期，国会为 400 万新获自由的黑人提供援助的军事组织。

③ 蒂尔登(Samuel J. Tilden，1814—1886)，美国律师，纽约州州长，民主党政治活动领袖之一。1874 年当选纽约州州长时，因揭露“运河帮”(政客和承包商的诈骗集团)而蜚声全国。

④ 指 1776 年美国独立战争的起因。

资本家和贫民窟。在南方,一个大型烧烤黑鬼宴会。希特勒谢天谢地至少在竭力把炉灶[1]藏起来。可是在南方各州,每棵木兰树上都挂着一根绞索。伙计,他们通过的法律说假如黑鬼在距白鬼三英里的范围内打喷嚏他的睾丸就会被长着锯齿般牙齿的猎犬咬掉。无论小镇在何时要清除掉痰迹只要有个黑鬼没有跳到人行道上舔干净烟草浆汁,他就被塞进戴着锁链的那帮人群之中以比一只鳄鱼蛋还便宜的价格兜售给司法长官的小舅子。假如他胆敢要求第十五修正案不折不扣赋予他的选举权,当然,他们还没能想出慢慢剥他皮的办法,他们还没能发明出足够的法律来表达他们的不满,穷苦黑人那最稳妥的办法就是一头扎进莉莉祖母的鹅爪之下而不要逞强扎进投票站。对不?宝贝儿,我得递给你了,你都拿去算了。南方只付出一半的代价就恢复了奴隶制,它通过算进不可能投出的黑人选票重新控制了国会,北方得到了资本积累所需的棉花款,这样大家都蹲在黑人身上拉屎取乐然后都捏紧鼻子。你相信多少?”

“我全都相信,”兔子说。

“你相不相信,你相不相信我已经疯狂到说出这种话来?我此刻手中若有把刀我就插进你的喉咙看着那乳白色血液流出来再爱上它,噢,但愿我爱上它。”斯基特在痛哭流涕。眼泪和烟雾在面部肌肉上合二为一了。

“好啦,好啦,”兔子说。

“斯基特,别哭了,”纳尔逊说。

“斯基特,这玩意儿劲儿太大,我要扔了,”吉尔说着就站了起来,“我都晕晕乎乎了。”

---

① 原文 ovens,指纳粹集中营内的焚尸炉。美国却在明目张胆地迫害黑奴。黑奴的命运可比之纳粹德国统治下的犹太人。

但是斯基特只愿和哈利说话。“我想对你说的是，”他说，“我想把话说得明白点儿的是，宝贝儿，你们曾有过机会。你们本能够走上某条更好的道路，对不？你们由于贪心而改变了方向。对不？你们把我们都出卖了，对不？你们把自己也出卖了。正如林肯所说，你们捐出了鲜血，对方就用剑来抽打你们以及诸如此类的话，你们没有扶我们起来，我们伸出双手，伙计，像忠实的狗在等待那根骨头，然而你们踢了我们一脚，你们镇压了我们，你们镇压了我们。”

“斯基特，无论那是什么烟，以后请你别再给我了，再也，再也别给了，”吉尔一边说着话一边都飘飘欲仙了。

斯基特止住了哭声，抬起了头，面孔像是被条条泪痕弄湿的灰堆显得更黑了。“不光是我们，你们把自己也出卖了，对不？你们在这儿真的拥有过，你们拥有过一切，接着你们踩上那条贪婪卑劣之路，伙计，你们把自己弄成这颗行星的肛门，对不？为保证让那资本主义的玩意儿运转不止你们允许那些屁眼精横行霸道而今你们都成了屁眼精，在北方南方无论你怎么看都有屁眼精，你们全盘接受了有害的观点而今就暴露了出来，宝贝儿，你们说美国属于你们，你们依然拿着军号和星形勋章但是说给任何一个黑人或黄种人听你们得到的只是仇恨，对不？伙计，这世界的确恨透了你们，你们是头大猪拦住了去路。”他泪眼模糊地用瘦削的手指头往前一戳便垂下了头。

从楼上传来一阵受到挤压的喘息声，谨慎小心的声音就像是猫捉住一只鸟后发出的那种声音，吉尔感到想呕吐。

纳尔逊问：“爸，你怎么不给医生打电话？”

“她会好的。睡觉去吧。你明天要上学。”

斯基特看着兔子，他那湿漉漉的眼球炯炯有神。“我说完了，对不？”

“你的思路有问题，”兔子告诉他，“纯粹是自怜而已。真正的问题是，你从此地将归往何处？我们都是乘坐破烂船只来到这里的。你说的好像是这个国家的全部目标从建国伊始就一直是为了阻挠黑鬼。见鬼，你们只占十分之一。事实正是大多数人毫不在乎你们所做的一切。这是最自由的国家，能干则干，不能干则体面地死吧。但是天啊，别再祈求免费搭车了。”

“朋友，你说错了。你是白人但说了错话。我们吓呆了你们白人。我们存在于你们的梦中。我们是技术社会的梦魇。我们拥有所有善良知足的天性，当你们踩上那条卑劣贪婪之路时你们体内的这种天性就被扼杀了。我们代表工业革命所忽视的品质，所以我们就代表下一次革命①，难道你们不明白？你们心里清楚得很。你为什么那样怕我，兔子？”

“因为你是个黑鬼。我要睡觉去了。”

斯基特使劲摇了摇头，又犹豫不决地摸了摸，在浮木座灯的灯光下，那团圆圆的头发看起来虚而不实，那头颅窄小得像把刀的骨头刀柄。他轻轻擦了擦前额，似乎那儿有只小虫。他说：“做个甜蜜的梦。我现在正胡思乱想睡不着，我就坐在这儿，安慰安慰伤痛。我把收音机打开把音量调低你在不在意？”

“没关系。”

楼上，吉尔在他的怀抱中突然变成一团暖融融的小东西，她在急速的呼吸声中央求说：“把他赶走吧，哈利，别让他住在这儿，他对我没有好处，对我们任何人都没有好处。”

“是你把他带到这儿来的嘛。”他把她的话当作孩子们常用的夸张来

---

① 美国黑人作家鲍德温（James Baldwin，1924—1987）是纽约哈莱姆区的一个私生子。1963年把两篇已发表的文章合成一本题为《下一次的将是烈火》（*The Fire Next Time*），再版多次。斯基特的这一说法盖源于此。

理解，他们通过讲述出来达到消除恐惧的目的；的确，五分钟过后她便沉沉入睡了，一动也不动。头那边的电钟像个小小月亮的框架在发光。楼下，调低音量的收音机发出微弱的嚓嚓声。兔子很快也睡着了。奇怪的是，由于斯基特住在家里，他睡得很熟。

“哈利，喝儿口怎样？”父亲像往常那样告诉招待员说，“来杯施利兹吧。”

“威士忌，要酸的，”他说。夏季已经结束，凤凰酒吧的空调已经关掉。他问：“妈的身体怎样？”

“还过得去，哈利。”他像个阴谋家似的轻轻推近了一英寸。“那种新玩意儿可真管用，她如今一次能站几个小时了。不过就我出的费用而言，花了六万四千美元不知长远效果会怎样。医生对此还是挺实在的。我们去医院检查时他对她说：‘我最心爱的实验品感觉怎样了？’”

“她怎么回答？”兔子突然问。

父亲吃了一惊。“她的回答？”

“任何人的回答。”

父亲如今明白了这个问题，就在干净的白衬衣里边耸了耸窄小的双肩。“盲目的信任，”他暗示说。在嘟哝声中他补充说：“地底下又多了一个杂种。”

放在酒柜上的电视屏幕显示，许多人排成纵队从一具棺材旁经过，只是声音关掉了，兔子说不出那究竟是埃弗莱特·德克森①的遗体在华盛

---

① 德克森（Everett M. Dirksen，1896—1969.9.7），美国政治家，肯尼迪和约翰逊总统任期内的参议院共和党领袖。在60年代制定禁止核试验条约、1964年的民权法和1965年的选举权法方面起到了重要作用。

顿供公众瞻仰呢，还是胡志明[①]在河内的葬礼仪式。显贵要人们面容相似，一律身着丧服。父亲清了清喉咙，打破了沉默。“詹妮丝昨晚给你妈打过电话。”

“好家伙，我想她的精神快要崩溃了，她老是打电话。斯塔夫洛斯一定是快没劲了。”

“她非常烦恼不安，她说你收容了一个黑人住在家里。”

“确切讲我并未收容他，可以说他是自己钻出来的。不该让人知道这事儿。我想他是法恩斯沃斯的儿子。”

“这不可能，据我所知杰里[②]从未结婚。”

“他们一般是不结婚的，对不[③]？他们作为奴隶是不允许的。”

这点历史知识倒使得厄尔·安斯特朗做了个怪相。和儿子在一起他该扮演何种角色真是个难题。“我还得说，哈利，我对此也有意见。”

葬礼（棺材上盖的旗子上有星星和条纹，那一定是德克森的了）消失了，在那地方晃动的是大炮开火的镜头，卡车穿越沙漠的镜头，飞机无声地在空中横冲直撞的镜头，士兵挥手欢呼的镜头。他说不出他们究竟是以色列人还是埃及人。他问：“妈对此乐不乐意？”

“我还得说，她对詹妮丝非常粗暴无礼。建议说她若想插手你的家务事她就该回去自个儿处理。说她无权抱怨谁。别的什么话我就不知道了。两人争吵起来时我就不忍听下去，跑得远远的。”

“詹妮丝提到律师没有？”

---

① 胡志明（Ho Chi Minh，1890—1969.9.3），原名阮必成。越南民族解放运动领袖、共和国主席。

② 杰里（Jerry）是哈利的工友法恩斯沃斯的名。

③ 原文 Right？“对不？”是斯基特的专用语，由此可见哈利在那次教育中所受到的影响。

“即使她提过，你妈也没给我讲。就你知我知了，哈利，她心烦意乱的样子都吓坏我了。我相信她不过只睡了两三个小时的觉；她吃了双倍的速可眠①，剂量还没把她打昏过去。她忧愁满面，原谅我厚颜多管闲事儿，哈利，我也一样担忧。”

“忧愁什么？”

“忧愁这种新的情况。我并不恨黑鬼，我很乐意和他们共事而且有二十年之久，若有必要我愿意做他们的邻居，不过他们还未挤进佳济山，但是更进一步讲，据我的经验看，你在玩火？”

“什么经验？”

“他们会让你失望的，”爸爸说，“他们没有一点责任感。我不是在责备人，但那是事实，他们会让你失望，事后再笑话你。他们不像白人，而且说他们像也没用。你问我什么经验，尽管有许多故事可讲，我还是不想谈，还记得我是在第三区长大的那时白人多于黑人，在任何事情上我们都互不相让。我了解这个国家的人民。他们都是性情温和之人。他们喜欢吃吃喝喝喜欢红灯区和人数优势，他们一次又一次地把坏蛋选进政府机构，但就是不愿看到自己的女人受辱。”

“谁受到了羞辱？”

“就是那边那群各色人等，你现在处事的方式，就是一种羞辱。你还没有从邻居那里听到有什么反应？”

“我甚至还不了解我的邻居。”

“那黑人小子在外边一露面，你就会了解他们的本质，你就肯定会了解到他们的本质，如我站在此处试图做个朋友而不是父亲一样肯定

---

① 原文 Seconal，商标名，一种安眠药。

无疑。我迫使你增长见识的日子早已过去，哈利，不管怎么说你给我们添的麻烦比米姆要少得多。你妈妈老是说你让人任意摆布，而我总是回答说，哈利知道走哪条道，他总会成功的；然而我开始看出她可能说得对。你妈妈即使全身陷于瘫痪也不会上当受骗，问问这个尝试过的人吧。"

"你什么时候尝试过？"

但这个秘密——爸爸欺骗过妈妈？——仍旧藏在老头儿那些松动的假牙后面，那张嘴在不停地调整着，若有所思地抽吸着。他反而说："帮帮忙吧，哈利，我很不愿求人，但是帮帮忙吧今晚过来一趟聊聊天。你妈妈没给詹妮丝好脸，但我明白她一直心烦意乱。"

"今晚不行，我去不成。也许几天以后，事情必然会澄清的。"

"为什么不行，哈利？我们答应不盘问你或其他什么的，哎呀，我不会为自己请求的，瞧你妈妈那种心态。你知道"——接着他凑得更近了，乃至他俩的白袖口都挨到了一块儿，兔子闻到了父亲呼出的酸溜溜的味道——"她正在冒我们大家都得冒的风险。"

"别问了，爸。我现在去不成。"

"他们把你捏在手掌心了，哈？"

他站直身子，拿定主意，这一杯酸威士忌已经喝够了，就回答说："对。"

当天晚上晚餐后他们讨论奴隶制。吉尔和斯基特一起洗完了碟子，兔子帮助纳尔逊做完了作业。儿子今年开始学代数，可掌握不了脑子里的轻轻一拍，靠这一拍，一个多项式就分裂为 X 的两个精妙等式，一个为负一个为正。兔子从前数学一直学得好，这是一场有限度的比赛，随着有规则的运动最后就归于完成。组合式总是能够分解的。纳尔逊对此很难掌握，害怕失去和转向，一个伶俐的孩子然而总是不放松，害怕也许是那个东西夺走了小妹妹的生命：害怕它可能会返回来要了他的命。他们还有半小时就要看《大家笑》，他们都想看。今晚斯基特占据了褐色大椅，兔子坐的是布满银丝线的那把。吉尔和纳尔逊坐在泡沫橡皮沙发上。斯基特拿着几本书；在他那瘦小的褐色双手下面书籍就显示出带有孩子气的明亮色彩。上学受教育时期。《芝麻街》[①]。

斯基特对兔子说："宝贝儿，我一直在想，当昨晚我说到你们的奴隶制是国家的责任时我就兜售出了真理。这事实经过反省后就变得很明显，你们的奴隶制风格是首屈一指特别不光彩的，大概是这座可怜的浸满鲜血的地球所曾有过的最不光彩的了。"斯基特说话之时那声音就稳定沉着地施加了一种压力，像大风吹得枯树格格作响。他的双眼从未转过来看上纳尔逊和吉尔一眼。

兔子，这位顽强好胜的学生（他上高中时常得 B 分），问道："那些非常不光彩的东西是什么呢？"

"让我来猜猜你心里的想法。你认为种植园不是那么不光彩的，对不？因为有班卓琴以及你能品尝到的各种带馅油炸面团并且旧主子就住在宽大的家里而不是福利救济部，对不？不管怎么说，那些黑鬼等于野蛮人，瞧他们那满是骨头的大脑袋，而且他们若是不喜欢，那么，他们为何不奋起反抗，像那些高尚古老的红种人一样戴着镣铐死去，对不？"

---

① 原文 Sesame Street，为不到五岁的小孩演播的电视连续剧名。

“是呀。为什么不去死？”

“我喜欢这个提问。是因为我知道答案。原因是，老唐托[1]还不开化，干农活儿对他毫无意义，他住在月球上的，对不？已经无影无踪了。而黑人则来自西非，他们在那里从事农业。他们在那里拥有社会组织。那些奴隶从一千英里之外漂洋过海上了岸你觉得怎样？是黑人安排好的，他们不愿干涉白人，他们把整个馅饼为自己保存好。都是善于组织的人，对不？”

“真有趣。”

“很高兴你这样说，很感激你有如此兴趣。”

“他说的是心里话，”吉尔调解说。

“闭上你的嘴，”斯基特看都不看她一眼就说道。

“你才要闭嘴呢，”纳尔逊干涉说。兔子当然对孩子的这句话感到自豪，但又觉得纳尔逊护着吉尔，像斯基特的反唇相讥一样，是习惯性动作：是他离家上班时三人培养成的某种格调的一部分。

“那些读物，”吉尔怂恿着说。

斯基特解释说：“小吉莉和我今天一直在商量，她的看法是，要把晚上的时间规划一下，对不？我们会大声朗读一点东西的，否则我就倾向于搞一言堂，直到你再次把我打倒在地为止。”

“那我就先喝杯啤酒吧。”

“让你的肚皮上长些脓疱，伙计。容我先点着优质大麻卷烟[2]再递给

---

① Tonto，阿帕奇族印第安人。

② 原文为 Tijuana brass(提华纳的铜管乐器)，因和 marijuana(大麻)发音相似而实指后者，此句意为“点着优质大麻卷烟”。“提华纳”为墨西哥西北部城市，靠近美国西南部疆界，有“开放城市”之称。

你们,像你这样的老运动员是不该喝马尿的,对不?”

兔子既没赞同也没挪身。他瞥了纳尔逊一眼:孩子的双眼下沉闪着泪花,一副惊恐的模样但还没到恐慌的地步。他正在求学,他信任他们。他向对面皱了皱眉好让他父亲别再看着他。他们周围的家具——从未生过火的火炉,像具死尸一样撑着一只胳膊横躺着的浮木灯座——都在洗耳恭听。细雨静悄悄地拍打着窗户,把他们紧紧密封在室内。斯基特收紧嘴唇将最初的几缕甜丝丝的烟雾封存在体内,然后轻轻呼出来,叹了口气,就向后一仰躺在椅子上,消失在棕色的椅背和扶手中间,只有眼镜的玻璃圈和银色镜架在闪闪发光。他说:“它就是财产,对不?从弗吉尼亚开始,它就是地地道道的利润和资本。英王,所关心的只是烟钱,对不?黑人不过是他那收支平衡表上的墨点。西班牙王呢,很久以前他就了解了黑人;那些摩尔人①曾经治理过他的国家,其中有一些人非常精明能干。所以在疆界以南奴隶既是财产也是别的东西。西班牙王说,那是我的臣民,他有合法的权利,对不?教堂说,那是一颗永恒不朽的灵魂:给他施洗礼吧。教他分辨是非曲直吧。他的婚姻誓言是神圣的,对不?假如他弄得到面包给自己买自由,你就得卖。在那儿这一切都写在法律上的。而在这儿,法律上只写了一条:没门儿。没门儿。这不是人,这是一块热烘烘的动物肉,价值一千块冷冰冰的美国大洋。不能让它结婚,行情看涨时出手会把买卖搞砸了。不能让它去法庭上作证,那会把惠特尼②的财产权搞乱套。我作为少奴之父,相信我的话吧,没有这回事儿,根本没有。

---

① 摩尔人(Moor),英语文献中指摩洛哥人,过去亦指在11—17世纪创造了阿拉伯安达卢西亚文化,随后在北非作为难民定居下来的西班牙穆斯林居民或阿拉伯人、西班牙人及柏柏尔人的混血后代。

② 惠特尼,疑指约翰·惠特尼(John H. Whitney,1904—1982)美国金融家、报纸发行人、政府官员、运动员、赛马马主和育种家。1956—1961年任美国驻英国大使。

一切事实都是合法的。那么法律是怎么成为那个样子的？因为他们确实相信一个黑鬼就是一堆屎。他们被自己的屎吓坏了。伙计，那些白佬真让人恶心，他们对此知道得一清二楚。在议论快乐的拉斯特斯[1]大嚼西瓜的年月里他们被起义，被起义吓得魂不附体，宝贝儿，整整一百年间也不过两三次起义，全部加起来还不满一桶尿。他们却被吓呆了，对不？害怕黑人识字，害怕黑人学手艺，害怕黑人进入劳动力市场，一旦他获得了自由，自由人却没有地方可去，都在谈论自由国土，堪萨斯的自由国土的第一条惯例就是我们这儿不要黑色面孔，让他们走远点儿。这个愚昧的国家通身的问题就在于它不像别的地方此事彼事层出不穷，一些人运气好另一些运气差于是就推动一下做点儿让步；不是的，先生，这块地方决不会如此，它只是一场梦，它只是来自于那些可怜的傻瓜移民的一种心态，对不？一些白人看见个黑人，他看到的不是一个人，他看到的是一种象征，对不？所有这类人都在自己的大脑里左右徘徊，他们不懂得假如你踢了别人一脚它会感到疼的，甚至耶稣也不会告诉他们的，因为他们随船带过来的耶稣是最卑鄙阉割得最彻底的，耶稣善良的主，就让他到处乱跑吓唬人。吓坏了，吓坏了。我害怕你，你害怕我，纳尔逊害怕我们俩，而可怜的吉莉在这儿是见什么怕什么，我们若不能像她老爸那样待她，她又会跑去藏身于麻醉品之中的。”他把冒着烟的大麻烟卷抿湿的那头递过来。兔子摇头不要。

“斯基特，”吉尔说，“有选择地说。”俨然一位端庄的俱乐部女会员要会议切入正题。“还有十三分就要看《大家笑》，”纳尔逊说，“我不想错过开头，他们介绍节目时很精彩。”

---

① Rast us，在蓄奴时期，这个词被用作黑人的名字，现在指称任何一个快乐的黑人，而非特指。

“好—吧，”斯基特说着，就摸了摸前额，摸摸那儿有时似乎有的嗡嗡叫声。“在这儿的这本书里头。”该书名为《奴隶制》，字母印成红、白、蓝相间。在斯基特瘦削的手中它就像是一次小型博览会。“只为着闹着玩儿，和我那没有证据的嚼舌相比它能给我们更为实在的内容，对不？你知道，就像是一出事件剧①。宝贝儿，会把你的屁股打得生疼的，对不？”

“不会的，我喜欢听。我喜欢听些原材料。不会抱成见的。”

“他真让我愉快，对待人生如此坦诚，”斯基特说着，就把书递给吉尔，“小乖乖，你先开始。我指头指的地方，小号字体那部分，”他宣布说，“都是方言古语，懂吗？”

吉尔在沙发上坐直了身子用比平时要高一些的嗓音朗读，那是受过训练的优秀女生的嗓音，带有支配课堂的气势，让人感觉是坐在挂着白色窗帘宽大通风的房间里；其心理疆界甚至超过了宾园的范围。

她读道：“想想这国家的所作所为，如此持久不断花样翻新。上帝定会听见你哥哥流血的声音，从地面上发出的长久的哭叫；他的法官如今甚至要问你一声：‘美利坚，汝兄何在？’这个问题美利坚必须回答：‘瞧，他就在南方那边的稻田里，在长满了棉花和茂密甘蔗的地里。他身体虚弱被我捉住；赤裸着身子被我缚住；他无知、贫穷和野蛮被我制服。我在他那更加羸弱的肩上套上了沉重凶残的枷锁。我给他戴上了铁链脚镣；用皮鞭狠狠抽打。别的暴君统治着他，我的指头却触及到他的皮肉。他做的苦活儿养活了我，他的汗水、眼泪和鲜血把我养得肥肥胖胖、沉溺酒色。我偷走了父亲，也偷走了儿子，并迫使其艰苦劳作；他的妻子和女儿就成为让我兴奋快乐的战利品。看看那些既是汝之仆人又是他的侍女的孩子

① 原文 happening，一种即兴自发的演出节目，常将观众卷入。

们——其皮肤比祖先的更显黝黑。问汝要非洲人？我已将他变为野兽。瞧，在彼处汝有属于汝的一切。'”她红着脸把书递了回去。她瞥了兔子一眼似乎在说，对我有耐心些。我难道没爱过你？

斯基特在叽叽呱呱地说着话："幼稚的荒唐话，真让我上劲儿。让我兴奋快乐的战利品，对不？你懂不懂皮肤比祖先的更显黝黑的儿子们闪闪发光的一页？那些老扬基佬的阳物确实备受困扰，一次尊贵的性交就可能使废奴运动降温。但是他们设法把它弄回家装在粮仓里，因此他们肯定让那些把它弄到奴隶棚屋里去的穷白鬼吃尽苦头。黑色之肉即是灵魂之肉，对不？那就是西奥多·帕克①，还有另一位，人群中最卑鄙的那张嘴，老威廉·劳埃德②。纳利，你来试着读这一段。就是我作记号的那段。只需慢慢把词读出来，尽量别带感情。"

孩子手中拿着华丽的书本，朝父亲望去以求救兵："我感到不知所措。"

兔子说："读吧，纳尔逊。我想听听。"

他转向别处求助："斯基特，你答应过我不用读的嘛。"

"我说过我们得看看事情会怎样发展。读吧，你爸喜欢。他不会抱成见的。"

"不管是谁你都要去取笑一番。"

"免了他吧，"兔子说，"我都快没兴趣听了。"

吉尔干预说："念吧，纳尔逊，很好玩儿的。你不念我们就不看《大家笑》。"

---

① 帕克(Theodore Parker，1810—1860)，美国"上帝一位论"派神学家、牧师、学者、反蓄奴的社会改革家。1848年他发表宣传废奴主义的小册子《就蓄奴问题致美国人民书》。

② William Lloyd，即William Lloyd Gamson(1805—1879)，美国废奴主义者，创办《解放者报》，参加创建美国反奴隶协会，在美国内战中支持林肯的《解放宣言》。

孩子开始念了，结结巴巴，眉头紧锁以致父亲纳闷他是不是该戴眼镜了。“这无关紧要，”他念道，“哪怕每个政党会因意见分歧而分——，分——”

吉尔的视线越过他的肩膀看了看。“分裂。”

“——每个党牌——”

“党派。”

“——每个党派被撞得粉碎，全国性的协约就被解除——”

吉尔说：“好！”

“让他念下去，”斯基特双目紧闭，边说边点头赞许。

纳尔逊的声音里增添了几分自信。“——国土上到处是内战和奴隶战争的恐怖——而且，奴隶制一定会在臭名昭著的坟墓中埋藏——”

“埋葬，”吉尔纠正说。

“——埋——葬，根本没有可能得到复，复——”

“复苏。”

“国家若不能在反奴隶制的风暴中幸存下来，那就让国家消亡好了。教堂若需要在争取人道的斗争中推倒在地，那就让教堂倒掉好了，其碎片将散落在天国的四面八方，决不再诅咒人间。假如美利坚联邦的维持运转只有靠残杀式的——那是什么字？”

“献祭，”吉尔说。

兔子说：“我以为是指烧光之意。”

纳尔逊抬起头来，不知道该不该继续念下去。

雨水继续拍打着窗户，轻轻地，轻轻地拍打着，越来越紧。

斯基特的双眼依然闭着。“念完呀。念最后一句话，小宝贝儿。”

“假如合众国因为给予俘虏以自由就该从国家的名单中划掉，那就让合众国沉没在遗忘的波涛中吧，然后快乐地高喊一声，压过四海波浪的吼声，消失在行将灭亡的宇宙之中。这些话是什么意思我一点儿都不懂。”

斯基特说：“它的意思是，让更多的权力归于人民，消灭掉法西斯猪猡。”

兔子说：“我看它的意思是，把婴儿和洗澡水一块儿倒掉。”他想起一缸平静的水，死气沉沉的水面上有某种尘埃。他重新经历过一次震荡要把手伸进水中拔掉塞子①。在雨中，他的思绪又回到他们正坐着的屋里。

吉尔正在给纳尔逊解释：“他说出了斯基特要说的话。假如制度，哪怕它是为多数人服务的，必须压迫一些人的话，那么这整个制度就该消灭掉。”

“我说过吗？没有。”斯基特离开柔软光滑的褐色椅背和扶手向前倾着身子，向年轻人伸出一只颤抖的瘦手，用颤抖的声音带着嘲弄模仿着说：“那巨大的隆隆声。终究会来的。不是贫穷的黑人安放的炸弹，是有钱白人的后代。不是非正义敲击的大门，是无法忍受。笼子里关进太多的老鼠后，那些肥大的老鼠就比瘦小的老鼠变得更为愤怒发狂，因为它们感到太拥挤了。不。我们应该超越这点，超越暴力，看到下一个阶段。我们可以假设那一切会猛烈爆炸起来。那一点儿都没有意思。下一步的结果就是有趣的结果。那将是一片巨大的宁静，”

“而你就是想把它带来的黑人耶稣，”兔子嘲笑说，“从公元纪年到斯基特纪年。在斯基特之后，我该活到那样久的。一切赞美将归于斯基特的圣名。”

他主动唱起赞歌，可是斯基特的注意力正集中在另两人身上，他训

---

① 只需拔掉塞子，放干洗澡水，就可拯救在洗澡的婴儿。哈利此时想到了女儿之死。见《兔子，跑吧》。

导说:“人们一直在谈论革命,但是革命没有意思,对不?革命只意味着一群人从另一群人手中夺了权,那没一点儿用处,那只能是权力,而权力就只能是枪支和暴徒,那就成了让人厌烦的废话,对不?人们对我说‘释放休伊’[①],我说‘操他休伊’,他不过是黑脸阿格纽[②]。世人在死掉之前就已忘掉了那样的暴徒。不。当暴徒们相互厮杀,把每个人的一半财物掠走之时,真正的问题就存在于如何利用空间。内战结束以后,就有了空间,他们却只是填塞满了那些相同的陈旧贪心的糟粕,更加臭不可闻了,对不?他们把那狗咬狗的陈旧货变成了神圣的法律。”

“那正是我们所需要的,斯基特,”兔子说,“一些神圣的新法律。你为何不爬上佳济山顶要他们刻在石板[③]上递给你?”

斯基特慢慢地把那张雕刻精致的刀柄似的脸转向他,慢慢地说:“我不会威胁你的,宝贝儿。你放心好了。我唯一能对你做的事是干掉你,而那要比你现在的胡思乱想作用更小,对不?”

吉尔非常巧妙地主动插话以化解矛盾:“我们为何不挑选些内容让哈利来念?”

“少啰嗦,”斯基特说,“如今那也起不了作用。他的感情共鸣出了纰漏,对不?他未作好准备。还不成熟。”

---

① 原文 Free Huey。Huey 全名是 Huey P. Newton(1942—1989),是主张暴力的黑豹党骨干。1968 年 9 月,他被控谋杀了加州奥克兰市警官 John Frey 而被捕判刑,次年又改判。在群众集会上,黑豹党的口号是:“释放休伊!你们能囚禁一个革命者,但不能囚禁革命。”在第二和第三次指控之间隙,于 1971 年他访问中国,受到周恩来等的接见。他未接受中国愿意提供的政治避难权,后逃亡国外,又回国受审。1989 年 8 月 22 日,在一次毒品交易失败后他被杀身亡。

② 阿格纽(Spiro Agnew,1918—1996),美国第三十九届副总统。由于犯有敲诈、受贿、逃避所得税等罪行,1973 年辞去副总统职务,罚款一万美元。

③ 《圣经·出埃及记》第 32 节第 15 段等讲述摩西从西奈山顶走下来时手拿十诫石板,板的两面都写着上帝的十条训诫。

兔子伤了心，他原来只是开开玩笑。“好吧，我准备好了，把书给我读吧。”

斯基特问纳尔逊：“他说些什么，小宝贝儿？你认为他准备好了吗？”

纳尔逊说：“你就读好了，爸。别开玩笑。”

“我？我开过谁的玩笑？”

“妈咪。你总是在取笑妈咪。难怪她会离开你。”

斯基特把翻到某一页的书递给他。“只有一点儿。只读我作记号的地方。”

柔和的红铅笔印。那些彩色蜡笔盒过去经常使他想起露天看台上颜色各异的人头。这真是奇特的再现。“我相信，我的朋友和生活在一起的市民们，”兔子颤着嗓音念道，“我们还未做好准备接受投票权。但是我们能够学会的。把工具给一个人让他开始使用，他就会及时地学会一门手艺。投票也是如此。最初我们可能不懂，但是我们会及时地学会尽职尽责。”

雨水发出了轻轻的鼓掌声。

斯基特轻轻地把狭长的头颅斜向一边并冲着沙发上坐着的两个孩子微微一笑。“他变成了十足的好黑鬼，是不是？”

纳尔逊说：“别这样，斯基特。他没开玩笑你就不能开。”

“我说的并没错嘛，那正是世界所需要的十足的好黑鬼，对不？”

为了向纳尔逊表明他的心肠有多硬，兔子对斯基特说：“这全是假同情者的废话。就像我为瑞典人在零年受芬兰人摆布鸣冤叫屈一样。”

纳尔逊大叫道：“我们要错过《大家笑》了！”

他们打开电视机。那冰冷的小星星渐渐变大，不断出现的条纹迅速形成一幅画面，小萨米·戴维斯扮作小个儿脏老头儿，在公园长凳后面跳着踢跶舞，漫无边际地哼着自编的忧伤曲调。一看见凳子上坐着个人，他顿时振作了起来。那不是露丝·布兹而是阿恩·约翰逊，白人，真正的小个儿脏老头儿。他们并排坐着相互凝视着。他俩就像一个人盯着一面荒唐的镜子。纳尔逊哈哈大笑。大家都哈哈大笑：纳尔逊、吉尔、兔子、斯基特。仁慈的雨水把他们牢牢封在屋里，像位裁缝抚摸着缝合着的整座房屋，做了件合身的宽大外套。

跟斯基特一起的夜晚，他们混在一起。斯基特问他："你想不想知道黑人的感受？"

"不大想。"

"爸，别这样，"纳尔逊说。

沉默、出神的吉尔把大麻烟递给兔子。他试探性地抽了一口。几乎十年未拿过香烟了，他不敢猛吸。上次在金博吸了之后几乎要呕吐。你吸进去就要克制住。克制住。

"试一想一下，"斯基特还在说，"呆在一个玻璃盒内，每当你想朝某个东西走去时，你都会碰壁的。试想坐在巴士里，大家都离你而去是因为你的全身长满了流脓的疥疮，他们生怕会染上这病。"

兔子轻轻呼气，把烟喷了出来。"事情正是如此。这些巴士上的黑人小子就是冲得厉害。"

"你已排了那么多字整个世界都变成铅了，对不？你谁也不怨恨，对不？"

"谁也不怨恨。"心情平静。空间透明。

"你以为宾园的那些人怎样？"

"哪些人？"

“所有人。所有那些人都住在巨大馅饼皮式仿都铎王室[①]的房舍里，绣球花丛旁停放着他或她的凯迪拉克。你觉得安装铁门的米福林俱乐部里的那些卑贱老头儿们怎么样？他们从前拥有纺织厂，如今不再拥有别的，只有一堆钞票让他们享受雪茄和小妞。那些人怎么样？让他们在你的大脑里打打转再回答吧。”

兔子想象着宾园的模样，用木材建成的三角墙，粉饰灰泥，没有杂草的草坪长得胖鼓鼓的像枕头。该园坐落在一座小山上。他从前常常想象小山顶上它的模样，那小山他从未爬上去过，因为它不像佳济山，它不是座真正的山。而他妈妈、爸爸、米姆过去就住在真山的山脚旁，住在阴暗处与布尔格夫妇隔壁，爸爸每天下班回家累得要命都不能在后院玩会儿接球，妈妈从未像其他女人那样拥有过珠宝首饰，他们专买隔夜面包因为便宜一点儿，爸爸的牙痛也不让牙科医生的双手夺走一分钱，如今妈妈的濒临绝境就成了驾驶凯迪拉克并在宾园拥有居室的医生们玩儿的游戏。“我恨他们，”他告诉斯基特。

这黑人脸露亮光，喜形于色。“再深入些。”

兔子害怕若是他正视了这种感情它就会脆弱，从而消失得无影无踪，但并非如此；它开始膨胀、爆炸。把木制三角墙、车道卵石、高尔夫球俱乐部统统变成碎片抛向空中。他想起一位医生。是他今年初夏偶然碰见的。他走上门廊去看望妈妈，医生正匆匆忙往外走，在一目了然的扇形窗下，只见他穿着豪华的奶油色雨衣而雨点儿也不过刚开始抛洒，这种公子，一有机会就不知从何处弄来一件雨衣。一切都准备停当了，生活都玩

---

① 原文 mock-Two-door houses，Two-door 即 Tudor（都铎）的有意误读以示嘲弄，更暗示那些有钱人是通过正当和非法（走前门与走后门）手法同时并举而发财致富的。都铎王室为英国的一个王朝，先后有 5 位国王（1485—1603）。

儿转了。擦得发亮的扎着带子的皮鞋上方是笔挺的花呢裤,他急匆匆要奔赴下一个约会,急切地想逃离这条细雨蒙蒙屋舍倾斜的街道。爸爸站在门口像位老太太一样蠕动着牙齿,他主动介绍说:“我儿子哈利。”含有可怜巴巴的骄傲之情。医生被这哪怕是一秒钟的耽误所激怒,修剪过的铁青色胡须之下的上嘴唇表现出一缕厌恶的神态。他的握手像金属般冰冷、傲慢,它夹住哈利毫无准备的右手,其意为,我很强大,我按我的意志扭曲人体。我就是生,我就是死。“我恨宾园那帮王八蛋。”哈利夸大其词地说道,以表演给斯基特看,想取悦于他。“我按一下红色电钮就能把他们送到西天去”——他在半空中按了一下电钮——“我会干的。”他使劲按那个电钮似乎他真的看见它就在那儿。

“咔嚓——轰隆,对不?”斯基特一边龇牙咧嘴地笑,一边猛地挥开两只芦柴棒似的胳膊。

“可事实是,”兔子说,“大家都知道黑妞儿长得漂亮。如今,甚至出现在招贴画上了。”

斯基特问:“你认为所有关于这个黑人女佣的谣言是怎样兴起的?你认为是谁把所有这些肥得像猪而遵守教规的三十岁的老女人送往哈莱姆①的?”

“不会是我吧。”

“就是你。伙计,你和过去没两样。从那些生养你的棚屋时起你就使黑人女孩感到性本能可耻,于是她就在黑人女佣的卑微角色中尽可能快地躲开它,对不?”

“那好,告诉她们说并不可耻。”

① 哈莱姆(Harlem),纽约市的一个贫穷黑人居住区。

“她们不相信我的，宝贝儿。她们认为我的话不算数。我没有力量，对不？我无法保护我的黑女人，对不？因为你不让我成为一个男子汉。”

“着手干吧。做名男子汉。”

斯基特从布满银线的座椅上站起来，弓着背，机警而又迅速地绕过仿鞋匠长凳在吉尔坐的沙发上亲吻她。她的手抽动了一下就交叉在一起放在膝上。她的头既没缩回去也没伸向前。由于斯基特那凌驾一切的球形埃弗罗式头发的遮挡，兔子看不见吉尔的双眼。他能看见纳尔逊的双眼。那是暖融融水汪汪的两个洞，这样忧郁，一副受伤害的样子，他真想用大头针钉住它们，以教育孩子更糟的事还在后头呢。斯基特停止了亲吻，把身子挺直，从他嘴上擦掉吉尔的唾沫。“一件让人愉快的战利品。宝贝儿，你以为怎样？”

“她如果不在乎，我也不在乎。”

吉尔闭着双眼，张开的嘴吹出了一个小气泡。

“她一定在乎的，”纳尔逊抗议说，“爸，别容忍他！”

兔子对纳尔逊说：“该睡了，是吧？”

斯基特的形体强烈地迷住了兔子。舌头、手掌、脚板心那发亮的灰白色，受到了阳光的冷落。或许那皮肤是不同类型？白色手掌从不会晒黑。他的皮肤闪耀着独特的光泽。脸上产生了绝妙质变，抛了光的某种东西，正从一打的光滑点上反射着光线：比较而言白人脸庞就是难以名状的团状物：油质物正在变干。他的手势中那奇特的上过润滑油式的优雅魅力，犹如蜥蜴的举动敏捷而警惕，完全不受哺乳动物脂肪的影响。住在他家里的斯基特让人感觉着好像是个制作精美的电动玩具；哈利想去摸摸他但又怕他受到惊扰。

“好吗？”

“不特别好。”吉尔的声音似乎来自遥远的地方而不是来自床上他的身旁。

“为什么不?”

“我害怕。”

“怕什么? 怕我吗?”

“怕你和他站在一块儿。”

“我们不会站在一块儿。我们互相都恨透了。”

她问:“你什么时候把他撵出去?”

“他们会让他蹲监狱的。”

“那好吧。”

他们头顶上的雨下得很大,四处拍打,钻进总是漏雨的烟囱防雨板里。他想象卧室天花板上有一处宽大的褐色水渍。他问:“你和他是怎么回事儿?”

她没有回答。一道闪电照出她那瘦削的浮雕式侧影。几秒钟之后传来了雷声。

他怯生生地问:“他插进了你那地方?”

“再也没那样干过了。他说那没有意思。他现在要我换种方式。”

“那会是什么方式?”可怜的姑娘,疯狂而多疑。

“他要我给他讲上帝。他说要给我弄些墨斯卡①。”

第二次闪电之后紧接着就是雷声。

“那太荒唐了。”但却让人兴奋:或许她能干成。或许他能像蓓蓓从钢琴上弹出音乐一样从她身上弄出点儿音乐来。

---

① 原文 mesc,亦作 mescaline(墨斯卡灵),一种致幻剂。

“他发疯了，”吉尔说，“我决不会再上钩的。”

“我能做些什么？”由于这大雨、这雷声，由于他那好奇心，由于他希望这混合中出现停顿，希望有巨大灾难和解脱，他感到手足无措，失去了勇气。

姑娘高喊了一声，但是此时恰好又传来了雷声，他便要她再重复一遍。“你所关心的一切就是你的妻子，”她对着天上的一团混乱大声说道。

帕亚塞克从他身后走上来叽里咕噜地说有电话。兔子慢慢站起身。真比每晚的宿醉还让人恼火，必须停止。必须把握住自己。把握住。突然生气了。“詹妮丝，看在上帝的份上——”

“不是詹妮丝，哈利。是我。佩吉。”

“喔，嗨。你好吗？奥利好吗？”

“算了吧，别再对我提起奥利的名字。他有几周没来看比利了，也没捐献出任何东西供养他，当他终于露面时，你知道他带来了什么？他真是个天才，你永远也猜不着。”

“又一辆童式车。”

“一只小狗。他带给我们一只金毛拾猎小狗。现在比利要上学，我每天从八点到五点不在家，我们要这只狗到底有何用？”

“你找了份工作。祝贺你了。干什么的？”

“为那边扬基斯特的布鲁厄信义公司把材料输进磁带。他们把所有记录都输进计算机磁带，这工作不仅让你厌烦得想大喊大叫，甚至你出错了还不知道，所有这些保险费数额在磁带上都以孔的形式出现的。”

“听起来还不错。佩吉，说到工作嘛，他们并不喜欢我在这儿接电话。”

她的声音退了潮，又带上了端庄的色彩。“原谅我。我想趁纳尔逊不在你身边和你说几句话。奥利答应比利下周星期天带他去钓鱼,不是本周星期天,你似乎从未请过我,我就想知道你星期六带他过来时是否愿意吃顿晚餐。”

她那敞开的浴袍,阴部的那一块,延伸出来的银色萎缩纹,都不能指望得太早。有效的内容才是可以指望的。“也许能行,”他说。

“也许吧。”

“我还得看看,最近我有点儿脱不开身。”

“那人还没走?把他撵出去,哈利。他在充分利用你呢。他若不走就叫警察吧。哈利,你真的太被动了。”

“是啊。差不多是这样的。”一关上办公室的门,穿过稠密的亮光走向机器,他就感觉到大麻在揪他的心,像潮水在拖着他的双膝。再也别干了。让耶稣以另一种方式找到他吧。

“给我们讲讲越南吧,斯基特。”大麻渗透进他的血管里使他感到和所有东西都非常亲近、非常亲近:浮木台灯、纳尔逊那浓密的头发令人焦急地缠在一块儿,吉尔赤裸的双腿,唯一的缺陷是脚踝处的形状不美。他爱他们。爱这一切。他的声音在他们的大脑里出出进进。斯基特通红的双眼望着天花板,眼珠滴溜溜转。种种事情就透过天花板向他倾泻而来。

“你为什么想知道?”他问。

“因为我没去过那儿。”

“你认为你本该去那儿的,对不?”

“对。”

“为什么要那样想?”

“不知道。职责。内疚。”

“不,先生。你想去那儿是因为那地方正是我们之所在,对不?”

“不错。”

“那是最好的地方，”斯基特说的这句话，不全像是个问题。

“好像是吧。”

斯基特继续说着，轻轻地向前推进：“你在那儿不会有被阉割的感觉，对不?”

“不知道。如果你不想讲，就别讲了。咱们打开电视机吧。”

“《卧底侦缉队》[1]马上开始了，”纳尔逊说。

斯基特解释说：“如果你操不了女人，色情画片也不能取而代之，对不？到了你能操时，画片也就没用了。”

“好吧，你什么也别说了。当着纳尔逊的面你的嘴巴可要干净一点。”

夜里，当吉尔在床上转过身靠近他时，他发现她那未成熟的年轻肉体硬邦邦的让他感到反感。他体内的烟味儿使他的欲望支配不了他的生殖器，充盈于内心正在飘飞的欲望使他无法直接响应她那女性的召唤，那种召唤正是他帮助在她那少女体内建立起来的。而在他心里他认为她的嘴被斯基特的吻所亵渎，从而感到她正在随着他那闪闪发光的毒药腐化堕落下去。他也不能原谅她原先的富有。而经过每晚的拒绝和静悄悄的人格贬值，他感到某种不自然的感情，可能是爱情，正在他的体内巩固加强。在她那方面，她似乎是越来越依恋他了；他俩感情的疏远是在那天晚上，她像小姑娘玩游戏时试图咬住悬挂的苹果似的俯在他身上玩儿他的阳物。

* * *

今年秋季纳尔逊初次尝到了英式足球的味道；该初级中学有个球队，

---

① Mod Squad，美国一档著名电视剧集。

而他的矮小身材并不构成障碍。哈利每天下午回到家里时就发现孩子在踢由黑白相间的五角形缝制而成的足球。在废弃不用的篮球篮板下面，他一遍又一遍地将球踢向车库大门。纳尔逊踢出去的球反弹了回来，哈利捡起来，双手摸起来好像是要裂开似的。他试图投篮。球根本不沾边儿。“特长全没了，”他说，“是上了岁数的人了。”他告诉儿子说：“这感觉真滑稽。大脑发出命令而身体却不听使唤。”

纳尔逊继续踢球，非常猛烈地用脚的一侧踢向门上已经掉漆的那个部位。这孩子已经掌握了在膝盖以下部位完全停住球的窍门儿。

“那两个人在哪儿？”

“屋里。在出洋相呢。”

“什么洋相？”

“你知道。他们常干的那种。昏昏沉沉的。斯基特在沙发上睡着了。嗨，爸。”

“什么事？”

纳尔逊把球尽可能狠地踢了一次、两次，直到击中了目标这才鼓起勇气说道：“我不喜欢这儿的孩子。”

“谁家的孩子？我从未见过。我小时候，我们倒是满街跑。”

“他们看电视，参加少年联合会，学投篮。”

“你为什么不喜欢他们？”

纳尔逊收回足球，用两只脚把球盘来盘去，他那双脚和双手一样灵便了。“汤米·弗兰肯豪瑟说有个黑鬼住在我们家，还说他父亲说这会败坏居民区，要我们最好小心点儿。”

“你怎么说？”

“我说他自己最好小心点儿。”

“你们打没打架?”

“我倒是想打,但他和我同级却高出我一头,他只是哈哈一笑。”

“别担心,你会长高的。我们安斯特朗家的人都是大器晚成。”

“我不喜欢他们,爸,我恨他们!”说着他用头把球一顶,球就从车库顶上的木瓦阴影线上弹开了。

“谁也不要恨,”哈利说着就进了屋。

厨房里,吉尔正对着一锅羊排流泪。“火焰老是太大,”她说。她把煤气开得很小,那小乳头式的蓝色火焰就发出“噼噼啪啪”的声音。他把火开大,吉尔尖叫了一声,扑在他身上,把脸贴在他的胸膛上,睁着一双因快活而染成深绿的眼睛抬头偷看。“你身上有油墨味儿,”她告诉他,“你全身都有油墨味儿,这么干净,就像一张新出的报纸。每天,都有一张新报纸光顾家门。”

他紧紧抱住她;她的眼泪湿透了他的衬衣,这使他激动万分。“斯基特有没有给你吃什么东西?”

“没有,甜爹①。我是说爱人。我们整天呆在家里看智力竞赛,斯基特不喜欢他们现在总是让黑人夫妇上场的方式,他说那是在做表面文章。”

他闻到了她呼出的气体,她说的是实话,没别的味儿,没酒味儿,没大麻味儿,只有天真单纯的味道,有一丝淡淡的甜味儿,她瞥了一眼门廊秋千和饰有小珠的水壶。“茶水,”他说。

“小鼻子真优美雅致,”她指的是他的鼻子,说罢就拧了一下。“对。我和斯基特今天下午喝过冰镇茶水。”她不停地抚摸着他,紧贴着他揉

---

① 原文 daddy,为 sugar-daddy 之意,指给年轻女人滥送钱物以博取欢心的老色鬼。此处吉尔意指哈利为她提供食宿。

搓着，这让他感到悲哀。“你整个人都优美雅致，”她说，“你是个巨大的雪人，周身都在闪闪发光，只是你不能把胡萝卜当作鼻子，它在你这儿。”

“嗨，”他说着，就向后跳开了。

吉尔急切地告诉他：“我喜欢你那地方甚于斯基特，我看割了包皮后把人变丑了。”

“你能不能做晚饭？或许你该上楼躺下休息。”

“我不喜欢你过分拘谨的样子，”她告诉他，然而没有任何厌恶之情，那语气摇摆晃动就像一个孩子荡回家时摇摆手中的小篮，“我能不能做晚饭？什么事儿我都能干，我能飞，我能使男人们感到满足，我能开白色小车，我能用法语数到任何一个数字。看！”——她把衣服拉到腰部以上——“我就是圣诞树！”

然而端到餐桌上的晚饭做得极差。羊排像橡胶般坚韧，骨头边还是青色的生肉，蚕豆在嘴里嘎吱嘎吱地咬不动。斯基特把碟子推到一边。“这种歪货我吃不下。我还不是原始人，对不？”

纳尔逊说：“味道可以，吉尔。”

但是吉尔心里明白，她低头不语，眼泪滴滴答答掉进她的碟子里。奇怪的眼泪，难以显示忧伤却更像是浓缩的化学药品：她的眼泪犹如丁香长出的叶芽。斯基特不停地取笑她。“看着我，女人。嗨，你这个贱货，看着我的眼。你看见了什么？”

“看见了你。全身都沾满了糖。”

“你看见了他[1]，对不？”

---

[1] 大写的“他”（Him），指上帝，以下黑体“他”的意思均相同。

“不对。”

“看着那边那些窗帘,亲爱的。那些自制的难看的窗帘在那里可说是和墙纸混在一起了。”

“他不在那儿,斯基特。”

“看着我。看呀。”

他们都看着。自从和他们住在一起以来,斯基特已经显老了;他的山羊胡子长得密密麻麻,皮肤上呈现出囚徒才有的紧绷绷的光滑层。他今晚没有戴眼镜。

“斯基特,他不在这儿。”

“一直看着我,贱货。你看见了什么?”

“我看见——淤泥里有只蝶蛹。我看见有只黑乎乎的螃蟹。我刚才在想,天使就如同昆虫,他们都有六条腿。难道说得不对?这难道不是你想要我说的话?”

斯基特给他们讲越南。他把头向后一仰似乎那天花板就是电影银幕。他想公平地讲出来,却又怕它又在脑中重现。“那是个走向末日的地方,”他缓缓吐露出来,“没房子可住,你就像只野兽站在外面淋雨,你就睡在有树根盘绕的地洞里,而且,你心里明白,你可以坚持下去。你不会因此而死的。那真有趣儿。就像是弄明白了另外一个世界上也有生命。在侦察行动当中,戴着帽子的人群中会走出一个年老矮个儿的越南佬想卖给你一只鸡。有一些像洋娃娃一样漂亮的小姑娘在路边向你兜售装在小铁盒里的海洛因,这镜头新闻摄影师往往会错过的,对不?情况非常复杂,又没有任何网”——他抬起一只手——“把这一切都网住”。

五颜六色的片断回忆通过天花板上的孔向他迎面倾泻而来。绿色机器①,一种丑陋的绿色正在吞吃丑陋的绿色灌木丛。红色泥土被水陆两用履带车碾压过后形成布满图案的沼泽。翠绿的稻田,每株秧苗镶嵌在那里,其水中倒影如花押字般完美无瑕。另一个连有个家伙,他那双白耳朵像枯萎的杏子一样晒得干硬,依然是白色。灵巧娇小的妓女所穿的袄代②睡衣上的黑色,她们像精美的小雕像,他简直无法想象能触摸她们,而穿着白衣服的这个令人反感的家伙老是往前推他,并且说:“黑人大兵,第一流的,那东西长得最大,越南姑娘喜欢。”红色,不是血液之红,而是方块爱司之红,他所在的连有个家伙把它戴在钢盔上祈求好运。那整个破烂吉祥物,熔化铅制成的V形和平手势③,彩色念珠④,拼出爱情、耶稣、母亲、将我深埋的彩珠,割下橡胶轮胎为小脚板制作的胡志明凉鞋,道家十字符,基督十字架,鬼怪式飞机扔在前方荒野小道上的十字形炸弹,一连数天绑在长统靴上的十字形鞋带,捆得像邮包一样的绿色发光的运尸袋,照在红色尘土和蓝色烟雾上的阳光,阳光透过丛林树冠层射到树干上,握着俄国步枪的北越佬在那里比兰花还安静地等待着,这一切都铺天盖地向他压来,压得他不知所措。他明白无法向这三个白佬讲清楚,说这些纸墙之外还存在着不同的世界。

“那些爆炸声嘛,”斯基特说,“当他们的一发迫击炮弹打到你的洞口附近时就感觉到似乎有一堵巨大结实的墙壁挡在那儿,轰隆声来自二十英尺以外的地方,你就像只装腔作势的臭虫。还是愿意那上面的脚步快

---

① 原文 green machines,指美军使用的枪支和军用车辆或军人。

② 原文 ao dai,越南语,指越南妇女穿的两边开衩直达腰部的长袍。

③ 原文 peace-signs,指掌心向外伸食指和中指表示的V字形手势,指胜利(victory)。由英国前保守党首相丘吉尔(1874—1965)于二战结束后访问美国时首先使用,后流行全世界。

④ 原文 love beads,复数形式,美国反正统文化的男女青年套在脖子上表示“爱情与和平”的彩珠。

点儿踏在你的身上,没关系的,对不?那的确让你感到极度的兴奋。而死者,死者死得太不可思议了,他们就那么——死了。就像猫在草坪上捡起的一只被咬死的僵硬老鼠。我是说,他们非常超脱,非常安详,无法用词语来描述,昨晚这同一个兵①还在给你讲他在后方奥什科什②的情人,讲得如此真切使你禁不住用手淫来解闷儿,可越共一拉响克莱莫③,他的腿和身体就各奔东西了。真是糟透了。人们常说:'叫人伤感的世界。'情况正是这样。"

纳尔逊问:"兵是什么?"

"兵是一条腿。是十一号大麻,对不?他是名应征入伍的普通士兵,拿着枪骚扰穷乡僻壤。绿色机器非常精明。他们把入伍士兵派到丛林去挨炸而续服兵役的老兵则坐镇隆滨向记者汇报阵亡人数。他们把老查利连④派驻在一些糟糕的小山上,但是他们没让我续服兵役。我受够了,对不?"

"我原以为我是查利呢,"兔子说。

"我原以为越共是呢,"纳尔逊说。

"你们是,他们是,我也是,大家都是。我在陆军第一师第二十八团第二营称作查利的C连队里。我们在同奈河⑤上下瞎忙活。"斯基特看着空空的天花板心想,我没做到,我没公平地讲述,我把它低估了。神圣的品

---

① 原文 grunt,俚语中尤指越南战争时期的海军陆战队员或陆军步兵。这个词义纳尔逊不懂。

② 原文 Oshkosh,威斯康星州东部城市,在温纳贝戈湖西岸,1853 年设市。

③ 原文 Claymore,一种爆炸时产生方向性扇面杀伤碎片的地雷。

④ 指C级连,即有爱捣乱士兵的连队,而A级连为最佳连。查利的英文是 Charlie,取其首字母之意。越战时指越共士兵(VC:Viet Cong)。

⑤ 原文 Dongnai River,越南南部河流,发源于中部高原,向西和西南流去,汇入西贡河,长约 480 公里。

质最难得到。“查利的问题是，”他说，“他无处不在。在越南，遍地皆是查利，对不？每个越南佬都是查利，因此你就不会留心去给老妪和小童小费，他们可能在晚上就去埋设尖竹钉①，他们也可能不去，这无关紧要。大量的事情都无关紧要。越南一定是山姆大叔的世界里唯一不分青红皂白的地方。一点不错。有白人士兵为我而丧生。军队给黑人士兵的待遇真的很好，黑人的身体和任何其他人种一样能挡住子弹，他们就把我们直接送上前线，还以为我们会感激涕零呢，我们确实感激不已，我们赶紧冲上去挡住子弹，和白鬼一块儿受死我们非常高兴。”白色天花板仍然空空如也，但是开始嗡嗡作响，开始弓身进入太空；他应当保持这种精神以支撑他条理清楚地讲下去。“我记得有个士兵，我真恨你们又让我想起了往事，我真愿有勇气忘掉这些，在暗中遭受攻击，越共迫击炮自日落时起就一直在我们头顶上爆炸，我们本不该到那个谷地去，躺在暗中内脏都被打了出来，我无法看见他，就赶紧撅着屁股从环形防线上向后撤，我踏着了他的内脏，就像踏在一块果子冻上面，情况还更遭，他尖叫一声接着就死了，他这时才算死了。另一次，我们四人外出侦察，他们那一串 AK－47②型号枪一齐开火，和 M－16 型步枪③的声音不同，更像是噼啪声，懂吗？弹头没那么小。我们被压得趴在地上。和我们一块儿的那小伙子，来自田纳西的白人士兵，一辈子都未刮过胡子，像摩西一样无知，溜进灌木丛中把他们全干掉了，我们找到他时子弹已经把他切成了两半，像这个样子了还在不停地射击真令人难以置信。情况很糟。真不敢相信你们看见这

---

① 原文 punji stakes，尖部常涂有毒药，插在地上或坑中以刺伤敌兵或野兽。

② AK－47，又称卡拉什尼科夫 AK－47，苏联突击步枪，世界上使用最广的步兵武器之一，它能进行半自动或全自动射击，发射中等威力的 7.62 毫米枪弹，射程大于冲锋枪或手枪子弹。

③ 美军于 1965 年前后开始使用的一种自动或半自动步枪，口径为 5.56 毫米。

样糟的事情依然会目不转睛。这些可怜的敌对者，他们往往召来凝固汽油弹扔在他们的头上，银色油桶一个个扔将下来，他们就钻出灌木丛径直向你扑来，一边被烧着一边开枪射击，浑身烧得像某次游行中的火炬还在不停地射击，一翻一滚扑进你的掩体来到你身边，他们认为能躲避凝固汽油弹的唯一地方就是扑进我们的环形防线。你就把他们打死以阻止他们的喧嚷。都是些毛孩子其面孔如同后方基地的擦鞋男童。因此杀人不会让人感到那样糟，也从未让人感到舒心，只是必然而已，像撒了泡尿。对不？”

“我再也不想听了，”纳尔逊说，“让我感到恶心而且我们快要错过萨曼瑟①了。”

吉尔告诉他：“如果斯基特想讲你就该让他讲完。斯基特讲一讲会感到好受些的。”

“事情已经发生过了，”兔子告诉他，“若是未曾发生过，我也不愿要你受此烦恼。但是已经发生了，所以我们就得接受它。我们得以某方式去谈论它。”

“施利兹。”

“我不知道。我感到很不舒服。姜汁汽水。”

“哈利，你整个人都变了样了。情况怎样？从詹妮丝那里听到什么没有？”

“没有，谢天谢地了。妈妈怎样了？”

老头儿靠得更近些了，似乎要倾吐淫秽的事儿。“坦率地说，她比一

---

① 原文 Samantha，为电视连续剧《着魔入迷》(Bewitched)中一位善良女巫的名字。其母是位四处惹祸的坏女巫，而萨曼瑟则予以纠正。

个月前任何人都不敢奢望的状态要好得多。”

如今斯基特真的在天花板上看见了什么，白上加白，但那白色互不相同，一种白正从另一种白的孔中倾泻而出。“你知不知道，”他问，“有关宇宙的诞生有两种理论？一种认为，形成于一次巨大的爆炸之后，就像《圣经》中所说的那样，而我们仍然乘着爆炸而行，这一切突然从虚无中产生，正如圣书中所说，对不？可笑的是，所有证据都证实了这点。而另一种，我觉得更可取，认为它看起来不过就是那个样子。它认为，事实是存在着一个稳定的状态，尽管一切事物都在向外膨胀扩展，这是千真万确的，但是新型的实体存在通过在这种虚无之中奇特的孔眼就的的确确从乌有乡中倾泻而来，正是由于这个原因事物才不至于变得稀疏至接近虚无的地步。对我而言，这不啻是让我听到了真理的钟声。”

兔子问：“这与越南又有何干呢？”

“它就是局部的孔眼。是世界重塑自我之地。是我们正在吞食的自己的尾巴。是你必须拥有的臀部①。是你向下窥探时在下边暗幽幽水面上看到你自己那张脸的水井。是人们常说的一号和十号②。是末日。是开端。是美丽，男人们就在淤泥里干着漂亮事儿，是上帝正在诞生之地。他就要来了，宝贝儿、小宝贝儿、女宝贝儿，就让他进来吧。拉下马来，开枪杀人，混乱就是他那神圣的面孔。太阳正烧得通红。月亮正变成血红色。月亮正是他妈妈两股间闪亮血红的婴儿的头。”

纳尔逊惊叫起来，两手捂住耳朵。“我不喜欢听这些，斯基特。你在

---

① 原文 bottom，也有“内心深处”之意。

② “一号”（Number One）指“自身利益，自我，头号人物”；“十号”（Number Ten）指英国首相官邸唐宁街十号。

吓我。我不要上帝来,我要他就呆在原地。我要像他那样长大成人”——他父亲,哈利,屋里的大个子——“普普通通平平凡凡。我不喜欢你讲的战争故事,听起来一点儿都不美,可怕极了。”

斯基特凝视的目光从天花板上转移下来,试图集中在孩子身上。“对,”他说,“你仍想活,他们仍掌握着你。你仍然是个奴隶。洒脱一点。洒脱一点,孩子。别当奴隶。甚至他,你知道,你那宝贝儿老爸,也正在学习。他正在学习死的方式。他是个反应迟钝的学习者但每天一次的学习还能接受一点儿,对不?”他的冲动变得疯狂起来。他站起身来,他走到坐在吉尔身旁沙发上的孩子面前跪下。斯基特跪着说:“别把善良的主关在门外,纳利。像你这样的小孩都来插手染指,把它取出来吧。让它来吧。把你的手放在我的头上①,保证你不会把善良的主关在门外。让他来吧。为老斯基特行行好,他受罪的时间太久了。”

纳尔逊把手放在斯基特那球形的头发上。他的眼睛睁得大大的,盯着手会沉陷多深。他说:“我不想伤害你,斯基特。我不想让任何人去伤害别人。”

“上帝保佑你,孩子。”斯基特在内心深处就感觉到那祝福正通过头发里面让人激动的手涌流而来,正如太阳拨开了乌云。不该嘲笑这孩子。轻轻地、偷偷地、拨开疯狂的藤蔓,他的心就越加坚定了。

兔子的声音迸发了出来:“放屁。这不过是不得不打的肮脏的小规模战争。你不要因为自己碰巧去了那儿就从中得出宗教式的结论。”

斯基特站起身来试图看清这个人的本质。“你的问题在于,”他明白

① 这里包含着斯基特双层的离经叛道之意。其一,基督徒把手放在《圣经》上发誓,此时他成了《圣经》;其二,主教为授予某人特殊的权力就把手放在那人的头上,因此纳尔逊成了主教。

了，“塞满你大脑的依然是普通常识。常识都是废话，伙计。它能使你平安度日，但它妨碍你去理解。你就无法理解，宝贝儿。你甚至不明白现在就是永远的存在状态。你身上发生的事，就是发生的一切，对不？你就是它，对不？你。就是。它。我已经下来了”——他指着天花板，手指如褐色蜡笔——“要给你说明，两千年来你们洗劫了某个地方就走掉了，然后就忘得一干二净了，对不？”

兔子说：“说得有道理。我们在越南错了吗？”

“错了？伙计，本来就是那个样子又怎能说错了？这些可怜愚昧的州①正展示他们的本来面目，对不？你的本性是无法改变的，就得有人为你去干，对不？周围没人那么大块儿。山姆大叔某天早上一醒来，瞧瞧他的肚皮，发现他变成了蟑螂，他该怎么办？就任其保存蟑螂本性，就这么着。直到他受到了粗暴的对待。此刻还没有这类便衣警察，对不？只是不停地干着蟑螂的勾当。我可不是像穷白佬富道尔或查利·麦卡锡这些白人自一由一主一义一者前不久大学里所有的同性恋者鸡巴都硬了，以为到越南多少是个错，以为一旦把穴居野人赶出办公室我们就能结束战争；这没错，对不，每个总统都跟着来和它搞恋爱，它正是自一由一主一义的鸡巴、叮当作响的阴道。那些穷白人舔他们老妈的屁股舔得太久了乃至忘记了从正面看她会是何等模样。什么是自一由一主一义？给世界带来欢乐，对不？给狗咬狗加上足够的糖于是整个儿都是味道甜美，对不？那么现在有什么能比越南更妙呢？我们使那条海岸开放。伙计，假如它不能保持开放我们大家伙儿算是干什么吃的呢？去越南是一次爱的行

① 原文 Benighted States，也可理解为是斯基特对 United States（合众国）的有意误读。斯基特的语言粗鲁，发音不准，有许多难以用合适汉语表达。

动，对不？相比之下，打日本就是不折不扣的卑鄙丢脸。我们那时是丢尽脸的嫖客而如今是真正文明的场所。”天花板激动起来；他觉得口才①降临其身。“我们就是这个场所。这帮寥寥老傻瓜是不可能知道的，我们就是世界正乞讨的东西。摇滚舞曲、海洛因、黑鸡巴、大屁股小车和广告牌，我们已深谙其道。耶稣降临了，他降临于此地。其他这些国家，不过是混账地方而已，对不？我们搞到了猿粪，对不？要是撂倒了天国，我们就会使世界淹没在真正的炽热的蓝绿色的美国猿粪之中，对不？”

“对，”兔子说。

斯基特受此鼓励，就看到了真理。“越南，”他说，“在越南这地方我们神圣的本质正在流脓。人们不喜欢越南，也不喜欢美国。”

“对，”兔子说，“说得对。”

另外两个人，长着雀斑的苍白面孔框在太多的头发之中，被这番赞同所吓坏。吉尔恳求说：“别说了。每件事情都让人痛苦。”斯基特明白其意。她那张皮被剥掉了，可怜的姑娘是非常乐意接受星辰②的。今天下午他使她吞进了一些墨斯卡灵。她若愿吃墨斯卡，她就会吸食海洛因。她若愿吸食，她就会注射。他左右了她。

纳尔逊恳求说：“咱们看电视吧。”

兔子问斯基特：“你是如何在那儿生活而未受到伤害的？”

这些个白脸。这些在他极度愤怒时用拳击成的孔眼。上帝正通过他们脸上的白色孔眼源源而来；他无法止住那滔滔涌流。现在涌到了他的眼前。他小时候，就有人不怀好意地教他说上帝是白人。“我受过伤害，”

① gift of tongues，指圣灵降临于耶稣门徒身上使他们具有的特异语言才能。

② 原为 the stars，此处让人联想到但丁（1265—1321）《神曲》三部中每部末尾一词表示希望的“星辰”。

斯基特说。

斯基特的祝福

(一天晚上闹着玩儿似的,吉尔那自信圆润和私立学校训练出的手,用绿色毡制粗头笔,在纳尔逊的活页笔记本的活页纸上写道)

权力是吹牛。

爱情是废话。

常识是胡扯。

混乱是上帝的本来面目。

除了永恒的同一万事皆无聊。

除非通过**我**,无人能获拯救。

就在同一天晚上,用纳尔逊为她找到的蜡笔,她画了几张画;她的画用线条勾勒而成,显得矫揉造作,像是捡起了某个二年级艺术班已经丢弃的东西,然而画得很像,很清楚。斯基特当然是黑桃。纳尔逊的刘海和边发被画夸张了,他是那梅花,画在一支干茎上。她本人那浅色的头发被蜡笔画成和尖下巴脸庞一样的粉红色,这就代表红心。所以,兔子就成了方块。在方块的正中心,画了一个粉红色的小鼻子。睡意浓浓的小小蓝眼配以忧心忡忡的眉毛。那张嘴几乎看不见,噘着的样子似乎要咬什么。画的四周,她不得不标上深情的箭头和气球状圆圈以识别绿色的草图:"草图。"

某日下午,纳尔逊练完足球回到了家,哈利也下班回来了,他们都挤进吉尔的保时捷开到城外乡村。兔子只得坐在前面;纳尔逊和斯基特挤在后面的行李座上。斯基特眨眼工夫就从门口跑到路缘钻进小车说道:

“伙计，好长时间没见阳光了，真伤我肺。”吉尔把车开得急迫、快速，带着青年人的傲慢；兔子的一只脚不停地拍打着车底，那里并没有车闸。吉尔那从容的侧影微微一笑。她那穿着芭蕾舞鞋的小脚把油门加上中挡以穿过弯道，使车速刚好快到从一辆巨大的卡车旁挤过去——巨轮上一座狂怒、喷吐浓烟的房屋——接着又一次急驶，猛冲到相反的方向，消失于远方，行驶在红壤峡谷和苍白玉米茬之间的笔直公路上。乡间景色秀丽。秋日已加深了宾夕法尼亚那浓郁的翠绿，夏日高悬的乳白色浓云已荡然无存，小山徐徐挤进深浅不同的琥珀色和火焰样的枯黄色，一个月后这一切都会变成蝗虫外壳的色调，在狩猎季节，脚底下就会被踩得噼啪作响。灌木火冒起的一缕轻烟像道薄雾在峡谷之中的河流之上缓缓飘荡。吉尔把车停在刷过石灰水的一道篱笆和一棵苹果树旁。他们下了车走进因熟透而掉落下来的苹果发出的阵阵浓味之中。脚下的苹果在形成涓涓细流水道的潮湿深草之中腐烂，草色依旧异常浓绿；篱笆那边的一块草地因为放牧已被咬成褐色，但是有几簇牛蒡草被牛粪所滋养长得和人一样高。纳尔逊捡起一个苹果，在没有蛀洞的那一边咬了一口。斯基特反对说：“孩子，别把那垃圾喂进嘴里！”难道他从前从未见过人吃水果吗？

吉尔撩起衣服跳过水道去摸一根粗糙暖和刷过石灰水的篱笆板条并透过板缝向远处张望，远处阴暗的树丛中有一座沙岩农庄住宅，像茶水里的一块方糖一样晶莹发亮，而一辆陈旧农用运货车，辐条是永远静止不动的，等候在一个生满铁锈的直立物旁，那一定是水泵了。她的双眼无视那遍地绿色。她想起了生锈的系缆墩等待着一排游船的船头进入罗得岛港区，而且海峡①沿岸，海水拍岸处的那些建筑都未被妥善保管，铁锈斑斑，

① 原文 the Sound，指纽约市的“长岛海峡”（the Long Island Sound）。

被盐水漂白并附满了甲壳动物，夏日阳光照在灰如鸥鸟的木头、港区、小屋上面，随着海水的运动金属发出嘎吱嘎吱之声，和这片内陆的过分成熟已是相去甚远了，然后她说："咱们走吧。"

接着他们又挤进小小车内，又遇上卡车、加油站、安装有六角霓虹灯广告招牌的"德式"餐馆，以及压过所有气味、声音、有关可能存在另一世界的想法的风和车速。布鲁厄以南开阔的砂岩乡村，阿门人的农场就处在像杂志封面一样的调整整齐的田野当中，城市以北是丑陋的小山和较为幽暗的峡谷，原始铁矿业在那里曾有过辉煌时期，人们曾在那里建造了有山墙和老虎窗的门面窄而高的砖屋，像美国秃鹰，栖息在用大钉钉牢的拦挡围墙后面的半球形草坪上。布鲁厄那柔软的花盆红色在这儿变得坚硬起来，再往北十英里，其红色之暗就像是晒干的血液。尽管还不是煤矿区，但是树木已被煤灰弄成墨黑。兔子开始想起《缸报》上连续报道过奇怪的谋杀：斧劈、烫灼、勒死，都发生在这些凹陷峡谷之中，谷内狭窄大街上建有干血般颜色的教堂、银行和共济会会员[①]厅堂，街道尽头，像是被扭转的颈项，在被遗弃的火车路轨对面突然转向黑暗无光的凹槽，其中一座隐蔽的潮湿桥梁不时地跨越过一条失去色泽的小溪，每当吞没掉你之时桥身就发出哐啷哐啷之声。

兔子和纳尔逊，斯基特和吉尔，一起挤进小小轿车，一路笑个不停，无缘无故地笑，他们飞奔而过之时嘲笑乡下佬脸上那傻乎乎的表情，嘲笑在他们笔下尊贵如政治家的猪猡警察，嘲笑邮箱上的名字（辛纳希兹、福希特、施塔普纳格尔），嘲笑开拖拉机的人胖得出奇只有拖拉机座位才能容

---

① 原文 Oddfellows，18 世纪在英国建立的秘密共济会会员，为 Independent Order of Odd Fellows 的简称。

他们坐下。尽管油料测量仪表标到二分之一的位置，小小轿车却颠簸、挣扎、减速、仿佛刹了车似的停下来，甚至此时他们仍大笑不止。吉尔只来得及把它开到路边，离开车道。兔子下了车打开发动机罩查看，但是这部机器的活动机件不像莱诺铸排机那样敞开、高大、心中有数，而是纠缠在一起、油渍斑斑、封闭式的。起动器剧烈转动但是发动机却转不动了。真正起作用的爆破链受到阻塞。他让车盖竖起以发出紧急求援的信号。斯基特还蜷缩在车后部，他叫道："宝贝儿，知不知道你用那车盖在干什么？你在招惹他妈的警察兔崽子！"

兔子告诉他："你最好从后面下来。我们从后面被碰了一下，你是知道的。还有你纳尔逊。下来。"

这截三车道路段，是最危险的那类公路。从布鲁厄开出的市郊往返客车在一阵浓密的尘土嘈杂声和一氧化碳之中颤动着开了过去。没有行善的人①停下来。保时捷停放在一道堤围顶部，上面种着轻软精细的地被植物，是该州用来固定陡峭地段土壤的：是多变小冠花。在下方，急流正迅速流过收割过的玉米地。兔子和纳尔逊靠在挡泥板上观看使田野布满了残茬阴影，使田埂如灯心绒般精细的夕阳，此时离没入地平线只有一个小时了。吉尔信步走开，采集了一小束在秋天开花的那些像雏菊一样的小花，其茎极细，它们形成的卷须在地面以上一两英寸摇摇摆摆。吉尔把这束花向斯基特伸过去，以引诱他下车。他伸手把花从她手中打掉；它们四散落下，掉在路边砂砾之中。他那压低的声音从保时捷内传了出来："你这白佬贱货，这真是出卖我的好办法，这辆他妈的小车没有坏，对不？"

"它走不动了，"她说。一朵花落在一只芭蕾舞鞋的鞋尖上。她脸上

---

① 原文 Good Samaritans，源自基督教《圣经·新约》的《路加福音》。

的表情已经变了。

斯基特的声音在金属壳内哀鸣咆哮。“我早该知道不能离开那座房子。吉尔心肝儿，我明白缘由了。无法离开那玩意儿，对不？没有一点儿自制力了，对不？把老斯基特送交给法律，比拥有意志力要更容易些，嗨，对不？”

兔子问她：“他在说些什么？”

“他在说他吓坏了。”

斯基特在高声喊叫：“别让他们这些愚蠢的白佬挡道，我要走回去了。从篱笆的另一边下去有多远？”

兔子说：“此法极妙，你就会真正在穷乡僻壤坚持到底了。你这个隐患[①]可真了不得。”

“别对我说黑鬼黑鬼的。你这鸡巴白鬼。告诉你一件事，你把我出卖了，即使我得派人去费里我也会把你们所有人都涂上油[②]。不只是我，我们遍布各地，听见了吗？现在你们混蛋把这车开走，听到我说的没有？把它开走。”

斯基特发出这一通议论时正蜷曲在凹背单人座椅的皮革后背和后车窗之间。他的惊慌真让人讨厌，也可能会传染给别人。兔子强烈希望把他从乌龟壳中拽到阳光下，却又不敢伸手；他怕被蜇伤了。他对着这使人烦躁的剧烈搅扰声把保时捷车门“砰”的一声关上，又在车头“砰”的一声把车罩放下。“你们俩就呆在这儿。让他保持镇静，别下车。我到加油站

---

① 原文 a nigger in the woodpile，指“隐患；隐伏着起破坏作用的东西（或人）”。因其中有 nigger 一词，斯基特在回答时表示极为不满。

② 原文为 grease，原意为 tar and feather，即把人浑身涂满柏油并粘上羽毛以示侮辱。这是美国早期惯常使用的羞辱方法。

去。前面路上一定会有车的。”

他跑了一会儿，斯基特那恶意的惊吓使他自个儿的膀胱烧乎乎的。在一块儿度过了所有这些秋夜之后竟然发现那黑鬼的首要想法就是背叛。或许是本性使然。跑吧，好把那黑人身体系于彼处。海龟翻了个个儿。像是迟到了在跑着去上学。斯基特已成为一种责任。迟了，迟了。这时一个旧式红色飞马招牌悬挂在被夕阳染红的田野上空。这是个老式加油站，一块无可名状的工作空间弥漫着强烈的油味儿，四周墙壁因为悬挂着扳手、风扇皮带、斧锤、零部件而显得花里胡哨。一部陈旧的可乐机，分发瓶子的那种，在液压升降机旁“咕隆”作响。机修工，一个骨瘦如柴的年轻人，说话像农场主，慢吞吞的，声调拖得很长，手掌漆黑一团，开着颠簸摇晃的牵引车在公路上往回开。侧窗已被打破；空气就从那儿呼啸而来，贪婪地灌进车内。

*

“卡住了，”这是机修工的裁决。他问吉尔：“你上次加润滑油是什么时候？”

“润滑油？难道他们加汽油时就不加吗？”

“你不要就不加。”

“你这笨蛋，”兔子对吉尔说。

她的那张嘴显出一本正经和不服气的神态。“斯基特也一直在开车。”

当机修工在车罩下拨弄时，斯基特从座位后面钻将出来，在露天里挺直了身子。他的眼镜片在夕阳的最后余晖中像两个橘黄色圆盘。兔子问他：“你把这破车开了多远？”

“噢，”在机修工听力所及的范围内，黑人用过分讲究的语气说，“到处逛逛。我不知道。”他假斯文地继续说道，“这车是你的财产。”

“这不过是，”他蹩脚地说，“浪费。是粗心大意。”

吉尔问机修工：“一小时内你能不能修好？我这个小弟弟要做作业。”

机修工只对兔子说：“发登机[①]烧坏了。活塞已经熔接住了汽缸。能修这样一辆车的最近地方可能是波茨镇。”

“我们能否留在你这儿然后我们安排人来取走？”

“停车费我一天要收一美元。”

“当然了。很好。”

“还有拖车费是二十。”

他把布坎南给他的二十拿出来付了款。机修工把保时捷拖回到加油站。他们和他一起坐车走，吉尔和哈利坐在驾驶室（“小心点儿，”当吉尔悄悄溜过去时机修工说道，“我不想把那件漂亮的白衣服抹上油污。”），斯基特和纳尔逊坐在小轿车里，斜着被倒拖走。在加油站，机修工打电话要辆的士好送他们回西布鲁厄。斯基特消失在脏兮兮的一扇门后反复抽水冲洗马桶。纳尔逊定下心来观看机修工解开套住轿车的链索听他唠叨“发登机”。吉尔和哈利走到外面去。蟋蟀在黑暗的玉米地里叽叽尖叫。月亮的四分之一，睁着一只苍白的眼睛，在飞马招牌上方注目而来。外面的灯全关了。他注意她那舞鞋上有某种白色的东西。掉在脚上的那朵小花粘在了那里。他弯腰取来递给她。她吻了一下以感谢他的好意，然后，静静地把它放进装满揩油毛巾和满身凹痕听罐的垃圾桶内安眠。“别把你的衣服弄上油污了。”小车轮胎“噼啪”作响；一辆五十年代的老式毕克牌，带着仿 B－19 飞机[②]尾翼的车尾，徐徐进入眼帘。司机胖乎乎的，嚼

① 原文 enchines，是 engine（发动机）带宾夕法尼亚荷兰人腔的发音。

② 美国的一种重型轰炸机型号，越战后期大量采用的是 B－52 型远程重型轰炸机。

着口香糖。在回布鲁厄的路上,他的头膨胀起来就像一个金字塔迎面碰上车前灯光,他纹丝不动只是在颤悠悠地嚼着东西。斯基特坐在他身旁。“今天不错嘛。”兔子向前一倾身对他喊道。

吉尔格格直笑。纳尔逊倒在她的大腿上睡着了。她戏耍着他的头发,把它缠在无声的指头上。

“今年此时还算赏心悦目,”传出缓慢的回答。

“这儿的乡村真漂亮。我们几乎没到城北来过。我们刚才是开车观光旅游。”

“没多少景色可看。”

“发动机正好把我们给卡住了,我想这车是真有毛病了。”

“我想是。”

“我这个女儿忘了加润滑油,而今的年轻人都这么干,弄坏一辆又一辆。物质的东西对他们毫无意义。”

“对一些人而言,我想是。”

斯基特从侧面对他说:“你肯定遇到过许多很不赖的人发生过这种事故,城北这儿有许多很不赖的人。”

“是啊,好啦,”司机说。他只说了这一句话便沉默了,直到在新月街停了车,他才对兔子说道:“十八。”

“美元? 就十英里路程?”

“十二吧。而且现在回去我就得空跑十二英里。”

兔子走到司机那一边付钱,其余的人就趁机跑进屋里。那人探身问道:“知不知道你在干些什么?”

“全然不知。”

“他们每时每刻都会在你背上捅刀子的。”

“谁。”

司机靠得更近了。借助街灯兔子看到一副宽阔忧伤的面孔，灰黄色，一张鲸鱼般无唇的嘴紧闭着呈忧郁的模样，鼻肉上有一块马蹄形伤痕。他轻轻回答说：“黑鬼。”

兔子听了这话，感到局促不安他转过身来，看见——纳尔逊说得对——一群孩子。他们站在风景区对面，一些人扶着自行车，看着这辆怪车在下客。宾州别墅区这块凄凉地带上的这种现象使他大惊失色：似乎月球表面上的植物就要溃烂了。

事件——他的皮肤又敢于面对阳光了——给斯基特壮了胆。兔子下班回到家，发现他和纳尔逊在车道上投篮。纳尔逊把球向父亲击去，而兔子就站在二十英尺之外单手原地投篮，只听见“唰”的一声。好球。“嗨，”斯基特欢呼一声，于是宾州别墅区的各家各户都能听见，“你是从哪儿学的那一老套投篮的臭玩意儿？你是想来场滑稽表演，对不？”

“投中了，”纳尔逊告诉他。

“废话，小子，一个独臂矮子都能把球截住。要想投篮投得准，你需要两人宽的屏障来练习，对不？你得跳起来投篮，跳起来投篮，对不？”他示范了一下；他没投中但看起来姿势正确：球拿得很高，向后一仰身把球向空中一举，轻轻一抛，球就呈弧线飞越过任何一个防守队员。兔子试了试，但发现身体很沉，举球的努力让他感到不快。球飞错了方向。斯基特说：“你那白人的内脏是铅做的，但是我很羡慕你那双手。”他们一对一争球；斯基特动作迅速，技法熟练，一次次和纳尔逊传球再滑向一边在篮下单手跳投。兔子无法挡住他，呼吸中已开始感觉胸部在疼痛，不过有几次紧要关头，篮球、他浑身的肌肉、头顶上的空气、他在与之竞争的身体，这一切都让人感觉到紧张、一致和藐视引力。然后那十月寒气吞噬了他的汗水，他走进了家门。吉尔一直在楼上睡觉。最近她睡的时间越来越长了。这一觉她睡得头昏目眩、倦怠无力，他觉得这会睡伤了身体。当她穿着那件乏味的白色连衣裙，一边把粘乎乎的头发从面颊向后梳理，一边走下楼梯时，他粗声粗气地问道："你怎么处理小车呢？"

"亲爱的，我能做些什么呢？"

"你可以给你母亲打电话。"

"不能打。她和后爸会生出一个想法。他们会来找我的。"

"或许这主意不赖呀。"

"后爸是个讨厌鬼。"她从他身旁经过，并未看他，就走进厨房。她朝冰箱里看了看。"你没采购。"

"那是你的事儿。"

"没车呀。"

"天哪，五分钟之内你就可以走到阿克米。"

"别人会看见斯基特的。"

"无论如何他们已经看见他了。他在外面和纳尔逊瞎闹。而且显然是你一直允许他开车跑遍了宾夕法尼亚。"他的怒火又再次爆发：铅做的内脏。"该死，你怎么能把这样一辆昂贵小车开进停车场就搁置不用了？世上有的人能用那买车的钱活上十年。"

"别这样，哈利。我身体虚弱。"

"好吧。抱歉。"他把她拖进怀里。她难过地在他怀里扭了扭，把鼻子在他的衬衣上蹭了蹭。但是她那处于惶惑时的身体有种心不在焉、神志不清的神态，真让他的皮肤感到不快。他痒酥酥的要打喷嚏。

吉尔在小声抱怨说："我看你想老婆了。"

"那个婊子。从未想过。"

“她就像你们所有人一样，困在这个社会里。她想趁着她还活着的时候活下去。”

“难道你不？”

“有时想。但我知道这并不够。如此他们才能控制你。现在放开我吧。你并不喜欢抱我，我能感觉得出来。我刚想起来了，冰淇淋后面有一些冻鸡肝。可要花好长时间解冻呢。”

六点钟新闻。屏幕后面框住的苍白面孔在板着脸说话，全然不知他的头颅由于新月街二十六号的接收效果不佳被弄得扁平，而那下巴就像橡皮一样拉得长长的，他说：“芝加哥。二千五百名伊利诺斯国民警卫队员在一天的骚乱之后今天仍严阵以待，这些骚乱是由争取民主社会学生联盟中的极端派别成员策划的。窗户被砸碎、小车被掀翻、警察受到年轻好战分子的袭击，他们的口号是”——忧郁、坚定地停顿了一下；漂白的面孔抬起来正对着摄像机，下巴拉长了，头颅扁平得像个铁砧——“把战争带回国内。”录像切换显示戴白色头盔的警察抽打一窝一窝的胳膊和腿，显示长头发的姑娘被拖走，显示出乎意料的胡须面孔，挥动着拳头想透过电视屏幕冲将出来；然后又返回到警察挥舞棍棒的镜头，对兔子而言这仿佛是在跳芭蕾从而让人心旷神怡。斯基特也喜欢。“好哇！”他叫喊道，“把那个疯小子再揍一下！”在播商业广告的间歇中，他转过头来对纳尔逊解释说：“真漂亮，对不？”

纳尔逊问：“为什么？他们不是在抗议战争吗？”

“当然就像母鸡长上了睾丸。那些穷白人所抗议的是他们得等二十年才能得到他们老爸分到的那份馅饼。他们现在就想要。”

“他们会用来干什么？”

“干什么，小子？他们会拿来吃了，他们就想干这个。”

商业广告——一个年轻女人被放得大大的嘴——播完了。“同时，在法庭上，芝加哥八人案的审讯进行到白热化阶段。尤里乌斯·J·霍夫曼审判长，和被告艾比·霍夫曼没有关系，几次制止被告博比·西尔[①]是因以他狂怒之时使用了带侮辱性的称谓如"——又一次，抬起头来，那弄成扁平的头颅，沮丧地强调——"猪猡，法西斯分子，以及种族主义分子。"西尔在法庭的镜头一闪而过。

纳尔逊问："斯基特，你喜不喜欢他？"

"我对有权势的黑鬼，"斯基特说，"没有多少好感。"

兔子不禁放声大笑："那就荒唐了。他和你一样满腔仇恨。"

斯基特关掉电视机。他的腔调变成牧师的了，言词优雅。"我心中决没有仇恨。我浑身都是爱，那是生气勃勃的力量。恨是使人瘫痪的力量。仇恨冻结了。爱就撞击着释放了出来，对不？耶稣把钱商从神殿里解放了出来。新耶稣将解放新钱商。旧耶稣带着一把剑，对不？新耶稣也将带来一把剑。他将是把活生生的爱火。混乱是上帝的躯体。秩序是魔鬼的锁链。至于罗伯特·西尔，任何一个让约翰·凯纳尔·贝德布莱斯和伦纳德·伯德布雷恩为他举行筹措基金鸡尾酒会的黑人都是我书中的一个家奴[②]，他已经进入了权力圈，他已经进入了宣传圈，他已经辱没了那新近铸造的灵魂，于是就成了人们所说的无足轻重。我们黑人来到这儿时没有姓名，我们是未来不可分割的种子，种子没有姓名，对不？"

"对，"兔子说，都成了习惯了。

吉尔把鸡肝外层烧糊了，内心仍然冰凉。

十一点钟新闻。一个长着薄薄一层胡须的男孩，他的面孔离摄像机

---

① 原文 Bobby Seale，一主张暴力的黑人领袖，也叫罗伯特·西尔(Robert Seale)。

② 原文 house nigger，指对白人百依百顺的黑人，奉行白人社会准则的黑人(旧指种植园主的黑家奴)。

太近，焦距都无法保持，他尖声叫道："滚开猪猡！一切权力归人民！"

一位看不见的采访者嗓音甜美地问他："你愿怎么描述你们组织的目标呢？"

"摧毁现存镇压人的机构。生产资料由社会控制。"

"你能不能给我们的电视观众讲讲'生产资料'指的是什么？"

摄像机正被人推推撞撞的；在别的时候被弄得很暗的起居室，随之闪烁不定起来。"工厂。华尔街。工业技术。所有那一切。一小撮富豪集团正把污染强行塞进我们的喉咙，还有在越南和少数民族聚居区的超音速运输机和种族灭绝。所有那一切。"

"我明白了。那么，你们的目标就是通过砸碎窗户，来抑止控制不住的技术并为一个新型人道主义建立基础。"

当摄像机挣扎着要重新对准他时，那孩子在镜头以外看起来模糊不清。"你在开玩笑吧？你将是第一个碰壁的人，你——"而那"哗哗"声表明采访已经被录了音。

兔子说："给我讲讲技术吧。"

"技术，"斯基特极其耐心地解释说，他深吸了一口大麻，那烟头就发出了红光，"无关紧要。把这话记录下来，吉莉。"

但是吉尔在沙发上睡着了。她的大腿闪闪发光。它们感到乐滋滋的。

斯基特继续说道："我们大家都致力于从事繁重的劳动以忘掉我们熟知的一切。我们正在把苹果缝回到树上去。喏，罗马人有了技术，对不？接着野蛮人把他们从中解救了出来。野蛮人就成了他们的救星。既然我们无法引诱爱斯基摩人来侵略我们，我们自己就养育了一代野蛮人，请原谅，是你们养育了他们，白鬼养育了他们，美国白人中产阶级和全世界的仿效者已经在自身中发现了一股神圣的力量从而生育了数百万个只有贵族阶级在不太愚昧的时代才会生产出的弱智白痴。墨洛温王朝①最后几位王子说话语无伦次，被牛车拽着到处跑，而如今我们有幸看到机械化时代的语无伦次者。书中如实写道，我们将会激动万分，并把一切都献给毛主席。对不？"

兔子争辩说："这不公平，这些孩子有些观点还不错。且不说战争，污染该怎么看？"

"和白人说话，"斯基特说，"我越来越感到乏味了。你们总在为自己辩护。这些狂热的孩子，像上帝的羔羊②一样确信无疑地渴望维持现状而无视神圣的计划和神圣的愤怒。他们敌视基督③。他们在越南觉察到上帝的面孔就对着吐唾沫。假先知们：通过他们的扩散你就知道时机即将来临了。公开的厚颜无耻、坦率的保护层、受到崇敬的愚蠢，贿赂和保护法是唯一实用的法律：我们就是罗马。而我就是新黑暗时代的基督。假如不是我，那么就是某个非常像我的人，他那未来的时代肯定是属于我。你相不相信？"

"我相信。"兔子吸着自己的大麻烟，感到他的世界张开了胸怀去接受真理，就像女人展开了双腿，就像花朵绽开，就像明星们互相回避。"我完全相信。"

---

① 原文 Merovingian。法兰克人墨洛维之孙克洛维统一了高卢（南部除外），以巴黎为首都，并皈依天主教。克洛维的子孙多次瓜分国土，出现无数宫廷阴谋和兄弟阋墙的事件。历时 211 年（476—687），这个王朝标志着从古代到中世纪的演变。

② 原文 Agnew Dei，为 Agnus Dei（上帝的羔羊）之仿读。Agnew（阿格纽，1918—1996），美国副总统（1969—1973），共和党人，1973 年因贪污受贿等丑闻而辞职。这样就表达了嘲弄讽刺之意。因此，此处为双关语。

③ 原文 Antichrist，指基督教《圣经》所称，在世上传布罪恶终者便是反对基督之人；他们将在救世主复临之前被救世主所灭绝。

斯基特喜欢兔子给他读《弗雷德里克·道格拉斯的生平与时代》。“你真让人愉快,对不?你今晚就会成为我们的大个儿黑鬼。作为一个白人,宝贝儿,你决没有多大出息的,但在黑鬼方面你就会过得带劲儿。”他已经用回形针和蜡笔在书中几段做好了记号。

兔子读到:“读者必会注意到在奴隶的姓名之中提到了埃丝特。这是一位年轻女人的名字,她具有对女奴而言永远是遭诅咒的东西——就是说,个人的美貌。她个子高挑、皮肤白皙、身材匀称,构成了一副花容月貌。最受劳埃德上校宠爱的奴隶的儿子‘纳德·罗伯茨’追求埃丝特,正如埃丝特是一名美女一样他就是一名长相漂亮的年轻小伙子。某些奴隶主也许会乐于促成这对情人的婚事,然而因某种原因安东尼上尉反对这两人相爱。他严令她离开年轻的罗伯茨,并告诉她若是再次发现他俩交往,他会严厉惩罚她。但是把这对恋人拆散是不可能的。他俩依然经常约会。这里我们就略过吧。”红红蜡笔记号在本页底又恢复了;兔子听到自己的嗓音饱含着激情,像清晨的雾霭,像孩童的恐惧。“那是一天清晨,万籁俱寂,所有家庭依然在睡梦中酣眠,厨未升烟。事实上,我是被可怜的埃丝特那令人心碎的尖叫和让人同情的哭嚎惊醒的。我睡觉的地方就是通向厨房的一小间房子里那肮脏的地板——”

斯基特打断说:“你能闻到那小屋的味道,对不?肮脏,对不,陈旧的土豆,还不等长一英寸就变黄的一丁点儿草,对不?闻闻那味儿,他就睡在那地方。”

“嘘,”吉尔说。

“——透过未刨平木板的裂缝我能够清楚地看到和听到正在发生的事,而不会被人发觉。埃丝特的手腕被紧紧捆住,扭成麻花状的绳子紧紧系在火炉斜上方一根粗大木梁上的一个粗大U形铁钩上。她就站在长凳上面，双臂被紧紧地缚在头顶上方。后背和双肩完全裸露。后面就站着旧主子，手中拿着牛皮鞭，一边满嘴说着刺耳、猥亵、挑逗性的侮辱性语言，一边忙着干那野蛮的活计。他把那残酷的行径干得从容不迫，并把那折磨拖得长长的，就像一个乐于从受害者的痛苦中取乐的人那样。他一次次地挥舞着手中可恨的皮鞭，并调整着鞭打的角度以便用他的力气和技巧施加最为痛苦的打击。可怜的埃丝特从未遭受过如此严厉的鞭打。她的双肩丰满娇嫩。每次猛烈的鞭打，不仅使她皮开肉绽，而且使她疼得尖声嚎叫。‘发发慈悲吧！噢，嗳呀！’她哭叫道，‘我再也不干了。’但是她那尖厉的哭叫似乎只能增加他的愤怒。”红色的记号中断了，兔子迅速掠到本章的结尾部分。“整个场面，以及一切伴随而来的事态，都让人憎恶、震惊到了极点，而且一旦得知了这种野蛮鞭打的动机，语言也因其无法对可怕的犯罪行为表达出正义感而逊色。鞭打完后我不敢说出会有多少鞭痕，旧主子解开痛苦不堪的受害者，放下来时她几乎都站立不住。我从内心是同情她的，而我的年龄尚幼，从未见过这等场面，其震惊就尤其巨大。我吓坏了，大气不敢出，目瞪口呆，不知所措。由于爱德华和埃丝特继续约会，而不理会一切阻止他们约会的努力，这里所描述的场面就在不断地重演。”

斯基特转向吉尔，像孩子常干的那样，在她胸前猛拍一掌。“别对我嘘嘘的，你这贱货。”

“我想听这一段。”

“是什么让你感兴趣的，贱货?”

“我喜欢哈利读书的样子。带着感情。”

“操你们白人那些感情。”

“嗨，慢点儿，”兔子看到暴力在即，就不由自主地说道。

斯基特疯狂了。他把一只手搭在她的肩上撑住，又把另一只手伸向她的喉咙用力将白衣裙向前一扯。布料很结实；还不等听到撕裂声吉尔的头就猛地向前一倾。她向后一缩坐在沙发上，双眼冷漠呆板；那对乳头坚硬的小乳房在撕成V形的裂口中反弹了一下。

兔子的本能不是去救她而是护着纳尔逊。他把书扔在鞋匠长凳上，然后站在孩子和沙发之间。“上楼去。”

纳尔逊目瞪口呆，不知所措，他站起身来，呜咽着说道：“他会弄死她的，爸。”他的面颊通红，双眼深陷。

“不，他不会的。他不过是被麻得神魂颠倒了。她喜欢这个样。”

“噢，胡说，胡说，”孩子绝望地重复道，脸庞凹陷下来，几乎要放声大哭。

“嗨，那个小宝贝儿，”斯基特叫道，“你想用鞭子抽我，对不？”斯基特一跃而起，走了几步醉舞，猛地用力把自己的衬衣脱掉，以致撕飞了袖口扣子，打在灯罩上。他那赤裸的瘦削胸膛，其关节联接处真让人感到震惊：粘连在骨头上的每块肌肉都清晰可见，整个躯干似由森林巨木雕刻而成，比影子要黑暗，比象牙要稠密。这样的胸膛兔子以前只在十字架上看见过。“接下来干什么？”斯基特大声喊道，“想抽打我的屁股眼儿，对不？这就给你！”他的双手已经解开了纽扣的遮盖，接着正在解皮带，然而纳尔逊已经逃出屋子。他的抽泣声传到了楼下，渐渐消失。

“好吧，够了，”兔子说。

“再读一点儿书吧，”斯基特央求说。

“你完全被吸引住了。”

“你那个该死的儿子，认为这个贱货归他所有。”

“不准叫她贱货。”

"伙计,这个耶稣难道没玩儿过她吗?"斯基特格格直笑。

"你真讨厌,"吉尔一边告诉他,一边把撕开的布撮拢。

他把一片布猛地扯开。"哞[①]。"

"哈利,帮帮我。"

"读书吧,宝贝儿,这样我会好的。给我读下一个回形针指的地方。"

头顶上,纳尔逊的脚步声穿过了地板。他若是读书,孩子就会平安无事。"哎呀,是从这儿开始吗?"

"行。小吉莉,你爱我,对不?"

"哎呀,这巨大的财富,这金光四射的光彩,这穷奢极欲的挥霍,这对于辛苦劳作的免除,这闲散舒适的生活,这巨富的海洋,并不是珍珠大门,它们似乎——"

"你是我的珍珠大门,姑娘。"

"可怜的奴隶,躺在坚硬的松木板上,搭着盖不住身子的薄毯,睡得比枕在羽绒枕上的狂热酒徒还要酣畅。对于懒人而言食物就是毒药,而非养料。隐匿不见的邪恶精神正潜伏在丰富诱人的珍馐美味之中,自欺欺人的饕餮之徒满脑袋装的都是疼痛、脱缰的情绪、狂暴的脾性、消化不良、风湿病、腰痛和痛风,劳埃德夫妇就从中得到了足够的配额。"

在书页边界的那一边,斯基特和吉尔正扭作一团;她的内裤、双乳在灰色的闪光中暴露无遗。兔子发现,那另一次的闪光正是她的微笑。无声的咧口大笑使她露出了灰暗的小牙齿;她就喜欢被人强奸。吉尔发现他在偷看,吃了一惊,生气地从下面挣扎出来,把破烂的衣裙裹在身上,跑出了屋子。她的脚步声忽隐忽现地上了楼梯。斯基特惊讶地看着她飞逝

---

① 原文 moo,为牛叫声。在某些方言中,"牛"(cow)为"妓女"(whore)之意。

而去;他叹了口气,重新放好脑袋下面的大枕头。"真妙,"他叹了口气说道,"再读一段,宝贝儿。给我读他反击的那一段。"他那褐色的胸膛和淡棕色沙发融会到了一起;那泡沫上蒙的是绿棕红三种色彩的格布,如今经过磨损后已褪色成为一种几乎叫不上名的暗色。

"你知道,我明天得起床上班去。"

"你在担心那个小布娃娃吧?你不用担心。贱货那玩意儿,伙计,就像是片舒洁纸巾,用过后就扔了。"他听见没人吭声,就说:"我不过开开玩笑,对不?是为了逗你生气,行了吧?来吧,咱们再回到正题吧,下一个回形针。你的不幸,伙计,在于你总是个已婚男人形象。女人不喜欢只知道结婚的男人,她们需要某种灵感以刺激她们猜谜,对不?女人停止了猜谜,她就完了。"

兔子坐在银丝线座椅上读书。"不知从何处产生出那必要的敢于冒险的精神去和一个人搏斗,而他在四十八小时之前只消稍微吐出一个字就能使我像暴风雨里的一片叶子一样颤抖不已,我至今仍说不清;不管怎么说,我下定决心去搏斗,而且更为有利的是,我是实实在在地全力以赴。战斗的狂热向我袭来,接着我发现我那有力的指头死死顶住了暴君的喉头,由于忽视了后果,在那一时刻,我们似乎都平等地站在了法律的面前。那人的肤色被忘得一干二净。我感到身体像猫一样轻快敏捷,处处防着他。他的每次打击都扑了空,而我并未给予还击。我严格地处于守势,以防止他打伤我,而非试图去打伤他。他有几次意欲把我压倒在地,反被我摔倒。我把他的喉咙抓得太用力乃至抓破的血顺着指甲流了下来。他抓住了我,我也抓住了他。"

"噢,我喜欢这段,扣人心弦,真让我着迷,"斯基特说,他用一只手肘撑住身子,于是就和另一个男人面对面了。"再给我念一段。就一小段。"

“我该上楼了。”

“跳过几页，翻到画双杠的地方。”

“你干吗不自个儿读？”

“这不一样，对不？自个儿读。每个学生娃都知道，这不一样。来吧，宝贝儿。我心情好极了，对不？我没找茬儿，我一直是个忠诚的汤姆，给汤姆一块骨头，按我说的读吧。我就要脱光衣服了，我要让所有的毛孔都听见。唱吧，伙计。唱吧。从上面一点儿开始，那儿读作一个人没有力量。”他又催促着说，“一个人没有力量。”一边手忙脚乱解皮带搭扣。

“一个人没有力量，”兔子专心地读着，“就是没有人类最基本的尊严。如此形成的人类本性使之不能给予无助的人以荣誉，尽管它可以怜悯他，而且倘若没有力量的迹象出现甚至是怜悯也无持久。”

“对，”斯基特说，他那模糊的身影正在慌乱地运动并摇晃着滑来溜去，接着一块白色的东西在沙发上闪闪发光，远在铅印书页的留白之上。

“他仅仅懂得，”兔子读道，发现那词语含意深刻，每个单词都像是回荡着他那嗓音的黑色大桶，“这场格斗对我精神上的影响，他本人已经带来了某种东西，或者某种危险的东西，就存在于抗御暴君的非正义和残酷的挑衅之中。暴君和懦夫这就交了手。反抗他之后，我就感觉到了以前从未感觉到的东西。”

“对，”斯基特的声音从长方形岛屿似的书页那边看不见的深渊里传了出来。

“这是一种复活，是从奴隶制那黑暗的、传播瘟疫的坟墓上升到相对自由的天堂。我再也不是卑躬屈膝的懦夫，一看到尘土之上同类寄生虫皱眉就颤抖不已。但是我那久遭威胁的灵魂被唤醒，要采取独立的姿态。

我已经达到了这种地步，将生死置之度外。"强调了一下。

"噢，对。说得对。"

"尽管在形体上我依然是奴隶，但这种精神使我成为事实上的自由人。当一个奴隶无法被鞭打制服时，他就获得了大部分的自由。"

"阿—门。"

"他就拥有了一块像自己刚强的心一样宽广的领地要捍卫，这样他就真正成了'人间力量'。"

"念下去，念下去。"

"从这时起直到我从奴隶制中逃脱，我都未曾真正挨过鞭打。他们尝试了几次，但均未成功。我的确被打得浑身青肿，但我描述的那个事例就标志着奴隶制能使我臣服的残暴行径宣告终结。"

"噢，你的确塑造了一个可爱的黑鬼。"斯基特喊道。

兔子从书页上抬起眼睛，看见沙发上再也没有那一块白色了，全然一片黑暗，只有某种东西在沙沙作响的节律中动来动去，那节奏真似从前面在吸食他的阳物。他的双眼不敢往下看那只手，活动着的反射光轮廓线正好就是斯基特那有节律运动的胳膊。像条鳗鱼那样长，正在进料喂养。兔子站起来大踏步走出屋子，他把书扔在地上，似乎它很烫手，而封面上点彩画出的黑鬼那双火辣辣的眼睛迅速追随着他走过粗陋的地毯，走上擦得光亮的楼梯，走进头顶有一只磨砂固定物正在楼梯平台上方发着白炽光的白色领地。他的心猛地一跳。他已经逃脱了。好险哪。

* * *

楼下浮木台灯射出来的灯光从下面撒在小枫树身上，树叶之红就像是你蒙在手电筒上的手指头。那弯曲的树冠占去了卧室窗户的一半空间。吉尔躺在床上转身面向他，脸色苍白，浑身冷如冰块。"抱住我。"她说，“抱住我，抱住我，抱住我，”说的次数之多，语气之坚定着实吓了他一跳。女人们真疯狂，她们包容着这种古老的疯劲，他怀里抱着的是风。他感到她想要别人操她，以任何方式，没有快感也行，但是得把她压住。他乐意为她效劳，可他无法穿越存在于他俩之间的惊恐和憎恶。她是条在水面下忸怩作态的美人鱼。他正刻板地漂浮着以防止自己在恐怖中淹没。他大声朗读过的书在折磨着他，因为他窥视到了深不可测、卑鄙肮脏、冷漠麻木的数代人，以及已被埋葬的酷刑拷打和烦乱绝望的根由。起床、工作，再也没有理由了，没有做事的理由，没有不做事的理由，除了空荡荡教堂里那瓶装的酸臭味儿就没什么东西可供呼吸了，也没什么可供依托的；他就生活在一口窄小的井里，那阴暗潮湿的井壁挤压着他使他惊愕气馁，不，是吉尔紧贴着他，试图取暖，而今夜却是热烘烘的。他问她：“能睡着吗？”

“不能。一切都在土崩瓦解。”

“咱们试试吧。太晚了。我再拿条毛毯，好吗？”

“别离开我，哪怕一秒钟也不。我会冻垮的。”

“我转过背去，然后你就能抱紧我。”

楼下，斯基特“啪”的一声关了灯。外面，那棵小枫树像被吹灭的火焰突然消失。在兔子心中，他使自己的活动完满地进入黑暗，进入沙发那有节奏的褐色之中。接着，恐怖重返而归挤压着他，像眼睑垂下般地将他封闭了。

她接电话的声音听起来有厌倦谨慎之意。“布鲁厄信义公司，我是福斯纳希特太太。你有什么事？”

“佩吉吗？你好，我是哈利·安斯特朗。”

“原来是你。”一副新的讽刺腔调。“真不敢相信！”言过其实了。男人太多。

“嗨，还记不记得你说过纳尔逊和比利本周六去钓鱼并邀请我吃周末晚餐?”

“记得，哈利，记得很清楚。”

“我现在答应，是不是太晚了?”

“一点儿都不晚。怎么又想起这事儿了?”

“没有特别的原因。只是觉得这样或许会开心些。”

“会开心的。周六见吧。”

“明天见。”他澄清了一下。他本想继续聊下去，这正是他吃午餐的时间，可她中断了交谈。有工作压力。别指望得太早。

下班后当他离开韦泽站走回家时，在恩伯利大街通向一条私人车道的拐角处，在一个红白蓝相间的邮筒旁，有两个男人跟他搭讪：“你是安斯特朗先生?”

“是的。”

“和你聊会儿天好吗? 我俩是你的邻居。”说话的这人年纪在四十到五十之间，胖乎乎的，穿着一件绷得紧紧的灰色西装。那狭窄的翻领是五年前的式样。面部温和而痛苦。一个硬邦邦的鹰钩小鼻和双眼下面浮肿的两块肉很不相称。那下巴就是并排而起的两块让人扫兴的疙瘩，从而形成一个酒窝，使藏匿的胡须剃起来很是不便。他长着布鲁厄式的黄色皮肤，呈现出一副机敏狡猾的白领神态。是名会计，或教员。“我叫马赫龙·肖沃尔特，住在新月街的对面，你可能注意到那房子后面多修了点东西，我们在今年夏天修好的。”

“噢，对。”他想起那遥远的锤击之声，但那时他未留意；他的确远望过宾州别墅区，只发现那并非是佳济山：就是说，那是块未名区。

“我在搞计算机，硬件终端，”肖沃尔特说，“这是我的名片。”正当兔子扫视上面的公司名址时，肖沃尔特说道：“我们打算使该城商业事务发生革命性变化，把那个名址存入你的记忆中去吧。这位是艾迪·布鲁巴赫，住在风景区再远一些的地方，叫万寿菊，在你的上首。”

艾迪没有递名片。他长着一头黑发，比哈利个儿矮，年轻。他站立的姿势就像军队里的士兵，纽扣全都扣上了，双肩收拢，肩胛骨之间痒痒的，想要打架。只不过部分是因为那板刷发式，他的头顶看起来呈扁平形状，像兔子电视机上的那些脑袋。当他握手时，他就想起了别人。谁呢？布鲁巴赫的半边脸上有块下颌骨被取掉，留下一处凹窝和一条L形的红色疤痕。那双灰眼就是磨钝了的刀尖儿。他以简短的语调说：“是先生。”

肖沃尔特说：“艾迪在那边费斯勒钢厂的装配车间工作。”

“你二位今天一定下班很早，”兔子说。

艾迪告诉他：“这个月我上夜班。”

肖沃尔特弯了一下腰，似乎远处正演奏着舞曲，于是他就想打断兔子和艾迪的谈话。他说道：“我们决定和你谈谈，我们很欣赏你的耐心。我的车就在这儿，你愿不愿意坐进去？这样站在外面，一点儿都不舒服。”

小车是丰田牌；哈利想起了岳父，于是那全部的忧虑神情就悄悄流露出来。“如果时间不长，”他说，“我宁愿站着谈。”说着就靠在邮筒上使自己不至于高过这两个人。

“时间不会长的。”艾迪·布鲁巴赫一边保证，一边猛地动了一下肩膀，轻快地向前跨了一步。

肖沃尔特又伸了伸肩似乎想干预一下，那双眼周围更显忧伤。他擦了擦松软的嘴巴，说道：“唔，不会的，没必要。我们并无恶意，只是问几个问题。”

“几个友善的问题。”兔子澄清道，他急切地想帮帮这人；这人小心翼翼的缓慢声音属纯布鲁厄式的，犹如城市本身一样看起来无精打采、温和开通、和蔼可亲，而且眼下正处在抑郁沮丧之时。

“喏，我们几个人，”肖沃尔特继续往下说，“你知道，讨论过居住区的事情。一些孩子不断地讲些，你知道，他们在你家窗户里看到的情况。”

“他们一直在往我窗户里面看?”蓝色的邮筒发烫了。他不再靠着，站直了身子。时令已是十月，但人行道已显示出非常坚硬的样子，一股不加掩饰的烦躁停歇在柔嫩的沥青平屋顶、细高的幼树、像智力玩具一样用木头水泥砖块假大卵石板墙装配起来的低矮房屋。他试图透过这些房屋看到他自己的。要保护它。

布鲁巴赫气势汹汹逼进兔子的眼皮底下。“他们无意窥探任何窗户，他们知道的是强行推进到他们鼻子底下发生的事儿。而且闻起来气味儿不正。”

肖沃尔特插了话，其声音听着像女人用甜言蜜语哄骗小孩，上面涂了一层黄油。“唔，不，此话严重了。不过是真话，我猜想，也不算是什么特殊的秘密。他们一直开着那辆保时捷出出进进，而且我最近注意到他就在房前和小孩打篮球。”

“他?”

“你请来的住在你家的那位黑人小子。”肖沃尔特说着，就微微一笑，似乎谈话中的症结找到了，接着就会一帆风顺。

“还有那白人姑娘，”布鲁巴赫补充说。“我那小儿子几天前回家说，他看见他们就在楼下地毯上做爱。”

“唔，”兔子支吾着说。他荒唐地感觉到比这两人高很多，他感觉到在试图弄明白那男孩看到的内容细节时可能会飘然而去，一个小小的装在镜框里的长方形物件悬挂在脑海里，正如一幅画高挂在墙上一样。“当你朝别人家的窗户里看时，你看到的都是这类东西。”

布鲁巴赫麻利地走到肖沃尔特的前面，兔子就想起和他握手使人联想到的那个人：给妈妈服新药片的医生。我按我的意志扭曲人体。我就是生，我就是死。“听着，老兄。我们设法在这个居民区里抚养孩子。”

“我也是。”

“可那是另外一码事儿。你在那儿都教些什么样儿的反常者？我为孩子感到难过，这是实情，我难过呀。但是我们其余的人又当如何？我们在尽可能尽最大努力做事。这是一个体面的白人居住区，”他说，“体面”一词发出的声音很轻微，但却是鼓足了力量而为的，“这就是我们住在这儿而不是河对面布鲁厄城内的原因，他们在那儿允许他们狂放不羁。”

“允许谁狂放不羁？”

“你他妈的知道得很清楚是谁，看看报纸吧，这些老太太们甚至不能在大白天带着钱包出门。”

肖沃尔特一副忧愁讨好的模样，他侧身绕了一圈，挤到显眼的位置。“白人居住区并非真的是关键，我们愿欢迎任何一个懂得自尊的黑人家庭，我过去和黑人一块儿上学，而且我愿在一周的任何一天里和黑人并肩工作，实际上我的公司就有一个招聘计划，问题在于，他们的领导人告诉他们别去找麻烦，告诉他们说那是背叛，应该学会如何老老实实地生活。”这番演讲已经比他预想的滑得更远，他猛地刹住。“如果他像男子汉一样做事，我会把他当人看待的，我这样说出不出格，艾迪？”

布鲁巴赫胸部一挺，于是那装着一盒香烟的衬衣口袋就绷紧了；两只前臂仿佛随着血管收缩而向两肋弯曲。“在越南我和他们并肩作战，”他说，“没问题。”

“嗨,真有趣,你也是个越战老兵,我们正说的这家伙——”

“没有问题,”布鲁巴赫继续说道,“因为我们都懂得军规。”

肖沃尔特的双手偷偷挪动着、颤动着,在向下抚摸时碰着了那窄小的翻领。“是那姑娘和黑人搞在了一块儿。”他匆匆说道,刚一点到就打住了。

布鲁巴赫说:“天哪,那些黑鬼都喜欢白屁股。你本该看看基地周围都发生了些什么事儿。”

兔子主动说:“是黄屁股,对吧?”

肖沃尔特使劲拉他的胳膊把他拉到一旁,离邮筒有几步远。哈利在想,是否有人向里边投过信,他每天都从旁边经过而它似乎像消防栓那般神秘,等待着可能永远不会来临的那一时刻。他从未听它铿锵的开启声。在佳济山大家总要寄情人节贺卡。肖沃尔特说:“别老是逼他了。”

兔子朝布鲁巴赫喊道:“我没有逼你,对吧?”

肖沃尔特拉得更紧了。于是哈利被迫弯腰把耳朵对着那人的钩状小鼻和忧愁松软的嘴巴。“他的情绪不稳。他觉得受到了很大的威胁。来责怪你并非我的主意,我就对他说过,人都是有隐私权的。”

兔子想要把事情摆平,就低声说:“居住区还有多少人像他那样?”

“比你想象的要多得多。我本人也大吃一惊。他们都是通情达理的好人,却都有偏见。我相信他们若没生儿育女,这里若非孩子们的生活区,就会更加相互宽容了。”

兔子却担心他们对布鲁巴赫太粗鲁了。他向那边喊道:“嗨,艾迪。我跟你说。”

布鲁巴赫并不乐意被扯进来,他一直想让肖沃尔特去解决算了。兔子看明白了这个结构:一人谈判,另一人助威。真是个专业化和勾结的时代。布鲁巴赫厉声说道:“说什么?”

“我保证不让我儿子看你家的窗户,而你保证不让你儿子看我家的。”

“我们那边给你这样的家伙起了个绰号。叫自作聪明。他们有时不过是由于随意瞭望而受伤害的。”

“我跟你说点儿别的事吧,”兔子说,“作为补充,我会尽力记住把窗帘拉上。”

“你最好多干些该死的事情而不是拉下那该死的窗帘,”布鲁巴赫告诉他,“你最好把这整块地方设置上该死的路障。”

不知从哪儿钻出一辆邮车,红白蓝三色相间,那个倾斜式挡风玻璃就像个显示器,尖叫着停在路的边栏旁;一位穿着灰色衣服的小个子男人,以急急忙忙旁若无人的神态,打开邮筒前门,掏出一束束信件装进一只灰色袋子,看起来有数百封,再“砰”的一声锁上,就开车离去了。

兔子走近布鲁巴赫。“告诉我你想要什么。你想要我搬出居住区。”

“我想要你把黑人弄走。”

“你就是不喜欢他和姑娘搞在一起,假设他留下,让姑娘走呢?”

“让黑人走。”

“他作罢客人后会走的。祝你晚餐愉快。”

“已经警告过你了。”

兔子问肖沃尔特:“你听到威胁了吗?”

肖沃尔特微微一笑,他擦了擦眉头,不再垂头丧气了。他已做了力所能及的事。“我跟你说过,”他说,“别逼他。我们非常礼貌地来找你。我想重复一遍,问题在于正在发生的事情,而不是哪个人的肤色。紧挨着我家有间空屋,我对房地产经纪人讲,像对你说的那样明白无误:‘任何一个有丈夫在家的黑人家庭,都可以按现行市价购买,当然可以让他们买去,当然可以。'"

"很高兴认识了一位自由主义者,"兔子说罢,就握了握他的手。"我老婆老是说我保守。"

同时,由于他喜欢对方,由于他喜欢在越南打过仗的任何人,如果他不是年龄太大、肥胖又胆小,他本该去那里作战的,所以他也主动和布鲁巴赫握了握手。

那趾高气扬的小个子男人拘谨地把双臂垂在身边。他反而转过脑袋,这样一来就露出那遭到严重损害的下巴。兔子看见,那伤痕不是红色L型的,而是&型的,缝合、重叠皮肤以补平裂口的白线使伤疤显得很复杂,那裂口可能会永远留下,可能会永远让人看着不舒服。兔子强迫自己看着它。布鲁巴赫的声音少了点儿火药味儿,几乎懊丧悔恨,镇定中带着悲伤。"我捡回了这张脸,"他说,"我是在那儿遭的殃,因此我就该在这儿过体面的生活。我不希求同情,有许多伙伴的境况更遭。我只是让你明白,在我目睹并经历过战争之后,没有哪个自作聪明的人敢在我自己的居住区内逼迫我。"

家里,静得出奇。电视机没开。纳尔逊在厨房餐桌旁做作业。不,他在看斯基特的书。他还没看多少页。兔子问:"他们在哪儿?"

"在楼上。睡觉。"

"在一块儿?"

"我想吉尔睡你的床,斯基特睡我的床。他说睡沙发糟透了。我放学回家时他醒来过。"

"他脸色怎样?"

这问题触动了一个新的脉络,纳尔逊却回答得非常迅速。尽管父子之间存在着诸多阴影,但最近已经融洽很多。"胆战心惊,"他眼不离书回答说,“他说最近反应迟钝,昨晚整夜未眠。我想他吃了些药片什么的。他似乎有点儿没看看我是个啥样子,就从我的头顶上望过去,不停地叫我宝贝儿而不是叫小宝贝儿。”

“那吉尔怎样?”

“睡得死死的。我朝里面望了望,叫她的名字她都没动一下。爸——”

“爽快说吧。”

“他给她些东西吃了。”他过于深思熟虑,所以说起话来不那么爽快;说完之后他双眼深陷,而父亲则感觉他懂事了,胆怯,犯愁,找不到合适的字眼,又不想惹父亲生气。

哈利鼓励说:“东西?”

孩子就打开了话匣子:“她再也不笑了,对什么都不感兴趣,只是坐着,没事干就睡觉。你看没看过她的皮肤,爸?她变得太苍白了。”

“那白皙是自然生成的。”

“是,我知道,但远非如此,她一脸病态,爸。她几乎什么都不吃,而且有时候呕吐不止。爸,无论如何,别让他再那样整她了。阻止住他。”

“怎么阻止?”

“你可以把他撵出去。”

“吉尔说过会儿跟他一块儿走的。”

“她不会的。她也讨厌他。”

“难道你不喜欢斯基特?”

“当然不。我知道应该喜欢的。我知道你喜欢。”

是吗?真让人吃惊,他向纳尔逊保证说:“我和他谈谈。但你知道,人不是财产,他们在一块儿想干什么我管不了。我们无法代替吉尔的生活。”

“如果你真想做，我们就能做成。只要你真的关心她。”纳尔逊这话近乎于挑战了；兔子的本能使他要和这小子和睦相处，使他对此不予理睬。

他只是提醒了一下：“她已经成人，不能收养。而你太年幼，不能结婚。”

孩子皱了皱眉，低头看书，沉默不语。

“行了。我问你几句话。”

“好吧。”纳尔逊的脸绷紧了，预备拒绝回答；他预料会问他吉尔、性和他本人的有关事情。能使他失望兔子感到很高兴，这就给了他一点儿回旋余地。

“两个人在我回家的路上拦住我说孩子们朝我们的窗户里边望过。你听没听到这类事情？”

“当然了。”

“当然什么？”

“他们当然望过。”

“是谁？”

“他们都来过。弗兰肯豪瑟、那个饭桶吉米·布鲁巴赫、艾芙琳·莫里斯，还有她那些宾园的朋友，马克·肖沃尔特和玛瑞琳，我想是他的妹妹，尽管她还是个小不点儿——”

“他们到底是什么时候来的？”

“时间不定。有时他们在放学回家我在练足球的时候，有时在你回家之前，我在前门外面闲逛的时候。有时我猜他们是在天黑后来的。”

“他们看见什么了吗？”

“我猜有时看见了。”

“他们和你说过没有？他们有没有挑逗你？”

“我想。有时。”

“你这孩子真可怜。你对他们说些什么？”

“我对他们说，滚你妈的蛋。”

“嗨。注意你的言词。”

“我就是这样说的。你要问嘛。”

“还有，你们打没打架？”

“没怎么打。只是有时他们骂我的时候才打。”

“骂什么？”

“脏话。别在意，爸。”

“告诉我他们骂你什么。”

“黑鬼纳利。”

“哈。真是些乖娃娃。”

“他们只是小娃娃，爸。他们没别的意思。吉尔说别理睬他们，他们年幼无知。”

“那他们有没有拿吉尔取笑你？”

孩子把脸完全扭开了。他的头发盖住了脖子，不过甚至从后面看也不会把他误认为是个女孩：肩臂的生成角度，缺少梳理的头发。那哽咽的声音传了过来：“我再也不想谈这件事了，爸。”

“好吧。谢谢。嗨。我很内疚。你不得不生活在我们一起搅和的混乱局面里面，我感到内疚。”

让人惊讶的是，那哽咽的声音又恢复了。“哎呀，真希望妈妈能回家来。天哪，我希望如此！”纳尔逊在厨房椅背上狠打了一拳，然后把前额伏在拳头打过的地方；兔子抓耳挠腮，不知所措，绕道走向冰箱取出一罐啤酒。

* * *

如今夜幕落得更早了。六点钟新闻过后外面已是一片漆黑。兔子对斯基特说:“我今天见到一位从越南回来的老兵。”

“呸,这世界这么快就塞满了越南老兵,要不了多久就不会有别人了,对不?别忘了,走进绥和①的一座灯塔,四周全是白墙,大家都到那里去胡写乱画过一两次。唔,让我确确实实感到兴奋的是,有某个人,叫查利或不友善者,我们把这地方移交给他们时阿文②才敢靠近这地方,那一边有人在整堵墙上都画满了胡伯伯③的个人像,胡伯伯被人诅咒,胡伯伯在吹大话,胡伯伯做这做那,这是十足的无礼行为,对不?我心中就暗自想到,那些可怜的越南佬和我们一样遭人玩弄,我们都在疯老头儿们的控制之下,以为他们仍然能让历史重演,历史再也不会重演的,宝贝儿。”

“那会重演什么?”纳尔逊问。

“糟透的局面,”斯基特回答道,“然后,最有可能的是,产生了我。”

纳尔逊的双眼寻找父亲的目光,如今每当斯基特的疯狂一出现,那双眼就会这样。“爸,我们要不要把吉尔叫醒?”

哈利正在喝第二罐啤酒,抽第一支大麻烟;他那穿上长袜的双脚高高搁在鞋匠长凳上面。“为什么?让她睡吧。别那么神经过敏。”

“不,先生,”斯基特说,“这孩子有个好计划呢,那该死的小吉尔哪儿去了?我真是欲火中烧。”

---

① 原文 Tuy Hoa,越南中部富安省之滨海城市。靠近达壤河口,濒临南海。市内有 4 世纪的占婆古塔遗址。

② 原文 Arvin,可能是一越南人名。

③ 原文 Uncle Ho,指胡志明。

纳尔逊问:“欲火中烧是什么意思?”

“欲火中烧就是我感觉到的一切。”斯基特回答说,“小宝贝儿,去把那个卑鄙的贱货拽下楼来,告诉她说老少爷儿们需要进食了。”

“爸——”

“去吧,纳利,别抱怨了。按他说的话去做。你有没有作业?在楼上做吧,今晚归大人们了。”

纳尔逊走开后,兔子才舒了口气。“斯基特,有一事我不明白,你觉得越共怎样?我是说他们是对,是错,或什么的?”

“就一个个人而言,或者我该说就一个个越南佬而言,他们都真是好样儿的。如此勇敢,他们一定会打胜的,许多人不比小纳利大多少,对不?作为一群人,我从来没有弄懂他们是什么样儿的人,除了我们是白人或黑人这些具体事情,而他们是黄种人并且是最先居住在那儿的,对不?否则我就说不出他们那样干有多大价值,因为他们那些人最喜欢割人的生殖器吊死人把人活埋在沟里而且对付的也是像他们一样的黄种人,对不?所以我倒愿意把他们看成是那骗人上当的预言让人困惑不安的又一个侧面,如此你才可能明白我在这注定的时刻降临的意义。不过。不过,我得承认作为这种让人厌烦的权力事务的组成部分,政治并不能使我有多大兴趣。有人性的东西让我感兴趣,对不?还有你,对不,宝贝儿?她来了。”

吉尔飘然而至。她脸上的皮肤看起来绷得紧紧的。

兔子问她:饿不饿?自己做块花生奶油三明治吧。我们吃的就是这个。”

“我不饿。”

兔子竭力扮作斯基特,就刺激她说:“老天,你该饿了。你骨瘦如柴。

看你的屁股都成什么样儿了，连块儿肉都摸不着。也不想想我们干吗要把你留在这儿。”

她不理睬他，只和斯基特说话。“我需要，”她告诉他。

“废一话，姑娘，我们都需要，对不？整个世界都需要，那难道不是我们商议好要做的吗，宝贝儿？整个愚昧的世界都需要我。而我，我需要别的东西。把你那阴门送到这儿来，白人姑娘。”

现在她才朝兔子望去。他给她帮不上忙。她和他一直都不属于同一个阶级。她在斯基特身旁的沙发上坐了下来轻声问他：“什么？如果我干，你愿不愿干？”

“可能干。告诉你是什么吧，吉尔亲爱的。”

“咱们为这人干吧。”

“哪个人？”

“这人。那人。那边的维克多·查利[①]。他需要。也不想想他留我们在这儿住是为什么？要产子，这就是原因。嗨。哈利老友？”

“我在听呢。”

“你喜欢做个黑鬼，是吧？”

“是的。”

“你想做个好黑鬼，对不？”

“对。”天花板上一阵令人悲伤的沙沙声，是纳尔逊在自己的房间里发出的，但感觉好像来自非常遥远的地方。别下来。就呆在那儿。烟雾和他的静脉血液混合在一起，那肺部成了一株长满枝条的树。

---

① 原文 Victor Charlie，也即“胜利者查利”，在他的幻觉中此时哈利成了查利。总之查利（黑人）喻指一切持不同政见的人，也指越共。

“那好,”斯基特说,“现在讲一下怎么干。你是个大个儿黑人,坐在那儿。你被铁链拴在椅子上。我呢,我是个雪白的白人。注一意。”说着,斯基特迅速站起身来,脱掉衬衣。他的上半身就消失在屋内浓浓的昏暗之中。接着他又在皮带处乱抓乱摸,那下半身就消失了。只有眼镜犹存,一对银色光环。他那不见其人的说话声就是黑暗。他的脑袋,一块圆圆烟雾,慢慢使来自风景区尽头街灯的蓝色光线黯然失色了。“而这儿的这个小姑娘,”他喊道,“像煤一样黑。是位从黑鬼河谷抢来的乌黑发亮的处女,对不?站起来,亲爱的,露出牙齿让我们看看。彻底清扫一下。”他那黑糊糊的手的阴影渐渐滑向白糊糊的吉尔,再把它向上举起,就像陶工用嗡嗡叫的转盘把一大块黏土向上引导,做成一个花瓶。她持续向上升起,烟雾从花瓶里缭绕上升。她的衣裙不停地向上飘动以致盖住了脑袋。“转过身来,亲爱的,把臀部露给我们看看。”一声轻柔的掌击声为黑暗增光生辉,白色旋转起来。兔子大睁着双眼,在鞋匠长凳的另一侧,只能够分清光线和黑暗的浓淡深浅,只能够在六英尺之外开始看清那两个躯体的立体形象。他能看见吉尔两股之间那黑糊糊的缝隙,臀部肌肉形成的隐隐约约的凹部,在犹如枯瘦面颊般的股骨之间的那朦朦胧胧的厚密绒毛。她的腹部看起来很长。在她原本是乳房的地方,黑色蜘蛛在打架:他用斯基特的双手把这些整理好。斯基特在跟吉尔窃窃私语,双手在月光下像蝙蝠在振翼拍翅。他听到她用经过头发过滤的声音说出的一句话里面就有“满足”这个单词。

斯基特格格一笑:像之字形闪电。“现在,”他喊道,而其嗓音已经变成金色环圈向前旋转,变成拍卖商兼作毒品贩子,“我们就要用这个煤黑煤黑的小妇人来演示一下忠顺服从,她已经被在田纳西州的纳什维尔城外从事活动的交易能手训练完毕,他们绝对保证她在厨房、门厅、马厩或者卧室不会有任何麻烦!”又一声轻柔的掌声,白色黏土渐渐缩小;吉尔正在下跪,而斯基特仍在站着。一声最为优美的滑行所产生的银铃般悦耳的响动打破了沉默的局面;但是兔子看不大清楚。他需要看清楚。浮木台灯就在他身后。他没有转过头来,而是摸索着把灯打开了。

干得好。

他看到的景象使他想起印刷工序的最初瞬间,一块抹上油墨的印版离白纸咫尺之遥。眼睛逐渐适应之后,他看见斯基特不是黑人了,其肤色略呈棕色。这两个皮肤光洁的孩子正在接受轻微的体罚,一个被迫站着,而另一个则被迫跪着。斯基特蜷曲着身子把长长的手向下伸去以庇护吉尔的侧面不被强光照耀,而手指甲就像稚嫩的玫瑰花瓣。她的双眼依然紧闭着,嘴巴依然张开着,双乳太小而未留下灯影,在用作搁架的脚后跟后背上隆起延展的肌肉以及在睾丸旁荡浮着似乎要从空中迎取接力棒的那只手的白色掌心之中,她的女性味儿最为十足。斯基特有一两块地方没有被她脸上的光辉所照亮,闪闪发亮的耻骨裂缝以下有一块紫色漂成了淡紫色以及像山羊胡子一样的形状和密度。在继续保持保护性蜷曲姿势的同时,斯基特局促不安地把脸转向灯光;他的眼镜发出暗淡的光线,同时上嘴唇模仿着痛苦的模样翘了起来。“嗨,伙计,捣的什么鬼?把灯关掉。”

“你真漂亮,”兔子说。

“好吧,脱光衣服插进去吧,她满身都是洞穴,对不?”

“我很害怕,”兔子坦白说。此话当真,他俩不仅看起来漂亮,而且在同一个幻觉之中变成的这台连锁机器会把他撕成两半。

尽管吉尔对“啪”的开灯声已经麻木,但是这番坦白还是把她从恍惚中刺醒;她转过头,斯基特的阴茎变松软了,一连串闪亮的水汽被打破。

她朝哈利望去，又朝远处望去；当他同情地伸手关灯时，她尖叫一声。在他幻觉的一角，他也看见了：一张脸。在窗边。双眼像两支燃着的香烟。灯熄了，脸就消失了。窗户成了一间黑屋里的一个淡蓝色矩形物。兔子向前门跑去并把门打开。夜晚寒气刺骨。十月间。草坪看起来虚假做作，没有生气，干枯颓败，单调乏味：一幅枯草的快照。新月街除了停泊的小车以外空荡荡地伸向远方。枫树还太修长纤细不能藏人。小孩本可以沿着花坛从房前跑过而此刻却藏身于车库。车库大门开着。而且，这孩子若是纳尔逊，他会知道车库通向厨房的门。兔子决定不去查看，不去追捕；他感到自己已是无路可走，眼前的景色就是一幅淡而无味、牵强生硬、冷漠无情的图片。唯一移动的东西是他呼出的气体。他关上门。他没听到厨房有东西在动。他对起居室说："没人。"

"糟糕，"斯基特说。阴茎已完全松软下来，当他蹲下时它已成了双腿间的肉鞭。吉尔躺在地板上哭泣；面部向下，赤裸的身体蜷成一团。半边屁股构成情人节爱心画的顶部，不过是白色的；肉色扇形头发抛洒在暗绿色的地毯之上。兔子和斯基特一块儿蹲下身抱她起来。她抗争不从，没精打采地滚来滚去；头发飘过面部，盖住嘴唇，像蜘蛛网一样粘住了下巴和喉咙。就像是一串马利筋[1]白沫涂在了下巴上；兔子用手帕给她擦下巴和嘴巴，而且数周以后，当一切都荡然无存之时，他就掏出这块手帕把鼻子捂住，闻着这极其细微的刺激性味道。

吉尔的双唇在移动。她在说话："你保证过的。你保证过的。"她在和斯基特说话。兔子弯着腰，那张大脸俯视着她，但她的双眼只是瞧着他身旁的那张狭长的黑脸。她眼中的绿意已消失殆尽，黑色瞳孔已经使得虹

① milkweed，一种直立生长的多年生草本植物，长着伞形花并分泌出乳白色汁液。

膜黯然无光。“真是愚蠢之极。”她说着就轻轻抽泣了一声，似乎是为了自我解嘲，真是一位非常明白自己是在夸大其辞的康涅狄格家庭主妇。“噢，天啊。”她用更为老练的声音补充道，说完就闭上了双眼。兔子碰碰她。她在冒汗。他一碰，她就开始发抖。他想用毛毯盖住她，如若没有别的东西就用他的身体盖住她，但她只愿同斯基特说话。兔子并不为她而存在于彼处，他只认为自己就在此处。

斯基特俯身问她：“谁是你的主耶稣，吉尔亲爱的？”

“你是。”

“我是，对不？”

“对。”

“你爱我甚于爱你自己？”

“远甚于此。”

“你看我时看见了什么，吉尔亲爱的？”

“我不知道。”

“你看见一朵巨大的百合花，对不？”

“对。你保证过的。”

“爱我的鸡巴？”

“爱。”

“爱我的精液，心上人吉尔？爱它流进了你的静脉？”

“爱。求求你。射进去吧。你答应过的。”

“我是你的救世主，对不？对不？”

“你答应过的。你一定要，斯基特。”

“好吧。告诉我说我是你的救世主。”

“你是。快点。你真的答应过的。”

“好吧，”斯基特急忙解释说，“我就把她安顿好。你上楼去，宝贝儿。我不要你看见这事儿。”

“我想看。”

“这次别看。是邪门歪道，伙计。邪道，邪道，邪道。是卖狗皮膏药。别惹火上身，就是没和这事儿搅和在一起你也因为我吃尽了苦头。走开。我在恳求呢，伙计。”

兔子懂了。他们在交战。他们已经扣押了一名人质。在彼处的各个角落，都遍存敌意。他查看前门，在回应三声钟响的三扇小窗下方站了片刻。他悄悄溜进厨房。那儿空无一人。他插上通向车库的小门上的门闩，侧身登上楼梯，缩着身子站在纳尔逊的门口留神听着那不知不觉的呼吸声。他听见孩子在呼吸时伴有极为刺耳的声音，其声直扣心底。在他自己的卧室里，街灯把稀稀疏疏的枫树叶反印在墙纸上。他穿着内衣上床睡觉，以防万一要起床逃跑；小时候过夏天，当绳子上挂的衣服未晾干时他就常常穿着内衣睡觉。兔子听着楼下的响声——咔哒咔哒声，厨房的格格声，油地毡上的脚步声，总是使他睡意绵绵之声，妈妈的起床声，正被护理的新世界之声。他思想上的紧张感开始解除，而心脏仍在不停地“咚咚”响，波涛在吉尔那白色情人节爱心卡上消散，像阳光一样在视网膜上打上了印记。平版印刷与活版印刷相比，平版法决不会有腐蚀作用，看着滑溜溜的，正是未来的浪潮。她上了床躺在他身旁；那情人冷冰冰依偎着他的腹部和柔软松沓的阳物。他已经睡着了。他问她：“很晚了吧？”

吉尔非常缓慢地说：“相当晚了。”

“感觉怎样？”

“就现在看，好多了。”

“我们得把你送到大夫那儿。”

“没有用。”

他想到一个更好的主意，如此显而易见，他想象不出为什么以前从未想到过。“我们得把你送回你父亲身边。”

“你忘了。他已不在人世。”

“那么，找你母亲去。”

“小车开不动。”

“我们去赎回来。”

“太迟了，”吉尔告诉他，“你想向我求欢已经太迟了。”

他想回答，但是这话中含有的令人费解而深奥的真理将他带往下方，一只手抚摸着她腰部那向内凹陷的地方，一只富于感情的小鸟正浸入自己的爱巢。

阳光，这老资格的小丑，给房间涂上了金色饰边。枫树有太多的树叶被吹落，晨光不加掩饰地斜射入内。一阵头疼掠过脑门儿，做的梦（帕亚塞克和他乘坐的独木舟，正摇桨溯流而上，穿越一片墨绿色地区；其目的地感觉着是座遥远的高山，像桌布一样条纹满布，褶皱处处。“我何时能得到银弹①？”兔子问他，“你答应过的。”“傻瓜，”帕亚塞克告诉他，“愚蠢。”“你知道得真多，”兔子可笑地回答说，接着心情在一阵光照中豁然开朗）和前天②晚上混在一起，二者都不真实。吉尔露水般地睡在他身旁；在喉咙根部，汗珠沿着发际线聚集起来，晶莹发亮。为了不搅醒她，他细心体贴地抬起她的手腕转了方向以便能看见长满色斑的胳膊内侧。它们

① silver bullet 意为“良方”，“灵丹妙药”。

② 原文 the night before，但据上下文此处应为“昨晚”（last night），即星期五晚上。下文描写说明此时是星期六。

可能是蜂蜇的肿块。并不太多。他可以和詹妮丝谈谈。这时他想起詹妮丝并不在这儿，只有纳尔逊是他俩的孩子。他慢慢而又小心地起了床，发现自己穿着内衣，不禁乐了。像当初妈妈把他的睡衣挂起来晾干时一样乐不可支。

早餐后，吉尔和斯基特还在睡觉，他就和纳尔逊耙松并刈割草坪，将草置于苗床之内以度严冬。他希望这是最后一次刈割，尽管秋草在高地处已枯干，但在有水分的洼地处仍然翠绿无比，并且从厨房到大街形成了一线绿意——或许污水管接头处破裂漏水，因此水流十分缓慢。还有那树叶——他朝纳尔逊大声嚷嚷，对方不得不关掉“嘭嘭”作响的刈草机：“这样一棵瘦削小树怎么会有这么多树叶?”

“这不是它的叶子。是从其他树上吹来的。”

他看了一下，发现邻居都栽有树，像他的一样幼小，但是有些树已同屋顶一样高。将来某一天纳尔逊将回到这里，回到他童年居住过的地方，他会发现它异常幽暗，浓荫蔽地，草坪生长茂盛，家园神圣珍贵。兔子听到孩子们在别的庭园里叫嚷。越过几道篱笆和车道他看见小孩子在进行星期六练球，一个声音尖叫道:“没人防我，没人防我。”接着球之后便听话地移了过去。这个居住区并不坏，他想，如果你能给它一个机会这地方会很不错的。在其他房屋四周拿着草耙和刈草机的男人们学着他的样儿。不等孩子重新启动刈草机，他便问纳尔逊:“你今天不去看你妈妈?”

“明天去。今天她和查利开车去波科诺斯，去观赏秋叶。同去的还有查利的某个弟弟和弟妻。”

“好家伙，她在自得其乐。”一个真正的斯普林格。他暗露笑容，一反常态地自豪起来。合法的信纸信封一定尚未问世。那么他，对，他可以加入那支布鲁厄怪人大军。爸爸过去常说，那是人类渣滓。他要趁仍住在新月街时更好地享受一下。他重新开始耙草,也留神听那刈草机的“嘭嘭”声再起。恰恰相反,只听到启动装置不断重复的摇晃声和“哒哒”声,接着听到纳尔逊的声音在叫:“嗨,爸。我看是没油了。”

那么,星期六就有了晒太阳的小差事,有了护理和采购的行动。他和纳尔逊拎着五加仑空油罐信步走到韦泽街,在盖蒂加油站把油加满。返回时,他们看见吉尔和斯基特正从家里走出来,那打扮真让人忍俊不禁。斯基特穿着条瘦腿裤、鳄鱼皮鞋、栗色高领衫和桃色开襟毛线衣。他看起来就像是职业高尔夫球场上的最新球员。吉尔穿着她的白色衣裙和哈利的一件褐色厚运动衫;她叫人联想到在去出席足球比赛前的午间运动集会上的啦啦队长。她的脸庞尽管窄小,而且面部皮肤既薄又紧像牛皮胶,但却泛着淡淡的红晕;她显出心情激动而又温柔亲切的样子。“如果需要的话,冰箱里有一些萨拉米香肠和莴苣供你和纳尔逊做午餐用。斯基特和我要去布鲁厄看看怎么能把那辆可怜的小车处理一下。我们原先也想去拜访一下蓓蓓。处理完之后我们就晚些再回来。或许今天下午你该去看看你母亲。你一直没去过,我心里很内疚。”

“好吧。我可能去。你没事吧?”又面对斯基特说:“有没有车费?”

斯基特的那身装束为他平添了一份花花公子的味道;他挺起山羊胡子,勉强从牙缝里挤出话来:“吉莉拿的有。我们一旦用完了,你的大名就可借来一用,对不?”兔子努力去回想昨晚那个赤裸的男人、悬吊着的阴茎、那凸出的脚后跟、那犹如在丛林之火近旁的蜷伏,但他却想不起来,那是另一个领域。

作为庄重严肃、光明正大之人,他责备说:“在我和纳尔逊六点左右出门之前你们最好回来。我不想叫这房子空无一人。”他压低声音以免让纳尔逊听见。“昨晚过后,我都有点儿害怕。”

“昨晚发生了什么事?”斯基特问,“我不记得有任何怪得吓人的事儿,我们都只是老百姓嘛,在愚昧的州里度过残生而已。”他已经全身挂满盔甲,无人能够伤及于他了。

兔子检验了一下:“你这黑鬼真坏。”

斯基特在阳光下微微一笑,露出两排天使般洁净的牙齿;他的眼镜片抛射出的两道光环高出那些电视天线。“现在你在唱我的歌了,”他说。

兔子问吉尔:“和这狂人一块儿你吃得消吗?”

她轻轻说道:“他是我的甜爹。”说着,就挽起他的胳膊,渐渐远离新月街,消失在杂乱的落地窗之中。

兔子和纳尔逊收拾好了草坪。他俩吃过饭,抛了一会儿橄榄球,然后孩子问他能否去参加那边的练球。他们能听见那里传来的喊叫声,有一些孩子他认识,就是那些朝窗户里观望的小子们,但这没关系,爸;而且真的感觉到一切均可以被原谅,一切均会沉入星期六的美国就像雨水渗入土壤,白昼汇入时间。兔子走进屋看了一会儿世界职业棒球锦标赛的第一场比赛,巴尔的摩正遥遥领先于梅兹。接着换了频道,是橄榄球比赛,宾州正遥遥领先于西弗吉尼亚,不祥的预感像气泡一样在他体内膨胀,他再也不能安静地坐着,便走到电话机旁给他家里打电话。“你好,爸。嗨。我本想今天下午过去,但孩子正在外面玩球,而且无论如何今晚我们还得去福斯纳希特家,她能不能等到明天?妈妈。还有,我该抓紧把纱窗换成外层窗①,昨晚就感到凉嗖嗖的。”

“她可以等,哈利。你母亲最近等了很久了。”

“是啊,唔。”他是说这并非他的过错,年迈又不是他发明的。“米姆什

① storm window,用以防雨、雪及冷风等。

么时候回家?”

“最近几天,我们不知道确切日期。她是怎么走的,就会怎么回来。她的旧屋已收拾好了。”

“妈妈近来睡得怎样? 她还做梦吗?”

“真奇怪你竟会问,哈利。我一直在说,你和你母亲几乎是通灵人。她的梦越来越可怕。她昨晚梦见我们把她活埋了。你、我和米姆一块儿。她说只有纳尔逊试图阻止过。”

“哎呀,或许她终于对纳尔逊热乎起来了。”

“还有,詹妮丝今早给我们打了个电话。”

“是什么事儿? 我真恨要为斯塔夫洛斯付电话费。”

“是些什么事儿,很难说。我们弄不懂她有什么具体的事儿,她似乎只想保持联系而已。我认为她有难言之隐,哈利。她说她非常非常担心你。”

“那是当然。”

“我和你母亲花了很长时间讨论她打的电话;你知道我们的玛丽,她在为某事烦恼不安时是从不承认的——”

“爸,门口有人来。告诉妈我明天去,一定去。”

门口一直没有人。他突然感到无法和父亲继续谈下去,老人说出的每个单词都把音调拖得很长,带有责备的口气。但是此刻撒了谎,这又令他十分惊恐。“没有人”已经变成门口的魔鬼。他悄悄地穿行在所有的房间之中,搜寻着斯基特可能会用来缚牢吉尔的用品。从收看过的电视里他能想象出这种用品的模样:注射器、压脉器、溶解药粉的长匙。沙发座垫下露出来一美元的零钱、一本被压卷的平装书《冰上之魂》、从耳环或钱包上掉下的一颗珍珠。楼上吉尔的梳妆台抽屉里放着内衣,压在下面的只是一盒丹碧斯棉条、一小捆发夹、用了半板的甲醚药片[1]、不满一小管治粉刺用的软膏。他想，最后要看的地方是楼下壁橱。壁橱安装在一个设计很糟的墙角里，靠近那个毫无用处的壁炉。壁橱所在的那面墙是染色松木墙，墙上悬挂着詹妮丝在克罗乐商店连画框整个儿买下的海景画，实际上这是一幅带画框的画，一只造型独特的塑料板，从它钉在墙上时起兔子就没有忘记过。壁橱里，几个聚乙烯袋子里装着冬衣，包括斯普林格老头儿在詹妮丝二十一岁生日时送给她的貂皮围巾，袋子下面平放着一只黑色小提箱，上了暗码锁，像是刚收拾好。斯基特这样做是为了能在三十秒内抓起它从屋里跑出来。兔子摆弄着铁锁，随意组合着数码，指望上帝能创造出一个小小的奇迹。然而，这样做没能成功，他就按次序拨弄它，从 111、112、113、114 开始，接着 211、212、213，但均未奏效。实际上，有无穷个数字在他眼前展现开来，使他头晕目眩。壁橱里的少许尘埃令他连打了几个喷嚏。他拿起玻璃清洁剂[2]走出门外去清洗外层窗。

这活路使他平静下来。你把铝制纱窗拉到窗顶，把夏季置于脑后，接着向内窗喷射蓝色雾剂，对之有节奏地用劲猛喷以使雾剂薄薄地分散开，再专心用劲儿去擦掉那层薄膜和灰尘。它吱吱尖叫，像鸟儿在鸣唱。然后把冬天护窗从狭槽里滑放下来，从四月起护窗就一直在那里等候。他重复着那道程序。走进屋又重复那道程序，如此两遍。就这样四个完美无缺的透明窗就允许室外景物走进室内，允许别家走进自家。反之亦然。

快到五点时斯基特和吉尔返回来了。他俩都喜形于色。通过蓓蓓他

---

① Enovid，异炔诺酮—炔雌醇甲醚片，为一种女用口服避孕片。

② Windex，商品名，用于清洗或抛光玻璃，尤其是清洗玻璃窗的一种瓶装产品。

俩找到了一个男人，他愿出六百美元买下保时捷。他开车带着她进城，检查了那辆车，吉尔在转让给他的登记簿上签了名。

“他是哪种肤色？”兔子问。

“他是绿色[①]的，”斯基特说着，就向他亮了一下在手中排成扇形的十美元一张的纸币。因手指揉弄日久，纸币已经泛黄。

兔子问吉尔：“你为什么要和他平分？”

斯基特说：“我理解你的敌意。你想要一份儿，对不？”他鼓起双唇，眼镜闪着微光。

吉尔一笑置之。“斯基特是我的同谋。”她说。

“你得听我的劝告，你那笔钱该怎么花？”兔子说，“你该买张火车票回斯托宁顿。”

“火车早停开了。无论如何，我想该买几件新衣服。这件破旧的白衣裙你难道还不厌烦？我得用别针把前面别住，然后罩上这件运动衫。”

“你穿着合身，”他说。

从他的口气中她听出有责备之意。“何事烦你？”

“就是你的马虎凌乱。”

“你愿意让我离开吗？我这就走。”

他的两只胳膊仿佛被打了一针一样变得麻木不堪；他的双手感觉沉重，手掌有些刺痛、发胀。她那轻轻咬动的嘴唇如苹果般坚强，晨光中雪松色发丝犹如扇形珊瑚般散落在枕头上，她绸缎包裹着的白色情人节。“不，”他请求说，“先别走。”

“为什么不走？”

---

① 指美元纸币的颜色。

“你我难解难分了。”这句话在他的嘴唇上感觉着不自然，说出口就像一阵干风吹过；早该对斯基特说这句话了，因为斯基特非常赞赏地格格直笑。

“宝贝儿，你在学着成为输家。我喜欢。我主喜欢。输家将会夺得地球，对不？”

纳尔逊玩儿完橄榄球回来了，上嘴唇撞得青肿，撇嘴一笑快乐如常。“他们难为你没有？”兔子问。

“没有，很好玩儿。斯基特，下周六你该去玩玩，他们问起了你，我说你过去是布鲁厄高中队的四分卫。”

“四分卫，臭狗屎，我是后卫。我的个儿小，他们找不到我。”

“我倒不在乎个儿小，这使你跑得更快。”

“好吧，”父亲说，“先看看你洗澡能洗多快。还有，有生以来头一次把你的头发梳一下。”

吉尔和斯基特兴高采烈地为他们去福斯纳希特家送行。吉尔把哈利的领带整理好，斯基特就像普尔曼式卧车的服务生一样给他的双肩掸灰。“想想吧，亲爱的，”斯基特对吉尔说，“我们的小家伙已经长大成人，这是第一次约会。”

“只是吃顿晚餐而已，”兔子申辩说。“我要回来看十一点的新闻。”

“那个长着斜眼的大块头白鬼，她会弄点儿东西当作甜点的。”

“你愿呆多久就呆多久，”吉尔告诉他，“我们把门廊灯开着，不等你了。”

“你俩今晚打算干什么？”

“不过是看看书，织织毛衣，在火炉旁舒舒服服地坐会儿，”斯基特告诉他。

“如果你需要找我，她的号码可在号码簿里找到，就在M[1]下面。

“我们不会找的，”吉尔告诉他。

纳尔逊冷不丁说道：“斯基特，把所有的门都锁好，不到万不得已不要出门。”

黑鬼拍了拍孩子梳理好的头发。“不会出门的，辣椒[2]。老柏油娃娃[3]，他只会呆在他那块石南地里。”

“爸，我们不要走了。”

“别犯傻了。”他们走了。橘黄色的阳光向低矮房屋之间平展的草坪构成的开阔地带上投下了修长的条状阴影。随着新月街的蜿蜒延伸，太阳移动到了他们的身后，兔子注视着他俩那被拉长的并排身影，深深地被纳尔逊那极像自己的走路姿势所吸引：脚下迈着同样不受束缚、从容不迫的大步子，头部和肩膀保持着同样略为紧张的戒备状态。影子里的孩子，像他本人一样，就像豆茎顶上的巨人一样高大，两条重叠在一起的长腿在人行道上迈步行走。兔子转过头想说句话。身旁，孩子那过长的黑发在他迈着大步跟上步伐时不断跳动着，他很吃力地提着个装杂物的纸袋，里面装着为明天划船，提前的生日派对准备的睡衣、牙刷、换洗内衣和运动衫。兔子发现没什么可说的，只有无言的爱在向下旋转。爱恋这种自我的向下延展坠落至对他本人的延伸的爱沉入时间之流，一直到他走进坟墓，冷静的爱，犹如在细棒般的枫树和落叶间呈水平线燃烧的日光，它们仿佛自身燃烧得蜷缩起来。

从佩吉的窗户望去，布鲁厄像巨大炉床上的灰烬一样发着红光并在渐渐缩小。在河岸暗下来以后很久，河流仍在闪烁着蓝光。现在套间里

---

① 佩吉又叫玛格丽特(Margaret)，以字母顺序排名时因前两个字母Ma而排首位。

② 原文chile，发音近似Nellie，这里指纳尔逊。

③ 原文Ol’ tarbaby，对美国黑人的侮辱性称呼，此处指斯基特本人。

多了一条小狗,这是一只长着毛茸茸大爪的金毛狗,它在用那滑溜溜咬人的小嘴用力拖兔子的手;那柔毛摸起来就像蕨类植物一样柔软得让人感到惊讶。佩吉记得他喜欢代克利酒;这次她备好了调酒料,用电动搅拌机把冰块“格格”作响地搅和了一会儿之后才把酒端给了他。有一半是泡沫。一个月来她已苍老了许多:腰间多了一两磅肉,头发分缝处又多了两三根白发。她把头发以螺旋状盘在脑后,而不是像一名高中生那样任其散落在肩上。她的脸看起来向外鼓着,像是用力擦洗过,因而显得光洁闪亮。她不耐烦地告诉他:“奥利和我可能要复合了。”

她穿着一套蓝装,秘书的装束,这比那条总是露出苍白大腿的佩斯利涡旋纹花呢裙更合她的身。“这样不错嘛,对不?”

“这对比利有好处。”纳尔逊一到,两个孩子就又乘电梯下了楼,他们试图修好放在墙根的童式车。“实际上,这是主要原因;奥利担心的是比利。我在外上班天黑才回家,他就和桥头那帮坏蛋厮混在一起。你知道,不像我们年轻的时候了,他们的眼前就是种种诱惑。不仅仅是抽烟和一点儿冲动。十三岁这当口,可塑性很大。”

“比利今年十四了?我猜是有了。”哈利说。他把泡沫从嘴上擦掉,希望她从窗口走开,以便他能看见整个天空。“我猜他们估计他们可能会在十八岁时死去。”

“詹妮丝说你喜欢这场战争。”

“我不喜欢,我只不过为之辩护而已。我过去并未考虑过这事儿,他们现在有许多种死法而我们当时并没有。无论如何,如果这样做有效果,那么对你和奥利都会不错的。也有一点儿伤心。”

“为什么伤心?”

“为我伤心。我是说,我想我错过了机会,没——”

“没什么?”

“没把你弄到手。”

本来是句道歉的话,可不应该这样说,太刺耳。他和斯基特在一起生活的时间太长了。但是佩吉那木然的表情,那种在她以习惯性姿势靠着窗户站立时形成的侧影所表现出的木然表情暗示了这一点。一张空头支票。女人在被你操之前都表情木然。万事万物在被你操之前也都表情木然。我们和越南,操女人和被操,鲜血就是智慧。必须是某种更佳的途径但都不切实际。他的沉默由于后悔而显沉闷。她把木然表情保持了几秒钟,沉默不语。然后她走进他周围的空间,打开灯,拿起了枕头往原位放,却“扑通”一声掉在地上。她弯腰挺身,转过身,让灯光照在两肋上。她丰满得有棱有角。一个笨拙的大块头女人却并不肥胖,笨拙但不臃肿,因夜晚降临,因奥利或别人,因年已三十六却一无所知而伤心忧愁。他和佩吉·格林从上一年级起就坐在同一间教室。她曾目睹过他矫健的身姿。当他光着身子行动敏捷个头瘦高成了英雄时她就坐在烤人的露天座位上尖叫鼓劲。她看到了他一事无成。她“扑通”一声坐在他身旁的椅子上,理了理那已不复存在的发式,说道:“最近我被玩儿了好多次。”

“你是说被奥利?”

“其他人。我上班时认识的小伙子。奥利有怨言。这也许是他想回来的原因。”

“奥利若有怨言,你该常和他讲讲。这么说来你肯定也想要他回来。”

她望着她的玻璃杯底部,里面只有冰块儿。“那你和詹妮丝情况怎么样了?”

“詹妮丝是谁呀?我再给你倒杯酒吧。”

“哇。你都成了绅士了。”

“有点儿。”

当他把金酒加汤力递到她手中时，他说：“给我讲讲那些小伙子吧。”

“他们都不错。我也不以他们为荣。他们是人。我也是人。”

“你干了却未坠入情网？”

“当然了。这可怕吗？”

“不，”他说，“我认为蛮不错的。”

“你认为最近有许多事情蛮不错的吧。”

“是啊。我不再那么拘谨了。”

两个孩子上楼来了。他们抱怨说新买的车灯装不上。佩吉给他们东西吃，是一砂锅鸡腿和鸡胸脯肉，被肢解的可怜生灵正在温火慢煮。兔子不知道为使他的生命延续下去已经杀死了多少动物，还会有多少被杀死，谷仓旁的场地上堆满了杂物，到处是怦怦直跳的心脏、盯人的眼睛、飞跑的腿，所有这一切都咯咯呱呱地塞进他的大脑，就像塞进一只黑色麻袋。不要回避这样的事实：生命需要死亡。要想活就得杀戮。晚饭一下肚，他们就紧紧地守在电视机前：杰基·格利森①，《我的三个儿子》②、《霍根的英雄们》③、《巾帼枢纽站》④、《曼尼克斯》⑤。来次放纵。纳尔逊在地板上睡着了，放射性光线不停地照射在闭着的眼睑和张开的嘴巴上。兔子把他抱进比利的房间，同

---

① 格利森（Jackie Gleason，1916—1987），美国喜剧演员，夜总会、广播、电视和电影明星及自己称之为“香草轻音乐”（意即大众所喜欢的轻音乐）的作曲者。他在节目中扮演了许多角色并创作了20多部助兴轻音乐乐曲。

② My Three Sons，美国情景喜剧，1960年9月29日开播，1972年8月24日播完，表现一位航天工程师和鳏夫的日常生活。

③ Hogan's Heroes，美国情景喜剧，1965年9月17日开播，1971年7月4日播完，在哥伦比亚电视网共播出168集。主角Hogan是位陆军上校，背景是二战中一个虚构的德国战俘营。

④ Petticoat Junction，1963年至1970年哥伦比亚电视网播出的情景喜剧。

⑤ Mannix，1967—1975年播出的著名电视剧集，主角Mannix是位私家侦探。

时佩吉把自己的儿子用被子盖好。“妈,我不瞌睡。”“已过了睡觉时间。”“这是周末晚上嘛。”“你明天有许多事要做。”“他什么时候回家?”他一定以为哈利没长耳朵。“他想回就回。”“你准备干些什么?”“不关你的事儿。”“妈。”“我听听你念祷文好吗?”“等他走出屋再说。”“那你今晚就自个儿祷告吧。”

哈利和佩吉返回起居室看本周新闻综述。周末时事评论员和平时的那位相比头发要黄一些,表情要和缓一些。他说本周有些好消息。美国在越南的死亡人数据报道是三年来最低的,而且某二十四小时内根本没有美军人员战死。苏联本周发布几条头条新闻,同意美国关于禁止在世界海洋洋底进行核试验的建议,同意和红色中国进行会谈,讨论曾经流过鲜血的边界争端,以及发射联盟六号飞船,这一次环连三级太空壮举就把建立永久太空站的时间大大提前了。在华盛顿,休伯特·汉弗莱[①]支持理查德·尼克松对越战的处理方式,还有刘易斯·B·赫尔希陆军中将[②],二十八年来一直担任本国义务兵役制争强好胜的领导人,被解除原职后晋升为佩带四星的上将。在芝加哥,法庭外面的骚乱和里面的行为不检点继续成为所谓的芝加哥八人案审讯的主旋律。在贝尔法斯特[③],抗议者和英国军队发生了冲突。在布拉格,捷克斯洛伐克修正主义政府,最严厉的措施之一是,禁止公民出国旅游。为明天哥伦布日[④]游行所做

---

① 汉弗莱(Hubert H. Humphrey,1911—1978),美国第38任副总统(1965—1969),参议院自由派领袖(1949—1965,1971—1978)。任副总统后为美国参加越战辩护。1968年为民主党总统候选人,但被共和党尼克松击败。

② Lewis B. Hershey(1893—1977),此时任陆军中将,后任上将,长期担任兵役局局长(1941—1970)。

③ Belfast,英国北爱尔兰东部港口城市,首府。

④ Columbus Day,为每年10月13日。哥伦布(Christopher Columbes,1451—1506),意大利航海家,新大陆的发现者。1492年8月3日受西班牙国王和王后的支持率三艘帆船远航,于10月12日凌晨登上巴哈马群岛。这是欧洲人第一次发现新世界土地。此后他又进行过三次远航。

的准备工作正在加紧进行，而斯堪的纳维亚人组织举行威胁性抗议，坚持说是莱弗·埃里克松[1]而非哥伦布发现了美洲，而对于星期三的禁止核武器日，则会有全民出动的和平抗议。"废话，"兔子说。体育。天气。佩吉笨拙地从椅子上站起来把机子关掉。兔子同样手脚不灵地站起来。"晚餐不错，"他告诉她。"我想我该回家了。"

电视机关了，别处的灯光映照出他俩站着的轮廓：客厅那边卫生间的门为孩子们半开着，通向公寓大楼过道的房门下面有一条明亮的裂缝，布鲁厄的磷光穿过所有窗户。佩吉的身体因被遥远的灯火所横切和勾边，看起来有点儿错位；一只胳膊从黑暗中猛地举起来，满不在乎地梳理着头发，但似乎并未挨着，她耸耸肩，或者说是打了个寒颤，于是就把影子从身上抖落了下来。"你不想，"她问道，声音都变了调，它产生于他俩之间那朦胧的蕴藏激情的空间，显得更加轻柔，喘息声更加明显，"把我弄到手？"

是的，原来如此，是的，他想。他俩拥抱，抚摸，拉开衣链，她浑身上下都像是橡皮糖，却又像个雕塑般庄严。她那雄浑的体态就像一幅等高线地图上他未曾踏过的覆盖着白雪的土地。鲁丝之后他就从未抚弄过这样大块头儿的女人。她赤裸着身子把他的衣服脱光，甚至跪下来解他的鞋带，然后按照吉尔对斯基特的样子对着他跪着，这样他就滑过了一条鸿沟，站在了他昨晚凝神注目的地方。他轻轻松开她，把她放在地板上，品尝着她两腿间的泥土味儿和咸味沼泽地。她的两条大腿很自然地分开了，那地方已经湿漉漉的，一切都已准备就绪。干这一行她真是得心应手，实际上她和许多男人都上过床。她以熟悉的方式握住他的阳物，他就

① 原文 Leif Ericson，又拼作 Leif Eriksson THE LUCKY（"幸运者"莱弗·埃里克松）活动时期为 11 世纪，挪威探险家，普遍认为他是到达北美洲的第一个欧洲人。

感觉到他们也在场，感觉到自己在与他们竞赛，这样他的欲火就熄灭了，那东西软了下来。她停住手爬上前来把橡皮糖般的舌头压在他的双唇之间。他俩忘情地在地板上翻滚，头颅和脚踝骨不断地在家具腿上碰撞。那小狗听到他俩在骚动，就以为他们想嬉戏玩耍，于是把冰凉的鼻子和乱扒乱摸的爪子塞进他俩敏感的肌肉之间；他那蕨类植物般柔软的爱管闲事的瞎忙活使人觉得痒痒和难受。这第三个动物①的到来使兔子再次兴奋起来；佩吉觉察到了这一点，就把他引导到下面的福地，这是一块黑糊糊的皱纹区，位于双臀之间，在她行走之时发出滴答声。她抓起皱巴巴的衣服像护垫一样挡在胸前，走到孩子的门口停了下来，听了听，点了点头。她的头发已经散乱。小狗在他们的门口低吠了一会儿，用爪子挖那儿的地，仿佛要挖出什么东西，后来被他俩五官发出的狂热气息所压倒，并在他俩轰隆作响的淫欲声中渐渐安静下来。和这个他不了解的女人在一起他觉得害怕，担心搞她的时机不对，但是她告诉他："等一下。"他已在她的体内，她稍稍做了点儿调整，把阴道的肌肉放松了一下接着又拉紧，然后宣布说："行啦。"她抢在他的前面发起了一次攻击。这是一次重击，大胆而又有力，这使他触到了甜蜜的部位，不用担心她会伤着：一次没有疯狂的做爱。然后于不知不觉间陷入了事后的局促不安——这是因为他们恢复了辨别力，还有其他摆脱了混乱状态而重新浮现的思想，是因为弄清楚了彼此肉体之所属，明白了是谁得到了荣誉。他把脸埋在她脖子边那热腾腾的凹窝里，说了声："谢谢你。"

"谢你自己吧，"佩吉·福斯纳希特说。接着，趁他还没有疲软又抱着他的屁股来了次冲刺，这令他不太喜欢。吉尔和詹妮丝两人也都精于此

---

① 此时屋内有一只狗和两个动物一样的人，因此共有三个"动物"。

道。他依然如在家中,在劫难逃。

直到她说:“别再压着我了,好吗?你压得我透不过气来。”

“我身子太沉了?”

“多呆一会儿吧。”

“说实在的,我该走了。”

“为什么?刚到午夜。”

“我担心他们回到家后会干出些什么来的。”

“纳尔逊就在这儿。其他人,你操什么心?”

“我不知道。我放心不下。”

“哟,他们并不关心你,而你正和关心你的人在床上。”

他反唇相讥:“可你要把奥利弄回来。”

“能有更好的主意吗?他是孩子的父亲。”

“那么这就不是我的错。”

“不是,你没有错。”说着,她跌倒在他身边,他俩再次有力而又极为熟练地做了爱,然后他们交谈。他打了一个盹儿,这时电话铃响了。电话就在他的耳边,发出的声音尖锐刺耳。女人的一只温暖而又富有弹性的胳膊伸过他的脸悄悄把它拿起来。是佩吉的胳膊。她听了会儿,就带着一种他读不懂的表情递给他。电话旁有一只座钟,发亮的指针指向一点二十。“嗨。宝贝儿吗?最好滚到这儿来。情况很糟。很糟。”

“斯基特吗?”他的喉咙一说话就痛。干过了佩吉之后他已经干渴难忍。

另一端的声音断了。

兔子踢开床罩,在黑暗中搜寻衣服。他想起来了。起居室。当他赤裸着身子跑向客厅时孩子的门开了。纳尔逊吃惊地望着父亲赤裸的肉体。他问:“是不是妈妈?”

“妈妈?”

“打电话的。”

“斯基特。家里出事了。”

“要我回去吗?”

他们站在起居室里,兔子弯腰抓取散乱在地板上的衣服,匆匆穿上内裤和套裤。小狗又醒过来了,一蹦一跳对着他叫。

“最好留下。”

“会是什么事儿,爸?”

“不知道。或许是警察。或许是吉尔的病重了。”

“他为什么不多说几句话?”

“他的声音听起来反常。我不能肯定是从家里打来的。”

“我跟你一块儿走。”

“我跟你说过就呆在这儿。”

“我一定要去,爸。”

兔子看了看他,同意了。“好吧,你一定去。”

穿着蓝色浴袍的佩吉站在客厅。又亮了几盏灯。比利起了床。他的睡衣在裤裆处被染成了黄色,他满脸粉刺,个子高挑。佩吉说:“我把衣服穿上好吗?”

“不用了。你已做到仁至义尽了。”兔子正吃力地打着领带:他的衬衣领子后面有一颗纽扣,只有把它解开才能把领带打在下面。他穿上外衣,把领带塞进口袋。他的皮肤随着周身冒汗而感到刺痛,阴茎微微有点儿疼痛。他忘了系鞋带,当他跪下来系鞋带时,满肚子里的东西直往喉咙那儿涌。

“你怎么去?”佩吉问。

“跑着去,”兔子回答。

“别开玩笑了,有一英里半路程呢。我去穿衣服开车送你。”

该告诉她说她还不是他的妻子呢。“我不想要你来。不管发生了什么事儿,我都不想让你和比利看见。”

“妈——妈,”比利在门口抗议道。但是他仍穿着被染黄的睡衣,而纳尔逊却已穿好了衣服,只是还光着脚。胶底运动鞋提在他的手上。

佩吉让步了。“那我就把车钥匙给你。是蓝色野马牌,靠墙那一排第四个停车位。纳尔逊知道。不,比利。我和你都留在这儿。”

兔子接过钥匙,手里一阵冰凉,仿佛刚从冰箱里取出来。“非常感谢。我刚才或许已经说过这话?真让人过意不去。晚餐不错,佩吉。”

“你喜欢我很高兴。”

“这事儿我们会告诉你的。也许什么事儿也没有,也许是那个混蛋被石头砸昏了头。”

纳尔逊已经穿好袜子和运动鞋。“咱们走吧,爸。福斯纳希特太太,非常感谢你。”

“你俩都不用客气。”

“即使我没法儿去划船,也得感谢福斯纳希特先生;我八成儿是去不了。”

比利仍在努力。“妈—妈,让我去吧。”

“不。”

“妈,你是个婊子。”

佩吉打了儿子一耳光:他的面颊随即出现了粉红色条纹,很像是手指印,孩子的脸无法自制,变得阴沉沉的。“妈,你是个妓女。桥头小子都这么说。你跟任何人都瞎搞。”

兔子说：“你们可别生气噢。”说罢就转过身。父子俩逃到走廊，来到钢制楼梯井，也不等电梯，就一直下到停着汽车的底楼，这是一个被嵌在一处灯火通明的低矮洞穴内的七彩湖泊。兔子眨巴着眼睛，意识到甚至当他和佩吉正在他俩共同的小小黑暗区增加热度时，一个荧光闪闪的冰冷世界在门厅在楼梯井在支撑着巨大建筑的不知睡眠的支柱之间包围着他们。宇宙永不安眠，蚂蚁和星星都不安眠，死去了就会永无睡意。纳尔逊为他找到了蓝色野马。仪表板灯在点火装置处闪着绿光。发动机几乎是无声无息地复活了，退了出来之后便悄无声息地带着他们沿着着了色的洞穴墙壁驶去。在楼梯井的砖制建筑物旁边的一个角落里，那辆全铬钢童式车等待修理。一个沥青出口变成了停车场，变成了两边布满狭窄的房屋和巨大的绿色招牌的街道，招牌上刻有数字，拱顶石、护板、无法抵达的城市名。他们来到韦泽街；车辆很少，不太吉利。交通信号灯已经失灵，只是一闪一闪的。汉堡天堂店关了门，而店内的紫色烤炉仍在闪闪发光，另外天花板上的电子管发出的灰黄色的余光令盗贼和为非作歹之人灰心丧气。一辆警车尖叫着飞驰而去。此时，停在阿克米的车一望无际。是不是停泊的一小部分车被丢弃了？或者是情人们？或者满是车辆的世界里的鬼魂们其鬼影就像树叶一样随处飞落？一只亮得让人难以容忍的旋转灯突然出现在兔子的后视镜上，并随着它的迅速增大，警报器发出的难以抑制的悲伤就扑面而来。消防车那红色的车身猛冲而过，把野马车都吸引到了街道中心，那里原是有轨电车路基的所在地。纳尔逊喊了声：“爸！”

“叫爸干吗？”

“不干什么，我看你失控了。”

“决没有。你爸不会的。”

电影院的招牌没有亮灯，又短又粗，上面写着：应邀重映——《2001年》。韦泽街沿途的所有商店都亮着防盗灯，有几家还采用了新的防护办法，在窗户上装上了铁栅。

“爸，天上有火光。”

“在哪里？”

“靠右边。”

他说：“那不可能是我们家。宾州别墅区还在前头。”

但是恩伯利大街向右转了一个比他曾经注意到的还要急的弯，于是宾州别墅区弯弯曲曲的路就一直把他们带向烧成玫瑰色圆顶的地方。黑糊糊的人影迈着无声的脚步奔跑着，飞驰而来的小汽车成对角线靠着路的边栏停着。在恩伯利大街和新月街的交汇点上站着一个警察，当旋转的救火车灯从他身旁经过时，被一闪一闪地照亮。哈利把车停在不能再往里开的地方就跟着纳尔逊向风景区跑去。消防水带横过沥青路面，一些干瘪得像长长的帆布裤腿，一些鼓胀得像眼镜蛇，正“嘶嘶”响着从接缝口喷出细水柱。排水沟对打着漩涡的黑水和乱成一团的树叶咬牙切齿；在下水道周围，一个漩涡从堵塞处向外扩大。离他们家还有两栋房屋远，他们就闻到类似于焚烧树叶的烟味儿，但更刺鼻，也更苦涩，混杂着油漆焦油和化学药品味儿；还有一栋房屋远时，浓密的人群阻挡住了他俩。纳尔逊往下一钻，消失在人群中。兔子跟在后面边用肩膀推挤边道歉说：“劳驾，这是我家，请原谅，是我家。”他虽说了这话却还不敢相信。眼前的人头、探照灯和向上喷射的水柱、使人眼花缭乱的排列和呼喊声、某种对此次事件而言是专横而独特的东西使之像观望太阳一样艰难，他的家就被这一切所遮盖。人群、邻居们闪开来让他通过。他看清了。车库已荡然无存;烧焦的立柱仍在,但是屋顶已经崩塌,同时在水泥地板上那湿透的残骸之中,随着一阵一阵蓝绿色火焰的跳动,木瓦在闷烧。电动割草机的把手仍完好无损地直立着。紧靠车库的房间、厨房及顶上的卧室——那卧室曾经是他和詹妮丝的,然后是他和吉尔的——那里,火焰在顽强抵抗着连续不断的水柱。火势减弱了,但接着又重新燃起,火舌穿过屋顶或窗户:火龙在讥笑。苹果绿的铝制护墙板本身不燃烧;确切些说,它们似乎起到了保护火苗不被水流喷灭的作用。艰难扭动的各个部分在移动组合当中突然出现的裂口使楼上壁纸和厨房搁架的碎片暴露无遗;随后一阵风吹来裂口又合拢了。他望了望楼上窗户,找寻吉尔的面孔,但只望见熏黑的天花板。头上的屋顶只剩下一半,正冒着大片浓烟,浓烟噗噗往上冒,并以看似被梳理过的浓密的巨浪翻滚的方式从只有阴影轮廓线的木瓦中冲向天空。浓烟从纳尔逊的窗户倾泻而出,然而房屋的那一半还未烧着,也许能保住。实际上,房子燃烧时满怀着恶意,吐着火舌,散发着臭味儿:代用和合成材料并不情愿让燃烧得逞。童年时期兔子有一次在佳济山那边的河谷里看见一个粮仓着火了;那是支火把,是干草堆的猛烈爆炸以其余烬映红了天空。这儿则没有如此壮观的景象。

他周围留出一片空地。旁观者和邻居们为了对他这个角色表示敬意,都向后退了几步。几个月前兔子就看见电影制片商的那个明亮孤地,而如今他就处于这个明亮孤地的中心,但却依然感觉是置身圈外,与之无缘,恋旧心切,麻木不仁。他看了看被火光照亮的张张面孔,但却没有看见肖沃尔特和布鲁巴赫。他发现全都是陌生人。

人群骚动起来,嗬。他期望能看见吉尔站在窗口,准备往下跳,那白色裙衣半透明地裹着玉体。但是所有窗口都只让浓烟逃遁,戏剧性场面却发生在地上。一个警察正在和一个瘦小灵活的人影扭来斗去,哈利猛然间想起,是斯基特,但是扭斗转了个方向,是纳尔逊的白脸。一个消防队员协助抓牢孩子的双臂。他们把他从房子旁边带走,带给他的父亲。一看见父亲,纳尔逊就紧紧闭住双眼,在吼叫中缩回双唇,并猛烈地要挣脱开来,而那两个抓住他胳膊的人似乎在疯狂地操作泵杆。“她在里边,爸!”

喘着大气的警察解释说:“孩子企图冲进房子。说里边有个姑娘。”

“我不知道。她可能已经逃出来了。我们刚到这儿。”

纳尔逊的双眼发了狂,他尖声道出了一切。“斯基特说没说她和他在一起?”

“没有。他只说情况很糟。”

在此时,消防队员和警察松开了臂膀,纳尔逊挣脱开来又向前门跑去。热浪一定是向他扑了过来,因为他在门廊台阶上踉跄了一下。接着他又被捉住,捉住他的人穿着油布雨衣,看起来像是甲壳虫。这一次,纳尔逊被带回来后冲着哈利的脸歇斯底里地直叫喊:“你他妈的混蛋,是你把她弄死的。我要杀了你。我要杀了你。”更有甚者,尽管他是哈利的儿子,但是哈利竟然弯着腰举起手准备招架。而孩子无法从那几个人的手中挣脱。他用不那么尖厉的声音对他们说话,摆出放开他的理由:“我知道她在里边。她一直在求他做点什么来帮助她,他却从不愿做。是他和斯基特干的。斯基特是和我们一起住的黑鬼。放开我,求求你。请放开我。就只让我把她弄出来,我知道我能。我知道我能。她在楼上睡觉。很容易就能把她抱起来。爸,对不起。对不起我骂了你。我不是那个意思。告诉他们放开我。把吉尔讲给他们听。要他们把她弄出来。”

兔子问消防队员:“难道她就不会走到窗口?”

这个消防队员,老耗子一样的男人,长着两簇浓眉和两排黄色长牙,说话时总要思考良久。“姑娘在里面睡觉，不等她醒来浓烟就可能把她包围了。人们还不明白浓烟是非常致命的毒气。置你于死地的，是烟而不是火。”他对纳尔逊说，“好吧，这就放开你，乖孩子！喏，别太孩子气了，我们会派人爬梯子上去的。”

一个背部像甲壳虫似的消防队员对着前门砍去。从三个窗格里掉下的玻璃在石板上摔得粉碎并发出“咣啷”之声。另一个消防队员从屋顶的另一侧钻出来用斧头在二楼过道的上方砍开一个洞，这里大概是纳尔逊的房门所在地。某种看不见的东西迫使他踉跄后退。一股紫色火焰向上蹿起。一阵水柱的轰击逼使他后退翻过屋脊。

“他们这样做不行，爸，”纳尔逊呜咽着说道，“他们找不到她。我知道她在哪儿而他们是找不到她的！”接着孩子的说话声就消失在一阵颤抖之中。当兔子向他伸手时他走到一旁捂住面孔。头发下面的后脑勺摸起来很柔软：真是只熟透了的水果。

兔子安慰他说：“斯基特会带她出去的。”

“他不会的，爸！他才不在乎呢。”说着头部就往前倾去，离开了哈利的触摸。

一个警察来到他们身旁。“你是安斯特朗？”他是个新式警察，看着像个大学生：尖鼻子，光滑的下巴，鬓脚留的长度在哈利看来是反社会的。

“是的。”

警察掏出一个笔记本。“有几个人在这儿住？”

“四个。我和孩子——”

“姓名？”

“纳尔逊。”

“有无中间名的首字母？”

"F,指弗雷德里克。"警察写得很慢,说得很轻,但由于周围有人群的咕哝声、烈火的噼啪声、猛烈喷射的水声,他很难听清楚。哈利不得不问:"什么?"

警察重复说:"母亲的姓名?"

"詹妮丝。她没住在这儿。她住在布鲁厄那边。"

"地址?"

哈利想起了斯塔夫洛斯的地址,却说出了另一个:"佳济山,约瑟夫街89号,弗雷德里克·斯普林格转。"

"那么孩子提到的那姑娘是谁?"

"吉尔·彭德尔顿,来自康涅狄格的斯托宁顿。不知道街道地址。"

"年龄?"

"十八或十九。"

"亲戚关系?"

"没有。"

警察花了很长的时间才写下这一个单词。屋顶的一角发生了什么事儿。人群的吵闹声逐渐升高,一架梯子正通过探照灯的交叉照射往下放低。

兔子提示说:"第四个人是个黑鬼,我们叫他斯基特。斯—基—特。"

"黑人男性?"

"是。"

"姓什么?"

"我不知道。可能是法恩斯沃斯。"

"请拼读出来。"

兔子拼读后主动解释说:"他只是临时住在这儿。"

警察抬头瞥了一眼还在燃烧的牧场式平房住宅，然后目光转向房屋主人："你们在这儿干什么，搞群居村？"

"不，天啊。听着，我是个保守主义者。我投休伯特·汉弗莱的票。"

警察端详着这房子，问："有没有可能这黑人仍在里边？"

"想来不会的。是他给我打的电话，听着像是从一个电话亭里打的。"

"他说过是他放的火吗？"

"没有，他甚至没说着了火，他只是说事情很糟。他把'很糟'这个词说了两遍。"

"事情很糟，"警察写完，就合上记事本。"我们随后还要进一步讯问。"反射的火光在他帽子的警徽上闪烁着桃红色微光。卧室上方的屋角正在倒塌；为了摆脱来自邻居电视机的重影干扰，他们调整了两次电视天线，并把它拉长了许多。电视天线在烈火的肆虐中倾斜着，并像棵骷髅树一样慢慢摇晃着向下面坠落，但其根部却牢牢地挂在电线或支架上。水柱跃入原是卧室的地方。一大团黄色浓烟涌出来，金黄色掺和着灰色，色彩之富丽就像是从糕点师傅那媚人的双手中挤榨出来的酥皮。

警察漫不经心地声称："要是有人在那儿的话，半小时之前就被烤熟了。"

两步之外，纳尔逊正弯腰张嘴呕吐不止。兔子向他走去。这孩子身体软绵绵的，直往地上倒。他抓住他的双肩；感觉就像是在把一条弓着背想窜回水中的鱼拽出来，这条鱼所需要的是潜回水中，否则就是死亡。父亲把他的头发从两颊弄到脑后，以免被吐出的东西弄脏；他在孩子柔软发烫的脑瓜后面用手挽了一个女式发髻。"纳利，我相信她早出来了。她走远了。她平平安安地走远了。"

孩子摇头表示否定，接着又吐了起来。哈利一只手抓住他的头发，另一只手搂着他的胸部把他抱了一会儿。他把他抱起来是为了不让他淹死。如果哈利松开手,他也会淹死的[1]。他朦朦胧胧地感到身子沉甸甸的,似乎在从该事件的表面穿越而行,像木星般费力地挪动着,被可能会断裂的支柱支撑着。警察、旁观者都看着他和纳尔逊扭来斗去却并未干预。终于有个警察,不是讯问的那个,走上前来以平静的德国口音问道:"我们弄辆车把孩子带到某个地方去好吗?他在本县有没有祖父母?"

"有四个,"兔子说,"也许他该去找他母亲。"

"不!"纳尔逊说着,就挣脱开来,望着他们。"在我们还未弄清楚吉尔在哪儿之前你们休想把我弄走。"他的脸上泪水晶莹透亮,但他神志清楚:此后一小时他就站在父亲身旁等候着。

大火慢慢被扑灭,房屋起居室那边保住了。厨房这边的屋内似乎成了花园,五颜六色的烟雾从那里萌发;福米加塑料贴面、聚乙烯基薄膜、尼龙织品、油地毡都在以各不相同的方式燃烧着,产生出的浓稠混合物返回到了大地和空气中。消防队员们在废墟上浇透水并在烧毁的墙壁后面搜寻。现在楼上的窗户在探照灯的照耀下显得异常刺目。探照灯又移向了更低些的地方。好一幅飞满萤火虫[2]的骷髅画,然而人群由于被一股浓烈的气味所吸引,仍在等待着;死亡在迫近。兔子从未注意到的一个信号把一辆救护车召来了,车上的警报器发出了犹豫迟疑的叹息声。猩红色灯光在车顶上跳着古怪的舞蹈。一个奇怪的容器,一只绿色橡皮袋或裹尸布,被拿进屋内,接着就被三位穿着油布雨衣的阴森男人抬了出来,救护车接纳了这只走了样的包装袋,随之关上车门,发出了只有最为昂贵的

---

① 在《兔子,跑吧》中,哈利的女儿是因为詹妮丝一松手而在浴缸里淹死的。这个事件成为哈利永远的梦魇。

② 此处指飞舞的火星。

汽车门才会产生的那种软绵绵的声音，接着——警报器那犹豫迟疑的叹息声再次响起——车开走了。人群随之而散去。夜晚就淹没在汽车马达的点火轰鸣声中。

纳尔逊喊了一声：“爸。”

“嗳。”

“那就是她，是吗？”

“我不知道。也许是。”

“是某个人。”

“我想是。”

纳尔逊擦擦眼睛。那手势拂下来阵阵灰尘，具有印第安人的特点。孩子似乎粗野得像古代人了。

“我要睡觉，”他说。

“想回到福斯纳希特家吗？”

“不。”仿佛是在辩解，他说，“我讨厌比利。”他又补充了一句作为进一步的修正，“除非你想。”除非你想回去再操一次福斯纳希特太太。

兔子问他：“想去见你母亲？”

“去不成，爸。她在波科诺斯。”

“她如今该回来了。”

“我现在不想见她。带我去外婆家。”

兔子体内有台发动机在咕哝作响，完了，完了，那声音想把他们带回到今天下午，从他们离家的那时刻起，不要做他们做过的一切，不要离家，就让一切原封不动，吉尔和斯基特仍在那里，仍在那边的家中。在这台发动机的响声之下，内心抑制住了对的确已经发生的事情的承认。他战战兢兢地望着纳尔逊，壮着胆子问道：“怪我吧，哈？”

“有点儿。”

“你不认为这只是意外，是运气不好？”尽管孩子甚至懒得耸耸肩，但是哈利仍然明白他的答案：运气和上帝双方都在上头，而他还没有被培养到去相信超过父亲才智[①]的东西的地步。责备之词就为他中止于此地吧，真拿他没办法。

一辆车上的消防队员正在将救火水管盘起。一个警察，就是探问过纳尔逊的那位，走了过来。“安斯特朗？警长想到一个孩子听不到的地方和你谈谈。”

“爸，问问他那是不是吉尔。”

警察精疲力竭，表情冷淡，体形圆胖，就和——他叫什么名字来着？——肖沃尔特一模一样。耐心而又和蔼可亲的布鲁厄人。他透露了信息：“是具尸体。”

“黑人还是白人？”兔子问。

“不知道。”

纳尔逊问：“男的还是女的？”

“女的，乖孩子。”

纳尔逊又开始放声大哭，想呕吐但食物似乎卡在了喉咙里。兔子问那位警察他的提议是否仍然有效，巡逻车是否可以将孩子带到佳济山的外婆家。孩子被领走了，他没有抗拒。兔子原以为他会的，会和父亲在一起坚持到底。但是孩子的头发松松垮垮地披散着，眼泪毫无节制地流着，他似乎宽慰地感到终于躺在了秩序、法律和限制的怀抱里。当西布鲁厄

---

① 原文为“脑袋”(head)，此为双关。纳尔逊个儿矮，成人后也没哈利个儿高，故以身材不及父亲高喻指儿子的球场技术及头脑智慧均不及父亲，这也是哈利母亲长期不满其孙子的原因。

银白色和蓝色相间的警察巡逻车在新月街转了个U字形大弯掉头驶离由救火水管、污水坑和红色反光搅和成的这团乱麻时，纳尔逊甚至连在车窗口挥挥手都没有。空气中有股硫磺味儿。兔子注意到靠近房子那边的小枫树已被烤焦，那小树枝像香烟那样在慢慢燃烧。

消防队员在收拾东西时，他和警长坐在没有标志的小车前部。哈利的双膝由于乘客座旁的无线电器材而感到很挤。警长是个矮个儿，但坐着并不显矮，那厚实发达的胸部上斜挎着一条黑皮带，白发贴着头皮理成平头发式，那曾经折断的鼻梁歪斜着，自那以后就皱皱的积累了很多断了的皱褶。他说："我们现在有了人命案。这可完全是另一码事儿了。"

"怎么起火的？有没有个说法？"

"我就要问这些问题。但是可以肯定。是放的火。在车库。我在那儿看到一个动力割草机。带着油箱吗？"

"是啊，今天下午我们才灌满了油箱。"

"告诉我今天晚上你到哪儿去了。"

兔子告诉了他。警长通过车上无线电与西布鲁厄总部通了话。还不到五分钟他们就回了话。但是当警长在这几分钟以内保持不容辩解的静默之时，兔子体内就滋长出了一大块东西，即对法律的热爱。无线电就像油炸腊肉一样"嗞嗞"传出话来："福斯纳希特夫人证实了嫌疑犯的说法。同住的一个未成年男孩可作为额外证人。"

"好，"警长说着，就"咔哒"关了机。

"我为什么要烧掉我自己的房子呢？"兔子问。

"多数普通纵火犯就是房主，"警长说。他体贴地仔细观察着兔子；他的双眼几乎圆鼓鼓的，仿佛某个人在每个眼角缝了一针。"也许姑娘怀上了你的孩子。"

“她服了避孕药。”

“给我讲讲她的情况。”

虽然看起来很难讲得像感觉到的那样自然，他还是试着讲了。他为什么允许斯基特搬到他家住？那么，问题就更多了，为什么不呢？他试着讲道：“嗯，老婆弃我而去时，我就有点儿迷失方向。这似乎没多少关系，如果我把他撵走的话，他无论如何也会把吉尔带走的。我这样做是因为我对他并不介意。”

“他威胁你没有？”

他试图把这些都回答正确。是出自于对法律的尊敬。“没有。他给我们带来了快乐。”哈利开始感到激动万分。“我不知道是不是有法律反对别人住在你家？”

“法律反对窝藏，”警长说话时，就忘了要在小本上写字。“布鲁厄警察报告说，有个叫休伯特·约翰逊的在一项窝藏毒品案指控中外逃未出庭。”

兔子的沉默并非是他所需要的。他就把他的意思讲得更明白些。“对这项起诉和蔑视法庭你都一无所知？”他把话说得还要明白一些，“我就把你的沉默当作是你对此一无所知的表示，好吗？”

“好。”这是唯一有利的机会。“是的，我对斯基特什么都不了解，甚至姓什么都不知道。你说叫约翰逊，我原以为叫法恩斯沃斯。”

“他现在的下落，知不知道？”

“不知道。他从一个听起来像是电话亭的地方打来电话，但是我也不能肯定。”

警察将一只宽大的手盖在笔记本上，仿佛捂住了电话听筒的收听孔。“中止记录。我们一直在监视这个地方。他是条小鱼，小阿飞。我们希望能顺藤摸瓜，抓到更大的东西。”

“更大的什么东西？毒品？”

“社会骚乱。布鲁厄的黑人和费里、卡姆登、纽瓦克[1]取得了联系。我们得知他们拥有枪支。我们不希望这儿成为另一个约克，喏，是吧？”兔子的沉默再次成为他不想看到的，他重复道：“喏，是吧？”

“是的，当然不希望。我刚才在想问题。他说起话来似乎和革命无关，他是那种宗教狂，不是武器狂。”

“知不知道他为什么要放这把火？”

“我看他不会的。这不是他的作风。”

铅笔又回到笔记本上。“让作风见鬼去吧，”警长说，“我需要事实。”

“我所知道的就是这些。居住区有些人由于斯基特和我们一块儿住而感到恼火，有两个人昨天在街上拦住我发牢骚。如果你需要，我可以说出他俩的名字。”

铅笔徘徊起来。“他们发牢骚。有没有以纵火相威胁？”

那个被蓄意杀伤、有&型伤痕的自作聪明的家伙。你最好把这整块的地方设置上该死的路天障。“没有那么具体的暗示。”

警长做了一个记号，看起来像是 n.c.，然后翻了一页。“黑人和姑娘有无性关系？”

“哎，我整天外出上班。回到家后我们就做晚饭，帮助小孩做作业，然后坐着聊天。就像家里多了两个孩子一样，我并不知道他们每时每刻都做些什么。你是打算逮捕我怎么的？”

警长本人是个慈父般的人，他笑了好长时间才答话。兔子注意到他

---

① Newark，新泽西州东北部港口城市。

的鼻子并非因意外事故而折断，而是在时间小巷的某个地方自找的。他那雪白柔软的头发剪得像粉扑一样平整，耳朵上方有一条警察帽勒出来的粉红色凹痕。他咧嘴微笑时满脸都是皱纹。“严格地说，”他说，“这不在我的巡逻范围之内。我是在代替我尊敬的同事——熔炉区治安官值勤，他来了一下又回去睡觉了。我随口说说，即使不把像你这样体面的公民关进看守所，那儿的麻烦事儿也够我们忙活的。随后我们还要问几个问题。”他轻轻合上笔记本，又轻轻打开无线电发出呼叫：“所有警车，布鲁厄警察记住，注意监视，黑人，男性，身高约 5.6 英尺，体重约 125 磅，皮肤的黑色程度中等，埃弗罗式发型，名叫斯基特，也就是萨利、凯瑟琳、双复活节[①]——”这时兔子打开车门走了，他连脑袋也没转动一下。

于是在他的一生之中法律之网又再次悄然离他而去[②]。他明白他就是罪犯，却从未落网。恶心就像油烟透过他的身体往下沉。消防队员们浇湿正在冒烟的残骸，新月街沿途那一堆设备都被打得稀烂漂流而去。房屋在耻辱中被圈围起来，支架上挂着黄色闪光标以警告人们不要靠近。不久前这块草坪还是一个完整的舞台，现在却被脚印践踏得凸凹不平。兔子绕道走着，俯视着这灭顶之灾。

后边烧得更为严重：卧室和浴室的附属设备挂在被扭曲管道的支杆上高悬于空中。靠着床头板的那堵墙已经没了。透过屋顶，几块蓝色夜空依稀可见。借助于闪亮的黄色灯光，就像照进地狱般游乐室里的那一种，他向楼下窗户里张望，只见摆在鞋匠长凳两边默默相望的沙发和两把椅子上撒满了坠落的灰泥。浮木台灯依然笔直挺立。在通向早餐角的搁

---

① 萨利(Sally)、凯瑟琳(Katherine)、复活节(Easter)，警长以这几个单词的首字母来拼成 Skeeter(斯基特)这个名字的前四个字母。

② 第一次是指他离家出走后造成女儿的死亡，法律未怪罪他。见《兔子，跑吧》。

架上，隐伏着斯基特的书籍，已经淋成一团。在厨房所在地，越过车库，哈利能一眼望见2乘4英寸见方的N形物被烧焦，天空开始放亮了。鸟儿——宾州别墅区的鸟儿，都在哪儿？没有足够大的树让它们歇脚——振翅拍翼欢声鸣唱。如今天气寒冷，比夜深人静大火肆虐之时更觉寒冷。东边的天空朝着布鲁厄方向泛起了鱼肚白。佳济山在拂晓前那一片乳白色彩之中渐露轮廓。一大群迁徙的鸟儿向南飞过近郊，飞向韦泽街高耸的疯人院及更远处。油烟正往哈利的骨头上粘附。眼睑感觉着像果壳般僵硬。他在疲惫不堪的精神状态中产生了幻觉；就像我们入睡前的数秒钟之内，最具活力的机体恐怕就是种种类比。佳济山上方使人感到精神饱满的天空就是那死去的婴儿贝姬，而西边那阴沉沉的天空就是那活着的孩子纳尔逊，此时正呈现出风暴天气之色而却被星辰撕开了裂缝。而他，就夹在了中间。

他向受到过重创的前门走去，把玻璃碎渣扫到一边，然后坐在石板门廊上。很暖和，就像壁炉炉床。尽管没有邻居走上前来跟他搭话以便在呈现他灾难的明亮屏幕上爆出火花，但是居住区却已毫无羞愧之色地展现在他的凝视之中，在聚光灯下毫无遮掩。色彩柔和的屋顶木瓦在有些部分映衬出屋椽的样式，后院游泳池、成套秋千和草地一道被露水打得发白。半个月亮歪斜在泛白的天空中，像地板上被人遗忘的玩具。一个穿着飒飒作响的绿色雨衣的老头被留下来巡夜，他走过来和他说话："这是你的家，哈？"

"正是。"

"有无某处可去？"

"我想有的。"

"死的是亲人？"

“根本不是。”

“那还不错。振作起来，年轻人。保险费会补偿大部分损失的。”

“我能得到保险金？”

“有没有抵押契据？”

兔子点点头，想起了那个滑溜溜的小小存折，又想象着已被烧毁。

“那你就保过险了。那些银行都可恨，他们只想到自己，你决不会发现那些该死的犹太人会缺钱用。”

此人在场开始显得奇怪反常。几个月来一切东西看起来都像这人在场一样奇怪反常。兔子问他：“你在这儿要呆多久？”

“我值班到八点。”

“为什么？”

“消防程序。防止抢劫。”他们俩惊讶地注视着宾州别墅区沉睡的房屋和冷清的草坪。正观望时，远处响起警铃声，接着楼上亮起灯光，色彩灰黄，恪尽职守。不过，最近抢劫遍布各地。老家伙问他：“里边的贵重物品，你也许想取走吧？”兔子坐着没动。“你最好睡一会儿觉，年轻人。”

“你呢？”兔子问。

“我这把年纪的人不贪睡。打个盹儿就够了。至少，我还喜欢此时此刻的宁静气氛，小时候就喜欢。总是早起，我爸贪酒又贪睡，如果我早上弄出响声来他总要给我一顿狠揍。养成了偷偷溜出去看鸟的习惯。无论如何，室外值这一班，报酬算双份儿。在里面别呆久了，捡出点儿东西来，这社会没安全感。软刀子杀人，名曰新技术。”

兔子站了起来，浑身疼痛；疼痛从胫部向上移动，经过腹股沟、腹部到胸膛，然后冲出。一个魔鬼离他而去了。烟雾、薄雾腾空而起。他转身向前门走去；大门被水泡胀，被斧砍坏，怎么也打不开。老人告诉他：“我的责任是不要任何人碰这座建筑物。要破坏什么你只管干，你是应负责任的一方。”

“是你刚才要我去拿走贵重物品的嘛。”

“你是应负责任的，我说的就是这个意思。我要转过脸去。跌到楼下，触电而死，别喊救命。就我而言，没看见你到那儿。对邪恶视而不见是我做人的原则。”

“那也是我做人的原则。”在推力之下门“砰”的一声打开了。在另一侧裂成碎片的玻璃在厅门的罩面漆上刮上了数道白色弧痕。那烟雾和臭味儿使兔子不禁流出热泪。房内暖气融融，在自言自语。在他左边那一块儿升起一阵阵轻微的簌簌声和喀嚓声。烧焦的托梁发出杂乱的沉降声，而在原是地板的地方从黑糊糊湿透的瓦砾堆中传出汩汩流水声。金属床架已经坠落进厨房。在他的右边，起居室烟雾迷漫但尚未受损。拉斯特雷牌座椅上的银丝线透过一股刺鼻的烟雾微微闪着亮光；电视机那绿色屏幕等待着别人打开。他想把它拿走，它是这儿唯一可以转售的物件了，但是不行，太重了搬不动，出门时他可能会跌倒，而且有数百万此类东西。詹妮丝曾经说过我们应该把电视机而非炸弹扔进丛林，这将会大有裨益。当时他以为她能有此看法可真算绝顶聪明；难怪那时她竟成了斯塔夫洛斯的喉舌。

詹妮丝总是喜欢那笨头笨脑的长凳。他记得结婚初期她就跪在旁边，用亚麻籽油擦凳，一次擦几英寸长，短而精明，他看着看着不由得性欲大发。他把长凳夹在胳膊下却发现它如此轻巧。他把浮木灯从插座上拉掉也要带走。其余的让抢劫者和保险理算员拿去好了，你永远逃不掉这身烟味儿。就像逃不掉一生中的倒霉味儿一样。他想起那些外层窗，向里里外外喷射雾剂，而他的一生似乎就是一则集中体现这类细节的传说故事。房子离他而去。他自由了。当他两只胳膊夹着茶儿和台灯向新月街走去时,长条形的橘黄色阳光在低矮奇怪的房屋之间延展开来,位于他这边的太阳和一个漫漫长夜之前他和纳尔逊在这儿散步时的太阳照射的方向恰好相反。佩吉的野马是唯一停在路缘边的车辆:一只退潮时搁浅的小船。他打开车门,把座位朝前推好,把凳子放在后面,却发现车里有人。一个黑鬼。在呼呼睡觉。“见鬼,”兔子说。

斯基特迷迷糊糊醒过来就在车的橡皮车底上摸眼镜。“宝贝儿小子,”他说着,戴着孪生镜圈的头就抬了起来。埃弗罗发式的一边都压平了。生虫的水果。“就你一个人,对不?”

“是呀。”小小轿车集中了那种会在早晨给起居室增添趣味儿,给予它肉欲的诱惑的味道,睡眠的甜蜜被调配得浓浓的。

“天亮有好久了?”

“刚亮。大约六点钟。你到这儿有多久了?”

“从我看见你和小宝贝儿停车时起至今。我在韦泽街那边的一个电话亭给你打的电话,然后就盯着你会不会走过去。那车不是你的,但脑袋是,对不,我就穿过几个后院偷偷走过来在你停车后钻了进来。古老的荆棘地理论,对不?我要是不睡觉才怪呢。嗨,上车,伙计,你让风都灌进来了。”

兔子上了车坐在司机位上,听话时头也不回,说话时尽量不露声色。宾州别墅区渐渐恢复了生机。一辆小车刚驶过。“你应当知道,”他说,“他们正在找你。他们认为是你放的火。”

“指望警察佬只能把事情搞砸了。我干吗要烧我的窝?”

“销毁证据。也许吉尔——你们管它叫什么来着?——吸毒过量。”

“她不是从我这儿搞到的海洛因,那东西没劲儿,还不如糖水。哎,宝贝儿，你房子里那事儿是白鬼干的。你愿意相信事实，还是我该闭上嘴以对那个猪窝表示点儿敬意？”

“那就听听吧。”

斯基特的说话声完全撕下了他那副面孔，比哈利记忆里的更显深沉，带有催眠作用，节奏轻快而又刺耳的语调使他联想到儿时的收音机声音。“吉尔早早就上床睡觉了，我就睡沙发，对不？由于服用的还是那玩意儿，所以她就不用尝试自己那一套，而且我们在县里转了两圈卖掉那辆破车后我已经昏昏沉沉、精疲力竭了。对不？这样我就惊醒了。到处都有这种“格格”作响的声音。我断定它来自厨房，对不？我以为是吉尔要来缠我再给她打一针，然而却是这种呼呼声和轻微的轰轰声，使我想起是装甲钢板飞弹[①]击中了路边灌木丛，只是这次不在路边。我心想战争打到家里来了。接着传来砰的关门声，从隆隆声中可以辨出是车库门的声音，我就一个箭步跨到窗口，看见两个白佬小子撅着屁股跑过草坪，穿过街道，钻进那边的房屋之间，然后就不见了，对不？我看得很清楚他们没有开车来。接着，我闻到了烟味儿。”

“你怎么知道这些人就是白人？”

“废话，你知道白佬们跑步的模样儿，就像是屁股上插着棍子，对不？”

“如果你再看见他俩你能不能认出来？”

“我不能去辨认这儿的摩西。我的肤色在这个县是要遭电刑的，对不？”

“是的，”兔子说，“别的事儿你应当知道。吉尔死了。”

后座上的沉默时间并不长。“可怜的小婊子，怀疑她是否知道这有什么不同。”

---

① 原文 APM，是 Armour Plated Missile 的缩写，指在越战中使用的一种致命炸弹。

“你为什么不把她弄出去?”

“见鬼,伙计,高温很烫,对不? 我想私刑时刻来临了,我并不知道外面没有一千二百个白佬,我无论如何都不会去爱护某个白鬼女人,让白鬼去爱护他自己吧。”

“但是没人拦你呀。”

“基本的训练,对不? 正如追捕我的人所说的,我在逃,在躲。”

“他们并不想伤害你。是我,他们试图告诉我一些事儿。这儿的人不搞私刑,别发疯了。”

“发疯,电视频道你一直都选错了。底特律那些白佬又当如何?”

“加利福尼亚死了警察又当如何? 你们的弟兄一直鼓吹的打倒猪猡警察的废话又当如何? 我该把你留住。布鲁厄警察会乐意见到你的,他们喜欢对发了疯的黑鬼进行再教育。”

又有两辆小车“刷刷”开了过去。司机从高高的送奶车上好奇地朝下看。“开车吧,”斯基特说。

“对我有什么关系呢?”

“没多大关系,对不?”

野马一触就启动了。马达的声音比轮胎在沿新月街的水坑上“刷刷”滚动的声音还要小,小车驶过苹果绿的废墟和穿着绿色雨衣在门阶上打盹的守夜人。兔子绕过弯曲的街道驶向街道尽头,驶过泥泞的房基之间留下的卡车印辙。他发现了一条被弃置的乡间小道。一排排高大的杨树,一片被忽略的到处是坑的地面。斯基特坐了起来。兔子等待着脖子后面会顶着一块金属。一支枪、一把刀、一根针:他们总会拿着什么的。毒镖。但是什么也没有,只有脖子后面斯基特呼出的那此起彼伏的热气。“你怎么能让她死呢?”他问。

“伙计,你想谈论罪责问题,我们得回到几百年前。”

“当时我不在。可昨晚你在现场。”

“可是我处境极端不利。”

哈利的脑袋因缺乏睡眠而轻飘飘的;他知道他不该做什么决定。

“跟你说吧。我把你往南送十英里你从那儿自个走吧。”

“这主意不错,但是姑且说是出卖吧。还有一件人们称之为尴尬的事。我们弟兄们叫做饭钱。”

“卖掉车你不是得了六百嘛。”

“那个狡猾的婊子,她在身上揣着呢,我可没拿。我的钱包还在沙发上,还有每件值钱的东西,对不?”

“壁橱里那个黑皮箱怎么样了?”

“哎呀。你一直在刺探。”

“或许我有三十美元,”兔子说,“你可以拿去。随后你得离开。我不会让警察知道这次送行的,就这样好了。正如你所说,在这个县你已经受够了。”

“只有在荣耀之时,”斯基特保证说,“我才会回来。”

“回来时,别来缠我。”

数英里开过了。一座小山,一堆沙砾房屋,一座水泥厂,一块指向天然山洞的告示牌,又一块画着满脸胡须的阿门教徒的巨幅画像。斯基特变了腔调,他用另一种最像白人因而在兔子的耳朵里听起来就最为人道的声音问:“吉尔被糟蹋了,小宝贝儿怎么看?”

“大致就像你所预料的那样。”

“伤透了心,对不?”

“伤透了心。”

“告诉他，世上的贱货多得很。”

“我会让他自己去体会的。”

他们开到两条狭窄公路在阳光下相汇的拐角。在收割完毕的棕黄色玉米地的远处，一座粉刷成白色的石头房子有炊烟袅袅升起。交叉口上竖立着的木制箭头上面写着加利利 2。这是唯一的去处了。一架喷气式飞机的尾迹弄脏了天空。宾夕法尼亚越过绿色和褐色静悄悄地向南方伸展出去。一条干涸的石砌引水道位于这儿的公路下方，一块由筑路用的塞缝石建成的路边界石早已腐蚀变色。兔子把钱包里的钱尽数塞进斯基特那粉红色的手掌，强忍住因钱不多想道歉的冲动。他不知道怎么做才合适。给一个犹大的吻？自从那晚他俩扭在一起哈利斗赢了之后，他们就再也没有过肉体接触。他伸出手想握手告别。斯基特仔细端详着，就好像他能像蓓蓓一样预知未来的命运。他用油滑窄小的双手把它抓住，翻转过来，于是肉糊糊粉红色的折缝朝向了上方。他凝神深思着，接着郑重其事地对着掌心吐了口唾沫①。他的唾液像皮肤一样暖热，哈利最初只是通过目睹而知道此事已经发生：水分里布满了像微型太阳般的水泡。他情愿把这个姿态看成是一次祝福，于是就在裤子上把手掌擦干。斯基特告诉他：“从未弄懂你是什么立场。”

“也许不止一个吧，”对方回答说。

“等的就是这话，对不？”斯基特格格一笑。他咧嘴大笑时上嘴唇就呈现出白人不曾有的复杂表情，中间有条鞭痕，这条令人振奋的裂缝使兔子

① 弗雷泽的《金枝》中写道，利用交感巫术原理，“如果你打伤了一个人并为此感到歉疚时，你只要向自己那只打人的手上吐口唾沫，受伤者的痛苦将立即得到缓解”。斯基特意欲安慰哈利受伤的心却未吐在自己手心至少也有双重含义，二人特殊的依存关系及古老仪式和神秘在书中诸多变化的继续。

想起连接龟头和干茎的肉缝。当哈利开着野马在平直的交叉口上倒车时，年轻的黑人就站在一排褐色杂草梗旁等候。在后视镜里，说也奇怪斯基特看起来神智健全，他把真实状态，甚至还有那副眼镜和山羊胡子都融会在一起了，在乌鸦歇脚和捡拾落穗以谋生之地，在布满残茬的田间，那双空空如也的双手垂悬着。

小埃德温·E·奥尔德林上校:现在你松口气。朝我靠过来。径直往下,朝你的左边靠一点。有很多余地。你对得很准。朝我靠一点。向下。行了。现在你松口气。你就要接住第一扇折叶了。哪扇折叶?好吧,运动。驶向左边。行了。现在你松口气。你已对准通过台。把你的左脚向右移动一点。行了,很好。再动一点。好。

尼尔·阿姆斯特朗:好了,休斯敦,我到了舱口廊。

四、米　　姆

兔子坐在机器旁边。十指像羽毛般展开，字模在高处格格作响，熔化了的铅在他的身边悠然自得地冒着蒸气。

宾州别墅区遭

火灾疑为纵火

外州来客丧生

西布鲁厄警方仍在从邻居搜集和这场神秘大火相关的证据，该火烧毁了哈罗德·安斯特朗夫妇在宾州别墅的漂亮住宅。

他家中有位客人，名叫吉斯·彭德

他家中有位客人，名叫吉尔·彭德尔顿小姐，芳龄 18，来自康涅狄格州的斯托宁顿，因浓烟窒息并遇火严重烧伤。勇敢的消防队员的多次营救努力也乏回天之力。

救护车运送该小姐到达布鲁厄仁慈教友顺势疗法医院后彭德尔顿仁慈教友顺势疗法医院后彭德尔顿小姐就被证实死亡。

据报在该居所附近看见过一个男人叫休伯特·约翰逊，为李树街的最后一名案犯，警方正在搜捕以便审问。约翰逊先生同时化名“斯基特”，有时却姓法恩斯沃斯。

熔炉区消防队队长雷蒙·“巴迪”·费思勒告诉《缸报》的记者：“我完全肯定有人有意纵火，但是我们还未找到莫洛托夫汽油弹[①]或类似东西作为证据。这不是普通意义上的扔炸弹。”

邻居们对这起事件感到迷惑，他们汇报说该家庭没有任何异常但有位躲躲闪闪的黑人男子出现就被认为

① 原文 Molotov cocktail，一种用汽油瓶和引燃布条等制成的燃烧瓶，西班牙内战时期(1936 年)国际纵队多用此种燃烧瓶，适逢莫洛托夫(1890—1986)任前苏联外交人民委员，故有此名。

帕亚塞克拍拍他的肩膀。

“若是我老婆，”兔子说，“就叫她滚开。告诉她我见阎王去了。”

“没人打电话，哈利。我要和你私下说几句话。可不可以？”

那句“可不可以”一下子就使哈利的心凉了半截。帕亚塞克在模仿某个上司的口气。他“哐啷”一声关上毛玻璃门，在桌子旁边轻轻地坐下；他慢慢把手指头在那堆被油墨弄脏的报纸上展开来。“还有一些不好的消息，哈利，”他说，“你吃得消吗？”

“试试看。”

“我真不愿意在你的家里发生不幸时给你再添一份儿不幸，然而回避拖延都没用。没有什么是静止不动的。他们上头已经决定要把维里蒂改建成胶印厂。我们将保留一台旧平台印刷机干些零活儿，但是《缸报》声称若不搞胶印就拿到费城印刷。这事儿已闹腾几年了。这样，我们就得准备承印其他的期刊。布鲁厄又新创办了几家杂志，里面尽是些污七八糟的东西，但是有人买，而法律又允许它存在，所以你瞧瞧。”从他叹气的方式看，他准以为自己说到点子上了。从上往下看，他的前额是个球形体，忧愁的皱纹后撤到头颅的地平线上，黄铜色和白色相掺和的头发就是从那里开始的，再一绺绺直直地梳向脑后。

兔子试图帮他个忙。“这样就不要排字工了，哈？”

帕亚塞克吃惊地抬起头来，双眉变成了弓形又垂了下来，由于头顶上日光灯管长时间无遮无掩的强光照射，此时此刻就出现了一个球形的光滑体。“我原以为我讲清楚了。那是部分的技术远景，经济就是因此而发展的。胶印，你通过胶片操作一切，完全无需热腾腾的金属。送进一个高速电子管，天啊，一分钟就传送两千行，整张《缸报》只需七分钟。我们可以留住几个人，重新训练他们搞计算机磁带，我们已和工会交涉好了，但是从管理的角度看，哈利，这是舍身救厂。我担心你远远排在名单的后面。和你的个人生活没丝毫联系，我的意思是——严格按资历来的。你爸不用愁，还有布坎南，天啊，要是让他走，市内空想社会改良家的每件器械都会用来套住我们的脖子，这不是我一贯的办事作风。他们若来找，我就会告诉他们说，那个人每天早上从十一点起就喝得半醉，他们都是那个样儿，我宁肯雇一个戴着拳击手套的低能儿，只要他是个白人——"

"好吧，"兔子说。"我什么时候滚蛋？"

"哈利，真是伤透了我的心。你学会了技术而现在根基就要垮了。也许某家布鲁厄日报会雇用你，也许在费城或者北边的艾伦镇会有活儿干，虽然全州的报业都在压缩或合并，但是现今这个行业仍然是供大于求。"

"我能立足的。克特·希拉克以前是干什么的？"

"他是谁？"

"你知道。印《精神理疗椅》的那个伙计。"

"天啊，他。那是猴年马月的事儿了。据我所知他在此地的北部买了个农场养鸡。不知如今他是死是活。"

"对。我想，从管理的角度看，要死是很省力的事儿。"

"别那么说嘛，哈利，这太伤我的心了。得承认我心里有股说不出的滋味。你年轻力壮，看在上帝分儿上，你前头仍有韶光年华。要不要听听慈父般的忠告？快离开这个县。把困境抛置于脑后。忘掉你娶的那个懒婆娘，没有冒犯你的意思啊。"

"是没有冒犯我的意思。至于詹妮丝，你不能责备她，我本人也不咋样。只是我不能去别处，还有个孩子。"

"孩子,让他见鬼去吧。你不能那样过一辈子。你得明确分析一下谁是第一位的。对你而言,你就是第一位的,不是孩子。"

"确切些说,我并不这样看,"兔子开口说道,然后帕亚塞克的脑袋就弯了下来去研究办公桌上被墨弄脏的报页,他从那突现微光的地球仪上看出那人并非真心想谈,他想要哈利走开。于是兔子问:"那么我何时离厂?"

帕亚塞克说:"你将得到两个月的工资外加你累积的补助费[1],然而本周末新印刷机就要运来,比我们预想的要快得多。现在一切都在以更快的速度运转。"

"而我例外,"兔子说罢就离开了。在车间欢快的喧闹声中,他父亲转身离开机器,询问式地对他做了个大拇指向下的手势。兔子点点头,拇指往下一指。下班后他俩沿松树街走着。在荧光中泡了一整天之后置身在阴寒的户外,感觉就像是鬼魂一样。爸爸说:"我一直在看那墙上写的字,如今上头要在维里蒂实行全新的思维,合伙人有个儿子从某个商业学院毕业回来,满脑袋的胡言乱语。我对帕亚塞克说:'为何要留我?不到一年我就退休了嘛。'他就说:'正是这个原因。'我对他说:'为何不放我走把我的位子留给哈利?'他就说:'基于同样的原因。'当然,他本人也是诚惶诚恐。整个经济都在恐慌之中。尼克松正在设法把自己塑造成另一个胡佛[2],这些禁核鸽派人士要赶在诡计多端的狄克[3]给他们的银行账号搞一

---

① 原文 benefits,指因失业而得到的厂方给予的生活补助费,以便在未来几个月内去寻找新的工作机会。

② 胡佛(Herbert Hoover,1874—1964),美国第 31 任总统(1929—1933),在任期间正值美国经济大萧条,因解决不力,遍地饥民和逃荒用帐篷,人们戏称失业工人临时收容村为"胡佛村(Hooverville)"。

③ 狄克为理查德的爱称,此处指理查德·尼克松总统。

次银根紧缩之前把约翰逊小子请回来!”

爸爸而今话说的比平时多,仿佛是为了扰乱哈利的思想;他通情达理地跟随其后。这三天真是可怕。整个星期天,毫无睡意,他在佳济山和宾州别墅区之间开车来回穿过布鲁厄,穿过令市政府头痛的哥伦布日①大游行。清晨那单调的浪漫插曲,在褐色田野里渐渐缩小成褐色小点儿的斯基特,都转变成为五彩梦魇,相伴着尚武音乐,剧烈抽动的精疲力竭,赤裸着大腿的姑娘们闪电般的旋转猛冲,彩虹色的鼓手在哈利那绷得紧紧的空肚子上敲着“卜冬卜冬”响,堵塞在小街的车辆,哥伦布木筏上的骑士,行进着的老兵以及美国国旗。在因这次盛大庆祝活动而产生的种种混乱声中,他在湿热的灰烬里搜寻着有用之物,再用货车把脏污浸泡的无用家具,包括烧焦的吉他,装运到杰克逊路段的车库里。他在沙发上没有找到钱包,壁橱里也没有黑色手提箱。吉尔顺墙放置的梳妆台烧得只剩下一小块儿焦木了,然而他还要捅一下余灰以期找到那六百美元的碎片。回到杰克逊路,保险赔偿调查员正等着他,还有熔炉区的治安官,一个脸颊红润的矮个儿老头儿。他穿着背带裤子,戴着柔软的毡帽,只是对于担保他当时不在火灾现场这一点决不会不利于他一事最感兴趣。他耳朵很背,每当屋里有人说话时他总要急转过身来竖起耳朵沙哑着声音说道:“咱们把那点也记录下来!我要让一切都透明公开,一切都记录在案!”

最为糟糕的是,哈利必须在电话上和吉尔的母亲谈谈。警方已把消息透露给她了,这样她的语气就在对吉尔是怎样落脚在这家而产生的有

① 美国法定假日,1971 年前为每年 10 月 12 日,后改为 10 月第 2 个星期一,因此,此时为 1969 年 10 月 12 日,星期天。

礼貌的好奇心和因为悲伤而怒火冲天之间波动徘徊，她嗓音中有只火烈鸟正在寻找空间，好夸耀它那鲜艳的双翼，然而又因为知情有限，总被局限在鸟笼子里。"是的，从劳动节前开始，她就住在我家，"兔子通过楼下电话告诉她说，起居室一片黑暗，弥漫着家具上的油漆和妈妈药品的味道。"在那之前她在布鲁厄和一帮黑鬼到处瞎逛，那帮人经常出没在此后已歇业的一家饭馆。当时我认为她和我在一起会比和他们在一起处境要好得多。"

"可是警方说有个黑鬼。"

"是呀。他是她的一个朋友。他有点儿来了就走的味道。"每当他被迫讲述这段故事时，他都要减小斯基特所扮演的角色，首先隐瞒那天早晨开车送他去南方，直到讲得那位年轻的黑人在他的逆向想象中只变成椅背后面的一个虚幻的影子。"警察说他有可能放了这把火，但是我相信他不会。"

"你凭什么相信？"

"我只是相信。哎，——"

"阿尔雷齐太太。"于是在所有事情当中唯有这件，她第二任丈夫的姓，竟使她嚎啕大哭起来。

他不顾她在啜泣仍设法辩解道："哎，现在很难谈下去了，我累得要死，我儿子就在隔壁，我们若能面对面交谈，我或许能解释——"

那只火烈鸟伸出一只翅膀试探一下："解释！你能把她解释得起死回生吗？"

"不能，我想不能。"

礼貌又恢复了。"我丈夫和我明天早上飞到费城，然后租辆小车。或许我们该见见面。"

“是呀。我得向厂里请假,不过午餐时间才有空。”

“我们就在西布鲁厄警察局会面,”那遥远的说话声以令人吃惊的坚定态度和突然挤出来的一点儿权威性说道,“在正午。”

兔子以前从未到过那儿。西布鲁厄市府大厅是座镶着白边的砖式建筑,呈对角线建在一块草地和花坛上面,与高高耸立的疯人院邻接,其本身实际上就是原来疯人院的扩建部分,是一个世纪以前布鲁厄的一个钢铁巨子修建的花岗岩宅第。这片土地曾经全部归他私人所有。在这座具有新古典主义特征的市政厅后面延伸着一排长长的盖着瓦楞屋顶的水泥板式车棚;有些门是开着的,兔子看见了卡车,一台蒸汽压路机,一台铺柏油路面的蜘蛛似的黑色机器,一根能举起铁筐里的人以修剪掉靠近电线的树枝的巨大吊臂。这些料理城市后勤工作的器械在哈利眼中是早已失落的无数无可责备的活动的一部分;他感到再也不会允许他爬回到那个世界中去了。在市政厅内,有些小窗口可供人们支付公用事业公司发行的股票款,镶嵌有玻璃的门上那正在剥落的镀金材料标明镇长、助理和书记员。金色箭头指向楼下的警察局。兔子发现得太迟了,他本可以从侧面走进这个半地下室,那样就可免受十位市政雇员的回头凝视。坐在柜台式长桌后面的警察看着面熟,但是仍花了那位大鬓脚一分钟才完成登记。大学生类型的人物。哈利被领到一个地下大厅,途中经过几间神秘的小屋;一间装配满了无线电设备,另一间放满了文件柜,第三间通向一段水泥楼梯再引向更深处。地牢。监狱。兔子想跑下去钻进这个洞里藏起来,但却被领进第四间屋,屋内设有一张毫无生机的绿色台桌和几把金属折椅。那位折了鼻梁的警长和一个女人坐在里面。尽管因精力耗尽而声音无力以及因服用药片而讲话慢吞吞,这个女人仍不失为一位康涅狄格州人。她比宾夕法尼亚女人的语调更为尖刻，举止更为风骚。她身着黑衣，头发还没有那般灰白。吉尔那令人忧虑的瘦脸必定来自父亲的遗传，因为母亲完全是另一种类型的人，一张略圆而又急不可耐的面庞和两片爱出风头的嘴唇显示出她总是把快乐建立在贪婪之上。兔子轻轻弹掉了对一条生气勃勃的小狗的印象：大睁着的褐色眼睛，一小点下颌垂肉、喉咙处挂有一圈的珍珠。吉尔曾说她有对性感奶头，然而她母亲那束得紧紧的杯形胸脯，配着吉尔一样的身高就过分了，在这缺乏性感、令人悲伤的邂逅时刻它使兔子想到了战船，军人制服里的部分衬垫。他很后悔在这一点上未给吉尔以足够的赞誉之词，男孩似的胸部略带微弱的浅影是她自我感觉体瘦羞怯之处，然而含在他口中却感到柔软有余，柔软有余而情义丰沛犹如其风雅之魅力丰盈四溢，乃至于我们只能视作一种存在而无法估量。朦朦胧胧之中，他听到警长咕咕哝哝介绍说：阿尔雷齐先生和夫人。兔子记得在吉尔的歌中有位来自韦斯特利[①]的税务律师，然而他对这人仍毫无概念；他长着一双女人特有的眼睛，真是吉尔的逆向转世化身。她拥有吉尔的沉着克制，个性坚强；甚至她把两手垂在身体两侧而站立的绝望姿势都是廉价购自吉尔。兔子不知道她是否刚去辨认了遗骸，除了烧黑的骨头还留下些什么？牙齿。一只手镯。一簇肉色头发。“嘿，”他对她说，“我对此感到很难过。”

“是—的。”她那双明亮的眼睛掠过了他的头颅，“打电话时，我有些失态，你说过要解释一下的。”

他说过吗？他想解释些什么？说那不是他的过错。纳尔逊却认为是。错在收留了她？但是她无人保护啊。错在操了她？但是那就

① Westerly，是一座位于纽约长岛海峡东北岸方向的海滨小镇。

是全部生命之所在啊，性、火、呼吸，一切都和氧气相混和，在烈火的边缘我们不停地反射着微光，正如疯人院的窗户给予我们的启示。兔子努力回忆着。“你问过斯基特的事儿，问过为什么我不相信是他放的火。”

“对。你为什么不？”

“他爱她。我们都爱她。”

“你们都在利用她？”

“也许是。”

“依你看”——不平常的精确表述，这个俱乐部女会员就要把会面纳入既定程序中了，那元音被抽烟和饮威士忌弄得音质粗糙并在每日太阳西斜的鸡尾酒会上经受过磨炼——“是用作小老婆？”

他猜测着这个词的含义。“我从未强迫过，”他说，“我有房子和食物。她有她本人。我们都只是拿出我们的所有而已。”

“你这个畜生。”每个词都太清晰不过了；这句话一直埋在她的心里，已经歪曲变形，因而说出口来就不大贴切了。

“那好，当然了，”他勉强退让一步，生怕她振翅腾飞，让那火烈鸟般的愤怒挣脱脸皮惊呼尖叫。她身后那位表情茫然的男人咳嗽了一下并挪动了一下屁股，准备好了局促不安的姿势。哈利感到五脏六腑被吊了起来，通体透明，像在比赛之前的感觉一样。他被迫和这个女人以他从未和吉尔交过手的方式交手抗衡。对他而言吉尔一直是过于老辣、过于聪明、却又降生得太迟了。这个小狐狸，撇开风骚的发式、金钱和俱乐部女会员那粗嘎的嗓门不论，属于他那一代人，他明白她想要什么。她想要安全地不受伤害。她想要寻欢作乐而又不受责骂。最后她想只要不向任何神圣的委员会赔礼道歉就行。眼下她只想控制并利用女儿被抛弃被毁灭来贪求一个奇迹。阿尔雷齐太太以年轻人特有的手势摸了摸面颊,然后让双手沉沉下垂在臀部两侧。

“我心里很难过。”她说,“总会有些……详情。我想问问,有没有什么……财物。”

“财物?”他的思绪回到了那烧黑的尸骨、牙齿的惨状、烧熔的手镯。他想起了高中女生过去常戴的手镯,链上饰有姓名——标签,多琳、玛格里特、玛丽·安妮。

“她弟弟问我要……一些纪念品……”

弟弟?她曾经说过。有三个。一个与纳尔逊同年。

阿尔雷齐太太不知所措地向前迈了一步,希望能有所帮助。“有一辆轿车。”

“他们把车卖了,”兔子说道,声音很大,“她开车时没上润滑油,发动机卡住了,于是她就卖了去买毒品。”

他那声音的响度吓了她一跳。那辆车被糟蹋了,他仍然愤愤不平。她向后退了一步,申明说:“她喜欢那辆车。”

她不喜欢那辆车,我们可能喜欢的任何东西她都不喜欢,他想把话跟阿尔雷齐太太讲明,但是也许她知道的比他多,当吉尔首次看见她父亲的礼物,又新又白的小车,她就在场。兔子终于在大脑中找到了一件“财物”。“我的确找到了一件东西,”他告诉阿尔雷齐太太,“她的吉他。被火烧得挺厉害的,但是——”

“她的吉他,”女人重复道,或许全然忘了女儿会弹吉他,因而她垂下双眼,一张圆脸羞得绯红,这就引得那男人过来安慰她,他是一位像广告里的男人一样表情茫然的男人,穿的西装真是无可挑剔而在上衣口袋里则插着一块叠成三重的褐紫红色手绢。“我什么也没得到,”她嚎啕大哭,

"她走了甚至也没留张纸条。"她的说话声中流露出极富性感的粗哑,音高而徒劳;又一个吉尔在哀求,抓住我,帮助我,我的运气坏透了,体内的一切正在坍塌。

哈利转过脸不去看这场景。警长把他带出侧门后说:"富婆娘一个,她若是给予姑娘半点理由让她呆在家里,那么她今天还会活着的。这类事儿我周周都见。所有不光彩的支票正在兑现。别介入是非,安斯特朗,照顾好自己。"如同一位教练在他的手臂上给予慈父般的掌击,哈利就被遣返回尘世之间了。

"爸,随便喝一杯怎样?"

"今天不行了,哈利,今天不行了。我们家里还有场惊喜在等着你呢。米姆就要回来了。"

"真的吗?"几个月的不眠之夜为的都是米姆;她一直有明信片寄来,上面总有一张新酒店的照片。

"是的。她今早给你母亲打了电话,她正在纽约,今天中午我和你母亲通过话。我本该告诉你的,但是我又想到你心头压了那么多的负担,倒不如不说的好。事情接踵而来,这就是神秘的事实。我们都变得麻木了,而主却让我们经受此难,那就是他的仁慈之所在。你失去了老婆、失去了房子、失去了工作。你母亲噩梦做得都不敢合上眼,而米姆却在同一天回家,我敢说即便把她累垮,她一整天也都要呆在楼下设法料理得整齐一些,你就不知道接下来会发生什么事。"但是他刚才说过了。接下来就是妈妈之死。16A路巴士轻轻颠动着、摇晃着、散发着废气味儿。佳济山路上的黑鬼比去西布鲁厄方向的要少。兔子坐在靠过道的座位上;靠窗坐着的爸爸突然大声清了清嗓子,咳出一口痰来。那唾液呈稀薄的黏稠状顺着肮脏的玻璃往下淌。“该死，可在喉咙里火辣辣的，”他解释说，此时兔子发现他们已走过了一座教堂，即位于韦泽街和帕克街相交处那巨大灰色的长老会教堂：台阶上聚集着一些身穿大衣的女人，两个身穿后翻领大衣的年轻男人以及修女们和小学生们，他们拿着标语牌和未点燃的蜡烛在抗议越战。今天是反战日。“我讨厌诡计多端的狄克，永远讨厌。”爸爸滔滔不绝地解释说。“可这位卑微的魔鬼，他想在那儿做件体面的事，让我们在那屋顶倒塌前脱身出来，而这些古怪的牧师目光如此短浅，就连布道坛以远的东西都看不清却去干组织游行的事儿，这无非是让那边的矮个儿黄种赤色分子们相信他们快打赢了。假如我是尼克松，我就向所有的教堂征税，征得他们哭爹喊娘，这样就会减轻小人物的部分负担。仅波士顿那边的老库欣①一处就值一个亿。”

“爸，他们所关心的只是制止杀人。”

“他们把你也迷住了，是不是？杀人并不是最坏的事。宁愿和凶手握手而不愿和卖国贼握手。”

在他没有丝毫感觉的地方竟藏有如此丰富的激情，这使哈利很开心，使他感到受到了保护，如同回到了家里。他的解救办法就是重新回到家里。同一件玩具熊从地毯上散发出霉味，打开地窖门时有同一种热空气来拥抱你，同样狭窄的楼梯从起居室直通上去，同样松散的栏杆柱随着时间的流逝晾干了水分滑脱了木钉不得已又一次次地重新钉牢；同一张白色桌面的餐桌在他们过去就餐的位置有四处磨损的痕迹。

① 库欣(Richad James Cushing，1895—1970)，美国天主教枢机主教，不容许其教区存在不同教派，关心穷苦，资助慈善事业。

要吃儿时食物的欲望重新燃起:晚上要吃燕麦片和香蕉片,蜡纸袋装的加糖炸面圈如今是装在开着胶膜孔的纸盒里出售的,生胡萝卜和可可茶。他睡得很迟,因此他需要叫醒去上班;在宾州别墅区,在詹妮丝从未备齐窗帘的屋里,他常常是太阳首先唤醒的一个。在佳济山这里,熟悉的阴暗笼罩着他。妈妈在面孔和言语方面的扭曲变形在他过去的探望中常常困扰着他,如今则很快就会和她的存在这样一个经久不变的现实融为一体,他离开家的这些年里她都熬过来了,她依然占据着相同的半边天,相同的将他封闭在内的大门——就像后面地窖口的斜平顶,装配着两扇沉重的门板。幼年时他常常蜷伏在门板下方的台阶上听雨声。雨水急速的拍打声似乎在塑造着他的心灵,煞费苦心地在他的意识里留下印迹并把下雨声和妈妈在厨房劳作时发出的粗鲁生硬的刮擦声和脚步声混合在一起。她仍然能时断时续地下厨做事。她声称,哈利回家抵得上服一百次左旋多巴。

这个全新的、令人不安的、蔑视同化的因素,就是纳尔逊。他郁郁寡欢,伤心至极,直挺挺地躺在藤背坐卧两用椅上,其面孔由于某种电视播放般的回忆而闪着亮光:没人明确知道该拿他怎么办。他不是哈利,他比哈利以往任何时候都更加伤心难过,然而他却强要哈利那个身份所拥有的特权和放纵。在位于杰克逊路那光线暗淡的半边房舍所形成的破碎憔悴的阴影中,安斯特朗一家不停地对纳尔逊那让人不愉快的表现感到惊讶不已,经常找不到他。“纳利在哪儿?”“孩子到哪儿去了?”“孩子在楼上还是楼下?”这成为另外三人经常互相询问的问题。纳尔逊能一连数小时呆在他的临时房间里——米姆原先的房间——听摇滚乐流行乐民间音乐,音量小得犹如窃窃私语。他故意不去就餐,也不解释和道歉,一直在把布鲁厄报界刊载的他家发生火灾的新闻报道剪下来夹在剪贴簿里。昨天兔子在孩子的房间里搜寻时，发现了这个剪贴簿。剪报的四周孩子用各种色彩的圆珠笔画上了花朵、V字形和平手势、道教的十字图案、音符、迷幻彩虹以及那些在变成商品之前和神智迷乱紧密相连的漫无止境的盘旋飞扬的乱涂乱画。同时还有两张用宝丽来一次成像快照拍摄的废墟照片，是比利在星期一用他父亲送给他的新型照相机拍摄的。这两张棕色而稍稍卷曲的照片，照出了烧掉一半的房屋，烧毁的那一半像阴影一样幽暗，但看起来充满活力，正在蚕食未烧毁的那一半，车库的立柱像烟灰缸里的火柴梗一样弯腰倾斜。看着这两张照片，兔子闻到了灰烬味儿。这味儿是真实的不是记忆中的。在纳尔逊的壁橱里他找到了根源，是一把烧焦的吉他。难怪他要还给吉尔的母亲时在车库里没有找到。她现在回到康涅狄格州了，就让这可怜的孩子保存着吧。他的父亲因为年长许多而成不了兄长，因此没法和他沟通，就作为蛰居者和他一块儿住在祖父母的家里。

他和父亲踏上杰克逊路时看见一辆陌生的小车停在117号门前，是辆白色多伦纳多，挂着蓝底黄字的纽约牌照。父亲加快了步伐。“米姆回来了!”他大声喊道，果真如此。她在楼上，当他俩走到装着有色玻璃的扇形窗下时她已走到了楼梯口；她走下楼梯和他俩一起站在昏暗的小门厅里。是米姆。却又不是。哈利已有多年没见到她了。“你们好，”米姆说着，就在父亲的脸上冷冰冰地吻了一下。甚至当孩子们还小时，他们也不是个经常亲吻的家庭。她想以同样草草的方式吻她哥哥时，他却抱住了她，想要感觉出拥抱过她的数百个男人的滋味儿。他为他的这位妹妹换过尿布。当他俩星期天沿着采石场散步时她常常抓住他的大拇指。和他一块儿滑雪橇时她曾经突然喊道*噢我爱你*，滑板在黑糊糊压紧的平滑冰面上呼啸而过，街道由于雪不停地下而变得像打了蜡一样的光滑。米姆被他的拥抱弄得茫然不知所措，就再吻了他一下，即在同一张脸上又啄了一下，然后就坚决地扭动着手臂挣脱他的双臂。干这事儿她很在行。她感觉着清瘦了，除了女人味儿之外，没有一盎司的多余脂肪，一定是在饭店游泳池里练就的。熬夜去掉了脂肪，而游泳就磨光了剩余的地方。她看起来并未施化妆品，没涂口红，可眼睛却描得不成人样，像埃及人，浸泡在孔雀紫和孔雀蓝之中，不仅仅是勾出轮廓而且是重新塑造，而且粘上的睫毛沉甸甸的，他希望她眨眼的时候不至于掉了下来。这两只用非凡手段进行包装的眼睛把各种意味的表情刻在了她那苍白的嘴唇；每丝微不足道的微笑、嘲讽的皱眉、体贴的撅嘴和突然的咧嘴大笑如此快速地接踵而至，以致哈利想象着有一盒编制好的磁带正不停地向她的脑袋里输入信息，接着就像电子图像般迅速地产生出了系统的表情。她的鼻子是一个缺陷，这使她上不了镜头，或许也使她与出名无缘，长得还是那样长，鼻尖那个多棱肉块让她丢尽了面子，完完全全地像妈妈的鼻子，但是如今米姆年已三十决不再想当一个标准美女了，于是这似乎难以算作缺陷，实际上是挽救了她的脸，使之看起来不至于像个行家里手，从而使得在一对孔雀眼睛和那张女演员般花里胡哨的嘴巴之间的这张脸呈现出一种温和厚道的朴实无华。兔子于是就猜想，她现在之所以经常赢得酒吧间男人的光顾，是因为这点缺陷大大加强了她对于那些毁了前途和婚姻的男人们的吸引力，他们只想要真诚的温暖，而不是那些需要在胳膊上套上一件冷冰冰展览品的来客。以六十年代的格调来说她的服装就显得有点儿滑稽俗气了：喇叭形的宽松长裤呈水平线画上了线条，似乎是由三种方格条纹布拼制而成的；一件用细条子布料做成的短上衣，除了两只泡泡袖，其余全是男人样式；一双鞋子从颜色到形状都使他想起唐老鸭的鸭嘴；一对圈形耳环直径有三英寸。甚至在念中学时米姆就喜欢大耳环；当时她看上去很像吉普赛人或阿拉伯人，而今，加上晒成棕褐色的皮肤，很像意大利人。或者像个迈阿密①犹太人。她花了很多钱把头发做得很蓬乱并呈现出可爱的乳白色，这并不会惹他不快；当然不会，自上初中时起她就一直弄成现在这种颜色，她曾经称之为柔和的褐色，当时他就靠在她的门口注视着她在镜中端详自己的模样，“新教的耗子。”

爸爸的两手忙个不停。他摸了摸她，挂起他的外套，拉她走进阴暗的起居室。“你什么时候到的这儿？直接从西海岸来？你是直接飞往艾德威尔德的吧，他们现在是直达了，对吗？”

“爸，他们不再叫它艾德威尔德了。几天前我就飞到了，在纽约我还办了些事儿，然后才开车回来。一旦你越过了那些油罐，就会看到令人激动的泽西②。遍地翠绿如茵。”

“你在哪儿弄的车，米姆？从赫兹租来的？”老人那失去光泽的双眼为她的胆量，为她的处世方式闪出了光彩。

米姆叹了口气。“一个小子借给我的。”她坐在藤背摇椅里，把双脚放在兔子孩提时曾经梦到的踏脚垫上面：他梦到它装满了能解决他们所有问题的美钞。这场梦逼真之极，乃至于他竭力去找过；对他切开的刀口进行缝补的疤痕依然显而易见。填塞物是些比稻草更小弹力不合人意的纤维制品。

米姆点着一支香烟。她把它叼在嘴巴正中，从两边呼出一对孪生羽毛状烟雾，对着熄灭的火柴皱了皱眉。

---

① Miami，为佛罗里达州首府，东南部港口城市。
② 原文 Jersey，美国新泽西州东北部港口城市。

爸爸被这套保留节目迷惑住了，惊得目瞪口呆。兔子问她："你看妈妈的病情怎样？"

"还好。对快要入土的人来说。"

"你看她还中不中用？"

"非常中用。我看一点儿也不中用的那个家伙就是你。她给我讲了你的所作所为。最近的。"

"哈利最近的情况糟透了，"爸爸点着头插话说，仿佛要用这台手纺车——他那位光彩照人的女儿把他自己也纺进去。。"今天在维里蒂，懂吗，他们给他发出了通知。他们留住我却解雇了一位壮年男子。我看到了墙上写的字，但我不想由我来告诉他，那是他们的肉糕，让他们端出来，杂种，一个人把一生都贡献给了他们，末了在屁股上踢你一脚作为对辛劳的赏赐。"

米姆闭上双眼任凭经年的倦容流遍她的全身。她说："爸，真不敢相信还能见到你。你不想上去顺便把妈照看一会儿？她可能需要领着去卫生间，我问过她了，但是有我在场她仍感到不好意思。"

爸爸体贴地迅速站起身；然而此时他仍以试探性的弯腰姿势站着，主动说出她语言粗鲁的本意。"你俩有自己的话要说。玛丽和我，我们过去常常惊讶不已，我常对她说，世上再也没有比哈利和米丽亚姆还要亲密的兄妹了。你们知道，其他一些做父母的常对我们讲些孩子打架的事儿，我们不知道他们在讲些什么，我们家从未发生过呀。我向上边的上帝起誓，我们从未听到你们两人之间说过一个难听的词儿。米姆降生时许多六岁的男孩可能会心怀怨恨，你们知道，到那时为止他们已非常习惯了自己的环境，在垒自己的安乐窝：哈利例外。从一开始，从第一个夏天起，我们就能放心你和他单独相处，单独呆在家里，玛丽和我外出看电影，在那些岁月里唯一的忘却烦恼的办法，大概就是出去看电影。”他眨眨眼睛，在这些思绪当中要摸索出一个来把这一切都理顺当些。“我向上帝起誓，我们一直都走运，”他说着，又补充了一句以减轻此句的分量，“如果你再看看发生在人们身上的有些事情的话。”说完就上了楼；当他双眼望着楼梯顶上的电灯泡时眼泪夺眶而出，然后才十分小心地收回目光看着踏步板。

他们有过自己的语言吗？兔子记不起来了，他只记得他们一块儿呆在这儿，一季又一季住在这个家里，一级又一级上了学，在一个又一个节日的气氛中动身去杰克逊路，万圣节、感恩节、圣诞节、情人节、复活节，置身于一个接一个体育赛季的气氛和感受之中，橄榄球、篮球、径赛；随后他就离开了家而米姆就缩小成为母亲信中的一句话；然后他退伍回家发现她长大了，站在镜前，做好了找男友的准备，或许已经有好几个，染了头发戴上了耳环；接着詹妮丝把他弄走了；最后，两个人都离开了，家里就失去了年轻的生命；而如今他们俩又回到了这里。她吸烟吐出的烟雾似乎是屋子之所需，长期以来之所需，以驱散这些陈旧家具及疾病的气味儿。他正坐在琴凳上；他朝前挪动了一点把手向她伸去，说：“给我一支。”

“我以为你戒了。”

“几年前的事了。如果不是大麻烟。我是不会吸的。”

“大麻烟！你过得不赖嘛。”她在钱包里掏了一下，就扔给他一支香烟。那是个色彩明快拼接而成的大包，与她的宽松裤很相配。是支薄荷香烟，带着一个结构复杂的过滤嘴。死神是很容易受骗的。假如教堂失去了作用，用一只过滤嘴就行了。

他说：“我不知道都干了些什么。”

"我看是这样的。妈跟我说了一个小时。依她现在的样子,算是健谈的了。"

"既然你有那样好的观察力,那么你觉得妈妈怎么样?"

"她是个了不起的女人。无处能容其身。"

"那么,你安放其身的地方是否要更好一些?"

"这样说虚假的成分就更少些。"

"我不知道,我看你很富于幻想。"

"谢谢。"

"妈妈都说了些什么?"

"除了詹妮丝给她打的多次电话,没什么是你不知道的。"

"这我知道。星期一以来她打过几次电话,跟她说话我无法忍受。"

"为什么?"

"她太粗野了。一点都不讲道理。她说要离婚却从未办理,她说要控告我烧毁了她的房子,我就告诉她说只烧掉了我那一半。然后她说要来接走纳尔逊却从未来过,我真希望她来呢。"

"她这样撒野,对你意味着什么?"

"我想她精神失常了。可能酒喝得太多。"

米姆侧过身在放在地毯上当作烟灰缸的小圆碟上掐灭烟头。"那意味着她想回来。"米姆懂得人情世故,兔子自豪地意识到了。无论你闯到什么地方,米姆都会在那儿迎候。她没去过的地方只是纳尔逊拥有的那块领地,以及正在左手旁制作的铅字条发出的那悦耳热情的"啪啪"声的地方。但是这都是些陈旧的去处,人们再也不会朝那个方向走了。米姆重复说:"她想要你回去。"

"大家都在这么说,"兔子说,"可我并未看到一点儿迹象。她若要找我是可以找到的嘛。”

米姆叉起穿着裤子的两条腿，对准了所有的条纹，接着又点着一支烟。“她陷入了困境。她对这家伙的爱是她拥有的最重要的东西，自从她淹死了那个婴儿以来这是她向外迈出的第一步。咱们得面对现实，哈利。你们这些边远乡镇的年轻人仍然相信鬼魂。你弄到手之前得和霜神①，或者你把他称作别的什么，结清账目。为了自己脱身，她得把这事儿看成是一大笔交易。就是这样。记不记得小时候斯波茨店的那些糖果罐？你把手伸进去抓糖果，结果你却无法取出拳头。如果詹妮丝松开手拔出来，那她就抓不着糖果了。她想脱手出来，但是她也想要糖果；不，并非如此，她想知道用她自己心中的糖果换来的是什么东西。就是这样。有人就得为她打破这个罐子。”

“她仍爱着这个地中海佬，所以我不想要她回来。”

“正是因此你才得把她弄回来了。”

“那个混蛋，他甚至厚着脸皮，穿着时髦的衣服坐在那儿，他一定做了三倍于我的努力去欺骗别人，他妈的他厚着脸皮扮成了一个小白鸽。有天晚上我们全都坐在这家餐馆，他和我隔着餐桌讨论越南问题而他俩却肩并肩在玩摸屁股的把戏。你会喜欢他的，真的，他是你那种类型的人。一个流氓。”

米姆在耐心地掂量着他：又一个潜在的酒吧顾客。“从何时起，”她问，“你变成了如此一位好战者？据我所知，从朝鲜战争中摆脱出来你无疑是非常高兴的。”

“并非所有的战争我都喜欢，”他申辩说，“只有这场战争。因为没别

① “霜神”，原文 Jack Frost，拟人化的称呼，“严寒，霜”。

人喜欢。没别人能理解。”

“给我解释一下吧,哈利。”

“它是一种,它是一种智力骗局。为了让另一个家伙失去平衡。世界不就是那个样子嘛,你得过一会儿就干点什么,以维持你的选择权,以便能在你的四周保留一点儿空间。”他挥动着双臂向她显示他那至关重要的空间概念,“否则,他就会获得主动权,他就能弄清楚你的每次行动,那你就死定了。”

米姆问:“你能肯定有另外一个家伙存在吗?”

“我当然能肯定。”另一个家伙就是把你的手握得生疼的那位医生。我知道得最清楚。疯劲儿就在那股挤痛中开始了。

“你该不会认为正好有大量的小人物在争取得到比管制他们的制度所允许他们拥有的空间还要大一点的空间吧?”

“当然有这些小人物的,有数十亿”——数十亿,数百亿,一切都太不像话了——“可是还有这么个大人物正设法要把他们全部塞进一个大黑色里。他真是疯狂,所以我们必定也是如此。有一点点。”

她本人就像个医生那样点点头。“这话得体,”她说,“为自由而疯狂。你最近的生活听起来蛮疯狂的,足以让你的自由维持一段时间了。”

“我哪里做错了?我是个他妈的行善者。我收留了这些孤儿。黑人,白人,我说都赶快上船吧。不管肤色和信仰,都赶快上船吧。免费招待。我就是他妈的自由女神。”

“接着它就送给你一栋烧毁的房屋。”

“不错。那是另外一些人。那是他们的问题,不是我的。我觉得正确我就去做。”他想把一切都讲给她听,他想要这张舌头能与他对他的这位妹妹感觉出的爱意保持同步;他想要去喜欢她,然而他在她身上感觉到的却是一种令人敬畏的愚钝,他感觉在太多结论得出的时候他已经不在那儿了。他告诉她:“我学到了些东西。”

“有值得了解的东西吗?”

“我知道了我宁愿去操不愿被吸。”

米姆从下嘴唇取掉一个碎屑,好像是烟丝,可香烟是带过滤嘴的。“听起来挺健康,”她说,“虽说挺不美国的。”

“我们还经常读书。互相大声朗读。”

“哪类书?”

“我不知道。奴隶。有点儿像是历史。”

穿着红条纹小丑服的米姆哈哈大笑。“你又回到了学生时代,”她说,“真讨人喜欢。”她过去的分数是比他高,甚至她开始和男生交往后也如此:A 和 B 压着他的 B 和 C。妈妈那时常对他说女孩子得更聪明点儿,才能与男孩子相匹敌。米姆问:“那么你从这些书中都学到些什么?”

“我懂得”——他盯着某间屋子的一个墙角,想把这话表达正确:他看见餐具柜上方有张蜘蛛网,正在他未能感觉到的某种来自天花板的风中摇摇晃晃——“这个国家并非完美无缺。”甚至于当他把这话说出口时他发觉他也不相信,和他心中相信自己会死的想法相比,不信的程度更甚。他自己也懒得解释了。“说到讨人喜欢,”他说,“你的生活怎样?”

“Ça va。那是法语,意思是还过得去。”

“有人包你,还是每晚换一个新的?”

她望着他在细细考虑着。出自本能反应的愠怒的光芒突然涌上她那化了妆的眼睛。然后她呼出一口气放松下来,似乎要做出最后的结论了,好啦,他是我的哥哥嘛。“都不是。我是个职业妇女,哈利。我在提供一种服务。那边的服务方式,我不能向你描述。他们都不是坏人。他们有规章条例。条例并非非常有趣，但也完全不是把你的手伸进火里以报答天国的那种。它们更像是，在宿醉中骑着训练自行车。那些人相信平展的腹部肌肉于是就通过排汗排出异物。他们不想携带太多的流体。你可以称他们为清教徒。流氓都是清教徒。他们观念狭隘，态度强硬，因为偏离开笔直的小道你就活不下去。他们制定的另外一条规章是，为你的索取付出报酬，因为任何免费的东西下面都藏有一条响尾蛇。它们是生存规则，要在沙漠里生活下去的规则。情况就是如此，沙漠。小心点儿，哈利。它正在向东移动。”

“它就在这儿。你该看看布鲁厄市中心，到处都是停车场。”

“但是这里长出来的东西你都可以食用，而太阳依旧算得上是朋友。在那边，我们就恨它。我们生活在地下。所有的酒店旅馆都在地下，只配装有几扇漆成蓝色的窗户。我们最喜欢深夜时分，大约凌晨三点，那时大家的钱财都涌到赌桌。那些面孔真好看。哈利。像圆形筹码一样硬邦邦毫无表情。数千元出出进进而无动于衷。你知不知道回到这儿看着那些面孔我感触最深的是什么？它们竟如此温和宽厚。上帝呀它们的表情温和而宽厚。在我看来你表情宽厚，哈利。你很宽厚，仍然经受得起，而爸爸宽厚但却已腰弯背驼。假如我们不把詹妮丝弄回来垫你的背，你也会腰弯背驼的。转个弯儿思想吧，詹妮丝性情不温和。她个性强硬得像坚果。正因为如此我一直都不喜欢她。我确信我现在喜欢她了。我该去见见她的。”

“当然了。去吧。你们可以交换一下彼此的经验。也许你可以在西海岸给她找一份儿工作呢。她老多了，但舌头还是蛮中用的。”

“那正是你的焦虑之所在。”

“人无完人。你又当如何？你是有特别嗜好，抑或是来者不拒？”

她坐直身子。“她真的伤了你的心，是不是?”说完又放松身体恢复原状。她饶有兴趣地凝望着哈利。也许她并未料想到在他身上竟蕴藏着这么多愤慨的能量。起居室一片漆黑，然而从屋外传到他们耳边的吵闹声说明孩子们仍在阳光下玩耍。“你的性情温和，”她哄骗着说，“就像落叶下面的鼻涕虫。在那边，哈利，没有树叶。人们都长出了这种晒黑的壳。我就有一个，看吧。”她拉起细条纹短上装，露出了褐色的肚皮。他努力想象其余部分，想知道是否她的阴部被染成蜜黄色以与她头上的毛发相配合。“你从未看到过他们在外面晒太阳，然而他们的皮肤却是黄褐色的，腹部肌肉平平展展。他们的一个共同缺陷是，腹内依然柔软温和。他们就像那些我们过去不曾喜欢的巧克力糖，那些奶油夹心巧克力糖，记不记得在影剧院我们是怎样从他们送给我们的圣诞节礼盒里挑选东西吃的?只取出方块糖和包着玻璃纸的卡拉梅尔糖①。其余的我们不喜欢吃，那些外表是深棕色的圆糖，里面却让人讨厌。但是那正是人的模样。它使每个人都感到窘困，然而他们却需要挤出乳液。男人们的精力需要慢慢耗干。就像沸腾状态。而且女人们也是如此。你问我的特别嗜好，那就是，我榨取他们的琼汁。我允许他们把五脏六腑都泼洒在我身上。它可能是肮脏下流的活计，但通常是公正诚实的。我到那儿去是想当名演员，而且从某种程度上讲我也达到了目的，只不过我一次只能接纳一个观众。从许多方面来讲这样一来会更亲密一些。事实就是这样。再给我讲讲你的生活情况吧。”

“我做过这台机器的保姆，但是现在他们令这台机器退役了。我做过詹妮丝的保姆，但是她霍地跳起来一拍屁股走了。”

---

① caramel，一种有焦糖味儿的耐嚼奶糖。

“我们会把她弄回来的。”

“别费心了。然后我做了纳尔逊的保姆，而他却对我恨之入骨，因为是我让吉尔死的。”

“是她自找的。说到这一点，那也正是我真诚喜欢这些小青年的地方：他们在努力把它干掉。即使在此进程中丢掉了自己的性命也在所不惜。”

“干掉什么？”

“温和宽厚。性生活，爱情；我本人，我的一切。他们正在里面干呢。我没有三十岁以下的性伙伴，信不信由你。他们正在用毒品将它烧毁。他们立志将整个儿自己弄得冷酷无情纯洁无辜。噢，就像蟑螂。那正是在沙漠中生存下去的方式。做只蟑螂吧。对你而言太迟了，对我也有点儿迟了，然而一旦这些小青年将它组装了起来，就不会有自我戕害了。他们将以毒品为生。”

米姆站了起来；他也跟着站了起来。尽管她个头很高，而且女性特质和化妆品把她衬托得更为丰满高大，但是她的前额仍只及他的下巴。他吻了吻她的前额。她把脸往上一仰，闭上矿泥蓝色的眼皮，任人再次亲吻。爸爸那松弛的嘴巴放在妈妈清秀的鼻子下面。他告诉她：“你真是使人浑身生劲儿的娘儿们。”说罢就匆匆轻吻她那干干的脸颊。芬芳的文具。她脸颊上的一丝微笑催促着他的双唇。她和他融为一体，这块混合体在不停地抖动着。

她从侧面抱住他，拍拍他腰部的脂肪。“我放荡不羁，”米姆坦白说。“我像兔子·安斯特朗一样不卖弄炫耀，但是我在以我的文静方式结交朋友。”她使劲儿搂紧了，就这样拥抱着走到楼梯口，再走上去抚慰他们的双亲。

第二天，星期四，当爸爸和哈利回到家里时，米姆携妈妈和纳尔逊坐在楼下餐桌旁，过喝茶边开怀大笑。“爸，”纳尔逊说，自星期天早上以来这是第一次没有问他就首先对他父亲开口说话，“你知不知道米姆姑姑曾在迪斯尼乐园工作过？给他演一下亚伯拉罕·林肯，求你再演一次。”

米姆站了起来。今天她穿着一件灰色短针织衫；黑色裤袜暴露出她那削瘦、小腿外翻两膝异常内靠的双脚，还是她儿时的那双腿。她摇晃着向前走，像是走向讲桌。她从一只虚假的胸前口袋里取出一张想象中的纸片，哆哆嗦嗦地拿到她的双眼能集中眼神把它看清的地方。那说话声似乎是出自喉咙里沙沙作响的磁带：“八哦十哦七年啊前①——”

纳尔逊笑得从椅子跌倒在地，然而他那谨慎的双眼在一刹那间察看了父亲的脸色，想看看他是如何理解的。兔子哈哈大笑，爸爸发出了一声表示赞赏的吼叫，甚至于妈妈也被逗乐了：不过她的面庞上那因不知所措而发窘的严肃表情转变成了有意的憨相。她的笑声使兔子想到了幼儿的笑声，它不是因为笑话而笑，而是为了加入其余人笑的行列，为了赶上去在众人面前显出通人情的一面。为了使笑声保持不间断，米姆就扮作与真人一样大小的迪斯尼玩偶，在摇晃颠簸的恍惚状态中多摆出两个杯子和茶碟，摇摇摆摆，点头示意，把一只杯子不是放在茶碟上而是放在纳尔逊的头顶上，甚至为了使滑稽场面继续进行，她把一些热水不是倒在茶杯里而是倒在餐桌上；热水冒着蒸汽，流到妈妈的手肘上。“住手，你把她烫

---

① 原文 fow-er scow-er and seven years ago-，实际句子应该是 four score and seven years ago。此句出自美国总统林肯于 1863 年 11 月 19 日在葛底斯堡国家公墓落成典礼上的简短演说，林肯讲到：“八十七年前，我们的先辈在这块大陆上建立了新的国家，……使这个民有、民治、民享的政府永世长存。”葛底斯堡是宾夕法尼亚州南部亚当斯县的自治镇。美国内战期间，于 1863 年 7 月 1 日—3 日南北军队在此地决战，以北军的胜利而告终。米姆如此模仿表演无非是在理想（自由）和现实（压制）的巨大反差面前的自我解嘲。

着了!”兔子说着,就抓住了米姆,然而她的肌肉所具有的弹性使他感到震惊,肌肉已为此滑稽片断变成了可塑性物质而非她本人的了,你尽可以将它捏弄成任何形状。他一阵害怕,就轻轻把她摇了摇,于是她就变成了人,能干的妹妹,她把餐桌揩干,刷刷地把屁股从餐桌扭到炉旁,料理起他们所有人的晚餐之需了。

爸爸问:“迪斯尼都让你干的什么活儿,米姆?”

“我穿上一点殖民时期的流行装束,领着人走过仿造的弗农山①。”她行了个屈膝礼,接着两只手做作地一齐指向旧煤气炉,炉子包着铁皮,炉门上有个起了裂纹的云母窗。“我—们的国—父②,”她用甜润、响亮、白痴的嗓门解释说,“他本人就从—未做过父—亲。”

“米姆,你曾经和迪斯尼本人见过面没有?”爸爸问道。

米姆继续着她的表演。“呈现在我们眼前的婚床,从一个横档到另一个量出有五英尺四又四分之三英寸宽③,而从床头竖板到床脚竖板是差两英——寸就七英——尺长④,一张彼时巨——人之床,那时大多数绅士的身高不超过暖床器⑤。在这儿”——她从留有苍蝇屎的墙上摘下一只塑料苍蝇拍——“你们就看见一只暖——床器。”

“据我看,”由于没有得到回答,爸爸就自言自语说,“大萧条时期与其说是罗斯福⑥不如说是迪斯尼防止了国家落入共党之手。”

“这些微——小的孔,”米姆举着苍蝇拍,还在解释,“是被设——计来

① Mt. Vernon是乔治·华盛顿的旧居名。

② 指乔治·华盛顿(George Washington,1732—1799),美国将军、政治家、首任总统(1789—1796)。

③ 通过换算得知,床宽1.64米。

④ 通过换算得知,床长2.08米。

⑤ 原文warming pan,睡觉前用来暖床。

⑥ 原文FDR,是罗斯福总统全名(Franklin D Roosevelt)的缩写。

散——发热量的，所以当我——们的国——父和他那钟——爱的玛——撒[1]爬上床时就不至于蒙——受寒气的侵袭。这”——米姆用两只手做了个手势指向挂在墙上的维里蒂印刷厂馈赠的挂历，已翻到了十月，是个龇牙咧嘴的杰克灯[2]——“就是玛——撒。”

纳尔逊仍在开怀大笑，但是该收场了，接着米姆就此罢休。她在父亲的额头上匆匆轻吻了一下就问他：“今天的皮卡王子[3]怎样？记不记得，爸爸？那时我总以为皮卡那地方有斜塔呢。”

“在布鲁厄北部某个地方，”纳尔逊告诉她，“我忘了确切的地点，有某个公众场所自称为比萨斜塔。”孩子等了一会儿想看看这句话是否好笑，然而尽管餐桌周围的成人都有礼貌地笑了，他却认定这句话很一般，就闭上了嘴。他的双眼又变得谨慎小心了。“我可不可以离开？”

兔子突然问道：“你到哪儿去？”

“我的房间。”

“那是米姆的房间。你什么时候让她住进去？”

“随时。”

“为何不去屋外？在周围踢踢足球，看在老天爷的份儿上，做点有益的事儿。把自怜之情赶出躯体吧。”

“让。他一人去吧。”妈妈开了腔。

米姆解围说：“纳尔逊，你什么时候让我见识见识你那大名鼎鼎的童式车？”

“车不太好，老是出毛病。”他细细观察着她，那可能的玩耍伙伴。“你

---

① 原文 Martha，华盛顿之妻。

② 原文 Jack-o-lantern，指把南瓜挖空并雕成人面形的东西。

③ 原文 Prince of Pica，指终生从事印刷之人，此处指厄尔。Pica 指西文 12 点活字。

穿这种衣服是不能骑的。”

“西部那边，”她说，“大家都穿着时新的针织品骑摩托车。”

“你骑过摩托？”

“一直在骑，纳尔逊。我经常给一帮地狱天使①当训导②。晚饭后我们开车过去看看你的车。”

“那不是孩子的车，是别人的，”兔子告诉她。

“吃过晚饭天就黑了，”纳尔逊告诉米姆。

“我喜欢黑夜，”她说。他得到了保证，就迈着沉重的步子上了楼，连父亲都未理睬。兔子顿生妒忌之心。米姆已看得明白，毕业后这些年里，他所缺少的，正是如何驾驭人。

妈妈端起茶杯，啜了一口，又放了下来。一次冒险而勇敢的表演。她在为某事感到自豪呢；他能通过她的就坐姿势——腰背挺直，脖颈伸长，而明白其意。她的头发在脑袋周围梳得匀称整齐。匀称整齐而又几乎泛光。“米姆，”她说，“今天出访去了。”

兔子问：“拜访谁？”

米姆回答：“拜访詹妮丝。在斯普林格汽配厂③。”

“嗯，”兔子离开餐桌向后一倒，座椅腿就嘎嘎作响。“那个小笨蛋都为自己找了些什么借口？”

“没找借口。她不在那儿。”

“她到哪儿去了？”

---

① 原文 Hell's Angels，指横冲直撞的年轻摩托车骑手。

② 原文 den mother，由成年女子担任的，幼年童子军小队的女训导。

③ 斯鲁林格最早收购旧车翻新后销售，当时叫车行（lot），而今兼营丰田车销售，因此将 Springer Motors 译作“斯普林格汽配厂”。

“他说见律师去了。”

“是斯普林格老头儿这样说的?”恐惧悄悄溜进他的胃里,在轻轻地咬他。法律。长长的白色信封。然而他赞许米姆的想法,到那儿去,穿上她的某套戏装站在丰田车图样前面,就像一把插进斯普林格帝国心脏的鲜艳夺目的刀子。米姆,他们的秘密武器。

“不是,”她告诉他,“不是斯普林格老头儿。是斯塔夫洛斯。”

“你在那儿看见了查利?哈。他的脸色怎样?垂头丧气?”

“他带我出去吃午饭。”

“去哪儿?”

“我不知道,在黑人区的某个希腊餐馆。”

兔子不禁笑了。看到他周围的人已经死亡或即将死亡,他不禁发出了笑声。“等着吧,他会告诉她的。”

米姆说:“我不太相信他会。”

爸爸反应迟钝,接不上话头。“我们在说谁呢,米姆?那个把詹妮丝迷住的油嘴滑舌的饶舌者?”

妈妈的脸在盲目搜寻着,她的双眼睁得大大的仿佛正憋得透不过气来,然而那张嘴巴却在愉快中艰难地蠕动着。他们在焦虑中都闭口不言了。“她的情人,”她宣布说。一种可怖的感觉刺痛了兔子。

爸爸说:“好啦,在这场混乱局面中,我自始至终都缄默不语,哈利,别以为不存在诱惑我去管闲事的东西,而是我要保持沉默,但是据我看情人就是指在任何时候都爱着某个人的人,而据我所知这个希腊佬只知道追逐屁股。屁股以及斯普林格之名。原谅我这样说。”

“我认为,”妈妈颤巍巍地说,脸上依然闪着光彩,“这样不错。知道了詹妮丝有。”

“一个屁股，”米姆终于替她说完了这句话。在兔子看来，这两个人，爸爸和米姆，正在恶作剧地使躺在坟墓边缘的妈妈腐化堕落。他冷冷地问米姆：“你和查斯都说些什么？”

“噢，”米姆说，“说话呗。”她把套着针织物的臀部从餐桌上扭开去，她一直把桌子当作酒吧间的高脚凳来坐。“你知道吗，他有风湿性心脏病？他随时都可能死去。”

“非常可能，”兔子说。

“那种江湖骗子，”爸爸说罢，咆哮着把牙齿推回原地，“能活一百岁，而所有体面有人性的美国人都被他们所埋葬。别问我世道为何会如此运转，主必定自有道理。”

米姆说：“我看他性情温和。而且非常明智。而且对你们大家比你们对他的态度要更加友善些。他对詹妮丝非常体贴，他也许是三十年来第一个把她当作一个人而给予认真关心的人。他在她身上发现了许多东西。”

“一定是用了架显微镜。”兔子说。

“而你呢，”米姆说着，就转过身，“他认为你差不多是他迄今所知的最大的怪物。他弄不懂你为何想要詹妮丝回去但却又不来接她？”

兔子耸了耸肩：“太骄傲或者太懒了。我不信奉武力。我不喜欢拉拉扯扯的把戏。”

“我的确给他讲过，说你是个性情多么温和的哥哥。”

“若能克制住，他连个苍蝇都不会打的，从前常叫我发愁，”爸爸说，“仿佛是我们生了个姑娘却并不知晓。是不是这样，老伴？”

妈妈费力地说：“不是。都是男娃脾气。”

“既然是那样的话，查利就说，”米姆继续说道。

兔子打断她的话说："都叫'查利'[①]了。"

"既然是那样的话，他就说，他为什么要赞成战争？"

"他妈的，"兔子说。他比他体验到的还要厌烦和焦躁。"任何有判断力的人在任何情况下都会赞成这该死的战争。他们想打仗，我们不得不打。有别的选择吗？有吗？"

米姆试图平息她哥哥那正在升腾的怒火。"他的看法是，"她说，"你喜欢任何可能使你争得自由的灾难。詹妮丝离开家你喜欢，你家房子烧掉了你喜欢。"

"还有如果你不再去见这个滑头滑脑的讨厌鬼，"兔子说，"那我就更喜欢了。"

米姆目不转睛地盯着他，这一盯能把一千个男人的嚣张气焰都给煞住。"正如你刚才所说。他是我这种类型的人。"

"一个流氓，对不？难怪你要出门在外把自己往停尸房里送。你知道像你这样的派对雏儿到哪儿去上发条[②]？在验尸官的报告里记载着，何时你服用了太多的安眠药片何时电话铃声停止鸣叫，何时流氓们会发现性伙伴们囊中羞涩。你已陷入严重的困境之中了，妹妹，而且全世界的斯塔夫洛斯们也无济于事。他们已经把你定死在你现在的位置上了。"

"妈—妈，"米姆大声哀求道，出于原始的本能她向坐在餐桌旁打盹儿的身体虚弱的病人呼吁求助，"要哈利住嘴。"接着兔子就想了起来，他们从未拌过嘴的说法只是个神话，那原是他们的家常便饭呢。

---

① 查利或叫查斯(Chas)。直呼其名是熟人之间才有的。

② 原文 wind up，暗指性活动。

当爸爸和哈利第二天下班回家时，安装着纽约车牌的多伦纳多没有停在家门前。那是哈利最后一天上班。米姆一小时后回来了，此时兔子已经把晚餐排骨放进烤炉；他问她到哪儿去了，她就把她的条纹布大包往陈旧的坐卧两用沙发上一放，回答说："噢，到处转转。重访儿时故地。闹市区如今的确令人遗憾，是不是？清一色铺上沥青层的停车场和留着埃弗罗发式的黑人。还有油地毡商店。不过，我做了件善事。我在下韦泽街卖左派报纸的那家商店门前停车买了一磅花生。信不信由你，布鲁厄是仅存的能让你买到带壳优质花生的地方。还是热的。"她胡乱地把包抛给他；他用左手把它抓住，他俩在起居室闲聊时他就剥花生吃。他用花盆来装壳。

"这么说，"他说，"你又去见斯塔夫洛斯了？"

"你叫我别去嘛。"

"我给你什么，有什么大不了。他的情况怎样？仍然揪着心？"

"他的精神真是感人。仅那支撑自己身体的方式就感人至深。"

"呜——呜。你又把我数落了一阵吧？"

"没有，我们很自私，只谈我们自个儿的。他把我看得很透。我们第一杯酒才喝到一半，他就透过那副带色眼镜把我上上下下打量了一通后说：'你在干那一行对不对？'给我一颗花生。"

他手掌向下丢下一把；颗颗花生连续拍打着她的胸部。她穿着一件皱巴巴的小衣裙，在前襟从上向下缝满了纽扣，其图案是模仿蜥蜴皮设计而成的。当她把双脚往上置放在踏脚凳上时，他清楚地看到了那连袜裤的裤裆。有三种潮流：把内裤穿在里面的、套在外面的以及不穿内裤的。米姆看来属于第三种潮流。她举止懒散轻浮；虽然化的妆仿佛是新涂抹上去的，正发着耀眼的光亮，但那对眼睛却温和宽容。"那就是你们的全部活动?”他问,“只吃顿午餐。”

“那—那就是全部了,老—老—老兄。”

“你一直想说明什么问题? 我原以为你回到东部是来帮助妈妈的。”

“帮助她来帮你。我怎能帮得了她,我又不是医生。”

“唔,我的确欣赏你的帮助,就这样玩儿我老婆的男朋友。”

米姆仰望着天花板哈哈大笑,哈利瞧见她下颚下面的马蹄形曲线,那闪闪发亮的白色喉部突出部位仿佛被一把刀割断了,那笑声戛然而止。她认真、放肆地研究着她的哥哥。“假如要你做出一个选择,你愿意谁跟他上床? 她还是我?”

“她。詹妮丝,也是我一直能做的选择,我是说有这可能;但是你呢,是决不行的。”

“我知道,”米姆喜形于色地赞同道,“世界上所有男人中,只有你不得越轨。你和爸两人。”

“那么那又会使我看起来怎样呢?”

她目不转睛狠狠地盯着他,想出了一个单词来作回答:“荒谬可笑。”

“我也这么想。嗨,天哪。你今天真的和斯塔夫洛斯搞上了? 还是你只想惹我生生气? 你到哪儿去了? 难道詹妮丝在办公室不想他?”

“噢——他可以说是出门谈生意什么的,”米姆现在感到腻味了,就主动说,“他或者就告诉她别管闲事。欧洲的男人都是这副脾气。”她站起身,摸了摸蜥蜴皮衣裙的前襟上所有的纽扣,确信都是扣好了的。“咱们去看看妈。”米姆补充说,“别苦恼了。几年以前,我就立下了一条规矩:和一个家伙只搞三次。除非投入进去后能尝到点儿甜头。”

那天晚上,米姆给他们都穿戴整齐,然后领到外面就餐,是去南边球场方向吃德式瑞典自助餐。尽管妈妈的脑袋上下不停地晃动并且在切苹果馅饼皮时颇费周折，但是她吃得相当好，同时喜形于色：他和爸爸怎么就从未想过要弄她走出家门呢？他对自己的愚蠢愤恨不已，接着当他们各自要上床就寝时——她回到她原来的房间，纳尔逊现在就和他睡——他在走道上告诉米姆："你不过就是那个小小的和事佬小姐嘛。是不是？"

"是的，"她厉声说道，"而你恰恰就是大大的捣乱鬼先生。"她开始当着他的面解纽扣。他刚一转过脸去她便关上了房门。

星期六早晨她开着多伦纳多带纳尔逊去福斯纳希特家；詹妮丝和妈妈已经安排好，她和佩吉将一整天都陪着孩子们做点事情。尽管从佳济山到西布鲁厄开车只需二十分钟，可是米姆一个上午都不见踪影，直到两点过后才返回家。兔子问她："情况怎样？"

"什么情况？"

"别兜圈子了，说实话。他的床上功夫的确很棒，还是凭你的经验只能算是一般水平？我此刻的看法是他必定有什么地方不对劲了，否则当他有这么多时新小妞儿可干时为何偏偏要缠住詹妮丝不放？"

"或许詹妮丝有些神奇的品质。"

"咱们还是来谈谈他吧。以你的经验而论。"他想象着所有男人已经为她焊接成了一个人，面孔说话声胸膛和手都焊接成为一堵喃喃低语的粉红色墙壁，就像当初他一度觉得那些篮球赛的所有观众都化作了一个尖叫着的见证人，而这个见证人就是世界。"就你那广阔的经验而论，"他描述说。

"你为什么要跳来蹦去对别人挑三拣四却不去护理好自己的园子？"米姆问。当她在那套小丑行头里转身时，她的下半部就成了一道有水平劳动布横条的门扇。

“我没有园子，”他说。

“因为你一点儿也不曾护理过。别人都过着一种他们努力在用些条条框框围起来的生活。你只做你想要做的事然后一旦毁掉了房子生活破败了你就坐在那儿板起面孔。”

“天哪，”他说，“我一天又一天去上班都上了十年。”

米姆轻而易举接过话头：“你喜欢这样。那是最容易干的事。”

“你知道，你在开始让我回想起詹妮丝了。”

她转动着，那扇门打开了。“查利告诉我说詹妮丝非常出色。是一位真正奔放的女人。”

星期天米姆一整天都呆在家里。他们开着爸爸的旧雪佛兰小车出去兜风，来到了采石场，是他们从前经常散步的地方。从前被遍地分布的雏菊尽染成白茫茫一片接着又是黄灿灿一片，如今成了住房开发区；整个采石场地面上只剩下那个巨大的灰色石洞。加工水泥的那些像绿野仙踪中的塔似的工棚和滑槽已荡然无存，还有孩子们从前经常捉迷藏吓唬他们自己的地方即山洞口已经用推土机推来的泥土和生锈的波纹铁块封死了。妈妈声称。“可怕的事情也经常在那儿发生。男人和男孩子他们在华伦大街外那搭着铝棚的路边小餐馆里就餐，高架桥依稀可见，不过这次屋外就餐不如上次成功。妈妈不愿吃东西。“没有胃口，”她说，然而兔子和米姆都认为其根源在于隔间很近光线充足于是她就不想让人看见她笨手笨脚的吃相。他们去看电影。《缸报》的影视页上做广告说：《我是好奇的黄色》[①]、《午夜牛郎》、双场放映的《堕落了》和《马戏团》（姑娘们从前可从未像这样闹着玩儿！）、一部片名为《好》的瑞典 X 级电影以及《有趣的

① I Am Curious Yellow，1967 年上映的一部著名 X 级瑞典影片。

姑娘》。《有趣的姑娘》听起来更像是同一类电影,可是片中有芭芭拉·史翠珊;必定会有音乐的。他们选定六点三十分的晚场。妈妈闭目睡觉,爸爸站起来在影剧院后排以颇有穿透力的嘀咕声和引座员聊天,直到稀稀疏疏的观众中有一人大声“嘘”了一下才住嘴。散场时,灯都亮着,三个阿飞向米姆暗送秋波,兔子向他们伸出中指以示轻蔑。在街上,妈妈眨巴着眼睛说:“还不错。但是真正的范妮。长得很丑。却穿得时髦。还有一个流氓。她总是知道尼克·阿恩斯坦因是个流氓。大家。都知道。”

“这对她有好处,”米姆说。

“并非是流氓们在把国家往垮里搞,”爸爸说,“依我看是那些工业家们搞的。巨大的财团。梅隆①家族和杜邦②家族,我们就该把那帮家伙投进监狱里去。”

兔子说:“别那么激进,爸爸。”

“我不激进,”老人安慰他说,“有钱了你才能激进。”

星期一,阴天,是哈利失业的第一天。他七点钟醒来但是爸爸独自离家上班去了。纳尔逊和他一块儿走了;他仍在西布鲁厄上学,还得在韦泽街换车。米姆十一点左右出门,她没说要去哪儿。兔子在浏览布鲁厄《凯旋报》上的招聘广告。会计师。受到训练的行政管理人员。喷漆学徒工。汽车机修工。酒吧侍者。即使有尼克松执政期的大萧条,整个世界也仍然处处有工作的机会。他接着往下看,略过保险代理人和程序编制员,他

---

① 梅隆(Andrew W. Mellon,1855—1937)美国金融家、慈善家、财政部长(1921—1932)。至 20 世纪 20 年代初成为美国最大富翁之一。1932—1933 年间任美国驻英国大使。他是美国第一流的艺术品收藏家。他捐献油画和金钱,建立起国立美术馆。

② 杜邦(Pierre Samuel du Pont,1870—1954),美国制造商,第一次世界大战期间最大的军火商。然后杜邦购买了通用汽车公司的大量股票,从而于 1919 年当上该公司董事长与总经理。他曾捐出 600 万美元使公共学校现代化,另 100 万美元捐给州立大学。

看到一溜推销员，随后他转到滑稽连环漫画。该死的“3—G[①] 公寓”：他感到和那些姑娘们已经同居了多年，他什么时候准备去看看她们脱光衣服后的模样，那个艺术家在浴室里一直在用一对赤裸的肩膀戏弄他，裸露的双腿摆放在最为显著的地方，由饰边勾勒出的两腿分叉处扑面而来，他频频瞥见那解开的奶罩丝带。他在心里盘算着：维里蒂付出两个月工资之后他就有了三十七周的福利救济，然后就可以指望爸爸的退休金了。如今正如濒临断气之时，可他们就是不让你一命呜呼，他们用输液法永远维持着你的生命，否则你就会成为他们的一个障碍。他接着浏览那些离婚诉讼，还没有看到他本人的，于是就上楼去看妈妈。

她正挺着胸坐在床上。双手静静地放在加软衬料后缝制的床罩上面，这是她自己母亲的遗物。电视机也是静悄悄的。妈妈盯着看那窗外的枫树。它们已经落掉了足够多的树叶，所以这儿的光线似乎很刺眼。令人难过的气味儿愈加明显：世俗的污浊和药物的薄荷味儿混合在一起。为免去她要下楼去走廊之苦，他们在散热器旁边放了一个便桶。为给她的生活输入一点活力，他重重地往床上一坐。她那罩着一层青白色薄雾的双眼就睁得大大的了；嘴巴蠕动着但只是流出唾液。“怎么啦？”哈利大声问道，“情况怎样？”

“噩梦，”她终于说道，“左旋多巴对神经系统。有药效。”

“对帕金森病也有药效。”这句话没有赢得回应。他继续努力，“你从朱丽娅·阿恩特那儿听到些什么？还有，她叫什么名字，迈米·凯劳格？难道她们没来拜访你？”

“我活得够久的了。她们没有耐心。”

---

① G为Girl(姑娘)的缩写。

“难道你不想念她们的闲聊话?”

“我想。当一切都成为事实时。就把她们全吓坏了。”

他试探着说:“把你的梦给我讲一个吧。”

“我正在揭疮疤。全身都是,我揭掉了一块,是在下面的。有虫子。就像你翻开岩石看到的虫子。完全一样。”

“哇。足以使你睡不着觉的了。米姆住在这儿你喜欢吗?”

“喜欢。”

“仍然是个刺儿头,是不是?”

“她竭力想。开心点儿的。”

“我要说,是铁石心肠。”

“一点一点地,”妈妈说。

“哈?”

“演的是一个儿童节目。厄尔让机子开着好让我看。一点一点地。”

“是啊,继续说吧。”

“生活是无法逃避的。一步一步地,生活就艰难了。”

他赞赏地哈哈大笑,笑得连床都弹跳得更厉害了。“你认为我在哪儿出了错?”

“谁说的。你出了错?”

“妈妈。没有房子,没有老婆,没有工作。孩子恨我。妹妹说我荒谬可笑。”

“你正在,成熟起来。”

“米姆说,什么规则我都没学到。”

“你不用学。”

“哈。在任何一种体面的社会里,你并不需要所有这些规则。”

对此她还没有现成的答案。他朝窗外望去。曾经有个时期——离家出走的第二年，以及随后的五年——朴实无华的街道上，高高的树冠依旧，人行道上的石块被枫树根挤压得起伏不平，砂岩护墙和油漆的铁栏杆以及由两家合住的房屋正面砌着砖块，侧面砌着仿制的灰色岩石，那时刻这一切都随着他本人神秘的存在而令兔子激动不已。这些世俗的外观都已经为他的生活做了证；这只圣餐杯已经盛着他的血液；宇宙就以此为中心；每颗旋转而下的枫树种子比星系都更加重要。再也没有了。杰克逊路似乎是任何别处的一条普通街道。数百万条这样的美国街道容纳了数百万条生命，把他们筛落下来，既不关注理会，也不哀鸣悲伤，落得个衰败腐烂，甚至对他们自己的流逝消失也不遗憾伤感，反而用那在所有严寒冬季里饱经风雨侵蚀而瘦削憔悴的外表对着落锤破碎机①做怪相。可是妈妈仍持续和这些枫树亲密谈心，朦胧模糊的蛇形树枝像固定有色玻璃的铅框一样坚定不移地固定在两扇窗户之中，它们也不能通过持续的生命扼制她的消亡；如果最终要拓宽杰克逊路而在明天把它们都砍倒的话，她那已把树木根植于心中的注目凝望也不能阻止它们的毁灭。而且新鲜光线的沐浴甚至会抹平对它们的记忆。时间是我们的基本组成部分，并非是个走错门的入侵者。真是愚蠢透顶，他花了三十六年时间才开始相信这一点。兔子将目光从窗户转过来。总得说话呀。他说："有米姆回家来肯定让爸爸感到愉快。"然而在他沉默不语之时妈妈就已经沉沉入睡了，脑袋滚到了枕头上，血红的鼻孔和亚麻枕套形成了鲜明的对照。

他走下楼去为自己做了个花生奶油三明治，倒了杯牛奶。他感到整座房屋平衡稳定以至于他的脚步声都可能摇醒妈妈并把她摇跌到地狱里

---

① 原文 wrecking ball，指挂在吊车上供拆房等用的铁球。

去。他走进地窖，找到了他的旧篮球，而且更让人惊叹的是，打气筒连同气针依然插在气管嘴里。事物在脆弱之中仍也恪守着信仰。篮板仍安装在车库顶上，但是岁月已经使篮圈生满了铁锈并松了螺栓，因此最初几下狠劲儿的投篮就把篮圈碰得斜到一边。不过他继续不停地瞎捣腾一番之后，他的手感就开始复苏了。跳起轻投，跳起轻投。想象着它恰好翻过篮圈的前沿掉落下来，忘掉那是个圆圈。天地间灰蒙蒙的，这样一来光线是恰到好处的均匀。他想象自己上了电视；真可笑，看见电视机上的职业选手你怎能，仅仅根据他们往上跳跃时身体的某种特征，来判断这一投是否会中。米姆走出房门，踏上偏僻的台阶，沿着水泥小道，向他走了过来。她穿着一套朴素的黑色服装，宽大的直统式翻领，而黑色裙子刚及膝盖。这一套服装只有希腊人才会喜欢。古典派寡妇。他问她："是新买的？"

"在克劳尔商店买的。竟然在偏僻的内地才有，但是那些端庄稳重的东西要便宜一半。"

"你去见了朋友查斯？"

米姆放下女用小包，脱下白色手套招手要球。他念高中时玩二十一点总会让给她十点。作为一个女孩，她在体育运动中拥有速度和双膝外翻的胆量，而且假如所有的荣耀不是全归了他的话，她在体育上还能走得更远。"还有朋友詹妮丝，"她说罢，就投了一球。球未投中但也差得不远。

他将球抛了回来。"弧度大点儿，"他告诉她，"你在哪儿见到了简①？"

"她尾随我们到了餐馆。"

"你俩干了一架？"

"实际上没有。我们都喝了马提尼酒和松香味希腊葡萄酒，喝得酩酊

---

① 詹妮丝的昵称。

大醉。她如今对自己竟然拿得起放得下，这还是个新鲜事儿呢。”她那双滑溜溜转动的眼睛眯缝着注视着篮筐。“她说她想租一套公寓房脱离开查利，这样她就可以带纳尔逊。”这次投篮，球击中了篮板和篮圈相交处，每颗松散的螺栓抖得更松了。

“在那个问题上我要一直和她抗争下去。”

“别发脾气了。不会发展到那一步的。”

“噢不会。你以为自己是个该死的小灵通吗？”

“我在争取。再投一个。”当她把这个脏球猛地推向空中时，她那一对乳房把翻领撞得上下摇动。天上开始落下细雨。若是那儿有球网的话，球就变会刷地一声打在球网上。

“如果詹妮丝也在场，你和斯塔夫洛斯怎能干得成？”

“我们把她送回到她父亲那儿。”

他原本想使这问题粗鲁无礼，不期望得到回答。“可怜的詹妮丝，”他说，“她怎么会喜欢被弄成这副酸溜溜的样子？”

“我说过，别发脾气。我明天就要飞回去了。查利知道，她也知道。”

“米姆。你不能，这么快就走。他们怎么办？”他把手指向房屋。从后面看，这座房子拥有住宅房屋特定的高度，用木头和涂上柏油的墙面板修建而成的后墙摇摇晃晃畏怯羞愧，和临街正面墙壁的坚实牢固极不相配。“你会伤透他们的心。”

“他们知道。我的生活并不在这儿，而是在那儿。”

“你在那儿只有一帮流氓阿飞和染上性病的良机。”

“噢，我们都很干净纯洁。我难道没告诉过你？我们大家对干净纯洁都着了迷。”

“是啊，米姆。给我讲点儿别的事儿吧。难道你对玩男人不曾感到过厌倦？我的本意是”——以显示这个问题是真挚的而非粗鲁的——“我倒认为你会。”

她明白其意，就以姐妹般的坦诚态度对他说：“事实上，是不会的，我不会的。作为一个姑娘我会认为你会的，但如今作为一个女人我发现你事实上是不会的。我们都在这么干。大家都在这么干。当然，有些时候会的，但是尽管那样，也有宜人的东西。人们都想讨人喜欢，难道你没注意？他们非常不乐意成为粪土；但是你总得为他们找到某种出路啊。”

在户外，她那在染色的假睫毛之下的双眼显得比她的年龄所能允许的还要年轻许多—靠近瞳孔的虹膜金光闪闪，褐色的眼睛继承了该家族某个遥远的祖先。“唔，很好，”他有气无力地说道。他想要抓住她的手，对她有所帮助。作为她的哥哥，他，曾经，一直担心假如他撒手不管的话她就会跌进采石场里，可是他撒手不管了，她已跌落下去了，然而如今却说没有什么关系，一切事物都必须跌落。她哈哈大笑，继续说道：“当然我从不像你那样拘谨刻板。记不记得你对拌和到一块儿的食物恨之入骨？当时是豌豆汁沾上了肉。而且那次我告诉你在吞咽之前所有食物都得捣成糊状，像吐出来的东西一样，你就几乎一周都不敢吃东西。”

“那件事儿我不记得了。斯塔夫洛斯真的挺棒，哈？”

米姆从草地上捡起白色手套。“他讨人喜欢。”她一边端详着哥哥，一边用手套拍打手掌。“还有一件事情你该知道，”她说。

“什么事？”他做好了迎接最坏打击的准备，结果却没什么。

“我给纳尔逊买了辆童式车。这倒霉的房子里好像没人记得，可明天是他的生日。他就要满十三岁了，是个少年郎了。”

“你不能这么做，米姆。他会把自己弄死的。在街上骑车在这儿属于违法。”

“我让人把它送到福斯纳希特家。他们可以在停车场上轮流骑，不过车子是纳尔逊的。这可怜的孩子，处境这么糟，实在应该得到点回报。”

“你真是个超级姑妈。”

“而你真是块木头，都不知道天在下雨。”说完之后，她就在这暮色朦胧的毛毛细雨中全速奔跑起来，依然是双膝外翻行动迅速，穿越过狭窄的后院跑上小道，跑到他们那结构简单的屋后门廊的台阶上。他抱着球尾随其后。

在他父母的屋里，兔子不仅仅是可以重新享用花生奶油三明治和可可茶，以及当爸爸和纳尔逊离家的声音消失之后继续赖在床上消磨时光；他还发现自己在忠实地自慰。房间本身在向它召唤：一小间狭长房间他从前常常把它想象为一节火车车厢正被拖曳着穿过夜空。那扇独窗面向房屋之间不见阳光的过道。小时候在这间屋里他能够越过六英尺的空间看到对面那放下的遮阳窗帘，那间屋曾是小卡罗琳·西姆家的。西姆一家都是夜猫子。尽管他高她三个年级，可有些晚上卡罗琳比他睡得还迟，不过他经常透过窗帘周围的几缕光线努力观望她那模模糊糊的脱衣动作。而且通过把脸紧贴在枕头旁边冷嗖嗖的玻璃上他能够透过一个难以形成的对角线望到西姆夫妇的房间里面，有天晚上瞥见了一阵淡红色的骚动，八成是在性交。但是几乎每天早晨都能听到西姆一家在早餐时斗嘴吵架的声音，于是妈妈就常常想知道他们一块儿还会生活多久。以那种方式生活的人是绝对没有性生活的。在那些日子里这间屋里塞满了运动员，绝大多数是棒球队员，他们的照片出现在学校的荣誉牌上：穆西埃尔、迪马格、卢克·阿普林、鲁迪·约克。想起来真是不可思议，有一阵子曾搞过集邮，封面很厚的大型蓝色集邮册，蜡纸做的透明胶纸和蜡纸封袋都胡乱塞满了黑山①和塞拉利昂②盖销的邮票。他那时想象能去世界上的每个国家旅行并且从每个旅行地给妈妈寄上一张明信片，贴上这些邮票。他迷恋着要去旅游的想法，迷恋着奔跑、地理、巴棋戏游戏③和长途考察，以及一切需用棋盘进行的游戏，在那里你可以玩掷骰子游戏和走棋子；火车车厢的意识是如此生动逼真，以至于他几乎能看见头顶上灰黄色的，状似郁金香的灯在随着列车的运行而颤动摇摆。然而旅游在他擅长的比赛中却成为一个讨厌的东西。

他在部队服役时那荣誉牌就从墙上摘了下来。大头钉留下来的斑点被油漆盖住了。郁金香式的毛玻璃被一个发出嗡嗡声忽隐忽现的环形荧光灯所取代。妈妈把他的房间改用来堆放杂物：一台陈旧的手推脚踏辛格牌缝纫机、一堆《读者文摘》和《家庭生活圈》、一盏桥式灯④，那上面的插座弄坏后悬吊着像个耷拉着但仍连在最后一根肌腱上的鸡头，一些令人丧气的画片照的是他从未去过的英国森林和意大利宫殿，从西尔斯⑤买来的折叠帆布床，米姆在家时纳尔逊就睡在那上面。米姆星期二一走，纳尔逊就搬回到她的房间，任凭父亲沉溺于回忆和想入非非之中。他总得去想象某个人的模样，边想象边自慰。随着他的年龄不断增长真人就不再有足够的刺激了。他努力去想象佩吉·福斯纳希特，因为她的模样是最近形成的，而且滋味蛮好，全身都是橡皮糖；但是一想到她，他就想起来他未曾为她做过半点事情，火灾以来就没给她打过电话，就没有过打电

---

① 前南斯拉夫成员共和国名，现已独立为国。

② 一西非国家名。

③ 原文 Parcheesi，似古代印度 25 点棋戏的一种现代棋。

④ 原文 bridge lamp，一种通常有一个可调臂的小型地板灯。

⑤ 原文 Sears，指西尔斯—娄巴克公司（Sears，Roebuck and Co.），美国和全世界最大的杂物零售商，总公司设在芝加哥西尔斯大厦内，它的零售店和邮购处所遍布美国、12 个拉丁美洲国家和西班牙。其地位现被沃尔玛所取代。

话的欲望。他把她的野马扔在地下室只是让纳尔逊把钥匙还给她，他害怕见到她，责怪她引诱了他，那低低的蓝色火焰使得她叉开双腿渴望别人来操她，随后又变成了一堆大火。只要一想到火，他的心就像是被火燎着似的猛地向后收缩。他也不能去想詹妮丝；要不是他躺在床上用手按在她小鸟一样的腰肢上，她就会可笑地完全溶入黑暗之中，他可不敢往黑暗里插。他开始沉湎于设想一位高大健壮举止粗俗的女黑鬼，丰满肥胖但合情合理，身材高大并且阳刚气十足，有点淡淡的胡须，有一颗门牙碰掉了。她总是像一尊笑佛一样骑在他的身上，在他的大腿上慢慢地扭动着她的屁股，有时扑上前来，以致她那一对硕大的暗褐色乳房就像一对带有敏感皮头的拳击手套一样挥舞着打向他的面部。这个魁梧结实的妓女刚刚和他在他的白日梦中分享了一个玩笑；她正在哈哈大笑，于是愉快的心情就在他的胸中轻轻荡漾；于是他俩所在的小屋就不再是间普通小屋，而成了一座高高的阁楼，或许是间粮仓。远处的几扇圆形窗户正在纳入浅灰色的阳光，而那悬挂着绳索的椽子几乎就是个绞刑架。她通常总是在他上面，于是他有时就仰面朝天开始起来。他把他的手指想象成她的嘴唇，但是那最令人兴奋的时刻来临之时他又总是翻过身来把它献给床垫。仰面躺着，他永远也不能射出来；对着天给人的感觉是太具爆炸性了，太激动突然了，也太亵渎神灵了。上帝就在他的那一侧，好像就在基督诞生像的上方张开了他那饰有羽毛的翅膀。最好转过身把它注入地狱。你这个逗人喜爱的大块头紫红色嘴唇的黑人贱货。一颗金牙。

当这位脾性很好的黑妞女神在几经召唤之下仍拒绝表现出足够的活泼生动之时，他就努力去想象蓓蓓。米姆在短暂的逗留期间，一听完他讲的故事，就不假思索地告诉他说，他本该做的一件事就是和蓓蓓睡一觉；这一切都已准备好了，也是他的潜意识所希望的。但是在他的心中蓓蓓的手指骨瘦如柴，犹如象牙一样冰冷无情，而且在她身上找不到一个柔软的洞穴，她通身都是硬壳。还有，她那满脸的皱纹就是被一种使他相形见绌的智慧所烤干的。他正好有更好的运气去制作一部他并未置身其中的电影，想象着另外两个人：斯塔夫洛斯和米姆。他俩是怎样干的呢？他看见她那部猩红的多伦纳多在艾森豪威尔大道那陡直坡面上高速向上飞奔而去，然后在1204号停了下来。他们俩下了车，两扇红色车门猛地关住，发出了软绵绵的碰撞声。他们走进屋门，上了楼梯，米姆走在前面。她甚至不会转过身来预先亲吻一下；她迅速地脱掉衣服。她灵巧自如不拘礼节地站在午间玻璃窗的光线之中，双腿在膝盖处相交，一对奶头凹陷着，红晕圈内分布着小肉粒，而那对乳房(他曾经偷看过她的双乳)，由于未曾哺乳过婴儿，依然如少女一般尚未充分发育。斯塔夫洛斯的衣服就脱得慢点，显得有点儿迟钝。他照顾着心脏，把裤子折叠好，以保持折缝完好，因为他还要返回车行。他的背部或许长满了汗毛：肩胛骨上布满漩涡似的黑毛。他的阳物大概很粗壮，布满青筋，在米姆机敏的戏弄之下笨拙缓慢而又不可抗拒地勃发而起；他听见他们说俏皮话的声音消逝了；他想象午后阴云使盖着透孔织物的餐桌之上的前辈希腊人那乌贼墨色的面孔黯然失色；他看见那人那充血的阳物随着柱状的肌肉一块儿从下面被米姆那布满鼠毛的阴道吞了下去(不，她这儿不是浅蜜黄色的)，看见她那贪婪但没带戒指的手指把他的睾丸狠劲往更深处挤压，挤压进饥饿至极，舒展开来的部位；接着他本人就达到了高潮。小时候，他感觉到这像是一次宇宙飞行，一种扩展到头部的因被挤榨而产生的类似失重的旋转，但如今它成了类似愤怒之情的单调释放，成了对着安全可靠的床单发出的一连串被闷住声音的呼喊，成了向封盖着木板的窗户扔去的石块。在随之而来的寂静之中他听到了丁铃铃的声音，一种被遮盖住的悦耳的颤动，慢慢地就辨别出像是从该房子的另外一半即隔壁传来的一对赤脚男女发出的立体声响。

一天晚上，当他洗净了身子迷迷糊糊地收听广播之时吉尔出现了，她弯下腰搂抱着他。他转过头来亲吻她的大腿，而她却消失了。但是她唤醒了他；那就是她的存在，而且通过死亡状态之中的这个裂缝释放出了一千件细节详情；一绺绺头发，新的表现花样，她胡乱弹着乐器，用那虚弱的嗓音颤抖着唱到最高音。她本人的那些细枝末节曾使他感到些微不快，细细的齿缝，面团似的苍白小腿，情人节礼物一样的屁股所具有的苹果似的光滑细腻，那张无忧无虑的嘴唇四周带着某种正经端庄而又高高在上的神情，她最喜欢穿的那件未曾洗过的衣裙，如今都返转回来成为他回忆的主体。当她躺在床上和月光融为一体时，愉快的时光就恢复如初，她那青春的肉体正萌动着要学会感知，她的神经末梢依然向内卷曲着，就像春天里蕨类植物的头部，未长成熟，生硬冷淡曾使他不快，但那并非她的过错，将自身作为礼物实在是太珍贵了，简直无法奉送，她那天使般的肉体像狗一样接受命令，她轻轻舔着而她原本是会爱上别人的，她等待着，以便通过聆听别人说话而获知其意，她渴望能舒展开心胸。忧虑凄凉重新回到她的面容，令他心碎。这是一种竭尽女儿之道的体贴入微，他曾恳求她收藏起来。为什么呢？他已经退却到麻木不仁的状态之中了，不希望她把他呼唤出来。他还没有做好心理准备，他早已伤透了心。让黑人耶稣拥有她吧，他心肠早已变得坚硬，贱货有十亿而他只有一个。他努力去想象曾经是如此令人愉快的东西，吉尔和斯基特的形象依然如同他曾经在刺眼的台灯灯光之中所见到的那样，但是在此时此刻的幻想中，兔子从椅子上站起来加入到他们的行列，作他们的父亲和情人，然而他们却像印刷机上的墨水和纸张，旋转着碰撞一会儿便各奔东西了。吉尔又回来了。

安斯特朗感觉到了她的存在。当他躺在童年的睡床上的时候,她的呼吸又在他耳畔响起,而这一次他就没有再犯转过脸的错误了,他非常小心地从身边抽出手来,在必定会垂吊着头发的地方抚摸她的发梢。他醒来后发现一只手空悬在半空,于是就失声痛哭起来;悲痛之情从干涸的胃部升腾而起,喉咙疼痛,双眼火辣辣的;一想到她像女儿般孝顺,如绿草般清爽,却又盲目轻率地期望从他那里得到比庇护还要多的东西时,他就闭住双眼,把污迹遗留给不需要擦净的亚麻床单,这些污迹在早晨就看不见了。然而她那呼吸声和鬼魂,一直就存在于此。他一定要在早上告诉纳尔逊。打定了这个主意后他就放宽了心,让他的房间,随着幻觉中的颤动,套接在一台发动机上,费力地向西拖向沙漠,眼下米姆就住在那儿。

"那个婊子,"詹妮丝说,"你跟她搞了几次?"

"三次,"查利说,"就此为止了。那是她的规矩之一。"

这一点点对话今晚就缠扰得詹妮丝睡不着觉。哈利那个婊子妹妹已经回去作妓卖淫去了,可她的影响就像是一剂毒药,一种传染上的疾病留在了查利的身上。他俩干得是如此绝妙完美。天哪,他们从来没告诉过她,她母亲或父亲或求学的护士也没有告诉过她,只是电影曾试图告诉过她,但是它们没能展示清楚,起码到了最近她才知道干那事会有多么的精妙绝伦。有时只是想着他她便会性欲亢进,而在平时他们总是无休止地坚持下去,精彩的是他劲儿来得很慢,他总是一直对着她喃喃低语,把她向她本人兜售。他们称之为一个性交女伴,然而直到遇上查利她才弄明白为什么从她的正面搞不是那么有效,而那正是她对哈利最恼火的地方,因为他没法儿使他俩的肉体挨紧或者给她一点她向往已久的摩擦结果后他反而责备她不能和他同舟共济,它往里面伸得更深,伸往婴儿诞生的地方，伸往万物诞生的地方，如果这和纳尔逊或者和可怜的小贝妮联系在一起的话，她就记得他们是如何说出“用力向前挤”的，可是当你还未曾经历过此事之时，这一切就像是要强逼它出来一样使人难堪，但是接着那疼痛使她感到惊恐万状，她就不在乎是什么东西钻了出来，而那钻出来的是个小婴儿，浑身通红脾气很坏似乎它在她体内正在做着别的事情却被打断了。塞紧你的屁股阴户，她非常不喜欢别人说这句话，男人们在监狱或军队里干的一切真让人恶心，那里唯一的女人就是那些在路边抱着个孩子尖叫着或者蹲着去厕所或不论什么地方的黄种女人。而跟查利在一起，她是把一个性交女伴奉献给他，他正从屁股开始往上重新塑造着她，她整个感觉的基础焕然一新，这就是生命的根基。然而此后，当她试图说出这句话，说他是如何重新塑造了她的时候（有时她觉得他连续重击的方式类似炽热的铁锤在敲打一个铁砧），他就以可爱的姿势耸耸肩佯称那是任何人都做得到的一件事情，一次就像他用火柴棒做小小戏法以逗弄他的外甥的游戏，他让他们把最后一根火柴捡起来，而不顾及那个令人伤心的事实，即在整个广阔的世界里（哈利总是对如此广阔的世界感到发愁，关心诸如星星有多远，向月球发射宇宙飞船，还有什么共产主义者想要把每个人都装进一个黑色大袋里，于是他都无法呼吸了）只有查利能为她做成此事。毫不夸张地说，她就是为他而生的，当她试图向他进行描述，描述他俩是如何独特和神圣的时候，他就用那双神奇的手测量出一小块沉默的空间，就像两个拇指接在一起，把呼吸从她体内拽出来一样，他像从双肩上脱掉斗篷一样轻易回避了这个问题。

“你怎能这样对待我？”

他耸耸肩。“我并没对你怎样。我对她干了。我操了她。”

“为什么？为什么？”

“为什么不呢？放松放松嘛。没什么大不了的。吃午餐时她精明透顶，然而我们一上床她那恒温器就关闭了。就像是拥抱白色的橡胶。”

“噢，查利。给我说明白，查利。告诉我为什么？”

“别指望我了，小老虎。”

她选择他来做爱。她为他做了一切。她崇拜他，她本想大声喊出心中的烦恼，说她再也做不出更多的花样儿了，说肉体实在太有限的。尽管她从他身上索取了她的情人的精液，她还是没能得到证据证明他对于他俩之间情与爱的认识就像她本人的认识一样确凿无疑、毫无保留。她凄惨地——带着抱怨，又颇为得意地——说道：“你知道，我为你放弃了整个世界。”

他叹了口气：“你还可以把它收回来嘛。”

“我毁了丈夫的名声。所有的报纸都对他说三道四。”

“他并不在乎。”

“我使父母丢人现眼。”

他转过背来。和哈利在一起时总是她把背转过来。他很难让人依靠，过于庞大了；正如要抓住一块长满苔藓而且滑不溜唧的岩石一样困难。他为他自己表达歉意说：“小老虎，我精疲力竭了。我整天都感觉到软弱无力。”

“怎么个无力法儿？”

“内心深处的软弱无力。颤巍巍的软弱无力。”

她感到他正从她身边溜走，溜进睡眠之中，这使她勃然大怒，她光着身子猛地从床上坐起来，尖叫着喊出他教给她的情爱话语，一掌打掉衣柜顶上他一个死去的姑婆的照片，宣布说任何一位体面男子明知她不会接受至少也会主动提出要娶她为妻的。她不停地忙活着以打破失眠时回荡在房间里的宁静并使得在下面艾森豪威尔大道上不知疲倦穿行而过的车灯摇晃之后出现的黑暗颤抖不已。从查利屋后看到的景象真让人预料不到，那是跑马河上的一处弯道，犹如织品剪开的口子，那是垃圾场旁边一片沼泽地中的一堆大象肤色的汽油罐，而且，就在一座她从不知晓的修建有一对孪生蓝色圆顶的教堂和一座竖立着铁十字架而非石头十字架的小型墓地附近。正面屋外的车辆川流不息。詹妮丝在布鲁厄近旁生活了一辈子还从未涉足其中，却以为所有地方像人一样会睡觉的，并对该城总是轰轰隆隆的车辆声感到惊讶，犹如她的心脏，即使在睡梦中也在不停地喷涌着爱意。

她清醒了。窗上挂的窗帘变成了银白色。佳济山上的月亮像一块冷冰冰的石头。这床并不是她的，然后她想，从什么时候以来，这床成了她的呢？是七月份。由于某种原因她让查利睡在她的左边；哈利总是睡在她的右边。查利床边那块电动钟表上的夜光指针指向凌晨两点以后。查利在月光中仰面躺着。她摸摸他的面颊，发现是冰凉的。她把耳朵放在他的嘴上却听不到呼吸声。他死了。她断定这一定是个梦。

接着，他的眼皮仿佛是由于她的触摸而颤动了一下。一对眼球在微弱冷淡的月光中似乎没了瞳孔，真正成了视而不见。月光在遥远的眼睛上那遥远的眼角里的一小汪水中闪闪发亮。他正在呻吟，詹妮丝明白了她正是被这声音弄醒的。这种声音不是自由自在发出的而是发自胸膛深处某种沉重的抑制机构。看见她醒来了并撑着一只手肘注视着他，他便说道："喂，小老虎。疼死我了。"

"哪儿疼，亲爱的？在哪儿？"一股热气从喉咙处腾地往上一蹿，她顿时感到火辣辣的。房里的全部空间，从所有墙角到正中，似乎成了块水晶，她错走一步就会摔得粉碎。

“在这儿。”他似乎想指给她看，但是无法移动双臂。然后整个身体动了起来。他起身向上成为弓形，仿佛是被他身外的某种看不见的力量拉扯而成。她环视房间四周想找出折磨着他俩的那个无言的神灵，却又再次看见了打上印记的带着饰边的窗帘和交叉编织着的团花全都映衬在街灯的蓝光之中，并在衣柜镜子的反射蓝光中看见了装在镜框里的姑母舅母、叔叔伯伯、侄儿外甥的那些安分守己、表情茫然的轮廓像。呻吟声又传了出来，而且在痛苦地向上弯曲：一条鱼在内心深处，被钩上了。

“亲爱的，有没有药片？”

他从牙缝中挤出几个字来。“白色小片。搁架顶层。浴室陈列柜。”

拥挤的房间随着她的惊慌而颠簸摇晃。地板在她赤裸的脚下倾斜起来；在可耻的那一幕之后披上的睡衣责备地轻拍她灼热的皮肤。浴室门卡得紧紧的。门框的一边重重地撞了一下她的肩膀。她无法找到开关线，一只手便在黑暗中胡乱摸索起来；她摸到了，但它却又荡开了，而当她等着它荡回来时，查利的呻吟声，又在黑暗中响起，而且更严重的是，发出的声音非常憋闷。开关线触到了她的手指，她就顺势一拉；灯光突然向她的双眼袭来，她感到双眼迅速收缩以致有点儿疼痛，然而她连眼都没眨一下就去寻找那白色小药片。陈列柜里的药很多，所有的药片都是白色的。不，一种是阿司匹林，另一种是黄色的，而且透明，这是一些胶囊，里面装有一百颗足以炸毁枯草热病症的小炸弹。在这儿：这个一定是；尽管小广口瓶上没贴标签，但是塑料挤压盖显示出它很重要。每粒药片上都有小小的红色印字，但是她却等不及去细看。她的双手颤抖得很厉害，一定没错。她把小广口瓶向手掌上一倾斜，五片就匆忙溜了出来，不，是六片，她纳闷她怎能浪费时间去数呢，于是就尽量让一些溜回到小小的圆形玻璃嘴里但是她的整个身体正颤抖得很厉害以致于关节都闭锁住了以便把她紧紧地连接在一起。她去找玻璃杯没找到,就把喷水洁牙器[1]的方形盖取掉,然后呆头呆脑地让水龙头的水往外流,以便把水晾凉,关上时却弄湿了手掌,于是那儿的药片一片模糊。药片软化并弄脏了窝成杯状拿着药片的皱巴巴的皮肤。她得把所有东西都拿住,药片和正在溅水的洁牙器盖,腾出另一只手来关上浴室门以控制住灯光别照着了查利。他把枕在枕头上的大脑袋痛苦地向上抬起一英寸,仔细看了一下手掌中正在溶化的药片然后费力地说道:"不是这些药。白色小片。"他做了个怪相似乎想笑一笑。他的头又沉了下去。喉咙的肌肉绷得紧紧的。此刻他发出的声音高了八度,很像女人的声音。詹妮丝发现她没有时间再返回去寻找了,他的音调升得太高。她发现这病远非化学药力所能及的;这纯粹是情绪原因,她一定要创造一个奇迹。她的身体感觉像铅一样沉重地压在骨头上,她记得哈利告诉她说她常有死亡的印记。但是来自于她脑后的一种压力像是别人猛击过来的一巴掌,随着一声像是他自己吼出的哀号声,把她抛向前方,紧接着她就强迫自己弯下身俯在那如此频繁地压在她身上的肉体之上;他已经变成了一个巨大的洞,只有她那股疯狂的爱情才能填满。她运用意志的力量使她的心脏穿透了骨头墙壁把心律给予他。他咬紧牙关吐出"天哪"就使劲往上顶着,她仿佛正在亢奋之中而以极大的冷静情绪把他又按压下去,她的躯体就足够沉重的了,而她的体温湿度和脉搏更为强大足以止住这个伤口即这整个男人,他的长度和宽度得到了爱,冷静平稳的说话声,他的聪明的方形双手得到了爱,他纠缠成一团的头发和亮闪闪的指甲得到了爱,他长着鸡皮疙瘩的阴囊得到了爱,他体内

---

① 原文 Water Pik,一种电子或电池启动的牙齿辅助器,在高压下把水喷入牙床以清洗掉残留的食物等。

的虚弱就像一种威胁，对抗着她的爱。她就是从更高境界喷涌而出的爱情的通道；她感觉自己像闸沟里的小泥坝一样在一点一点地溶解开来。她感觉他的心像被拴住的动物那样在踢腿蹬脚却无法挣脱束缚。他尽管已经变成了魔鬼，正拓宽而成比采石场还要宽大的洞窟，进而又聚拢成为一次挤得生疼的向上的猛刺，像根冰锥又尖又冷；然而她的势头却并未收敛。她拓宽自身完全把他容纳进去。她软化自身以吸收他疼痛的尖钉。她不会允许他离开她的。这间屋里有第三个人，这个人了解她的一生并一直俯视着她；通过这另外一双眼睛她看见她正在流泪，听见她本人正向魔鬼祈祷，去吧，去吧，那魔鬼正在鞭打她的这位男人的内心。“去吧！”她大声说出了口。

查利身体那紧张的肌肉松弛了下来。他死了。不，在他的嘴边她窃听到他在呼吸时发出的鸣叫声。汗水立刻浸透了他的额头、他的双肩、他的胸膛、她的双乳以及她紧压在他的脸颊上的那半边脸。他的双腿松弛了下来。他咕哝着说：“好了。”她才敢从他身上溜下来，把她刚才拉扯下来以使他的胸脯裸露的毯子又拉过来，一直盖到他的下巴底下。

“我现在去把需要的药片拿过来好吗？”

“等一会儿，现在不急需了：是硝化甘油。你拿给我的是科里塞丁。治感冒的药。”

她发现他做怪相的用意是扮个笑脸，因为他现在真的面露微笑了。哈利说得对。她很愚蠢。

为了从她脸上解除掉受到伤害的表情，斯塔夫洛斯告诉她说：“感到很倒霉。那压力比挨一拳头还厉害。你没法呼吸了，身子一动就会使病情恶化，你感觉到了你自己的心脏。好像有个动物在你身体里面蹦蹦跳跳一样。真荒唐。”

“离开你我就害怕。”

“你干得挺棒。你把我从死神那里拉了回来。”

她明白此话当真。她脸上那个死亡赠与者的印记已经被擦掉了。正如在欢爱之中一样，她已经被弄得清澈见底，然后又充满平和宁静的充实感。仿佛如欢爱之后，她闹着玩儿似的清查他的肉体，感觉他那宽阔皮肤上活动着的汗水，用一根指头追踪他那鼻子的轮廓线。

他重复道：“真荒唐。”说罢就在床上坐了起来，以使他自己冷静下来并在岸边安全地喘口气。她依偎在他的身旁，任凭眼泪像孩子哭泣似的夺眶而出。他的神情茫然，依然小心翼翼地移动着双臂，当她的头发刺痛了他的肩膀时他就笨拙地抚弄着那发梢。

她问：“是因我而起的吗？是因我发了哈利妹妹的脾气而引起的吗？差一点儿要了你的命。”

“决不会的。”然后他承认说，“我需要将关系理顺，否则我会出现麻烦。”

“我住在这儿是个祸害，”她说。

“别介意，”他并未完全否认地说道，接着用力把她的头发一拉，她的脑袋猝然一动。

詹妮丝从床上起来取来合适的药片。它们一直就放在那儿，在搁架顶层；她找的是搁架中层。他取出一片让她看清楚他是怎样把它放在舌头下面任其溶化的。随着药片的溶化他那张嘴就恢复到她喜爱的那个模样，那双唇似乎是因藏着了一颗糖锭而向前鼓起。当她关掉灯钻进毯子躺在他的身旁时，他翻身侧躺着给了她一个吻。她没有给与回应，她浑身充满了平和宁静。不久他那不知不觉进行呼吸的轻柔节奏声就从他这边床上响起了。在她这边，她还是无法入睡。她的每根神经都毫无睡意，她在清理自己的人生。车辆继续在下面奔驰。她和查利一动不动地在布鲁厄上空飘荡;他睡在风头上,其心脏是空的。下一次她可能就救不了他了。这次充溢了她全身的爱是个奇迹,剩下来唯一配得上这爱的就是离开。精神的需求是无法满足的,然而肉体的承受力是有限度的。她已经享用够了,他也已经享用够了;更多的享用可能就太过分了。她可能就要开始致人于死地了。他称她为小老虎。快到六点时天空明亮起来。她看见了他那宽阔的方形前额,在早晨梳理之前那稀薄的头发干巴巴地纠结在一起,如此匀称美观的鼻子似乎显示出一种女性的虚荣,那嘴巴甚至在睡眠中也微微噘着,一点发亮的唾液从一个嘴角流了出来。天使,红头美洲鹫,在飘着詹妮丝发现在她那宽广的爱情之中她已经抛弃了那个可能的瑕疵,爱的对象。她自己的爱情将她吞没;她的全身就披挂着羽毛,穿越过爱的纯洁向下沉没并迅速坠落了下去。

* * *

妈妈把电话机安放在床头;兔子在楼下就听到了铃声,然后听到铃声停了,然而过了些时候她才使他听明白这电话是打给他的。她现在的说话声还高不过一种呜咽声,但是她有一根手杖,是爸爸有一天从布鲁厄救世军①商店带回家的一根吓人用的多节多刺枝条。她就用它敲打着地板直到从楼下传来回答声。她觉得它非常好玩,就向四周挥舞,重重敲击。"我一辈子,"她说,"想得到的东西。就是手杖。"

他听到电话铃声响了两遍,随后只有手杖的敲打声慢慢渗透下来;他正在用吸尘器清扫起居室的小地毯,试图把一些霉味儿弄出来。在妈妈

① 原文 Salvation Army,国际基督教慈善组织,其组织形式与活动方式类似军队,遍布 80 多个国家,开办有 3000 多个社会福利机构、医院、学校和事务所。总部设在伦敦,缔造者是循道会牧师 W. 布斯,创办于 1878 年。

的房间，那味儿就更加浓烈了，霉烂具有有悖常情的生命力。他读到的某篇文章中说我们闻到的气味乃是那东西本身的微小残片在我们的鼻内片状组织上呵痒，是更为细微的烟雾。每件东西都有烟尘，花朵的烟尘比岩石的大，濒临死亡者的烟尘比我们的大。妈妈说："是打给你的。"支撑她的枕头已经滑向一旁，于是她就斜着身子坐着。他将她扶正然后她慢慢地使他明白这电话是谁打来的，因为"詹妮丝"这个词是随着一种喉咙肌肉难以清晰发出的声音说出口的。

他正要伸手接电话，听到这个词后一下子就僵住了。"我不想和她说话。"

"为什么。别这样。"

"好吧，好吧。"没法子，得在这里和她说话，真让人感到局促不安，詹妮丝的声音灌满了他的耳朵，而妈妈和她那皱巴巴的睡床占据了他的视野。她那指关节青紫的双手一会儿握紧，一会儿松开；她那双眼睛睁得大大的，把无助的目光滞留在他的身上，蓝色虹膜套着一个淡淡的白色圆圈，就像是一只干瘪的救生圈。"什么事？"他对詹妮丝说。

"你起码不该一上来就这么粗鲁吧，"她说。

"好吧，我随后再粗鲁。让我猜猜。你给我打电话是想说你终于考虑好了要找律师吧。"

詹妮丝哈哈一笑。已经好久没听见她的笑声了，那是一种怯生生的想要在中途戛然而止的声音，恰如一个受到阻碍的悠悠球。"没有，"她说，"那事儿我还没有考虑。那就是你正在等待的结果？"她如今更难吓唬住了。

"我不知道我正在等待什么。"

"你妈妈在那儿吗？或者说你是在楼下。"

“在。楼上。”

“听你说话的样子像是。哈利——哈利，你还在听吗？”

“当然在。还会到哪儿？”

“你愿不愿意找个地方和我见见面？”她急急忙忙说下去，以使之成为二人都关心的话题。“保险公司职员一直在给我打电话，我想我们共同拥有那座房屋，他们说你不愿填写任何表格。他们说我们该做些结论了。我是说那座房屋。爸爸已经在设法把它为我们卖掉。”

“真是少有。”

“接下来还有纳尔逊。”

“你和你的希腊佬。你们没法儿给他提供房间。”

母亲吃了一惊，将脸转向一旁；她端详着自己的双手，并且凭借意志上的努力制止住双手盲目的摆动。詹妮丝快速高调门儿地吸了一口气。他今天可没法儿把她刺得撂下电话了。“那是另一码事了，哈利。我已搬出来住了。全都解决了，一切都好。我是说查利和我的那码事儿。我是在父母家里打电话，我已经在这儿住了两个晚上了。哈利？”

“我在听着呢。我就在这儿。你以为怎样，我还会跑掉？”

“你以前跑过。我昨天在电话上和佩吉谈过了，她和奥利已重归于好，而且他听说你到另外一个州去过，巴尔的摩[①]有一家报纸给了你一份工作。”

“肥缺。”

“佩吉还说她一直没有你的消息。我想她很伤心。”

“她为什么伤心？”

① Baltimore，马里兰州中北部港口城市，北面是宾夕法尼亚州，离哈利的家乡不远。

“她给我讲了原因。”

“是啊。她会这么做。嗨。聊天可真有趣儿,可是你有没有什么明确的话要说?你想要纳尔逊去和斯普林格家的人住在一起,是那样吗?我猜他也可能,他——”他就要坦白说孩子过得不开心,但是母亲正在听着呢,那样就会伤了她的感情。就她的身体状况而言,她这次也真的为纳尔逊忙活够了。

詹妮丝听懂了,就问道:“你愿不愿来见我?我是说,看见我你会不会感到恼怒?”

他听罢就哈哈大笑;他自己的笑声在他的耳朵里也陌生了。“可能吧,”他说,意思是说也可能不。

“噢,咱们见见面吧,”她说,“你想到这儿来吗?还是我去你那儿?”她明白他沉默的意思,就进一步确定说,“我们需要另一个地方。也许这话很傻,不过我们去宾州别墅区的家里怎么样?我们进不去,但是我们需要看一看再决定做些什么,我的意思是有人愿意买房,几天前银行给爸爸讲的。”

“好吧。我现在得给妈妈做午饭。两点钟怎样?”

“还有,我想给你点东西,”詹妮丝还在继续说,而妈妈正在发信号表示需要帮助上便桶;青紫的手紧紧抓住手杖上有多个节疤的把手,抓得手都变白了。

“别让她,”放电话时她建议道,“在你周围。扭来扭去的。”妈妈坐在床沿上,用手杖狠劲敲着地板以示强调,同时用顶端划了一个弧作为图示。

把午餐用的碟子放进滤干器之后哈利就准备出门了。至于衣服,他决定就穿身上这件卡其色军服,已经连续穿了两个星期了,再换上一件以前上班时穿的干净白衬衣以及一件他在顶楼箱子里找到的旧茄克衫：他上高中时穿的运动衫。后背乳白色保护层上印有淡草绿色的MJ，从画着V形条纹的肩膀伸出两只绿色袖子。前襟使用拉链。一拉上拉链，胸部和腹部就束紧了。他就那样在冷嗖嗖的枫树下面踏上了杰克逊路；当巴士在恩伯利大街抛他下车时，这块低洼地上暖和一些的空气让他拉开了拉链，于是他就沿着弯弯曲曲的街道轻松活泼一摇一摆地走着，该街两旁平房的小门廊上放有南瓜，门上挂着玉米棒。

他自己的房子在新月街里很显眼：成了一排糖果里的一块黑炭。他的旅行车正停在那儿。美国国旗的贴花图案依然贴在后车窗上，看上去既惹人注目，又在褪色凋谢。

詹妮丝从司机座上下来，站在小车旁边。她身穿一件深灰色洛登缩绒厚呢大衣，显得笨拙臃肿，他想起来已经穿了几个冬天了。他已经记不起来她的个子有多矮，记不起来她那黑糊糊的头发是怎样从皮肤绷得紧紧的前额向后变得稀疏起来，油光发亮的发际线上几乎没有头发飘散而出。她已经放弃了童贞马利亚的发式，头发分开梳理倒向一边，其发式实在不敢恭维。但是她的嘴巴绷得不那么紧了；嘴角上的皱纹已经消失，似乎做好了随时随地开怀大笑的准备，和以前相比更不会担心失去什么了。他本能地，真是发疯了，想伸出手去抚摸她一下——做些你经常在小狗身上做的事情，比如在耳朵后面搔搔痒；然而他俩什么事也没做。他俩没有亲吻。他俩没有握手。“你又从哪儿发掘出那件过时的夹克衫？我都忘了我们上学时穿的颜色该有多么难看呢。真让人腻味。像一块假冒冰淇淋。”

“我是在父母住的顶楼上的旧箱子里找到的。所有那些杂物他们都保管着。仍很合身。”

“合谁的身?”

“我的许多衣服都烧掉了。”他做了这番辩解是因为他发现她说得在理,这是一个冰淇淋的世界,他在里面留下了他的印记。然而她的穿着打扮也使她过分年轻了,发式又回到了青年时代,分梳的方式很像四十年代南美洲流行的情人发式。恰恰恰。①

她笨手笨脚地将手伸进洛登缩绒厚呢大衣的一个肋部口袋里搜寻着。“我说过要送你一件礼物。在这儿。”她递给他的东西闪闪发亮,摇摆悬荡。轿车钥匙。

“你难道不需要?”

“真的不需要了。我可以开爸爸的车。不知道当初我为什么认为就一定需要它,我猜最初我以为我们会逃往某个地方去呢。去西部。去加拿大。我不知道。我们甚至从未考虑过。”

他问:“你打算住在你父母家?”

詹妮丝抬起头来,目光扫过茄克衫,寻找他的面孔。“实际上,我无法忍受下去。妈妈唠叨个没完。你能够意识到她一直不打算和我说点儿什么,然而唠叨话却说个没完没了,她不停地使用‘公众舆论’这个短语。仿佛她就是盖洛普民意测验②。还有爸爸。平生第一回,他似乎在怜悯我。有人正在一个购物中心开设达桑③车经销处,他这时才真正感觉到个人受到了威胁。我原想,”詹妮丝说着,那双黑眼睛轻轻落在了他的脸上,如果她在那儿看到的反应使她不满意,她就随时准备转移目光,“我可能会

---

① chachacha,恰恰舞,是一种源于拉丁美洲、节奏明快的三拍子交际舞。

② 原文 Gallup poll,由盖洛普(George H. Gallup,1901—1984)创立。他是美国统计学家,曾创建美国民意学会(1935)和不列颠民意学会。

③ 原文 Datsun,一种日本车名。

在某个地方弄套房子。也许是在佩吉那栋楼里。这样一来纳尔逊就又能在西布鲁厄步行去上学。当然,我要带走纳尔逊。”她的双眼猛地移往别处。

兔子说:“那么这车就算是一种交换。”

“更多的是和平献礼。”

他就做了个V字形和平手势,然后把它转移到他的头上,看着像一对触角。她太笨了,没弄懂其意何在。他告诉她:“孩子的心里非常难受,假如你和那个叫什么来着的人玩完了的话,也许你该把他带走。”

“我们了结了。”

“为什么?”

她的舌头在双唇间轻轻抿了一下,这是一种曾经使他错当性感而迷恋的矫揉造作,而如今似乎也无挑逗之意,犹如在舔一枝铅笔一样。“噢,”詹妮丝说,“我们已经玩够了。他开始感到神经紧张。你那位可爱的妹妹也帮不上忙。”

“是啊。我想我们要了他。”这个“我们”——有他、她、米姆、妈妈;血缘联系、时间和负疚感的联系、家庭联系。他没有要她做更多的描述。他从来都没弄懂女人,例如她们为什么要来月经,或者她们为什么有时感到欲火中烧而别的时候却不,还有,你那阳物的尖端插进他们的子宫为什么会感到那么紧,在没有婴儿或别的什么在里边时那子宫是不是个空心的地方。接着,本能使他愿意把斯塔夫洛斯委托给那同一个巨大的女性奥秘之区域。他不想把任何爱情的光辉带回到她的眼中,因为那对于他,一个牺牲品而言就显得太高尚太快太苛刻了。

或许她准备好了要告诉他更多的事,例如她的爱情是多么伟大以及这爱将会以多么纯洁的形式保留下来,因为此时她皱起了眉头,仿佛是被他的沉默所抑制住了。她问他:“纳尔逊为什么难受? 你的看法呢。”

他朝烧毁的绿色框架做了个手势。“那里面烧毁的不仅仅是我的衣服。”

“还有个姑娘。她和纳尔逊关系亲密吗?”

“她有点像是个姐姐。他不是失去妹妹,就是失去姐姐。”

“可怜的娃儿。”

詹妮丝转过身去,两人一块儿看着他们原先居住的地方。某个代理机构,银行或警察或保险公司,已经用标杆和电线立起了一道松松垮垮的围栏把它圈了起来,但是孩子们却不受约束地出出进进,把仍然保留着的那半边房里的家什捡得一干二净,把窗户、外层窗及一切东西都砸碎了。有人已经不辞辛劳地拿来了一个黄漆喷雾器在山墙上写下大大的黑鬼。以及单词杀死。这两个词并不协调,因此很难辨明是不是同时喷的。也许是有两个喷雾器喷的。需要相等的时间。窗子下面是铝制护墙楔形板那宽阔的延伸板,那里,春天有水仙发芽,夏天有福禄考花疯长。用半手写体拼写的黄色字母写在那上面:猪猡警察的力量=正派清白的力量。还有一个V形和平手势和一个纳粹党党徽,很明显是出自同一个喷雾器。而其他一些人,则从瓦砾堆中捡来烧焦的木棍,前来凑热闹,试图对这些标语和符号进行校订和增添,把猪猡警察改成黑人,把正派清白改成共[①]。这一切加起来简直就像电视台在节目中间的空当里硬挤进去的那串商业广告。一个小丑用红漆喷雾器在两扇窗户之间潦草地写着诡计还是款待。

詹妮丝问:“她在哪儿睡觉?”

---

① 原文 Cong 指“越共”。此时这句话就变成:“黑人的力量就是共党的力量。”

“楼上。我们睡的地方。”

“你爱她吗?”说这话时她的眼睛就离开了他的脸部去凝望那被践踏的草坪。他想起来这件灰色外套原本是有风帽的。

他坦白说:“并非像我本该有的那种感情。她有点儿跟我不一个阶层。”说出了这句话他感到内疚,他想象着吉尔听到这话该是多么伤心,于是为了替自己辩解他就责备詹妮丝:“你若是住在这儿,她就依然会活在人间。”

她的眼睛迅速抬了起来。“不,你不能这样说。别想把那个罪名栽在我身上,哈利·安斯特朗。在那儿不管发生什么事都是你的错。”她的错是淹死了婴儿;他的错是烧死了姑娘。他们真是天生一对,地造一双。她主动把事实引向中立。“佩吉说黑鬼给她服麻醉剂,比利说是纳尔逊告诉他的。”

“黑鬼说是她想要的。”

“真奇怪,他逃脱了。”

“走的是地下铁路。”

“你给他帮忙了? 火灾后你看见他没有?”

“一点小忙。谁说我帮了忙?”

“纳尔逊。”

“他怎么知道的?”

“他猜的。”

“我开车把他送到县城以南,让他从玉米地里逃走了。”

“但愿他永不再回来。我不想见到他,我是说,我不愿意见到他,假如——”詹妮丝让这想法凋谢了,还不成熟呢。

兔子被这种意欲机敏讲话的巨大需要给提高了又冻结了;他和她似

乎在慢慢旋转,生怕把对方给刺跑了。“他答应不回来的。”除非载誉归来。

詹妮丝松了口气,用手指着烧掉了一半的房屋说:“值好多钱的,”她说,“保险公司打算以八千结算。有人和爸爸谈过愿出价一万九千五百。我猜这块地本身就值七八千,这块地正在成为一块高级住宅区。”

“我看布鲁厄正在衰亡。”

“只是在中部而已。”

“咱们把这个讨厌鬼卖了吧。”

“卖吧。”

他俩握了握手。他在她眼前晃了一下车钥匙。“让我开车把你送到你父母家吧。”

“我们有必要去那儿吗?”

“你可以去我那里看看妈妈。她乐意见到你。她现在几乎没法儿讲话了。”

“咱们免了吧,”詹妮丝说,“我们可不可以开车兜兜风?”

“开车兜风?我没把握是不是仍会开车。”

“佩吉说你开过她的克莱斯勒。”

“哎呀。在这个县简直就藏不住秘密。”

当他们开出韦泽街驶向城市时,她问:“你母亲今天下午一个人能对付得过来吗?”

“当然能,好多次她都对付过来了。”

“我开始喜欢你母亲了,在电话上她对我相当友好。”

“她越来越老练了。”他们驶过大桥,沿布鲁厄的韦泽街开出去,经过华尔佩珀时装店,烤花生报摊,扩建的殡仪馆,大型商店其正面是旧主子竖立起的霓虹灯广告牌那惨白的阴影被新主子充满希望的明亮广告牌所覆盖,新的垃圾处理桶其桶盖形状如飞碟,被抛弃的豪华电影院那空白的大招牌。他们驶过李树街和凤凰酒吧。他宣布说:“我该出门去寻找印刷所,找份工作,也许会搬到另一座城市去住。巴尔的摩也许是个好去处。”

詹妮丝说:“你不上班以来身体看上去好多了。气色也好多了。在户外干活儿你难道不会更加愉快些吗?”

“他们不付工资嘛。现在只有笨蛋才在户外干活。”

“我愿意继续在爸爸的车行里工作。我想我该这么做。”

“那和我有什么关系呢?你打算买一套公寓,还记得吗?”

她没再回答了。韦泽街徐徐靠近那座山,靠近佳济山和他们的家。他在夏街调头向左开去。三层楼高的砖墙安装有扇形窗;配镜师和按摩师的广告招牌。一座石灰岩教堂开着一扇圆形窗户。他宣布说:“我们可以买一个农场。”

她接着话茬儿说道:“因为鲁丝买过。”

“对,我都忘了,”他撒谎说,“这是她以前住的街道。”他曾经沿着这条街向街头跑过却从未到达尽头。“还记得埃克里斯牧师吗?”他问詹妮丝。“今年夏天我见过他。六十年代也把他给要了。”

詹妮丝问:“你觉得佩吉怎么样?”

“是呀,怎么样呢?她成了个人物了。”

“但是你并没有回去。”

“坦率地说,没法儿忍受。不是因为她,她蛮不错的。而是这所有的纵欲嬉戏,人人都在纵欲嬉戏,我不知道,只是让我感到太悲伤了。正因为如此,搞得一切都没办法驾驭了。”

“你不认为正是它使得一切运转的吗?人类的一切。”

“一定会有些别的东西存在的。”

她没有回答。

“没有？没别的东西？”

她答非所问地说：“奥利如今回到她的身边，但是她看来并没有特别高兴。”

坐在轿车里真舒服：巴士站牌和街角食品杂货店一闪而过，砖块和砂岩渐渐消失在飞奔着的挡风玻璃之中。他以为在夏街尽头会有一条小河，接着有一条肮脏的公路和开阔的牧场；然而并非如此，该条城市街道拓宽成一条交通干线，两边林立着汉堡小餐馆，“免下车”餐馆，一个建有大型石膏恐龙像的微型高尔夫球场，食品券①商店以及迅速改换名称的汽车旅馆和加油站，亨伯尔改为盖蒂，大西洋改为阿尔科。他以前来过这儿。

詹妮丝说：“想停车？”

“我吃过午餐了。你没有吗？”

“停在一家汽车旅馆里吧，”她说。

“你和我？”

“你不必做什么事，只是我们这样不过是在浪费汽油而已。”

“天哪，浪费汽油总比支付住宿费要便宜吧。难道他们不是喜欢你带有行李吗？”

“他们才不在乎呢。我想，不管怎么说我在车后的确是放了一只手提箱，只是以防万一。”

他转过头看了看，的确如此，粗糙老式的褐色皮箱仍然挂着一个旅馆标签，那时他们去了海滨，住在原始林小屋。她一定是在这同一只箱里打

① food stamp，政府发给或以低价供给贫民的有价票据。

点行装奔往斯塔夫洛斯那里的。“说说，”他说，“你如今满肚子都是性技巧了，是不是？”

“别提了，哈利。带我回家吧。我把你都忘了。”

“这些开旅馆的家伙，如果你在晚餐前就登记，他们难道不有所怀疑？现在几点了，两点三十分。”

“怀疑？有什么值得怀疑的，哈利？天哪，你这是在故作正经吧。大家都知道人们在纵情欢乐。所以我们才来到这里的。你什么时候才能开窍，哪怕只开一丁点儿？”

“尽管如此，在光天化日之下就直接开车进去——”

“告诉他说我是你的妻子。告诉他说我们已经筋疲力尽了。实际上，这正是事实。昨天晚上我睡的还不到两个小时。”

“你不愿意到我父母家去住？纳尔逊一小时后就回家。”

“一点不错。我和纳尔逊，你更在乎谁？”

“纳尔逊。”

“纳尔逊和你母亲呢？”

“我母亲。”

“你有没有搞错！”

“有个去处。喜欢吗？”

招牌上写着安全避风港汽车旅馆，底下挂的几块横条声称

特置大号睡床[①]

全部配备彩电

---

① 原文 QUEEN SIZE BEDS，仅次于特大号床，尺寸为 60×80 英寸。

淋浴盆浴均可

电话在旁伺候

“有魔力的手指”

一个有空房的霓虹灯广告牌嗡嗡叫着发出暗红色光。办公地点是个小小的砖砌收费处；有一个放干了水的游泳池，上面盖着一块绿色油布。长长的正面砖墙索然寡味地开了几道出入口，已经有几辆小车停在近旁；它们似乎在吃饲料，金属牛群站在饲料槽边。詹妮丝说：“看起来很邋遢。”

“我就喜欢这个样子，”兔子说，“他们可能会接纳我们。”

但是说话之间，他们就已把车开过头了。詹妮丝问：“说句正经话，这事儿你以前干过没有？”

他告诉她：“我猜想我们一直过着受到保护的生活。”

“好啦，就到此为止吧，”她说，指的是这个汽车旅馆。

“我就可以调转车头了。”

“那么车就会开到公路的另一侧。”

“害怕了？”

“怕什么？”

“怕我。”兔子敏捷麻利地将车拐进苗圃供应站停车场，把砾石碾压得飞迸四溅。他紧急刹车，刚好避开了迎面开来的车辆。穿过了双行车道线后，他便掉头朝驶来的方向开去。詹妮丝说：“如果你想找死，悉听尊便好了，可别把我搭上；我刚刚活出点儿味道来。”

“太迟了，”他告诉她，“再过几年你就要做奶奶了。”

“有你握方向盘就不晚。”

他们又一次穿过了双行车道线后便平安地驶了进去。有空房广告牌仍在嗡嗡作响。熄了火。控制杆挂停车挡。太阳在车轮底下的柏油场地上闪着微光。“你不能光坐在这儿,”詹妮丝用嘶哑的嗓音说。他下了车。空气。浓密的乙醚味儿,十足的提心吊胆全都溜到了他的腿上。小小收费处有一个男人值班,有一台糖果专卖自动售货机和一串贴有黑色标签的钥匙相陪伴。他的一头银白色头发梳理得湿漉漉的,一条细条领带夹着一个马蹄形扣子,他正患有感冒。他把登记卡朝哈利面前一放,就拿一块蓝色印度扎染印花手帕拍了拍擦得发热的鼻孔。“姓名地址和牌照号码,”他说。他说话时带有西部方言的鼻音。

“我和妻子实在是筋疲力尽了,”兔子自愿提供着信息。他的耳朵发烫;羞红的部分向下延伸,内衣都感觉到了潮湿,他的心摇动着那只努力想写出字的手,*哈罗德·安斯特朗夫妇*。地址呢?当然,他应该撒个谎。他别别扭扭地写道:*宾夕法尼亚宾州别墅区新月街26号*。三级邮件和账单一直就是按照这个地址寄给他的。奇妙的邮政服务。把你自己塞进其中的一个邮箱,从一袋袋的邮包中分拣出来,终于你到了那里,*啪嗒一声*,就从数百万件中脱颖而出穿过了恰当的狭槽。这样的工作效率,真是不可思议。年轻的朋克革命派,就让他们尝尝递送邮件的滋味儿吧,顶着雨雪和黑夜。打着细条领带的男人耐心地靠在有塑料贴面的办公桌上,而兔子的思绪在狂奔,写字的手在抽搐。“牌照号码,那是个很重要的东西,”他平静地拖长着声调说,“把手提箱给我看看或者先交预付款。”

“不骗你的,她是我的妻子。”

“一定是直接从高一高中来度蜜月的。”

“噢,这个嘛。”兔子低头看了看胡椒薄荷色和奶油色相间的佳济山运动衫,努力抗拒着悄悄爬回到脸上的红晕。“我也不知道有多少年没穿这件衣服了。”

“看起来仍很合身,”那人一边说着,一边轻轻敲着空空如也的空间要牌照号码。“你要是不着急我就奉陪,”他说。

哈利走到这小房屋的橱窗口看了看牌照就给詹妮丝打了个信号要她把皮箱拿出来。他用手比划着把一个皮箱举上放下,然而她并未看懂其意。詹妮丝坐在他们的车里,由于窗户反光而色彩斑驳,光线阴暗,就像某种包装豪华考究而其内容却令人怀疑的现代产品,装在一个金属盒内,货小空多浪费太大。他打手势做卸货的动作;他在空中划了一个长方形;他感叹道:“天哪,她真笨!”后来她才迟迟明白过来,于是就把手伸向后面把箱子拎到透过几层玻璃都能看见的地步。那人点了点头;哈利把他的车牌号码(U20－692)写在卡片上,领到了一把标号 17 的钥匙。“朝后走,”那人说道,“远离公路更安静些。”

“我并不在乎安不安静,我们只是想睡一觉,”兔子说。钥匙拿在手中,他的友好态度就迸发了出来。“你从哪儿来的,得克萨斯?我曾经在那儿当过兵,在拉尔森要塞,卢伯克附近。”

那人一边把卡片插进一个挂架里,一边透过他的双光眼镜的下半部望过去,接着用舌头发出了一串格格声:“你有没有去圣菲逛过?”

“没有。从未去过。很遗憾没去过。”

“那是我心中的好地方,”那人告诉他。

“总有一天会去的。真的想去。不过,可能永远没有机会。”

“像你这样的年轻小伙子,话可不能这样说呀。”

“已经不那么年轻了。”

“你还年轻着呢,”那人心不在焉地坚持道,他的心眼儿真好,说出这样的话又给了他钥匙,人们的心眼通常还是很不错的嘛。当他又钻进车里时詹妮丝就问他在龇牙咧嘴笑什么。“办什么事要花这么长时间?”

“我们在谈论圣菲。他建议我去玩儿。”

标号17的房门通向一个长得让人惊讶的房间，又窄又长。地毯是紫色的，打着后光的薄纸板四处散放，削弱了现实感，宛如置身于电影院的休息厅。浴室在遥远的那一头，四面墙壁是漆成玫瑰红色的水泥块，模仿海洋的油画作品正努力使四壁美观生色，两张大号床横在狭窄的房间，与那台电视机相望。兔子脱掉鞋，打开电视，躺在一张床上。一束光出现了，扩展开来。从呈对角抽动的线条中颠簸着摇出《约会游戏》。一位来自费城的黑人姑娘正努力想选定三个男人中的某一个带她出去幽会；一个男人是黑人，另一个是白人，第三个是黄种人。那彩色把中国男人弄成了橘黄色而黑人姑娘则面带蓝色。图像有重影，所以当她咧嘴大笑时就出现了许多许多的牙齿。詹妮丝把它关了。像他一样她的脚上只剩袜子了。他俩好像是窃贼。他抗议道：“嗨。节目很有意思嘛。她看不见屏风后面的三个人所以她得从声音中辨明各自的肤色。要是她在乎的话。”

“你有自己的约会嘛，”詹妮丝告诉他。

“我们该弄台彩电，看职业橄榄球赛要棒得多。”

“这个我们指的是谁？”

“噢——我爸爸、纳尔逊和妈妈。还有米姆。”

“你为什么不挪到那张床上去？”

“你有你的床。在那边。”

她就站在那儿，赤着脚坚定地踏在铺满的地毯上，露出了漂亮的脚踝部。她那件色彩暗淡的羊毛裙短得恰好露出她的双膝。膝盖长着四四方方的边缘。挺好看的。她问：“这是什么话，作践人的吧？”

“我是谁，敢作践你？这位艾森豪威尔大街上最风流的娘儿们。”

“我拿不准是不是再也喜欢不上你了。”

“我从前也不知道我竟然有那么多可以失去的东西。”

“得了吧,挪一挪。”

她把那件老式洛登缩绒厚呢外套扔到旅馆住宿规则和消防视察员的证书下面的塑料椅上。为难的表情使她滞留在他身上的眼光暗淡了下来。她脱掉羊毛衫,当她弯腰解开裙子时双肩上的骨头就像洒落的一袋硬币一样在一阵长时间而又迅速的闪光中呈波状轻轻荡漾。她脱着脱着却犹豫了起来。“你打算钻到被窝里去吗?”

“我们会的,”兔子说,然而他的身体却如一场热病初愈,其精力犹如一股股流水渗入沙中而消失。他无法开始实施事先盘算好的能量过渡行动;脱光衣服,走那么长的路到浴室。他或许应该洗刷一下以防她想要俯身对他的下身温存。然后假设他过快就达到了高潮并且他俩又恢复到他们一直以来的状况。躺在这儿欣赏她脱衣的姿态可真要安全好多;选了一个小个儿女人他一直感到幸运,她们比大个儿女人能把体型保持得更好。她在二十岁时看起来要比实际年龄年长些,可如今却并不显老,至少在她生气时,那黑眼珠子勃勃有生气。“你可以钻进来但什么也不要指望,我仍然举不起来。”最近他已失去自慰的能力;没有任何东西能使他举起来了,甚至奶头长得像木榫头一样的黑妞儿和万圣节前夜的南瓜脑袋也无能为力了。

“我要说明的是,”詹妮丝说,“别从我这儿指望什么。”

做了番英勇的努力的兔子将身子撑起来,踏着地毯走向浴室。裸着身走回来时,他把衣服抱在胸前,鸭子式地扎进被窝,仿佛受到追逐而钻进了地洞。他感到某种微粒正在轰击着他。詹妮丝立即紧贴着他颤抖不已,让他感觉着瘦小、陌生、蛇一般冰凉;给他皮肤上的这一冲击使他想打喷嚏。她辩解说:“他们这地方的供暖不好。”

“马上就要十一月了。”

“难道没有恒温器?”

“有的。我看见了。在那边出口的角落里。你若是需要你就去调高一些。”

“谢谢。该由男人干的。”

谁也不愿动。哈利说:“嗨。有没有使你想起琳达·汉纳切尔的床?”琳达就是那位当他们都在克劳尔商店上班时在布鲁厄拥有一个套间房的姑娘的名字,她让哈利和詹妮丝使用过她的房间。

“不太像。那套房的风景好。”

他俩尽量想说话,然而由于瞌睡和陌生感,那句话就以冲刺的方式从嘴里溜了出来。“那么,”沉默了一会儿,看着什么事也没发生,詹妮丝就说:“你认为你是谁?”

“小人物,”他回答道。他舒适地朝下蜷伏了一下,似乎要吻她的双乳,然而没有;它们出现在他的嘴唇边却使他感到麻木。各种各样的有翅精灵都在被窝上面的空中竭力飞舞。

沉默又恢复延续下去,他眼皮底下出现了一个身着红装的芭蕾舞女演员。他突然用肯定的口气说道:“孩子现在是真的恨我。”

詹妮丝说:“不,他不恨。”她又自相矛盾地及时补充一句,“他会恢复过来的。”女性的逻辑:把主观愿望无法消除的东西都掩饰住或规避掉。这或许是唯一的途径。他去摸她那块低地,摸到的是一块苔藓,他虽然无法兴奋起来,但有那块东西在那儿倒也感到安慰。能藏得了东西。

她的身体烦躁地变动着姿势;他没有吻她的乳房或者做点别的什么,她就把冰凉的脚底板放到他的脚背上。他打了个喷嚏。震得睡床上下起伏。她哈哈大笑。为了制止她,他就坦率地问她:“和斯塔夫洛斯干你总能达到高潮?”

“并非每次都行。”

“你现在想不想他?”

“不想。”

“为什么不?”

“有你在这儿。”

“可是我不是有点愁容满面吗?”

“你在让我偿还债务呢,偿还一点点。没关系。”

他申明说:“我真是一团糟。”其用意是表示他的诚实;对于她的表白而言,他的这句应答或许不算是有意义的调节。他感觉他俩正在太空中调节适应,慢慢地在某种通过眼皮过滤成红色的华丽墨汁中旋转。在沉默的空间,他无法估计出有多少,他感觉他俩从侧面在向更深处漂荡进结婚的状态,已经很深入了乃至他突然自愿打破沉默:“我们在将来某个时候该把佩吉和奥利请过来。”

“见鬼,”她一边说着话,一边把他推了一下,但是动作轻柔,是太空中的一次意想不到的轻轻摇动。“你现在离她远点儿,你已经刺激过了。”

过了一会儿他问她——他意识到她如今是无事不晓了——“你是不是以为越战终会结束?”

“查利认为,只要大工业利益集团发现它无利可图了,战争就会结束的。”

“天哪,外国人真笨,”兔子小声咕哝着说。

“指的是查利?”

“你们所有人。”他犹犹豫豫地感觉到该详尽阐述一下。“斯基特认为它是通向彻底混乱的门户。会出现完全混乱的可怕阶段,然后就会出现绝对安静的奇妙时期，由他来统治，或者由完全像他一样的某个人物。”

“你相信这话?”

“我本该喜欢听的，可我太理智了。混乱不过是一种大体上证明是有效的看待事物的狭隘观点。这话言之有理吗?”

“我说不准，”詹妮丝说。

“你以为妈妈曾经有过情人吗?”

“问她去吧。”

“我不敢。”

又过了一会儿，詹妮丝宣布说：“你如果不打算做爱，那我就转过背去睡一会觉了。我几乎夜不能寐担心着这次——团聚。”

“你觉得进展怎样?”

“尚好。”

她转动身体时引起的床单滑动就像银铃般的音乐，发出微弱声音的床单不断向床外延伸，并未受到空间的丝毫抵抗。有一种抓牢的方式是他从前经常用在她身上的，他的右手穿过头发握住她的头颅，而左手就搭在她的双乳上面把乳房捏拢到一块儿，于是两个乳头就只相距一英寸了。他如今依然如此紧紧地抓着她。她的屁股和两条腿就飘然离去。他问她：“我们怎样离开这儿?”

“我们穿上衣服走出大门。但是咱们先小睡一会儿。你已经在说胡话了。”

“太让人感到尴尬了。登记台那家伙会认为我俩准没干好事。”

“他不在乎的。”

“他在乎，*真的*在乎。我们可以住一晚以使他感觉好点儿，但是没别人知道我们在哪儿。他们会着急的。”

“别说了,哈利。我们一小时后就走。请别再说了。”

“我感到非常内疚。”

“为什么?”

“为一切。”

“放宽心吧。并非每件事都是你的错。”

“我没办法接受这一点。”

他放开她的双乳,让它们,发光的残骸,漂流而去。他俩所在的空间,狭长而又秘密得像个地洞似的旅馆房间,统统成为内部空间。他在凉爽的被单上向下滑了一英寸,在她粉嘟嘟、主动靠上来的两个屁股之间,他把缩小的自我拐进弯曲的裂缝;他该变得硬一些但是放开乳房的那只手突然遇到她的腰部形成的熟悉的凹陷地,从肋骨到髋骨,没有一点骨头,柔软得像是飞行,脂肪就在向里凹进的弯道里,松松的,他的婴孩就产自她的腹部。他发现了这个向里凹进的弯道就顺势滑了下去,睡着了。他。她。睡着了。行吗?

附一

哈利家世小说人物小传 （按姓氏英文首字母顺序排列）

阿尔雷齐夫人（Mrs Aldridge）：吉尔（Jill）之母，改嫁前叫彭德尔顿夫人（Mrs. pendleton）。

厄尔·安斯特朗（Earl Angstrom）：哈利之父，终生在维里蒂印刷厂（Verity Press）当排字工。在1、2部中出现，于1979年之前去世。

哈利·安斯特朗（Harry Angstrom）：又名哈罗德（Harold），绰号"兔子"，本书最重要的主人公。生于1933年2月，1956年2月和詹妮丝结婚，死于1989年9月。

詹妮丝·安斯特朗（Janice Angstrom）：哈利之妻，娘家姓斯普林格（Springer），四部书中主人公之一。生于1935年，1956年2月和哈利结婚，四部曲结束之际她仍健在。

玛丽·安斯特朗（Mary Angstrom）：哈利之母，在1、2、3部书中出现，于1979年之前去世。娘家姓伦宁格（Renninger）。

米丽亚姆（米姆）·安斯特朗（Miriam [Mim] Angstrom）：哈利之妹，长期在西海岸当地下妓女，四部书中都有提到。在本书中是主人公之一。生于1939年。

纳尔逊·弗雷德里克·安斯特朗（Nelson Frederick Angstrom）：哈利之独子，昵称纳利（Nelly）。生于1956年11月，为四部书中主人公之一。在本书中他13岁。

蓓蓓（贝埃特里丝·格林）（Babe [Beatrice Greene]）：金博友谊娱乐厅（Jimbo's Friendly Lounge）里的黑人歌女。只在本书中出现。

布恩（Boon）：在维里蒂印刷厂工作的一个雕刻工，一个酒鬼。在本书中出现。

艾迪·布鲁巴赫（Eddie Brumbach）：哈利的一个邻居，三K党的一个小流氓；仅在本书中出现。其子吉米（Jimmy），窥视哈利家中之事，然后告诉了艾迪。可能是纵火者之一。

莱斯特·布坎南（布克）（Lester Buchanan [Buck]）：在维里蒂印刷厂工作的黑人工人，

只在本书中出现。

蒂莫西·卡特尼(Timothy Cartney):金博友谊娱乐厅的业主,只在本书中出现。

杰瑞·法恩斯沃斯(Jerry Farnsworth):在维里蒂印刷厂工作的黑人工人,有暗示他可能是斯基特之父。只在本书中出现。

休伯特·H·法恩斯沃斯(Hubert H. Farnsworth):没有出庭作证的黑人,本书说他保释中外逃。后又说他就是斯基特;后又说斯基特的全名叫休伯特·约翰逊·斯基特。只在本书中出现。

雷蒙(巴迪)·费思勒(Raymond "Buddy" Fessler):熔炉区消防队队长,只在本书中出现。

佩吉·福斯纳希特(Peggy Fosnacht):詹妮丝的同学和朋友,在本书中跟哈利有过一夜情。其夫叫奥利(莫里斯)·福斯纳希特(Ollie [Morris] Fosnacht),其子比利(Billy),是纳尔逊的朋友。这三人均在第1、2、3部书中出现。

汤米·弗兰肯豪瑟(Tommy Frankenhauser):佩恩(Penn)别墅区的小邻居。

弗雷迪(Freddy):引诱吉尔(Jill)当妓女和吸毒的男人,只在本书中出现。

休伯特·约翰逊(Hubert Johnson):即是斯基特(Skeeter)。火灾后哈利认为斯基特就是休伯特·H·法恩斯沃斯(Hubert H. Farnswotrh)。

迈米·凯劳格(Mamie Kellog):拜访玛丽·安斯特朗的妇女,只在本书中出现。

克勒斯特先生(Mr. Kleist):哈利的中学校长,只在本书中出现。

米尔里德·克劳斯特(Mildred Kraust):自1939年以来一直就任斯普林格车行的记账员。在第2、3、4部书中出现。

凯尼·莱格特(Kenny Leggett):用雪球打击哈利之人,曾在5分钟内长跑一英里。只在本书中出现。

艾芙琳·莫里斯(Evelyn Morris):窥视哈利家的女孩之一,只在本书中出现。

帕亚塞克(Pajasek):维里蒂厂的波兰裔工头,只在本书中出现。

吉尔·彭德尔顿(Jill Pendleton):白人妓女,哈利的情人,嬉皮士,为本书主人公之一。约于1951年出生。住在哈利家时被种族主义者放火烧死,只在本书中出现。

鲁夫(Rufe):金博友谊娱乐厅的酒吧男侍,只在本书中出现。

克劳斯·舒勒博士(Dr. Klaus Schoerner):布鲁厄历史协会的副会长,只在本书中出现。

弥尔顿·F·舒弗法官(Judge Milton F. Schoeffer):因蓓蓓(Babe)私藏违禁品而判处她的法官,只在本书中出现。

克特·希拉克(Kurt Schrack):维里蒂厂的校对员,只在本书中出现。

马赫龙·肖沃尔特(Mahlon Showalter):哈利的一个邻居,三K党的组织者。只在本书中出现,可能是纵火者之一。

马瑞林·肖沃尔特(Marilyn Showalter):窥探哈利家的男孩之一,只在本书中出现。

马克·肖沃尔特(Mark Showalter):窥探哈利的男孩之一,只在本书中出现。

斯基特(Hubert Johnson Skeeter):和吉尔一起寄宿哈利家中,倡导温和斗争的黑人无政府主义者,为本书主人公之一,在大火中逃走。在第3部中报载说他死于1979年4月。

弗雷德·斯普林格(Fred Springer):詹妮丝之父,四个车行的老板,出现在第1、2部书中。于1974年去世后,把遗产留给詹妮丝,具体由哈利经营;于是哈利才步入中产阶级行列。

瑞贝卡(贝茜)·斯普林格(Rebecca [Bessie] Springer):詹妮丝之母,出现在第1、2、3部书中;于1982年去世。

查利·斯塔夫洛斯(Charlie Stavros):斯普林格车行的高级销售代表,希腊裔美国人,詹妮丝的情人。生于1923年10月,出现在第2、3、4部书中。

马赫龙·杨格门(Mahlon Youngerman):向日葵啤酒厂的老板,是住在花旗松树林之中的富豪。

附二

哈利家族成员生卒年统计表

关 系	姓 名	生 年	卒 年	结婚年
父	厄尔	1905年	1976年	——
母	玛丽	1904年	1974年	——
	哈利	1933年	1989年	1956年
妹	米姆	1939年	——	——
妻	詹妮丝	1935年	——	1956年
儿	纳尔逊	1956年	——	1979年
女	瑞贝卡	1959年	1959年	——
儿媳	普露	1958年	——	1979年
孙女	朱蒂	1980年	——	——
孙子	罗伊	1984年	——	——
岳父	斯普林格	——	1974年	——
岳母	瑞贝卡	——	1982年	——

附三

和哈利、詹妮丝关系密切者的生卒年统计表

关系	姓名	生年	卒年
哈利的情人	鲁丝	约1933年前	——
哈利的情人	佩吉	约1933年	1981年
哈利的情人	吉尔	1951年	1969年
詹妮丝的情人	查利	1923年	——
黑人朋友	斯基特	约1944年	1979年
私生女？ 鲁丝之女	安娜贝尔	约1960年 约1961年	——
鲁丝之子	司各特	1960年	——
鲁丝之子	莫里斯	1966年6月6日	——
教练	托瑟罗	——	1969年前

附一、附二和附三由译者罗长斌辑。

ISBN 978-7-5327-7520-0

9 787532 775200 >